君悦文集 上卷

回望 中国的西北角

华文出版社

图书在版编目（CIP）数据

君悦文集 / 君悦著.-- 北京：华文出版社，2016.8
ISBN 978-7-5075-4568-5

Ⅰ.①君… Ⅱ.①君… Ⅲ.①中国文学-当代文学-作品综合集 Ⅳ.①I217.2

中国版本图书馆CIP数据核字(2016)第186203号

君悦文集

作　　者：	君　悦
策　　划：	杨　平　李海钦
责任编辑：	杨艳丽　齐　雯
特邀编辑：	陶　鹰
出版发行：	华文出版社
社　　址：	北京市西城区广外大街305号8区2号楼
邮政编码：	100055
网　　址：	http://www.hwcbs.com.cn
电子信箱：	sinoculturepress@yahoo.com
电　　话：	总编室 010-58336239　发行部 010-58336270
	责任编辑 010-63427615
经　　销：	新华书店
印　　刷：	北京联兴盛业印刷股份有限公司
开　　本：	710×1000　1/16
印　　张：	38
字　　数：	450千字
版　　次：	2016年8月第1版
印　　次：	2016年8月第1次印刷
标准书号：	ISBN 978-7-5075-4568-5
定　　价：	78.00元（上、下卷）

版权所有，侵权必究

被突围的苦难(代序)

敏洮舟①

那一年,我藏身在一座小县城的学校里,朝夕都沿着一渠二三里的河道上学回家。早晚与河相顾,不觉间,河道里的大水渐渐流成了小溪,我的日子却被过成了一道固定的公式。河岸上柴门土路,总有几只羊低着头,从这几棵柳树旁一直走到另几棵柳树下。树没变过,羊似乎也是原来的那几只。我随在后面,俯仰徘徊,一晃神,又是一轮春秋。

讲台教书动的是嘴,日子一长,惯于奔波的腿脚便不耐寂寞,时刻都在思谋,该出去走一段长途了。其实对于异地风景,已引不起我太大的兴趣。倒是一些和人有关的地点,反而使人日日举念,断不了牵挂。

西宁便是其中一地。这个曾经时常路过的城市,却在我阔别几年后的光阴里,暗暗地变换了意味。它不再是一个纵身长途、傍晚栖息的驿站,隐隐的,它似散发着某种更为深邃的气质。常常如此,感性的我对于一片地域的认知,往往会夸张地被一个印象深刻的形象左右。西宁于我,就是这样的。感觉的转变,只因一个人的出现,她就是君悦。

初识君悦,是从一本叫《高原》的杂志。

记忆是清晰的。自2009年以后,我们的散文同期不同期地,不断刊发在这本刊物上,虽未谋面,却在文章书页上熟络了对方的名字。

---

① 敏洮舟:甘肃省作家协会会员,中国少数民族作家协会会员。其作品曾获2014《民族文学》年度奖,第五届甘肃黄河文学奖,2014年度华文最佳散文奖。

记不清在哪一期，我一口气读完她的系列作品《回望中国的西北角》（其中一篇）后，沉吟良久，暗自心惊。合上书刊便急急打电话给主编黄保国先生，询问君悦是何许人？粗知身世，更觉震撼。重读其文，直觉陡峭嶙峋，写史视角独到，行文气象万千，在凋敝的穆斯林文化圈里，是破土的一树新绿。

从知道一个名字到慢慢相熟，是通过网络。从最初的客套问候到后来的文学创作，我们言语投契，俨然如多年的老友。交谈得多了，对她地为人便慢慢地有了了解。

自然离不开文章。最初，君悦性格中给我印象最深的，是她对待文字的态度。那种柔而坚、温而刚的秉性，是现在的很多写作者欠缺的东西。她曾对我说过，有几家体制刊物向她约过稿，可因为先前有过作品被删改的经历，她拒绝了，断然拒绝。她情愿作品只在内部圈子有限流传，也不愿公开发表的只是一堆寡淡无味的垃圾。她用行动抗议了阉割，也嘲讽了成群的善于迎合投机的轻薄写作。

当时，我敬佩她的刚正，可并不赞同她的做法，觉得这是一个方法论的问题。想传达某种思考，可以用相宜的手法，文学不是强调隐喻吗？穆斯林文学毕竟不能只在自家院子里自说自话，应该走出去，负气自珍，并不可取……那一晚，我们聊到了凌晨两点。后来时常懊恼，如果知道君悦的身体状况，那些无用的废话我一句也不会说，她更需要的，是安静和休憩。

数月后，她从网上发来一张照片。紧跟着，跳出几个小字：先天性颈椎畸形。当时，我有些懵了，手微抖，眼眶发热。

那晚之后，君悦对待文字的印象淡了，日渐浓烈的，是她对待生命的态度。我曾无数遍吟味着，"君悦"，以此为笔名，背后有怎样的寄托呢？

看着照片上瘦弱走形的身体和从心发出的微笑，我忽然醒悟：诸君愉悦，马君（君悦名）愉悦。或许，这只是一个女孩对生命最低限度的渴望，更是对人这个大命题的善良祈愿！

寒假第三天，我走出大山四围的小县城，着手实现一次久违的长途。

路线的设计，第一站便是西宁。临行前暗自举意，到了西宁便和君悦一见。

青海高寒，新落的一场雪更将西宁的气温推向了极端。这样的天气，如何能约君悦出门呢！踌躇四望，七一路的街头，疏疏落落分散着几个低头弓腰的行人，警惕地踏雪行走。一个瘦小的身影从街角拐过，头拢青纱，走向城市的深处，走向一片浩大的虚白……望着那个渐渐消逝的背影，鼻息间莫名地一酸。

晚上去一朋友家做客，席间得到消息，君悦身体欠佳，闭门修养好几天了。

翌日清晨出门，抬头一看，天气晦涩如旧。风从领口汹涌灌入，似浸入了骨头，我裹紧棉衣，转身回了住处。见面的念头随即打消，西宁之行也索然失味。回去后收拾了行囊，当天便掉头向东，踏上了走向云南的行程。

天道堂皇，人何其卑微。出西宁城时，满怀怅然若失。

几日后，君悦得知我去过西宁，发来一条短信说：来西宁连个招呼都不打，真不够朋友。我轻松地说：来日方长嘛！

在望的云南，使我振奋。那沟壑纵横的红土下，掩藏着更多前辈大师的足迹。我孑然一身，怀着郑重的向往。一个谱系般的文化链条，在颠簸疾驰中逐次打开：著述等身的马联元、"壮游秦川"的马复初、命途多舛的"指南老人"马注……精神的绵延，这里是最好的起点。任其一人，都可让浅薄的后辈小子穷尽一生。而君悦，早已走在了追随的前方。

身向西南，意识的朝向却在《回望中国的西北角》。山水形胜，孤身游览，无数次倏然惊心。一个身患顽疾，闭门清居的女子，如何竟将两种文化一个天下生生装进了心里？

孤旅清寂。一幕幕被叙述的场景似刀砍斧剁，铿锵入目。

君悦的追随和思考，似乎正好介于古代和当代的中间位置。她穷经于历史，落笔却在当下。中间的断裂，似被奇异地镶接弥合。《回望中国的西北角》系列散文便是，它既是君悦在文学上的代表作，也是她对伊斯兰文化落户中国本土进程的一条线性爬梳。在国内诸多学者讨论伊斯兰的中国本土化问题时，君悦的思考和表达独树一帜，频现令人拍案之语。

或许，古老的问题，古人早有述及。中国伊斯兰本土化是文化层面上的汉化现象，而非同化现象，只要穆斯林的经训核心精神未变，就不会有原则上的抵牾。所谓回族，只是身受两种文化灌溉的一个复合体，并非是中国文化和伊斯兰文化的双重异类。伊斯兰取道宽容，作为穆斯林，为何不能接纳优秀的中国文化？故而回族要打开自己，敢于和各种文化交流。信仰和文化在定义方面并不相合，因此无需放大顾虑。穆斯林若要以异质精神传统融入深厚的中国文化，自然需要在信仰的外围方面，即现实文化层面做出相应的努力和调整。或许存在偏颇，但不可消解的是，这样的努力是具备进步意义的。

类似的思考，君悦曾这样表达：

……捧读《古兰经》的回族，偶然瞥了一眼垒于案头之上的中国古籍，一个博大精深的文化国度便慢慢向他们走来：那里有老子西出阳关隐约的背影；有孔子游学列国的泥泞脚印；有时而举杯邀明月、时而散发弄扁舟的李白；有左牵黄、右擎苍、挽雕弓、射天狼的苏轼；有姹紫嫣红开遍的牡丹亭……谁能料想，这一瞥便是百代千年。从此，伊斯兰文化在左，中国文化在右，回族在其间成长……

谁能否定，一个弱女子平静却坚实的发言。左右并举，将伊斯兰和中国文化融汇一处，犹如精神和现实表里共生，在特殊的存在背景下，无论对一个人还是一个民族，都是健全周到的。

从方向性的全局视野到民族盛衰的历史细部，君悦并不强健的步子，进出的从容自若。她从长篇累牍的史料阅读中，敏锐地捕捉着回族盛衰浮沉的内在历史肇因。撕破需要勇气，袒露的真相往往是鄙陋的。千百年来，内讧、争夺、教派冲突……一切都是基于利益的驱使，无人旁顾一眼流泪的正义。

在《行走在繁嚣与清净之间》一文中，她对历史真相的剖析直白而悲壮：

  蒙古贵族的相互倾轧，泉州穆斯林派系的争斗，最终都指向同一方向——利益。利益障目之下，欲望和野心可以恣意妄为，人性的卑劣可以演绎到极致。诡计、阴谋、屠戮……同朝的官员可以操戈，同族的兄弟可以阋墙。闹哄哄，你方征罢我再战。呼啦啦，只落得华厦俱倾——强大的亦思巴奚军倾颓了，鼎盛的泉州穆斯林社会倾颓了，煌煌的元帝国倾颓了……

  鞭挞历史，实为警醒当下。君悦此语最终被呈现的已非遥远的古事，而是剥丝抽茧般，让人看到了眼前正在发生的社会现实。以古讽今，这才是君悦的本意。凛然的批判意识，才是瘦弱之躯下被掩藏的力道。

  我一直的理解，君悦文学创作的底色是苦难。从个人到母族，苦难的色彩一直被她蘸在笔端，她在不断地刺痛自己，同时也刺痛着一个民族的集体感知。她不是悲观主义者，或许，放出苦难的本意，是呼唤突围，这是她自身的需要，也是一个民族的需要。

  《回望中国的西北角》中，她写到了清同治年间千万回民的悲苦流亡。柔软的起笔之后，是悲壮的牺牲殉道。

  几方牛毛毡房，几头羸瘦的牦牛，几辆锈旧的牛车，身躯佝偻的老妪，父亲大袍里酣梦的幼儿，吆着牛赶着羊的少妇……从天山牧场到苏勒草原，从阿拉善草原到托莱草原，在崇山峻岭中奔徙，在餐风饮雪中颠沛，只为寻得一个生存的罅隙。这片雪地埋葬了饿死的母亲，那片草海掩埋了罹病的儿子。没竖一块石碑，没做一个标记，但又怎能遗忘得了呢？亲人的坟茔是筑在记忆里的，是垒在心头的。继续走，朝着下一个牧场，向着下一片草原，继续走。没有悲伤，没有怨愤，有的只是更加坚挺的脊梁，更加桀骜的性情。什么？放弃信仰就可以居留？信仰是什么？是淙淙流淌在体内的热血，血冷了，血枯了，血浊了，人还能活吗？况且，后世的长久和今世的苟安，哪个贵重，哪个微薄？

这样的描写，字字都透着一股坚韧和决绝。面对逃亡，人可以死，物可以抛，唯独信仰不可舍弃。这是特定时代里的民族心态，抑或还带着当下的个人心志。无论个人或民族，都呈现着一种孤绝之美。

是的，孤绝。一个女子在最美好的年龄身罹残疾，看不到出路，走不出囹圄，孤绝于一居幽室；一个民族行走了千年，依旧跋涉在身份的认同、文化的突围里，孤绝遂成集体意识、民族心理。前定如谜，有种毁灭却是另一种成全。孤绝的境遇毁灭了马君的生活，却成就了君悦的的深刻洞见和冷峻表达。

倘若如此，一个须眉男子在脚轻手快、阅历无数的状况下，却依旧失语在思考和表达上，无知便成了不可原谅。

我漂泊在广袤的云南。

探贤访故，行程充实忙碌，这是健康人被特慈的恩典。

我习惯于这样的漂泊。二十多天马不停蹄，探访了深居在昭通毛货街的昔日故人，拜谒过雄伟壮丽的沙甸清真大寺；南诏大理的风花雪月并不适合一个心怀沉重的行人，最后我悄悄摸进了纳家营，在黄保国先生的茶桌前，默默清洗一路的风尘。沿途朝夕间，脑中不断闪现着诸如《没有围墙的寺》《南诏古道上的留白》《高原编辑部的茶》等突兀跳出的词句。

此刻，让绵绵不断的词句占据脑海，是最好的处理。清醒在突发的现实里，心绪难以排遣。

那天，滇东北下了一场雪。毛货街的旧瓦房浮着一层清白。我与故友寒木在一卡偏室中围炉烧茶，言谈随意。一杯茶未干，手机震动，一条短信跳入视线，是君悦发来的。内容简短，一眼扫完，我怔在原地，半天回不过神来。

"君悦归真，感谢您对她的关心和帮助！"署名是"君悦的姐姐"。

辞别寒木兄，我走出毛货街，游荡在雪气如刀的街头，视野里尽是悲怆的颜色。垂首低徊，想起不久前那句轻松的"来日方长"，浑身凛然一紧。享受健康的人，一句随意的答复，对于另一个生命竟是如此奢侈！

我继续上路了，唯有脚下的跋涉，才能消解心头的沉滞。

两天，三天，我忽然豁朗。对于君悦，死亡，只是走出了苦难。人都需领受考验，只是承担迥异。前定对她的赋予，只是一种更为沉重的形式，而在另一个恒久的存在里，对现实的这份沉重，也必将有着更为贵重的回馈。

在应命的道路上，她走了。这大西北的穆斯林女子，她用未曾离手的一管瘦笔孤灯伏案，默默地将人生的仓皇渡向了坦然。她恭顺地归真了，在临界的交待里，却非撒手一抛了无痕，煌煌的《君悦文集》，实现了她对这个世界全面的突围。

这一年，是2012。

今年行程还未走完，清冷的前方犹在召唤。在这异乡的红土地上，我摊开双手，面西跪坐：主啊，请慈悯她吧，这个一生艰辛却在真理的道路上未曾止步的女子。

2016 年 1 月 7 日

悬崖边的独舞（代自序）

如果注定我是悬崖边上的舞者，那么我也会在生命最绚烂的时候，舞出人生最华丽、最动人的最后一支舞。

> 凡有血气者，都要尝死的滋味。我以祸福考验你们，你们只被召归我。(《古兰经》21：35)
> 信道的人们啊！你们当借坚忍和拜功，而求佑助。真主确实与坚忍者同在的。……我必以些微的恐怖和饥馑，以及资产、生命、收获等的损失，试验你们，你们当向坚忍的人报喜。(《古兰经》2：153—155)

我出生在地球上离太阳最近的地方——世界屋脊青藏高原的青海省西宁市，我的性格也因此濡染了些许太阳的透明、纯净与热情。在二十九年前一个冰雪消融、万物懵醒的季节，我在父母殷殷期盼中来到了这个世界。

幸福的脚步总是遽促的，遽促得让人都来不及细细咂味。出生四十天后，一向乖顺的我突然昼夜啼哭不止。父母仔细察看后，愕然发现我的右手腕上长了一个核桃大小的疙瘩！当时母亲不顾外面飘着霏霏冷雨，急匆匆抱我去了医院。终于，当父母跑遍了省城所有的医院，拜访了当时所有的名医，回答都是：从没见过这种病。当然也没有一家医院肯接治。最后，一位老中医实在不忍面对我父母的崩溃，才勉强答应试试，但结果他不敢保证。从那时起，每周两次，父母紧紧地搂着我，去到老中医那儿就诊，风雨无阻。

中医世家出身的这位老中医，是个医德高尚、人性淳厚的老人。为了我的病，他翻阅了大量现代医学著作和古代中医文献。一种方案不见效，他就换另一种方案，再不见效，再换，就连民间偏方他都会找来一试。但我的病似乎不怜所有人的努力和辛苦，随着年龄的增长愈来愈严重了，那些莫名其妙的大小疙瘩不仅遍及了全身，而且引起了大面积的溃烂。稚嫩的皮肤不时有血水和脓液渗出，有些溃烂面下甚至还会隐隐显出骨头。

很多人都劝我的父母，放弃算了，这样不仅大人省心，孩子也少受罪。每每这时，一向性格温和的父亲都会发火：既然她来到了这个世界，就是一个生命！一根草、一朵花我们都不能随意摧折，何况一条活生生的命呢！为了支付昂贵的药费，父亲不得不晚上去做兼职，而一直执教毕业班的母亲在忙碌了一天后，晚上还要为我熬药、喂药、敷药……

母亲总说我小时候很懂事，比一般的孩子懂事得多。吃药从来不让她操心，再难以下咽的药，也会皱皱眉头喝下去。犯病时，也不哭不闹，安静地躺在床上看着她忙碌的背影，有时候还会唱歌给她听。我两岁时唱给母亲的那首《妈妈的吻》，成为了她一生温暖的记忆。在父母阳光雨露般的关爱下，我的生命没有夭折，反而一天天成长起来。

天有不测风云。在我七岁那年，一直为我看病的老中医突遇车祸，导致半身不遂，再也不能继续为我治病了。我清晰地记得母亲带我最后一次去他家时，只见手脚痉挛、嘴角歪斜的老中医躺在病榻上，那些含混不清的话深深烙在我的心里："孩子！你的命是你父母从死人堆里拣来的，你要好好学习，将来一定要孝顺你的父母啊！他们不容易，真的不容易啊！"

我是幸运的，我一直认为我是幸运的。到了入学年龄，我竟然可以幸运地和其他孩子一样背着书包走进学校，可以幸运地和他们一起攀登知识的高峰。虽然我一直遭受病痛的困扰，经常请假在家，然而由于我的勤奋努力，在校成绩一直名列前茅。在小学五年级时还代表学校参加了全市数学竞赛，获得了三等奖，同年还被青海省共青团评为"首届青海省十佳少先队员"。终于，我不再为自己是"父母的累赘"而惭愧和内疚了，我要用最优异的成绩回报父母，做一个让父母为之骄傲的女儿。在小学升初中时我又以高分考入了全市最好的重点中学。

上了中学，我又添了新病——浑身上下的关节会无缘无故地肿痛。检查结果怀疑是类风湿性关节炎，但化验单上显示我的风湿因子和正常值无异。显然，类风湿性关节炎的结论无法成立。那么，我到底罹患的是什么病，医院最终也未能给出确切的结论，最后只好给我开了一些止痛药草草了事。

随着疼痛的逐渐加深加重，一个可怕的后果赤裸裸摆在了面前：每次关节疼痛消失后，我上肢所有的关节就会慢慢变形、拘挛。母亲急了，完全不顾父亲的反对，也无视我的哭叫哀求，每天晚上睡觉前她都会把我的手指用木板夹住，然后缠上绷带。然而，这种做法并没有阻挡病情的日趋恶化，我的指关节和肘关节渐渐都无法再伸直了。

在双重病痛的折磨下，我依旧坚持去上学。有时腿上的关节发病会严重影响我的行走，但我还是坚持要么由父亲送我，要么同学来接我按时去上课。记得有一次下午物理补课，父亲正好不在家，我的膝关节痛得脚都不敢着地。看着时针一分一秒指向上课时间，我再也坐不住了，找来一根绷带绑在膝关节上，然后扶着墙一寸一寸挪出了家门。一路上，我扶着人行道的栏杆一步又一步地走到了学校。当时正值寒冬，但我到学校时汗水已经浸透了衣服。放学时，物理老师坚持要送我回家，路上他告诉我，以后再有这种情况就不要来了，落下的课他会帮我补。

就这样，我完成了初中的学习，并且三年间连续获得校级三好学生，成为同学们学习的榜样。初中毕业时我以 513 分、全班前十名的成绩考进了青海省的重点高中。

跨入重点高中的大门，梦想就在咫尺，仿佛已可以清晰看见梦想光环上熠熠闪烁的光芒了。我的梦想是什么？是上海医学院七年硕士班。我想成为一名优秀的医生，去医治天下所有的疑难病症，让所有像我一样渴慕健康的人不再遭受病痛的煎熬。

这个世界的奇妙和魔力也许正是由于它的不可测和未可知。每个人都如同在黑夜摸索前进的行者，每一步都踏得惊心动魄，每一步都踏得怵目惊心。高二时我再也坚持不了了，每天头晕得都站不起来。我再次被送到了医院，这次我的病终于有了结论——先天性颈椎畸形。这是一种罕见的先天性疾病，发病率是百万分之一，致残率是百分之百，死亡率也高得惊人。手术是唯一的治疗方法，可手术的成功率不到千分之二，也就是说上了手术台能活着下来的可能性微乎其微。拿到诊断书的那天，在门诊部的门前，陪我去看病的大姐搂着我旁若无人地失声恸哭了起来。是啊！我只有17岁啊！我的生命才真正开始！命运对我太不公平了！这十七年我一直和病魔殊死搏斗着，从来没有气馁过、放弃过，甚至连大声哭泣都没有过。医生预测我活不过24岁。24岁是一个女孩生命的花季，命运却对我宣布：在那最灿烂、最绚丽的季节，我的生命之花就要枯竭，没有来得及充分绽放就要枯竭了。这样残忍的事实我将如何去面对？这样短促的青春我又怎样去正视？

因病情发展得越来越快，我不得不离开了我深爱的学校，离开我挚爱的同学。离校的那天，天空陪我一起哭泣。学校花园里秋色初染的杏树，在雨雾中目送着我渐行渐远，我的梦想也在雨雾中支离破碎。

待在家里的我不再喜欢说话、也不再喜欢笑了，有时捧着一本书在卧室里一躲就是一天；有时拿着电视遥控器漫无目的地频繁换台；有时趴在窗台上呆呆看着对面西山的草绿了又黄，黄了又绿。而且我的脾气也越来越坏，动辄就摔碟子摔碗，弄得父母和两个姐姐整天都小心翼翼，生怕踩上我这颗"地雷"。

十年，在心灵的荒垣上，我与病魔并肩前行蹉跎了十年光阴。有时我也责问自己，难道就这样无所作为地等待死亡降临的那天吗？当时我的心境正如史铁生在《我与地坛》中所写的那样：茫然与无望。

26岁时，父亲不知从哪儿打听到，省内一家大型医院可以医治我这种病了。但6万元的手术费对于我们这种工薪家庭可是天文数字！父亲当时很坚决：卖了房子也要做手术。后来亲朋好友都倾囊相助，很快我的手术费凑够了，我如愿住进了医院等待做手术。然而事情远没有我们想象中的那么简单，一系列的检查不停地摧毁着我的信心：脊椎侧弯69度，双髋关节无菌性坏死，全身各个关节受累。更为严重的是我的左心室肥大，心律不齐，肺功能只及正常人的一半。

　　送走了父母，我一个人站在医院长长走廊尽头的窗前。四月是青海多风的季节，几乎每天晚上都会刮沙尘暴。窗外那株刚刚泛青的垂柳在沙尘暴的蹂躏下坚韧地摇摆着。我清楚地知道，以我现在的身体状况，手术的可能性已经不大了。我突然悟到，人间为什么会有"难得糊涂"的说法了。是啊！有时候糊涂比清醒要惬意得多。但该清醒时，人还是应该清醒，清醒地面对必须面对的事情。既然我的病注定不能痊愈了，那么我该考虑的是如何活下去，就像托尔斯泰说的：生命的价值不在长度，而在深度。要活就要活得有深度，有价值。

　　如我所料，我真的没能动手术，因为医生说我的免疫系统有问题，用了麻药我就会长眠不醒。但这次打击没有让我沉沦，相反，我获得了涅槃重生一般的释然和激情。为了练气息，我开始练毛笔字。退了休的父亲每天还会用自行车带我出去走走，我终于又笑了。真正的笑容不需要伪装，毋须刻意，是发自内心的，有温度的。

　　就这样一年后，我遭受了人生中最深重的灭顶之灾：我深爱的、并深爱我的父亲因病猝然辞世了。我生平第一次产生了渴望死去、离世弃俗的想法。没有了父亲，谁还会在天冷时给我穿上厚厚的袜子；没有了父亲，谁还会给我研墨铺纸；没有了父亲，谁还会背我去爬山，带我去泛舟……在父亲逝世后，我每天都惶惶度日，没过几天，大家突然发现我说不出话来了，原来是过度的伤悲和几天来水米不进导致我的声带发炎而失声。失声的我更加不愿和任何人说话，总是一个人抱着装有父亲遗物的盒子躺在床上流泪。我是个从小到大不怎么哭泣的人，可那段时间我整日以泪洗面。后来大姐觉察到任由我这么下去，很快我也会步父亲的后尘离开这个世界。于是她责问我：难道你只有父亲吗? 你想过一样关心你、一样视你为生命的母亲吗？一年内如果失去两个至亲，你觉得母亲还能活下去吗？我们还能活下去吗？

我承认我很自私，没有考虑过母亲的感受。其实她比我更难过，失去了相濡以沫三十年的老伴，她的心痛和悲切绝不会亚于我。为了我，她掩饰着自己的伤悲，默默完成父亲的遗愿——照顾好我。我也明白了对过世的人，最好的回报就是努力地活下去，好好的、幸福的活下去，渐渐地我从丧父的阴霾中走了出来。我曾经问过父亲：你后悔有我这样一个女儿吗？父亲说，他从来没后悔过，他一直为有我这样一个坚强、乐观的女儿而感到欣慰，感到骄傲。

是的，我一定要做一个让父亲和母亲都感到骄傲的女儿。2005年秋天，我拿起姐姐的《汉语言文学大专课程》教材开始了自学，并且开始尝试着写文章。可能是自小受母亲的影响和教育，我的写作功底一直不错。写了几篇文章后，我更加坚信我的选择没有错。第一部中篇小说就获得了全国最大的文学网站"榕树下"精品小说文库的肯定。2007年，机缘巧合，我经人介绍认识了青海省作家协会副主席梅卓老师，在她的极力推荐下，我加入了青海省最高的文学组织——青海省作家协会。同年5月我的三篇散文在青海省文联的刊物《青海湖》上发表了，这标志着我在写作之路上又上了一个台阶。拿到《青海湖》的那天，我站在窗前，望着父亲安息的那座山又一次流下了眼泪。父亲，你的女儿成功了，虽然发表几篇文章不足为奇，也不是什么值得大肆炫耀的事情，但毕竟是女儿努力的结果。如果命中注定我是悬崖边上的舞者，那么我也会在生命最绚烂的时候，舞出人生最华丽、最动人的最后一支舞。

我曾经豪言：我为梦想写作，不为名利码字。也许有人会反驳和嘲讽，说我虚伪，说我不真实。对，每个人都有野心、都有欲望。可你随便问一个面临死亡的人，名利重要吗？答案肯定是一致的：不重要。对于一个脊椎侧弯的人，每天坐在电脑前十几个小时是怎样的一种折磨和摧残？对于一个止痛药早已不起作用的人，要强忍疼痛每天坚持到深夜需要怎样的毅力？难道这种付出是名利可以抵偿的吗？名利载不起生命之重。

今天，我已经能够淡然面对这些了，我不会就此放弃，不会放弃我的写作之梦。就像一位友人告诫我：坦途无高峰，峰高无坦途，生命不止，笔耕不停。

目录

被突围的苦难（代序）（001）
悬崖边的独舞（代自序）（009）

上 卷
散 文

回望中国的西北角 （005）
 丝绸之路上的唐时明月 （005）
 元风起兮云飞扬 （026）
 激荡在明帝国文化密林的回音（上）（044）
 激荡在明帝国文化密林的回音（下）（056）
行走在繁嚣与清净之间 （076）
 格拉纳达的背影 （076）
 从《重立清净寺碑》看
  元代泉州穆斯林的兴衰 （086）
 古寺的掌纹 （098）
 用汉语阐说天方之学：险境或沃土？（106）

西安城区清真古寺探寻 （123）

荒芜尽处是天堂 （137）

梦完结的地方 （140）

水美人更美 （141）

在那遥远的地方 （145）

父 亲 （148）

世界，过路人 （153）

行善，今天你做了吗 （156）

那一天，那一年 （158）

真实到底离我们有多远 （161）

正对窗的座位 （164）

走出那道门，你会看见阳光 （166）

待到枫叶流丹时，我们初相见 （169）

放 手 （172）

寒夜里那一抹幽幽的灯火 （176）

夹在记忆扉页中的爱情 （179）

绿意夏都、诗意夏都 （186）

清秋时节又忆君 （188）

生命是美丽的 （191）

围城里的女人何时找回你自己？ （194）

随 笔

又临"古尔邦" （205）

空 了 （207）

等 待 （208）

撑起伞，全世界只剩我一人 （209）

脚冷，心不冷？ （210）

突然迷路 （211）

人生若只如初见 （213）

欲哭有泪 （215）

如果爱下去 （217）

没有节日的节日 （219）

断　线 （220）

马来日记 （221）

冷冷的雨 （227）

一念之间 （229）

我的 2010 （230）

原来我真的很受伤 （232）

第一次 （234）

夜色中的堕落 （236）

花落无声 （238）

无　题 （239）

简单的结束 （240）

翅　膀 （241）

我是永远的精灵 （244）

冷 （245）

爱是心灵的风语者 （246）

2006 年大事记 （248）

今夜无眠 （250）

听　雨 （252）

没有天使的时代 （253）

一次哭个痛快 （254）

学　术

回商的社会责任和穆斯林慈善公益事业 （259）

下　卷

中篇小说

玫瑰凋零暗香存　（275）

长篇小说

剪一缕阳光照亮你的生命　（351）

上　卷

散 文

回望中国的西北角

丝绸之路上的唐时明月

这是突隆在中华大地上的一块黄褐色——黄土高原、河西走廊、青藏高原东部。

站在这块黄褐色里,我一次次地回望。黄土沟壑会凿进多少历史的离合悲欢?寂静的大漠会袅然历史怎样的吟啸歌哭?……

一

车辚辚,马萧萧,行人弓箭各在腰。
耶娘妻子走相送,尘埃不见咸阳桥。
牵衣顿足拦道哭,哭声直上干云霄。
……
君不见,青海头,古来白骨无人收。
新鬼烦冤旧鬼哭,天阴雨湿声啾啾。

展开中国的历史卷帙,战火硝烟将其熏得焦黄。卷帙的褶痕里,杜甫的《兵车行》犹粘着霉斑,扯着蛛网,和着新鬼旧鬼一起恸哭——

公元756年，范阳、平卢、河东三镇节度使安禄山北边起事，反叛唐帝国。接着，潼关破，叛军压境，玄宗皇帝惊慌逃往西蜀成都，长安转眼沦陷。杜甫目睹了一个光芒万丈的帝国，在劫难面前的仓皇悲恸后，不禁怆然涕下。这阴天冷雨打湿的诗句，吟得凄凄惨惨戚戚。

　　姑且，我们按史学家的观点，将唐玄宗、唐肃宗时的安史之乱，看作是唐帝国由盛向衰的分水岭。

　　昏聩的帝王，跋扈的藩臣，从内部蚀透了的唐帝国，不堪兵乱的一击，摇摇欲坠起来。这方黄褐色上一季比一季、一年比一年冷冽的季风，吹殇了司马迁"夫作事者必于东南，收功实者常于西北"①的谶言，也吹凉了唐帝国的勃勃雄心。都城东迁了，经济重心东移了，中华文明也随之东渐了。

　　也就是从那时起，"周秦汉唐，立国西北"就能"抚柔天下，气象博大故国祚绵长"②的神话破灭了。这块黄褐色从此蜕变为一粒"蛮荒"的沙，游离在传统中国之外。

　　也就是从那时起，宗教的神秘熨贴着战争遗留的疮痍，润濡了从黄土到人心的每一寸干涸，风啸马鸣的调子驱赶了几个世纪的荒凉。

　　1935年香港《大公报》记者范长江，在这里进行了地理的、历史的、人文的、时事的考察探究后，著成了"一部震撼全国的杰作"——《中国的西北角》。

　　于是，这块黄褐色就以一个朴拙的名字——中国的西北角，从伏羲女娲的传说中走来；从老子出关的《道德经》里走出；从古时边塞的诗行中走来；从游牧文明铁蹄的扬尘中走出；从"瑷珲—腾冲线"（1935年，人口地理学家胡焕庸划下的一条中国人口分界线、地理分界线、气候分界线，同时也是文明分界线）的彼端走来，以一种从未有过的清晰和具体，挤进了现代传媒的语境，闯入了大众的视野。

　　生活方式的非儒教化、信仰的多元化——中国的西北角，终于被传统中国谅解、包容，并接纳。尽管带有些许的鄙夷和蔑视。

---

① 〔汉〕司马迁：《史记·六国年表》，中华书局1976年版。
② 〔元〕脱脱：《宋史》，卷三百五十八，中华书局1985年版。

在此之前，她一直在中华文明的留白处茕茕独行吗？

19世纪伊始，世界上没有哪个文明、没有哪片蛮荒不被西方的"普世文明"辉耀，不被西方的"好奇"征踏。

这不，19世纪末，蓝瞳金发的探险家、学者先于中国人自己，嗅到了中国西北角历史的厚重、神秘及丰繁。

1877年，德国地理学家李希德·霍芬（F. von Richthofen）在甘肃和新疆考察。从东面千里迢迢而来的商队引发了他的思考：这是否就是古代中国和中亚南部、西部以及印度之间，以运送丝织品为主的贸易通道呢？

思考将历史的碎忆、时空的断点重新拼合、缝缀。

"丝绸之路"——一个写实又写意的名字（德文作Seidenstrassen，英文作the Silk Road）被李希德·霍芬第一次标注进了他所著的《中国》一书："从公元前144年到公元127年间，连接中国与河中（指中亚阿姆河与锡尔河之间）以及中国与印度，以丝绸贸易为媒介的西域交通路线。"

"丝绸之路"这四个字，首先在西方从名词概念走向了学术研究。

其后，德国历史学家赫尔曼（A. Herrmann）在1910年出版的《中国和叙利亚之间的古代丝绸之路》，确定了"丝绸之路"的基本内涵：这条始于汉代、匿于明末，东起长安、西至罗马，横跨欧亚大陆的陆上商贸大道，因有大量的中国丝和丝织品辗转于此，故称作"丝绸之路"，简称"丝路"。

英国人斯坦因来了，法国人伯希和来了，美国人华尔纳来了，俄国人科兹洛夫来了……仅1876—1928年，到达中国西北角的探险队就有42支。从来没有接待过"洋鬼子"的西北角，那时是否有些手足无措？惶惶不安呢？不管怎样，这些"洋鬼子"探险家以坚韧不拔的毅力，深入荒漠腹地，涉入生命禁区，惊醒了丝绸之路的点点记忆：黑城遗址——西夏至元代丝路的走向；莫高窟——佛教东传的生命印迹。

但，他们不单单是探险家。

他们走时，大箱小箱，车载马驮，裹挟走了他们的"劳动果实"——西北角沉眠了几千年的历史物证。车辙的尽头，是一座座盗空的墓穴，一面面剥离的壁画，一间间洗劫一空的经房……憨朴的乡民震怒了，抄起铁锹、斧橛吓退了华尔纳再度的抢夺，却未能吓退撕割中国的西方社会的贪婪。

之前的1860年，圆明园熊熊的烈焰，焚毁了西方文明的"假面"。世界的良心被炙痛了。法国文学巨匠维克多·雨果一支羽笔，直刺"文明"的内核："我们欧洲人是文明人，中国人在我们眼里是野蛮人，这就是文明对野蛮所干的勾当。在历史面前，这两个强盗：一个强盗叫法兰西，另一个强盗叫英吉利。今天，他们以一种所有者的天真，炫耀着圆明园里的灿烂古董。我希望，铲除污垢后解放了的法兰西把这些赃物归还给被掠夺的中国的那一天将会到来。"

而闯入中国的强盗又何止法兰西、英吉利？

西北角赤目怒睁，眈看19—20世纪初世界的畸形——强盗镀上了"学者"的金粉，"文明"伸出了掠夺的黑手，殖民霸权挤压得正义和真理不停欹斜。

时至今日，流落在海外的中国古代文物，无论是圆明园的还是西北角的，仍在强盗的诡辩浪潮中（2002年12月9日，英国大英博物馆、法国巴黎卢浮宫博物馆、美国纽约大都会艺术博物馆等18家欧美博物馆联合发表《关于环球博物馆的重要性和价值的声明》，一致反对将艺术品特别是古代文物归还流失文物的原产地国家。他们辩称文物为整个人类历史的文化遗产，文物收藏无国界，而且声称他们的文物保护技术和设备先进，能更好地保存这些文物，如果把文物归还给原产地国家，因落后的技术和管理，将使文物遭受进一步损坏①）无望地诘问：回家的路到底有多漫长？

文物是人类智慧的遗珠，是历史的记忆。文物只有回归到它的原生地，这份记忆才会完整，也才会完美。

---

① 《世界知识》，2009年12月上。

二

狄德罗说：人类生活越是精雅，文明就越缺少诗意。

21世纪就是一个精雅得缺少诗意、毫无美感的时代。

春天，早已不是"照在绿波中"那满满一园的"深浅色"，而是被现代园艺艺术或囚在小小的花盆中，或围进矮矮的灌丛里，在城市的缝隙里填塞它苦心孤诣的杰作——一个个僵硬、羸瘦的"春天"。

愈来愈逼仄的单单是人们的视阈吗？

就在这样一个诗意苍白、美感疲乏的春天，当我意识到，我头顶的骄阳，鹰瞰过唐蕃古道——"青海之路"国际贸易的繁盛；意识到，工业文明的尘嚣下，消匿了1600年的丝绸之路脉动在潺潺，我的内心倏然一阵悸动：樊笼里困顿了的眼，能否追逐上一个渐行渐远的背影？刮了几百万年的季风，能否为我吹送来一缕历史的回音？

但我谙知，任何一个将目光投向丝绸之路的人，哪怕仅是寻幽览胜，都会看到丝绸之路唇角泛起的轻蔑，更遑论钩沉历史了。因为丝绸之路太过浩繁，太过邈远，太过庞杂。不经意间，就会同某个土遁的王朝撞个满怀，或俯拾到某段陨落的古文明，或踩踏到某位名士的屐痕。即便是潇洒达观到"回首向来萧瑟处，也无风雨也无晴"的苏轼，当误闯进丝绸之路的历史丛林时，也不得不感喟"渺沧海之一粟，寄蜉蝣于一生"。

面对层峦叠嶂的丝绸之路，我犹豫再三……夏虫可否语一次冰？……

"叮咚……叮咚……"

一串冗长的驼铃，从公元前139年起，一路轻曳，曳过汉唐元明清冷冷的明月，曳过高昌、楼兰、龟兹、吐蕃、西夏王朝倾圮的颓影，最后曳进21世纪高清晰的镜头。

2006年,《新丝绸之路》摄制组"八千里路云和月①"重走了丝绸之路——几辆越野车,穿越茫茫的沙海,碾过城市的曦晖,向着伫立在时空另一端的一个模糊的轮廓,一个匪夷的背影,"从长安到喀什",一路遥追。

《新丝绸之路》摒弃了以往"波澜壮阔""史诗性"的"全景展示",跨越时间与空间的藩篱,撷拾了10块不同历史时期、不同文明背景,却同样"灿烂辉煌"的历史碎片——

"罗布泊深处神秘的墓葬群;保存完好的四千年的女性干尸;全世界仅存的唯一一颗释迦牟尼的真骨舍利;草原道上的黄金面具;青海道上的珍贵丝绸;和田玉的险峻源头;尘封百年的黑水城文书;流失在海外的壁画残片;西域高僧的传奇一生②……"辽阔的戈壁将生命的本质,镂刻得突兀且怵目;荒芜的古城将时光凝固在了一剪夕阳;幽冥的石窟背对着"万圣朝佛"的喧嚷,去遵从佛的智慧——永世的岑寂。

"沿着骆驼的足迹,最终找到的可能是骆驼的尸骨。扫去遗迹上覆盖的沙土,最终看到的可能是曾经鲜活的生命":萨珊波斯的银币、拜占庭(东罗马帝国)的金币;中亚、西亚花纹和波斯萨珊王朝图案的丝织品;犍陀罗式、唐式、罗马式画风互相渗透的壁画……从西安到喀什,4450千米的丝绸之路沿线,发掘出数量惊人的古迹和遗址。这些文物熠耀着不同文明的光辉,也为后人释义了丝绸之路的内涵——与其说丝绸之路是一条迤逦了两千一百多年的贸易商路,不如说是一部囊括了人类文明的皇皇巨史——中亚史、西亚史、南亚史、中国史、宗教史、贸易史、文明史……

"任何一部真正的历史,起点总是一堆又一堆的资料"。为了理清丝绸之路的脉络,我只有溯到她的源头,执着于一段简短的史料之旅。

远在公元前6至7世纪,欧洲人就知道以产绢著名的中国。据西方历史学之父希罗多德的记载,当时已有人到过"绢国之都"。公元1世纪

---

① 赵化勇主编:《新丝绸之路》。
② 同上。

的博物学家老普林尼在《博物志》中写到:"(赛里斯)林中产丝,驰名宇内。丝生于树叶上,取出,湿之以水,理之成丝。后织成锦绣文绮,贩运到罗马。富豪贵族之妇女,裁成衣服,光辉夺目。"《博物志》中的赛里斯就是中国。这时候中国的丝绸就已远销到了罗马?是通过哪条路径销往罗马的呢?考古学家终有一天会为人们解答这些疑问。

到了公元前2世纪,暴虐的秦帝国在农民起义的洪流中翻了船。汉帝国在《垓下歌》的尾音中,积聚了中原王朝的实力,统一了中国。汉武帝为了打败称雄漠北、骚扰中原农耕居民的游牧汗国匈奴,派张骞出使西域,联络被匈奴人从河西赶走定居在阿姆河一带的大月氏人。

张骞九死一生,虽然没有搬来大月氏的兵,却使得汉帝国掌握了西域政治和地理的第一手资料。由此,"知彼"的汉帝国终于清除掉了匈奴这个祸患丝绸之路通畅的毒瘤。

随后汉武帝又派张骞第二次出使西域。张骞此行的足迹也更为广远,到了大宛(费尔干那)、康居(以今塔什干为中心的游牧王国)、大月氏、安息(古代波斯帕提亚王国)、身毒(印度)等国。张骞的两次西行,打破了游牧民族对丝路贸易的垄断,使中国和中亚、南亚、西亚诸王国之间建立了直接的贸易往来,同时张骞带回的关于西方的消息,更褪去了西方缥缈的神秘面纱。

从张骞所开辟的丝绸之路上带回的西域宝贝,除了汉武帝钟爱的大宛马,还有地毯、毛织物、宝石、金银器、玻璃制品、珍珠、土耳其石以及罗马、波斯的银币等,在一定程度上丰富了汉帝国的物质文化生活。除此之外,西域的乐舞、杂技也传到了汉帝国。从史书中,我们已经可以寻到胡风缕缕的蛛丝:"灵帝好胡服、胡帐、胡床、胡坐、胡饭、胡箜篌、胡笛、胡舞,京都贵戚皆竞为之。[①]"

紧随张骞足迹走进丝绸之路的,是西汉末年的甘英——当时中国历史上走得最远的使臣。公元97年,西域都护班超派遣部下甘英出使大

---

① 〔西晋〕司马彪:《续汉书·五行志》。

秦（罗马帝国）。甘英不辱使命，用自己坚实的脚步，测量了丝绸之路的大半段路程，还掌握了从条支（今阿拉伯）南出波斯湾，绕阿拉伯半岛到罗马帝国的航线。

张骞的凿空和甘英的远行，最直接的结果就是中国、印度、西亚和希腊罗马四大古代文明结束了"各自为营，孤立发展"的格局。"黄河流域文化、印度恒河流域文化同著名的波斯文化、希腊文化联结起来，从而成为东西文化交流的历史见证。"①

写到这里，我的思绪不得不暂时逸出丝绸之路，飘向公元 1500 年时的那片蔚蓝色的大海。思维之所以在 1500 多年的时空急速跳转，只因历史有太多惊人的相似。

欧洲史学家狄雅可夫评价张骞的"凿空"时说：其"在中国史的重要性，绝不亚于美洲之发现在欧洲史上的重要"。诚然，哥伦布的"美洲大发现"是人类文明史上的一个里程碑，足可以与张骞的"凿空"比肩。但将"美洲大发现"置于最醒目位置的欧洲史卷上，喷溅了太多太多印第安人的鲜血。哥伦布，一个有胆有识有智有谋的人，却无法被后人久久仰视，尤其是饱受西方铁蹄蹂躏的东方。

汉以后的魏晋南北朝时期，中国历史再次呈现混乱无序状态。一个个王朝走马灯似的匆匆登场，又匆匆谢幕。主角的名字变来换去，但其中一个角色——汉帝国开辟的丝绸之路，却一直未改。丝绸之路这位勇士，在高僧法显骇人的恫吓中（"沙河中多有恶鬼热风，遇则皆死，无一全者。上无飞鸟，下无走兽，遍望极目，欲求度处，则莫知所拟，唯以死人枯骨为标志耳。"②）曾走出过一个个奇迹，在刀光剑影中，另辟出一条路径，当然就不足为奇。

白驹一瞬。

到了公元 618 年，唐帝国在中国浩渺的历史中，以"一览众山小"的骄矜，阔步昂首踏上了巅峰。与此同时，在漠北高原与匈奴相匹敌的游牧

---

① 穆永吉：《丝绸之路与回族商业贸易》，《甘肃民族研究》，1996 年第 1 期。
② 赵化勇主编：《新丝绸之路》。

民族突厥,也建立了游牧帝国。在628年和657年,与汉帝国一样,唐帝国国力强盛,歼灭了威胁西域商道的西突厥,再次打通了陆上丝绸之路,由此唐的疆域扩延为"东至安东,西至安西,南至日南,北至单于府,盖南北如汉之盛,东不及而西过之。①"其势力不仅直接控制了西域诸王国,而且成为天山以北、葱岭以西广大区域内各个王国的宗主国。

丝绸之路顺着唐帝国的劲风,迎来了它的"黄金时代"。史载著名的丝绸之路通过河陇地区,将唐都长安和中亚、西亚、欧洲等地区紧密地联系在一起,沿途市镇,又通过横向延伸,将丝路两侧更远的地区纳入丝路交通网络,故丝绸之路"在唐代已不是单独的一条、两条或三条连接中西的丝路,而是一个极其发达的网状交通体系"②。

通过这些错综交织的丝绸之路交通网,西方的珍禽异兽、珠宝香料、玻璃器皿供养了唐帝国的奢靡,中亚、西亚的穿着、饮食等生活方式,音乐、舞蹈等文化娱乐活动丰腴了唐帝国的风尚。唐朝的两京长安和洛阳以及丝绸之路上的一些大城市如凉州,都纷纷呈现出国际都市的风貌。

孟德鸠斯说:"我们总离不开罗马人。今天我们在他们的首都也还是要离开新的宫殿去寻找废墟颓垣,就像骋目于万紫千红的草原的双眼,总爱看看岩石和山陵。"如果说,西方的历史散落在罗马的废墟颓垣里,那么中国的历史就深埋在长安的黄土之下。因为在同一时期的东方,与罗马帝国遥相睽望的,是曾创造了同样高度文明的汉帝国与唐帝国。他们的都城都恰在长安。

一声高亢、铿锵的秦腔,吼醒了酣睡的古城西安。

西安,从汉帝国起被称之为长安。明帝国时期的公元1369年,将这座城市更名为西安府,从此西安的名称延用至今。③

淡金色的晨晖,将地表之上的西安城涂抹得金碧辉煌。而埋藏于地下的13个王朝,只能将昔日的金碧辉煌,压抑于墓穴的阴陬。在这些王

---

① 〔宋〕欧阳修、宋祁:《新唐书·地理志》,中华书局1975年版。
② 李清凌:《西北经济史》,人民出版社1997年版,第206页
③ 赵化勇主编:《新丝绸之路》第四部分《永远的长安》。

朝中，唐帝国无疑是最为显赫与光耀的。

长安城在唐帝国时期进入了它的黄金时代。史载，唐长安城占地841平方公里，其规模为现存西安城的9倍，总人口过百万。在长达289年的时光岁月里，长安城一直是世界上最大的国际都城。①

当时作为丝绸之路的起点也是终点的长安，受世界瞩目的程度远远超过现代的欧洲。她是外域夷族懵懵懂懂的东方梦——九重宫阙、翰林学府、东西两市——蕴藏了他们哪怕耗尽一生都掘不尽的财富。英国人威尔斯在对欧洲中世纪与中国的盛唐进行比较后感慨："当西方人的心灵为神学所缠迷而处于蒙昧黑暗之中时，中国人的思想却是开放的，兼收并蓄而好探求的。"②

开放的长安，以宏博的大国情怀，包容了他们鸿鹄青云的远志，包容了他们迥异的生活方式，也包容了他们纷繁的宗教信仰。

万物之中，文明是最脆弱的，任何高度的文明都经不起它所面临的多重危险的威胁。③时间有时就是最残酷、最直接的威胁。

在时间的冲淘下，很多文明、很多宗教、很多民族都如同阳光下的微沤，"啪"的一声，就碎得无影无踪。偶尔，在某个晴天丽日，人们翻晒历史书籍时，它们会从哪一页突然滑落，在几万倍、几百万倍的放大镜下，它们现于碑记、现于墓穴、现于史书，兀自鲜艳。

《永远的长安》，精致的画面不时呵出古墓森森的阴气。21世纪初，北周年间的3座粟特古墓，相继在西安出土。现在，我们只能从这些单调乏味的墓志碑拓背后，揣摩早已铸成史书黑白文字的唐时粟特人的宗教信仰、社会生活、仕途与经商的大致轮廓——

"胡姬貌如花，当垆笑春风"④"琵琶长笛曲相和，羌儿胡雏齐唱歌。浑炙犁牛烹野驼，交河美酒归回罗"⑤……在唐帝国鲜艳至今的记忆——

---

① 赵化勇主编：《新丝绸之路》第四部分《永远的长安》。
② 〔英〕威尔斯：《世界简史》。
③ 〔英〕亨·哈·埃利斯：《观点与评论》。
④ 〔唐〕李白：《前有樽酒行》。
⑤ 岑参：《酒泉太守席上醉后作》。

唐诗中，我们如临一股飙劲的"胡风"，从王谢堂前到市井酒肆，冲击着帝国的审美意识和生活方式。这股胡风一部分就是活跃在丝绸之路上的粟特人，从遥远的中亚撒马尔罕裹挟而来的。

当然，胡风的盛行无不与执政者的开阔胸襟及多样化的怀柔羁縻政策息息相关。唐太宗李世民（627—649 在位）就曾说："自古皆贵中华、贱夷狄，朕独爱之如一，故其种落皆依朕如父母。"①

粟特人，这个在中国汉语辞典里略显生涩的名字到底是什么？

中亚粟特（Soghd），"以中亚阿姆河与锡尔河两河流域为中心，附带地涉及其周围地区"。"东面为中国、蒙古，西面为波斯，南面为印度、西藏，处于亚洲诸大势力之中央。"② 中亚粟特不仅是南北东西交通、贸易的十字路口，也是世界"文明的十字路口"。

以经商为业的粟特人，在沟通东西方物质文明的同时，也传递着五彩缤纷的宗教信仰。粟特的宗教信仰，既有来自西亚的琐罗亚斯德教（唐时称其为祆教），也有基督教的异端聂斯脱里教（唐代称为景教）以及摩尼教。但这些宗教从来没有独占过中亚粟特信仰的天空。

人，是宗教信仰的载体。这些纷杂的信仰都随着粟特人东进的驼队，一路洒播到了中国。遗憾的是，它们都如昙花一现，最终枯萎为史书里一些拗口的名词。

很抱歉，我的史料之旅一直羁绊在盛唐。因为在盛唐的海市蜃楼里，我隐约觑探到了一个熟悉的身影。

于是，我再次迄游于《新丝绸之路》精雅之极的声画中。掠过公元3500 年前罗布泊的清漪，一路左顾右盼，最后撞进了长安东西两市的车水马龙。但，那个身影始终没有在画面里出现。

我不禁惑疑，《永远的长安》真的海纳了时空概念里的"永远"吗？丝绸之路最后的驼队是中亚粟特一族吗？携带来的信仰种子，仅仅是佛教、祆教、景教、摩尼教吗？

---

① 〔宋〕司马光：《资治通鉴》，卷一九八。
② 〔日〕羽田亨：《西域文化史》，第一章：绪论。

不知何时起,《十字路口上的喀什》中的一个画面开始牵动我的思绪。"安拉至大,安拉至大,安拉至大……"艾提尕尔清真寺的"穆那乃"上,老阿訇抑扬的宣礼声,穿透蓝得如海般深邃、宁谧的晨霭,召唤着刚刚苏醒的穆斯林去做晨礼。"几个世纪以来,这个声音从来没有改变过。"①

从公元7世纪起,当信奉伊斯兰教的阿拉伯商人踏上中国的土地,每天清晨5时,这个声音就在喀什、在西北角、在中国的各个地方次第响起。这一响,就迤逦了千年,从来没有改变过。这些阿拉伯人和后继信仰伊斯兰教的波斯人、中亚人,就是我苦苦追觅的那个身影——丝绸之路最后的驼队——回族的先民——各色穆斯林。

为什么《新丝绸之路》在撷取丝绸之路上走过的文明时,独独遗漏了这些穆斯林带来的伊斯兰文明?是基于一种探究文明时惯常的厚古薄今?抑或是伊斯兰文明对丝绸之路的影响微不足道到可以忽略不计?

文明是什么?仅是博物馆陈列的古董?学者案牍上无解的怪异文字?

诚然,伊斯兰文明没有像佛教一样,留下一窟一窟的壁画供后人观瞻、咨嗟;也没有像粟特人那样,出现过转动历史车轮的人物,如发动安史之乱的叛将安禄山……那么,伊斯兰文明巨庞的彗尾究竟以怎样的方式,横扫起丝绸之路的尘尘埃埃?

三

公元7世纪,震撼世界的重大事件莫过于唐帝国的建立,及与此同时随着伊斯兰教的宗教复兴,阿拉伯帝国(中国史称大食)奇迹般地崛起。穆罕默德逝世后,历经四大哈里发时期、伍麦叶时期和阿拔斯时期的3次大征伐,到了公元8世纪,阿拉伯帝国的疆域东起印度河,西至大西洋,北至中亚,南至非洲撒哈拉大沙漠,成为一个横跨亚非欧三大洲的庞大帝国,比极盛时代的罗马帝国还要大。当时也只有与之毗邻的唐帝国可与

---

① 赵化勇主编:《新丝绸之路》之《十字路口上的喀什》。

匹敌。阿拉伯帝国所征服的地区无一例外逐步地被伊斯兰化了。

自公元750年怛逻斯战役以后，阿拉伯将中亚划归进了自己的势力范围，"传统丝绸之路的贸易已经从性质上演变为阿拉伯人和中国人的贸易"。由于中阿两国边界相连，丝绸之路的东西大小各道变得极其畅通和安全，于是出现了"是时中国强盛，自安远门西尽唐境万二千里，间阎相望，桑麻翳野"①的盛景。

丝绸之路的空前通畅繁荣，为多族源、多地源、多途径穆斯林民族的涌入，提供了良好的契机。这些穆斯林民族"一手拿着珠宝香料，一手拿着《古兰经》"，在丝绸之路沿线的物资贸易过程中"使中国和阿拉伯人民有了跨文化的交际和社会文明的交流，最终把伊斯兰文化传播到了中国"②。伊斯兰文化理所当然地成为丝绸之路的主流文化之一。

但，从之前的祆教、景教、摩尼教的黯然凋敝，我们已经清醒地看到，在飞逝的时间及强大的中华文明面前，许多外来文明的脆弱与无奈。伊斯兰文明又如何在葱葱郁郁的中华文明里觅得了一丝罅隙，生根发芽，并将自身的文化叶蘖延伸到各个角落——从东海之滨到西北边陲，且最终发展为中华文明体系中不可或缺的一个有机组成部分？

中华文明在唐帝国时代，是一种已高度发达的、具有鲜明个性特征的文明体系，任何外来文明对她的影响都是局部的、暂时的。只是在它原有的文明基调上，丰富和补充自身而已。恰如鲁迅先生在《坟·看镜有感》中评介的那样："汉唐虽然也有边患，但魄力究竟雄大，人民具有不至于为异族奴隶的自信心，或者竟毫未想到，凡取用外来事物的时候，就如将彼俘来一样，自由驱使，绝不介怀。"

伊斯兰教作为世界三大宗教之一，是一种入世性很强的宗教。它的特点是将神圣的宗教信仰与世俗的社会生活融为一体。它在关照人们精神世界的同时，也关照人们的世俗生活。

来到唐帝国的穆斯林并非以传教为目的，而是通使或经商，所以他

---

① 〔宋〕司马光：《资治通鉴·唐纪》，中华书局1977年版。
② 杨怀中、余振贵主编：《伊斯兰与中国文化》，宁夏人民出版社1995年版。

们多是商人、使节、军匠,职业特点决定了他们所进行的活动以世俗社会生活为主,故其传播的伊斯兰文化多集中于物质层面。伊斯兰教在中国的传播实属"无心插柳",因此,伊斯兰文明对中华文明的影响,物质文化因素多于制度和意识形态因素,世俗文化因素多于宗教文化因素。

换言之,伊斯兰文明沉淀在中国的不单是一种信仰、几个民族。人们的衣食住行医,无不铸上或浅或深的伊斯兰文明印记。

我能否罗列一个这些印记的明细表?

只能串联一些零碎的散帙片文,做一个大致的梳拢。

唐高宗永徽二年(公元651年),长安鸿胪寺迎来了一批胡蕃使臣。他们面色谦和,目光炯然自信。自云:"有国已三十四年,历三主矣"①,"其王姓大食氏,名噉密莫末腻"。他们就是刚刚崛起于亚洲西部的奇迹——大食帝国的使臣。"噉密莫末腻"是阿拉伯语 Amirol mummen 的音译,意为"信士的长官",是对大食国第三任哈里发奥斯曼(Othman,644—656年在位)的尊称。

置身"万骑争歌杨柳春,千场对舞绣骐驎②"的唐帝国的心脏——长安,他们终于憬悟,先知穆罕默德"你们求知吧!哪怕它远在中国"的真意。长安不仅聚揽了世界的奇宝异珍,而且从宫殿的飞檐画柱到普通的笔墨纸砚,都折射着中国人的聪明才智。

对于"以知识为财富"的大食人来说,唐帝国不啻于盘踞在世界文明之巅的巨龙。大食的使者、商贾、世胄都仰慕于她四射熠熠的文明光焰,络绎于丝绸之路。尽管法显骇人的"上无飞鸟,下无走兽"的恫吓犹雷震聩,然而,信仰——造物主与坚忍者同在——之于他们,如温润的血液驱动着躯体,走下去,哪怕朝迎寒雨,晚袭骤风……走下去,只为叩响唐帝国高耸云霄的大门。

锈在唐帝国历史中的驼铃,曳响了回族先民的丝路记忆。

---

① 〔后晋〕刘昫:《旧唐书·大食传》,中华书局1975年版。
② 〔唐〕高适:《九曲词》。

"殊方异物，四面而至"。庞大的驼队满载着阿拉伯的各种手工艺产品、香料、药材、珠宝、乐器，还有阿拉伯相对先进的医学、制药、天文、历法、建筑、造船等科学技术……他们的到来，为已然饱和的中华文明，注入了名曰"伊斯兰文明"的活水。

中国人素"以食为天"。我的梳拢暂且从餐桌开始。

几百年来，胡豆、胡瓜（黄瓜）、芹菜、菠菜、胡桃（核桃），还有胡荽、胡麻、胡蒜、胡萝卜等等都是我们常见的蔬菜。谁能想到，今天司空见惯的它们在唐帝国时期，却是"以稀为贵"之物。据唐以降的汉文史料载，这些冠以"胡"字的果菜大都来自大食国。它们的第一粒种子就是由穿行在丝绸之路上的大食商队，从遥远的西亚带到中国。

譬如常用的佐料胡椒，据唐博物学专著《酉阳杂俎》记载："胡椒，出摩伽陀国，呼为昧履支。其苗蔓生，茎极柔弱，叶长寸半，有细条与叶齐，条上结子，两两相对，其叶晨开暮合，合则裹其子于叶中，子形似汉椒，至辛辣，六月采，今人作胡盘肉食皆用之。"

又如芦荟，《诸蕃志》记载："芦荟出大食奴发国，草属也。其状如鱼尾，土人采而以玉器捣研之，熬而成膏，置诸皮袋中，名曰芦荟……"这些域外物种的引进与广泛种植，不仅影响了中国的农作物种类，也丰富了中国人的饮食内容。

牛顿曾经说："如果我看得较笛卡尔为远，那是因为我站在他的肩上。"始于公元 8 世纪的伊斯兰医学，能执掌中世纪世界医学之牛耳，是因为它站在了古希腊和罗马医学的"肩上"，并融合了地中海周边地区诸民族及波斯、印度的医药学知识[①]。随着丝绸之路穆斯林的东进，伊斯兰医学也随之进入了中国。

唐帝国的药匣子兀然丰盛了起来，安息香酸、木香、龙涎香和乳香等阿拉伯药材相继出现。截至今天，很多药物仍然沿用的是阿拉伯名称：如苏打、糖浆、糖、樟脑等。据史书记载，当时输入的阿拉伯药材数量

---

① 杨怀中、余振贵主编：《伊斯兰与中国文化·伊斯兰医学的输入》，宁夏人民出版社 1995 年版。

相当大，中国医方药典中甚至出现了以阿拉伯药材为主的药剂，如乳香丸、木香汤、没药散、安息香丸等数十种。这些药剂和医方，丰富了中国医学宝典，为许多疑难杂症带来了治愈的希望。

到了唐中叶以后，中国出现了一些专事记述产自阿拉伯帝国的药物乃至医术的文书。博物学专著《酉阳杂俎》的作者段成式，是宰相段文昌之子，借助其父的职务便利，获得了丰富的有关阿拉伯帝国的医学知识。《酉阳杂俎》从本草学角度看，具有较高的学术价值，是唐帝国及以后中国人认识伊斯兰药物的重要参考书①。在这些专著中，最具代表性的是晚唐、五代时李珣编撰的《海药本草》。李珣是位波斯后裔的穆斯林本草学家，世代以经营香药为业，他对各种胡药的性状、炮制及功能主治具有深博的知识②。

枯燥的汉文史料，却让我们的感受如镂如刻。大食医术实乃"回春"："高仙芝（安西都护）伐大食。得诃黎勒。长五六寸。初置抹肚中，便觉腹痛，因快痢十余行。初为诃黎勒为祟。因欲弃之。以问大食长老。长老云。此物人带。一切病消。痢者出恶物耳。仙芝甚宝惜之，天宝末被诛。遂失所在。"③

对伊斯兰医学之于中国的影响，史学家白寿彝先生说："以余所闻，回教国家之药材及方剂，已于唐宋时传入中国。余曾细检《证类本草》，发现海外药物达 300 种以上，其间来自阿拉伯、波斯者，不在少数。此种香料之普遍地消费，犀象宝物之特蒙重视，均回教商贾在东土发展之结果，有以影响唐宋时代中国人之社会生活者，似均值得一提也。④"

当今，有很多学者都致力于研究、整理、挖掘消匿许久的回族医学的工作。我们相信，伊斯兰医学在中国衍生的结晶，作为中华医学园林的

---

① 杨怀中、余振贵主编：《伊斯兰与中国文化·伊斯兰医学的输入》，宁夏人民出版社 1995 年版。
② 同上。
③ 〔宋〕李昉等编：《太平广记》，卷四百一十四，中华书局 1961 年版。
④ 白寿彝：《评〈中国回教史之研究〉》，载《白寿彝民族宗教论集》，北京师范大学出版社 1992 年版，第 339 页。

一株奇葩，定会有重新灿然绽放的一天。

到了唐代鼎盛时期，帝国经济繁荣、物质丰渥，达官显贵们的生活奢靡到了极致。阿拉伯的香料，是足以与黄金比价的奢侈品，但在他们的消费理念中，却与常物无二致："唐人有以香薰衣者，有以香作食品者，有以香材为栋梁、涂墙壁者。"①

掀开史料，香料的馨郁就溢了满满一纸。是我的嗅觉出现了问题，还是唐人的用香着实令我眩晕，以致出现了臆幻？

"公主乘七宝步辇，四角缀五色香囊，囊中贮辟寒香、辟邪香、瑞麟香、金凤香。此香，异国所献也。仍杂以龙脑、金屑、刻镂水精、马脑、辟尘犀，为龙凤花。其上仍络以珍珠、玳瑁，又金丝为流苏、雕轻玉为浮动。每一出游，则芬馥满路，晶荧照灼，观者眩惑其目。是时中贵人买酒于光化旗亭，忽相谓曰：坐来香气，何太异也？同席曰：岂非龙脑邪？曰：非也，余幼给事于嫔御宫，故常闻此，未知今日因何而致。因顾问当炉者。遂云：公主步辇夫以锦衣换酒于此也。"

这是《杜阳杂编》详载咸通九年（公元868年）同昌公主出行游冶的盛况。公主宝辇"晶荧照灼"，所经之道"芬馥满路"，就连公主辇夫的锦衣，都因袭了公主的香气而仍生异香。

公主用香已令我们"眩惑其目"。国舅杨国忠，权倾朝野，论奢华、靡费，怎堪落公主之后？"国忠又用沉香为阁，檀木为栏，以麝香、乳香、筛土和为泥，饰壁。每于春时，木芍药盛开之际，聚宾客于此阁上赏花焉"②；"杨国忠家以炭屑用蜜捏塑成双凤。至冬月，则燃于炉中，及（乃）先以白檀木（末）铺于炉底，余炭不能参杂也"③。杨国忠不单以香料为建筑材料，甚至连取暖的燃料都是香料，而且"不能参杂"。这些有权有势之人用香的考究，怎一个"奢侈"了得！……

---

① 白寿彝：《中国伊斯兰教史存稿·宋时大食人在中国的活动》，宁夏人民出版社1983年版。
② 〔五代〕王仁裕：《开元天宝遗事》，中华书局2006年版。
③ 〔五代〕王仁裕：《开元天宝遗事》，中华书局2006年版。

正所谓"上有所好，下有甚焉"。帝国上下消费香料翕然成风，定与皇家有着千丝万缕的联系。我们何不扒着九重宫阙的门缝，觑看一番？"唐宫中每欲行幸，即先以龙脑、郁金铺地"①。"宝历中，帝（敬宗）造纸箭、竹皮弓。纸间贮龙麝末香。每宫嫔群集，帝躬射之。中者，浓香触体，了无痛楚。宫中名风流箭，为之语曰：风流箭中的人人愿"②。

看来公主的辇夫锦衣生香，杨国忠用香料涂墙、取暖还有点"小巫"的况味。中国人的等级差异性，渗透在社会生活的方方面面，就连小小的香料用法都会谨遵等级之绳墨。

其实由穆斯林商人运到中国的香料，如麝香、龙涎香等都具有极高的药用价值。而唐帝国的权贵们却忽略了其救人延命的药用价值，而非要与地位、财富掺揉在一起，将它们缝进香囊锦袋，招摇于市。香料在帝国俨然成了毒、成了祸、成了灾，成了身份的象征。我们该咎罪于谁？穆斯林商人？还是具有"中国特色的智慧"——能将许多发明创造庸俗为玩乐的供资。少安毋躁，后面我会用翔实的事例来印证我的结论。

长安西市，起得比帝国的任何地方都早。

刚刚结束晨礼的穆斯林商人，立刻涌向西市，卸载采自世界各地的货物，与帝国的商家交换各自所需的货物。阿拉伯语、波斯语、突厥语、汉语，汇成讨价还价和叫卖的声海。阿拉伯香料、中国传统草药的香气，薰蒸了一街两道。西市的繁华浓得化不开。

交易结束后，很多穆斯林商人又匆匆启程，返回他们的家乡。他们的驼队装载了些什么呢？传统的丝绸、瓷器？他们扎裹紧实的包裹，令我们无法窥见里面的东西，那就尾随他们去大食帝国吧。

公元8世纪，大食帝国的首都报达（即巴格达）出现了炼丹术。炼丹术，阿拉伯人称之为"al-Kimiya"，包括炼金、制药，人们追求一种叫作阿尔伊

---

① 白寿彝：《中国伊斯兰史存稿·宋时大食人在中国的活动》，宁夏人民出版社1983年版。

② 〔宋〕陶谷：《清异录》，中国商业出版社1985年版。

克西尔（al-Iksir）的万应灵丹，祈望用之延年益寿，同时用以点金。但在伊斯兰信仰里，世间万物全归造物主所有、掌控。人财富的多寡、寿命的长短自然也由造物主定夺。显然，他们的炼丹术从思想基础到具体内容，都有悖于伊斯兰信仰。因此我们可以断定：阿拉伯的炼丹术是从中国输出的。

只是，炼丹术在中国是为了"服石求神仙"，是帝王将相"长生不老"的一种祈愿。虽然中国的帝王将相没有一个能"长生不老"，而且有很多帝王，如唐太宗、宪宗、穆宗……都命丧于此，但中国的炼丹家们却积累了不少有关的化学知识和操作经验，成为化学领域的开山鼻祖。这些知识和经验，被阿拉伯人吸收并改进，制成了烧瓶、水浴锅、蒸馏器、乳钵等化学器材。他们还改进了许多化学实验的方法，如过滤、蒸馏、升华、结晶。我们现在用的酒精就是那时候由阿拉伯人制造的。约在12世纪，阿拉伯炼丹术随着伊斯兰教的势力西行逐步传播到欧洲，成为了近代化学的雏形。

不止炼丹术，中国的四大发明也相继由穆斯林西传至阿拉伯世界。中国的四大发明不仅对阿拉伯世界产生了深远的影响，而且通过阿拉伯人传向了欧洲，为挣扎在神学泥淖里的西方，日后遽然崛起做了前期准备……

四大发明中，造纸术的西传经历，镀着一层奇异的色泽——战争的"后遗症"。

唐天宝十年（公元751年），唐帝国与大食国间因石国（中亚粟特的一个小国，今在塔什干）问题，在怛逻斯兵戎相见。这是唐帝国与大食国几百年交往史上唯一的一次鏖战。

关于这场鏖战，我不想着墨过多。这场战争的直接结果，是唐帝国在中亚的霸权被剥蚀，为日后大食国称霸中亚提供了可能。但败北的唐将领高仙芝怎么都料想不到，这场鏖战却开出了一朵奇异的花——被大食国虏获去的唐军工匠里，居然有精通造纸术的。而这些人将造纸术远播到了飒秣建，在大食帝国掀起了一场造纸术的革命。到公元15世纪，平滑柔软的纸张取代了欧洲原有的粗糙笨硬的纸张，对欧洲文明的进程产生了巨大的推动。"可以毫不夸张地说，没有阿拉伯人把印度的学术著作和中国的造纸术以及在欧洲已经失传的古希腊学术著作传入西欧，为欧洲的文艺启蒙和文艺复兴准备了条件，欧洲文艺复兴运动的辉煌历史无疑将重新改写。"①

继造纸术后，中国四大发明接踵而至涌入大食国。

火药传到大食帝国后，约在公元15世纪，又经由穆斯林统治的西班牙传入欧洲。到了公元19世纪，当大清帝国的帝王仰起头，对着满天璀璨的烟花赞叹有加时，欧洲人乘坐的舰船上指南针（由阿拉伯人传到地中海地区，意大利人最先将其用于航海）已经指准了中国的方位。他们无心欣赏那些美丽而短暂的烟花，却把枪膛里装满了舶自中国的火药的枪支，径直对准了孱弱如一柄秋叶的大清帝国。

人们将近代中国的衰落归结于大清帝国"闭关自守"的政策，没有跟上世界疾速发展的脚步。但关起家门的大清帝国的官员，除了盘剥百姓、中饱私囊外，又做了什么？中华文明没有得到多少发展，有些甚至还停滞在最初的阶段——曾称雄于世的航海技术，在明帝国成就了一次彰显国威的友好出访后，便搁浅在了近海的鱼虾群里。

古代文明不应是后人用来炫耀的资本，如果不很好地继承和发展，古代文明只能属于古人。

四

我不是史学工作者。

回望中国的西北角，只为向历史发出"我是谁"的疑问！

因此对丝绸之路史料的梳理有些散漫、浅陋和片面。

所幸，历史还是铿锵有力地回答了我——回族的先民，是丝绸之路

---

① 朱威烈：《国际文化战略研究》，上海外语教育出版社2002年版。

上走过的穆斯林。

而这些回族的先民用双脚踏实的丝绸之路,在几百年的土遁后,被人们重新发现,并美其名曰"对话"之路。

"对话"之路?的确,没有比这更符合它个性的名字了。

绵亘了两千多年的丝绸之路上,中华文明、埃及文明、印度文明、美索不达米亚文明、中亚文明、希腊文明、伊斯兰文明等文明昂首阔步地走过,它们彼此影响、相互交融,给世人沉淀出了巨大的精神财富,同时也推动了整个世界文明的进程。

步入21世纪后,刚刚苏醒的丝绸之路,双耳就塞满了来自西方的聒噪——冷战结束后,文明间的秩序只有一种:不同文明之间一定会发生冲突,一种文明一定要征服另一种文明。

面对西方的聒噪,它困惑不解。

丝绸之路的研究肇于西方,为什么西方的研究只停留在了那些文物的僵死表面呢?也难怪,强取豪夺来的文物,只能是一种无生命状态。西方的放大镜再怎么精密,也永远触摸不到隐藏在文物里的勃勃脉动:"一种东方文明的智慧";文明间可以互相包容、互相尊重,也完全可以平等对话,和平交往。

"文明冲突论""种族冲突论""文明终结论"不过是西方社会的一片色彩艳丽的霓裳。可惜的是,这件霓裳太短,藏头就得露尾。帝国主义的劣根——野蛮的侵略、赤裸的掠夺、残暴的屠戮,早已昭然于天下。

但我们始终相信,丝绸之路的驼铃声,会一直响彻在历史的上空,因为它鸣奏着全世界上最动听的,也是唯一的主旋律——和平。

元风起兮云飞扬

一

不知道为什么，在这个骄躁满溢、浮华丛生的夏天，我会如此向往那片草原——祁连托莱——库库淖尔（蒙语：青海湖）以北的草原。

原因到底是什么？

唯一能确定的，"喂马劈柴"海子式的浪漫，或"采菊东篱"式微式的逸兴，与我的向往无关。

当七月骄炙的日光开始熨烫大地的时候，托莱草原迎来了一年中的黄金季节，我也决定启程了。

天边奔泻而来的草的绿，邈邈浩浩的天的蓝，掀波翻浪的云的白，草原毫不吝啬地将最鲜活的色彩泼洒在了我的眼前。

这里实在是阒静极了，安谧极了，旷阔极了。

天穹苍苍，四野茫茫，群岫遥遥，感官上过分地疏朗，一种恍惚感遽然而生：那一排四方四正的瓦房里，真的生活着张承志先生所指的神秘的"元代活化石"、蒙古后裔托茂人吗？一个区区两千人的族群，是什么魅力让先生久久伫足、久久凝视、久久沉思呢？

但我清楚地感觉，草原和我之间确确实实横着一道无从跨越的渊壑。我只能这样，和草原互投着陌生的目光，彼此缄默。

突然，一只矫健的雄鹰闯入了视野。此刻，这只勇搏九霄的斗士，一定正引着某个逝者的灵魂，挣脱尘世的繁缛，奋力飞向自由美好的腾格里（蒙语：天）吧？孤独的草原、孤独的苍鹰、孤独的逝者，孤独的是这个世界，还是我们的个体感受？

一阵肃冷后，又是一阵温煦。

广袤的草原虽然拒绝了我近距离的揣摩，但却大度地包容了我无边际的忖想——无论是腾格里，还是天国，有信仰的人在走向最终的归宿时，是不会有恐惧、不会有忧愁，更不会感到孤独的。敬畏和顺从铺就而成的路，永远都春暖花开。

日影在逐渐拉长，时间在悄然流逝。太阳疲惫地倚在祁连山脉的峰峦上，薄薄的烟岚在草间漾漾荡开。祁连大大（大大：青海方言，伯伯的意思。祁连大大是一位相熟的长者。一直以来，我都误认为他是个生活在藏区的回族。后来才知道，他是托莱草原上过着游牧生活的蒙古托茂回族。据说，总是爽然一笑却言少语秃的他在草原上极具威望。无论蒙古人、藏人还是回族，都会尊他一声"王爷"。可在我感觉，他就是个信仰笃诚、重诺守信、可亲可敬的邻家大大）家的炊烟在岑寂的草原上袅出几缕人间的气息。牛羊该归圈了吧？炉上的奶茶该煮好了吧？喷香的手抓该焖熟了吧？

一种古怪的想法蓦然闪过：在温热的大泥炕上，在牛粪炕烟的蒸熏中，今晚飘在草原的夜风，能否向我咽诉，浸冷了7个世纪的托茂人的悲怆秘史？

再一次，我面向暮色渐浓的草原，满怀期待……

700多年时空的跨度，3800米的海拔高度，近千公里草海的宽度。生活在青海省海北藏族自治州所属的海晏、祁连两县的托茂人的一切，都迷一样的深、迷一样的广。古今民族史学界对谜底的唯一共识显而易见地偏于浅薄，又暧昧难明——"托茂原为蒙古族中信仰伊斯兰教的一支"。但他们为何被称为托茂？何时归信了伊斯兰教？对此，民族史学界至今各持己见，噪聒不已——

一说，"托茂"是俄罗斯境内一个叫"托合乃"地名的变音。托茂人的祖先原是俄罗斯草原上讲蒙古语的游牧民族，因不堪沙俄统治者的暴虐，他们族中的一部分人从俄罗斯的托合乃迁徙到了中国青海；

一说，清同治年间，爆发于陕、甘、宁、青的回族起义，遭到残酷的镇压后，陕西白彦虎部经西宁逃往河西走廊、新疆。在经过青海境内时，前有当地蒙古王爷部队的猛阻，后有左宗棠部队的穷追。求存唯一能做的选择——精壮士丁走险新疆，老弱妇孺迫降可鲁沟贝子。后蒙古托茂公王爷几经交涉，将部分人要回，逐步与当地蒙古人通婚，血脉相沿。正因为托茂人既有蒙古族血统，又有回族血统，并长期生活在蒙古族中，系蒙古王爷部，所以风俗习惯同于蒙古族，宗教信仰却属伊斯兰教。因此，学者习惯地称他们为"蒙回"，即信仰伊斯兰教的蒙古族；

一说，"托茂"为"土麻""秃满""秃马"不同汉文的音译。他们原为蒙古草原突厥语部落。1206年，成吉思汗在哈拉和林组建他庞大的"大蒙古帝国"之后，这支突厥语部落由斡亦剌（即瓦剌）部首领所降服，秃马女首领即嫁给斡亦剌部首领。合并之后还是由斡亦剌首领统领，成为初期卫拉特联盟成员之一，游牧于中国西北部草原。元初，蒙古帝国内部的信仰结构趋向了多元，伊斯兰教的墨绿新月旗下，聚拢了多达2/3的蒙古人，尽管史学界对这一数字三缄其口，但历史的真实不允许任何包藏祸心的规避，和傲慢无礼的隐晦。

当然，这股飙劲的归信风也刮到了斡亦剌各部，他们中有部分人归信了伊斯兰教。因秃马部信仰伊斯兰教的人数最众，斡亦剌各部的穆斯林均被称为"秃马回"，久而久之，就简化成了"秃满""土蛮""秃麻"。在时间湍急的冲淘下，在多民族语音的辗转中，最终"秃满"音转为"托茂"被正式载进了汉文史籍。

对史学界的不同声音，我们是否应怀有一颗宽容的心去聆听呢？但我们的宽容拒绝任何形式的恶意杜撰和蓄意隐瞒。

史料拼出的托茂人的地图留有太多太大的空白。

正当我怅然若失的时候，手臂上，被托莱草原的骄日灼烫过的皮肤，突然隐隐作痛。这痛有些突兀，真实可感。那是一种无法解释、也解释不了的冥冥。一切都豁朗起来、澄亮起来。是的，能诱人深沉的，不是枯槁死僵的史料，而是如镂如刻的体悟。

风吹，草低，托茂人的历史图景豁然呈现。

他们，是蒙古突厥人，偏偏选择了伊斯兰教当作信仰的根；他们，是穆斯林，偏偏固执着策马啸风的游牧秉性。这样一个特殊的族群，势必被视为异端，挣扎在大中国、大传统、大民族的边缘。

暴露易招灾难，迁徙只为求存。托茂人都清楚地明白且恪守这属于异类的生存法则。

几方牛毛毡房，几头羸瘦的牦牛，几辆锈旧的牛车，身躯佝偻的老妪，父亲大袍里酣梦的幼儿，吆着牛赶着羊的少妇……从天山牧场到苏勒草原，从阿拉善草原到托莱草原，在崇山峻岭中奔徙，在餐风饮雪中颠沛，只为寻得一个生存的罅隙。这片雪地埋葬了饿死的母亲，那片草海掩埋了罹病的儿子。没竖一块石碑，没做一个标记，但又怎能遗忘得了呢？亲人的坟茔是筑在记忆里的，是垒在心头的。继续走，朝着下一个牧场，向着下一片草原，继续走。没有悲伤，没有怨愤，有的只是更加坚挺的脊梁，更加桀骜的性情。什么？放弃信仰就可以居留？信仰是什么？是淙淙流淌在体内的热血，血冷了，血枯了，血浊了，人还能活吗？况且，后世的长久和今世的苟安，哪个贵重，哪个微薄？仰天一笑后，坦然领受养主安拉的前定，径直朝前走，留给世人一个岿然的背影。

这背影为何似曾相识？我极力在历史的记忆里搜索——

是明成化时期斡亦剌部分离出来的"土满"部千户土司满四吗？因不满地方官吏的横征暴敛，率部掀起了石城抗暴斗争。明王朝震惊了，五万明军倾扎在石城城下。半年后，因满四亲信杨忽里的倒戈，轰轰烈烈的石城起义才被镇压。满四被押解京师，部众被残酷缴屠。幸存的"土满人"四处避难，最终融在了周边的回族里。

是清光绪年间响应河湟回族起义的首领茶根吗？清政府命青海蒙古军镇压河湟起义，而青海蒙古军的主力是精火器、善骑射、骁勇的托茂人。托茂人断然拒绝了这一同根相煎、手足相残的命令，同时也抵制了蒙古王公"放下武器，不参加起义"、"改变宗教信仰，信奉喇嘛教"的"善意规劝"，举族迁出柴达木盆地，摆脱蒙古王爷的控制。在其首领茶根的率领下，汇聚到河湟穆斯林反清起义的大潮中，与回族、撒拉族并肩奋勇战斗。最后，为了保护入新疆的一万余名起义军，茶根和回族起义军同赴清军兵营自首，要求不要伤害义军，茶根和起义军首领全部被害，起义军就地流放穷乡僻壤。

濡满鲜血的背影也许不尽相同，或魁伟、或羸弱；或肥臃、或消瘦，但背影里包裹的魂魄却是如此相同——面对强权当道，从无媚颜奴骨；站在浊世面前，绝不同流合污。也难怪，草原青青朗朗的一方天地，能够容纳的也只有刚刚正正、清清白白的民族魂魄。

其实，在青藏高原东部，在中国的西北角，这样特殊的族群又何止托茂人一族——

西域高昌回鹘王朝的余晖蒙回冶上司人；西夏王朝的残烬藏回卡力岗人；中亚突厥人、成吉思汗后裔阿勒坛部族和山东反金起义的义军等，以及多民族汇融的蒙回红毛人……这些被史学界称为"历史活化石"的族群，不管他们操何种语言，不管他们系何种血统，不管他们秉何种习性，不管他们是在黄土高原的千沟万壑里扒犁一粒生的苗种，还是在草原四季的更替中追逐一片盎然的绿，在13亿拥拥搡搡的人潮中，他们依然能认同彼此——都是"回族"，没有丝毫的犹豫、没有丝毫的惑疑。

为什么？

19世纪法国历史学家、文学家勒南予以了解答："一个民族是一个灵魂、一种精神原则；共同受苦、共同欢乐、共同希望——这些就是造成民族的东西"。

这些生活在中国西北角的特殊族群，始终朝着同一个方向礼拜叩头；听从同一个声音"安朗乎艾克拜勒（安拉至大）"的召唤；为着同一个归宿而努力播耕不同的人生。他们承受过同样的不公，偾张过同样的血性，萌生过同样的希冀……他们都是离散在历史长河里的回族亲戚。

而且，如果我们逆他们的历史长河而上，会惊愕，它们居然都指向同一时代……

二

"尔德节"的前夜。

座无虚席的礼拜殿里，斋月的最后一次"卧尔兹"演讲正在进行。

这是一种从未有过的体验。

台上，年轻的阿訇用纯正的阿拉伯语诵念《古兰经》章节。他没用麦克风，声音却格外清脆洪亮。如冷雨抚奏翠荷，这叶那叶，这池那池，最终漾开了一天一地的清音。

顷刻间，浮躁，退却了；矜狂，无影了；贪欲，息止了。一段诵念声，居然会斟满一个世界？

渐渐地，我的声带不能自持地开始阵阵发紧，丹田之气不断窜涌。我明白，那是溶在血脉里的一种古老语感在蠢蠢，几经挣扎后，质变为一种亟欲发声的冲动——用世间最优美的词藻，最真挚的语言去赞颂造育万物的主。偏偏在滋养了我的汉语语境里，我找不到这样一个合适的词汇，甚至一个合适的音节。千言万语都如鲠在喉，唯有清泪两行。

我的养主啊，我早已失去了这种发声的能力。阿拉伯语，这原本属于我的语言，却被岁月无情地漫漶为一串难解的字母。今世，注定我的角色，是枯坐一隅的旁听者，而且是失了聪的旁听者。此憾绵绵！我不得不怆然自问：

什么时候我们离别了故土？

什么时候我们失去了母语？

什么时候"回族"这一称谓由"他称"变为"自称"？

这些鼓荡在每个回族人胸臆中的疑问，这些包涵着必然历史逻辑的疑问，早被历史的潮汐冲淘得模糊不清。

"……我忘了，但我记得我的历史老师曾经讲过，在中国的某个朝代，公民被分为四个等级，我们回族有很高的地位……"年轻的阿訇慷慨激昂到居然忘了词，我不由生出几许遗憾，可——

那不就是蒙古——元帝国吗？在中国历朝历代，唯有元帝国"实行了四等人制。而四等人制是按族群划为四个等级，第二等色目人即包括回族。而'回回'的概念从元初开始增加了种族的含义"①。

所学知识的再度温故，虽未获得任何新知，却不偏不倚将我引向了那个寻寻觅觅千百度的历史关隘。

以往中国学者认为回族族群是元帝国的产物。他们往往忽略了这样一个基本事实：元史，并非是蒙古史。元帝国只是"世界性帝国"蒙古帝国的一个附属部分，是蒙古帝国肢解后昙花一现在中国的繁华与和平。"回族"这个名词曾在蒙古时期的圣旨中出现，无意中将回族的形成做了背景性的拓展。换而言之，回族的历史轨迹，不应囿于狭窄的元帝国，应拓展于整个蒙古帝国。

对于东方学者谈"蒙"色变的蒙古帝国初期的征伐史，我更倾向于西方学者的观点：不能将蒙古人在欧亚大陆卷起的血雨腥风单纯地、甚至是武断地归结为他们本性嗜血。的确，他们"使恐怖成为一种政体，使屠杀成为一种蓄意的有条理的制度"②。但更多时候他们的行为都未跃出游牧民族的逻辑，并一厢情愿地将这种逻辑用刀和剑推广到欧亚大陆的每寸土地。

譬如征伐初期，他们主张"悉空其人以为牧地"③，即将欧亚大陆的玉米地变成供牧民纵马驰骋的草原。他们"几乎不理解农业和都市经济的性质。在征服了东伊朗和中国北部之后，认为通过夷平城市和破坏农田，使这些地区变为草原是很自然的事"④。

蒙古帝国"一厢情愿"的结果，一方面给欧亚大陆带来了近乎毁灭

---

① 邱树森主编：《中国回族史》，宁夏人民出版社1996年版，第135页。
② 〔法〕勒内·格鲁塞：《草原帝国》，商务印书馆1998年版，第350—355页。
③ 〔明〕宋濂：《元史》，卷一四六，中华书局1976年版。
④ 〔法〕勒内·格鲁塞：《草原帝国》，商务印书馆1998年版，第350—355页。

性的灾难——

东起太平洋，西抵波斯湾，西北方向一度进入了多瑙河的东部农耕地区，帝国的飓风呼啸着、肆虐着，一旦稍遇抵抗或阻碍，就会被毫不留情地摧毁——苦心孤诣设计修建的防御工事被摧毁，彰显文明的建筑被焚烧，辉耀人类智慧的藏书被付诸江河，涂炭的生灵更是无从计数……

"他们到来，他们破坏，他们焚烧，他们杀戮，他们劫掠，然后他们离去"[1]，巨大的恐怖逸出了萎枯的波斯文字，从13世纪的天空扬扬洒洒下来，渗进了中国的地层，渗进了小亚细亚的地层，渗进了世界的地层——中国人强烈的惧外、避外、排外情绪，萧条萎顿的中亚经济，西方话语里野蛮落后的"东方印象"，西方鼓吹至今的种族优劣论——世界的呼吸至今都潮漉漉的沉重。

一方面历史也不尽是川上逝水。

有时，时间愈久远，它愈会沉淀出某种深刻："不破不立；不塞不流；不止不行。"

因而对于欧亚大陆，蒙古帝国带来的灾难又何尝不是黎明前的最后黑暗呢？只是政治和社会组织严重腐朽、生活精致到堕落的几大帝国——阿拔斯帝国、宋帝国、花剌子模王朝、西夏王朝、辽、金帝国——都还没来得及看到到黎明的曙光，就颓圮为一堆坟冢。

坟冢里相继枯萎的，还有酿造了这场人祸的巨首——成吉思汗和他的"黄金家族"。但他们都没想到，破坏性的战争会加速东西方文明的互传及民族的融合，成为社会进步的重要因素——令欧亚山河战栗的成吉思汗"灭国四十"[2]，冲破了大小国家互相对峙、彼此割据丝绸之路的藩篱，摹画了一幅"天下会于一，驿道往来，视为东西州矣"[3]的和平蜃景。阵亡者的鲜血浮载着西方工匠的知识和艺术家的才能，沿着丝绸之路从中亚、

---

① 〔伊朗〕志费尼:《世界征服者史》，商务印书馆2000年版。
② 〔明〕宋濂:《元史》，卷一，中华书局1976年版。
③ 同上。

西亚的伊斯兰国家传播到了中国。

伊斯兰文明大规模入华的时期开始了；

中国伊斯兰教的黄金时代来临了；

相应地，回族的轮廓，也在这个波诡云谲的大时代突兀。

关于回族的话题，蒙古帝国实在太多，随手拈来都能诱我们品嚼、沉思、嗟叹、唏嘘。

我故意不看落霞与香气共蒸泽的泉州港，因为它太过瑰伟。在回族商人数十年苦心孤诣地经营下，泉州"四海舶商，诸香琛贡，皆于是乎集"①，是当时与埃及的亚历山大港齐名的"东方第一大港"。它为元帝国聚敛了庞巨的财富，成为元帝国东征西伐的不竭财源。然而一场亦思巴悉兵乱，泉州港寺毁城荒。蓦然回首，繁华落尽处，散乱着一堆被时间侵蚀的伊斯兰教石刻。

我故意不看"功闻五朝"的赛典赤·赡思丁，因为他太过庞伟。不论是他"如中国孔子宗系"的显赫家世，还是作为最早见于史载的一位懂儒又明显附儒倡儒的回族政治家，他的文韬武略、政绩功德，无不超拔为一尊供万人观瞻的巨像。

我故意不看帝国财税文书中的"亦思替非（阿拉伯语 istifa 的音译，财产税务核算与管理的意思）②"文字，因为它太过谲诡。广泛运用在蒙古帝国初期到元帝国国家文书之中的亦思替非文字，是掌管帝国财政大权的回族从伊斯兰国家移植过来管理帝国财务的方法。直到公元 1282 年阿合马被杀，不再由回族理财，懂这种文字的人越来越少，这种文字也就渐渐淡出了帝国财政管理。随着帝国的灭亡，亦思替非文字和回族精英阶层，也一同云消烟弭。

---

① 〔清〕怀荫布修，黄任、郭赓武纂：《泉州府志》，卷十一，乾隆二十八年癸未（1763年）。

② 〔伊朗〕穆扎法尔·巴赫蒂亚尔：《〈亦思替非〉考》，叶亦良编《伊朗学在中国论文集》，北京大学出版社 1993 年版，第 44 页。

难道就没有一处既不颓坍、也不消弭，既没有运命的大起大落、也没有艳色的大涂大染，在几百年历史的狂风骤雨中，始终盎溢着一脉郁郁勃勃的生机，保持着一抹朴朴拙拙的素色？

有一处。

我的直觉告诉我，有一处。

在探访"元代活化石"托茂人的历史时，曾获得过一种直觉性的体验——越是醇厚的历史越是鲜活在史料和碑记之外。也许它是征人乡愁里的一曲胡笳，是春荣秋枯的一片草海，是诗行里历史的一声幽叹，是金风里的一缕麦香……

一缕麦香？

溯香回望，尽头是西北角一望无际的麦田。瑟风乍起，秋光和麦穗一同碎成金灿灿的收获。

一片普通的麦田到底能蕴藏多少历史玄机，负载多少历史事实，攸关多少历史要义？我是否在夸大其实？思考往往会汹涌成潮，在时空的彼端卷起千堆雪、万重浪。

三

伏尔泰说："历史中既充满了国王的见证，也同样充满了他们的仆从的见证。"我们不妨将这个逻辑大胆引申——蒙古帝国的回族史中既充满了精英阶层的见证，也充满了底层人民的见证。然而历史总是在明明暗暗地搭建着过程，把过程中的辉煌给了精英阶层，苦难全部压给了底层人民。

历史在衰老，苦难被淡忘。

今天我想追寻的回族的历史记忆恰恰就是这部分"苦难"。因为正是底层人民将这部分"苦难"铸炼为伊斯兰教中国化的重要转向，铸炼为回族群逐步被中华文明涵化的标志。

"为什么一个在唐宋时期活跃在中国商业领域的族群，到了元帝国会

'生农为业，自合守分过日'①，将自己的命运湮没进西北角如海的黄褐色里？"苦难的历史终于不再缄默，向我们娓娓道出来龙和去脉——

回族族群最重要的源头不是大汗帐下为帝国出谋划策的肱股之臣，不是商埠津口为帝国敛金囤银的富商大贾，而是蒙古帝国西征胜利后随军入华的中亚、西亚的军士和工匠。他们也是日后回族经济由唐宋时期的商业转变为元之后以农业为主体的庞大奠基者。

在世界农耕文明与游牧文明血腥的厮杀史里，蒙古帝国不啻于一个从草原深处走来的神话。蒙古帝国的西征更是神话中的神话。史学界尤其是西方史学界，一边恶毒地诅咒蒙古帝国为"黄祸"，一边又不倦地进行着掘地三尺的探究——一个文字借用近亲突厥人、军事政治仿效回鹘人、战术沿袭匈奴人的草原帝国，到底依助了什么魔力，能发动一系列旷日持久的膺惩性征伐，将一个个不可一世的帝国送进冥暗的坟墓？

神话又何尝不是一个谎言——

事实上，蒙古帝国书写这一神话时，自己的蒙古军队只有十来万人。成吉思汗灭国四十时，手下蒙古军队也不过十来万。成吉思汗归西时，整个蒙古民族的总人数不超过一百万。忽必烈获取汗位后，手下真正的蒙古族兵将也只有六七万人。那么就是说，替蒙古帝国西征东伐的百万雄师，都是被征服各族的"雇佣兵"。比如蒙古帝国攻破西夏、大金、大辽王朝以及南宋帝国的重要军事力量"探马赤军"，就来自于惨遭它铁蹄蹂躏的西亚和中亚诸伊斯兰国家。

蒙古帝国西征的重灾区是中亚，它也是首先被征服的地区。蒙古帝国征伐初期，是以掠夺和复仇为目的、以野蛮和破坏为手段的。"……抗拒持久，师多死伤，城下之日，宜屠之"②，《元史》字里行间透出阴辣的杀气令我们不由背凉——他们到底屠了多少城池，"悉空其人"了多少地区，成吉思汗"灭国四十"也许真不是史学家的耸言骇语。

---

① 《元典章》，卷四一，中华书局、天津古籍出版社。
② 〔明〕宋濂：《元史》卷一四六，中华书局1976年版。

然而，对于这些地区的人来说，国破、城毁、家亡仅仅是灾难的开始。蒙古人出于对农耕文明的歆慕，在屠城之时，唯有手艺工匠可以豁免。"国破以来，存者四之一"。蒙古刀下孑遗的"四之一"估计大多数是工匠。这些手艺工匠中"适于服役的青壮年和成年人被强征入军……或者从事他们的手艺"①。他们被蒙古军队强行掳掠后编为"西域亲军""回族军""哈剌鲁军""阿鲁浑军"和"探马赤军"，成群结队地被驱赶进帝国征伐飓风的中心，开始了一段戎马倥偬的生涯。

时间太久了，以至于我怎么努力，依旧还原不了一个具体的、活生生的生命个体。只能茕茕于13世纪的波斯文字里，勉强咀嚼一堆模糊群像背后的苦涩——"活着，不比死亡容易"——是怎样的一种生存状态，逼迫人发出如此悚息、如此哀怨的一叹？

血肉相搏的古战场，伤病无处不在，死亡如影随形，恐惧荒草般疯长。

一批接一批，一代又一代，他们如同被强行剥离绿衣的柳絮杨花，从西夏到南宋，从阿姆河到长江黄河，生命轻贱到居然画不出一条完整的弧线，居然承不起一抔黄土的重量。活着，的确不比死亡容易。

成吉思汗可怖的名字像瘟疫一样在欧亚大陆漫延开来的时候，不知明天的太阳会在哪里升起的他们，借纪伯伦之口冷然相讥："没有，我们没有白活。他们不是把我们的骨头堆成堡垒了吗？"

难道不是吗？难道不是他们用累累白骨将帝国的野心筑成了金碧辉煌的宫阙，用殷殷鲜血将帝国的残暴挥洒到更为遥远的地方？同时也是他们用血污尽染的双手推动了暮色沉沉的欧亚文明。否则，伊斯兰文明和中华文明又怎会在一度的停滞后，再次迸发出勃勃的、不可遏制的创造力、扩张力、竞争力和进取力呢？

屈辱可以就此吞咽，苦痛可以就此直面。再黑的夜，再盲的眼，命定属于你的路，都会熨帖在你的脚下。坚忍地走下去吧，终点或许还很邈远，但无论怎样，它都在造物主的阙下。

---

① 〔伊朗〕志费尼：《世界征服者史》，上册，商务印书馆2000年版，第123页。

一隅被大时代遗弃的蛮荒之地，一群被大帝国遗弃的外籍兵勇，他们的相遇会催生一段怎样意味邃远又奇幻迷离的故事？

"元时回族遍天下，居甘肃①者尚多"②。历史只潦草地提供了一个故事梗概，忽略了前因，省略了后续，却给了我一个绰足的弛纵思绪的空间。

行进在重峦叠嶂的史料，我惊愕，故事的前因里窨匿着一个亘古不变的草原帝国宿命——对物质的无限觊觎筑构了帝国的堂皇；对权力的无限觊觎瓦解了帝国的堂皇。筑构和瓦解同样遽速得惊人。

姗姗而来的"鞑靼人的和平"不过是蒙古帝国对外征伐的暂告段落，兄弟阋墙、同室操戈、后党篡权的内患此时正式拉开大幕，直至百年后帝国的华厦呼啦啦倾为一堆华丽的废墟。

公元1260年，忽必烈在一片质疑和反对声浪中仓促即位。同年，阿里不哥在党羽的怂恿下，毫不踌躇地在哈拉和林自封了大汗的称号。窝阔台系的西北诸王拥戴阿里不哥发动了叛变，一时间，西北角狼烟再起。元帝国与伊利、钦察汗国的联系被切断，商客络绎的丝绸之路再次中断。精力羁绊在对南宋帝国征讨中的忽必烈不得不抽调兵力纾解西北兵患，其中就有以回族军匠为主、骁勇善战的"探马赤军"。

究竟是西北角哪些被战火斫伤的风景，暗合了回族军匠对命若悬卵身世的懵懂；究竟是回族军匠哪些不羁的血性，对应了西北角赤裸的贫瘠？要不，怎么他们的眼瞳一揉进这隅黄褐色，倦鸟就决定归林，生命就决定扎根，而且一扎就是生生、世世、代代？

当然，我们不单要探究生命的过程，也需还历史以真实。

一种现象的出现应是历史的必然，而非偶然。就像蒙古—元帝国时期回族阶层精英辈出，究其渊源，回族的底色是举起中世纪文明火炬的伊斯兰文明。而回族军匠之所以能在西北角屯驻戍垦，最后将整个民族的精神都淬火为西北角特有的粗粝和刚性，与元帝国的政策——屯田制度是密不可分的。

---

① 元帝国时期的甘肃行省，就是本文的中国的西北角。
② 〔清〕张廷玉：《明史·西域传》，中华书局1974年版。

屯田制度是元帝国发展农业、垦荒安边和解决兵饷粮运的一项得力措施。也许正是有了屯田制度，在世界史的记忆里，元帝国比它的前身蒙古帝国人性了些许、温和了些许。

在元帝国征伐期，统治者"用兵征讨，遇坚城大敌，则必屯田以守之"①。征调军队时，实行了军户制度，规定凡是"家有男子，十五岁以上，七十岁以下，无众寡，尽签为兵，上马则备战斗，下马则屯聚牧养"②。即战时，军匠攻城夺垒，浴血疆场，且屯且战；战歇，他们筹粮秣马，"军耕以食"，且屯且守。

1260年，"海内既一，于是内而各卫、外而行省，皆立屯田。"③这时屯田的目的就是为了"寓兵于农""以省粮饷"。既然屯田利国又利民，元统治者何乐而不大力为之。于是，屯田作为一种制度固定下来，并且推广到全国。

西北角位居元帝国与其他汗国联系的要咽，具有极其重要的战略意义。加之西北角久遭战火焚烧，田地多有荒弃，人口多有离散。为充实西北角的户籍，元帝国十分重视在西北角设置屯田。况镇戍西北角的回族军匠多来自农业经济较为发达的地区，具有从事农业生产的经验和劳动技能。元帝国为加强农业生产，自然要把诸多回族军匠投入到屯垦大军中。有《元史》为证："天下屯田百二十余所，由所用者多非其人，以致废弛……当选习农务者往。"④因而，回族军匠由前期以战为主的且战且屯必然要转向以农为主、兼顾战争的且屯且守。1273年，忽必烈下旨："探马赤军，随地入社，与编民"，于是大批回族军匠脱离军籍在"社"的编制下，成为普通农民，从事农业生产。结果正如《元典章》所云："既是回族人民生农为业，自合守分过日。"

回族军匠就是在这样的历史大背景下融入了中国的西北角。

---

① 〔清〕魏源：《元史新编·兵志》。
② 同上。
③ 同上。
④ 〔明〕宋濂：《元史》，卷二十二，中华书局1976年版。

历史写进土地后就容易图入沉默。但愈是沉默的历史，愈能蕴育强悍的历史传承。

"户受田百五十亩，给种、牛、田具。"① 在元帝国这些政策的倾斜下，随军迁发到西北角的回族军匠获得了赖以生存的资源——土地。

人可能会亏妄人，土地却不会亏妄人。帝国轰然崩塌后，统治者弃山河臣民于不顾，仓皇遁回草原。而对被胁迫迁徙到西北角的回族来说，故土是山头拱升的一弯新月，是夜风低唱的一曲乡愁。脚下这片顶着劲厉的寒风、炙毒的日头，一犁一犁、一锹一锹开垦出来的薄田，是他们扒犁今世、孳养后代的唯一指望。

春播一粒粟，秋收万担粮。况且他们种下的何止是"粟"一种，许多原中亚西亚地区的农作物也经他们而引入西北角。

"回回豆"，据元人记载，其"味甘，无毒，主消渴，可与盐煮食之。出在回族地面，苗似豆，今田野中处处有之"②。李时珍《本草纲目》以为其即豌豆。明人谢肇淛在《五杂俎》中又进一步解释："出西域，状如榛子，磨入面中，极香，能解面毒。"

"回回葱"，"味辛温，无毒，温中消，下气杀虫"，"其状如匾蒜，层叠若水精葱，甚雅，味如葱等，腌藏生食俱佳"③。据推断"回回葱"很有可能就是现在我们餐桌上常见的洋葱。

"回回大麦"，因其自西域引来，又称"西大麦"。史载"昔无此种，由西夷带来，种之亦不甚多，形大而圆，色白茎穗，异于他表"④。

胡萝卜，明人李时珍云其"元代始自胡地来，气味微似萝卜，故名"⑤。实际上，此物在南宋方志中早已提到，但可以肯定的，胡萝卜在元代才于大江南北广泛种植。

此外，他们还将一些中亚西亚地区传统的经济作物引入了西北角。如

---

① 〔明〕宋濂：《元史》，卷二十二，中华书局1976年版。
② 〔元〕忽思慧：《饮膳正要》，卷三，中国中医药出版社2009年版。
③ 〔元〕熊梦祥：《析津志辑佚·物产》，北京古籍出版社1983年版。
④ 《肃州府志》，卷三。
⑤ 谢宇：《本草纲目·菜部》，卷二十六，军事医学出版社2009年版。

"汉唐之世,远夷虽以木棉入贡,中国未有其种,民未以为服,官未以为调"①的棉花,"宋元之间,始传其种入中国,关陕、闽广首得其利,盖此物出外夷,闽广近海舶,关陕壤接西域故也"②。畏兀儿(回族)人燕立帖木儿官陕西西乡时,当地百姓不知种木棉之利,他乃从兴无(汉中)求籽以赠,并教授种植方法。元大司农司所编《农桑辑要》记载道:"木棉亦西域所产,近岁以来,……木棉种于陕右,滋茂繁盛,与本土无异。"③

突然,回族军匠在西北角的屯田史脱离了史料的束缚,由抽象走向了具体,由羸瘦走向了丰满。它不再苍白,因为有了千顷万顷稻麦的渲染;也不再沉默,因为有了这条那条古渠的吟唱。它开始贴近了大地、贴近了苍生、贴近了现实。

回族军匠在西北角屯田除了拓荒种田外,还必须耧沟作渠。我们不妨用史料的一角,对元帝国时期西北角古渠的凿通状况"以蠡测海"一番:"宁夏沿黄河五洲都有古渠,在中兴(今银川)者一名唐来,长表四百里;一名汉延,长表二百五十里;其余四州又有正渠十条,长表各二百里,支渠大小共六十三条,溉田计九万余顷。"④回族军匠在开凿古渠时也许没想到,正是因为有了这些古渠终年汩汩不绝的灌溉,西北角的农桑才有了强大的庇护和濡养,回族族群才得以在西北角常驻和久安。

逃荒的乡民回来了,流散的移民过来了,"官给牛具,使力田为农"⑤。一年、两年、十年,荒山披上了绿纱,枯渠泛起了清波,空墟袅起了炊烟,一座座清真寺拔地而起,悠扬的邦克声从春天响到秋天,从元帝国一直响到了今天……

---

① 〔明〕邱浚:《大学衍义补》,京华出版社1999年版。
② 同上。
③ 《国学典藏书系》丛书编委会:《农桑辑要》,卷二,吉林出版集团有限责任公司2010年版。
④ 邱树森:《中国回族史》,宁夏人民出版社1996年版,第219页。
⑤ 同上。

四

又是北中国大雪盈尺的季节。

风饕雪虐中，大地被冻成黄云白草枯树昏鸦的狞厉。然而百丈的冰澜依旧封不住历史的日夜奔泻；万里雪原，秦皇汉武唐宗宋祖留了一地鸿爪。《沁园春·雪》的诗行里，"一代天骄成吉思汗，只识弯弓射大雕"。

同为开辟了宏图霸业的一代伟人，为什么毛泽东会如此犀利地嘲谑蒙古帝国的缔造者成吉思汗呢？

是出于一种羡妒？毕竟翻阅全部世界史，蒙古帝国都超乎想象的庞巨和张扬，"舆图之广，历古所无"。

是出于视域的窄狭？毕竟直到著于13世纪的《世界征服者史》《多桑蒙古史》和《史集》等波斯史籍的相继破译，蒙古帝国的庐山真容才渐渐完整地呈现在中国史学界的视野中。

不，都不是。只有站在文明巨人的肩膀，我们才能了解毛泽东缘何恃功傲世。他用从西方舶来的马列思想颠覆了程朱理学对华夏的禁锢。一轮红日下，中国的创造力悄然苏醒。而成吉思汗的战车的确碾过了亚历山大大帝曾经望而止步的帕米尔高原，将唐帝国的梦想——"泛亚洲主义"泛滥到了欧亚三千万平方公里的土地上。但他和他的黄金家族只获得了攻城掠地意义上的胜利，并未能更改被征服地区的文明走向。半个世纪的光阴流转，他们就如易碎的浮沤，完完全全遁没在了伊斯兰文明和中华文明的巨涡里。

今天，我们重履蒙古帝国的冰壳意义何在？除了寻找回族族群失落的历史记忆外，难道是对蒙古帝国摧天拔地征伐史的笔伐？是野蛮和文明孰优孰劣、孰强孰弱这一老而又老话题的嚼蜡？

其实，就像天下需要一个泰山来"小"自己一样，"文明"的世界也需要一个"野蛮"的帝国来"小"自己。

蒙古帝国，用一种前无古人、后无来者的气势，逼迫世界反躬自问——哪个帝国能理所应当地永世拔地擎天；哪种文明能理所应当地常青不朽；哪个民族能理所应当地永远绝世霸立？

答案理所应当的铿锵：没有！

任何的堂皇、任何的庞巨、任何的灿烂，都经不起外部狂风骤雨的侵凌和内部毒虫霉菌的啮蚀。拒绝侥幸、否决特例，造物之主是不会更改竖于天地的法则，除非人类自己警醒、自己改变。

"苟日新，日日新，又日新"。在一场突如其来的寒流里，我居然拾捡到了这段霉腐在时空里的哲言。掸一掸，拂一拂。没想到，居然，崭新如旧……

激荡在明帝国文化密林的回音（上）

一

叙述历史，不啻于一次历史的重走，需要笔者对历史有剥茧抽丝的能力——借助细节，还原现场；借助个案，勾勒进程；借助文本，钩沉思想……遗憾的是，我非学史出身，充其量只是个历史学的忠实读者，本不具备什么历史的参悟能力。仅凭着一份热情、一份执着，就贸贸然举意，希冀用散文的感性去弥补历史研究固有的抽象，使得我们对回族历史的每一次触摸都能够真切而立体。

之前，许是侥幸，依仗史学家们的视角，我勉强听到了唐宋丝路上时隐时枭的驼铃声，听到了元帝国震天撼地的铁蹄声，才得以将回族——这个远徙他乡的族群——前世的惊魂寒梦沉淀为文字。一路撞到了明帝国，我却犹如跌坠茫茫暗夜，一时，万籁皆阒，我听不到一丝来自明帝国的声音。

罪魁祸首则是我过分依赖的直觉。

在我的直觉里，明帝国回族的历史比不了元帝国那般波澜壮阔、云谲波诡。因为《明史》里一句"元时回族遍天下"[1]，实在是气势夺人，久久遮翳了我的视线。

事实也的确如此。

成书于13世纪的波斯史籍《世界征服者史》《多桑蒙古史》和《史集》在沉默了将近8个世纪后，为世界还原了一个真实的蒙古帝国，为我们争说了一个真实的回族群：一方面，是这些首先被蒙古人征服的中亚、西亚

---

[1] 〔清〕张廷玉：《明史·西域传》，中华书局1974年版。

回族先民——各色色目人，将游牧文明与农耕文明逐鹿的战场扩大到了欧亚大陆的每一个角隅；另一方面，武力下的失败者又成为了文明上的胜利者。在很大程度上，是这些色目人为"以恐怖为政体、以屠杀为制度"的蒙古帝国穿上了"文明"的新衣（据史料记载，当时有 2/3 的蒙古人归信到了伊斯兰的新月旗下），促成了东西方文明的互传，以及欧亚各民族的大融合。

但有时，过分的堂皇也是短命的代言词。

是历史的巧合？还是宋帝国丞相文天祥一语成谶，胡虏果无百年之运？蒙古帝国肢裂在中国的短暂繁华——元帝国命定似的在入主中原 99 年后，轰坍成了一抹历史的尘烟。帝国的后裔们也许深知，造物之主的心意，永远都艰深难问。于是，他们大方地将成吉思汗的名字和他的"黄金家族"统统让给身后的世界去窒息、去沉思、去反省，自己则遁入了苍莽的漠北草原，在天高与地阔间延续着祖先逐草而居的运命。

蒙古帝国的神话不可逆转地成为了蛛网尘事，那么，为了编制这一神话而被迫进入中国并滞留在此的回族呢？"独有遗民负悲愤，草间忍死待宣光"①"九鼎神州竟陆沉，偷生江海复山林"②……元末明初色目贵族后裔、著名诗人丁鹤年凝固成文字的一腔愤郁，是对元明鼎革之际回族甘苦冷暖的解说吗？

似乎，回族"繁华落尽始于明"有理有据。

然而，与史料纠缠得越久，就越意识到，我的直觉不过是盲者摸象而已。到底明帝国的回族史呈现着怎样一种场景，须略读一遍明帝国才会知道。

一翻明帝国的大纲，已先自心惊了。

明帝国，一个"天朝"中心论灌输得最为彻底、"中华"③优越感最为

---

① 〔元〕丁鹤年：《自咏十律》之六。
② 〔元〕丁鹤年：《自咏十律》之十。
③ 这里的"中华"是一个族群的概念，引自"驱逐胡虏，恢复中华，立纲陈纪，救济斯民"（《皇明通纪》，卷二）。

顽固的时代。作为一种对前外来统治者、蒙古帝国切肤恐惧的反应，明帝国对待外族的态度，严苛比宽容更合乎逻辑、合乎情理。

这不，帝国根基初定，明太祖一边剖白天下："朕既为天下主，华夷无间，姓氏虽异，抚之如一"；一边又迫不急待地诏令："复衣冠如唐制，禁止胡服、胡语、胡姓"①；"凡蒙古及色目人，听与中国人相嫁娶为婚姻……不许蒙古、色目之本类自相嫁娶。如本类中违律自相嫁娶者，两家主婚杖八十；所嫁娶之男女俱入为官，男为奴，女为婢……"②。

这位有点像从虚构小说里走来的布衣帝王，在对待外族的态度上也如此忽左忽右、忽虚忽实？一点都不。在明帝国的律令里，比比皆是他同化外族的决心——文化上要斩尽、体制上要混血、源流上要堵绝……对于"居中土""服食中土"、依旧泥守西域国俗的回族来说，这样的政治土壤，究竟是险境还是沃土？

如果是险境，那么自唐以降，一直被迫缄在"中华"话语权的回族，为什么一反常态，在凌蒙初的笔端上、在徐霞客的行踪里，频频现身？如果是沃土，为什么游刃于宋元两大帝国官道和商道的蒲寿庚家族，会被排挤在明帝国的主流社会之外，暗自枯萎？

两种结论，怎会出现两极的误差？是史料发散的信息有误，还是我的解读有误？我知道，再往纵深方向走，只会困入死巷。此刻，最佳的选择，莫过于一路回溯。

元、宋、唐——丝路上的商贾、西征的军匠、叩谒文明的贡使、学者——自信、坚忍得不受地域限制的祖先，造就了无乡可返的后代。西北角终年不歇的季风，吹老了一代又一代的少年，吹老了一代又一代的记忆。渐渐地，他们的族籍含糊了，他们的体质蜕变了，他们的语言混杂了……

鹰瞰着这股熙熙攘攘了几个世纪的移民大潮，我陡生了一种蟪蛄知晓春秋的悲观与清醒：这一撇一捺，散发着生命馨香、峥嵘着个性棱角

---

① 中央研究院历史语言研究所编：《明太祖实录》卷三十，中华书局1962版。
② 怀效锋：《大明律》卷六，《蒙古色目人婚姻》，辽沈书社1990年版。

的"人",一阑入中国的历史,就立刻被熔炼成了一个僵冷的整体——"他们":没有几座丰碑似的生命原型供人瞻仰;没有几片落红似的故事情节供人拼接;没有几声断弦似的悲歌吟哭供人深沉……年代一久远,"他们"的记忆就好似逢秋的木叶,一片一片,无可奈何地凋零,只留下一条垂枯的枝条遥遥指向公元651年,即唐高宗永徽二年,也就是史学界公认的回族史的原点。

我揣测了再揣测、怀想了再怀想的回族史的开端,居然只换来了史官如此敷衍了事的一笔——"永徽二年,始遣使朝贡,其王姓大食氏,名噉密莫末腻(奥斯曼),自云有国已三十四年,历三主矣"①!怅惘之余,一回首,是鲁迅先生深蹙的眉头:"历史上都写着中国的灵魂,指示着将来的命运。只因为涂饰太厚,废话太多,所以很不容易查出底细来。正如通过密叶投射在莓苔上面的月光,只看到点点的碎影。"鲁迅毕竟是鲁迅,一语诊出了中国史学的诟病——密密匝匝写满统治者族谱的二十四史,又怎会为"远人小国"匀出过多的笔墨?

一段走马观花似的历史梳理后,我有了些微的兴奋。

明帝国回族的历史记忆的确与唐宋蒙元不同。这条垂枯了近8个世纪的枝条,仿佛一沐到明帝国的春阳,竟花叶葳蕤了起来:不光明帝国摧天拔地的开国史与"十大回族保国"的传说纠缠不清着,而且还有更多、更灼灼然的名字自始至终附丽着明帝国的史纲。如思想家李贽、外交家郑和、文学家丁鹤年、名宦马文升、清官海瑞……

不过,这些"花叶"的逐一舒展,又无端地为我营造了另一重迷雾。

仅依据几个虚虚实实的名字,和大起大落、大悲大喜的几段人生,就断然给一个时代盖棺定论,将难避"以蠡测海"的嫌疑。好像逼迫我因几个小小的贝壳,而用看海的心怀去适应青藏高原那滚滚无边的荒芜与狞厉一样。但就这样弃它们于不顾,又唯恐错失进入明帝国的机缘?毕竟这些名字,不单熟知回族历史的人,就连粗知中国历史的人都是耳熟

---

① 〔后晋〕刘昫 等撰:《旧唐书·大食传》,中华书局1975年版。

能详的。

仰望着这些熠熠闪耀了千年光芒的名字，一缕澄澈的感觉降临了。

如果说明帝国以前，我对回族史的叙述是粗线条的，是因为回族史虽然迤逦了几个世纪、繁盛了几个世纪，但鲜有历史的细节落进史官挑剔的文本里，落进残碑断碣的沉默中……不过越是枯瘦的历史线条，越容易雕塑叙述者的思维习惯和表述模式。

而在明帝国，那些所谓的习惯、所谓的模式，显然无法承托起明帝国的回族史。为什么？就因为明帝国的回族史逸出了常规地经纬度过多、过于冗杂的历史细节。而这些貌似琐琐碎碎的历史细节，每一个都足以岿巍成一座山岳，每一座山岳都足以诱发攀越的欲望，每一次攀越所获的认知都足以颠覆前面好不容易得出的判断……置身于这样一段横看如峰、侧看似岭的历史，我怎能不迷失得模模糊糊、彻彻底底？

再回过头琢磨"李贽""郑和""海瑞"等名字。

果然，他们各自都撑持着一个览明帝国众山而小之的高度；撑持着一个稍作打量就值得长期研究下去的高度。但一下子要仰望如此众多的崇高和伟大，猜想、联想，心灵还没来得及调适，思路已先乱作团麻。更何况我面临的使命是叙述，是从浩若烟海的史料中提纯回族的来龙与去脉，并用一支朴素的笔去密密织补。因此我不得不避开崇高和伟大，追寻平凡的共性。

就这样，与这些名字久久对望着，一种莫名的失落感如涨潮的海水，一浪高过一浪地拍击着我的心绪。

他们本可汇聚成缄默了1300多年的回族史里最宏大的一次声响；他们本可集结成回族缺失了1300多年的话语权中最成功的一次补位。然而在现代史学家们"他们是不是回族"的一片争论声里，我们只得吞咽下这样一个事实：他们擎起的是各自生命的荣光，是所属领域的荣光，是所属时代的荣光，独独没有擎起他们所属族群——回族的荣光。

时间太久了，久到我们除了妄加猜测外，已无力咎明他们隐匿自己回族身份的真正原因。但我想，原因之上应该还有原因。抱着一丝希望，我随手摊开了诗人丁鹤年的履历：丁鹤年（1335—1424），其曾祖阿老丁为回族巨贾，世祖忽必烈西征时，尽以资财投奔，并从征讨，以功赐田宅，留居京畿。其父名为职马禄丁，其祖名为苫思丁，其堂兄名为吉雅谟丁、爱理沙，皆具很高的中国文化造诣①……为什么在这样一个馥郁着异域文化色彩的家族里，唯独丁鹤年的名字散发着中国文化的墨香？我古怪地预感着，这平淡无奇的履历表里，一定蕴藏着某种冥冥的启示——

"李贽""郑和"……我反复摩挲着这些名字，慢慢地，慢慢地，罩在他们头顶的光环消弭了，留给我的只剩下这些与"丁鹤年"一样、散发着中国文化墨香的名字。疑问重复着滚滚袭来：为什么他们的名字都不再像他们的先民那样，镌刻上自己回族家族的徽记？

谜面全数公开，谜底只是一个——什么是姓名？

我在故弄玄虚？没有。唯有将姓名的涵义悉数揉碎，姓名与其所属族群的内在联系才会一跃而出。通常意义上，姓名是通过语言信息来辨别个体生命差异的符号。但当社会发展到一定的文明程度后，姓名就被赋予了文化的意涵，广义为一个族群的文化符号。也就是说，如果一个人隶属的族群不同，那么在其姓名的表层就会反射出不同的文化幽光。

也许这种解释过于抽象化、概念化，读者听来有些云蒸雾泽。那么，我们不妨对散落在回族各个时期的姓名一一撷取、一一解读，看看回族的姓名下隐藏着怎样一种石破天惊的告白——

"西域诸国，初无氏系，唯随其部族以为号，盖其族淳庞，其事简略，所以易行。"②史料有意无意透露着一个信息：回族先民在蕃坊的一番自由天地里，世代维持着自己的旧俗——他们只有名，而无姓。这种情况一直延伸到了元帝国。

进入元帝国时期，回族的身份就不再仅仅是"蛮裔商贾"，他们或在

---

① 邱树森：《中国回族史》，宁夏人民出版社1996年版，第488—491页。
② 〔明〕宋濂：《宋学士文集》，卷十七，《西域浦氏定姓碑文》，四部丛刊初编本。

仕途上张弛自己的鸿鹄之志，或在宣纸上泼洒自己的无限才情。"类以华言译其旧名而称之，且或因名而命字焉"①，成为他们积极融入中国上层社会的必然之果。

不过，元人《南村辍耕录》里的一句"阿老瓦、倒剌沙、别都丁、木楔非，皆回族小名"，为这一现象做了及时的补缀——改汉姓、用汉名只是个别人的行为。至少在元帝国的巷陌田塍，还闪动着无数个"阿老瓦""赛典丁"的身影。

进入明帝国，史料中簌簌抖落的名字忽然不再镌有异域的印记，反而浓浓郁郁着一抹中国的韵味。无疑，它们唱和了我之前的疑问——为什么丁鹤年、李贽、郑和，他们的名字都不再像他们的先民那样，镌刻着自己回族的身份？烙铸着自己的文化色彩？

历史学家们曾提出过很多理由解释明帝国回族改胡姓为汉姓的原因：比如元明鼎革之际回族畏避政治灾祸而被动更姓；亦或是如当时人们所言，出于一种"上符古义，下合时宜"的远见卓识而主动易名。

有谄媚的意味？不，我只读出了一个没有话语权族群难言的裂痛——自唐迄明，回族在中国这片土地上生齿繁衍了几百年，尤其是元帝国以后，虽"求其善变者无几"的他们，却丝毫没有怀疑过留居中国的合理性。然而在中国，"华夷有别"亘古有之，是渗在中国人骨子里的思想观念。《左传》就说过："非我族类，其心必异"；《汉书》索性说得更无遮拦："夷狄之人贪而好利，被发左衽，人而兽心，其与中国殊章服，异习俗，饮食不同，言语不通……"加之明帝国又是举着"驱逐胡虏，恢复中华"的旗旌号令天下的，"华夷有别"只会在前蒙古帝国投下的阴影里发育得愈发扭曲。对此，不愿变其旧俗的回族缺乏思想准备，当他们终于认清自己"异端殊族"的身份时，任何的妥协和变通只有一个理由——生存！尽管如此，他们却有一个绝不容触犯的底线——他们的伊斯兰信仰。

不过在这里，我和历史学家们的关注点稍有不同，我更关注回族更

---

① 〔元〕安熙：《默庵集》，卷四，《御史哈喇公名字序》，四库全书本，商务印书馆1936年版。

姓易名现象之下，整个族群的文化心理走向。

明帝国《西域浦氏定姓碑文》说："浦君有四子：浦顗、浦卯、浦珪、浦璋。""顗、卯、珪、璋"四字不是出自《诗经·大雅》"顗顗卯卯，如珪如璋"吗？一个西域氏族给子嗣命名时，何以撷用如此古奥生僻的中国汉字？是他们有意地附庸中国儒学之风雅？还是他们已能有声有韵地圈读《尔雅》了？

一段冰冷的碑文居然能牵出一连串滚烫的发问，这让我有了更充分的理由以及更浓厚的兴趣，一路追究下去。

据《郑氏家谱》载：明帝国回族外交家郑和的后裔，自第11代起，开始有排行字辈的一首诗："大尚存忠义，积厚流自宽，繁衍更万代，家道泰而昌"；天津天穆村《清真大寺禁戒同姓为婚碑》载：该村回族由于生齿日繁，辈数恐乱，于是编集十四字："应思景从国朝兴文成祥瑞怀德生。"规定按字起名，每一辈一字，以期族户虽分而辈分不差。

我怎么都没有想到，当我以姓名为一线逻辑，贯穿于回族历史的通篇时，呈在纸上的，竟然是一个地理概念——明帝国是回族史的一道分水岭。回族的所有文化现象一凌越过明帝国，就形成了鲜明的前期和后期的比照——

明帝国以前，回族对中国文化的认知程度深浅不一，接受程度也随人而异。即便有如五代词人李珣兄妹、宋代书画之宗师米氏父子、元代散曲家王实甫、不忽木等，都曾在中国文坛和画坛登过峰、造过极，但那也只是鲜而又少的回族对中国文化吞吐能力的测试而已。总体来说，他们的文化依旧保持着自身携来的伊斯兰文化底色；但从儒家的伦理思想观念溢满明帝国回族姓名每一笔的史实里，我们分明觑见，回族对中国文化的洞谙程度已经不言而喻了。而且此时他们已把这种洞谙拓展成了一种认同和汲纳，以至于他们的文化底蕴已浸染了一息儒学之风。

这时，一个大胆的推断飘过脑海，我着实有些慌神：也许，明帝国回族史的一个别开生面的视角，就在于伊斯兰文化与中国文化最激越的碰撞。

二

其实，这一推断并非一时的兴起，而是历时一年深思熟虑的发酵——

去年也是在这个木叶凋敝、江河封冻的时节。

我原本不知道时间是一种可感可触的存在。没想到，只因好友一句"穿厚点，明天我们去看洪水泉清真寺"，20多公里的山道，竟架成了一座骑在时间之河上的大桥。500年在那头，我们在这头。

窗外，灿白的冬阳将千山万壑都髹漆成了一片洪蒙梦。我不禁惑疑，这场庄周式约会尽头的洪水泉清真寺，会不会只是一阙随时会醒的梦？就像方才误闯车前的那只山雉（当时我惊呼是只乌鸦，还引来了全车的哄笑），没等我缓过神，只留下一条比梦更难描摹的黄尘。

直到站在洪水泉清真寺的山门前，我才明白，为什么会有海内外的专家学者，执意用千里迢迢的跋涉，来换取与它的对晤。洪水泉清真寺根本就不是一阙梦，它是那么真实地拔立于那片黄土之上，那么真实地将回族的顺从和敬畏、智慧和胆识、胸襟和气度，无一不空间化地祖示给世人。

不信吗？去推推那扇琢满风雨的山门，能推出一声比时间更苍老的叹息；或在已被磨圆棱角的木楼梯上，叩出一串比时空更铿锵的足音。须臾间，明洪武年间的声音，在21世纪的耳畔回响。只是，谁会懂？谁会知道？谁会欣赏它的深度？包括我在内。

虽然，我无力厘清洪水泉清真寺盘结了几个世纪的掌纹，但它却为我洞开了一条受益终身的学术路线：若想触摸回族的精神文化史，岂能置清真寺于不顾？

作为伊斯兰教基本的外在形态，作为回族生存的一种见证，清真寺绝对是一个淤藏着无数话题的地方。宗教、文化、历史……你随意一碰，便会有无限的精彩翻涌而出。

对于喜欢历史的我来说，清真寺就是一条迤逦在时空中的河流，不舍昼夜地承继着回族的昨天、今天，还有可以预知的明天。尤其是流衍至今的几座中国古清真寺，所横跨的空间限度和时间限度都极其广阔。它们始终循着"哪里有回族，哪里就有清真寺"的逻辑，立体地勾连起回族来华的时间和居留的空间。

唐代建造的广州怀圣寺，其石砌的宣礼塔呈圆柱筒形，望之如银笔直刺苍穹，全然一种波斯清真寺的移植。晓看过"涨潮声里万国帆"的它，为"文化底蕴匮乏"的广州，添了三分底气。

北宋始建、重修于元的泉州艾苏哈卜清真寺（因历史的讹传，现在这座清真寺被称之为"清净寺"），巍峨的石砌寺门，葱头形的尖拱，辉耀着中亚塞尔柱王朝不可一世的鼎盛；门顶女儿墙锯齿装饰，深嵌着伍麦叶时期的痕迹。就算颓成了残垣断壁，在夕照中执意拉长的，也是阿拉伯—伊斯兰文化君临于中世纪的影子。

始建于唐、重修于元明的西安化觉寺，与前两座阿拉伯风格的清真寺相比，这座"世界上唯一的中国式伊斯兰寺院"，无疑是中国古清真寺建筑形制大破大立的大进化。一查履历，它就重建于明帝国。借鉴了孔子文庙入口布局的门楼，是回族对伊斯兰教先知穆罕默德"学问虽远在中国，亦当求知"的实践吗？那如北雁振翅的飞檐，载起的不正是回族在异域他乡跋涉千年的坚忍与从容吗？镇在全寺中心的邦克楼，如一方美丽且凝重的石玺，拓印在后世子孙心头的，却是一个沉甸甸的问号——从何时起，这一千多年前的异域他乡，一千年多后被回族反认成了某种意义上、某种形式下的故乡？

将这些散落在不同时空、不同地域的清真寺稍做梳拢，就不难发现，清真寺建筑形制的变化，哪怕细微到一扇窗棂、一角飞檐、一片颓瓦、一块砖雕，都会牵扯出回族社会文化心理的一场地震：从回族叩动丝路大门的一刻起，那如云的桅帆，如阵的驼队，载来的不光是奇珍异货，还有回族原属的异邦文化——阿拉伯—伊斯兰文化、波斯—伊斯兰文化、突厥—伊斯兰文化……它们始终与中国文化发生着或明或隐、或剧烈或纤微的纠葛。

但正如史学家陈垣先生所言:"商贾之远行"是唐时有伊斯兰教及宋元伊斯兰教繁盛之原因。那么很显然,回族承载的伊斯兰文化不是以文化学术的挑战姿态登陆中国的,因而不像波斯文化、希腊文化、罗马文化那样,显示出极强的进攻意识和颠覆功能。至少在明帝国以前,它与中国文化如雾里看花般始终隔着一层,充其量只被视为蕃坊的外来侨民的"殊俗"。

而明帝国,一个被武力催生的帝国,它的文化胸襟自然比之前的唐、宋、元显得逼仄得多。国家权力从制度层面为新儒学的清道辟路,意味着伊斯兰相对孤立的文化空间瓦解;意味着伊斯兰不得不开始解读大的文化氛围向它提出的问题,从而确立自己安身立命的根基。

面对种种驳难,伊斯兰兼容并蓄的文化性格,又使它无比自信可以从中国文化里寻得一种新生的依据,那就是让后辈学者翘首仰望的"伊儒相通":"虽其文与孔子六经不同,而其理相表里"①;"所谓千圣一心,万古一道,信非虚矣"②……以日后的眼光来看,这一系列从礼俗层面提升到学说高度的真知灼见,既提挈了伊斯兰教中国化的首尾,也是不同文化间平等对话的背景;同时文人的这些洞隐烛微,也将整个回族族群从文化身份认同的危机中拯救了出来,带动了他们文化身份认同的相应调适——即在保持其自身固有的宗教信仰、礼义制度与价值内核的前提下,将伊斯兰文化与中国文化积极联姻,为奇峰叠耸的中国文化注入了一脉殊音:中国伊斯兰文化。

结论一出,摹想顷刻涟涟漪漪——

仿佛是在明帝国的某个清晨。一间生着虚白的竹室,捧读《古兰经》

---

① 广州,《重修先贤塞尔德墓寺记》。
② 西安化觉巷清真大寺,《拓建救修清真寺记》。

的回族,偶然瞥了一眼垒于案头之上的中国古籍,一个博大精深的文化国度便慢慢向他们走来:那里有老子西出阳关隐约的背影;有孔子游学列国的泥泞脚印;有时而举杯邀明月、时而散发弄扁舟的李白;有左牵黄、右擎苍、挽雕弓、射天狼的苏轼;有姹紫嫣红开遍的牡丹亭……

谁能料想,这一瞥便是百代千年。从此,伊斯兰文化在左,中国文化在右,回族在其间成长……

激荡在明帝国文化密林的回音（下）

> 在一页页风干的历史中行走久了，或多或少，就会积淀出一些类似履霜知冰的经验：有时候，一个有深度的话题，往往能以惊涛裂岸之势，成就一场历史密林的突围。可惜，这种话题从来就如同一段冥冥的姻缘，可遇而不可求。
>
> ——题 记

一

"用汉语书写信仰：尴尬或可能？"

第一次撞见这个话题，是在某大型穆斯林网站的论坛上。在繁殖低俗、滋生噪音的网络世界，这样的话题，不啻是一支跳出淤泥的白莲，带给人一种惊艳的兴奋和感撼。不过，对于网友们各持的主张，无论是雄辩式的见解，还是口水式的拍砖，我都不想做任何徒劳的析解，更不能做任何狂妄的概括。毕竟面对一片灿烂的洁白，每个人的倾诉欲都会被照得通透明亮，哪怕他们是一个惯于缄默的族群。所以我只强调它在我耳畔激起的声响——

依据有限的回族史知识，我敏锐地判断，这是一个老而又老的话题。而且第一个跨越语言藩篱、"以中土之汉文，展天方之奥义"的，应是"学通四教"的回族王岱舆，且发生于明末清初。从日后学者们对其述著马首是瞻的趋向来看，这位回族鸿儒的笔尖轻轻点出的"汉克塔布"，为伊斯兰文化在汉语文化世界找到了一个新的立足点，即用典雅的汉语去阐说伊斯兰教的义理学说。

由于受"汉克塔布"这套既涂满了伊斯兰异色、又兼具着中国气韵的话语体系影响,在王岱舆身后,伊斯兰教入华以来极繁荣的场景出现了:百年之间,抱着极达观的心态进出多重话语体系(阿拉伯语、汉语、波斯语、乌尔都语)的回族学者摩肩接踵、璨若星汉:张中(约1584—1670年)、伍遵契(约1598—1698年)、马注(约1640—1711年)、刘智(约1655—1745年)……他们用"回儒两教,道本同源,初无二理,何必拘泥语言文字之本,而疑其有同有不同"的学术见识、胆识和胸襟,酿发了一场影响深广、意义宏大的中国伊斯兰文化复兴运动。在他们的笔下,伊斯兰文化与中国的本土文化放弃了争胜式的对峙,以一种相互欣赏、相互借鉴、相互补充的姿态,完成了伊斯兰的"天道"与中国文化的"人道"合璧。

在穿越历史的同时,我隐隐咀嚼到了一层现实的深意。

回族文人,只要你的体内淙淙着中亚西亚的血脉,只要你的思想充溢着儒家的情调,你就不能只为迁就汉语语法的逻辑,而用献媚的墨色去迎合大众的口味。因为你不该忘了,你所面临的使命,是记述一个有信仰的族群与一个无信仰国度的交集与隔阂,包括历史的和现实的、精神的和世俗的。只是我没有想到,在2010年尾音即将敲响的时刻,它会以一个话题的方式,猝不及防地,撕裂黢黑的夜空,向我们投来冷峻的一瞥。这一瞥满蕴着汉语幽深而又古典的美感,力达千钧,逼迫我们重新思考汉语和回族的关系。

从那一天,原本操着阿拉伯语或波斯语的回族,将汉语倾吐得行云流水的一刻起,汉语俨然成为了这个族群生存所必需的"呼吸"① (odem)。对此,谁能否认,谁又能反驳?难道不是吗?本能的,完全是基于本能的,他们一提笔就是汉语的横撇竖捺,一张口就是汉语的四声八调;他们的喜怒哀乐、人情交际都靠着一条汉语的渠堰流动。同时,也是靠着这条长长的渠堰,他们从脆薄的书页里、从口耳的相承中汲来了一瓢瓢清澈澈、明亮亮的知识,才得以使这个族群在中华大地阅尽风霜,矗立千年。

---

① 〔德〕洪堡特:《论人类语言结构的差异及其对人类精神发展的影响》,商务印书馆1999年版,第208页。

可，汉语是回族的母语吗？

就在答案吐之欲出的一瞬，我犹豫了。虽然也明白，避或不避，这个问题始终矗立在时空的一端，伺机拦问每个深埋汉语圈的回族。我仿佛也能听到，几百年里，"是"与"不是"的两极都被喊得沸天，不过偏狭和歧误的到底是哪一极？惭愧自己学术视野逼仄的同时，第一次感悟到，原来"呼吸"也会施加给人如此沉甸、如此紧迫、如此深切的压力。

人总是喜欢比较，喜欢用他者的挫折反衬自己的勇悍，用他者的苦难强调自己的幸福。我则企图用比较来证明自己的直觉。与中国历史并肩而行的其他异族也要承受这种压力吗？好像不尽然。比如哈萨克族、维吾尔族、蒙古族族、藏族。他们的历史、他们的生活、他们的性情淋漓地浸透在了自己的语言里，汉语不过是他们窥探另一个文化世界的街衢。而只有回族，从开始到现在①都难脱汉语藩篱的羁绊。毕竟他们已经通过汉语换上了中国人的语言习惯、思维方式以及中国文化独有的叙述风格。因而这种影响会像影子一样，尾随他们生生世世。

也许，正是由于回族根本无法摆脱这种影响，所以时值今日，用了几百年汉语、说了几百年汉语的回族，迎对汉语的目光始终有些飘忽、有些移游；对待汉语的态度也始终有些近之远之、依之斥之；用汉语来检视自己的文化呈示、文化人格以及文化定位，心底更会卷来一缕说不清、言不明的惆怅……我隐约感觉，偏狭和歧误也许都不存在，"是"与"不是"虽被喊得沸天，却未必每一声都答得脆响。

为什么？

语言学家威廉·冯·洪堡特认为，语言之于一个族群的宏大意义在于："一个民族的个性，在所有的方面都显示出其真实特征。但这些特征首先通过语言而得到表现，语言与精神的全部表达交融在一起"。也即是说，每一个族群的精神世界会全然屹立于他们的唇齿之间。

果真是这样吗？

---

① 有中国的历史学家认为，汉语是回族族群形成的标志。

细听中国西北角墟烟深处的声音，我觉得回族的历史和内心并不完全在汉语，而是在其他语言媒质中蹒跚。不然每逢回族遥寄对故去亲人的哀思时，为什么在汉语的世界里居然找不到一条疏泄的渠道，而一段不解其意的《古兰经》却能读得肝肠俱痛、声泪俱下？同治年间斑驳的血污，为什么会匿藏在"小经（用阿拉伯语加注辅音字母拼写的汉语）"的墨痕里？

　　问题的逐一加入，使得回族与汉语的关系愈加扑朔迷离深不可探了。这究竟是怎么回事？为了揭破谜底，我不得不向语言学方面的书籍求助。尽管我的阅读相当肤浅，但还是有了一点突破性的思考。

　　其实道理很简单。语言具有双重性：一是纯粹作为交流的工具；一是可以寄托对母族文化的感情。很显然，在回族的唇边，汉语更多履行着语言的"工具"使命，而他们对于自己族群信仰的笃诚和仰赖，却始终没有交给汉语去承担。于是，在回族这里，洪堡特的理论招致了质疑，甚至是颠覆——汉语虽是回族的"呼吸"，但并非是他们的"灵魂"①。难怪回族诗人会用汉语字字悲泣：

　　　　我没有
　　　　在我的民族身上
　　　　找到乡土的痕迹
　　　　也许我的民族
　　　　早已抛弃了童年的幼稚和愚昧
　　　　也许我的民族
　　　　在捣毁一切偶像时
　　　　也损伤了自己
　　　　她失去了舌尖
　　　　失去了故土

---

① 〔德〕洪堡特：《论人类语言结构的差异及其对人类精神发展的影响》，商务印书馆1999年版，第208页。

失去了羽毛

失去了记忆和符号

于是有人说我的民族

是没有语言的民族

没有摇篮的民族

没有服饰的民族

没有文学的民族

没有艺术的民族

没有母亲的民族①

  至于汉语承托不起回族"灵魂"的原因，很多回族民众，当然也包括一些学者都认为，先秦之后中国儒家形而下化，"不语怪力乱神"。因此汉语不像维语和哈萨克语，具备言说天然信仰的能力。回儒王岱舆却气度迫人地认为，语言本身不存在对错与否，重要的是语言表达了什么。

  哪方对，哪方错，哪方眼界短浅？如果从语言的本质出发，谁都无法简单地做出判定。这里，其实仅仅横亘着一个距离——学术思想和普通民众认识的距离。

  学术话语可能比较经得起两种语言间的互译，毕竟不同文化对人类的终极关怀是一致的。反而越是世俗的、民间的话语，越是闭关自守。打个比方，民间语言宛如一条江河的河床，任凭风浪迭起、景物变化，它只静静地承担，承担一个族群的情感、记忆、风俗和信仰。所以那些被迫离别母语语境的族群，总是一辈辈、一代代狂呼着、低吟着自己的母语，以此来稳固自己的族群边界。

  写到这里，我不禁想起在马来西亚，我的英语老师常常用极拗口的汉语向我示威般地强调"我也是华人！"表情严肃到不容我有丝毫的质疑。尽管他叫埃尔伯，尽管他无法看懂我用汉语写的请假条，尽管他的中国印

---

① 高深：《关于我的民族》，《民族文学》，1987年。

象，仍是他祖父茶盅里泡了几十年的苦涩。那一刻，母语的概念在我心中具象化了——母语，永远是镇在远离故土的族群心头的望乡石，上面密密麻麻写着他们的前世今生，写着他们的伦理精魂。

思路，终于由山重水复的迷茫，趋向了柳暗花明的豁朗。

汉语虽然快畅着回族的"呼吸"，但它终究担不起回族潜隐了1400多年的满腹心事——族群的源流、运命的颠沛、岁月的辛酸、不同文化对回族的浸润与渗透，以及回族对这些文化的拒斥与认同……这些心事究竟由谁去记忆、由谁去抚慰？莫非是由回族先民携来的母语？它们不是已经遗落给时间和风雨了吗？我明白，缺乏实证的直觉不足以建立一个完整的判断。不过以往的经验告诉我，愈是不受约束的底层回族的语言，愈能泄露惊心吊魄的真相。

> 从死亡边缘爬回来的李尔布都，心里骂开了自己：尔布都呀尔布都，你是"素顾"吗？阿么连一点"艾担布"都不顾！李木亥曼这么个无常法，确实是无路可走了。让人家被罚30万元，还要赔上一条命……你，你阿么这样狠毒？

这是回族作家马步斗的小说《李家铺外传》里的一段话。初读时，一种暗暗的惊奇在心头突兀：李尔布都，一个生活在中国西北角的普通回族，口中随意吐出的悔意，看似平淡无奇，但要让一个立足汉语文化背景的人读通，一定不大可能；而我，同样生长在西北角的回族，不仅读通了，甚至感同身受！反复阅读几遍之后，我预感到，全部的玄奥就在"素顾""艾担布""无常"，这几个异色浓艳的词汇里。

后来查阅资料，"素顾"原来是回族的意思，"艾担布"是理性的意思，它们都是阿拉伯语。真相实在出乎我的意料：回族先民的母语并没有遗落，而是被回族用固执的热情留在了唇边，并且匪夷所思地与汉语珠联璧合，共同承担起了母语的重责——汉语通畅呼吸、维持生存；阿拉伯语和波斯语维系根脉、承托灵魂，并且代代相传、生生不息。

如释重负了吗？远远没有。既然回族的历史有1400年的漫长，那么回族的语言一定是一路流变而来的。究明它的流变脉络不会很难，难的是与之互为表里的回族文化心理——从接受汉语到不讲母语用了多久的时间，需要多大的心理转变？再进一步，回族母语的某些成分沉淀在汉语的底层，原因是什么？是回族学习汉语时受到原有语言习惯的制约和影响，造成有规律的错误，还是回族文化中的一些成分，在汉语中找不到相应的表达方式①？或者放飞一下想象，是回族对根的执着记忆；还是欲寄，又无从可寄的缱绻乡愁？

毫无头绪的假设强烈地诱惑着我，诱惑我再次走进那段邈远的历史时空。不过迈步之前，有一点我已确定，我们绕不开的，依旧是汉语。

二

从前的岁月在渐渐远去，从前岁月的影子在渐渐枯萎。不过，有时枯萎仍是活生生跳动着的此刻；几百年、几千年仍然就是昨天；转瞬即逝也会是一种永恒。

天花乱坠？

站在古文明的废墟之上，试图聆听文明上游的声音，我们的眼前只泼翻了一地古时的明月。巨大的惊悸，诱发了巨大的彻悟——如若不是人类遗失了对这些古文明语言的解读能力，它们何以枯萎得那么凄凉、那么彻底、那么无可奈何？

所幸的是，中国人——看懂了甲骨文的中国人、拥有着仓颉的中国人，从来就没有遗失过对汉语的解读能力。

不消说如果没有汉语，我们怎能洞悉初民对万物的观察和体悟；国风豳风怎能从远古唱到今天；老庄怎能飘洋涉海，尽由一双双蓝瞳去摩

---

① 19世纪意大利语言学家雅科夫·布列兹托尔夫（J. H. Bresdoff）的底层语言理论。

挚;① 孔孟怎能穿越时空,横眉冷视今人的道德情操;逸兴遄飞的《兰亭序》,怎能一挂上厅堂就再也没有摘下来过;满纸荒唐言的《红楼梦》,怎能勾落了几个世纪的辛酸泪;帝王将相的功过是非,怎能任由后人正说了戏说;长生殿的耿耿残灯,怎能冷却了一代代诗人的笔墨和心境……看来承载着中华文明一路跌跌撞撞辗转至今的汉语,的确很有资格接受爱德华"像山岳一样伟大"的比喻。

五千年来,汉语不光温煦了中国人的思想,也照亮了每一个进进出出汉语文化圈的外来族群。虽然我们不能知道,这些外来族群是千里迢迢地赶来,还是行色匆匆地路过。我们只知道,当他们的双眸欲射穿五千年文明的厚重和陌生时,必须迎对的第一个驳难就是——汉语。

面对这些承载着异邦文化的族群,汉语依仗身后整个中国文化的优势,显得有些骄横、有些霸道。它全然不顾及说话人的情感和情绪,就像一条全然不顾及河畔植被的怒河,卷沙携泥,在语音、形态和词汇等许多关节上瓦解着这些族群的母语,直到它们全线崩坍,甚至完全消弭。②

同样以异族身份来华的回族,是否也迎对过汉语的驳难?在这一过程中他们有过怎样痛苦的挣扎、顽强的坚守、睿智的选择以及无奈的妥协?当这些问题弋过脑海时,我一度低迷的情绪,宛若受了春风邀舞的小草,欣欣然了起来。

之前,我曾大胆断言过:回族文化,除了宗教信仰的界限相对明晰外,其他的每一项都呈着混血的容貌,每一次的混血都纠缠着明帝国的史纲。那么作为回族文化载体的语言,其流变脉络的质变部分会不会也与明帝国的史纲盘盘结结牵扯不清?一种强烈的预感迫临,明帝国的文化密林不会再阒然无声了。也许就在下一秒,一声磬响就会在明帝国回族史的上空,激荡。

---

① 哲学家尼采、叔本华、奥修等都不同程度地受了中国老庄的影响。这些哲学家认为,中国的老庄思想比起孔孟更接近于朴素的自然哲学。
② 以上论点均来自美国语言学家爱德华·萨丕尔的《语言论》。

公元651年，即唐高宗永徽二年……一个苍老的声音再次在我耳边唤醒了这段历史，我仍不敢想象，回族历史的开端竟会是如此潦草的一笔："永徽二年，始遣使朝贡，其王姓大食氏，名噉密莫末腻（奥斯曼），自云有国已三十四年，历三主矣。"① 不过我坚信，即使是这样一道浅浅的笔迹，在回族漫漶的记忆里，也能够清晰地勾勒出回族的原来最初：一个千年文明古国的大门就此敞开了；一个外来族群的移民史就此启幕了。

紧随大食贡使来华的应该是商人？

顾盼史册，唐宋时期，通往西域的"丝绸之路"和海上"香料之路"空前繁盛，诱得各国商人络绎于道，尤其是阿拉伯商人不断东来，"殊方异物，四面而至"。

漫漫丝路总能给人宽裕的遐想空间。"殊方异物，四面而至"八个字就能引发连篇的遐想：那时，一峰峰骆驼、一艘艘船舶载来的除了让中国人眼花缭乱的奇珍异宝、自愧弗如的科学技术，应该还有令中国人听得云里雾里的语言吧？

记得黄仁宇写《万历十五年》时说，主要困难之一是听不到明朝的"声音"，他不知那时的人怎么说话，他认为落在书面上的一切，已远离人的身体和人的心。我倒觉得，每一页泛黄的史书、每一块颓圮的石碑都在争说一段往事，能否听到固然要求聆听者本身的能力与资格，但有时机缘巧合也很重要。

是机缘巧合？从《天下郡国利病书》中，我依稀听到了丝绸之路上喧嚷的人声："自唐设结好使于广州，自是商人立户，迄宋不绝。诡服殊音，多流寓海滨湾泊之地，筑石联城，以长子孙。""殊音"一词，不就真实地反映了回族先民使用着外族人所不理解的语言——阿拉伯语和波斯语吗？一时间，长安、洛阳、凉州、泉州、广州、扬州、杭州……中国偌大的版图都有这些"殊音"在喧响。操着这些"殊音"的蕃客大多在中国娶妻生子，最后长居中国不归。

---

① 《旧唐书·大食传》，中华书局1975年版。

不归？那么首先要进行语言上的沟通。

据史学家们分析，唐宋时期，阿拉伯、波斯商人与中国人交往，主要依赖于"舌人"即翻译的帮助。当时，为阿拉伯、波斯及南亚商人服务的"舌人"，有一专门名称——"唐帕"。当然亦不能排除，一些生长于中国的"土生蕃客"，他们有说汉语的可能性。

红藕花香到槛频，可堪闲忆似花人，旧欢如梦绝音尘。
翠叠画屏山隐隐，冷铺文簟水粼粼，断魂何处一蝉新。

谁能想象，一位操着"殊音"的土生蕃客，竟然大大方方地，用浓淡相宜的墨色，送给了诗气腾蔚的中国一阕《浣溪沙》。手笔之大，惹得李后主隔着时间的长河频频投来恭敬的注目礼。惊嗟之余，我们不免有些疑惧，史学家们所谓的"可能性"到底有多大。

随着公元 851 年阿拉伯商人苏莱曼一串响亮的足音，回族先民的生活画卷在我们眼前绘声绘色地美妙起来：

汉府（Hanfu）是买卖人的汇集处，中国皇帝派有回教徒一人，办理〔已得中国皇帝允许〕前往该处经商的回教徒的诉讼事务。每当节期，就由他领导着大众行祷告礼，宣诵呼特哈（Hutha）训词，并为回教国的苏旦向阿拉求福。伊拉克（Irak）的商人，对于他的判断总是服从的，因为他无论做什么事，他心中所挂念的只是真理；他所感悟的，只是《阿拉的书》，与《神力与伟大》，与伊斯兰训规。①

由此可见，唐宋时期回族先民聚居的蕃坊秉袭着一种阿拉伯式的社会制度。一向遵奉先知穆罕默德"求学是穆斯林男女的天职"教诲的他们，

---

① 〔阿拉伯〕苏莱曼：《苏莱曼东游记》，刘半农、刘小蕙译，中华书局 1937 年版。

怎会轻易忽视教育呢？所谓的阿拉伯式教育，就是教学生们诵念《古兰经》，学习书法、语法、史学、算数，等等，教学的语言当然也是他们自己的母语。在这种情况下，即便唐宋时期的国力再怎么强盛、文化再怎么强势、汉语再怎么走红，汉语也只可望着蕃坊厚厚的墙垣，徒然兴叹。纵然唐宋时期的蕃客李珣折得了"东堂桂"①，但此刻汉语比谁都清楚，那不过是几支偶尔欹出蕃坊墙外的香桂罢了。墙内，阿拉伯语和波斯语依旧如花般自开，自落，自精彩着。

风声，雨声，读书声——

这是从我跋涉了几年的蒙元帝国飘落的声音吗？在我的意识中，游牧文明与农耕文明的每一次相撞，发出的声响都是惊破天地、泣动山河的。如此空灵灵的声音，只会是国泰和民安的调子，只会在人间静好的岁月响起。但抛下成见、细细分析之后，我有种确信，比起其他帝国的统治者，世代颠簸马背上的黄金家族，对读书的声音、尤其是波斯语的读书声愈是捧之奉之。

当成吉思汗的战车碾过亚历山大大帝止步的帕米尔高原时，就注定了蒙古帝国的名字会刻满欧亚大陆的山山水水。然而，游牧生活的经历，又注定了他们在语言、习惯、律制等方面与其臣民的不一致，预示着他们难以稳坐农耕文明的江山。尤其是语言方面，作为统治者，小至日常生活的表达，大至政治方向的制定，他们都迫切需要一种能纵骋三千万平方公里的语言。

权衡再三，他们选择了波斯语。

考据历史很难，但是我们应该相信，决定语言的是社会实践。所以我猜测，蒙古人选择波斯语的原因有两个：其一，早在蒙古崛起于漠北之时，蒙古人就是通过回族了解世界的；其二，"为抗衡可疑的多数中国人，他们有意雇佣许多外国人任职……多数外籍官员都是中亚穆斯林"②。

---

① 尹鹗戏评李珣之诗句时称：异域从来不乱常，李波斯强学文章。假饶折得东堂桂，狐臭薰来也不香。此诗虽为戏谑之言，但也说明李珣身上不乏伊斯兰文化之痕迹。

② 〔美〕斯塔夫里阿诺斯：《世界通史》，北京大学出版社2006年版，第262页。

当时，中亚穆斯林，即回族的官方语言就是波斯语，徐霆在《黑鞑事略》中称作"回族字"。不管原因之外是否还有原因，但结果是统治者的选择，使得波斯语的行走范围在蒙元时期出乎意料地广阔：可汗帐中的密谋里有它；驿马传送的公文里有它；帝国使臣的斡旋里有它；国库进出的账目里有它……蒙元帝国的读书声里，自然也少不了它。

世祖至元二十六年夏五月，尚书省臣言："亦思替非文字宜施于用，今翰林院益福的哈鲁丁能通其字学，乞授以学士之职，凡公卿大夫富民之子，皆依汉人入学之制，日肄习之。"帝可其奏。是岁八月，始置回族国子学。至仁宗延祐元年四月，复置回族国子监，设监官……学之建置在于国都，凡百司庶府所设译史，皆从本学取以充焉。①

这段史料，无疑将蒙元帝国虚虚渺渺的读书声变得更加立体，更有质感了——

从蒙古帝国的腥风血雨到四大汗国的分足鼎立，无论窗外的风云如何激变，各式学馆至始至终都回响着先贤智慧的声音，为风雨飘摇的九州大地撑出一片晴朗的天空。其中，一座曳着"殊音"的汉式学馆犹为惹眼，它就是立于元大都的回族国子学。它是元帝国为了挽救濒死的亦思替非文字，培养翻译精英而专门设置的机构。

这是只有在对不同文化没有一丁点偏见的时代才会出现的景象吧？在中国文化的腑脏里，一群色目人用波斯语高谈着心性，热议着时政，也为帝国的财政精打细算着。除此之外，他们还大大方方地拿出自己先民的智慧结晶，并用汉语一一讲给中国人听。今天，拜倒在西方文明裙下的中国人却拒绝再听：在一定程度上，是西域天文历法、阿拉伯数码、十六位进制、土盘算法等域外文明，丰饶了迟暮的中华文明。

但在民间，波斯语的风头却没那么飙劲，比之阿拉伯语略输着一筹。

---

① 〔明〕宋濂等：《元史·选举志》，中华书局，1976年版。

对此，历史已有概括的一笔：元帝国的回族，无论是阿拉伯人、波斯人、突厥人，还是刚刚归信到新月旗下的蒙古人——"阿剌，其语也"①。有点简略？不，一点都不。从唐到元，800多个春来秋往，回族先民的生存和繁华全由这一句记录了；祝祈和念望全由这一句承纳了。这一句还简略吗？

公元1368年，在朱元璋慷慨激昂的呐喊声中，萎顿糜弱的元帝国尘埃落定，一个"华夷之辨"空前聒噪的时代来临了。而元帝国王谢堂间的回族，是如何逆着这样的洪波浊流，适应了沦入寻常巷陌的生活？我久久揣测着。耳畔，丁鹤年的黍离之音不时澎湃成潮。我渐渐感觉到，丁鹤年是通向明帝国回族史的一个重要关隘。

的确，作为一个色目后裔，他用从汉语文化中汲来的营养，在元曲一统天下的诗学格局中，为诗歌谋得了一席之地。这样的艺术成就，足以让他的名字擎立成中国文化史上的一座高峰。于是，几百年来，学人们各怀心事地追逐他渐行渐远的背影。史学家们多着眼于丁鹤年作为前朝贵胄的政治主张，以及酿成他一生居无安所、形若飘萍的背景性土壤；文学家们则琢磨着他字里行间的不同文化痕迹，比如从他与道士唱和酬答的涉道诗文中，考察道教思想对他情韵的濡染，以此揭示回族文化人曾受过道教影响的史实。与史学家和文学家不同，我想另辟一笔，窥看隐藏在丁鹤年泪湿的青衫之下明帝国回族的语言问题。

动笔之前，我的眼前已呈现出了一条清晰的线络——明帝国是回族入华以来第一个用政策干预了回族语言走向的帝国。

洪武元年二月壬子，禁胡服、胡语、胡姓；②
洪武元年二月壬子，诏衣冠如唐制；③

---

① 〔元〕陶宗仪：《南村辍耕录·嘲回族》，齐鲁书社2007年版。
② 〔明〕郑晓：《吾学编》，卷一，南京图书馆藏明刻本。
③ 张廷玉：《明史·太祖纪》，中华书局1974年版。

洪武元年二月壬子，诏复衣冠如唐制，禁胡服、胡语、胡姓名。①

一条禁令，三个版本，而且都不见于明史的权威——《明实录》与《明史》？其中的蹊跷不言自明：史官的一杆竹笔充其量只是一面闻风的船桅，风从哪里来？当然是从统治者讳深的政治意图而来。因此治明史者分析，《国榷》所载的应该是最为完整可信的。这三个版本的差别不仅仅只牵涉到帝国禁令的执行范围，也提醒人们留意，统治者浅浅眉眼的巨大历史辐射力量，和对后世产生的决定性影响。

虽然时隔三年后，明太祖朱元璋又矫饰地诏谕天下："蒙古色目人等，皆吾赤子，果有材能，一体擢用。"②然而眼望着朱元璋摇动的橄榄枝，回族的脸上再也浮不起半缕笑意。因为在明帝国的严刑酷法之下，洪武元年那条改了又改、涂了再涂的禁令产生了"可喜"的效应：通过各种渠道——科举、军功、归附等步入明帝国主流社会的回族，纷纷抖落了自己的异族姓氏。

今天，从史学家们辨别明帝国回族官员族群属性的争论声里，我们可以想象出，对明帝国的回族而言，这种"抖落"带着怎样无可奈何的悲怆、沉重和惧虑——如果他们与自己的母族文化从此分立两岸，包括作为母族文化的基座——回族先民的母语，那么他们会不会被中国文化淘空？毕竟这样一种淘空是一个外来族群不能承受的生命之重。

追忆明帝国的回族史，不乏将自己母族文化抖落殆尽的文人，李贽应该算是极具代表性的一位。

与丁鹤年一样，他也用从汉语文化中汲来的营养，将自己的智慧思想燃做黑暗中的一豆灯火，映照出明人惨烈的生存。学者们在揣摩他的《童心说》时注意到，他由生命的目的向生命过程发出的层层设问，已完全跳离了自己族群性的特定语境与背景。不仅如此，他在被陷入狱后，用自杀——伊斯兰教义所禁忌的方式为惨淡的晚景再添了一抹悲剧美。可是，

---

① 谈迁：《国榷》，卷三，上海古籍出版社2008年版。
② 〔明〕杨学可：《太祖实录》，卷五十一。

当有人蓄意淡抹他的族群属性时，他竟以穆斯林的葬仪，向自己的母族文化做了最悲情，也是最惊天动地的告白——人，从哪儿来，终将会归于哪儿去；纵然他与自己的母族文化分立过两岸，但却从来不曾分离过；在生命的最后一刻，心底那抹难泯的敬畏催促他伸出手臂，牢牢地，与之挽在了一起……

读者一定很讶异，为什么我会插入一段偏离主题的赘述？甚至我不敢奢想，会有几人心怀着同感——李贽最耀目的荣光，不在于他是唯一一位进入了中国主流思想史的回族，而在于他的一生存在着一个宗教性的文化体悟：回族纵使抖落了自己的姓氏，纵使冷落了自己的母语，纵使与自己的某些母族文化分立于两岸，但彼此之间一直由一根信仰的线，秘密地缭牵着。这根线又岂是政治的利剑所能斩断、剔尽的！

再读李贽的《童心说》，我的思绪依旧沉沉……或许，将回族的语言推向逐级衍变的，不光是政治，应该还有其他因素？这样的预感绝不是空穴之风。因为对今天回族底层的语言仍存留有大量元帝国白话文的史实分析，在元帝国我疏漏的一笔——元帝国回族的汉语使用情况，正是这缕风的窠臼。

人们总是用"大分散，小集中"来表述元帝国回族的分布格局。但很少有人注意到，"大分散，小集中"虽落脚于地理，却弥漫于文化的深奥：回族的散居特性，注定了他们不可避免地要与中国本土族群发生不同层次、不同内涵的摩擦和磨合。这种摩擦和磨合囊括了精神上的、意义的、符号的。而符号的——语言，总以最精细微妙的方式向人们施加力量，并且最不容人们抗拒。

结果，躲在蕃坊里的回族先民母语与汉语的摩擦与磨合，从元帝国、回族由"他称"变为"自称"开始，就掀起了阵阵巨澜。当然，出于各种原因，这股巨澜紧随着回族走完了元帝国。但是，它纠缠了回族在明帝国多远的路程？会不会像回族姓氏的抖落那样，裹挟着戛然而止的恐怖？

洪武元年（1368）大将军徐达率明军攻破大都，得元廷所藏图籍文档数万卷,悉运发建康(南京)。明太祖召儒臣从中选书讲解,发现其中有西域军书百册,不识其文,不晓其义。洪武十五年(1382),明太祖召见儒臣李翀、吴伯宗,称西域的阴阳家推算天象历来十分精密,且预测皆有应验,其专长之纬度法则中国过去未见。因为星象学与天人关系十分重要,应将这些书译出。后来,明太祖召见钦天监回族官员海答儿、阿答兀丁和回族大师马沙亦黑、马哈麻等,将这些西域书出示给他们看,要他们翻译。明太祖说:"你们西域人既会本民族语言,又通汉语。你们先口译书中内容,而由儒生将口述的内容整理成文。但一定要按原意直译,不要文饰。"①

这个被无数历史学家反复描写和揣摩的场景,印证了我的推断:明帝国初期,回族先民的母语——波斯语并没有出现根本性断流。虽然朝代鼎革动摇了波斯语官方话语的地位,但是它们在回族的话语里,依旧静水深流。因为这段记载再清楚不过地表明,在明帝国钦天监中任职的回族人海答儿、阿答兀丁与回族大师马沙亦黑、马哈麻,都是能自由进出汉语与波斯语山门的人。

这里我们遇到的,是一个语言学术语——"双语时期"。

这个术语实在太过高妙。它用极其浅显直白的语言概括了从元帝国到明帝国初期,回族先民的母语与汉语经历的一场极其漫长冗杂的拉锯战。也许,最初谁都觉察出了这场拉锯战的不易,几种语言都仰仗着背后的文化优势不肯示弱。但谁都没料到,天时、地利、人和的汉语会不露声色地渗进回族的语言体系,慢慢挤压、摧枯、瓦解其他语言。而在此期间,其他语言的抵抗也愈发坚韧峻厉了起来。身处人数弱势的它们,无一例外地采用了以守为攻、以退为进的战略,与汉语周旋着。就这样,谁也没能把谁瓦解,谁也无法将谁驱尽,它们与汉语经过几百年的光阴,在回族的口舌间绽出了一枝奇异的并蒂莲。

---

① 《明译天文书·序》,海达儿译,东北师大出版社1990年版。

大江东去，涛声喧天。这场前仆后继的拉锯战，何时终见了分晓？是谁为汉语的完胜推波助澜？又是谁力挽了回族先民母语整体性消亡的大势？我说不清，回族语言的流变脉络靠文人笔底的风光也说不清，靠天马行空的想象更说不清。我明白了，于万境的苍茫之中，晓看历史云卷云舒——拥有着这种雄大视野的回族语言，应该是静静蜿蜒于时间的一种自然流变。那么，我的思考不妨就由精细归于朴拙，只顺着时间的河流，去探索回族语言变异的动态倾向吧？

> 治左瘫右瘓右将肭的别答西塔而，又名哈即米羊，即腽肭脐也；以此物用之得济。凡腽肭脐者，双连带皮者是真的，单者多半是假的。其假的用札兀石而（Jawushir）、三额·阿剌必（即是阿剌必地面李子树上的胶）、腽纳脐少许，皆研细与血相和，盛在尿胞内晒干，则盛假矣。

这张现身于明帝国中后期的《回回药方》很是古怪，简直就像一页天书。拿它和今天回族的民间话语一比，我蓦然一惊：回族语言多元并存的框架，在明帝国之后600年时间的风琢雨蚀下，居然纹丝不动过；回族语言内部，汉语与先民母语亘有的鹬蚌之争，难道在明帝国中后期到了尽头？

很明显，这张用汉字写成的药方，和马步斗的小说《李家铺外传》一样，如果不立足于伊斯兰文化背景，是很难读懂读通的。不过百余字的一张药方，就镶嵌了音译外来词4个："别答西塔而""哈即米羊""札兀石而""三额·阿剌必"。不过，我关注的重点不是这些外来词的涵义，而是回族语言中多元并存的现象。既然以一个稳固的形态存在了600多年，那它美艳的异色必定牵连着这个族群微妙的文化心理。

从明帝国史料发散的信息来看，明帝国以降，回族虽然可以将汉语用得信手拈来，但在心理上，却不会再像唐宋时期那么热情和从容了。要深入地理解这种心理，我们必须从语言学入手。

语言对一个族群的影响，有时是超越文化藩篱的。因为每一种语言都包蕴着一种独特的世界观。移植一种语言，就意味着要改换掉祖先积累了几百年、甚至是数千年逐渐形成的所有思想、理想和成见。由此可见，语言的全盘移植往往是一个外来族群彻底消失的渊薮。但是，如果他们始终抵拒本土语言，就不会彻底消失吗？

　　对此，回族既有心理准备，又仍然未免惴惴难安。尽管他们对中国文化、对汉语毫无推拒之意，但是他们有许多与中国格格不入的生活方式和人伦思想，说得响亮一点，就是回族的信仰本位观念。即便他们在中国居留了两代、三代，这种观念仍旧散见于他们的生产方式、生活态度、居住模式和社会行为之中。所以，当明帝国否决了异邦文化在中国独立生存、自由发展的可能性的时候，他们的信仰本位观念必然会进一步强化。理所当然的，坚守母语就成为了他们保住族群独立性和延续性的天然壁障。

　　然而，面对生活的实际需要和环境所迫，他们又不得不将语言的重心一点一点偏向汉语。因而，在汉语的耽耽虎视下，回族先民母语的活动空间不断缩小，使用频率日益下降，出现了整体性坍没的征兆。到了明帝国中后期，就连从事西域历法汉译和编译工作的回族馆教师，都开始不折不扣地遵守起了汉语语法的逻辑，以及汉语的思维方式和价值观念。由此我们可以断定，回族已经迈过了"双语时期"，走向了汉语一统回族语言世界的时代。

　　不过严格说来，"双语时期"的结束，并不意味着回族完全放弃了先民的母语，而是恰恰相反，他们虽然转用了汉语，但对母语的迷恋却到了一种执著的地步。这不，他们固执地把母语的一些词汇带入了汉语当中，对汉语进行了大胆又卓富智慧的重塑——有意回避一些汉语词汇，代之以洇润着具有本族色彩的词——如将"乃玛孜""胡达""色俩目"等母语，掺揉在汉语里，构成了具有自己族群气质的"回族汉语"。

　　现在看来，这种重塑最初就是一种刻意的、带有明确目的性的行为，即用语言的别同清晰整个族群的边界，强化族群成员的同源意识。不过我必须强调，这不代表回族有排外心理，而是回族对待中国文化一以贯之的原则——和而不同、求同存异。

回族，一个源流十分复杂的族群。由于时间悠远，空间遥远，我们已无法辨别出谁有中亚的血统、谁有西亚的血统、谁又是东南亚移民的后裔……但不管当初他们载着什么样的梦想、怀着什么样的目的来到这里，他们都有一个心照不宣的文化范式——伊斯兰文化。

正是基于伊斯兰文化的开放性，他们对所有的进步文化都有一种兼收并蓄的化解能力。这种能力既释放着他们，令他们不会长期处于孤芳自赏的自闭形态，同时又制约着他们，使得他们对其他文化的借取和吸收，必须依据一套约定俗成的原则，既要源源不断地汲取其他文化的精华，又要确保自身伊斯兰文化的根基牢不可破。

特别是当凌越明帝国这道回族文化分水岭的时候，在与中国文化的对话过程中，他们曾陷入过惶惑、经历过迷茫。因为最初，他们对中国文化有过歆羡，但又本能地懂得，歆羡过了，回族将不再是回族。然而，生活在汉唐文明的秀山丽水之上，他们也感觉到了中国文化强大的力量，憬悟到如果没有了唐宋元那种和煦的政治文化气候，回族若想继续散枝开叶，就必须有一场大规模的文化变迁，也就是今天学者们所说的伊斯兰教中国化。

虽然我们已无法清晰地剖解回族文化心理及文化人格的每一次细微变化，不过现在仅是咂味"中国化"三个字，也能立刻感受到一种磅磅礴礴的生命力量和沸沸扬扬的生命智慧。的确，伊斯兰文化决定了回族的文化胸襟和气度，他们理应在与中国文化的适应和整合中具有更非凡的作为。当然，非凡的作为取决于他们随脚进出两种文化的能力。这种能力是几代回族的摸索、积累和沉淀的结果。

最终，回族创造了伊斯兰文化与中国文化的一种平衡：和而不同，求同存异。于是，伊斯兰文化在左，中国文化在右，回族在两种文化的交集地带，巧妙地选择着自己的生活方式和行为准则。结果，回族的姓氏、回族的宗教建筑、回族的语言无一不保持着两种文化的奇妙平衡。

走出明帝国，我心中忽而幡然醒悟："用汉语书写信仰：尴尬或可能"

——这个话题，不过是回族对于自己文化生态和心态的狭隘剖视。如果我们能够站在历史的高度看回族的文化，会不会失声呐喊：回族的文化心态不应该是这样，它应该更自由、更强健、更豁达。因为即使是在孔子的国境，我们依然知道，我们该飞向何处……

行走在繁嚣与清净之间

格拉纳达的背影
——读《在堂吉诃德的甲胄之后》

读《在堂吉诃德的甲胄之后》,格拉纳达的背影由漫漶趋向清晰。还原历史不是为了滋生仇恨和报复,文明的力量在于提升向善和包容的能力。

——题 记

滚滚奔逝的岁月,淘尽了无数沧海微沤般的人,沉淀下来的是人的历史及文明。或许它沉淀在了希腊帕特侬神庙的残垣里;沉淀在了陈列于西方博物馆的中国商周青铜器的锈垢上;沉淀在了西班牙弗拉门戈舞者的舞裙间;也沉淀在了一本本传世的皇皇巨著中……它们,忠实的历史注释家,或者比那些写在竹简、羊皮上,然后工工整整供放在档案馆阁架上的历史文献,更忠实于历史的本真。因为它们可能更大程度地,滤去了那个时代话语霸权者的思想——掩盖罪行、美化德行。沉积下来的,是历史在那个时代的原本位置,哪怕是血腥的杀戮和暴虐的掠夺。今天,我们可以从它们中,撷取一个个原点,粗线条地勾勒出一个时代的轮廓。比如中世纪的西班牙。

今天的西班牙是拥有世界文化遗产最多的国家之一。

在这里随性而走，随意而停，不经意间，就能邂逅沉淀在时光里的历史碎片。譬如立于山巅的阿尔罕布拉宫，怆然地目送西班牙的最后一个穆斯林王国格拉纳达，在时光的夕照中渐行渐远。而世界第三大的哥特式教堂——Metzquita Catedral（两个词在西班牙语中分别代表"清真寺"和"教堂"的意思），它闻名于世不仅因为这里安葬着著名航海家哥伦布。更令人惊叹的是它的近千根石柱，均来自古罗马的废墟。无独有偶，在塞维利亚市还有一座风格上融合了阿拉伯式、哥特式、罗马式、拜占庭式，功用却从当年的清真寺变成了如今的天主教堂的建筑——希拉尔达塔大教堂。在它哥特式的教堂框架上，意外地背着阿拉伯风情的尖塔，塔身上浮雕着的也是阿拉伯风情的几何图案——不和谐的往往能惊现出绝世之美吧？这随处闪烁着古代安达卢西亚灿烂文明的西班牙，95%的人信奉天主教。难怪至今一些西方学者都发出这样的疑问：昔日的犹太人和穆斯林今在何方？

谈到安达卢西亚，我们不得不多赘述几句。8世纪中叶，穆斯林在伊比利亚建立了哈里发帝国，也就是后倭马亚王朝，史称"安达卢西亚"（Al-Andalus）。安达卢西亚揭开了欧洲历史的新篇章。在伊斯兰信仰中，没有"强迫"一词。因此穆斯林统治者对基督徒和犹太教徒采取了宽容、尊重的政策：基督教徒和犹太教徒享有充分的信仰自由，他们各自保留了自己的教堂、女修道院、基督教长，并拥有自己的地方官。在穆斯林行政机构中他们也占有一席之地，甚至有人身居要职，成为哈里发的顾问。毗邻而居的犹太人、基督徒和穆斯林也摒弃了纷争与对抗，"他们各自有着自己的文化、自己的种族，却能在同一个地方生活，也因为他们共同生活，所以他们的文化也纠结在一起，成为一种独有的文化——宽容的文化"①。对生物学"多元的才是最稳定的"的定律，安达卢西亚给出了最缜密、最完美的释解——伊斯兰文明、基督教文明和犹太教文明，三大文明在中

---

① 耶鲁大学西班牙语系教授 Maria Rosa Menocal 在北大的演讲（*Intimacies and Betrayals: A Glance at the Cultural Entanglements of Medieval Spain*）《亲密与背叛：中世纪西班牙的文化纠结》。

世纪，在西班牙真正实现了和解与和谐、相融与共生。

此时的哈里发辖地科尔多瓦，与君士坦丁堡和巴格达齐名，是世界三大文化中心之一。在那里除了宏伟壮丽的宗教建筑外，还有大量的文化设施。在历代哈里发的鼓励和支持下，科尔多瓦的语言学、文学、哲学、音乐、艺术、建筑、科学等都十分发达。美国著名的东方学家希提这样客观地总结过："穆斯林的西班牙，在中世纪欧洲的智力史上，写下了最光辉的一章。在8世纪中叶到13世纪初这一期间，操阿拉伯语的人民，是全世界文化和文明火炬的主要举起者。古代科学和哲学的重新发现，修订增补，承前启后都归功于他们。有了他们的努力，西欧的文艺复兴才有可能。"

安达卢西亚的"宽容文明"持续到了公元15世纪。即使是在后倭马亚王朝分裂之后，基督徒与穆斯林之间频发战争，安达卢西亚依旧延续着自己的繁华和瑰丽。直到公元15世纪末，随着基督教徒以胜利者的姿态宣布西班牙从今以后只有基督教后。穆斯林、基督教徒和犹太教徒共同缔造的安达卢西亚落下了它华丽的大幕。

今天遗落在西班牙的每一块浮雕、每一段石墙、每一条古街，无不镂刻一种名为"安达卢西亚"的记忆，"宽容"的记忆。它静候人们的一一解读。

如果说文化遗产是历史的记忆，那么文学作品则是历史的回音。阅读的过程也是聆听的过程，聆听历史最真实的声音。譬如，强掳非洲黑奴的铁镣在《根》中铮响；美国南北战争的炮火在《飘》里轰鸣。在西班牙沉重的骄傲《堂吉诃德》里，人们又能听到什么呢？

陀思妥耶夫斯基在评论塞万提斯的小说《堂吉诃德》时这样说：到了地球的尽头问人们："你们可明白了你们在地球上的生活？你们该怎样总结这一生活呢？"那时，人们便可以默默地把《堂吉诃德》递过去，说："这就是我给生活做的总结。你们难道能因为这个而要责备我？"

可能咎于此因，在冗长的5个世纪里，善于反躬自问"我们是谁"的西班牙人，总是会窘向《堂吉诃德》寻求战胜磨难的法宝。在西班牙人的意识里，《堂吉诃德》是一部囊括哲学、法律，以及历史的百科全书。

《在堂吉诃德的甲胄之后》的作者索飒，认为研究塞万提斯、研究《堂吉诃德》，不能仅滞留在文字的表层，还要将研究的触角渗入文字的背面——塞万提斯所居时代位置的重大含义。她通过对作品文本鞭辟入里的解析，以及诸多历史学家对塞万提斯生平、家世考证的资料的整合与拼接，解读出了《堂吉诃德》的"骇人听闻"和"石破天惊"。

《堂吉诃德》之于我们的印象，就是儿时动画片里那个骑着瘦马，执着长矛冲向风车的主观臆想的"梦幻者"——疯老头堂吉诃德。但事实并非如此浅显，西班牙评论家比森特·高斯提出，"《堂吉诃德》中没有一处是随意的、无心的和偶然的"。作者塞万提斯"利用骑士小说的外壳，创造了在官方话语罗列下尖锐质疑的文学手段。他在标榜'让世人厌恶虚妄荒诞的骑士小说'的同时，创造了一个单骑挑战巨人、一人对抗社会的真骑士"。而《堂吉诃德》嬉笑怒骂脸孔背后是西班牙窨藏了五百年的历史真相："伊斯兰文明在西班牙长达八个世纪的存在"，"西班牙中世纪驱逐穆斯林及犹太人国策"及"东西方文明关系的重新思考"。

这位将苦难淬炼为寓言的西班牙作者，将在地中海与土耳其海战中残废的左手，曾引以为傲是"指引他人登上光荣苍天的明星"。这样一个有强烈的民族"自尊心和自豪感"的人，为什么在"可能会引起宗教裁判所的审判"的情形下，选择逆流而上，"坚决反对血统论，明确站在作为弱者的新基督徒一边"？因为"在17世纪的西班牙，拥有一本阿拉伯文的书——更别说写作和翻译这样的书——是政治罪行"。难道他仅仅是"一个被剥夺信仰者的同情者、伊斯兰的朋友、文化共融的鼓吹者、人道主义者和资本主义的早期批判者"？是作为一个有"良知"的作家的终极关怀？

探索者从未停止过对历史真相的还原。1975年佛朗哥独裁统治结束，禁锢的思想得到解禁，"伊比利亚智慧中最独特、最具有普遍性的因素，扎根在基督教、犹太教和伊斯兰教文化共处的几个世纪所缔造的生活方式之中"①的西班牙史学观点得以承认,光与影终于重叠——《堂吉诃德》的第一作者、阿拉伯史学家、"头号敌人"、始作恶者、艾哈迈德·本·安赫利与第二作者塞万提斯在"终章卷末之处合为一人":塞万提斯可能是一位当年被欺辱的摩里斯科人。因为"根据塞万提斯的文化背景和亲属关系,根据他所继承的价值观,以及他的知识框架",还有"他在《堂吉诃德》和其他作品中表达的鲜明的反体制立场"判断,他应该是一个"祖先以穆斯林为主体的安达卢西亚人"。

"当然,以上结论只是一种逻辑推论,更准确的判断有待于实证主义的考据和新资料的发现"。作家塞万提斯,无疑是"一个满腹心事的作家","哪怕环境再险恶也会竭力在作品中留下蛛丝马迹",希冀"后世能读懂自己",读懂一个时代没有话语权者的失语——

在堂吉诃德的甲胄之后,公元 1500 年前后的西班牙在我们的视野中,由漫漶趋向了清晰……

为什么会撷取公元 1500 年前后这个原点?大多数历史学家认为,公元 1500 年前后的地理大发现,翻开了真正意义上的世界历史厚重的第一页——散布在人们视野范围以外、甚至是认知范围以外的区域标注在了一张完整的地图上——世界得到了一个完整概念。从这时起,"鸡犬未曾相闻过"的世界被联系在了一起,各大文明之间开始了相互联系、相互盱视、相互对抗、相互争斗。当然,为了解救"蛮荒",撒播"文明",西班牙、葡萄牙的国旗顺理成章地插在了他们"发现"的大陆上。仿佛亘古前,这些地方就是他们的后花园,只是"没发现"而已。

为了"使民不争"而"不贵难得之货"的中国人可能无法理解,伊比利亚半岛人为什么会面向变幻莫测的大海,发出"航海势在必行,生命无可惋惜"的旦旦誓言?习惯用平和的文明对话的形式逐渐发展、完善各

---

① 阿梅里科·卡斯特罗发表《历史进程中的西班牙:基督徒、摩尔人与犹太人》,修订版题为《西班牙的真相》。

大宗教信仰的中国，更无法理解，被欧洲人高高擎起的宗教文明的火炬，会投下掠夺、屠戮和奴役的翳影。

当伊比利亚半岛宗教"文明"的旗旌在四大洲猎猎时，一船一船从蛮荒地区猎获的黄金、白银、香料，驶出了欧洲人曾经的遐想——集"豪华、文雅、贵重"于一身的东方。面对突兀在欧亚和北非、曾蛮横截断了他们原有香料梦的奥斯曼土耳其阴鸷的目光，从容不迫地沿着苦苦探索了近1个世纪的新航线，成功抵达了本土。称霸世界的资本积累，在新航线的延长线上越滚越大。

仅公元1521年至1600年间，西班牙海军从海外运回的黄金即达200吨，白银达18.6万吨。90%印第安人的灭绝、西班牙占据了世界贵金属开采量的86%，历史用精准的数字测量出西班牙对外殖民扩张的半径。

其实在公元1500年之前，在西班牙还有一个必须载入史册的年份——1492年。在那年，西班牙天主教女王在一张谈判桌上，与航海家哥伦布签署了航海探险的协议。西班牙的航海探险也同葡萄牙一样，成为了一种国家行为。"攘外"必先"安内"，西班牙殖民主义之所以能无所忌惮地对外扩张，是因为他们的"再征服"战争取得了"终极胜利"。

在同一年，这位美貌、智慧、胆识皆备的西班牙女王亲自督战，摧溃了穆斯林统治的最后一个堡垒——格拉纳达。穆斯林对西班牙长达8个世纪的统治地位彻底坍弛了。穆斯林王国虽然坍弛了；然而穆斯林创造的安达卢西亚文明却没有一下子从西班牙土地上消弭，在它的惯性驱动下，西班牙的坚船利炮轰开了尘闭已久的东方的大门，最终使西班牙成为了真正意义上的"日不落帝国"——疆域横跨了四大洲。对于这一点葡萄牙新里斯本大学教授安东尼奥·曼努埃尔·埃斯帕尼亚·欧西门作了客观公正的解释："正因为葡萄牙和西班牙一方面和欧洲世界相连，一方面也和穆斯林世界有密切联系，能够与其他文明接触。尤其是能够接触到阿拉伯的科学。而阿拉伯的科学尤其是天文学、数学等领域的成就在当时都比欧洲先进,因此有助于这两个国家后来走出欧洲、走向世界。"

格拉纳达灭亡后的1499年,一场毁灭伊斯兰,强迫穆斯林改教的运动开始了。在罗马教皇的影响下,西班牙的统治者采取了高压和强制性手段,排斥异教,实行宗教迫害,并强制规定所有的西班牙人必须信奉天主教,否则将受到制裁。因为当时西班牙的统治者信奉一条荒谬的理论,"为了完成政治的统一,必须完成宗教的统一,为了防止内战,就必须把西班牙境内和境外的异己铲除"。于是,一夜之间天主教便成了全体西班牙人唯一的宗教。与此同时,西班牙天主教会还设立臭名昭著的宗教裁判所(即宗教法庭),对那些揭露教会黑暗腐败、反对封建统治的人,包括一些进步思想家和自然科学家,进行无情打击,残酷镇压,如秘密审讯、严刑拷打,然后将其投入监狱,没收全部财产;或火刑,甚至处以极刑。"西班牙将每次火刑当作盛大的节日。王孙贵族的庆典,都要用火刑烧死异教徒来助兴。"令人悚然的不是罪行本身,悚然的是灼灼火光中夹杂着亢奋的嘶喊,"把一个灵魂烧死,天主教西班牙就得到一次得救的机会"。

在1483年至1498年的十多年间,被宗教裁判所迫害致死者近30万人。

1501年,西班牙政府颁布命令,要求所有的穆斯林要么放弃伊斯兰信仰,要么离开西班牙。1556年,菲利普二世要求剩余的穆斯林放弃自己的语言、宗教和习俗。改信天主教的穆斯林在西班牙被称为摩里斯科人。在西班牙的巴伦西亚,摩里斯科人几乎占到了总人口的1/3。而且完全控制了巴伦西亚的土地和经济。在那里,穆斯林的文化还是处处闪光。由此,因宗教的狂热积蓄的仇恨,混杂着殖民主义的野心,战争一触即发。

1568年圣诞,摩尔人渗入阿尔贝森后,战争爆发了。在格拉纳达,摩里斯科人的清真寺修建一新,他们开始复兴自己的宗教,重建自己的文明。1569年,菲利普二世的异母兄弟唐·胡安统率部队攻占格拉纳达,扑灭了摩里斯科人最后的挣扎。1609年,菲利普三世签署了对穆斯林的驱逐令,开始了对本国异教徒的一次殖民主义的行为。当然,一个时代没有话语权者——塞万提斯只能像中国的曹雪芹一样,将真实隐(甄士隐)

去，作假语村（贾雨村）言："国王陛下把放逐我们的重任交给了萨拉扎尔的伯爵堂贝尔纳迪诺·德·维拉斯科大人……他也看透了我们整个民族早已腐朽溃烂，所以宁肯用烈火般的刑罚根治，而不借助清凉的软膏消痛。伟大的菲利普三世以罕见的慎重任命这位堂贝尔纳迪诺·德·维拉斯科担当此任，真是果敢的举措。"在今日读来，"阿谀奉承"比"横眉冷对"对这段历史的揭露，或者更为深刻、更为淋漓？

从1492年格拉纳达陷落到17世纪20年代，共约有300万穆斯林被驱逐（或处死）。对于西班牙历史上最黑暗的一页，《堂吉诃德》第二部第五十四章，"里科特"故事一反离奇荒诞，依托现实，进行了隐晦的笔伐："借流浪者里科特之口，概括了自驱逐令下达以来，摩里斯科人背井离乡、天涯流浪以及冒死潜回的逆旅。"①

成也萧何，败也萧何！
西班牙，成也殖民，败也殖民。

在穆斯林治理西班牙的时代，由穆斯林经过科学研究和设计，铺设了贯穿整个安达卢西亚的灌溉系统。它浇灌着格拉纳达的果园和稻田，也浇灌出了一个富庶的社会。"最值得称颂的地方位于格拉纳达一带，摩尔人曾经长时期生活居住在这片自由的王国。他们通过水渠和隧道将水从白雪覆盖的山峦引来浇灌平原及其周围鲜花盛开的山坡，从而使得那里成为具有世界上最美丽景色的地方之一。②"并且在哈里发哈基姆二世时期，安达卢西亚就出现的管委会负责管理这一灌溉系统，裁决农民之间的水土纠纷。新品种农作物的引进加上水利灌溉系统，为西班牙创造了大量的财富。

随着一次比一次惨烈的驱逐摩里斯科人的行为，西班牙的贵族堂而皇之地攫取了摩里斯科人荒弃的土地，和摩里斯科人掌控的水利灌溉系

---

① 本文涉及《堂吉诃德》的引用来自索飒的《在堂吉诃德的甲胄之后》。
② 《西班牙黄金时代的日常生活》（*Daily Life in Spain in the Golden Age*）。

统。随之,他们也将饥馑的种子深植在了自己无度的贪欲里。

水利系统的私有化,直接导致西班牙、尤其是地中海沿岸农业的急速衰弱。加之从海上掠夺来的财富,使得西班牙的人口亟速增加。同时,美洲的金山磨蚀了西班牙人的勤勉精神,它的手工业、工业都严重萎缩。疆域的扩大,又将西班牙拖入了无休止的领土保卫战的泥泽中。在黄金白银的强烈反光下,西班牙这艘殖民航母迷失了方向,没有驶出多远,就遁没在了历史的烟波与浊浪中。1588年,庞大的西班牙无敌舰队被英国击败。此后一蹶不振,最终被英国取代了欧洲霸主地位。

"永别了,格拉纳达……永别了,格拉纳达……"在最后一位国王艾卜·阿卜杜拉被流放时,随风渐弭的抽泣声中,格拉纳达的背影在我们的视线中,由清晰再次漫漶……

"真主之外别无胜者。"①

"无论是现在还是以前,很多时候的战争或暴力事件都不是宗教造成的,它们称为了宗教,其实不全然是因为宗教,更多的时候是政见不一,才导致不幸的结果。"② 从"宽容与多元"的安达卢西亚,到"迫害与单一"的西班牙殖民宗主国,时空落差的声响发聋振聩:没有比宗教更高尚的借口;没有比利益更猥琐的动机;没有比战争更直奔主题的路径了。

然而黑格尔还是喟然一叹:我们从历史那里得到的教训,是我们从不汲取历史的教训。

在世界的纷争与不对等的抗争愈演愈烈的时候;在东西方文明对抗急遽升级的时候;在金融海啸席卷整个世界的时候,我们是否该静下心来,聆听一次历史给我们的教训?

---

① 格拉纳达国王穆罕默德·伊本·艾哈麦尔曾在阿尔罕布拉宫的墙壁上刻下"真主之外别无胜者"的题字。
② 耶鲁大学西班牙语系教授 Maria Rosa Menocal 在《国际先驱论坛报》上发表的文章《Where Muslim and Jew Once Lived in Tolerance》。

是什么酿造了西班牙八百年的"宽容文明"?
和平来自公正,没有公正,和平就无从谈及。

聆听历史是一番冗重的思考;
聆听历史是一种深邃的智慧……

从《重立清净寺碑》看元代泉州穆斯林的兴衰

清净寺,挤在泉州涂门商业街的中段,在繁嚣中独守了一份千年的静寂……

一

"偏安于一隅!"好友指着一组照片中的一张悻然叹道。这组照片都是他从泉州清净寺拍摄回来的。泉州清净寺,中国现存最早的清真寺,音译为"艾苏哈卜大寺",又名"圣友寺",始建于北宋大中祥符二年,即公元1009年。元至大二年,即公元1309年由伊朗人艾哈默德重修。我对千年古寺的这些概念性的认知,是透过他照相机的镜头逐步立体了起来的。

一座仿照叙利亚大马士革伊斯兰礼拜堂建筑形式建造的门楼突兀在照片的中央。三层穹形顶的尖拱门,全由巨大的青白花岗岩条石砌叠而成。在条石的纹理里,21世纪的阳光却不时闪现历史的冰肌。"真主秉公作证,除他外,绝无应受崇拜的;众天神和一般学者,也这样作证,除他外,绝无应受崇拜的,他是万能的,是至睿的,真主所喜悦的宗教,确是伊斯兰教",门楼正额的浮雕石刻上横嵌的这段阿拉伯文,我想,同样嵌在每一个中国穆斯林的心底。

翻开另一张照片,茵茵的草地上裸着数根石质圆柱和四围的石墙。它们是清净寺大殿"奉天坛"的存骸。"堂以西为尊,叠叠重重,规制异人间之庙宇,昂昂唅唅,羣天上之楼台"的"奉天坛",在公元1607年泉州的一次8.1级大地震中轰然坍圮,迄今未能恢复。唯有这些石柱和石墙矗立在时光的波流中,执拗地张扬着彼时的鼎盛。

令好友悻然的不是这些断垣残壁，而是蛰居在一隅的、仅能容纳三十人礼拜的"明善堂"大殿。朱红的门窗，灰白的墙壁，岁月在其上如镂如刻。她典型的中国四合院民居风格精巧素雅，依傍在门楼和奉天坛这些岿巍的纯阿拉伯风格建筑侧旁，显得有些孤独。可我们怎能咎错于她呢？她只是真实地反射了从元到明，伊斯兰在中国这片沃土上，由阿拉伯化到本土化的一种渐变。建筑元素的变革，不正是这个民族形成的侧影吗？

在后来很长的一段时间，这些照片一直纠结着我的思绪。终于，一夜，在深沉的夜空中，我的目光与一双蓝瞳不期而遇——泉州在元帝国时代的盛极一时，全然倒影在了意大利商人雅各·德安科纳的蓝瞳里：市声沉淀在了元朝温煦的暮色里。阿拉伯香料的香气似乎还在留恋白天的喧闹，久久不肯弭散。渐渐的，夜色垂临，泉州城万户的灯火次第点亮。通身莹亮的清净寺宣礼塔，与其他清真寺的宣礼塔遥相呼应，擎起了泉州港"东方第一大港"的金字招牌。

百年后，另一位冒险家马可·波罗慕着东方的神秘和瑰丽站在了泉州港岸的礁石上：海天相接的地方，过尽的千帆皆是穆斯林商舶。暑来寒往，穆斯林的商舶满载着中国的丝、瓷、茶，阿拉伯的香料、药材穿缀起了一条沟通东西方的贸易通道，同时它们也肩起了文化交流使者的重任，为东方"海洋文明"撰写了最璀璨的一页。东方，也唯有东方的"海洋文明"，正因没有血腥的屠戮和暴虐的掠夺，才会被冠以一个香气盈逸的名字——"香料之路"。

正是这些"他者"的笔触，为今天的我们构建了一个"涨海声中万国商"古泉州城的文本——

自唐朝开始，泉州的海外交通日趋发达，至宋元时期发展为与当时埃及的亚历山大港齐名的"东方第一大港"——刺桐港。来自世界各地的商人，特别是来自中东地区的阿拉伯商人聚集在泉州。为什么在商人中，中东地区的阿拉伯人为众呢？因为那时"中东地区的伊斯兰教在高峰时代，是傲视群伦地气派——在许多方面，它都是人类文明发展到当时的最高点……穆斯林是头一个为完成这个目标而作出巨大进步的群体,他们缔造出一个宗教文明,它超出了单一种族、或是单一地区、或是单一文化的界限。中古盛期的伊斯兰教世界是国际化的、种族多元的、民族多样的,甚至可以洲际连结的。"① 因此这些阿拉伯商人在异域的土地上,以开放旷达的自信,艰辛求存的钢性,与泉州人一起造就了历史上最为开放、包容和发达的泉州城。

繁华,书不尽的繁华背后是什么?

清净寺的楼门悄然洞开,一方坚挺的石碑矗立在了尽头……

二

有明一代,随着一场中国"伊斯兰文化复兴"运动的蓬勃而起,一批伊斯兰宗教文化的汉文译著问世了。此之前,在中国瀚瀚文海里,穆斯林修立的文字很难找得到。历史上虽然不乏蒲寿晟、李贽等融入大传统社会的仕宦,但从他们的作品中也很难找到穆斯林的踪迹。站在华夏"中央天朝"的自傲和骄矜上,这种现象就不难解释——前来中国朝贡贸易的小国远人本身就没有什么可记录的荣耀。因此现存的泉州艾苏哈卜寺的《重立清净寺碑》,在对于研究早期阿拉伯与中国宗教文化交流史,伊斯兰在中国东南沿海港口的传播,以及清真寺的建置、组织机构等史料价值上,有了"迄于今日,实尚未见一文足以当之"② 的地位。

这方《重立清净寺碑》刻于明正德二年,公元 1507 年,花岗岩石琢成,由许清、丁仪篆书。碑高 260 厘米,宽 110 厘米,阴刻 22 竖行文字。

碑文包含两部分:一部分为元代外教人吴鉴所撰《清净寺记》全文,其首段记载了大食国,也就是今天的阿拉伯半岛的山川地理、风俗民情、物产文化、伊斯兰教义、教规,以及该教首先传入广州,并建怀圣寺等

---

① 〔英〕伯纳德·路易斯:《中东:激荡在辉煌的历史中》,中国友谊出版公司 2000 年版。

② 白寿彝:《跋吴鉴〈清净寺记〉》。

事项。这段记载被认为是唐宋元悠悠六百九十年里，继唐代杜环的《经行记》之后，在所有描述伊斯兰教的汉文文献里"略为可观，亦足珍矣"①的巨篇。

碑文第二段记载："宋绍兴元年，有纳只卜·穆兹喜鲁丁者，自撒冉威从商舶来泉。剙兹寺于泉州之南城。造银灯、香炉以供天，买土田、房屋"②等作为寺产。元至正初，由于"以没塔完里阿哈昧不任，寺坏不治"，寺产被侵占，寺院荒芜。至正九年，"闽海宪佥赫德尔行部至泉"③。在路达鲁花赤契玉立的帮助下，"里人金阿里以己赀一新其寺"④，泉州伊斯兰教长布尔罕丁率领穆斯林重修该寺。

碑文第三段叙述了伊斯兰教传入中国后在广东、福建的传播情况。提及在泉州建筑的礼拜寺达六七座。"自礼拜寺先入闽广，此其兆盖已远矣。今泉之礼拜寺增至六七，而兹寺之复兴，虽遭时数年，名公大人硕力襄赞"⑤。

第四段记载泉州穆斯林教职人员的情况，泉州穆斯林首领称为"摄思廉"，即教长。在各清真寺内设"益绵"，即伊玛目，亦称"阿訇"；"没塔完里"，负责日常寺务，俗称"掌教"，"谟阿津"，即宣礼员。这是关于中国清真寺实行三掌教制最早的汉文记载。

《重立清净寺碑》另一部分记载了其所翻录的《清净寺记》的来源和对寺业有卓然贡献者："按旧碑年久朽敝无征。掌教夏彦高……等录诸郡志全文，募众以重立石。"

细心的读者一定发现了，此段行文伊始，我用了"泉州艾苏哈卜寺"，而非"泉州清净寺"。因为在拨开历史五百年的蔓草寻访《重立清净寺碑》时，无意觑见了碑后埋藏的秘密——为什么一座清真寺会有公元1010年和1131年两个相差百年的始建日期，两个捐资的修葺者？它不是历史记

---

① 白寿彝：《跋吴鉴〈清净寺记〉》。
② 同上。
③ 同上。
④ 同上。
⑤ 同上。

忆的混淆,而是一种历史的误读——泉州清净寺和艾苏哈卜寺是标注了元帝国时代,泉州穆斯林社会巅顶的两座不同的清真寺。

造成这种误读的原因,是明正德二年,掌教夏彦高募款重刻吴鉴碑记立于艾苏哈卜寺内,误以为清净寺即艾苏哈卜寺。《重立清净寺碑》的碑文曾记载了:"如尚书赵公荣立匾清净寺三大金字以辉壮之。"[1] 赵荣为艾苏哈卜寺题匾据推断是在1449年至1475年之间。赵荣所题"清净寺"匾显然是使艾苏哈卜寺被称为清净寺的依据之一。此误读经过学者孜孜不倦的考证得到澄清,但数百年来艾苏哈卜寺在汉文中被称为清净寺已约定俗成地沿袭下来。

而真正的清净寺只能将历史对它的记忆,附丽在他人的碑文里。因为它与吴鉴所撰《清净寺记》碑,还有《重立清净寺碑》中提及的六七座清真寺都毁于元末……

三

"毁于元末"……

对于几座雄伟、堂皇的清真寺从极盛到灭迹的叙述,过于简单、过于浅陋,也过于轻率了。

再次翻开好友拍摄的艾苏哈卜寺"奉天坛"存骸的照片。也许咎于一种思维的惯性,总觉得历史遗迹需要一寸残阳的铺陈,方能显出历史的冗重。而照片里,裸呈的大殿残柱上方,午后的碧空,宁谧、澄澈。元末的天空是否也沉淀着这么一抹宁谧和澄澈的蓝呢?

"元末,始于泉州,漫延至福州、仙游、莆田,历时十年,公元1357至1366年的战乱……"[2] 文献为我们卷开了一帧黑云倾轧的元末泉州城图景——

"公元1357至1366年的战乱,影响最大者为侨居泉州的穆斯林商人。

---

[1] 白寿彝:《跋吴鉴〈清净寺记〉》。
[2] 朱维干:《元末蹂躏兴泉的亦思法杭兵乱》,载《泉州文史》第一期。

其前五年以赛甫丁和阿迷里丁为首,后五年以那兀纳为首,所率军队之核心称为'亦思巴奚'。"亦思巴奚即Ispahan译音,是以侨居泉州的穆斯林为主力的军队号称,也是元帝国除蒙古人的军队为最上等的正规军。亦思巴奚是元帝国军队构成中一个普遍的,却又是奇异的现象。

13世纪末,一个弥漫着血与火,充斥着征服与摧溃的东方帝国——元帝国,用中国历代帝国瞠目的大笔,勾画了一个"在北方,西起今额尔齐斯河,东至鄂霍次克海。在东部,拥有朝鲜半岛东北部。在西南,包括今克什米尔地区以及喜马拉雅山南麓的不丹、锡金等地,今缅甸东北部和泰国北部"①空前辽阔的疆域,真可谓"舆图之广,历古所无"。就连颠覆了元帝国根基的明帝国都不得不惘然喟叹:"自封建变为郡县,有天下者,汉、隋、唐、宋为盛,然幅员之广,咸不逮元。汉梗于北狄,隋不能服东夷,唐患在西戎,宋患常在西北。若元,则起朔漠,并西域,平西夏,灭女真,臣高丽,定南诏,遂下江南,而天下为一。故其地北逾阴山,西极流沙,东尽辽左,南越海表。"②三千万平方公里的大地上,大元的铁蹄震天撼地,大元的黄旗迎风猎猎。同时,元帝国的战车在中华文明的自尊心上,碾出了一道渊壑的伤痕——一个马背上的"蛮族"统治了拥有四千年恢宏"文明"的中国整整一个世纪。

事实上,蒙古铁骑横行天下,称霸欧亚时,自己的蒙古军队只有十来万人。成吉思汗攻灭诸国最盛时,手下蒙古军队也不过十来万。成吉思汗归西时,整个蒙古民族的总人数不超过一百万。忽必烈获取汗位后,手下真正的蒙古族兵将也只有六七万人。可以觑见,蒙古人的西征东讨,冲杀奋战的多是被征服各族的"雇佣兵"。尤其是同样以骁勇善征著称的色目人。他们跨着元帝国彪悍的战马,为元帝国征服了大片大片的疆域。泉州"亦思巴奚"就是这样一支由色目人组成的军队。

我们还是将驰纵的思绪从元帝国三千万平方公里的大地,固定到泉州港吧!

---

① 引自网络文章《元帝国的疆域》。
② 梅毅:《帝国如风》,华艺出版社2008年版。

公元 1357 年的春天，满载着阿拉伯香料和药材的商舶白帆，还没有被泉州港的海风鼓荡，一场兵燹就以摧枯之势聒碎了泉州的繁华梦。

"至正十七年，公元 1357 年春，义兵万户赛甫丁及阿迷里丁叛据泉州。"①《元史》里对于亦思巴奚事件性质的判定，显然是包藏了话语霸权者的私心。

"叛"，"外族叛乱"，"反元，叛元"都有推翻元帝国统治的意味。在元帝国时代，其国策是联色目人控制汉人。"色目人，也就是西亚人，他们的社会地位很高，在行政管理上受到充分任用；蒙古人信任他们，知道他们为了保住在中国的地位就要完全依赖他们的主人。"②作为"在元代社会法律上享有精英地位的色目人"③，享有"一族之下，众族之上"的荣耀。而亦思巴奚完全是由色目人组成，他们反元似乎不符合逻辑。因此亦思巴奚事件被判定为"叛元"就无法成立。

亦思巴奚事件的肇始者赛甫丁及阿迷里丁，皆是波斯德黑兰城南 294 公里的亦思法杭人。善于泛海行商，足迹遍及印度和中国，因镇压农民起义而官升万户。1357 年，他们统率的亦思巴奚军队割据泉州城是实。但不是"叛"，而是"保"，是为了捍卫元帝国的政权，用武力夺取了泉州的财政大权。

1279 年，元军把南宋送进坟墓的同时，它自身千疮百孔的财政问题，就凸现了出来。它骇人的军事行动终令财源枯竭、国库窘罄。因为它扩张的每一寸土地，无不是大量黄金白银铺就而出的。元帝国不得不用一双泛红的眼睛追逐黄金白银的反光。譬如被忽必烈大为赞誉："夫宰相者，明天道，察地理，尽人事，兼此三者，乃为称职。阿里海涯、麦术丁等，亦未可为相。回族人中，阿合马才任宰相。"④敛财收赋成绩斐然的阿合马拜居相位，很显然是元帝国畸形政策的折射——谁能为帝国搜刮更多的

---

① 〔明〕宋濂等：《元史·本纪》，卷四五，中华书局 1976 年版。
② 〔德〕傅海波 〔英〕崔瑞德：《剑桥中国辽西夏金元史》（色目人与汉人精英关系的改变），中国社会科学出版社 1998 年版。
③ 同上。
④ 梅毅：《帝国如风》，华艺出版社 2008 年版。

金钱，谁就是真正的"忠臣"。泉州，财富的聚散之地，自然成为了元帝国大员权利角逐的战场。

在亦思巴奚事件之前，商贾蒲寿庚派系霸掌泉州政治、经济的命脉。蒲寿庚亦官亦商，官商合一，于宋末垄断泉州香料海外贸易近30年，"以善贾往来海上，致产巨万，家僮数千。"在宋元鼎革之际，弃宋降元，使泉州港免遭战火毁灭，使中国的海外贸易得以继续发展并蒸蒸日上，在元帝国时代达及鼎盛。1357年，亦思巴奚的赛阿二酋正是从蒲寿庚派系手中抢取了泉州的财政大权。1358年，他们又奉福州普化帖木儿之命，进兵福州。1360年，因兴化分省右丞苫思丁派遣，出兵兴化剿陈从仁。这些为亦思巴奚事件的性质定位为"保元"，做了历史的雄辩。赛甫丁从1359年到1362年驻守福州，一直是协助行省平章普化帖木儿的地方政权，是为了巩固元帝国的地方统治。

1362年，泉州政治风云突变。燕只不花继任行省平章之职。以阿迷里丁党羽"扶信自称元帅，珙自称总管。为暴几无虚日"①的罪名，命令诸军剿灭赛甫丁势力。其意旨在为自己的仕途肃清障碍，铲除掉前任普化帖木儿的残余势力。

与燕只不花军事行动遥相呼应的是，亦思巴奚继任者那兀纳围剿阿迷里丁的行动。那兀纳协助巩固了燕只不花的新任地位后，得到了燕只不花的重用，成为了燕只不花与其他蒙古地方官政治逐鹿场上的马前卒。例如遵从行省平章燕只不花之命，屡拒元帝国派遣的新命之官。不断派兵围剿兴化、仙游的土豪恶霸武装，为元地方政府保了泉州的"平安"。

正当那兀纳恃功傲物，以为在燕只不花，这硕大的树荫下可以无所忌惮地敛财肥私，并张张扬扬在"乔平章宅建番佛寺，极其壮丽，掠金帛伫积其中"②时。握有三万兵权，败明军入闽的陈友定已经"拜福建行

---

① 朱维干：《元末蹂躏兴泉的亦思法杭兵乱》，载《泉州文史》第一期。
② 金氏族谱编委会：《清源金氏族谱》，1555年版。

省参知政事,尽收郡县仓库所积……"①。"拥虚位而已"②的平章燕只不花为求自保,只能眼睁睁看着陈友定的屠刀斩向自己的臂膀——那兀纳的亦思巴奚军。四月,在兴化郡城下"亦思巴奚军皆仓促无所施。大败,僵死数千。追擒博拜、马合谋、金阿里等杀之"③。五月,密约穆斯林千户金吉开西门,擒那兀纳,风云十年的亦思巴奚军彻底覆灭了。

而陈友定"八月进福建平章政事,悉有闽中郡县胜兵数万,威福赫然"④,福建暂时收在了他的囊中。陈友定的"威福",蘸饱了亦思巴奚军的鲜血载进了泉州史。

决意从洞开的泉州艾苏哈卜寺门楼去追访清净寺碑时,就料定这条路修远而坎坷。果然,栉着元末亦思巴奚兵乱的腥风,沐着元末亦思巴奚兵乱的血雨,一路的行走艰辛、仓促而且怆痛。几荣几废的清净寺及清净寺碑终于伫立在了眼前,而我却停下了脚步。不敢伸手去触摸它,怕它毁灭的真相过于冰冷、过于尖利。但,手还是怯怯地伸向了它……

清净寺的毁灭直接肇于亦思巴奚兵乱。

走出元末历史的烦嚣后,我们得出了结论:亦思巴奚是蒙古贵族争权夺利的棋子,同时它也是泉州穆斯林派系在政治、军事、经济上反复争夺中的牺牲品。

中世纪航海来泉州的穆斯林,西起马格里布,东至印度河恒河流域,北居土耳其、西班牙,南滨波斯湾、印度洋,可以说是整个伊斯兰世界的缩景,自然伊斯兰的各种教派在这里也是错综林立。如此众多的穆斯林派系雍塞在同一个泉州城,你碰我撞,矛盾的频繁和激烈程度不言而喻。

在南宋末,以蒲寿庚为代表的逊尼派形成势力集团之前,泉州的两大伊斯兰教派——逊尼派和什叶派都未形成大的气候,又因寄居在异

---

① 道光《福建通志》民国重刊本,陈友定传。
② 同上。
③ 《福建通志》同治刊本,卷二二六《元外纪》。
④ 同上。

国,尚能和平相处。在蒲寿庚为代表的逊尼派垄断了泉州的政治、经济后,就逐步排斥起了什叶派。这时泉州的海外贸易达至鼎盛,经营额巨大。这杯羹,什叶派岂甘逊尼派一家独饕。"公元1282年,扬州合必军三千人被调入镇守泉州,来者多自波斯,属什叶派。"① 什叶派势力大增,但仍无法与掌实权的蒲派匹敌。至正十七年时机成熟,什叶派以赛甫丁及阿迷里丁为首的亦思巴奚军武力夺了以蒲寿庚为代表的逊尼派的权,掌控了泉州,包括市舶司。至正二十二年,《丽史》中记录曾是蒲寿庚之婿的那兀纳反攻,杀阿迷里丁,剿其党徒无数。至正二十六年,什叶派以金吉为首,投靠陈友定,杀那兀纳。这对狼狈组合在狠毒方面,比赛、那二者尤有过之。陈友定入泉州,"是役也,凡西域人尽歼之。胡发高鼻有悟杀者。岁蒲贼诸冢"②。亦思巴奚兵乱就这样画上了一个血淋淋的句号。

伊斯兰历710年,公元1310年由波斯设拉子著名的鲁克伯哈只艾哈玛德·本·穆罕默德·贾德斯重修艾苏哈卜寺的碑文之末提及:"此举为赢得至高无上的真主的喜悦,愿真主宽恕他,宽恕阿里派者,宽恕穆罕默德和他的家属。"这段碑文确凿无误地揭示了泉州艾苏哈卜寺能遗存至今的秘密,因为它系什叶派教寺。最后一役的胜者是金吉,他不光剿杀尽了那兀纳派系,还夷了逊尼派教寺及所有住宅。清净寺等其余六七座清真寺是夷于那场派系之役,我们无法考证。也许这种考证已不具任何意义了吧?

手,在历史真相上划过。

冰冷,砭入骨髓;

尖利,剁痛心扉。

蒙古贵族的相互倾轧,泉州穆斯林派系的争斗,最终都指向同一方向——利益。

利益障目之下,欲望和野心可以恣意妄为,人性的卑劣可以演绎到极致。诡计、阴谋、屠戮……同朝的官员可以操戈,同族的兄弟可以阋墙。

---

① 乾隆《泉州府志》卷二四,军制,元军制。
② 金氏族谱编委会:《清源金氏族谱》,1555年版。

闹哄哄，你方征罢我再战。呼啦啦，只落得华厦俱倾——强大的亦思巴奚军倾颓了，鼎盛的泉州穆斯林社会倾颓了，煌煌的元帝国倾颓了……历史的尘埃早已落定，而孟子给每段历史做的尾注犹新："夫人必自侮，然后人侮之；家必自毁，而后人毁之；国必自伐，而后人伐之。"

四

又是一夜。

现代文明的好处就是城市越来越明亮，夜空越来越晦黯；眼前的事物越来越清晰，繁星和皓月越来越模糊。灯光、音乐钝了人们的感官，想象和思考在绛红色的夜空激不起一丝涟漪。

唯有夜空的深处，阒然无声。

忽而，无声处惊雷乍响，且渐响渐近。仔细聆听……

是铁凿的铮响。中世纪，西班牙最后一个穆斯林王国，格拉纳达王国的国王穆罕默德·伊本·艾哈麦尔，于1248年在阿拉贡王国国王费迪南胁迫下，出兵讨伐基督徒包围之中的塞维利亚穆斯林。于是塞维利亚陷落于基督徒之手。回到格拉纳达之后，他躲开兴高采烈庆祝胜利的人群，在爱尔罕布拉宫的墙壁上一遍又一遍地凿下他的憬悟和对后人的忠告——"真主之外别无胜者"。

是喑哑的诘问。在巴勒斯坦的加沙城，以色列战机发聩的轰鸣声送走了2008年，迎来了2009年。和平、公正、宽容统统被以色列的重型坦克碾碎。眼看着同胞被屠杀、国家被蹂躏、尊严被践踏，每个人的耳畔都会回响已故伟大的巴勒斯坦诗人马哈穆德·达威什发出的最后诘问："在最后的国境之后，我们应当去往哪里？在最后的天空之后，鸟儿应当飞向何方？"

只是，在现实的繁嚣和冷漠中，这愤懑的诘问，沉重、无奈而又微弱……

据说，泉州艾苏哈卜寺大殿残存的石墙上，有一些典雅方朴的阿拉伯文石刻，全部是《古兰经》经文。如果有幸能亲自访探它的真容，不知在这些石刻里能否找到这段天启经文："你们当全体坚持真主的绳索，不要自己分裂。"①

---

① 《中文译解＜古兰经＞》，马坚译，黄牛章，第103节，沙特麦地那法赫德国王《古兰经》印刷局。

古寺的掌纹

必须承认，对历史，我没有洞幽悉微的判断能力。但还是会强烈地期冀，每次的远行都能将佳景的沐浴与历史的穷究融于一体。

2009年的古尔邦节，朋友们要去平安县洪水泉村做慰问活动。一听说那里巍矗着一座青海年代最古老、技艺最精湛的清真寺，就决定邀我一同访古谒幽。

初一听到消息，颇有几分踌躇。毕竟在天寒地坼的季节出行不是件易事，尤其在青藏高原，冷，是一个极其严酷的事实。但我明白，要想考察中国伊斯兰教的历史脉络，洪水泉清真寺是不会令我失望的。因为根据手边的资料来看，它始建于明末清初，后经五次大规模修葺，流衍至今。

熟悉中国伊斯兰教史的人都会有这样一种判断，明末清初是伊斯兰教中国化进程中一个重大的历史关隘。

这一时期，曾出现了一批"怀西方之学问，习东方之儒书"的穆斯林鸿儒；播扬了"回儒两教道本同源，初本二理"的思想；提供了"回儒教义融合化一"的观念背景。哪怕是再隐蔽、再细微的文化末梢，也因两种文化的碰撞和交融而熠熠生辉。

伊斯兰教自公元7世纪中叶传入中国后，作为伊斯兰文化有形载体的清真寺，在保持基本结构的基础上，开始逐渐汲纳中国传统文化元素。到了明末清初，中国传统殿堂式清真寺的风行，是阿拉伯建筑风格与中国本土传统的建筑风格相互融合的结果，是伊斯兰教中国化的最直捷外化。因此，可以毫不夸张地说，清真寺建筑风格和形制的演变，清晰了整个伊斯兰教中国化的生命线。

肇建于明末清初的洪水泉清真寺究竟庋藏了怎样的文化内涵；庋藏

了怎样的历史深义，去了才能知道。

去平安洪水泉村，要饱受十几公里山路的颠簸，以及萧索风景对双眸的斫伤，这是我预先没有料到的。

Toyota 一驶入盘山公路，我们仿佛就跌进了一个山的魔咒。无论车随路怎么转怎么拐，你冲不破的是山，甩不掉的也是山。任你引擎狂嚣，光秃秃的山始终冷着一张黄脸横在前、堵在后、依在左、傍在右、压在上、抵在下。当所有的抗争化为徒劳后，你盈寸的眼睛只能乖乖揉下整座山景的凄怆——

伏地的白草、斑驳的残雪、枯皱的老树……风景一一被冻结，甚至不流弋一片云影。突然想起清代诗人洪升的《雪望》：溪深难受雪，山冻不流云。不流的何止是云，应该还有时光吧！

难道不是吗？

眼前是几亿年的山峦，远处是几百年的清真寺，近旁是几十年的人，山道上是几天前的积雪……在一个普普通通的清晨，一道普普通通的山褶里，呼啦啦地，一下子拥挤进了如此浩茫的时空，重叠上了如此冗杂的历史。这样的约会会不会大了点，仿佛，朝菌一下子知了晦朔，蟪蛄一下子知了春秋一样。而前来赴约的我们该悚然，还是该欣然？

也许，正是对应了这样的景、这样的时，诗人才将人生逆旅回荡成了千古绝句，哲人才将个人体悟淬砺成了万世箴言吧。愚钝的我，不也在一方自由广袤中，放任着思绪。

不知过了多久，山路攸地一转，视阈突然阔朗。车像脱了缰的野马在山脊飞驰，似乎欲把刚才蓄积的戾气彻底宣泄。没走多远，一座小山村就奔到眼底。

隔着车窗放眼鸟瞰，这坐落云端的山村和冬日里西北的其他山村如出一辙——土山、土坡、土房、土墙、土路，偶然路过的村民土头土脸，充溢耳际的青海方言也土腔土调的，就连我们的车窗也蒙着薄薄的土尘。

看久了这滚滚无边的土色，人恍然认清了自己渺若埃尘的身世，心不由变得简单而又黯然。

那就是洪水泉清真寺。

顺着朋友所指的方向，一座飞檐斗拱的古老建筑赫然而立。远远望去，殿阙宏伟，楼阁峭拔，在一片破旧的农舍的簇拥下，更显君临于世的气魄。

它就是洪水泉清真寺？

从平面布局到外观造型感觉，它的设计意匠完全是中国古典汉式庙宇风格——大木起脊式结构、羽翼式造型。如果它就是洪水泉清真寺，那么大殿殿脊正中应该竖立象征伊斯兰的新月，而此大殿殿脊却意外的背着三只藏传佛教风格的彩塑砖雕宝瓶。细作辨识，整座建筑中能确立自身位格的，唯有那座六角攒尖顶式的邦克楼。它将伊斯兰的信仰高高举起，成为所有眼睛仰望的焦点。

没错，这里的确就是被海内外的专家学者研究了又研究，描绘了又描绘，夸赞了又夸赞的洪水泉清真寺！一个鼎鼎的大名还原成实物的感撼逼近了我，一时不知该说什么，只轻轻地问一声：噢，你怎么在这里呢？

一切都是那么得不可想象，一座落草深山僻野的清真寺，气势怎会如此得泰然庄矜，年代怎会如此得逦然冗长？让人不管怎么看、看多久、怎么想、想多久都觉得难以适应，觉得无论如何，这浅浅的山岙盛不下五百年的风风雨雨，载不动五百年的厚厚重重。可偏偏它凌乎一切不合理之上，将自己的历史熨帖进了一片洪荒。

车子在村庄的窄巷里继续蛇行，一箭的距离，感觉走了好久好久。行至一块开阔的晒谷场，车子终于停了下来。洪水泉清真寺就静卧在晒谷场的一头。

虽然已是正午，温度却只有零度的光景，呵气成霜。臃肿的羽绒服依旧敌不过山风的凄冽。冷，浸肌砭骨的深刻。

瑟瑟缩缩走到清真寺前，挡眼是一座仿木青砖砌制的照壁。

长11米、高10米的照壁一面井然有序地雕镂着255朵形态各异的花卉。目光逡巡花间，兀然感觉人的一双眼睛完全不够用。看，那是洛阳的牡丹！哦，那是栊翠庵的腊梅？呀，那不是西宁的市花丁香吗！这哪是一块冰冰硬硬的砖雕照壁，分明是一场软软浓浓的花卉饕餮呀！一阵眼花缭乱之后不免惊疑，到底是谁以美为柬，邀来了春天的桃花、夏天的荷花、秋天的菊花、冬天的水仙……在这草木凋敝的季节，挤进小小的四方菱里，争奇斗妍一番？

惊叹容易诱发臆想。

在某个月凉如水的夜里，这些砖雕花卉会不会颤动绰约的花影、闹开斑斓的色彩、浮动馥郁的暗香呢？这才发现，于无声处听惊雷，于无色处见繁花，于无弦处听古琴，于无水处赏清音，原就是一种心境。

看我若有所思地站在照壁前面，同行的一位兄长走了过来。因他祖辈是洪水泉村人，自然熟悉洪水泉清真寺的掌故。他饶有兴趣地向我介绍，洪水泉清真寺前后共修建了13年，光瓦匠木工就有六七百人，一日三餐皆由洪水泉村妇们提供。为了表达对这些离乡别井的工匠们的感激之情，淳朴的村妇们都竭尽所能把三餐做得味香形美。工匠们感恩之余，就把每日所吃的饭菜雕刻成花，永远留在了照壁之上。

其实刚才就觉有些蹊跷，有些砖雕花卉竟以花瓣为盘，以馓子、面条、锅盔等饭菜图案做蕊？但一直未敢妄加揣测。俗了，怕亵渎了建造者的意图，雅了，实难提升到艺术创作原则的高度，现在反而觉得传说或许比艺术原则存在着更大的真实。艺术创作不就是美的创作，在创作美吗？传说也在创作美。不同的是，传说赋予自然之物滚滚烫烫的情感和温温煦煦的人性。凌越自然之美的大美是什么？不就是人性之美、情感之美吗？只是这种美需用仰角去挖掘，需用感性去揣摩。

连体现中国人含蓄品格的照壁都精雕细琢得如此美气逼人，整座清真寺又会裎示怎样一种撼人心魄的美呢？有点迫不及待地转过身，照壁正对的就是洪水泉清真寺的山门。

踏上山门的石阶，迎面是一股肃冷的气氛，人顿时萎成侏儒。侏儒就侏儒吧，谁让我撞进了如此高峻的建筑、如此精深的文化，如此古远的历史里呢！但我必须承认，置身这么一座建筑，还是会心存余悸。它给人一种不胜重负的感觉，毕竟人能承受的伟大和美是有限的。在这儿，要同时承受建筑、文化、历史的三重挤压，恐怕我会碎成轻尘。最后决定三选一，暂且只看建筑。

粗看，山门与一般单檐歇结构的建筑没有区别。细看，惊愕然，房顶居然没有一根房梁，整个顶棚全由短横木叠摞套接而成。这样诡谲的顶棚却由16根巨型木柱高高擎起，一擎就是五百年，而且在可以想象的将来，还会一直擎下去。难怪这种建筑工艺会有一个骇悚的名字，"二鬼挑担"。

据说，1913至1914年，青海蒙番宣慰使马麒想在西宁仿造一座同样的清真寺，于是带着能工巧匠几次三番来洪水泉观摩、研究。但因该寺建筑设计独特，结构复杂，工艺高超，致使工匠们全都无功而返，最后在整个西北翻手云、覆手雨的马麒也只得望寺兴叹了。

其实不光是山门，洪水泉清真寺里的任意一处建筑，只要你稍作打量都会找到长期研究的理由。比如有"一炷香"美誉的几大墙面，均由手工水磨青砖砌制。墙面光平如镜面，砖缝细匀胜似线，一任几百年风欺雨蚀，墙面都未出现腐蚀和裂缝的现象。又比如玄而又玄的"二郎担三十二牛，五福捧寿八卦阵"的邦克楼，三层塔楼全由两根直通顶层的巨柱支撑。更令人瞠目的是，整个建筑结构都用榫卯连接，不用一根铁钉。至今洪水泉清真寺的建筑结构仍是一个悬而无解的谜，诱得不少著名的建筑师前来索解。

我想，洪水泉清真寺能傲视青海古建筑的原因，就在于它集中了无限量的民间力量，吸纳了几代建造者的聪明才智。因此，但凡到过洪水泉清真寺的人，都会触发这样一种困惑：科学技术真的在发展吗？人类真的在进步吗？

穿过山门，一个古雅的小院从中国传统文化气韵里向我们走来。

庭院深深深几许！在这里，深的是文化，也是时间。

五百年岁月的盘盘虬虬，致使清真寺的掌纹已经漫漶不清——捐资者是谁，建造者是谁？始建年代到底是民间传说的明洪武年间，还是由建筑文化角度推衍的康乾年间？为什么这样一座富丽堂皇的建筑，却没有换来史书的半行墨迹，只凭民间亦真亦假的传说虚构着自己的记忆？

沿着右边的石墙慢慢踱步，试着整理一下堆垒在心头的这些惑疑，似乎很难。只得静默地站定，欲聆听五百年清真寺喁喁的耳语，没想到只灌了两耳寺风的嘤嘤咽咽，和满寺的空空寂寂。

我听到了，不是有"大音希声"的说法吗？所以我听到了，而且听得清清晰晰，分分明明：正是这些昧于姓名和身份的穆斯林，把自己虔诚的信仰筑成了一座轰传百代的清真寺，为后代子孙提供了一条通向永恒后世的路径，矗立了一个走向现实生活的路标。

我们还有窨向历史追问的必要吗？

就这样胡乱忖思着，猛一抬头，伫立在院子中轴线上的邦克楼正目光冷峻地俯视我们。

六角三层的邦克楼坐落在条石砌成的方形地基上，底层呈四方形，上两层呈六边形。整座邦克楼青瓦粼粼，角檐峥嵘。所有的翘角都作欲飞之势，攀至楼尖，索性直楞楞刺向碧空。

快来看这幅砖雕？哈吉指着邦克楼墙面上的一幅砖雕图案急急招呼我们。

这是一幅中国传统的"猫跃蝶舞"的砖雕图画，构图古拙而苍劲，饱满而圆和，凝重中有动感，古朴中富生趣。咨嗟之余，大家目目相觑——"猫"和"蝴蝶"，不都是有生命之物吗？这里蕴含着伊斯兰教一个原则性的禁忌，伊斯兰教坚决反对偶像崇拜，《古兰经》明确规定："我们大家只崇拜真主，不以任何物配他，除真主外，不以同类为主宰。"所以，伊斯兰教在选取建筑物装饰图纹的题材时，一般严禁采用人物、动物等具象性的纹样。

那么为什么洪水泉清真寺的建筑师会冒此大不韪，在照壁、山门、邦克楼，甚至在大殿的外墙大量采用有生命之物的砖雕图案做装饰？是建筑师追求尽善尽美的本能？还是任何人都有的根深蒂固的文化归属感？我想，两种因素都有，而且后者所占的比重更大。

众所周知，回族没有完全属于自己的原生文化圈，总是被迫穿插在不同的文化场景中，其思维逻辑、理论话语、审美意识、价值取向势必受到不同文化的熏濡，而这一切又真实地同他们的生活对应起来。

建筑是空间化的社会生活。清真寺又是伊斯兰教建筑的标志。

洪水泉清真寺中出现有生命之物的装饰图案，无疑是建筑师对中国传统择吉文化的认同。这不，他们把对美好生活的祝祈、对吉祥如意的希冀全都凿进了洪水泉清真寺的每一扇窗棂、每一个角檐、每一根巨柱、每一道雕纹，最终完成了这满寺的雕刻大展。而背后却潜隐着一个流落异乡民族的智慧——为了适应中国主流文化，在坚守伊斯兰教为信仰根祇的前提下，积极汲纳有利于自身发展的中国传统文化因素，最终完成了伊斯兰教的中国化。

要看一种东西，距离是必须的；要有一种透视，空间是必须的；要与古迹构成跨越时空的精神沟通，高度是必须的。于是，我选择了全寺的制高点、邦克楼的顶层。

当我意识到脚下空锵锵的，是无数双脚踩踏了五百年的木地板；意识到从这里唤出的邦克声占据了小山村五百年的朝朝暮暮时，感悟在欺面的冷风中苏醒：洪水泉清真寺确实层积着丰富的内涵。在这里，你可以与建筑对视，也可以与文化相晤，甚至可以用你温软的手指，触摸历史远去的温度。所以看洪水泉清真寺，不是在看一座在历史中日渐衰朽的建筑，而是在看一个命脉鲜活的生命；在看一场大规模高浓度的文化聚合；在看一个外来宗教本土化的历程；在看一个民族海纳百川的胸襟气度。

五百年前，洪水泉清真寺以尊重和宽容为基础，将儒释道文化、伊斯兰文化、藏传佛教文化统统汇聚在了一起。然而，它们之间并没有是非优劣的争吵，也没有水火难容的决斗，有的是欣赏的互视、平等的争鸣、自然的交融，最后达成"你中有我，我中有你"的共生互补。以至于在洪水泉清真寺，你很难清晰地判别这个斗拱属于什么风格，那扇窗格属于什么样式，那块木雕隶属什么派系……而这种缺乏逻辑性的风格与样式的拼合，产生的却是一种高度自由而又高度精致的和谐之美。

谁说不同文明之间只有冲突？

洪水泉清真寺用它的整个存在阐发一个真理——多元并存，从古至今就是人类的本质。

用汉语阐说天方之学：险境或沃土？
——浅谈伊斯兰本土化的历史及现实意义

前几天，应朋友的邀请，我参与了中穆网的一个主题讨论。说真的，对于网络论坛的话题，我一贯的态度是"沉默是金"。当然，这种心理上莫名的拒斥感，并非是因为这些话题没有足够的深度。恰恰相反，有些话题能裹挟着惊涛裂岸之势、黄钟大吕之响，成就一场思想的飞跃，成就一篇文章的高度。甚至在自己的一篇文章里，我做过很诚恳的赞喻："这样的话题，不啻是一枝跳出淤泥的白莲，带给人一种惊艳的兴奋和感撼……面对一片灿烂的洁白，每个人的倾诉欲都会被照得通透明亮。"然而，面对着片片"灿烂的洁白"，我却无意让自己的倾诉欲一泻千里。因为我严戒"爬格子"为生的自己，在报刊以外的炫耀。毕竟人应该清楚自己肚子里有多少墨水。

那天已近凌晨，朋友在 QQ 上发信息给我，说让我帮忙修改他的一篇文章。我知道他是自谦，于是很爽快地应承了下来。果不其然，对于中国伊斯兰本土化这样一个老而又老的话题，他从主动本土化和被动本土化两方面做了抽丝剥茧的解析，根本就没有留给我任何改动的空间。于是，我仅仅做了几处字面上的改动后，就把文章原封不动地发给了他。接着他问我这篇文章能否作为论坛里的一个主题帖子，能否起到抛砖引玉的作用？再次细读一遍后，我很肯定地答复他，能。因为我有种预感，这个话题蕴含着双重意义——历史的、现实的。它不仅能引起大家的倾诉欲，更能荡开无数思考的涟漪。或许，它还能将我们潜隐了千年的文化心事淋漓尽致地呈现出来？

穆斯林的一切行动都看举意。也许是我们的举意端正，这个话题一发到中穆论坛，就吸引了无数关注的目光。几天下来，就被提升到了中穆网的首页，成为中穆网最有分量的主题帖之一。但是让我们感到欣喜的并非这些，而是和我们的预想一样，赞同与反对的声浪各执一端。对中国伊斯兰本土化的利与弊，网友们都充分地表达了自己的立场，其中不乏有见识的主张和有深度的剖析。当然，我们也不能回避那些在概念都不明的前提下，只一味条件反射式的反对声音。幸好瑕不掩瑜，参与讨论的几个人都做了大同小异的结论：我们依然要坚持走明末清初先贤们提出的"伊体中用"的道路，只是在继承的同时，我们还要以中正的伊斯兰思想为标尺，修正从中国文化里吸收来的文化糟粕。

很奇怪，我原以为这个话题就这样结束了。但在此后很长的一段时间里，这个话题一直羁绊着我的思绪。尤其是那些一味条件反射式的反对声音，总是很诡异地闪过我的脑海。慢慢地，我意识到，比起那些赞同的声音，这些反对的声音更值得我们深思，"伊斯兰文化为体，中国文化为用"这样一个形成于明代，并稳固存在了六百多年的文化框架，为什么到了今天却不再被中国的部分穆斯林认同？再三思考后，我觉得它暴露了一个很明显的问题：中国伊斯兰教本土化在民众间引发的文化焦虑感，自它完成的那天起就紧缠着我们，一直走到了今天。什么是文化的焦虑感？它是指本土化会使以伊斯兰信仰为中轴的穆斯林，时刻感到自己的文化有一种被中国文化融和和改变的危险；怕会失掉自己的穆斯林身份。因此强调自己与中国本土文化的不同，就成为我们维护自己穆斯林身份的一种方式。

本来，身处汉文化海洋的穆斯林有文化焦虑感是正常的。但将"本土化"与"汉化"混为一谈；将"强调不同"与"全盘否决"混为一谈的焦虑感就有问题了，它会让穆斯林走向狭隘、走向偏激。就会出现"我们受了汉文化的影响，所以我们落后了""我们被边缘化是伊斯兰本土化了"这样的谬论。

但是我个人认为，如果我们落后了、我们被边缘化了是本土化或汉文化的错，就不会有这么多大学生了。因为你们吸取知识的对象是中国文化，因为你用的是汉语,这一点没有人否认。你学了汉语,写了汉字;你学过孔孟老庄,读过李白杜甫,你落后了?不。你们都是穆斯林的佼佼者,是未来,是希望。这样一分析,我们就不难发现,原因只有一个,我们对自身认识不够全面。首先,从文化发生学角度来看,伊斯兰本土化是一种文化的涵化现象,而非同化现象。《大学》开篇就说:本乱而末治,未能有也。如果我们被同化了,那就说明我们的"本"乱了。我们的"本"乱了吗?没有。我们祖祖辈辈都视伊玛尼为我们的生命、为我们的根本——头可断,血可流,但伊玛尼却不能丢。我相信这是每一个中国穆斯林都有的意识。

其次,伊斯兰本土化带给我们的最大困惑是"我是谁"?我们的文化因子是什么?伊斯兰本土化后,伊斯兰文化对于我们是怎样的一种存在,中国文化对于我们又是怎样的一种存在?

今天我们不妨就一起通过文化认同的视角,去试着找寻一下这些问题的答案吧。当然,能不能找到正确的答案,能不能得到大家最终的一致认同,我不能确定。毕竟我的知识水平是有限的,结果只能看安拉的意欲了。

(一)"我是谁"——中国伊斯兰本土化后的困惑

中国一直有一个非常特殊的族群。如果我们以朝代为纲,一路追溯上去,这个族群的历史原点在唐代。虽然他们的历史自唐以降,始终与中国的历史纠缠着,甚至在有些朝代也发出过激越的声响,却又很少在史家笔下留下真实而特别的关注。于是,这个族群陷入了一种无可奈何的沉默,其心情如水,冷暖自知。他们只拜自己的真主,不吃猪肉;与中国那些聚居的族群,如蒙古族、藏族、白族不同,大江南北、长城内外都有他们的身影。更为特殊的是,他们有许多心照不宣的,与汉族人迥然不同的生活秩序和道德规范,并且千百年来代代相承。他们特殊的原因不是外貌,不是语言,而恰恰是他们代代相承的文化——中国伊斯兰文化。

在20世纪末,剖视这个族群的文化,忽然间成为中国历史文化研究的一个重要课题。因为透过这个族群的文化轨迹，学者们似乎看到了一些属于全人类的历史课题。说得通俗一点，就是学者们针对亨廷顿在后"冷战"时期提出的"文明冲突论"和"宗教冲突论"，做出了截然不同的回应——文明之间的差异，完全可以以理性的沟通方式化解，也就是说完全可以通过各文明间的对话，渐渐消解因不同语言、不同地域和不同信仰，乃至因性别、年龄、职业或阶层的差异而引发的异化感。因为几百年前，中国穆斯林完成的那场伊斯兰教本土化运动，其过程实际上就是伊斯兰文明与中华文明的对话过程。

当然，学术研究和民间认识是有一定距离的。学者们剖视我们文化的形成和发展轨迹，和我们的立场稍有不同。作为这一文明的主人，我们自我剖视是为了明确"我是谁"，也就是我的文化认同到底是什么？我们对待中国文化的认同态度应该是什么？全盘接受？全盘否定？

在中国本土，可能"我是谁"不算个问题。但是你一跨出国门，这个问题就显得很重要了。当别人询问我们的身份时，我们通常会回答："I'm Chinese"。如果是在伊斯兰国家，我们还会补充一句"I'm Muslim"。你们也许会说，这有什么啊，很简单的回答。其实这一回答不简单，它包含着你身份的双重认同——国家认同和文化认同。国家认同就不必说了，我们的身份证和护照上的国籍都是中国。Chinese 是什么？中国人、中国文化；Muslim 是什么？是穆斯林、伊斯兰文化。显而易见，我们的内心深处既认同伊斯兰文化，也认同中国文化。也就是说，我们的文化认同是伊斯兰文化和中国文化的双重认同；我们的文化因子是伊斯兰文化和中国文化的二元一体。

我知道这样的回答不足以消解同学们的疑惑：既然你说我们的文化认同是双重认同，我们的文化因子是二元一体，依据是什么？难道仅仅是因为我们都说汉语？我想说，是，但也不全是。

语言学家爱德华说，语言不脱离文化而存在，不脱离那种代代相承地决定着我们生活面貌的风俗信仰总体。也就是说语言除了是人们的一种生活工具；是一种文化的载体外，每一种语言都还包含着一种独特的世界观、价值观。移植一种语言，就意味着要改换掉祖先积累了几百年，甚至是数千年而逐渐形成的所有思想、理想和成见。由此可见，语言的全盘移植有时会令一个外来族群彻底消失。所以当原本操着阿拉伯语或波斯语的穆斯林，人人将汉语倾吐得行云流水的那一刻起，我们就已经换上了中国人的语言习惯、思维方式以及叙述风格。所以不管你承不承认，赞不赞同，中国文化始终牢牢占据着你文化因子的一部分，而且是不可或缺的一部分。不过为什么我们全盘移植了汉语，却没有被彻底汉化？就像我前面所说的，我们是一个有伊玛尼的群体。打个比方，如果中国穆斯林是一棵阅尽千年风霜的树，那么伊斯兰信仰、伊斯兰文化就是他们赖以生存的根脉，他们的每一圈年轮都会围绕着伊斯兰新月。

说到这里，我忽然想起了台湾地区作家余光中在《从母亲到外遇》的一段话："不幸失去了母亲，何幸又遇见了妻子。这情形也不完全是隐喻。在实际生活上，我的慈母生我育我，牵引我三十年才撒手，之后便由我的贤妻来接手了。没有这两位坚强的女性，怎会有今日的我？"虽然他的"母亲"是指大陆，"妻子"是指台湾，但我觉得道理是一样的。在隐喻的层面上，伊斯兰文化是我们的母亲，她濡养了我们的文化人格，指导着我们的价值取向；而中国文化，是我们的妻子，她使得我们在汉语的国度里生生不息、代代绵延。所以如果没有了这两位坚强的女性，怎会有今日的我们？

清代著名的穆斯林学者马注对于伊儒两种文化之于我们的意义，也曾做过形象而贴切的比喻："儒者之学犹衣，清真之学犹食。无衣则寒，无食则饥。寒则关于身，饥则关于命……欲求两兼，必于本教中选清儒两明，万无一失。"可见，在中国穆斯林的文化因子中，伊斯兰文化与中国文化二元一体的格局是古今有之的。

我们都知道，从唐代算起，中国穆斯林已经走过了一千三百年的风风雨雨，其间也遇到了很多事情。不过究竟是一种什么契机，让两种文化在不断相撞的过程中，谁也没能完胜，谁也没有全败，最后以一种稳固的、和谐的状态并存了六百年之久。我想，如果我们解决了这个问题，我们就能深刻地理解我们的先贤们为什么要酿发那场伊斯兰本土化的运动，那么我们对待中国文化的认同态度就不会像现在这样近之远之、依之斥之了。

说了半天，我忘了给大家交代一个概念——文化认同是什么？文化认同就是对代代累积沉淀的习惯和信念的继承，是对心中某种"价值"和"秩序"的坚持。一个族群的文化认同并非一成不变，可能出现断裂，也可以被重新建构和描绘。也就是说，一个族群文化认同的构建过程，必定与这个族群的历史紧紧纠缠在一起。鉴于此，我们若想深究中国穆斯林文化认同的建构过程，重走一遍中国伊斯兰教的历史，就是必须的了。

我一直在考虑，如何让"中国伊斯兰教史"这样一个抽象的概念，变得更加立体，更具质感，好让同学们能有一种真切的触摸感？最后我决定依据自己这几年的经验，抛开枯燥的编年史式的历史检索方式，带着同学们一起考察散落在不同时空、不同地域的，我国的几大清真古寺。

为什么会选择清真寺作为中国伊斯兰教史的考察对象？我记得美国著名学者、《阿拉伯通史》的作者希提曾经这样说过："要想举例说明穆斯林与其邻居之间的文化交流，恐怕再没有比清真寺更明白的例证了。"是的，每一种宗教都有其自身独特的建筑载体。清真寺是伊斯兰教的标志之一，也是穆斯林智慧和艺术才能结合的产物。即使我们将清真寺仅仅看作一个可感知的建筑物，它也会有很多的精彩值得我们久久地打量和琢磨。

众所周知，建筑是空间化的社会生活，是窥探历史文化的一道门缝。一种宗教、一个国家、一个地区的建筑风格能够深刻地反映出一个群体的文化性格、价值观念、群体心态和审美趣味。如果我们以此为一丝线索，去考察中国的几大古清真寺，那么我们或许能从其建筑风格和形制的变化中，窥探到中国穆斯林一千多年来鲜为人知的文化心理，理出一条相对清晰的中国伊斯兰教历史的发展脉络。

（二）从清真寺建筑风格和形制的变化，梳理中国伊斯兰教由阿拉伯化到本土化的渐变脉络

中国的清真寺，其建筑风格大致可分为两类，一是阿拉伯风格的清真寺，

其特点是多采用砖石结构,在平面布置、外观造型和细部处理上,基本都取阿拉伯式样;二是中国传统建筑风格的清真寺,其特点是气势恢宏、布局完整,具有中国化的建筑类型,多做中国式的庭院处理。现在,我们就一同按照修建年代的先后顺序,去探访几座这两种风格的古清真寺。

1. 广州的怀圣寺:据说,唐贞观年间来华的苏哈巴·艾布·宛葛斯作为先知的门弟子,自麦加来华传播伊斯兰教。并在公元631年修建了中国历史上第一座清真寺——广州怀圣寺。这一时间比史学界公认的,伊斯兰教传入中国的历史原点——公元651年要早得多。光塔始建于唐代,高36.3米,青砖砌筑,塔身圆筒形,向上有收分,表层涂抹灰砂,塔身开长方形采光小孔,塔内设二螺旋形楼梯,双梯绕塔心盘旋而上,各自直通塔顶。塔顶原有金鸡,可随风旋转以示风向,明初为飓风所坠。

还有一种说法,认为中国现存最早的清真寺是泉州的清净寺。泉州清净寺,音译为"艾苏哈卜大寺",又名"圣友寺",始建于北宋大中祥符二年,即公元1009年。元至大三年,即公元1310年由伊朗人艾哈默德重修。公元1607年在泉州的一次8.1级大地震中倒塌,迄今未能恢复。虽然现在这座清真寺是一片断垣残壁,但从那些岿然擎立的石柱、石墙上,我们还是能依稀感受到当时清净寺君临于世的气魄(仿照叙利亚大马士革伊斯兰礼拜堂建筑形式建造的门楼。石砌寺门,葱头形的尖拱,辉耀着中亚塞尔柱王朝的风格;门顶女儿墙锯齿装饰,是伍麦叶时期的痕迹)。

2. 杭州凤凰寺:元延祐年间,由回族大师阿老丁修建。现存寺内大殿"无梁殿",即当时礼拜殿。它继承了西亚早期清真寺的古老传统,殿通体皆为砖结构,采用无梁殿营造方法。大殿又以拱券门分隔成三大间,每间有半球形穹顶,穹顶上却意外地背着三座中国式攒尖顶塔楼。不难看出,凤凰寺除一般外观仍基本保留阿拉伯形式之外,已开始吸取中国传统建筑的平面布局和木结构体系。显然,它是从阿拉伯式建筑向中国建筑的一种过渡形式。

3. 西安化觉寺:始建于唐,重修于明洪武年间(1368—1398)的西安化觉寺,明成化十三年(1482)奏请改寺名为"敕赐清修寺"。此后历经嘉靖元年（1522）、万历三十四年（1606）和清乾隆三十年（1765）相继修葺扩建，遂成今日之规模。作家柏杨称其为"世界上唯一的中国式伊斯兰寺院"。借鉴孔子文庙入口布局的门楼，除了有烘托清真寺静穆与庄严的气质外，也体现了当时的穆斯林对孔子这位哲人的尊敬与仰慕。镇在全寺中心的邦克楼——省心楼。

  在这里我还想给同学们介绍一座清真寺——青海平安洪水泉清真寺。它是青海境内乃至我国西北地区现存修建最好的古代清真寺之一。从平面布局到外观造型，感觉它完全就是一座中国古典的汉式庙宇。整座建筑中唯一能确立自身位格的，是那座六角攒尖顶式的邦克楼。洪水泉清真寺无与伦比的美，除了让专家学者们叹为观止的建筑结构外，还有满寺的砖雕、木雕图案。我们都知道伊斯兰教坚决反对偶像崇拜，《古兰经》明确规定："我们大家只崇拜真主，不以任何物配他，除真主外，不以同类为主宰。"所以，清真寺无论华丽还是典雅，无论饰以彩画还是素雕，一般都严禁采用人物、动物等纹样。但在洪水泉清真寺，这一传统文化观念被打破了，它的照壁、山门、邦克楼，甚至在大殿的外墙都大量采用了有生命之物的砖雕图案。第一次去洪水泉清真寺时，我们也感到非常的惊骇和震撼。如果我们从文化认同的角度考量，其实是能够理解的。每个人都有根深蒂固的文化认同感。中国的穆斯林总是被迫穿插在不同的文化场景中，势必会受到不同文化的熏濡，而这一切又真实地同他们的生活对应起来。所以洪水泉清真寺出现大量有生命之物的装饰图案，无疑是建筑师对中国传统择吉文化的认同。

  看了这么多风格迥异、气势恢宏的古清真寺，同学们是不是获益匪浅、感触颇多呢？现在我们就来总结一下：从广州的怀圣寺、泉州的清净寺到西安的化觉寺，我们能够感觉到，中国清真寺的建筑风格和形制，从最初的纯阿拉伯式变成了满溢着中国风格的殿堂式，说明它的确有了大破大立的改进；也就说明到了西安化觉寺的修建年代——明代，中国穆斯林的文化认同里已经或多或少有了中国文化的元素。这种变化不就真实地反映了从唐到明，作为穆斯林文化认同核心的伊斯兰教在中国这片沃土上由阿拉伯化到本土化的一种渐变吗?

一切似乎都变得清晰了起来：在明代之前，来这里的穆斯林虽然也面临着中国文化的强大迫力，但由于有"蕃坊"——这道天然的文化屏障，这些穆斯林的原属文化——伊斯兰教被统治者和中国本土民众视为一种侨民文化，一种侨民的"殊俗"，与中国文化始终雾里看花，终隔着一层。

然而到了明代，伊斯兰文化似乎再也不能躲在蕃坊中孤芳自赏了，大大小小原因很多。比如17、18世纪伊斯兰世界的复兴运动、明代中央政府的汉化政策、元明鼎革之际穆斯林社会地位的骤降、教外人士对伊斯兰的误解以及儒家思想对中国穆斯林社会的长期浸濡等。面对这些前所未有的驳难，伊斯兰教不得不开始主动回应大的文化氛围向它提出的问题，从而在保持其自身固有宗教信仰、礼仪制度与价值内核的前提下，与中国文化积极对话，走上本土化的道路。

为了便于大家更深刻地理解中国伊斯兰教的本土化，我们不妨荡开一笔，先去简略地了解一下伊斯兰本土化发生的背景性土壤。

（三）伊斯兰本土化的历史背景

历史往往由于个体的人有意识的行为带来的无意识的影响而改写着每一步足迹。粗知中国历史的人都知道，公元1368年，朱元璋建立了明王朝。正如《全球通史》所定义的，明代是中国历史上一个彻头彻尾的民族中心主义论的朝代。作为对前外来统治者、蒙古人切肤恐惧的一种反应，根基初定后，统治者就迫不及待地否决了异邦文化在这里独立生存、自由发展的可能性。当时，明朝政府颁发了一系列同化异族的律令，如"复衣冠如唐制……胡服、胡语、胡姓一切禁止"；《大明律》还规定："凡蒙古、色目人，听与中国人为婚姻，不许本类自相嫁娶。"可以说，这些同化政策从制度层面上打破了伊斯兰教相对孤立的文化空间，为中国文化在穆斯林社会的大肆渗入和拓展提供了后盾。加之在民间，"华夷之别"的极端化使得伊斯兰教与中国社会出现了激烈的正面冲突。

当然政治风云的突变，是促使伊斯兰本土化的一个外在的原因，那么内在因素又是什么？

首先是中国穆斯林对阿拉伯语、波斯语等母语的遗落。前面我们也简单地谈过，语言是一个族群的基座。对于一个外来族群而言，坚守母语是他们保持族群独立性和延续性的保障。因此母语的遗落、汉语的转用意味着在中国，伊斯兰教失去了最理想的表达载体和传播工具；同时也意味着，如果伊斯兰教不能在汉语语境中开辟出一套阐说自己的话语体系，那么靠"家传口授""父子相传"来获得信仰知识的中国穆斯林，很可能在集体失语后渐渐地与伊斯兰文化站成两队。

其次是"大分散，小集中"的分布格局注定，中国穆斯林始终处于汉民族汪洋大海的文化氛围中，注定了他们不可避免地要与中国本土族群发生不同层次、不同内涵的交往和互动。尽管他们一开始对中国文化毫无拒斥之意，但随着交往互动的日益加深，文化上相互熏染、潜移默化的可能性就变大了，他们越来越深切地感觉到中国文化强大的迫力。尤其没有了唐宋元那种和煦温润的政治文化气候之后，他们对待中国文化的态度，既不能一味地斥否和回避，也无法再像之前那样从容和热情了。

还有一点，就是郑和扬天朝国威七下西洋后，明朝突然下诏禁海。这一无人知晓确切动机的禁海令的结局，就是将全世界的海洋留给了西方的冒险事业；同时也让中国的穆斯林陷入了一座文化的孤岛。由于与阿拉伯、波斯穆斯林交往十分困难，伊斯兰世界复兴运动的研究成果便很少，或者根本无法再传入中国。加之长期以来在中国，伊斯兰教理学研究及其伊斯兰学者的匮乏，使得伊斯兰教至明止，始终未能取得与中国传统的儒、道、释相鼎立的文化实力和品位。仅仅停留在"礼俗"层面上的伊斯兰教文化，在与强大的中国主流文化的碰撞中焉能不走向衰落。

这样看来，从明代开始，以"认主独一"为核心理念的伊斯兰教，在面对"不语怪力乱神"中国文化的时候，就必须正面回答在传播和发展过程中的理论问题和实际问题，以缓和与消解二者之间的冲突。所以伊斯兰教最终走上本土化的道路，使得"天方之经大同于孔孟之旨"，应该是一种洞悉了生存秘密后的主动回应。当然，这一"主动"得益于伊斯兰教极强的自我消解和适应能力。虽然伊斯兰教不是以学术挑战的姿态登陆中国的，但它善于根据自己的价值取向，吸收其他异质文化养料的文化品行却没有改变。《古兰经》就曾这样启示过："我降示你这部包含真理的经典，以证实以前的一切天经，而监护之。"可见，伊斯兰教的根本使命是来补充和构建已有的人类文明，而非扼杀和摧毁它们。

基于此，在一段迷茫和困惑之后，伊斯兰教很快就在中国文化中找到了自己新生的依据，说得响亮一点，就是日后学者们所说的"伊儒相通"。

（四）伊斯兰本土化的条件及内容

当代人类学家指出："不同文化在丰富各异的表现形式下潜藏着对人类共同问题关注的一致性和共通性。"无疑这一观点为不同文化间的对话交流提供了潜在的基础，形象点说就是在不同文化间搭建了一座可供对话的桥梁。其实，几百年前，我们的穆斯林先贤们就敏锐地发现，并且巧妙地利用了这一点。在他们的眼中，伊斯兰文化和中国文化就像两位"时虽异、地虽隔、字虽别、音虽殊"的智者，但它们之间却不存在"你死我活"的矛盾。为什么？因为它们"虽风殊俗异，细微亦有不同，而大节则总相似"。什么叫"大节总相似"？其实就是伊斯兰文化和中国文化都对人类现实生活和社会伦理道德极其关注和重视——比如伊斯兰教与中国文化均反对消极避世的人生态度，提倡积极向上的入世精神，清高的安拉说："谁要获得今世的报酬，我给谁今世的报酬；谁要获得后世的报酬，我给谁后世的报酬。"因此，伊斯兰教倡导人们不仅要追求后世的幸福，还要积极地追求今世的生活，这就是伊斯兰教的两世吉庆原则。而儒家则告诫人们，应该把重心放在社会与人生的领域，而不是鬼神的世界。它主张人们应该持"务民之义，敬鬼神而远之"的态度，即使祭祀神庙祖先，也只能"祭如在，祭神如神在"。

今天，当我们回顾明清时期的中国伊斯兰教史时，就会发现实质上，"伊儒相通"的认识贯穿了整个中国伊斯兰本土化的首尾。

所以，中国伊斯兰教的本土化并非是穆斯林为了有意迎合中国主流文化，而将两种文化进行了机械式的拼凑黏合或简单的堆积相加；而是在坚持伊斯兰文化的本位基础上，在两种文化的交集地带，巧妙地选择着自己的生活方式和行为准则。

然而说起容易，做起来难。伊斯兰教作为一种外来宗教，若想在中国顺利地本土化，首先需要一个语言转换。佛教之所以取得了几乎颠覆中国本土文化的成功，就在于它首先消除了语言的障碍。因为佛教一进入中国，首先关注的就是两种文化之间的语言转换。佛教的几位高僧先后较为明确地译介了佛教的经书，使得中国人能够在自己的语境里，按照自己的思维方式去参悟印度佛教文化。

而伊斯兰教进入中国后却经历了很长时期的语言痛苦。虽然穆斯林在日常生活里转用汉语的时间大致是元末明初，可是在宗教生活中，在宗教著述中却一直不肯使用汉语，认为伊斯兰教的经典和教义只能用阿拉伯语和波斯语表述，用汉语表述便会走样、失真，甚至会丧失其神圣性。直到明清之际，"汉克塔布"的出现才使得伊斯兰经典完成了由阿拉伯语、波斯语到汉语的转化。

"汉克塔布"是一个由汉语、阿拉伯语或波斯语组合而成的复合词。该词中的"汉"意为"古典汉语"，"克塔布"在阿拉伯文或波斯文中意为"典籍、读本"，连在一起就是"汉语经典"；不过也有学者将其译为"回族理学"，我倒认为这种译法更接近"汉克塔布"的本真——"汉克塔布"本身就是借用以儒家为代表的中国文化的术语和概念，去阐说伊斯兰的神学思想理念，使得早已失语的中国穆斯林能用自己习惯的语言和思维方式，去理解、领悟安拉对于全人类的教诲。

每每仰望浸泡了几代穆斯林学人心血的"汉克塔布"，我的内心总会涌动起一股热流。是的，尽管"汉克塔布"有其局限性，但这套语言体系、教义体系的确为伊斯兰教在中国的生存和发展迈出了至关重要的一步。我们应该清醒地看到，正是因为有了这套既坚定着伊斯兰核心，又兼顾了中国习惯的话语体系，背对着大中国茕茕独行了千年的伊斯兰教，才得以在孔子的文化国度里拥有一片属于自己的学说天空。

说到这里，我要插一句：其实中国伊斯兰的本土化表现在穆斯林社会生活的方方面面，譬如语言文字、风俗习惯、衣着装饰、命名习俗、家庭婚姻、建筑艺术……思想文化仅仅是其中的一方面。但我觉得没有哪一方面能像以"汉克塔布"为代表的思想文化领域那样，让我们与那个时代的穆斯林有一种超越时空的亲近感，让我们可以如此真切地体会到他们的苦恼与艰辛，领略到他们的睿智与学养、胸襟与胆识。

我不知道同学们对中国伊斯兰本土化在思想文化领域的成就了解多少，但我想大多数人都知道伊斯兰本土化有两个特别值得称道的方面：一是陕西胡登洲开创的"经堂教育"模式，它改变了伊斯兰文化研习领域"经文匮乏，学人寥落，既传译之不明，复阐明之无自"的局面；二是"以儒诠经"暨伊斯兰教的汉语著述活动。

如果说经堂教育是一根牢固的缆绳，它使得中国伊斯兰教这艘大船在中国文化的汪洋大海始终没有沉没的话，那么"以儒诠经"运动就是一场强劲的东风，使得这艘大船顺利地通过了暗礁遍生的险滩，航行到了今天。我觉得作为伊斯兰教本土化的受益者和后继者，我们应该记住一些名字，王岱舆、张中、伍遵契、马注、刘智、马德新……正是这些从文气腾蔚的江南走出的"学贯中外，博通四教"的穆斯林学者，用"回儒两教，道本同源，初无二理，何必拘泥语言文字之本，而疑其有同有不同"的学术见识、胆识和胸襟，在无数非议与责难中，为伊斯兰教融入中国传统社会寻求到了"以儒诠经"这样一条道路。

"以儒诠经"历时绵长、内容丰富。由于时间的关系，加上我对明清穆斯林学者们的汉译著作了解甚少。所以这里，我只得借用他人的研究成果，简单举一两个例子，让同学们大致感受一下那些满溢着智慧的哲思。

我们都知道，先秦之后儒家形而下化、不语怪力乱神，所以很多人认为儒家只是一种哲学思想，不是一种宗教。不过，这正好给外来宗教留下了很大的空间，印度大乘佛教在经过儒家学者的改造后被中国人所接受，就很好地说明了这一点。不过伊斯兰教进入中国，由于不是依靠教义思想，而是依靠自身载体——穆斯林来传承和扩大信仰世界的，所以它一直没有和中国儒家思想有过太多正面的接触和冲突。到了明代生存环境的突变，迫使穆斯林们意识到：若要维护"清真正教"，就不得不与中国主流文化主动沟通,对主流文化的质疑进行一些必要的"辩解",继而得到主流文化的认同。问题是怎样沟通?怎样辩解?

中国有句古话:知己知彼,百战百胜。于是我们的学者们就从实际出发,从思想文化的角度,理性地剖析了中国文化,从中挖掘了一些切近、适用的思想资料,作为阐释伊斯兰的思想基础,最终将伊斯兰的基本精神用儒家的话语传述给了士大夫、呈现给了大中国,从而破除了伊儒二者的隔阂,回答了时代的提问。他们具体是怎样做的,现在我们就来举例说明一下。

英国历史学家汤因比说:"伟大的宗教和哲学都主张,一切作为生命能生存下去的东西都应该具有正确的目的。"伊斯兰教是怎样界定"人之所以为人"的目的的呢?伊斯兰教认为作为大地代治者的人类,应该通过安拉赋予的听觉、视觉、嗅觉、味觉、触觉等功能,去感知、观察、认识世界的一切事物,进而从天地万物的实有及其发展规律中来认识造物主的独一和大能。简言之,认识安拉、崇拜安拉、接近安拉是伊斯兰教为人类规划的一条实现人格完美和人类和谐的道路。

同样的,中国儒家用"三纲八目"为人们设计了一幅实现理想人生和完美社会的宏伟蓝图。在这张蓝图里,格物和致知是基础。儒家主张通过接触、观察、体认事物来了解和掌握事物内在的道理,最后把一切认识与实践活动都归结到伦理善恶的价值观上去。

虽然在儒学中,体认封建伦理纲常的"天理"是认识的归宿与目的,伊斯兰格物致知的前提与归宿均在于体认安拉,但明清时期的穆斯林学者依然认为儒学主张的"即物穷理""达于至极"与伊斯兰教的"我不见一物则已,第见一物,便认得主"有异曲同工之妙。于是他们很有策略地用强调伊儒认识论中的一致性,去消解二者之间关键性的冲突——"致知格物乃万学之先务,不能致知格物而曰明心见性、率性修道,皆虚语也,故吾教致知格物之学,以认识主宰为先务"。这样一来,在坚持"认主独一"的前提下,他们把伊斯兰教的认识论与中国传统哲学的心性论和格物致知论很巧妙地糅合在了一起,提出了自己的"体认"方法和思想。至于如何格物致知,他们认为"即物可以识主,何事远求乎哉",即物穷理是致知的前提。因此"有形者以形色见之，无形者以踪迹推之"。比如"草木堰仰，风之踪迹也；绿翠萌动，春之踪迹也；身之灵明活泼，性之踪迹也；天地之造化循环，主宰之真迹也"。

从以上例子，我们不难发现这些回儒的高明和睿智之处就在于，他们谙知，在一个宋明理学背景里阐释伊斯兰，就必须从学理的层面归纳梳理伊斯兰文化中有关人性、人际、伦理的思想，用儒家的话语表达出来，从而使伊斯兰信仰成为一种细腻的理性认识。唯有这样，才能被早已习惯了中国理性思维方式的穆斯林大众接受，也被儒家士大夫理解和认可。

（五）伊斯兰本土化的意义和启示

以今天的眼光来看，这场肇于明末，几乎延续了整个清代的伊斯兰本土化运动是绝对成功的，不仅为伊斯兰教在汉唐文明的土地上争取到了生存和发展的机会。而且当时学者们"用儒文传西学"；"以中土之汉文，展天方之奥义"；"本韩柳欧苏之笔，发清真奥妙之典"；"遵中国之礼，引孔孟文章，译出天道人道之至理，指破生来死去之关头"……真挚的思路也为不同文化间的交流与对话提供了背景性的参考。

我一直在想，为什么他们在与中国文化的适应和整合中有如此非凡的作为？为什么他们能将一隅险境智慧地走成沃土？想来想去原因只有一个，他们对伊斯兰的理解比我们深刻，比我们透彻，比我们全面。

（1）文化胸襟

《古兰经》说："假如你的主意欲，他必使众人成为一个民族，但他们会不断有分歧和差异，……他为此而创造了他们。"经注家们说：这里的"为此"即指人类的差异。所以伊斯兰认为人类在宗教及其他文化中的不同和差异，是安拉的意志，是安拉睿智的选择。这就决定了伊斯兰对异质文明是包容的、对多元文化是认可并倡导的，因而穆斯林的文化胸襟应该是能纳百川的。纵览伊斯兰本土化的全过程，我们可以真切地感受到，明清时期的穆斯林对伊、儒、释、道文化没有一丁点儿厚此薄彼的倾向，他们甚至认为作为中国的穆斯林"不通儒"是"终身之大恨"。正是因为有这样的文化胸襟和见识，他们从理性和感性上对伊、儒、释、道文化的认识和把握才能够更准确、更到位,也才能够敏锐地发现伊儒两教的共同点,用这些共同点去回答中国文化对伊斯兰的误解与质疑。

(2) 坚守与适应

格尔达威说:"因时制宜、因地制宜是伊斯兰的灵魂。"伊斯兰教之所以在世界各地传播,成为世界性宗教的原因就在于此。前面我们已经说过,伊斯兰教具有极强的自我消解和适应能力。它能顺应社会发展需要,在保持"我"之为"我"的基础上,进行一些必要的自我更新和创新。我们可以看到,在本土化过程中,"居,中土也。服食,中土也,然皆守教不替"的穆斯林巧妙地借用中国传统文化的要素,为其阐说自己的信仰服务,从而成功化解了伊中两者潜在的冲突——为适应中国特殊的政治需求,由"一元忠诚"变为"二元忠诚";为了与儒家思想相一致,将《太极图说》引入其哲学体系;与儒家伦理道德相协调,以"三纲五常"等阐述五功修持……这一系列的变通使得伊斯兰文化与中国本土文化放弃了争胜式的对峙,以相互欣赏、相互借鉴、相互补充、相互阐述的姿态,最终达到了一种求同存异式的和谐共处局面。

都说历史是现实的一面镜子,擦亮伊斯兰本土化这面镜子后,我们会发现我们果然照出了很多问题。首先伊斯兰本土化是一个完成式或过去式的话题吗?不是。我觉得伊斯兰本土化是一个至今仍在持续更新的话题。为什么这样说?我认为,以王静斋、马坚、陈克礼等为代表的、白话文时代的中国穆斯林翻译运动是继"以儒诠经"运动之后,伊斯兰本土化的又一高潮。虽然他们不像刘智、马注那样有着石破天惊的理论发现和创新,但他们的影响力却不容小觑,甚至可以说恐怕超过了当年的"以儒诠经"运动。为什么?因为他们不再仅仅关注伊斯兰教与中国文化对话能力的提升问题,他们更关注穆斯林大众接受信仰的汉语表达及信仰的普及方面,也许将来它会被称作中国穆斯林的新一轮"百年翻译运动"。而且从目前来看,它可能才刚刚拉开了序幕。中国改革开放,国门大开,自由进出中阿双重语言体系的人才辈出,大量优秀的伊斯兰书籍被译成了汉语,我们实现了与伊斯兰世界的再次对接,这是泽被万代的幸事。虽然这些译著略显生涩，但还是值得我们寄予厚望的。

其次，今天，我们面对的难题不仅是本土化后"我们是谁"，还有全球化了的"我们在哪里"的问题。记得在中穆网的那场本土化的讨论里，有一个人的回帖给我留下了极其深刻的印象。他说"在如今伊斯兰世界不景气、穆斯林多灾多难的时代，我们谈伊斯兰的本土化无疑就是一种危险的尝试。这对伊斯兰是极其不利的，这会导致一个可怕的结果——伊斯兰会逐步地被充满罪恶的多元化世界消化掉"。说真的，他的主张我无法苟同。就像汤因比说的，文明产生的原因是"挑战与应战"。面对全球化的挑战，我们关上门就万事大吉了？不，我们正处在一个大时代的前夜。"这个前夜"是险境是沃土，完全取决于我们自身。我们要如何去做，才能像我们的先贤们那样，将这隅险境走成沃土？

"不背乎教，亦不泥乎教"，明代穆斯林文人丁自申隔着时间的长河为我们指出了一条前进的道路。是的，"不背乎教，亦不泥乎教"——强调我们文化的个性，同时也不能无视时代发展的潮流——不讲原则，一味攀附其他文化，会让我们丧失自身的特性和存在的价值；不顾环境的要求，闭关自守，盲目排外，就难以获得发展的空间和前进的动力。因此，"不背乎教，亦不泥乎教"的主张既适用于明代，也适用于今天。

当然，中国伊斯兰教本土化的内容还有很多，留给我们的思考和启示也很多。由于时间、精力，还有个人的学识有限，今天，我们对伊斯兰教本土化这一话题，只是进行了一些以蠡窥海式的梳理和探讨。如果同学们想更多地了解该话题的历史全貌和深层启示，可以去参阅一些这方面的资料。我想，这对于你们视野的开阔和思维的拓展都是有一定帮助的。

西安城区清真古寺探寻

都说宁夏、青海和甘肃的回族多，其实当年陕西才是回族第一大省，清代鸦片战争时陕西回族就高达170多万人，而时至今日号称"穆斯林之乡"的宁夏回族自治区也就200多万穆斯林人口。陕西失去回族第一大省源于清同治年间的回族起义，其结果是穆斯林在陕西的绝迹，因为起义结束后幸存下来的陕西回族大部迁往现在的甘肃和宁夏，导致当时陕西全省回族锐减至不足5万人，即使到新中国成立初也维持这个数量，20世纪末全国人口普查，陕西回族总数仅列全国15位，处于中游位置。利用今年大年初二和初五两天时间，我进城重点对位于西安城区西大街回族居住区内的清真寺进行了一番"扫荡"，总共看了13座古今清真寺，不看不知道，敢情回族居住区内还有如此丰富的艺术殿堂，这些清真古寺除了化觉巷清真大寺收费外，其他都可以免费参观，但要了解和尊重穆斯林的风俗习惯。

虽然现在西安回族人口较少，但西安回族源远流长，在中国回族史、中国伊斯兰教史上占有极其重要的地位。对于西安的清真古寺，传统上大家了解较多的是化觉巷清真大寺，但化觉巷清真大寺周围还有其他八座清真古寺却鲜为人知，这些清真古寺分布在不到两万平方公里的穆斯林居住区内，不知是否是中国最大的清真古寺群。去年去了一次宁夏，看了宁夏几座古清真寺，看过西安众多清真古寺后，感觉西安不愧为历史古都，其清真古寺也远胜号称"穆斯林之乡"的宁夏。

乾隆四十六年，哲赫忍耶教派的首领苏四十三为了营救被清廷关押于兰州的谢赫道祖马明心，率领撒拉族、藏族以及回族教众三千余人，发动起义，占领河州（今临夏）城，直指兰州。乾隆皇帝闻报，急忙下旨调陕、川和新疆的兵将待命出击。当时关陇一代"民三回七"，回族人数众多，纷纷欲动，心向苏四十三，欲助其一臂之力。清廷自知事关重大，派内阁大学士阿贵赴陕甘一代安抚回族。名为安抚，实为调查，调查的第一站就是西安。阿贵初到西安，草草地做了一番调查，发现西安城内回族——"相沿故事，持诵经文，不过以清净为宗，善良共勉，并无新教（指哲赫忍耶）及总掌教之名。实与撒拉藩回，原属名同实异"［见清真大寺中（毕老大人德政碑）］。于是他遂上书乾隆皇帝，在其疏中介绍西安回族状况时，采用了"七寺十三坊"一词，并声明西安府一带回族并无跟随苏四十三造反之心，请朝廷不必多虑；并下通告安抚陕西回族，请回众莫要惊慌，朝廷并无杀戮之意。皇帝在疏中朱笔圈下了"七寺十三坊"，从此"七寺十三坊"成为西安城内穆斯林聚居区的称谓，直至今日。这七寺就是现在的——化觉巷大寺、大学习巷寺、小皮院寺、洒金桥古寺、大皮院寺、广济街寺、营里寺。我想重点介绍的是以下十座清真寺。

一、化觉巷清真大寺

二、大学习巷清真大寺

三、大皮院清真寺

四、小皮院清真寺

五、小学习巷营里清真寺

六、小学习巷清真中寺

七、洒金桥清真古寺

八、洒金桥清真西寺

九、广济街清真小寺

十、和平门南城清真寺

这十座中国古典风格清真寺中，除了位于和平门附近南城清真寺外，其他都位于西大街回族居住区内；另外，小学习巷清真中寺、洒金桥清真西寺由于修建年代稍晚而没有列入当年的传统七寺。这两座清真寺加上洒金桥清真古寺又不完全是中国传统风格的清真寺，而是中阿合璧的建筑风格，其新建的大殿都已经阿拉伯化但院内依旧保留了昔日古寺的传统中国民居。在前面完成对西安城区内佛教道教和儒教等众多古寺庙的介绍后，下面将逐一对这些清真古寺进行回顾。

一、化觉巷清真大寺

有人评述陕西和山西两个文物大省的各自特点——地上看山西，地下看陕西，意思就是山西地面上的各类古建筑是特长，陕西则是古墓和地下的陪葬品闻名。细想一下，陕西地上现存建筑群真还没有特别突出的。就西安而言，规模最宏大的古建筑应该就是西安化觉巷清真大寺，市内其他建筑景点除了双塔和两楼加城墙外就没什么了，其他寺庙规模都无法和这座古寺媲美。大慈恩寺和大兴善寺规模也宏大，但都是仿古新建筑，建筑艺术性很低，因此很少有人推鉴这几座寺院也是有道理的。陕西寺院建筑规模和艺术性能与化觉巷清真寺抗衡，我目前感觉只有三原城隍庙。由于陕西因战乱失去回族第一大省地位，西安化觉巷清真寺名气也落后于西北各个穆斯林大省的清真大寺，来看这座古寺的游人不是很多。

西安化觉巷清真大寺始建于唐玄宗天宝元年，原名清修寺，因坐落在化觉巷内，故名化觉巷清真大寺，它与西安大学习巷清真大寺并称为西安最古老的两座清真大寺，因其在大学习巷寺以东，因此也叫"东大寺"。不过寺院原址早就不存在，现在的寺院是明洪武年间修建，历经明清两代扩建，现存建筑主要是清代建筑，亦有明代遗构，寺院建筑明显地表现出伊斯兰寺院的独特风格，又具有中国传统木结构楼阁式建筑的艺术特点。由于伊斯兰教要求教徒礼拜时面向西方，朝向"圣地"麦加，因而，寺的方位与一般坐北朝南的传统不同，为坐西朝东，总布局采取沿东西向轴线纵深串连多重院落的形式，全寺分五进院落，每进庭均为四合院模式，由楼、台、亭、殿组成。东端院墙正中的照壁，是全寺中轴线的起点，在这条中轴线上的依次排列着木牌楼、"五间楼"（二门）、石牌坊、敕修殿（三门）、省心楼（邦克楼）、连三门（四门）、凤凰亭、月台、礼拜大殿等主要建筑物，而两座寺门分设在基地东端南北两角。

第一进大门南北开，东墙为一砖雕花卉照壁，院中心高耸异角飞檐、斗拱重叠木牌楼一座，两厢新建有接待厅。穿过"五间楼"二门，二进院中心为一精致石牌坊，中镌"天监在兹"四字。其后两侧有雕龙碑楼两座，碑楼前面分别为万历三十四年（1606）《敕赐重修清修寺碑》和乾隆三十三年（1768）《敕修清真寺碑》；后面各为米芾"道法参天地"和董其昌"敕赐礼拜寺"斗书。三道门相传为早期的"敕修殿"，是该寺最早的礼拜殿，与两侧垂花门连成一体。该殿现已成为过道，内藏阿拉伯文、波斯文、汉文碑石数方，其中以明景泰六年（1455）的《长安礼拜寺天相记碑》及清雍正十年（1732）所立的阿文"月碑"较为名贵。第三进院内两厢为北讲堂、南接待厅和沐浴室等。院中心耸立一座三层八角攒顶木构"省心楼"，其后两侧各建有碑楼。第四进院门俗称"连三门"，满花砖雕，堪称珍品。入内即为全寺主体院落，分为前后两部分。前院为一庭院布局，正中建有形似凤凰殿翅之"凤凰亭"一座，两旁为南北议事厅。亭西石栏甬道外侧建有海棠形鱼池各一个，另有碑亭二座。碑亭为明嘉靖五年（1526）《敕赐清修寺重修碑》和洪武二十五（1392）年创寺敕命碑等。第五进院高起处是一宽敞月台，由五座石门和石栏围起，下面即明七暗九开间礼拜大殿，碧瓦琉璃，锥形鎏金顶，明柱雕花隔隔门，极为肃穆壮观。殿前两侧内山墙为巨幅砖雕花卉。檐内斗拱内外悬有内檐高悬明代永乐三年成祖朱棣赐给寺院当时的阿訇——阿拉伯人赛义迪哈马鲁丁护寺的敕谕匾。大殿前殿系勾连搭建构，正西相接三间正方形后殿，深邃幽幽，可供上千人礼拜。

　　和先前去过的宁夏几座中国古典建筑风格比较，化觉巷大寺在规模艺术上远胜于宁夏，毕竟文化底蕴不同。不过我发现化觉巷清真寺有个与众不同之处，寺内众多房屋包括礼拜大殿顶都没有伊斯兰寺院屋顶耸立的星月标志，后来在回坊其他清真古寺看到礼拜大殿顶都有星月标志，问寺院中看门他们也说不清，只是回答寺院是皇家寺院，是皇帝钦赐因此没有那个标志云云。另外，西安各大古寺比较保守，对于非穆斯林严禁进礼拜大殿，不像宁夏那边作为景点的清真寺大殿可以让非穆斯林甚至女性进殿参观，而化觉巷清真寺干脆在礼拜大殿门口建了一排护栏，进大殿必须从边上护拦口绕行，且有位穆斯林大爷把门，监督普通游客。总体而言，化觉巷清真大寺堪称西安古典建筑艺术典范，远比钟楼、鼓楼之类景点有观赏价值，可惜很多外地人都错过了这个景点。

二、大学习巷清真大寺

大学习巷清真寺位于西大街回坊的大学巷，原名清净寺，因在化觉巷大清真寺以西，也称为"西大寺"。据史料记载，大学巷清真寺是西安最早建立的清真寺，相传建于唐中宗嗣圣元年（公元684年），由唐朝开国元勋尉迟敬德奉旨监造，但目前能查到的历史记载该寺始建于唐中宗神龙元年（公元705年），唐玄宗时期曾改称唐明寺，元代中统年间赐名回回万善寺，到明洪武时期又赐名清真寺。

大学习巷清真寺占地约9.1亩，总建筑面积2700平方米，寺院建筑形式略同化觉巷清真大寺，由照壁、石坊、大门、三间庭、省心阁、南北厅、碑亭、阿訇斋、沐浴室、礼拜正殿等建筑群组成，但总体规模要小。寺门对面有砖雕纹饰大照壁一座，门外临街有四柱三间石牌坊"敕建陆次"石额，镌于牌坊门楣。省心阁是该寺主要建筑之一，为四角形楼式建筑，三层三重檐，布局庄严古雅，现经彩绘，映翠飞丹，玲珑绚丽。省心阁相传建于宋代，明代郑和四下西洋回来后，重建为四角形式建筑，三层三重檐。正殿前为一宽大月台，周围环以石栏。石栏前左右各立一碑亭，南碑亭内是著名的"郑和碑"，即"重修清净寺碑"。正殿门首悬挂慈禧手书"派衍天方"的牌匾。大殿面积约为600平方米，可容纳500多人同时做礼拜。

大学习巷清真寺建于唐代，但却复兴于元中统咸阳王赛典赤时期，身为穆斯林的赛典赤在陕的功绩之一就是重修了大学习巷清真寺，后来病逝于云南，而明代大名鼎鼎的航海家郑和就是赛典赤的七世嫡孙。明永乐十一年，郑和第四次下西洋，因这次航行的地方要远涉阿拉伯国家，急需懂阿拉伯语的穆斯林随行当翻译，郑和来西安时听说大学习巷清真寺掌教哈三精通阿拉伯语后便亲自登寺拜访，并最终确定哈三随行。据说，就在这次下西洋的回航途中，遇上了罕见的狂风巨浪，大有覆舟的危险。众人皆惊慌失色，乱作一团，只有哈三掌教临危不惧，正襟危坐，诵念《古兰经》，祈祷真主护佑船队平安。后来，果然风平浪静，平安返航。死里逃生的郑和备受感召，发誓要重修大学习巷清真寺，以图报恩。当然，由于大学习巷清真寺为其先祖复修，其家族成员也大多居此古街也是重修的一个重要原因。

碑文全文如下：

重修清净寺记赐进士第刑部浙江清净吏司观政刘序撰

吏部听选官白璋篆

西安后学刘汝麒书

清净寺乃西域教率其徒祝延之所也。西域教自唐入中国，厥徒奉之亟诚亟慎，乃至赵宋时建清修寺于陕西鼓楼西北隅。会城人奉其教萃于中，翻译诵拜，然沓来林立，旬旬踵接莫能容。迨元世祖中统四年六月肇创此寺于长安新兴坊街西东面，名曰清净，分徒之半，祝延于斯。至大德丁酉，陕西行中书省平章政事赛典赤乌麻儿大崇厥教，增广饰治，视前有加。

及我国朝永乐十一年四月太监郑和奉敕差往西域天方国，道出陕西，求所以通译国语可佐信使者，乃得本寺掌教哈三焉，乃于是奏之，朝同往，卒之。揄扬威德，西夷震詟，及回航，海中风涛横作，几至危险，乃哈三吁天恳恳默祷于教宗马圣人者。已而风恬波寂，安妥得济，遂发宏誓重修所谓清净寺者。乃作前门四楹，门之直西为崇楼，洞门四达，重檐巨緎，岿然奇观，昧爽则登斯楼，呼其徒而拜焉，楼之后为大殿，广五间，楹纵七丈五尺，中为教宗座。金碧光华，耀夺人目，缭以围墙，阒无尘染，屹然真一清净处也。嘉靖癸未其徒复为葺治，（空）以藻绘，厥模一新，相与砻石镌文以识。岁月掌其教者前人姓字多所湮汩，自哈三传马兴至赵英，英再传于哈荣，荣传于赵和，承和之裔者今为钟文，而副之者花聪，赞之者陈敖云。

    大明嘉靖贰年岁次癸未秋九月吉日立

        长安叶文举刻

三、大皮院清真寺

  大皮院清真寺所在的大皮院街紧邻北院门，在西羊市的北面，也比较繁华，商铺不少，因此顺路看大皮院清真寺的游客不少。我是大年初二早上第一站看的大皮院清真寺，或许是过年缘故，大清早的大皮院清真寺十分安静，朝北的院门虚掩，我看没有上锁于是推门进院。

  大皮院清真寺也是中国传统清真寺格局，前院最东端是影壁，其后是山门。大皮院清真寺不大，因此山门就一个门洞，比如化觉巷和大学习巷清真大寺，山门都是三个门洞。我正打算穿过山楼门进院，门房看门的大爷闻声出来，问我干吗？我解释说来参观的，大爷说清真寺不让外人参观，没看见大门关着吗？谁让我随便进来，于是不容分辨将我轰出寺院。先前走唐陵总结有"头发长见识短"定律，这几次在西安看古迹碰壁便得出"看门大爷难说话"定律。将二者合二为一，借用孔子那句名言稍加更改为——唯女子和看门大爷不可理喻也。其中的奥妙自己体会吧。

  我在磨房看池鱼儿的陕西游记中提及大皮院清真寺，是可以随便参观的啊，后来在清真西寺碰到一对游客，他们告诉我年初一也看了大皮院清真寺，难道我命背？于是下午转完其他几个清真寺后，回头再看大皮院清真寺，这下随便出入没人管我了，估计那个大爷是值夜班，不想多事而没让我参观。大皮院清真寺历史悠久，始建于明永乐九年（公元1411年），由马道真先生购地兴建。现占地面积共约5亩，建筑总面积1610平方米，礼拜大殿建筑面积354平方米，为中国古典式建筑风格。和其他几个大寺比较，寺院陈设比较简洁，穿过山门楼看院内两侧是满拉楼，院中立着两座碑亭，是刚修建不久，碑亭后面就是石刻围栏、牌坊。大皮院清真寺的大殿不大，只有三个殿门；而化觉巷、大学巷和小皮院清真大寺的大殿都是五个殿门。大殿上悬挂的几个名人牌匾，慈禧手书"派衍天方"、光绪皇帝手书"教崇西域"以及白崇禧题写的"兴教建国"匾。从整体结构上说，大皮院清真寺更像是大学习巷清真寺的迷你版。

四、小皮院清真北大寺

在大皮院清真寺吃了憋，窝心地按地图沿广济街北上找寻下一个目标——小皮院清真寺。小皮院清真寺所在的小皮院是条很不起眼的小巷，以至于我从巷子口路过没看见，直到走到红埠街才发觉走过头，只好返回头找到小皮院。和大皮院相比，小皮院是条狭窄的巷子，街上没有任何商铺，显得十分安静，小皮院清真寺就位于巷子中间，由于过于偏僻很少有外人参观。和刚才的大皮院清真寺一样，小皮院寺门也是虚掩，由于刚在大皮院遭遇不快，使我在大门口徘徊，不敢贸然推门进入。这时旁边路过的一位回族大婶看出我的难处，告诉我"没关系，进去吧，只要进门后再把门带上就行"，有了大婶的指点，我壮起胆推开寺门进入前院。

小皮院清真寺虽然带个"小"字，不过寺院可不小，它和化觉巷（东大寺）、大学习巷（西大寺）一起并列为西安三大清真古寺，因其在化觉巷清真大寺以北，亦称"北大寺"，以悠久的历史和为穆斯林培养出大批有成就的宗教学者而著称于世。据寺内碑文记载，小皮院清真寺原名"真教寺""万寿寺"，宋徽宗（大观）丁亥年，真教寺为长安京兆四坊旧有"清真寺"，是西安伊斯兰教最早建筑之一，后敕建于元仁宗皇庆元年即公元1312年。据明太祖朱元璋洪武元年（公元1368年）岁次正月敕匾该寺（百字赞）和明万历三十九年至四十二年（公元1611—1614年）间重修寺碑记"天方之一脉，肇于唐初，盛于大元，皇庆（仁宗）年间，以迄于今，历千余载"推测，该寺最早兴建于唐代。

小皮院清真寺是一座具有中国传统宫殿建筑艺术形式的伊斯兰教寺

院，分四进院落。一进院落正面为清真女寺，院东有大照壁一座，两侧有配壁．大照壁以东为沐浴室，安排的比较奇怪。西面中间是二道门，房三间，单檐硬山顶，前后带护廊。二进院的南北两侧各有厢房五间，南为寺管会办公室，北为满拉学习和休息处。正西门楼三座俗称"连三门"，内置放明万历四十二年重修的真教寺碑和地契。下石台阶进三进院，南、北各有小厢房三间，均为满拉习经室。院中青石引路三条，中央为御道，上有石雕遮阴棚，走廊下有两排石坐凳。坡面镶有高浮雕敕赐盘龙戏珠雕石一面，周边围以文房八宝图案。沿两侧拾级而上，为四进院大月台，正面为三路花岗岩引路，大方青砖砌地面。月台上有石牌坊、石栏杆、石月亮、石座、石盆、石山、石桌、石柱、石凳，是一组精美的中国古代石雕艺术群。全寺主建筑的礼拜大殿，和其他两座大寺一样都是五开门。

在"文化大革命"中，寺内建筑和保存的历代牌匾被毁，仅剩礼拜殿孑然危立，我见到明董其昌题写的"开天古教"匾和"敕赐礼拜寺"匾，大殿下挂着和大皮院一样的牌匾，慈禧手书的"派衍天方"匾、光绪皇帝手书"教崇西域"匾以及白崇禧题写的"兴教建国"匾。现在寺内的牌匾以及建筑都是20世纪80年代后的复原品，不过但就建筑艺术而言要胜于大学习巷，和化觉巷有一拼，有些文章将其排名放在大学巷清真寺之前而位于化觉巷之后。在我参观期间，大寺内除了一个阿訇外，空无一人，阿訇独自坐在屋檐下念经，带着陕西方言口音的阿拉伯话听上去感觉怪怪的，十分有趣。

五、小学习巷营里清真寺

营里清真寺，顾名思义，"兵营中的清真寺"。对于营里清真寺的最早记载是在唐代，唐代宗年间随郭子仪平定安史之乱侨居长安的一些阿拉伯或波斯官兵就被安置在学习巷，而且他们的兵营就驻扎在巷内，为了方便这些人的宗教活动建立了一座专供官兵使用的清真寺，由于该寺在军营区域内因此取名"营里清真寺"。但现在比较流行的说法是元代回族军驻扎在了长安，元政府专门为驻扎在军营里的穆斯林官兵建造的清真寺，但是否建于元代待考。有据可查的年代应该是山门楼上牌匾标出的清乾隆甲午年间建制年代，当时这里驻扎的军队中多为穆斯林官兵。为方便宗教生活而建造的此寺，至今小学习巷向北段仍有一条笔直的狭窄小巷，据传是当时兵营中的军械库为方便运送箭支而开辟的专用通道，俗称"箭道"。

小学习巷是条僻静幽深的小巷，营里清真寺就在巷子深处，因为地处偏僻之所，和小皮院清真寺一样很少为外人所关注。虽然营里寺前院也是个封闭小院，但由于四周被各类民居楼房所包围，因此无法在北侧开门，只好在西北角面东开了大门楼。和大皮院清真寺类似，营里寺更像是小皮院清真北大寺的迷你版，寺院中央也是一条石砌长廊，不过比小皮院寺短很多，上面缠绕着花草，想必夏日坐在长廊下十分凉爽，还有山门楼两侧的月亮门以及月台上的三连石牌坊门。在大皮院清真寺听一位老者向我介绍，营里寺中的阿訇是孔子第七十二代后人，归信伊斯兰教后成为寺中主事。

六、小学习巷清真中寺

清末民初，受阿拉伯伊斯兰瓦哈比运动的影响，西安地区的回族中也兴起了改革的浪潮，新兴的瓦哈比思潮与传统的思想发生了撞击，曾一度引发了"闹教"，就此西安地区伊斯兰教中出现了一个新的支派，即"伊赫瓦尼派"。在这场教派之争中，原属大学习巷清真寺教坊的一部分穆斯林出走，与原寺脱离关系，在民国十一年购买民宅建立此寺，因在小学习巷北端，故称为小学习巷清真中寺。

清真中寺位于小学习巷的北端，就是那条"箭道"旁，和大学习巷清真寺的后院隔街相望，颇有点"针锋相对"的感觉。清真中寺由于建于民国，但在 20 世纪 90 年代初进行翻修，虽然院内建筑大多保持了中国传统风格，殿宇雅丽可观，但感觉式样和成色太新，和前面纯正的中国古典传统建筑对比，颇有些现代仿古建筑的意味。清真中寺的门楼是一个彻底现代的建筑，只是修饰了一些中国传统建筑式样，门洞里两个古旧石墩和陈旧的门框与周围建筑反差巨大,门洞两侧墙壁上还设有传统砖雕,保持着中国古典风格。由于没有影壁,因此和洒金桥两座清真寺一样,用木屏风替代影壁,进寺院必须先绕过屏风,在寺外无法直接看到寺内设施。院内两侧的厢房和礼拜大殿都是中国传统民居风格,但屋檐上过多的彩色涂绘风格明显感觉到现代烙印,大殿后竖立的望月楼和后殿完全是现代建筑加上传统屋檐修饰风格,如果不是那飞檐,那绿色的涂层恐怕让人觉得是阿拉伯风格。两侧厢房边都立着石碑,看成色很新,估计是这几年新刻制的。

七、洒金桥清真古寺

洒金桥清真古寺,亦称清真北寺,其建筑年代久远,相传元明时期已存,距今已六七百年之久。是聚居于洒金桥、大麦市街、新寺巷、香米园、东举院、庙后街等街坊的穆斯林朝拜寺院。

寺院原为一座具有古典风格的建筑群,但在"文革"中遭到毁灭性的破坏,除寺门楼基本保留完好,古槐树未动外,寺内精美的砖雕二门楼、两座角门、照壁走廊、月台、假山、阿訇满拉宿舍、沐浴处等全部古建筑都被拆除。后来经过周围教民的共同努力,在寺院原基础上进行了重建。重建后的洒金桥清真古寺整个寺院除了临街那个古色古香的破旧门楼和院内古槐外,昔日古寺已荡然无存,因为重建中考虑到若要恢复中国古典建筑风格的原貌其难度非常大,因此大殿改建为阿拉伯建筑风格的礼拜大殿。

院内其他建筑也是现代建筑式样,早就没有古寺的原有韵味。院内现在挺立着的仅存的大槐树相传是第一任掌教伊麻目所栽种,距今已有数百年历史,现树身需两三人合抱,虽年久树心已空,但依然枝繁叶茂。小皮院清真古寺也是毁坏殆尽,不过现在恢复得还不错,可能因为清真古寺地处闹市,除了大殿因为技术原因,当年被毁后寺院逐渐被其他建筑侵占,附属建筑也无法按照传统中国建筑风格复原,甚为可惜。

八、洒金桥清真西寺

洒金桥西寺所在地原来为佛教的"海会庵",旧有大殿三间,在清光绪三十二年被改为回教国民小学校,后来因为教派之争于民国十五年,由脱离洒金桥北寺的教民集巨资购买此地改建为清真寺。适逢当时担任国民第一军第七师师长的马鸿逵到陕,遂提"清真西寺"四大字匾额而始成立。

洒金桥西寺位于洒金桥十字街口,地处繁华地段,现在的寺院已经是中国传统建筑和阿拉伯风格相结合的群落。不大的寺门楼还是保持着中国传统风格,门外放着两把长椅,楼门洞内和清真中寺一样摆放着一对古旧石墩,也是用屏风代替传统的影壁,门洞内的装饰用的是花鸟绘画,不同于其他清真古寺门楼内特有的砖雕,也不失为一个变通的节俭好办法。门楼外放着两把长椅,看门的大爷没事就坐在长椅上休息,看看报纸,和过来闲坐的坊民聊聊天,比起大皮院那位看门大爷和善得多。

院内十分简洁,和同街的清真古寺相比,虽然建筑风格也是中西合璧,但中国传统建筑保存更多,两侧的厢房还是中国传统民居结构,但礼拜大殿已经是纯粹的阿拉伯风格。

九、广济街清真小寺

建于清初的广济街清真寺位于繁华的北广济街和西大街交会处附近,寺院的西墙就毗邻广济街,由于地理上的便利于是开放西墙作为商铺。广济街清真寺俗称"小寺",前面的大皮院寺和营里寺是其他大寺的迷你版,那广济街清真寺则是"袖珍版"的清真古寺,不过麻雀虽小,五脏俱全,广济街清真寺也不例外。

从寺院旁的小巷进去,走不远就是寺院的北侧门。对比其他有前院的清真古寺，广济街清真寺的前院就十分狭窄，几乎就是一扇侧门大小的宽度。前院北墙和其他古寺相同是砖雕墙面，南面的现代建筑则是清真女寺。正门门楼也是传统的砖雕式样，穿过正门院门十分狭小，两侧的厢房和正面大殿采用中国传统建筑风格，紧凑地挤在狭小的空间，月台上也设有雕刻精美的单门石坊和石围栏，一般古寺中应有的东西一件不少。另外，月台两侧墙上的砖雕很有特色，和其他古寺采用中国传统的花草松竹主题雕刻不同，广济街清真寺侧墙上砖雕主题是清真寺，不知是否是寓意麦加清真大寺。寺院另一处亮点就是大殿后的木结构邦克楼，和其他几个大寺中类似功能的省心楼比较，显得更小巧玲珑剔透，形式别致。

临街的后墙影壁两侧开设有后门楼，也是一组精美的砖雕结构，可惜现在改造成字画古玩商铺，加上临街摆摊的商贩，影响了观赏效果。由于地处闹市，我在寺内驻足时就不时有路过的游人进门探视，但估计嫌寺院太小而只是在门口观看后就离去。

十、南城清真寺

南城清真古寺不在西大街的回坊中，而是位于和平门附近东仓巷西面的西五道巷中。当年西安回族除了主要分布在西大街附近外，在南城的东仓巷一带也有聚居，那里俗称"回回巷"，寺院最早是为当时驻扎在西安八旗军中的汉军旗和蒙军旗中少量穆斯林的宗教生活而就近修建的，后来也就"军转民"了。乾隆年间，阿贵到西安调研回族问题，将当时不在回坊范围的"回族巷"列入上报的"十三坊"之一，可不知为何将南城清真寺等两座寺院遗漏（当时城南附近有两座清真寺），没有和其他"七寺"一起上报，结果日后广为流传的西安穆斯林居住区的"七寺十三坊"说法中就没有了南城清真寺。

初五大清早去的南城清真寺，寺院位于和平路旁边僻静的东仓巷，由于周围居民楼的限制，院门开在南侧而不是常见的东侧或西侧，和中国传统寺院正门方向倒是一致。寺门楼前面也建有一块影壁，周围还用铁栏杆围起来保护。推开虚掩的寺门，大清早的寺院内只有一个大爷在打扫卫生，见我进来也没说啥，后来看我忙于摄影而把包放在地上时，还好意提示我可以放到旁边的椅子上。南城清真寺和广济街清真寺类似，也是一个袖珍版清真寺，而且更简化，没有月台，中间是礼拜殿，两侧是厢房，由于空间问题，两侧厢房是错落分布。另外，南城清真寺刚进门楼的右手侧有一座二层望月楼，和其他清真寺不同，南城寺的望月楼内房间被用作日常起居生活，而其他寺院类似的邦克楼或省心楼现在更多是装饰用途。穿过大殿旁边的月亮门到了后院，发现大殿和后墙影壁之间不大的空间修建了石围栏，里面有墓碑，估计是寺内去世的阿訇们的墓地。

荒芜尽处是天堂

不是每段旅程都需用欢笑去点缀，短暂的静默会让旅程得以沉淀与深邃。

离开了青海湖，也暂别了欢笑，我和旅伴重新踏上了漫漫修远的寻梦之旅。

吸了氧之后的月儿安然熟睡了，她的梦中是否会依然飘浮着青海湖的那抹蓝呢？对高原湛蓝的天空和悠悠的白云产生浓厚兴趣的阿紫姐姐，举着她为这次旅行特意购置的数码相机，捕捉、记录下每一朵白云的浪漫和诗意。

午后的骄阳肆无忌惮地炙烤着出租车车顶，狭小的车内顿时闷热难耐。征得了大家的同意，我摇下了旁边的车窗。"嘘"，无数俏皮的风精灵挨挨挤挤、推推搡搡地涌了进来，青草的香气和清凉一下子扑满了我的脸颊，仿佛每一个细胞都复苏了，雀跃了。

草原、戈壁、沙漠，在我的臆想中，它们之间的距离会是一光年的漫长、会是一世纪的蹉跎。然而还没来得及细细品嚼草原的浩瀚，苍茫的戈壁就猝然闯进了我的视野；还没来得及幽幽叹息戈壁的荒芜，一座座沙丘又急遽地推开了戈壁，闯进了我的视线。

倚着车窗，恣意地放逐目光在沙漠中茕茕漫步。热浪蒸腾下的沙丘陡然虚幻了起来，萦在耳际的风也不再轻盈，变得黏稠。不知是旅程的劳顿还是饥饿的作用，昏昏欲睡的我整个人仿佛跌进了时光的隧道。那是什么声音？叮咚叮咚……冗长的驼铃轻轻叩响了历史的大门，吱吱咯咯……锈迹斑驳的大门沉重地开启：似血的夕照拉长了楼兰土垣的颓影；昏黄的风沙舞动了莫高飞天的长袖；寡白的细沙掩埋了醉卧沙场的勇士……殒落的文明在沙漠中沉睡；历史的履痕在沙漠中湮灭……

我终于深切地感受到，为什么张承志在寻访《古兰经》所注"两海相聚"的正宗之地时会喟然：不是所有的旅行都是快乐的；为什么余秋雨在踏着古代文人留下的脚印，重游中国"人文山水"时会长吁：这是一次"文化的苦旅"。旖旎的风景怎能掩藏历史的锈圬？旅程的脚步怎堪负载历史的重量？

我们的车继续奔驰在横越了草原和沙漠的环湖公路上。这条公路是青海省为承办"环青海湖国际公路自行车赛"而专门修筑的，油黑的、笔直的公路迤逦地伸向蓝丝绸的天幕与黄绸缎的沙漠相接的地方，那儿还有藏家姑娘用最洁白的羊毛捻成的线，一针一针扎出的白云花边呢！

每年在油菜花烂漫的季节，这条路不仅是勇于挑战极限、挑战自我的各国自行车赛手角逐的赛场，也是青海走向世界、世界了解青海的"天路"。

天路？白云深处真有天堂吗？

看！那儿有个"朝湖"的藏民！

司机话音未落，一个银须白发的"朝湖"老人就和我们的车擦肩而过了。在后视镜中，我才得以看清孑然膜拜的老人。虽然看不见他的脸，但从他佝偻着的背影猜忖，一定是一张沧桑的、黝黑的、肃穆而庄严的面容。他一丝不苟地完善每一个叩头的动作，深褐色的藏袍在风强劲的鼓吹下，宛若一只翩然翱翔的纸鸢。

渐渐地，"朝湖"的老人融化在了那片苍莽的沙漠中，我的心一片愀然。我想起了我的祖辈——扎根在中国沃土上的波斯和阿拉伯商人。在经济不发达、交通工具滞后的古代，只为完成穆斯林最基本的天道五功之一——朝觐，他们或徒步、或骑骡马翻山涉水、漂洋渡海，经历几个月甚至是几年的长途跋涉，最终到达伊斯兰教圣地麦加。

如若没有宗教赐予的力量和勇气，藏族不可能三步一磕头地翻越唐古拉，穿越无人区去朝拜布达拉；穆斯林不可能离乡背井、抛家舍业，冒着卒死异乡的危险去朝觐天房！这些撼然的壮举不都是来自他们对信仰的虔诚和笃信吗？

你若问人世间有公平吗？答案是肯定的，那就是死亡。无论是将相王侯，还是草民布衣；无论你名垂千世，还是你遗臭万年，谁都逃不过"身做稽山土"的宿命。"人，从哪儿来，到哪儿去"不仅囚困了无数先哲的思想，也惊觉着每个人的灵魂。于是宗教适时并明晰无误地解释了人类语言罗列演绎的疑问，驱散了翳在人们心头的忖鄂和惶然，它就是蒙昧中的一盏明灯，就是混沌里的一掬澄水，就是荒芜上的一片绿意，就是浮嚣中的一抹清醒……

白璧德曾经将人生分为三层境界：自然的、人性的、宗教的。其中宗教的亦是最崇高的。世界上每个种族都有自己独特的宗教信仰，且不论孰对孰错、孰优孰劣、孰文明孰愚昧。但无论是拜主的，还是拜神的、拜物的，还是拜鬼的……一切一切的宗教都有一个共性：与人向善、止人为恶；好人进天堂，恶人进地狱。宗教无时无刻不在教诲人们摒弃邪恶、直面苦难、正视宠辱、轻贱钱财，而且将这一精神又渗到了日常生活的方方面面，规范了人们的伦理道德；规矩了人们的行为举止……人类社会因此有了秩序，有了文明，有了和谐、繁荣、进步和发展。

天路？白云深处真有天堂！但任何人都不可能替你修筑一条坦荡的天路，你必须靠自己坚忍、善良、勤劳、勇敢，将你的行动化为一砖一垒，竭你一生的心力去修筑。天路就在你的脚下！正如伊斯兰的天启经典《古兰经》"太阳"章中安拉所教诲的那样："凡培养自己的性灵者必定成功，凡戕害自己的性灵者必定失败。"(《古兰经》91：9—10)

梦完结的地方

每个人的心底都会存留一僻梦之地。有人梦着美国华尔街金融的虚华；有人梦着法国香榭丽舍情调的幽雅；有人梦着罗马古竞技场文明的沦落；有人梦着西班牙直布罗陀海峡宗教的深邃……而我梦着波浪撞击海岸生命瞬逝的震撼；梦着沙漠驼铃响彻历史弥音的怆凉；梦着草原牧歌清唱大自然的淳朴。由于生病失去了健康和行动的自由，它们真的只能缥缈在我梦中的天空了。有次和一位游历过祖国明川秀水的导游朋友聊及我的遗憾，他颇不以为然地说，这太简单了，去青海湖啊！你梦中的美景在那里都可以真实地寻到。对于他的提议，我怎么都觉得有王婆之嫌，谁不说自己家乡美？

后来和很多外地的朋友聊起他们的青海印象，百分之百都会说出三个字：青海湖。原来青海湖是无数人神往的梦幻之境呀！而生在青海、长在青海的我却轻视它、小觑它，颇有几分"只缘生在青海地"的狭隘和漠然。一种迫切想要去亲近它、了解它的冲动油然孳长于心中。于是鼓动两个外地的残友在七月——青海最美丽的季节来到青海，和我一起踏上了寻历梦之天堂的路程。

水美人更美

当都市的浮躁和喧嚣被车窗外豁然开阔的田野取代时,我们三个女孩起初还兴奋地如同飞出了囚笼的小鸟,一会儿惊叹湟源峡群山的嵯峨和苍翠,一会儿唏嘘文成公主"摔镜"的凄美和悲壮,一会儿亢奋油菜花海的逶迤和瑰丽。还津津乐道地给好奇的司机讲述我们几人在网络中如何相遇、相知、相惜,如何相约去寻找梦之天堂的故事。但一百多公里漫漫的路程和清晨五点起床睡意的犹存,再加上其中一个女孩严重的高原反应,我们渐渐安静了下来。

"看!那就是青海湖!"司机师傅叫醒了半梦半醒着的我。揉揉依旧酸困的眼睛,懒洋洋地坐直了身体,伴着同伴的惊呼声,我的眼、我的耳、我的心全然被车窗外的景象虏获了。

水天浑于一色的青海湖竟然跃出了我梦的樊篱,将它的美丽和壮阔毫不吝啬地赤裸在了我的面前——伸手即可触碰的天幕、从天际汩汩涌来的湖水、滟滟阳光下怒放的油菜花……我实在不敢造次去形容它、描述它,怕文字的粗浅轻薄了它,怕文字的脂粉庸俗了它。但又无法压抑那种亟欲吐纳的欲望,还是造次地用文字去匹配了它的美、它的逸、它的绝……它是一座"此地只因天上有"的梦苑仙境;是一位绝世独立、倾国倾城的女子;是一首隽永的小诗,恬淡、清秀,是一阕契阔的咏叹:凝重、雄浑,是一幅将色彩演绎的最纯净、最饱满的画……

司机为了让我们能够更近距离地感受一下远处的青海湖,刻意将出租车停在了路边那片油菜花海旁。

耀在身上微醺的阳光；拂在发梢清冷的湖风；盈满视野金灿灿的油菜花、油绿绿的青草、蓝汪汪的湖水。当一切的幻想变为真实将我们紧紧包裹后，每个人的唇边都漾开了淡淡的笑意，而眼中却蓄满了湿湿的潮气：青海湖，我们终于走到了你的身边！这一路走得多么的不易和艰辛啊！战胜了身体的残障、克服了舟车的繁劳、无畏缺氧的危险（我和同行的一个女孩肺功能都有严重的障碍），只为亲睹你俊秀的芳容、感受你生命的宏博；只为告诉自己、也告诉世人，残疾人完全可以超越地理的极限、自身的极限。我们用微笑回敬了命运的薄待；用残缺诠释了美丽的真谛：美丽是一种坚忍、一种超越、一种达观、一种淡泊、一种无惧……

"这是什么味道？"同行的姐姐突然的发问令我暂时跳出了自我的喟叹和感慨中。

青草的味道、阳光的味道、油菜花的味道、湖水的味道，呵呵！还有……牛粪的味道！总之这就是青海湖独有的味道！而且……这也将会成为日后我们几个残友分隔天涯，在某个黄昏、某个雨夜翻阅这段特殊的旅程，重温我们友情时的味道。

"姑娘们！发钱喽！"我们一行人中唯一的男性、也是年龄最长的勇哥笑嘻嘻地举着手中的门票钱冲我们嚷道，"我们真走运，今年青海湖对残疾人实现了免票制。"

"哇！太好了！"我们不顾周围人讶异的目光，高兴得又喊又叫起来。

其实我们几个过得虽然都不富足，有时甚至有些捉襟见肘，但原本六十元的门票还是可以承担得起的。我们不是为了省下那区区六十元钱而兴奋，而是从免门票这一事件中，我们感受到了政府机构人性化管理的温暖；是一种残疾人被优待、被重视的温暖。令我们万万没有料及的是，这种温暖仅仅是此次之旅的开始，在接下来的一路上，我们感受到了更多、更浓、更深来自于人性真善美的温暖。

"慢点，小心点，大家让一让好吗？"一进青海湖的大门，我们的耳畔就不时传来工作人员温馨、细致的关切之语。这是我们第一次真正接触到原生态的藏族，第一次真切地品嚼出他们民族那热情、淳朴、善良的天性和禀赋。以至于不得不一直用微笑回报他们的我们几个，到了最后笑得脸部肌肉都有些麻痹和痉挛了（这可不是什么所谓的虚伪的礼貌性质的微笑哟！是发自我们内心深处对他们的尊敬和感激，因为笑得实在太灿烂，所以才会出现那种尴尬）。

这次旅行最幸福的当然就是本人了。在乘坐观光车时，不仅全程免费，有工作人员安排的"专车"接来送往；还有了一次极富浪漫色彩的"艳遇"。原本望着"高不可攀"的游览车发怵的我，居然被一个十分帅气的藏族工作人员一下就抱到了车座上。乐得晕晕乎乎都忘了道谢，车缓缓开出后，才缓过神朝渐离渐远的藏族男孩投去感激的一瞥。我想，那逝为盲点的天蓝色藏袍会永远地飘拂在我记忆的天空。

在人生的路上，用感恩的心去拾撷、去珍藏每一份感动，我们就会活得更加快乐和富有。

青海湖近在咫尺了，我们这支"特殊"的旅行团却遭遇了突发状况。一直有高原反应的月儿似乎支撑不了了，看着她蜡黄的脸颊和紫青的嘴唇，我们都心知肚明——她走到青海湖畔的可能性微乎其微了。商量了一番，我们一行四人分成了两组，勇哥陪月儿能走多远算多远。虽然我也感到胸闷气短，但从小生长在高原的我还是可以勉强克服缺氧反应的，再加上有强烈地最近距离"触摸"青海湖的意念的支撑，于是我就陪拄着双拐的阿紫姐姐继续朝湖畔进发。

边走、边说笑、边拍照的我和阿紫姐姐无疑成为今天青海湖畔又一道独特、抢眼的风景。不时会引来游人疑惑、好奇、惊叹的目光，不知是否因今天我们眼中揉进了太多太多美丽的东西，以至于从那些眼光中读到的不是平日的反感，而是美丽的善意。眼中的美会粉饰心中的美，心中的美会装点眼中的美。

青海湖古称"西海"，又称"鲜水"或"鲜海"。蒙语称"库库诺尔"，藏语称"错温"，意为"青色的海""蓝色的海洋"。四山环抱的它海拔相当于两个东岳泰山的高度……心中默默念诵来之前对青海湖做的些皮毛了解，踏着湖风愈来愈紧、愈来愈冷的脚步，我们愈来愈清晰地嗅到了它生命的气息，触摸到了它生命的脉动。

站在人潮涌动的湖堤上，静默地觑视眼前蓝得纯粹、蓝得彻底、蓝得澄明、蓝得深沉的青海湖，我已分不清是我融入了这片蓝，还是这片蓝渗透了我。我的内心时而激昂、时而平静、时而酸涩、时而欢渥。枕着养育了骁勇的藏民族、孕育了悠久的藏文化的这位母亲的臂弯，你就会顿悟生命不单有瞬逝的震撼，也有悠长的静寂；不单有潮汐的暴虐、骄躁，也有波漪的安逸、淡泊；不单有岁月镂刻的巉岩峭壁，也有岁月沉淀的细砂卵石。生命因为多样而华丽，因为多样而精彩，因为多样而富裕。

照相留念是最俗套的旅游方式，不过为了防止日后记忆的褪色和腐烂，这俗套的方式我们还是有必要一用。走到青海湖石碑前，我们才得知照相还要交钱，正当我们踌躇之际，石碑的管理员——一个裹着头巾的藏族妇女走到了我们身边，她用不太流利的汉语和我们交流起来，得知我们是想在石碑前照相后，她立刻转身为我们"清了场"，旋即回过头露出难得一见的笑容对我们说：你们！不要钱的！随便照吧！欣喜万分的我和姐姐于是乎左一个Poss，右一个Poss，享受了一把"明星级"的待遇，在石碑前过足了照相的瘾。

站在能将青海湖全貌收在眼底的制高点，再一次深情地凝望着邈碧的天空和湛蓝的湖水，脑海中不停浮现着刚刚为我们"清场"的藏族妇女，和她那张被岁月的刀斧摹刻的坚毅面庞。这是真实的生活，还是画呢？不，是诗吧！要不为什么每缕碎金般的波漪都闪烁着雨果的诗行？要不为什么每息清风都在吟诵雨果的诗句：

> 世界上最广阔的是大海，
> 比大海更广阔的是天空，
> 比天空更广阔的是人的心灵……

在那遥远的地方

如果说青海湖草原是一位饱经沧桑的老者，那么金银滩草原则是一个不谙世事的少女。它不仅有和青海湖草原一样斟满蓝意的天空、层峦叠嶂的白云，而且它肥美的牧草似少女的春衫，绿得那么青春、活泼和灵秀。就连风也多了几分少女的俏皮，时而轻撩你的长发；时而摩挲你的面颊，时而掀动你的衣袂，时而裹住你的脚步……

难怪"西部歌王"王洛宾一踏上这片草原，就倾心于它、臣服于它，将一生的爱恋、一世的痴情都奉献给了它。如果说是金银滩的空灵逸俗成就了《在那遥远的地方》，那么则是《在那遥远的地方》向世人掀开了金银滩的面纱——看，牧羊姑娘挥着羊鞭从天际绰约走来；听，天籁的牧歌在辽阔的草原上唱响；看，如白莲花绽放的羊群在草间隐约；听，横膈开金滩银滩的河水在潺湲……

扶着隔开草甸与公路的铁丝网，《在那遥远的地方》描绘的画卷如海市蜃楼，须臾间消弭在了茫茫碧穹。阒无人迹的草原上，唯有簇簇云影在萋草间踽踽漫弋。金银滩，这位热情似火的少女仿佛罹患了忧郁症，隔着铁丝网与我们泪眼双凝。

到底是什么伤害了草原炙灼的热情，令它这般的抑郁和悲戚呢? 思忖了许久，我才恍悟，这几年为了保持生态平衡，草原实行了"退牧还草"政策，那"风吹草低见牛羊"的怡然天趣已沦为落满蛛网的往事，封存在了人们的记忆中。

没有了飞奔的骏马，没有了繁星点点的羊群，没有了毡房袅袅的炊烟，没有放牧人高亢的藏歌，草原就如同失去了爱侣，它怎能不抑郁和悲戚？这矮矮的铁丝网不是别人，而是我们人类亲手劈制的渊壑，是隔离现实与往昔、人类与自然的渊壑。

人类——大地的代治者，一度忘却了镇尼易卜劣厮是怎样教唆阿丹夫妇去接近那棵树的警训。在欲望的蛊惑和唆使下，无度放牧，滥挖虫草，滥采金矿。掌管清算日的真主用一个个灾害性的迹象——昏无天日的沙尘暴、草原急速的沙化……给了人类警示。人类终于幡然醒悟，清算日不仅仅是末日的清算，而是对人类每时每刻的行为进行的清算。如果蓝天、碧海、净水夭亡在我们的双手上，那就不是"只是当时已惘然"的嗟叹与追悔了。建筑在毁损、戕害大自然之上的利益是廉价的、愚蠢的，也是短暂的！

此刻我又开始庆幸人们设置了这道矮矮的铁丝网。记得印度哲学家奥修曾经这样说过：要看一种东西，距离是必须的；要有一种透视，空间是必须的。那么正因为有了这道铁丝网，人类与草原才有了距离，有了空间，我们才可以用感恩的心去审视草原的美，审视草原的价值，也懂得与自然和谐相处才是人类发展的长远道路。

微眯起双眼展开手臂，白云在头顶汩汩地流动着，风在指尖、耳鬓轻柔地流溢着，牧草在脚下欢快地舞蹈着。

看到了，我再次看到了簪着金露梅的牧羊少女手挥着羊鞭，雪白的小羊羔傍在她的左右撒欢；听到了，再次听到了马嘶牛鸣犬吠，听到了少年吟唱纯纯的爱慕——《在那遥远的地方》，婉转的歌声越飘越远，最终飘向了彩云的故乡……

因为我们没有提前预订风情园的包房，在哪儿填饱早已高唱"空城计"的肚子就成了亟待解决的难题。热情的工作人员最后为我们在大草原边上安排了一个极特别的餐厅——蓝天当顶、草原为毯、远岫做幔，再加上清风伴唱，落英伴舞，这不是比什么塞纳河畔喝咖啡、莱茵游船上吃西餐更浪漫更诗意吗?

一阵"风卷残云"后,我们端起盛满清泠泠的三江源头之水的水杯,一切的情绪都融在了盈盈泪眼中,一切的祝福都如鲠在喉。亲爱的朋友们啊!明天我们就要挥手惜别、各奔天涯了。短暂的相聚深浓了我们的友情,相互的勉励鼓舞了前进的勇气,陌生人们的帮助驱散了心中的寒意。来时我们的行囊很重——尘世的浮华、虚妄和逼仄;走时我们的行囊很轻——严酷的环境不一定会摧枯生命的色彩,残缺的身体不一定会折损梦的完整。只要有阳光、只要有爱,梦就会有振翅高飞的一天。

别了,美丽的青海湖;别了,美丽的青海人;别了,亲爱的朋友们。

父 亲

  窗前那株柳树上最后一片枯叶无奈于凄恻寒风的淫威，缓缓地落在了我的窗台上。一滴清泪溅落了我的思念。父亲，你离开的时候这株柳树刚刚开始泛青，如今它还是无法逃脱秋残枯萎的宿命。树犹如此，人何以堪？明年柳树依旧会萌芽，而你却永远不再回来。
  对于你的过世，我一直用"离开"二字。我不想，更无法用"死"这个残酷、冰冷的字眼。村上春树说："死并非生的对立面，而作为生的一部分永存。"你的"离开"对我而言只是换了一种形式的存在，只是"离开"了我的生活、"离开"了我的视线，却从来没有"离开"过我的心、"离开"过我的世界。若干年以后，我们一定会在后世永守、永伴，对吗？
  可是，父亲啊！你走得过于匆忙、过于猝然，连"再见了，我心爱的女儿"这样简单的一句道别，都吝啬地未曾留给我。你知道吗？你昏迷的那九个日夜，对我来说是九年、是九个世纪的漫长。每一分、每一秒，我的心都被一种无可名状的东西噬咬着、撕扯着、灼炙着。惶惶然、噩噩然的我不知道该做些什么，能做什么，唯有一次次地向安拉祈祷，祈望安拉能慈怜一个女儿的无奈与无力——留下她山一样依靠、依恋的父亲。
  从看到你"埋体"的那一刻开始，我如同梦呓般重复地问着旁边的人：我该怎么办……我该怎么办……没有人回答我，没有人能回答我。渐渐地，我的梦呓微弱了，消失了。因为受了强烈的刺激和精神压力我失音了。在无声的世界里，四月的骄阳炙白了我的春天，从此我的春天失却了色彩……

说实在的,这个世界上恐怕没有比我更不孝顺的女儿了。我一出生就给这个家蒙上了不幸的阴霾。一直给我看病的老中医的一句话深深烙在了我心里:小姑娘,你的命是你父母从死人堆里捡回来的,你长大后一定要孝顺你的父母。

　　怎能忘记爸爸和妈妈抱着襁褓中的我辗转于各大医院,在一次次的希望、一次次的绝望中,你们始终都没有过放弃的念头。亲戚朋友都善意地劝你们:放弃吧!这孩子就算活下来,将来也是个累赘。但是你们丝毫没有动摇过,每个星期两次奔波在家和医院的路上,风雨无阻;每天都守在浓烟滚滚的煤炉前为我煎药,跃动的火苗一次又一次延续了我的生命。为了支付昂贵的医疗费,你不得不晚上又去兼职。那时的我总是趴在窗台上等待披着夜色回家的你,等待一身疲惫的你把我抱在怀中,给我讲那个烂记于心的故事,这样我才能酣然入睡。

　　在你的溺爱下,我拥有了一个无忧无虑、色彩斑斓的童年。

　　自从我考入重点高中后,课业的负担、竞争的残酷使原本体弱的我更加憔悴了。你知道,我是个万事求全求美的孩子,不到爬不起来,绝对连一堂课都不会落。你一方面为我的成绩骄傲,一方面又担心我能否承受得了如此巨大的压力。为了缓解我的压力,那时每个周末,你都会带我去划船,去爬山。清波漾漾的湖面上,苍翠的山林里都留下了我们父女的欢笑声。

　　还记得那次你带我去爬北山,突然下起雨来,山路变得泥泞不堪。你怕我摔跤,执意背着我一步一滑地下了山。现在"爬山"成了我跨越不了的心理障碍。记得你刚刚过世的那年夏天,我去妈妈的老家散心。面对着嵯峨的大山,我告诉自己,如果能自己爬上去,就能从悲痛中解脱出来。然而刚刚走了不远,一对手拉着手从我身边走过的父女击溃了我的决心。我彻底放弃了,因为遗忘父亲,甚至淡忘父亲都是我无法承受的重。

　　人的一生如同暗夜中行路一般,下一站是充满郁香的花园,还是万丈的渊壑,只有你真正踏入那地方谜底方能解开。我一直以为我可以考入自己梦寐以求的大学，一定会有一个很美好的前程，万万没有想到，病情的突然恶化让我失去了上学的机会。加之医生断言我的病根本无法医治，只能无奈地等待，等待痛苦彻底解脱的那天。我沉沦了，以前那个活泼开朗的我变得喜怒无常起来。对于你每次的耐心规劝，我充耳不闻，依旧消极地面对生活，如同行尸走肉般虚耗着光阴。终于，忍无可忍的你第一次严厉地呵斥我。我压抑许久的委屈与愤怒也如火山一样喷发了，我歇斯底里地冲你嚷道，反正是死，早一天和晚一天有什么区别，早一天还是一种解脱。你愕然地望着我，你们一直以为将我的病情对我隐瞒得很好，可怎么都没有料到我会那么清楚地了解。你眼光中那点微乎其微的愤怒被无尽的忧伤所淹没，缄默了许久转身离开了，你悲怆的背影至今铭刻在我的记忆里。现在回忆起来我除了懊悔还是懊悔。

其实在与病魔对峙的这些年，你和妈妈每天都担着一份心。每次发病的时候，全家都会笼上一层窒息的阴翳。我吃不下饭，你也不会有任何胃口；我睡不着觉，你也会彻夜无眠。因为疼痛，我细微的蹙眉、无意的呻吟都会牵动你的神经，会剐痛你的心。还记得那次我陷入了昏迷，感觉有无数的荆棘不断划破我的身体，殷殷的鲜血模糊了我的视线。在无尽的黑暗里我不停地下沉。我真的决定放弃了，任由自己不停地下坠。冥冥中我听到了你的呼唤，你哀怨的呼唤把生的希望和勇气重新注入我的血液。当我睁开眼睛时，第一个看见的是你溢满泪水的双眼。我明白了，我的生命不仅仅属于自己，更属于你和妈妈，属于这个家的，我没有权利放弃自己。从那以后，我鼓起勇气重新站了起来，我不会屈服于厄运的摆布，因为我有爱，你们的爱就是我活下去的动力和源泉。

在这几年中，你们一直四处打听有没有治疗我的病的方法。多少次因为盲目的相信，被那些庸医所骗，可你还是不肯放弃任何渺茫的希望。当得知一所大型医院可以治愈我的病时，你和妈妈的那份欣喜犹胜于我。当时医生说出了一个近乎于天文数字的医疗费。你很平淡地对医生说，就算砸锅卖铁也会让我接受治疗。可我怎能忍心让垂暮之年的你们再背负如此沉重的债务负担，更不忍心看到你低三下四地去求别人。我郑重地对你和妈妈说，我不治了，我的生命本来就没有多少意义，能活几天对我来说根本没有任何区别，我现在已经很满足了。你含着泪说，我在这个世界上多存在一天，对你和妈妈就是莫大的欣慰，那就是我生命存在的意义。

因为你的人缘极好，大家都倾其所有为我凑足了医疗费，我如愿地住进了医院。在住院的那段时间，看着一张张令人心寒的化验单，我们的心都沉入了谷底，虽然我们极尽掩饰这种绝望，可那份绝望还是写在了我们的眉蹙间。每天晚上你都会打来电话，看似只是聊聊家常而已，我又怎么会不明白你的用心良苦？你是担心我的情绪受到影响，你怕我会承受不了这样残酷的事实，因为那些化验单无疑都在说明一个残酷的事实，我的病情还在继续恶化。我多想大声地告诉你，爸爸，我已经长大了，不是那些年前的我了，你不用再为我牵着心了，我已经能够很淡然地面对这一切了。

最后虽然还是由于某种原因我没有能够得到治疗，可我没有一丝遗憾。因为我得到了这个世界上最宝贵的东西——爱。我不再叹息命运的不公，我用一种达观的态度去面对生活。借用一句苏东坡的诗："回首向来萧瑟处，归去，也无风雨也无晴。"我的人生虽然没有值得炫耀的地方，甚至可以说是失败的。可我毕竟靠自己不屈的意志活了下来。我知道我这叶风浪中跌宕沉浮的扁舟之所以没有沉没是因为我比任何人都幸福，因为我有这个世界上最无私的父母的爱。

厄运的魔影自始至终尾随着我，不肯让我有一丝一毫喘息的机会。我怎么也没有想到最爱我的你会被病魔夺去生命。父亲，你违背了与我的十年之约啊。记得我刚刚出院的时候，你安慰我说，没关系爸爸和妈妈会陪你十年。如果我能够活那么久的话，你和妈妈一定会陪伴着我，不会让我孤零零地留在这个世上。我明白你是多么的爱我，多么的舍不得我。在你刚刚动完手术的时候，医生那么大声地喊你的名字，你一直处于昏迷状态。最后姑父把我带到你的床前。我含着泪伏下身体在你耳畔轻声地唤了一声，"爸"，你奇迹般地睁开了眼睛。当时所有在场的人都流泪了。

可奇迹仅仅在那一瞬间消失了，死亡的魔爪最终还是无情地将你从我身边带走了。现在每次远远地看见我们家那熟悉的红色的屋面，我的心就会感到无法言语的空荡和悲戚。这个家永远失去了往昔的欢愉和温馨。

父亲，你用你的生命诠释了爱的真谛。爱，不是获得，而是给予。给予别人爱远比获得爱更有意义，更令人愉悦。爱是无私的，只问付出，不求回报的爱才是真爱。爱是雨露、是阳光，它会让一颗枯萎的花重获新生，会重新开枝散叶，开出绮丽的花。父亲，我会做一个让你永远骄傲的女儿，用一生中最后的美丽去实现我的梦想。父亲，我要说一句在你生前未来得及说的话：爸爸，我永远爱你。

世界，过路人

站在窗前，我恣意地放逐目光的脚步。蓝天，白云，花坛，小径，行色匆匆的那些"相逢"却不"相识"的邻居。我的"脚步"在这个熟悉而又陌生的"世界"徘徊徜徉。我倚着窗喃喃，世界到底有多大？

世界有多大？一旁悠闲地嗑着瓜子看电视剧的姐姐讶异的目光，让我觉得她发现了星外来客。继而她一阵狂笑，3岁的孩子都知道，世界无穷之大。

不然，不然。我用力敲敲窗户，喏，世界就只有这么大。

她走过来摸摸我的额头，无不担忧地说，"小妹，你最近实在太累了，休息休息吧！"

"意欲取琴弹，恨无知音赏。"哎，的确是"话不投机半句多"。就让我继续在窗外的"世界"里踽踽独行吧。

泰戈尔的《飞鸟集》里有这么一句话："我今晨坐在窗前，'世界'如一个过路的人似的，停留了一会儿，向我点点头又走了过去。"浅学的我对大师名句的理解有些偏颇。"世界"有多大？不就是你、我、他每天能够看到的那被窗户切割的"方寸"之大吗？

窗外的世界。晴空邈碧，阴翳幽晦，朝霞如火，暮云似血。眉月孤冷，玉壶娇媚。浩浩天街凉如水，遥遥牛女空牵念。独自凭栏，和诗仙一起"卷帷望月"，一起幽发"今人不见古时月，今月曾经照古人。古人今人若流水，共看明月皆如此"的喟叹了。

窗外的世界，春光滟滟，夏雨霏霏，秋风瑟瑟，冬雪皑皑。初春，草儿们争先恐后地泛青发芽。残秋，又相约着一同枯死黄萎。一株株的千叶桃、蔷薇花。一夜春雨的滋润下、一团团、一簇簇立于枝头昭示一季的繁华。一阵春风袭过之后，簌簌地落了一地春意的阑珊。"草木零落，美人迟暮。"人的一生也不过是草木的一季而已。

清晨，窗外走过一个男学生，瘦弱的身躯、厚重的眼镜、灵动的双眼、沉甸甸的书包、匆匆的脚步。他永远是第一缕晨曦的伙伴。然而他却没有闲暇欣赏朝霞的绮丽与壮观。他的目光永远停留在手中那不知是英语单词还是数学公式的小本本上。"惜时如金"的人才懂得用"现在"的努力，去谋求一个如同朝霞般绚烂的"未来"。

窗前走过一对中年夫妇，女人怀中抱着结婚十几年后才盼来的新生命。男人时不时地轻轻掀开襁褓看着里面熟睡的婴儿。他眼角的鱼尾纹里凝结了世界上所有的幸福。幸福是什么？就是宝宝咧开没有牙齿的小嘴，涎着口水那憨憨的一笑，就是胖嘟嘟、粉嫩嫩的小脸散发着的那郁郁奶香，就是咿咿呀呀的"天籁之音"。子女是父母的小棉袄，是父母的希望，是父母的一切。

窗前走过一位拄着拐杖的中年男子，他是脑溢血后遗症患者。一年前他步履蹒跚还如一幼儿，如今他已经能够拄着拐杖"行走"了。走累了，停下来休息时,总会去欣赏一番花草。他可能在叹赏花草的生命力之旺盛，花草亦在感叹他生命力的顽强。跨越生命的荒原就是绿洲，穿越生命的寒冬就是春天。

窗前走过一位龙钟的老孀妇。花坛的石凳上每天都有她茕茕孑立的身影。她混浊的双眼茫然地望着院子的入口，总是眼巴巴地渴望有个人能过来陪她聊聊，能听听她祥林嫂式地叙述自己悲惨的境遇：去年老伴去世了，留下孤苦伶仃的她，儿女都在外地工作，难得回家来看看。老伴怎么会走得那么急呀……说着说着泫然泪下。闻者却只能感慨一番，至多为她落下几滴同情之泪，以后见到她都会远远地躲开。每每望着老人，我就会想起那伫立于萧飒秋风中的老槐。一生栉风沐雨耗尽了心力，风飒飒,叶萧萧,仅存的几片秋叶在无望地等待,等待让它们归根的那一刻。

窗前走过的人形形色色,窗前发生的故事零零碎碎。

世界能有多大,不就是在方寸之间吗?

行善,今天你做了吗?

安拉说:"谁赞助善事,谁得一份善报;谁赞助恶事,谁受一份恶报。安拉对于万事是全能的。"(4∶85)

按照理论来说,中国穆斯林的慈善公益事业应该是最容易实现的。因为没有哪个宗教像伊斯兰那样,认为扶危济困、行赍居送不仅仅是一种道德自觉,更是一种信仰要求。作为人类道德行为指针的《古兰经》就曾无数次将"行善"提升到了与"信道"同等的地位:"信道而且行善,并谨守拜功,完纳天课的人,将在他们的主那里享受报酬,他们将来没有恐惧,也不会忧愁。"(2∶277)"你们应当信仰安拉和使者,你们应当分舍他所委你们代管的财产,你们中信道而且施舍者,将受重大的报酬。"(57∶7)"你们绝不能获得全善,直到你们分舍自己所爱的事物。"(3∶92)面对在所难免的贫富差别,伊斯兰甚至规定了则卡提(天课)、赛待盖(施舍)、宰牲、罚赎、许愿金、卧格夫(宗教基金)等12项义务性慈善制度,平衡财富,缩减贫富差距,以帮助社会弱势群体。所以我们可以这样说:有伊斯兰的那天起,就有了穆斯林的慈善公益,伊斯兰是信道与行善的完美结合。

然而现实却不容我们乐观,"一对一"的个人施济方式显然不能承担起一个群体的慈善公益;而在穆斯林的传统意识里,能够同时完成"拜功、天课"两项天命的清真寺也已经不履行或很少履行其慈善功能了。施者与受者失去了中介媒质。这势必出现一个问题:穆斯林有困难该向谁求援?

而穆斯林为了获得安拉的喜悦而积极行善的欲求该由谁去实现？

伴随着改革开放的不断深入，人们的物质、精神、文化的需求呈现出了多元化的趋势。20世纪90年代，一些民间慈善公益组织顺应时代发展的需要应运而生，中国穆斯林慈善公益事业当然也纷纷破土，自觉地肩负起穆斯林慈善公益的历史使命——贫困地区医疗救助、教育救助；弱势群体尤其是留守儿童、鳏寡老人的关爱。它们以社会化、经常化、规模化，这些单个慈善活动和个体慈善行为所无法具备的特点，关照着贫困穆斯林生存的方方面面。但对很多中国穆斯林来说，穆斯林慈善公益事业还是一个比较陌生的名词，受普通大众的关注程度相当低，受支持程度更是可想而知。因此，慈善基金的来源就成为每一个民间慈善公益组织无法回避的困难。毕竟国外慈善基金和为数不多的几个企业家的力量是有限的，穆斯林慈善公益事业的可持续发展，需要的是你、我、他，所有穆斯林同胞的积极关注和大力支持。

但是，作为一个生活在中国的穆斯林，你知道你身边有多少民间穆斯林慈善公益组织吗？你又参与了多少这样的慈善活动？你知道他们用自己的脚步丈量了多少穆斯林的贫困地区及其生存现状吗？你知道他们因经费问题，而眼看着一个个穆斯林大学生不得已而放弃走出大山的梦想时，那种无法表达的心痛吗？你知道他们因为没有合适的项目，而眼看着活生生的生命一步步走向死亡时，那种无法言说的自责吗？你知道他们因为遭受"拿着众人的乜提而大张旗鼓地做慈善，不就是为了沽名钓誉"这样的诽谤时，那种从不辩解的苦笑吗？是的，穆斯林的一切行为只看你有没有端正的举意。

其实，一直以来都有这样的举意：为中国穆斯林慈善公益事业发出一点微弱的呼吁。今天，当我看到中穆原创文学里的一篇文章后，觉得应该写点什么了。虽然只是短短的几行字，但它代表着我这样一个一直关注穆斯林慈善事业的普通穆斯林的心声——中国穆斯林慈善公益事业的健康发展，是我们每一个穆斯林义不容辞的责任和义务。

行善，今天你做了吗？

那一天,那一年

色兰!

今天,我很荣幸能以一名同心志愿者的身份站在这里,和大家一起分享我的志愿心得和感悟。

时间总是在不经意间悄然流逝着,像一息风,像一闪光,有没有痕迹就看你做过些什么,做了些什么。

犹记得三年前,也是在这样一个天寒地冻的时节,我来到了青海回族撒拉族救助会。其实,来这里之前,我只是一个《绿荫》杂志的投稿人,完全没有要成为一名志愿者的举意。因为"志愿者"三个字对我来说太过陌生、太过遥远。志愿者是什么?不就是充斥在各类报刊杂志的一个时尚名词吗?不就是各种大型活动上,那些用青春汇聚成的绚丽风景吗?似乎,这一切与我格格不入。

还记得那时朋友对我说:"来看看吧!或许能成为你写作的一个元素。"想想作为一名作者,能够感受不同的生活,品味不同的人生,未尝不是一件好事?于是,我抱着猎奇的心态,参加了那期大学生志愿者的培训活动。

那是一个怎样的世界?我无法用言语去形容。只觉得那一天,室外,滴水能够结冰;而室内,哪怕是百丈的冰澜都能顷刻间被授课老师渊博的知识和激情昂扬的讲解,被同心志愿者的青春和热情统统融化掉。后来,我才知道,这些授课的学者、阿訇以及各个领域的成功人士,都是以一名普通志愿者的身份参与到救助会活动中的。那一刻，我被深深地震撼了，原来我的身边也有这样一个群体，他们利用自己的时间、自己的技能，不为报酬，自愿为社会和他人贡献自己的绵薄之力。也是在那一刻，我重新认识了什么是志愿者，什么是穆斯林？是的，每一个穆斯林都应该是志愿者，因为自从有了伊斯兰的那天起，就有了伊斯兰慈善公益事业；因为伊斯兰是信仰与行善的完美结合。

也许正是掂出了同心志愿者这枚胸章的分量吧？我虔诚地向安拉举意，将那一天的志愿者生活延续为那一年、那一生的志愿者生活。

这三年里，我积极参与了救助会的各项活动，大学生志愿者培训、贫困地区医疗义诊、古尔邦节慰问活动等。

与此同时，我还随救助会走访了很多青海境内的贫困山区。说真的，没有到过这些坐落在"山那头、路尽头"的村庄，你就无法想象，触目惊心的贫困不只发生在电视纪录片的镜头里，更发生在我们每一个人的身边。

2010年的寒冬，我第二次随救助会走进了平安县洪水泉乡，去做"关爱留守儿童"的活动。说句心里话，和儿童接触，我有种天生的拒斥。我怕她们毫无恶意、却又毫不掩饰的目光，对有残疾的我来说，那种目光有时会是一根针，往往会刺向我的痛处。犹豫再三，我还是去了。可能是有这种心理障碍吧？到了洪水泉小学，我远远地躲在了孩子们的后面，躲在了孩子们的兴奋之外。这时一个小女孩吸引了我的注意力。洪水泉由于地处山区，冬季异常的寒冷，厚厚的羽绒服都难以抵御山风的肃冷，我们从下车开始就被冻得瑟缩发抖。而坐在我前面的那个小女孩却只穿着一件薄薄的毛衣，小手、小脸上都布满了冻疮。当时与我们同去的张琪老师怜爱地摸了摸她的小手，然后悄悄告诉我，冰得像小石头。我看见张琪老师眼眶里盈动着点点泪花。我又何尝不是呢？为了不让泪花泛滥成泪海，我匆忙转过身去。

窗外，洪水泉的天空是那么的湛蓝，白云是那么的清逸。可是，同一片蓝天下，人们的生活竟然是这样的天壤有别。她们不是和城里的孩子一样，都是天园里的花朵、祖国的未来、民族的希望吗？而城里的孩子已经开始因营养过盛而在为减肥发愁的时候，这些山里的孩子依旧在温饱线上苦苦地挣扎；城里的孩子因上所谓的名校而一掷千金的时候，这些山里的孩子却因高昂的学费放弃了走出大山的梦想……要走了，我在人群中极力搜寻那个小女孩的身影。当我再次看见她时，她穿着我们志愿者送给她的一件小衣服，远远地看着我们灿烂地微笑着。我回味着同心志愿者的那句宣言："每个人都可以让这个世界温暖一点点。"小妹妹，你冰冷的小手我们可以捂暖，你冰冷的心我们能捂暖吗? 你冰冷的梦我们能捂暖吗? 还有多少这样的手、这样的心、这样的梦等着人们去捂暖呢?

就像我们的老义工冶真哈吉对一位心理学博士所说的那样，每次做完活动回来的路上，我们的心情都会异常的沉重。回想起那一张张求知若渴的稚嫩脸庞，回想起那些饱历贫困，却依然充满希望的老乡们，我们的心情怎能不沉重? 因为我们深知，几个有识之士、几个爱心人士、一个救助会的力量毕竟是有限的。关爱、帮助这些贫困人群不是几个人的责任，而是你的责任、我的责任，是整个社会的责任啊。

写到这里，我想起了第三届宗教与慈善公益事业论坛时，我文章里的结束语："要知道，你的一份善，或许能点亮一个人的梦。"回首自己由一个救助会的旁观者逐渐成为一个参与者的点点滴滴。虽然，我也明白，参与救助会的活动时，我几乎起不了什么作用，有时候还会给工作人员添麻烦，但我一如既往地参与着。我始终坚信——正是因为有了一滴水、两滴水的汇聚，才有了大海的浩瀚；因为有了一棵草、两颗草的渲染，才有了草原的苍莽；因为有了你的善、我的善，才有了社会的和谐……所以不要小觑一份善的微不足道。只要安拉意欲，你的一份善，或许真能点亮一个人的梦……

真实到底离我们有多远

　　金志爱望着潘玉龙："女人都是一样的，需要真心的爱。我比你的那个妹妹，更需要真爱。我不缺金钱，不缺一切，我只需要忠诚，只需要一个真实的、透明的人，你是这样的人吗？"

　　潘玉龙点头："……我是。"

　　……

　　在一个多雨的初秋之夜，海岩小说《五星饭店》中这段男女主人公之间简短的对话伴着斜斜的雨脚，在如漆的夜幕上无声地噫叹。

　　这是一个讲述"真实"的故事，讲述一群将"真实"作为人生追求的年轻人成长的故事，讲述"真实"如何在这个充斥着物欲与情欲的尘嚣中艰难、而又执着坚持的故事。那么在作家的心目中"真实"是什么？衡量"真实"的圭臬又是什么呢？

　　世界上的一切，都是美好的，都是真实的。友谊、爱情、荣誉和成就，一切都是真实的……真实是追求；也是清醒……

　　《五星饭店》中汤豆豆的话无疑代表着作家对"真实"二字的阐释和希冀。

　　是的，从我们出生那天起，家长和老师就将我们罩在一个亦梦亦幻的玻璃球里：世界上的一切都是美好的，生活处处充盈着初晓第一缕潋滟的曦晖；粉饰着昳丽的鲜花；馥郁着清新的香气……玻璃球中的我们都应该是翼动洁白翅膀的天使，捧着水晶般剔透的性灵。然而有一天奔跑在人生路上的我们突然摔倒了，身边的人只是潦草地给我们的伤口贴上一片创可贴，然后冷漠地说：不许哭，哭泣是怯懦的表现。于是我们学会了敛藏生命中的第一种"真实"——情绪的"真实"。伴着成长的足迹，我们的视野愈来愈远博，舞台愈来愈广阔，我们愕然发现曦晖下可以藏匿暗陬，鲜花下原来躲避着败叶。

小说中的汤豆豆和金志爱都是奉"真实"为人生目标的人。汤豆豆在追寻"真实"的成就与荣誉时，现实将另一种"真实"赤裸地展现在了她的面前——鲜花和掌声的背后居然是肮脏、龌龊的交易，"真实"的过程却得不到"真实"的结果。须臾间，她的信仰颓圮了、瓦解了。金志爱在尔虞我诈的浊世苦苦寻觅一座洁净的"雪山"，在和潘玉龙建立在危难中如雪一样纯洁的感情却在金钱面前不再美丽、不再光彩，变成了一种伤、一种痛、一种破灭、一种绝望。"真实是追求，也是清醒"，清醒的过程就是失望的过程，最终她无奈于"也许只有金钱才是最'真实'的"……

诚然，"现实是真实的一部分"，现实中的确存在着诡诈、谎言、欺骗、虚伪……我们能视而不见吗？我们能讳莫如深吗？答案是肯定的，不能！在这个以利益为最终目标的世界里，有多少人甘愿被金钱奴役着、被名誉驱赶、或者被不道德的情感虏获呢？对现实中"真实"的妥协，必然导致对"玻璃球"中"真实"的疏离，更有甚者可以称斤论两地贩卖"真实"，毫无顾忌地背弃"真实"。

想到这里，窗外的夜雨兀然骤急起来。我一阵背凉，莫非作家真是旨在传递给读者一种"识时务者为俊杰"的信息吗？要想生存，要想成功，我们真不能有古人"世人皆浊我独清"的狂狷与豪气吗？

不，真实不单单是一种生存状态，而应是一种生存态度。曾经有人这样问过我：难道我们只能向世俗妥协吗？我不知道该如何回答这位站在世界大门前怯怯觑探的小女孩。世俗，不正是现实的真实吗？眼看着现实的"真实"正一层层剥蚀着这些初涉世事孩子们身上的青涩和纯真。这是多么可怕又可悲的事情啊！思忖了许久后，我坦然地回答她，我们不可能游离在世俗之上，"闲云野鹤""仙风道骨"那都太过于理想化和虚拟化了。毕竟我们是生活在世俗中的。生活在世俗中并不代表我们会沉溺在世俗里，被世俗同化。我们能做的，就是在世俗中坚持自己，做回那个最"真实"的自己。那么什么是"最真实"的自己呢？那就是不否认潜藏在自己内心的欲望，但会用一个"真实"的过程去追寻欲望的峰级。也许结果并非如我们期待的憧憬的那般完美或美好。但我们收获了一个"真实的自我"和"有密度的人生"！看吧，漆夜再深沉再漫长都会有无数明亮的灯火在闪烁，现实再阴晦再肮脏也会有无数纯洁质朴的灵魂在歌唱。

　　"真实"离我们并不遥远，因为"真实"就在你我的心中。

正对窗的座位

我连续几天都被一种情绪纠绕着,仿佛深秋的红叶黄花都落在了心头,层层叠叠、厚厚实实、凌凌乱乱。往事的影像在灰蓝色的天幕时而清晰时而模糊时而叠交时而支离,忘却和记忆孰优孰略,孰更加容易?于是和一好友相约去喝咖啡。

因为是周一,而且是下午时间,咖啡馆里冷冷清清。《Over the rainbow》的轻音乐曲和着郁郁的咖啡香气弥漫在整个空间,墙壁上挂着的《蒙娜丽莎的微笑》优雅得有些凄然有些肃穆,是光线的昏暗还是……

在选择座位时,好友突然问我,如果你走进一间空荡荡的咖啡馆,会选择哪个座位? A. 临窗的座位;B. 靠吧台的座位;C. 角落的座位。在迟疑了3秒后,我回答:"正对着窗户的座位。""正对着窗的座位? 临窗的座位!"好友纠正道:"不,是正对着窗户的座位。""没有你说的答案,是选择临窗的座位吗?""不,不是,是正对着窗户的座位。"我的执拗好友已经领教过很多次,因此她选择了反问,为什么是正对着窗户的位置?我微微一笑,没有做回答,托着腮,目光跟随正对着的窗外那些行色匆匆的脚步开始了一次心路之旅。

窗外,对于我来说是目之所及的世界,是尘世,是人生。正对着窗,是一种态度,是正对世界、正面尘世、正视人生的一种态度。我曾经有篇习作《世界,过路人》,就有人问我,文章是不是过于理想化?我告诉他,里面的人物没有一个是虚构的,都是鲜活活地生活在我周围的人。"文学来源于生活"，生活中的闪光点除了眼耳可以捕捉到外，更应该如同海伦·凯勒一样用心灵去捕捉，用思想去感知世界，感受生活，感喟人生。

不知是命运的眷顾还是薄待，我的成长路程比起常人多了很多的石磊和坑壑，这些阻挡在面前的困难我无法绕开也无法躲避，只能进行赤裸裸血淋淋的搏斗。鲁迅先生的《纪念刘和珍君》有这样一段话："真的猛士，敢于直面惨淡的人生，敢于正视淋漓的鲜血。"虽然我不是什么"猛士"，可我也不愿意做怯懦的逃兵。

因病辍学时，面对的是梦想的破灭。曾经支持我忍着病痛挑灯夜读的梦想，曾经支持我将笔绑在手上完成作业的梦想，曾经支持我挂完点滴赶往课堂的梦想，在一个飘着霏霏秋雨的早晨破灭了。在完成梦想和延续生命间，我选择了延续生命，虽然有些"苟且偷生"的况味。然而因为我选择了面对，看到了在这个世界上有想成为科学家的商人，有想成为音乐家的清洁工，有想成为"国脚"的工程师。也就懂得了梦想是儿时的方向，却由于际遇的不同，方向也随之改变了。方向改变了，梦想的彼岸也就有了不同的风景。什么是梦想？踏踏实实地去为了生活而生活也是潜藏在生命实体中的"梦想"，只是它缺少了"光环"而已。

因病失去健康时，面对的是镜中伤残的躯体，面对的是路人异样的目光，面对的是青春残破的仓促。寻不到武陵人的遁逸之所，又不能像契诃夫笔下的"套中人"般的滑稽。因为选择了面对，灿烂的笑容美丽了面庞，欢快的笑语粉碎了自卑。花的宿命就是绽放，没有绚丽的色彩，没有馥郁的香气，难道它就不是"花"了吗？

因为面对，学会了放弃。因为放弃，懂得了珍惜。

因为面对，学会了接受。因为接受，懂得了感恩。

因为面对，忘记了埋怨，忘记了仇恨，但得到了爱……

走出那道门，你会看见阳光

——观日本电影《我们在黑暗中相遇》之感

如果你随意询问一个人，印象最深刻的日本电影是什么？我想百分之九十九的人会不约而同说出一个名字——《追捕》。是的，在20世纪80年代初期，一部《追捕》将一股日本影视的强热风暴带到了中国。那扣人心弦的故事、跌宕起伏的剧情、世界最MAN男人高仓健倾情的出演，彻底颠覆了中国长久以来以社会意识形态为主流思想的影视模式，给了人们全新的视听冲击和震撼。而后有金童玉女之称的山口百惠、三浦友和合演的电影《伊豆舞女》《远山的呼唤》等，令这股风暴愈燃愈烈，红遍了整个中国大陆。

近几年，日本电影一直处于低迷状态，它无法与美国科幻片的宏大怪异媲美；无法与印度歌舞片的热烈奔放伯仲；无法与中国文艺片的细腻深邃比肩。然而它对人性私密孜孜不倦的窥探，真实的挖掘与放大的演绎，如同午后一道精致、独特的茶点，在细细咀嚼品味后一定会唇角余香轻绕……

2009年的钟声刚刚敲过，没有一丝睡意，打开电脑敲出电影列表，一个独特的名字吸引了我——《阳光女孩黑夜男孩》（别名《我们在黑暗中相遇》）。

一个落满晨光的窗户被轻轻打开，涌进窗户的晨风微拂着一个美丽的面庞，轻舞的白色窗帘和女孩黑色的短发，令整个画面充满了生命的香气。站在窗台对面机车月台上候车的男孩扬起脸凝视着女孩，继而他唇角也漾起和女孩同样的、比清晨阳光更灿烂、更明丽的一抹微笑。

女孩是个盲人，和父亲相依为命，一场事故令她的世界从此一片黑暗和混沌。但在父亲细心的呵护和照顾下，她的生活依然有序地快乐着、幸福着。道完晚安后，昏暗的台灯下，父亲一字一句用盲文为心爱的女儿写着生日贺卡。然而噩运总是潜伏在每个幸福的人身边，随时会伸出它的恶爪掠夺走你的那份幸福。女孩的父亲在她生日那天意外身亡了。父亲葬礼那天，狠心的母亲隔着没有尽头的铁道站在雨中，女孩凄厉地呼唤妈妈的声音被雨点打湿、打落，变成一汪汪绽开水花的积水……

画面越来越模糊，我这才蓦然发现我早已泪流满面。

是啊！沉浸在亲情包围的幸福中时，我们从来不会去设想有一天父母会离开我们，我们必须独立地去面对这个世界，面对这个世界赤裸裸的残酷和真实。直到有一天，父亲平静地、安详地躺在那儿，任你怎么呼唤、怎么哭泣，他都不会再睁开眼睛、不会再冲你微笑、不会再放纵你的任性和无理时，你才会悟得成长的一种代价就是身边亲人一个个地离去，无论是风雨、是阳光、是坦途、是崎岖，人生的道路都只能由你踽踽地、背负起生命之重前行。

父亲走了，可生活还在继续。有一天，那个每天在月台上分享她微笑的男孩按响了她的门铃，骗过什么都看不见的她躲在了她家的一角。原来刚才车站上发生了一起坠落事件，这个男孩就是犯罪嫌疑人。从此这个男孩在女孩家过起了幽灵一样昼伏夜出的生活，他唯一的活动就是每天透过那扇窗户窥视着月台上来来往往的人流。都说盲人的感觉是相当灵敏的，女孩也感觉到了自己家中有什么生物在活动。终于在某一天，她踩着椅子取放在柜子上的餐具时，不慎跌倒，眼看一个瓷盆就要砸在她的头上，就在这千钧一发的危急关头男孩稳稳接住了坠落的瓷盆，她方幸免于难。同时也证实了她的感觉，家中却确实有人。接下来他们过着同处一室却不交流的日子。

也许世上总因存在着太多不可知的巧合，才充满了绮丽、迷幻的色彩，才有了那么多故事。谁会料想男孩一直找寻的真正的犯罪嫌疑人就住在女孩家的隔壁，而且和女孩做了好朋友。俗语说的好，人算不如天算。机关算尽的凶手本来只是想探究一下女孩到底有没有看到那天的真相，却出于怜悯和女孩做了好朋友。一张放在女孩大衣口袋的她们的合照让男孩一眼就认出了真凶，令扑朔迷离的案件终于水落石出。

故事简简单单地开始，又简简单单地结束了，没有太多的悬念，没有太多的波澜，留给了观者太多太多的体悟和喟叹。为什么坠落事件发生后男孩被当作第一嫌疑犯? 难道仅仅是因为他是中日混血? 难道仅仅是日本的排外思想? 不，他被众口一词指证为凶手，是他周围的人在主观意识上认为他有作案的动机，而这个动机就是他和死者有过多不可调和的过节与矛盾，而过节、矛盾的产生是因为他们交流的匮乏和沟通的缺失。他和盲人女孩有惊人的相似，他们都将阳光关在了门外，都将自己放逐到了黑夜。盲女是因为看不见，缺乏对周围事物的信任而禁锢起了自己；男孩看得见，却不愿相信这个世界，不愿相信别人而禁锢起了自己。最终命运让男孩牢牢抓起女孩的手，坚定地走出了那扇门，让女孩、也让他自己重新走到了阳光里。

其实只要每个人放下胆怯，敞开心扉，勇敢地、坚定地走出那道紧闭的门，一定会看到门外永远是一片春光明媚。

待到枫叶流丹时，我们初相见

秋雨初霁，墨染的云层倦懒地滞留在那里迟迟没有离意。地面上，被雨打湿的哀草匍匐着，怅惘又一季生命走向枯竭。不远处如晚霞般艳丽的一片枫林点燃秋的最后一抹激情，驱散了一切凄寂苍凉的氤氲。

裹着一身清寒，枯叶栗子般的香气沁凉心脾。独自徜徉在落满秋叶的小径。枯树掩映的曲径幽邃迤逦。转弯处，一座矮矮的溪桥突现。桥上伫立的一个人在薄烟中朦胧。看见我后，那人扬起手中一片火红火红的枫叶，冲我粲然一笑。一种似曾相识的感觉雀然心头。我迟疑地缓步靠近，最终，记忆的快速搜索定格在了你的身上。我兴冲冲地挥起手回应你。突然一阵骤风旋过，迷了我的眼，再一次挣开时，你已经不知所踪，只有那片枫叶缓缓地落在了我的手中，叶面上有一行娟秀的小字："一山红叶为谁愁？供不尽相思句。"凄恻的寒风撩动我的长发。我紧紧握着那片枫叶，寻着你的痕迹，感受你的余温，潸然泪下。

"砰"的一声响将我惊醒，原来这不过是一场梦。心空荡荡的跳动声如晚风中回荡的钟声，在无边的凄夜里磬响。清冷的月华透过窗帘的缝隙，泻落在枕边。怯怯地伸出手，根本没有什么写满相思的枫叶，有的只是未晞的泪痕和悲戚的残梦。

这几天一直下决心要将你删除，可每次点下的都是"否"。今天咬着牙，闭着眼，屏着气，终于把你的头像拉进了黑名单。好痛！是千万只蝼蚁在啃噬。好冷！是寒冬簌簌的初雪。好戚！是大漠缥缈的笛声。

从此，你我就形同陌路了。其实你我本来就是陌生人，是最熟悉的陌生人。在网上你我可以毫无顾忌地吐露心事，可以把内心深处那些霉烂的往昔一起拿来翻晒，可以一起感悟生活，探讨人生。现实中你我却是那么陌生，也许在这座城市的某个地方，你我曾经无数次的擦肩，没有回眸，没有凝视，只有行色匆匆的擦肩。"相识何必曾相逢"，这是网络给我们这种友情的定论。你我的邂逅注定了你我的交往方式，也注定了你我最终的结局。

后悔吗？不，不后悔。就像你说的，你我相识以后，生活多了一份精彩，多了一份期盼，多了一份牵挂，多了一份依恋。你曾经问我"不是寂寞才想你，是想你才寂寞，你相信吗"？我相信，当然相信，我又何尝不是这样。在繁忙的学习之余，想起你我之间那些趣味横生的调侃，会不禁痴痴傻笑，心情就会豁然明朗，疲惫就会立刻遁形。万籁俱寂的无眠之夜，品着"海上升明月，天涯共此时"的况味独自卷帘，远方的你是否也空对着同样一轮孤月，羁旅的空寂是否也织满了你的心绪。

"我住长江头，君住长江尾，日日思君不见君，共饮长江水。"每次读这首词的时候，我就会感慨万千。我在网的这头，你在网的那头，一排排字幕是心灵的独白，是感情的交融。还记得有一次，我们很久没有联系。再次相遇时，真有"风乍起，吹皱一池春水"的凌乱。你说好可惜，我们只能用文字交流，如果我在你身边，你一定会紧紧拥我入怀。你知道吗？当时泪水浸湿了我的面颊。曾几何时，在心灵疲惫的时候，我也好想能够靠在你温暖坚实的肩膀上饮泣，不用再在风中独自坚强，不用再在夜里独自落寞。那不过是我们的一种希冀，一种奢想罢了。你我在最初相识的时候就已经约定只有网络，没有现实。我们只能将那种感觉付诸之没有生命、没有灵魂、没有感情、没有色彩的文字。

其实我们要的也很简单，只想在这虚拟的世界有一片澄明的蓝天，有一方洁净的绿地，有一份真挚、纯洁、温馨的友情。你说过，我们的友情是网络里难能可贵的 0.01% 的真诚。就为这 0.01% 的真诚，在相识一百天的时候我们一起许愿，希望我们的友谊能够天长地久，希望有更多的一百天值得我们去期待，去创造。

可人毕竟是生活在现实里的，谁也无法冲脱现实的羁绊，无法抖落世俗的尘埃。枫叶绚丽了秋的色彩，却怎奈晚来风疾的凋落。我们的友情点缀了我们的生活，却怎奈曲终人散的落幕。

如果有来生，让我们在枫叶流丹的时节再度相遇，成为能够并肩赏枫叶、看夕烟的朋友。

放　手

一

又有一种从云端跌落的痛感刺激着我的每一根神经。就在刚才我还沉浸在爱的喜悦里，我以为我握住了幸福的触角。这到底是怎么回事，我怀疑自己是否听错了。我几乎都不能呼吸了。

"爱华。你听我解释……"

"有什么好解释的。难道……难道……你刚才在跟我开玩笑吗？你结过婚，这难道不是事实吗？你怎么可以骗我。怎么可以这样……骗我呢。"我一直强压着的悲愤终于在这一刻如火山一样喷发了。我捂着脸恸哭起来。

"爱华，别这样。你这个样子，比……杀了我……还让我难受。"

"我不是有意骗你的。不……怎么说哪，刚开始我是无意的。我并不是那种玩弄别人感情的人。我只想跟你做个普通朋友。慢慢地，我发现我是真的陷了进去，我对你发生了不该有的感情，以至于我忘记了自己作为一个男人对家的那份责任。我是怕失去你才故意隐瞒的。我也知道这样对你不公平。我不求你能够原谅我，我只想让你明白我对你是真心的。我……我已经决定要和她离婚了。请你相信我，好吗？"

任凭他怎么解释，我都无法说服自己去原谅他。就像一个人在期待了许久得到一个包装精美的盒子，怀揣着无限的憧憬与希冀打开了，却发现里面是一团黑色的烟雾，它驱散了心中绚丽的爱的色彩。绝望、沮丧、哀伤，那种心情是几乎无法用寥寥数语能够表述清楚的。

悲痛如潮水掀起层层巨浪后，渐渐退了下去。退潮后的海滩，冷冰冰的，湿漉漉的。

哎。怎么会这样。我莫名其妙地充当了令人不齿的第三者。我是应该恨他的，是的，我是应该恨他的，我是应该歇斯底里又哭又闹的。我反反复复这样告诉自己。

悲痛如潮水掀起层层巨浪后，渐渐退了下去。退潮后的海滩，冷冰冰的，湿漉漉的。

清冷的月光静静地泻落下来，将他的痛苦无限的拉长并重重地抛在地上。也重重地抛在了我的心里。

我无比复杂地看着坐在我对面的人。他颓丧疲惫的样子在我的泪眼中模糊。我明白他此刻的痛苦只会比我更多更重更深。

终于我抱着最后一丝幻想。只能说是幻想了，开了口，"如果没有我的出现，你……会离婚吗？会吗？我要一句实话，不许再骗我。"

二

对面楼里的灯光照进我的卧室里，那贴着大红喜字窗户射出的灯光浪漫、温馨、和谐。暖暖的，柔柔的，总是让人产生一种无限的依恋与向往。

那屋里母亲看电视的声音不时强行钻入我的耳朵里。

"什么呀，当了第三者还这么恬不知耻，你瞧你瞧她的那个样子。还振振有词的呢。哦哟！现在的人怎么了呀！什么爱不爱的。难道就因为什么爱就要破坏别人的家庭吗？这些人呀！什么世道呀！她要是我女儿，我非……"

"看电视吧，别唠叨个没完了。都听不见说什么了。"

我拼命地捂着耳朵，母亲的话还是肆无忌惮地刺进了我的耳朵里。不，是刺进了我的心里。它好像一把钝刀，不利索地将我的心一点一点地割开。我的心在滴血，在呻吟。

"不会。以前我从来没有过那种想法，可是你的出现打破了我心灵的平静。"这是他经过艰难的心理抗战后给我的回答。从他喑哑的声音中我能够感觉到那份坚定。人总是这样矛盾，希望听到真话，却又怕听到真话。我多么希望他给我的是一个否定的回答，哪怕是一个不置可否的回答也好呀。那样我就有一千个、一万个借口，用所谓的爱情牵绊住他，就可以不在乎我的行为是否道德，我就会理直气壮地告诉别人爱是无罪的、是非理性的、是可以超越世俗的。这样的故事不是每天都在发生吗？为什么我就不能毫无顾忌地去爱呢？可是……

不能这样吧，不能为了自己的私欲而破坏如此和谐的灯光吧。每个家庭都是双方用最真诚的爱，一砖一瓦、一点一滴筑建的。决不允许任何人去破坏它。换位思考吧，如果我的家庭被别人破坏，我会怎么样呢？我会轻易地拱手相让吗？不会的，我会用我的生命去捍卫它的完整。同样是女人，我怎么能够将她推入绝境呢。爱如果建立在别人的痛苦之上，那样的爱有价值吗？那会亵渎爱之神圣与纯洁的，就背离了爱的真谛。

他爱的光芒与那抹灯光在我心中相互交映，如同迪厅里迷幻的灯光一样，耀得我眼花缭乱，意乱神迷。

母亲痛斥第三者慷慨激昂的陈词极具讽刺的在我房间里游荡。

三

在一家我们常去的咖啡屋，《最浪漫的事》这首曲子轻柔地萦绕在我们周围。是呀，能一起慢慢变老的确是世间最浪漫的事。"执子之手，与子偕老"，这是爱的承诺，也是爱的追求。

像两个接受审判的道德罪犯，我们就那么缄默地对坐着。或许我们都已经预知到了最后的结局，只是谁都不愿意第一个去揭开它。

"我想了很久。"我尽可能地保持一份淡定自若，平静地说出自己的决定。"我们就这么结束吧，我们之间本身就不该有那种感情，在没有造成更大的伤害之前，就这样结束，好吗？"一颗酸梅在我喉咙里作祟。

他始终没有作声，将手中的黑咖啡一饮而尽。那苦涩的滋味流进了我们彼此的心田，泛滥成一片暗波涌动的汪洋。

　　音乐戛然终止了。"曲终人散"这四个字跃上我的心头。我再一次抬头满怀深情地望着我这个深爱着的人。我想把他身上的每一点都刻进我的记忆最深处。他紧蹙的眉头、哀伤的眼神，几天不见他憔悴了许多。我多么希望能够再一次与他深情对望，他为什么不再看看我呢，哪怕就一眼也好呀。他是不是在恨我呢？他应该非常绝望吧！对不起啦，我不能为了自己的幸福就肆意地践踏别人辛辛苦苦建起来的美丽的花园呀。难道你就能够轻易的放弃你的家庭吗？不会的，那样你会活在自责的阴影中，一个人只能对一份感情负责，你应该比我更了解。幸福厌恶自私的人，我们也会厌恶那样的自己。我们就会永远与幸福背离。放弃并不比拥有容易，然而放弃又何尝不是一种爱的方式呢？

　　走出咖啡屋，冬日暖暖的阳光照耀着我。是呀，冬天都来了，春天还会远吗？我深呼吸一口，面带着比阳光更灿烂的微笑走进了熙熙攘攘的人群。

寒夜里那一抹幽幽的灯火

　　抬头望望墙上的挂钟，分针和时针在一天中最后一次重合了。游弋在网络里那些用灵魂铸炼的或伤感或欢愉的文字中，触碰心灵时是绽放烟花还是溅落泪花？鼠标的键头在电脑程序的关机键上轻轻一点，烟波浩渺、空灵旖旎的青海湖的桌面"啪"的一下绝了踪迹。

　　伸伸已经有点僵硬的脊背，长长吁了一口气。现实和网络的阈限岂止是这一方 17 英寸的显示屏？

　　走到窗前，轻卷帷帘。天空竟不知何时落起了秋雨，如麻的雨脚打湿了夜的心情，萧萧的雨声哽咽了夜的哭泣。用手擦拭蒙在玻璃窗上的水雾，清晰的是一个万千愁肠郁凝的名字，一个远逝的名字。夜可以藏匿丑陋，可以藏匿罪恶，唯独让思念赤裸在心头眉尖。

　　喜欢在阒然无声的夜晚临窗独立，嗅着夜的清爽与静谧，遐想翩然。望着望着，原本暗波汹涌的心潮逐渐平静、平静，化为一泓嵌在寂林空岩中的深潭，绿水微澜。

　　第一次感受灯火是在一次旅行的途中。

　　火车车窗外，青山苍翠，碧水清幽，夏蝉呢喃，牧笛悠扬，一幅南方水墨画般的风景缀饰了我的视野，缭乱了我的心绪。暮色渐渐低垂，万籁俱已静了，白天的新奇与亢奋已然消失殆尽。我怅然，原来映在车窗上羸弱娇小的身影是这般的孑然寂寥。

　　夜里唯一的生灵是车窗外星星点点的灯火。我惊然发现，无论是价值千金的水晶灯，还是破报纸下挂着的价值两元的白炽灯，在窗外看来，它们没有丝毫的区别，都是柔和的、温馨的，都是雨夜里踩着泥泞、匆匆归家的游子闪烁的泪眼，都是卖火柴的小女孩擦燃的那一支支火柴。灯，也勾起了我对家的无限眷恋与牵念。距离之美中，我第一次感到父亲的目光竟是如此的慈爱，母亲的唠叨竟是如此的和蔼，就连姐妹之间无端的争执也如此的温情起来。"羁鸟恋旧林，池鱼思故渊"，家，是夜航孤帆心中永远的守望。

时光荏苒，渐渐地我也长大了。羽翼未丰的雏燕初次离巢，跃跃欲试地想在凶险暗藏的社会搏击一番。从来没有离开过家的我，一走就是半年。严严寒冬，纷飞的雪花将无尽的思念覆满我的世界，沉甸甸的痛，寒怆怆的悲。

身心俱惫的我独坐在台阶上。生存的艰辛、竞争的残酷、人情的凉薄，一阵雨打风吹过，最初的青涩豪情如残花被碾作了尘泥。这时我才明白，唯有父母的胸襟是最宽广的、最无私的，它能够包容你的任性，能够宥恕你的过失。我像一株崖头汀边的小草，曳在凛冽的溯风中，无限深情地注目着对面楼里的灯火。酸涩的潮水一浪高过一浪，即刻就要奔涌而出。最后按捺不住思念的噬咬，跑到电话亭，用颤抖的手按下那一串熟悉的号码。电话那头，熟悉的家长里短、亲切的嘘寒问暖、浓浓亲情的手爱抚着我冰冷的面颊，熨帖着我心头沟壑的伤痕。挂断电话，泪水阑干，谁人能够替你揾拭？

再一次仰望那些灯火，道一声，"晚安，爸妈"。明天的我会抖落心灵上的尘埃更加努力地迎接挑战。

命运总喜欢伸出一双翻云覆雨的手，将一切美好的愿望与梦想揉碎。四月的江南已是春意阑珊，芳菲飞尽。而在高原，桃花始盛开，垂柳初蒙烟，又是一个多风的季节。

夜晚，医院长长的走廊冷清凄凉，死亡之气氤氲在半空，窒息的愁闷。暴虐的狂风摇撼着玻璃窗，窗缝里钻进的风寒彻肌骨，呼啸声震颤心房。我默然凝望窗外，那盏魂萦梦牵的灯火须臾间在我眼前熊熊燃烧起来，似燎原大火，映红了漆黑的天幕，也映红了我苍白的面、混浊的眼。

已不再叹息，不再哭泣，不再奢望。仿佛白天所发生的突变与我无关，医生耸言的结论更不是给我的最后的判决。回首已经经历过的风雨，我觉得不需要有彩虹，只要有一片洁净的天空就可以了。如此这般坦然地接受噩运的"馈赠"。是因为我知道信念不倒，生命就会屹立。对家的依恋、对家的深情是我永远不摧的信念。

至今，每次晚归，我依然会在楼下稍作驻留，抬头仰望一下那盏幽幽的灯火。

夹在记忆扉页中的爱情

牵牛，一年生草本植物，缠绕茎，花冠喇叭状。许多株牵牛错综交杂在一起，就会形成一张网，密密匝匝的网，纠缠你的心绪，遮掩你的视线。

他惆怅地望着眼前的一片废墟。这里原来是一片居民区，幽深的巷子，低矮的平房。这里有他17岁的记忆，种满牵牛花的小院，深邃的夜空，璀璨的繁星，沁凉的晚风，被月神爱抚下的牵牛花，还有，还有牵牛藤下可爱纯真的女孩。

他用脚胡乱拨弄那些残垣瓦砾。一株矮矮的牵牛花秧跃入了视线。在瓦砾的夹缝中艰难生长的它，那么孱弱，那么娇小。不知它是否还能够开枝散叶，小小的牵牛花是否还能够缀满秧头。

他蹲下身子将花秧周围的瓦砾拨开，打算将它移到有阳光的地方，让它能够茁壮成长。不知是他太笨拙了，还是花秧太羸弱了，它被拦腰折断了。他的心猛然一沉，这是否是什么预兆？他本不信这些，可还是不由自主恻然了。

两年后的他，凭着自己的本事，在这座陌生的城市立足了脚跟。他经营的餐厅在那一带小有名气。当初他执意结束在家乡经营得红红火火的餐厅时，父母都不能理解，父亲为此还大发雷霆，养儿不就为防老吗？可辛辛苦苦养大的儿子却要远走他乡，这年头养儿子不顶用喽，指望不上喽！寒心呀！

只有他自己清楚，是那张网，牵牛花编织的网，冥冥之中在召唤着他。楼上包间传来的争吵声将他从回忆里生生拽回，是服务员不小心将菜汤溅在了一个男人的西服上而引发的小小争执。这种事情经常会发生的。他耐着性子从中调和，赔礼赔钱赔面子。那个男人的气焰陡然嚣张起来。男人不堪入耳的嘲讽着实惹恼了他。他平生最忌讳别人蔑视、侮辱生活在社会底层的人了。他的今天也是从最底层做起的。白眼、歧视会隐隐触及他往昔的痛。

打工仔怎么了？她也是人，靠劳动吃饭，她不比任何人矮一截。命运是不公平，有些人可以躲在父母的羽翼下吃父母反刍的食物，有些人必须驾着小舢板在惊涛骇浪中自己去觅食。可每个人都有享受公平生活的权力。任何人都没有权力、没有资格去践踏她的尊严。你知道什么是生活吗？品尝过生活的艰辛吗？钱，钱是什么？狗屁都不是。不就是一件西服吗？服务员赔不起，可我赔得起。不要用你肮脏的狗眼去轻视别人。你，不配！龌龊的家伙！

他怒不可遏地甩出一叠百元大钞，向男人投去轻蔑的一瞥。当他以胜利者的姿态正要走出包间时，他蓦然间感觉到有一双眼睛自始至终黏附在他身上。那是一双如同皓夜里的一轮新月般澄明的眼睛。是他在这座城市整整找寻了两年的一双眼睛，四目相凝的一瞬，疾风骤掣，牵动了一潭记忆碎片，星星耀耀的。

女孩冲他微微一笑，示意认出了他，旋即那笑意如天边的浮云一样消散了。她低头拨弄起手中的坤包带。此刻的她站在跷跷板的中央，只要稍稍一移动，就会打破与他们之间的平衡。

他读懂了其中的微妙，回敬给女孩同样的微笑后，径直走出了包间。

第二天，果不出所料。女孩来了，带着夏夜晚风的清凉来了。8年了，8年以后的她由一个纯真烂漫的小女孩蜕变为明丽妩媚的女人了。岁月的刀斧没有消磨掉的是她双眸里的清纯。

"还住在姑妈家吗？"他的目光始终停留在她面前的那杯菊花茶上，几朵白色菊花在淡绿色的液体里浮浮沉沉。

她是个命运多舛的女孩，自小没有母亲，父亲在乡下的学校教书。她被寄养在姑妈家，饱尝寄人篱下之苦却仍旧那般的坚强，那般的乐观。

笑靥永远是一朵绽放的牵牛花。

"不住在姑妈家了,上大学以后就搬出来了。"

说这话时,她脸上飘过一抹窘促。他感觉到了,她不是一个人住,是和那个傲慢的男人吗?他不想也不愿这样去猜度,可第六感明确地告诉他,对,就是那个男人。第六感就是这样不挑时机,不顾感受,就"嗞溜"一声从某个角落钻出来。

那夜,他静静地躺在床上。一手夹着一支根本没有吸几下就已经燃尽的烟蒂,一手捏着台灯的开关。房间明了又暗了,暗了又明了。他茫然地遥想17岁的夏夜。

"哥,看流星。哥,这朵牵牛花真大了。哥……哥……"

17岁时的那声"哥"似蜜漪漾漾,今天她临走时的那声"哥"却泛起酸波。兄妹,兄妹好呀!兄妹间就不存在背叛,不存在离弃。兄妹,难道这就是他苦心孤诣等待和找寻了8年的爱吗?光阴荏苒,这个世界上怎么会有一成不变的事情呢?更何况是爱情呢?那张美丽的网被狂飙的飓风撕扯开了,枝枝蔓蔓零落了一地17岁的爱。

一张美丽贤淑的脸轻轻叹息着从他的记忆深处悠悠走来。她是他走马灯似的女友中时间最长的一个。他们交往了整整一年,创下了他所交往女友的"吉尼斯纪录"。他不是个滥情的花花公子。成功的事业、英俊的外貌、深沉忧郁的气质,"女人杀手"的特质全部集合在了他的身上。他越是表现出对女人兴趣索然,就越会招致更多追求者,似乎正是印证了时下最流行的那句话"男人不坏,女人不爱"。

对于那个女孩,他有深深的愧意。

在一家夜总会里,直觉告诉他,一个女孩一直在偷偷地窥觑着他。他呷着琥珀色的酒眯起眼肆无忌惮地逼视着那个女孩。酒精燃烧的烈焰中,他恍惚又看见了那朵娇媚的牵牛花。不知是命运无意的巧合,还是恶意的玩笑,她们有太多的相似之处了。相貌上的相似自不必说了,就连名字都带有相同的谐音字。这个女孩是"盈",而记忆中的她是"莹"。海市蜃楼似的孽缘在荒芜的沙漠上空徐徐拉开帷幕。

盈是个好女孩，对他的爱执着、黏腻。她迁就他的忽冷忽热，迁就他的喜怒无常，迁就他的玩世不恭，更迁就他的用情不专。她的爱让他感动，但也仅仅只是感动而已。他也想过就这样吧，就这样好好去爱她，用一辈子的时间去尝试着爱她。每次当他痛下决心的一瞬，那张无形的网就会铺天盖地卷侵而来。

最后他决定去找回他生命中的那张网。他知道今生的爱恋只能属于那张网。是"结"也好，是"劫"也罢。

还记得父亲最后一次打电话来告诉他，盈大病初愈后就仓促结婚了，父亲对他是咬牙切齿的恨，放走了这么好的女孩，看将来能娶个怎样的女人，你就等着打一辈子光棍吧！

他却如移走了压在胸口的磐石，得到了救赎后的释然。自私是吧！龌龊是吧！他也痛恨、鄙视这样的自己。依稀记得离别时，她悲恻的哭泣声，那似乎就是为在此时此刻祭奠他17岁爱恋而奏的哀音。现在他得到报应了，"不是不报，时机未到"。那些女孩的脸清晰得像演电影一样轮番播映于眼前。那些女孩此刻该解恨了吧！该心慰了吧！该释怀了吧！

现在他决定把那张网好好收藏，用它来遥祭17岁的初恋。做一个称职的哥哥，只要能够默默地守护她，悄悄地帮助她，他也就了无遗憾了。爱，不就是这样吗？只问付出，不求回报。这是盈用身心俱损教给他的。

有好些日子没有女孩的消息了。以前她总是不定期地打电话来问候一声。让他那尘封的网总会有蠢蠢欲动的感觉。她没有任何的改变，还是那个心细如丝、时时处处关心别人的女孩，她身上永远存留着17岁的纯真与善良。

打手机关机，家里的电话没人接听，不祥的云翳浮上了他心头。好不容易挨到了下班，他直奔女孩家，敲了很久都没人应门。正当他犹豫是等还是走时，邻居告诉他，女孩不久之前刚刚回来了。他发了疯似的砸着门，最后在邻居的帮助下，他们撬开门闯了进去。

昏暗的屋里弥漫着死亡的血腥气。女孩躺在地上，身旁是一滩血迹，殷红殷红的，红得怵目惊心。

女孩慢慢吃着他精心熬的粥。这几天他总是这样痴痴地凝视女孩。他第一次感谢上帝，感谢上帝能够让她活下来。看着她面颊上渐渐浮现的血色，看着她羞涩的一笑嫣然，幸福原来就是这么简单。

他的思绪不经意间就飞回到那个夏夜的小院。

当年，他租住在女孩姑妈家里时生了一场大病。在阴冷潮湿散发着令人作呕的腐烂气息的出租屋里，羁旅的孤寂，漂泊的凄楚，再加上由于生病而产生的"客死异乡"的恐惧，所有的这些感受夹杂在一起牢牢地钳住了喉咙，他有种紧迫的窒息感，意志被这些洪水猛兽彻底摧垮了。当时他真的后悔了，后悔与那帮狐朋狗友混在一起到处滋事。他以前憧憬那种刀口锋尖、腥风血雨的日子，他天真地以为那才是一个真正的男子汉所应该追求和拥有的生活。所谓"江湖道义"胜于父亲悲愤的叱责、母亲含泪的规劝。最后为了给朋友"讨个公道"，意气用事的他用酒瓶砸破了别人的头。当鲜血喷涌而出的那一刻，他悚然了。17岁，正是热血沸腾、浑浑噩噩的年纪，无知加上幼稚，他选择了仓皇出逃，逃到了人地生疏的这座城市。

蒙在被中的他，由唏嘘到啜泣直至成为了号啕大哭。就是这个女孩端着一碗热气腾腾的药走进了房间，他和着滚烫的热泪喝下了女孩亲手熬的药。他的眼前总是浮现这么一幅画面：在冒着浓浓黑烟的煤炉旁，女孩精心地熬着药，跃跃的蓝焰，袅袅的热气，暖暖的爱心。

那时女孩摔断了腿，拄着拐杖，"笃笃笃"，女孩就是带着这样响亮的声音叩响了他的感情之门。女孩总担心腿会不会落下残疾，他很坚定地给了女孩一个男人对女人一生的承诺，"没关系，不会有那样的问题的，就算有什么都不用怕。有我呢！我会一辈子照顾你，保护你的。"而女孩对他过去的种种没有丝毫的芥蒂。她用她的纯真抚慰了他狂躁浮华的心，让他明白了生活的真谛，明白了一个人应该怎么活着。如果不是当初遇到了女孩，他一定和他的那帮朋友一样，用自己的青春和前程去哀歌自由的可贵了。

懵懂、青涩的情愫在牵牛花藤下慢慢滋生，静静绽放。

女孩吃完粥后，他递过去毛巾。"你的手怎么了。怎么会有瘀青？你，打架了？"

"没有！好端端怎么会打架呀！不小心碰的。"他笑着敷衍。

他知道昨晚他的行为是多么的愚蠢，多么的幼稚。他并不是去打架，可看着心爱的人受到如此大的伤害，他相信每一个男人都会有那种鲁莽的举动。

"我和她已经没有任何关系了。请转告她，这么做太幼稚、太可悲、也太无耻了。这样并不能挽回什么。上一次我就觉得你们关系暧昧，果不其然。呵呵，鞋子穿过就应该扔的。现在不是更好嘛。你可以名正言顺地接手了。一个女孩绝望的殉情行为在这个傲慢的男人嘴里竟然被说得如此不堪。"

火山在剧烈的震颤后终于喷发了。他一记重拳砸在了男人的鼻梁上，"人应该用嘴来说话的，鼻子的专职是呼吸。如果你不明白这个道理，今天我就教会你。只有打烂了它。你才会用嘴说话。你的那件西服洗了吗？我还是奉劝你，干脆扔了它。肮脏的东西是永远洗不干净的，它只配进垃圾箱。

他的一拳不光砸是在男人的鼻子上，更是砸在了他自己的良知上。那一刻他才真正意识到自己原来也是一个那么无情、冷血、卑劣的人。"盈，对不起"，飘飘摇摇的晚风将他诚挚的歉意带向了邈远的夜空，带向了他的故乡。

今天女孩出院。他特意去花店挑选了一大束玫瑰花。火红火红的是生命的颜色，也是爱情的颜色。他仿佛已经预见女孩收到花以后的表情了，洒满晨露的一朵娇艳的玫瑰花。

病床铺得整整齐齐，上面端端正正地放着一张小纸条。

"哥。我走了。谢谢你。我明白你的心。可我还是选择了离开。因为我们之间的爱是夹在书页里的花瓣，已然没有了香气。我走了。我要去一个新地方整理心情。我相信时间能够冲淡一切，手腕上恶心得如同虫子一般的疤痕虽然不能完全消失，但我相信它能够被淡化。爱也好，恨也罢。一切就交由时间处置吧！"

熹微的晨光静寂地觑视玫瑰花瓣颤抖着一片一片地零落。

葱郁的枝蔓，朴实、淡雅的牵牛花永远会在如水的月夜里歌着、舞着、曳着。

绿意夏都、诗意夏都

曾经翻阅过一些关于旧时西海郡，也就是现在青海省省会西宁的文献，那一张张发黄照片上的残垣颓堞和光秃秃的南北山麓不仅诉说了古城的沧桑、光阴的斑驳，同时也证明了旧时西宁自然环境的恶劣。诚然在历史的记忆中南北两山没有季节，一年四季都披着布满千沟万壑的黄土衣，像两位表情凝滞的老人，默默鸟瞰着这座历经战乱兵祸的边塞重镇。因此在西北地区流传着这样一句谚语："青海的山上不长草，青海的大姑娘不洗澡。"

在我年少时，每到春天，学校就会组织学生们去北山植树，说是响应政府绿化南北两山的号召。那时的我们就会在老师的带领下提着水桶、扛着铁锹、拖着树苗雄赳赳、气昂昂地爬到北山的某个山坡上去植树。那种如火如荼的劳动热情、热火朝天的劳动场面至今都在我们内心深处熠熠闪光。

"十年树木，百年树人。"如今的南北两山早已旧貌换新颜。它不仅仅凝结了园林工作者的辛劳，或许其间也有我们这些普通植树人的功劳吧！

一到春天，绿意就将春的讯息撒播到两山的山峦上——草冒了芽、树展了叶，真有"忽如一夜春风来，南北两山芳草茵"的欣然。

夏天，两山更是绿得盎然、绿得热闹、绿得充实了。没膝的草地、成荫的大树覆满了绵延迤逦的山峦，两道绿色的天然屏障不但美化了西宁的环境，更调节了西宁的气候。那种狂风肆虐、黄沙遮天蔽日的天气已成为"不堪回首的往事"，但人们再次"追忆"时决计不会是"惘然"，而是"欣然"了吧?

如今的南北两山还是西宁人夏季假日休闲游玩的首选之地。如果你喜欢幽静，你可以选择去南山公园，那里有森森的大树为你遮阳，有萋萋的绿地供你休憩，还有来自异国荷兰的郁金香缀饰你的视野。品着青海特有的"三泡台"，听着云莺鸣啭般的青海"花儿"，还有人工修筑的瀑布发出的潺潺水声，一个星期的疲惫和劳顿都会随清凉的山风悄然弥散。

如果你喜欢探险，那么我建议你去北山。在某个阳光明艳的清晨，携朋唤友或徒步去攀登陡峭的山坡，欣赏沿途中一面面被风蚀的山壁、一丛丛低矮的沙棘和一株株高耸的胡杨，还可以参观筑建在陡壁上的北禅寺，在香烟缭绕中让你的灵魂得到一种佛性的升华；或乘坐垂直高度甚高的缆车，看着脚下的树木渐渐地成为"微缩"盆景，在刺激和惊险中体悟生命的另一种乐趣。

秋天，北风瑟瑟间，草儿摧枯了，叶儿萎黄了，两山都相约着染上成熟、凝重、萧索的秋色。你在城市的某个角隅为生活奔波劳碌的间隙，不妨停一停生风的脚步，与两山默默相凝几秒，你是否能隐隐听到两山"美人迟暮，草木摇落"的幽然喟叹呢？

冬天，洁白的雪花为两山盖上了薄薄的雪被。皑皑的雪被下，草籽、树根汲着大地的养分，吮着天空的甘露，为又一季的繁华积蓄力量。大自然是最知道感恩的，它们得到一分的恩泽，就用十分的付出去回馈，而且从来不求任何回报。

经过几代西宁人不懈的努力和辛勤的付出，南北两山拥有了美丽的四季。西宁也因此有了一个美丽的名字——夏都。绿意的夏都，诗意的夏都。

清秋时节又忆君

红衰翠减,北雁南飞,又是一季冷落清秋时节。

"自古逢秋多寂寥。"吾乃纤纤弱女子,自然没有刘禹锡的达观与超脱,无法乘鹤翼寄诗情于碧霄。也没有李清照的独幽与灵秀,无法在东篱把酒中了却一个愁字。

独自一人在漠漠雨雾的林荫小径漫步。惨淡的浓云负载着秋的哀怨沉重地流动。淅沥的雨水似盈盈粉泪溅落了秋的思念。

喜欢秋雨,它没有春雨的矫揉造作,没有夏雨的放浪不羁,如烟似雾间书写淡淡的烦绪愁情。

秋雨的帷幕中碎了的记忆一片一片拼接起来,几度魂萦梦绕中你如同枯叶般的淡淡的烟草味道飘然入怀,一张帅气冷峻的脸熟悉而又陌生,清晰而又朦胧。

记忆中的我,白天是只快乐嬉闹的精灵,晚上褪去伪装变成了午夜里伤感落魄的孤魂,在漆黑的夜、狭小的巷间游荡。

在一个月隐星疏的晚上,纵横交错的小巷凄凄冷冷,仿佛一张厘不清的大网。我迷路了,萧飒凄紧的秋风在小巷里肆虐,耳畔的风声让我恍惚走进了那个常常纠缠我的噩梦,漫天席卷的黄沙,哀婉凄恻的箫声,寒怆的我拖着沉重的脚步茫然地前行。我倦了,累了,开始颓然地期盼噩运的黄沙就此将我残破的灵魂掩埋。明天清晨,第一缕曦微的晨光照到的是一丘矮矮的荒冢。

就在这时，你出现了。和你认识已经有段时间了，外表随和的我固守自己内心的孤独与凄凉，拒绝任何人用同情来小觑我的那份"坚强与冷傲"。所以我与所有人保持着自认为安全恰当的距离。

你说你找了我很久，深夜一个女孩子出来是很危险的。我感动于你的关心，表面上却是不屑的表情。

你没有丝毫的介意，依旧执拗地伸出手：走吧，我牵着你走。暗夜里，我看不清你的眼神，可我能够感受，那一定如冬日骄阳般的温暖。我怯怯地将自己冰凉的手放进你的手中。蓦然间，丝丝暖流通过你的手导入我的体内，心脏开始怦然搏动，血液开始潺潺流淌。

第一次我在外人面前陈示心灵深处的一本叫"命运"的书。掸去上面的蛛网尘灰，第一章叫"生命的短暂"，第二章叫"人生的苍凉"，第三章叫"未来的渺茫"。你一直默默地聆听，默默地去感受我的无助与无奈。

逶迤曲折的小巷静默地承载着夜的孤寂。我仿佛是穿越了亘古的荒原，在一个巷口，一抹幽幽的灯光让我感到了尘世的回归。我们终于从迷宫般的小巷中走了出来。你坚定地对我说，黑夜中，路就在你的脚下延伸。用自己最真的笑靥去傲视命运的不公吧！

憋闷了整整一天的愁云终于扬扬洒泪了。湿漉漉的地面上，我看见了一个哭泣的影子。

什么样的爱情能够真正永恒？是天人永隔的生死之恋吧！我这样认为。

匆忙赶到的我还是迟到了。你静静等候的样子至今印刻在我的记忆里。耿耿路灯下，你倚着路标的侧影，手中忽明忽灭的香烟，被晚风吹乱的头发，清晰如昔。

我喊着你的名字朝你跑去，未曾注意到对面疾驰而来的汽车。刺目的车灯，震耳的喇叭声，你惨烈的呼叫声，我不知所措地定在了马路的中央，全世界霎时一片惨白。等我清醒过来，才知道有惊无险，我已被你牢牢地拥在怀里。灿烂夺目的爱之烟火亮彻了你我的星空。我傻傻地笑了。

那时我竟然痴想过，如果我就么死去的话，染着怵目血色的我的名字一定会是你心头的一颗痣，永恒的痣。

你说要送我一个最浪漫的礼物。当我缓缓地睁开眼时，漫天飞舞的初雪上写满了海誓山盟，你轻捧着一片送到我眼前，摊开手掌，我看见了波拉丽斯的铅泪（后来我才恍悟，那晶莹的泪滴冥冥中是我们无言结局的预兆）。在银装素裹的世界，童话中的丑小鸭挥着天使的翅膀与雪花一起轻歌曼舞。明月灼灼，星光灿灿，寒风也变得和煦起来了，我枕着爱的臂膀酣然入梦。

雪霁了。天晴了。梦，也醒了。

一阵春风袭来，雪花上的誓言在你身后慢慢地，慢慢地，消融。你说你喜欢流浪，向往自由，你匆匆的脚步注定不会为某一处的风景而停留。从你移游不定的目光中，我读懂了你的矛盾，你既期盼我的挽留，又惧怕我的挽留。

纷飞的柳絮零落在了泥泞的誓言里，我苦涩地咀嚼着你的临别赠言：你是个坚强的女孩，一定能够勇敢地走出一片属于自己的精彩世界。是啊！我是个坚强的女孩，是个把自尊视为生命的人，我又怎会执着你的衣襟，哭着求你留下？我唯有洒脱地噙着泪挥挥手，走吧！走吧！我怎能留住天边的流云？但我坚信，云朵飘得再远，永远飘不出思念的天空。

秋风曳着断藕的残丝，遥寄当年清秋时……

生命是美丽的

前些天，听到一个17岁的少女跳楼自杀的消息。一朵刚刚绽放的花朵在风雨中悄然凋零。为了一点小小的挫折就放弃年轻的生命，留给人们了些许感伤、惋惜与遗憾，是该同情还是该指责呢？

其实每一个人都受过或大或小的挫折与磨难，也会有感觉迷茫、绝望和无助的时候。"朝来寒雨晚来风。"生活给予人们的不全是和风细雨。面对厄运袭来的狂风暴雨，是该就此沉沦，任由风暴将你卷入无底深渊呢？还是该坚强应对，牢牢把握命运的罗盘，顺利地驶向彼岸呢？

我不知道我是否有资格对女孩的选择横加指责，因为我也曾有过那样的经历。所有的人都认为我没有治愈的希望，认为我只能眼睁睁地看着自己的生命一点一点地走向枯竭。这对于一个正值豆蔻年华的女孩子来说，是何等残酷的事情呀。那一刻我的意志全线崩塌了。

在一个有沙尘暴的夜晚，世界一片混沌，没有星星，没有月亮，路灯发出昏惨惨的黄晕。我独自一人站在五楼的窗前。肆虐的狂风在我耳畔呼啸。我紧闭双眼，任由自己被卷入风暴中心。我知道只要纵身一跃，一切都结束了。就像张海迪所说的"死，就是去一个很美的地方"。死是一种解脱。死就可以逃离疾病的纠缠，就可以摆脱病痛的折磨。没有希望和没有生命，我宁可选择后者。我无法坦然自若地面对生命被病魔蚕噬的事实。人，一出生不就是在一步一步迈向死亡吗？只是或迟或早的问题而已。死亡对于我来说何尝不是美丽的呢？只要纵身一跃，就可以身轻如蝶，飞向美丽的国度了。

就在那时我的手机响了，是父亲打来的电话。他嘱咐我睡前不要忘记喝牛奶，牛奶一定要热了以后再喝。挂断电话，想想玄鬓已逝的父母，我泪雨滂沱。生命受之于父母，任何一个生命都倾注着父母最无私、最真挚的爱。面对那样的事实，父母心头一定是深如壑沟的疼痛与不忍。他们勉强的笑容在暗夜里格外清晰。

死很容易，一场大雨就可以将死亡的血迹冲刷得干干净净。然而留在所有爱我的人心中的血迹呢？时间，这个世界上最好的洗涤器也无法消弭。我，是解脱了。我的父母呢？我怎能忍心让他们今后的生活永远笼罩着悲痛的云翳呢？

有多少挣扎在死亡线上的人们，他们紧握住百分之一、千分之一、万分之一的希望残延喘息，他们生命力之顽强让死神胆寒。"面对死神，我放声大笑，魔鬼的宫殿在笑声里动摇"。杰克·伦敦笔下的那个淘金者，在渺无人烟的阿拉斯加，在极度恶劣的生存环境下，在与雪狼——死神——艰苦卓绝的对峙中，他超越了生命的极限，超越了意志的极限，获得了比金子更珍贵的东西——生命。漠视死亡，无惧死亡。只要始终坚信生命就能够创造奇迹，就一定能"野火烧不尽，春风吹又生"。

对于生命的意义，众说纷纭，莫衷一是。我认同并喜欢的生命的注解就是"活着"，尤其是经历过死亡之后，我更加理解这个词的意义了。"活着"就是为了能够在清晨看见灿烂的阳光，能够在夜晚看见熠耀的星光。可以没有崇高的理想，可以没有辉煌的事业，可以为了一日三餐而奔波劳碌，可以与家人和和睦睦、平平淡淡地了此一生。在生死面前，一切都显得那么渺小，那么微不足道。金钱买不来生命，名誉挽不回生命，爱情唤不醒生命。

你或许不能苟同我的这种处世态度，你或许认为它太消极、太庸俗、太颓丧。可你是否知道这小小的"消极""庸俗"，对于那些濒临死亡的人来说是何等的奢侈。生命是脆弱的，《庄子·知北游》中有这么一句话："人生天地之间，若白驹之过隙，忽然而已。"须臾间，一条鲜活的生命就会凋零。像划过天际的流星,皎皎银河再也觅不到它的踪迹。谁也无法预言自己下一刻会在哪里。或许在尘世悠然自得地生活,或许站在天堂的入口依依惜别。当一个人徘徊在生死边缘的时候,他的心境是单纯的,单纯得如一幼儿。蝇头利、蜗角名不过是过眼烟云,褪去红尘的浮华,摆脱俗世的羁绊,活下去是唯一的信念。他开始用"心"感受生活,用"心"聆听生活。天亦蓝,草亦新,花亦艳。人情亦是如此厚重。一棵小小草儿,一片淡淡云儿,一句温馨的鼓励,一声深情的问候就能够唤起一个人生存下去的意志。

　　对于命运赏赐的"幸"与"不幸",我们该如何对待呢?不要只为"幸"而欣喜,也不要为"不幸"而沮丧,不妨怀着一颗感恩的心去淡然面对。山路崎岖坎坷,当你历经艰险登上峰顶,你会获得跨越的满足与释然。

　　生命,灿如夏花,美若舜华。去珍惜这短暂的生命吧!不要让那样的悲剧再次重演。生命是美丽的。

围城里的女人何时找回你自己？

枯坐在电脑前，一闪一闪的光标和我的才思进行着艰苦卓绝的对峙。生活……生活……文学来自于生活……生活离我远兮？生活离我近兮？

"叮咚，叮咚……"两杯比中药还苦的咖啡才换来的一句点睛之笔，一下子被门铃声惊得耄然飞走了。

"谁呀！来了……来了来了！"我的拖鞋呢？趿着的脚丫子在电脑桌下胡乱搜寻着那只失踪的拖鞋，眼睛却还死死地盯着闪动的光标。门铃一声比一声紧促，一阵比一阵狂燥。这到底是谁啊？如果是该死的推销小姐，她今天就会活得比较难看了。

"哦？你在家呀！那怎么死按门铃都不开啊？你……不会在睡午觉吧？"看见来者，我真有还在睡梦中的感觉。是凤凤，曾经一碗吃、一床睡了四年的闺中密友。孔圣人曰：有朋自远方来，不亦乐乎！可对于生活在同一座城市，几年销声匿迹，只顾甜甜蜜蜜过自己小日子的凤凤，我实在是无法"乐"起来。

"我……嗯！眯了一会！"低头看看拖鞋被左右颠倒的自己，我连解释都懒得解释了，捋捋散落在额角的头发，瞄了一下凤凤那张毫无歉意的脸，刚刚被压制的怒气又窜了上来。

"你怎么搬到这么远的地方来了呀！真不好找。"凤凤挤开横在门口比门神还门神的我走了进来。

"远？我又没搬到南极、北极，有什么远的！"走在前面的凤凤那尖细的高跟鞋在与实木地板亲密接触时，发出一声声清脆的，但不令我感到悦耳，相反令我心痛的笃笃声。

"房子多大？"

"88平方米。"

"这地段房价便宜吧？"

"嗯，是……便宜……一些。"噢！闹了半天，我是为了图便宜住到这么"偏远"的地方的呀！什么人呀！我冲她略显丰满的背影直翻白眼。萝卜青菜各有所爱，我选择市郊是因为这里没有闹市的聒噪与逼仄，而且小区四周那些杨林麦地绿得让人心醉。早上有糅着淡淡青草香气的空气可嗅，有唧唧喳喳的鸟鸣可闻。如此舒心惬意的生活是能用金钱来衡量的吗？

"你怎么不好好装修一下，这也未免太简单了点吧？"拎着坤包左顾右盼的凤凤怎么都像那种"房虫"。

"嫌麻烦，也劳不了那神。你没听这么句话吗？'如果你恨他，就让他去装修吧。'足可见装修是一件劳民伤财的苦差事。再说了，家嘛！只要住着舒适就可以了，又不是总统套房！"

"哟哟哟！你还是那个臭脾气。就你清高，就你逸俗。"她给我一种大姑姐视察弟媳妇工作的拘谨感和压抑感。挑剔的目光像扫描仪一样不放过任何一个角落。就连卧室这么私人的空间也看了个遍。"不过倒也雅致整洁得很，一个人住就这点好。我的新家，我女儿把墙当画板涂鸦了，简直没法看。对了，我搬家后你好像还没去过？"

"嗯，听她们说你家挺宽敞。你现在小日子过得多滋润呀！老公升官了。女儿又乖巧、又漂亮、又聪明。"阿谀奉承原来是这么一件让人倒胃口的事，脸部的肌肉好久没有受此虐待了，酸酸的，有点痉挛了。

"滋润什么呀！和你一比简直是一个天上一个地下呀！"

"哟，这话说的，明显的言不由衷呀！"

"真的，婚姻是什么？是牢笼，是坟墓，不，简直是地狱。"这话出自凤凤之口，令我实感意外。她结婚时的场景至今记忆犹新，暂不论那佳偶天成的美丽景致,还有那高朋满座的排场。就我们这位美若天仙的新娘子那牢牢挽住新郎胳膊的架势,好像只要她一松手,那位新郎就会飞走了一样。我那时候还真替她担了一份心,我怕她笑得过了头,涂在脸上那层厚厚的化妆品会起褶子。

"城里的人想出来,城外的人想进去呀!"她只顾"视察"我的生活了,压根没有理会我话里的那点小毛刺。

她坐到沙发上将手中那半旧不新的皮包扔在一旁,竖起眉毛明显地对我的待客之道表示出不满:"你一个人住,可你不会连多余的杯子都没有吧!找了半天才找到你家,现在嗓子都冒烟了。"

"噢哟!对不起,光顾着带你参观房间了,都忘了招呼你。喝什么?茶?咖啡?还是饮料?"一边询问我一边思忖,无事不登三宝殿,顶着炎炎烈日,她不会就为参观我的新房而来的吧。以前我们同学聚会,她每次都有一千个理由不来参加。她此行目的何在?现在的人都是很市侩的,用到你了才会想起你。不过我好像没有可以利用的价值吧!哎,不管它了,只好白白虚耗一下午的时间应酬她了。现代人的弊病就是恨不能在自家门上挂一个"请勿打扰"的牌子,我也不能免俗。

"白开水。我现在不喝那些了,听说茶里有一种什么叫茶碱的物质,会导致色素沉淀,会长色斑的。我劝你也戒掉喝茶的习惯吧!"我倒了一杯白开水放在了她面前的茶几上。近距离下,她眼角的细纹和面颊上的斑斑点点让我心头不由得两只蝴蝶翩翩飞。以前她仗着自己娇嫩的肌肤没少在我们几个人面前炫耀。"还与韶华共憔悴,不堪看。"此乃亘古不变的道理!

"我呀!我脸上的斑是妊娠斑,生了我女儿之后就没褪。"她读出了我不加以掩饰的讽意,下意识地摸摸自己的脸,尴尬的笑容活像石膏像上裂开的纹路。"我当然不能和你们比。你们毕竟没有结婚,生活也没有负担和压力。哎!一想起来我就后悔。你说我干吗生孩子呀!皮肤皮肤没了,身材身材也没了。你说我以前身材多棒。一尺八的柳腰,现在可好,二尺三。更可气的是去买衣服,以前那些导购小姐跟着你屁股问你'小姐,你喜欢什么款式。你身材这么棒穿什么都好看的'。昨天我去买衣服，挑了老半天才看中了一件。那导购小姐连眼皮都没抬一下说'大姐，这是瘦版，没你穿的号'。大姐，我像个大姐吗！差点没气死我。"她惟妙惟肖地模仿笑喷了我刚刚喝进嘴里的水，可她那种俏皮的表情转瞬即逝。很奇怪，我未从她的眼神中捕捉到少妇特有的妩媚的奕奕神采，倒是一抹隐不去的淡淡哀伤让我狐疑，难道？

"我觉得我像一个深陷沙漠中的旅行者，失去了方向！失去了目标！精疲力竭了。我的婚姻怕是要走到头了。"她将手中已经喝干的空杯不停地转动着，转动着。

"你胡说什么呀。你和你们家那口子不是挺恩爱的吗？我们都羡慕死了。不是故意在我这个孤家寡人面前炫耀吧！"我都觉得自己这个玩笑开得干瘪瘪的，有种乒乓球扔进了沙堆的感觉。

"我何苦咒自己呀！我和他现在是最熟悉的陌生人，我们要么是沉寂的冷战，要么是无休止的争吵。你听说过这样一句话吗？'从奴隶到将军'，质的转变。他就这样，婚前和婚后判若两人。婚前他的目光就像黏附在了我的身上一样，寸步不离，现在他都懒得多看我一眼，就是看我，也好像是看阶级敌人一般，满眼的愤怒和厌烦。有时我觉得我就是空气，透明的。只有对着女儿和外面的那些女人，他才会脉脉温情地去注视，他觉得天底下的女人除了我之外个个柔情似水，妩媚动人。我就是山野村妇一个。我的付出，我的牺牲，在他眼里那是理所当然，别说什么感激的话，温存的话了，他不嫌你烦，不嫌你啰唆就谢天谢地了。他经常就那句话：你怎么这么俗。柴米油盐的生活能不俗吗？贤妻良母，这就是贤妻良母的悲哀。哎，怪只能怪我太在乎他，太在乎那个家了。结婚前我是连厨房门都没摸过的人。刚结婚那会儿，我做什么他都说好吃。夸张点地说，就是方便面也能吃出鱼翅的感觉。"

不会吧。方便面和鱼翅能是一个档次吗？或许有些牵强，不过可以从心理学的角度解释，"情人眼里出西施"，可能"老公眼里出御厨"吧！

"人们常说，想要抓住男人的心，就要先抓住他的胃。为了能够让他吃好些，我买了一摞菜谱，每天换花样地做饭。自从他当了那个绿豆芝麻官之后。一个星期能回来吃一两顿饭就很奢侈了。你说现在社会的这风气，唯推杯换盏才能办事一样，饭局完了是牌局。喝得烂醉回家是常有的事。回来一次半次还汤咸饭淡，横挑鼻子竖挑眼的。我都懒得和他多说半句了。你说人家青青（青青是我们的好姐妹），结婚后不要孩子，也不在家自己做饭吃。天天泡在外面。人家活得多滋润呀！你看青青的指甲了没有？那么老长，还经常去做个美甲什么的。可那样的手能经得住整天泡在脏兮兮、油腻腻的洗锅水里吗？"

"妇人呀，当你为家庭而忙碌的时候，你的手脚就像幽谷的溪流，从卵石旁清唱着掠过。"恐怕只有在文学泰斗的笔下，主妇忙碌的手脚才可能被赋予如此诗化了的美感。现实中，它们只是被无情的生活磨糙了的牺牲品。

"那你也去做做美容，好好打扮打扮自己呀。你以前可是我们三个里最时尚最会打扮自己的一个呀。"

"我也想呀，可没有钱供我去挥霍。"

"什么？没钱，别跟我哭穷了。你们两口子都是公务员，虽不能大富大贵，可走在小康的光明大道上是没问题的！"我最不喜欢凤凤的就是这儿，从骨子里透着的那么点子虚伪。

"真的，我怎么和你哭穷了。我给你算算，我们刚刚买了房子。以前的那个房子太小了，太破旧了。房子买好了你总得装修吧。什么叫装修？那简直是把钱一张一张贴到墙上和地上了。接下来家具也必须重新换了，旧家具不合整体装修的基调，不是吗？"唉！就别提了，饶这么着，我家的装修和人家比起来，是小巫见大巫！背着虚荣心过日子累的只能是你自己了，怪谁呀！奇怪，这桌子明明今天早上擦了，可上面还是落了一层灰。我的手指在桌面上漫不经心地划动着。

"还有孩子，你没结婚，也没有孩子，你都不知道养一个孩子的开销有多大？吃穿用度自不必说了，孩子们的东西有的比我们大人的都贵！我女儿4岁了，我给她报了一个美术班、一个钢琴班，那费用说出来吓死你。

我现在是勒紧裤腰带过日子呢！"

"4岁的孩子有必要学那么多吗？玩才是孩子们的天性。"

"那怎么能行，你说的都是老皇历了。英国科学家研究了，音乐能够开发智力。我觉得学钢琴好。可我老公说绘画能够培养美感，陶冶情操，学画画好。就为这个我们不知吵了多少次。最后我们谁都不肯让步，女儿只好两样都去学了。"

在她轻松的口吻里，我看到了一个小天使泪眼汪汪地端坐在钢琴旁、画板前。玩是孩子的天性，是他们的权利，因为父母间无法调停的战争却累及孩子。冠冕堂皇的理由下，是孩子无奈的叹息与委屈的泪水，哀哉！

她丝毫没有停止的意思，喝着我续上的水，咂咂嘴，继续发表自己的感慨："现在这碗饭也不好端了。人富于世。单位上整天紧张兮兮的，今天改制，明天要实行聘用制。迟到一分钟就有人打小报告。上班打卡，下班打卡，出去办事也要打卡。我感觉日子过得像诺曼底登陆一般。在单位忙得昏天黑地，晚上忙完了家务，还要陪女儿练琴，给她讲故事，哄她睡觉。周日送她学琴，周六去画画。有人说养孩子比经营一座牧场，饲养100头奶牛还要费心，这话一点儿不夸张。只要女儿将来有出息，我也就无怨无悔了。反正我对婚姻也没有什么指望了，凑合一天算一天。那个家在我感觉都是异常冰冷，异常空荡，仿佛能够听见自己心跳的回音。"秋日的寒霜洒落了一地惨白的凄凉。

"你们几个每次聚会我都没有参加。你们一定在背后骂我N多次了。我怎会不想参加呀。大家都以为我过得多幸福，可谁又了解幸福背后我的辛酸。我又是个极爱面子的人，不想让你们看笑话。多少次在夜深人静的时候我偷偷落泪，我好孤独，好无助，连说说话诉诉苦的人都没有。我的人生怎会如此灰暗。我真怀念我们上学时下雪天吃冰激凌的日子，勾肩搭背地逛街的日子，秉烛夜聊的日子。"她的目光渐渐迷离，通过她乌黑的瞳孔，我们一起穿越时空看到的仿佛是一千年前发生过的事情，遥远，朦胧……

我默不作声，抽出一张面巾纸，轻轻拭去滚落在凤凤面颊的泪滴。

我的心揪了起来。曾几何时，我们把自己囚禁在了这一方钢筋混凝土浇铸的藩篱中，原本炙热的心也渐渐生冷了，坚硬了。我们吝啬自己的付出、自己的爱，淡忘了世上还有友情、亲情。我为自己刚才的行为愧疚不已。我们彼此缄默着，流年似水般在指缝间无声地流淌。

许久，我清了清哽在嗓子里的哀伤："你看过《中国式离婚》吗？"

"看了，而且不止一遍，怎么了？"

"我觉得那是万万千千个中国式家庭真实的写照，不光是你的家庭如此，还有很多很多的家庭都是如此。生活是一幅很抽象，又很写实的画。柴米油盐是生活的基线，可如果只有匮乏平淡的基线，它只能称作图纸，就不能称之为画了。爱情走入婚姻的殿堂是会归于平淡，可平淡不是寡淡。你们婚后一起看过几次电影？林荫小径，有没有一起手牵手过？花前月下，有没有卿卿我我过？像《中国式离婚》的主题曲里所唱的那样'我们有多久没吻过，我们有多少几乎都错过''今天到底谁变了，错了的一错再错'。其实不光恋爱需要浪漫和情调，生活更加需要浪漫和情调，生活的情调就是你要去着的色彩。"

她干裂的嘴唇微微翕动，却没有说什么话。说实话，城外的人隔着厚厚的城墙能否准确地把脉城里人婚姻的症结？我也不敢确信。"旁观者清"吗？"清"吧！只能"清"了。"先说你的女儿吧！孩子不是你们的私有产品，更不是你们童年遗憾的补偿品。想想咱们的童年，是湛蓝天空里放飞的风筝，是野地撒欢的小鹿。那为什么就不能给自己的孩子这样的童年？一切顺其自然，让孩子自由地生长，身心的健康比什么都重要，不是吗？等孩子再长大一些，依据她的兴趣爱好让她学习也不晚。这样你的负担也会减轻不少。

"再说你的丈夫吧！你把爱全给了丈夫，他就一定会满心欢喜甚至感激涕零吗？不是的，因为你的爱太粘腻，太沉重，说得更严重些，那样的爱有些变味了。你全部的心思、全部的爱都投入到了家庭，你必定会那样苛责地去要求你的丈夫，你潜意识里觉得你和他是一体的，你付出多少，他相应就得付出多少。当他付出得比你少，你就会觉得不平衡，我现在可以想象，素面朝天的你，一边擦着锅台挥着扫帚，一边像所有的怨妇一样絮絮叨叨。而一心看电视的他起初是装聋作哑，最后是忍无可忍地迎面回击，战争愈演愈烈，不断升级。最后原本脆弱的爱情也就在枪林弹雨中訇然崩塌了，垒堆着爱情颓垣的婚姻能够走多远？

"凤凤，你知道《中国式离婚》的作家怎么说中国女性婚姻失败的原因吗？她说是失去了自我，女性失去了自我。你的婚姻走入如此的窘境也是因为你迷失了你自己。中国几千年遗留下来的思想就是：女人的全部是家庭，虽然我们是21世纪的新女性。可我们的母辈是这样生活的，这一传统的观念根植于我们的道德深处。可你要明白，你的心永远属于你自己，是自由的，婚姻不该成为禁锢你心灵的枷锁，你是一个独立的个体。不妨'自私'一点，也把你的爱留一些给自己，去寻找一隅婚姻以外完完全全属于自己的空间，比如找几个挚友聊聊天，喝喝茶，还有每周去跳跳健身操，既能强身又能美体。找回迷失的那个自己，让美丽自信重现。这样或许就能够驱散你心头的阴霾，真正走出婚姻的误区。

"使个坏，教唆你一下。生活需要小小的伎俩，人有时太容易拥有的东西，反而会不知道珍惜。要时不时地让你老公也有危机感、失落感。让他觉得没有他你的地球照转不误。对待恋人和对待丈夫一样，都需弛张适度。"我狡黠地冲她眨眨眼睛，她会意地莞尔一笑，我们又有了上学时的默契。

凤凤走了，我却陷入了沉思。婚姻生活岂是你我寥寥数语能够说得清、道得明的！深陷囹圄的人唯有自己悟得其道方能够得到救赎，朋友只能够适时地让她觉得她并非孤独无助，让她感受到暖暖的友情，看到希望的曙光。我希望凤凤找回迷失的自我，真正地完美她的婚姻生活。

我又坐到了电脑前。打开文档，将刚刚没有写完的全部删除了。生活，文学作品里的生活……

随 笔

又临"古尔邦"

刚刚收到凯宇的短信,哦!马上就是古尔邦节了!

可能这就是现代朋友的定义吧,节假日的一条短信?

连续两天的高烧真比死了还难受,时而被置在火炉里,时而又被浸到冷水里。其实更难受的是妈妈的态度,居然第一天在我烧得迷迷糊糊的时候,连杯水都没有给我。一天水米未进,晚上还吐得一塌糊涂的时候,她在那屋冷冷地说了一句:吐出来就好了!泪水很不争气涌了出来。真的很恨自己,干嘛要哭?17岁时,她们把我一个人扔在医院,半个月都不曾来看我一眼时,我就告诉自己以后不许哭,无论遇到再大的困难都不许哭的。擦掉眼泪走出来后,她一个劲地朝我抱怨睿睿的作业怎么那么多,我只投去淡漠的一瞥。是啊!什么时候在她的心目中我占过一席巴掌大的位置呢?

捂着被子,我觉得好像置身冰窖。从父亲过世后,我真的很孤单,也很空虚。为了排遣这种情绪,我才开始了学习和写作。其实写作不是为了什么梦想和追求。梦想和追求这样的辞藻在我离开学校的那个雨天,通通丢进了垃圾箱。现在只有在学习和写作的时候,我才感觉到自己是"活着"的。为什么?因为在别人眼里,我的这些举动也不过是闲着无聊,找来了一把类似花生米之类的解闷的东西。付出的努力,谁承认过?在他们嘴里我是"在家里坐着坐着,坐成了作家"。无所谓,就像曾经最好的朋友在阔别十年的聚会上,善意地奉劝:"你不能靠别人的怜悯过一辈子"。

是啊是啊！我就是一个运气超好的乞丐，遇到了一双好父母，吃不愁穿不愁。我不努力吧，就是"作践自己"。我努力吧，就是反正"闲着也是闲着，写两个字，挣两个钱也好"。我不打扮吧，说我邋里邋遢。我打扮吧，说我不正经。好像人穿衣打扮的目的就是为了吸引异性。难道我是低级动物吗？这辈子不嫁人会死吗？最后连正常的生理现象都变成了我的一大罪状。无语，无奈。其实我也明白这些闲言碎语不值得一听，更不值得计较。可我真是不明白，我惹着她们什么了？碍着她们什么了？我为我自己活着，穿姐姐们淘汰的衣服我也满足，每个月100来块钱的零用钱我也很满足。我这个"作家"是"坐着坐出来的"还是躺着躺出来的和别人有什么关系？

　　真的，我越来越讨厌和别人打交道了。我一直为了报答大家的关心和爱护，衷心地做着聆听者，可谁又耐心地听过我内心的声音？但我知道，这不怨别人，她们很爱我，只是我习惯了情绪跌至冰点时，把自己禁锢起来，拒绝任何人的靠近。但我不能理解，一个多星期跟在二姐屁股后面，她最后来了一句：你没结婚，你不懂！我是不懂，为什么要懂。精神上除了父亲外，没有依附过任何人。我当然不懂，我懂的只有一个，谁离开了谁照样生活，照样幸福。不是吗？父亲过世后，大家都觉得我的大限也马上将至。我也那样想过，那样真诚地向真主祈祷过。可我照样不是没死吗？因此遇到无法选择的问题时，只会这样问自己：没有他，你会死吗？不会！答案是肯定的。所以我从来不曾为自己的选择后悔过，哪怕会难过一辈子。

　　可能这就是我和别人的不同，这就是我只能孤独一生的原因吧！

空 了

今天已是大年初六,日子如三十晚上的那场瑞雪,融化得过于匆匆。
妹妹的婚礼也接近了尾声。鞭炮、囍字、笑语,在别人的幸福里,我看到了孤独的倒影。

  一切都没有改变
  只是空出了那个位置
  在人们的遗忘里
  我用孤独去祭奠

  一切都没有改变
  只是空出了那个位置
  在红红的喜气里
  装点我窗的
  唯有坟茔上的那抹松绿

  一切都没有改变
  只是空出了那个位置

等 待

往事最不堪拿来翻阅！

好久没有一个人独自在熙攘的街道溜达了。柳树的烟绿，喧嚷的人声，被等待串缀的往事，失去的记忆总被无情地唤醒！

等待，那些日子我只学会了等待。在严冬的厉风中，在次第点亮的路灯里，我学会了等待，默默地，独自地，持续地！

除了等待，我能做什么呢？

总是有一万个理由让我等待，总是有一千个借口让我等待。

等待中，流逝的时间割痛了我的心，搁凉了我的心。

你不是今生陪我走到最后的人，我就决意不再握着电话，傻傻地站在那里等待了。走出你的风景，让心灵获得自由，哪怕是一生的寂寞。

不该回忆，不该回忆！

那笑着流泪、哭着微笑的日子，那被等待串缀的日子，那不堪拿来翻阅的日子。

不再等待，不再等待……

撑起伞，全世界只剩我一人

明天就是开斋节了，今天居然淅淅沥沥下了一整天的雨。

晚上张老师请开斋，于是下午我就准备出门。姐夫说下雨，路滑，要送我。可我拒绝了，撑起伞，独自走进了雨中。

好安静，大街上没有要过节的气氛。人，撑着各色的伞，行色匆匆。路边的树木，洗刷得幽幽绿绿。就这样，我撑着伞，裹着一身的清寒走着走着。伞下，突兀了一个只剩"我"的世界。

其实离吃晚饭还很早，可我实在不想待在家里。一家人热热闹闹在准备明天的开斋节，深陷其中，我更觉得孤单。昨夜的梦依然不时浮现，父亲抱着我安慰说：不走，我绝对不走！睁开眼，只是一枕的泪水。走吧，出去走走，管它是哪儿。是大街，是马来西亚，或是天涯海角。走吧，管它是哪儿！

雨水不时飞进伞下，冰凉冰凉。

为什么路人都在好奇地望着我？一抹面颊，居然早就泪水恣意。没有伸手去擦，也不想去擦。软弱，也只留给自己去看。选择了孤单，那就享受孤单。明天，真的不想把自己强行塞进任何的喧闹。避开它们，我能去哪儿？但愿明天继续下雨，撑起伞，全世界只剩我一人。

脚冷，心不冷？

忘了是哪部电视剧的台词："脚冷，心就不会冷。"

光着脚丫踩在冰冷的地板上，冷，真的冷，冷到入骨透髓，直至有种难忍的痛。心还冷吗？我依然感受不到它的温度。今天，有人说"你真的很冷"时，我兀然一惊。我真的很冷吗？我一直认为我是一个有阳光温度的人啊！也许，我真的很冷吧！反复地问自己，为什么你会变得这么冷？是不安全感吧。我怕，怕电影散场后的灯火阑珊；怕关掉音响后突然的冷寂；怕和朋友们聚会后，独自一人走过的长街；怕所有亲近的人都突然扔下我离开。但我真的不希望自己成为很冷的人。

电视剧看来真是骗人的，脚冷了一晚，心还是那个温度。唉……算了，睡觉去，被窝里脚也不会冷，心也不会冷！以后坚决不看电视剧了！

突然迷路

连续两场降雪，冬天如期而至！

和娜娜的父母围着火炉探讨娜娜的未来，除了一叠无奈的叹息，我找不到一个合适的词汇。脸，烤得炽热；心，跌至冰点。"三抬""伊赫瓦尼""家族的面子"，这些毫不相干的词，却埋葬了一个女孩的青春和未来。走出她们家，冬日的阳光真的没有一点温度，我下意识裹了裹纱巾。

该去哪儿？回家？还是……掏出手机，我居然不知道应该给谁打电话。在常用联系人的名单里胡乱地查阅着，我依然不能确定该给谁打电话。算了，还是收起手机吧！既然迷了路，就该自己去寻找出路。

地面上已没有积雪的痕迹，可风还是裹冰夹雪地冷。纱巾，像湿冷的布，不时黏在脸颊上。不知道是不是好久没有走这么长的路了，没走几步，腿就像灌了铅一样的重。回家的路还好长，不时停下来喘几口气。莫名其妙想发火、想咒骂、想嘶喊……掏出手机，按照和娜娜父亲的约定，给娜娜发了一条短信。真希望她的父亲能开通一次，不管是临夏还是纳家营，只要能给她一个实现梦想的空间，真的，很希望……

好不容易走到了大厦，晕死！我居然没带家门的钥匙。给妈妈打电话，关机。好冷好冷，我不住地打着寒战。站在路边，我一边跺着脚，一边侥幸地在人群中搜索妈妈的身影。突然，我看到了，看到妈妈的白帽子。"妈妈……妈妈……"不再顾忌周围人的异样眼光，我声嘶力竭地冲妈妈走近的身影喊着，眼泪同时溢出了眼眶。真好，真好，我还有妈妈,那个虽然担着一百二十个心,却愿意无条件成全我的梦想的妈妈、没有埋怨过马来西亚学费如何昂贵的妈妈、许诺朝觐后就去陪我的妈妈、天涯海角都愿意伴我一生的妈妈。

"呀,菜价贵得惊人啊……水果还是青百的便宜……菜瓜大百的便宜……"这熟悉的唠叨、这温暖的唠叨。跟在妈妈的后面,我才明白这就是属于我的幸福。

真好,迷路的时候,我还有妈妈……

人生若只如初见

最终，他们还是分手了。

在这场预写了结局的爱情里，分手是时间的冷酷。在这场有悖伦理的爱情里，分手是唯一的合理。

一整天都在反复品嚼很久以前她QQ的个性签名：爱情是一场游戏，玩得起继续，玩不起出局。曾经以为她在游戏感情，有时甚至无法苟同她的生活状态，可那天我分明看到了她隐在眼底的泪，分明看到了她的真和伤。

但，他说海誓山盟终虚幻，爱情是个美丽的谎言。我不太理解，甚至对他有些失望，爱情本来就没有谁对谁错，只是开始是两个人的决定，结束是一个人的转身。既然你给的幸福里会有另一个女人的委屈和泪水，既然你给的幸福必须附带良心的不安，那么她的转身你就没有立场苛责。哪怕她转身的原因是不再爱你。我不能说她完全没有过错，她的错是开始，但她的对是结束。

所以，想了很久，我给他留言：放手也是一种爱。我希望时过境迁，当他回忆这段感情时，不要再把曾经的美好定义为欺骗。因为如果你认为一切都是欺骗，那么你也否决了自己的真情。要知道，爱过就没有欺骗，爱过就不要说抱歉。

冬天虽然很肃杀，但它并非代表一种结束，而是一种开始。

该回归的回归,该开始的开始。不在春天,而在明天。明天,是否该给她打个电话呢?应该吧!

欲哭有泪

答应朋友一定不哭，但是说完晚安、关闭QQ的那一刻，我还是禁不住泪雨奔泻。

就让我哭吧，痛痛快快地哭一场，放放肆肆地哭一场。心里好痛，这比连日来身体上的痛要痛一百倍，一千倍。觉得自己好像一直活在自己编造的谎言里："只要我努力，只要我努力大家就会认同我，只要我努力大家就会不再怜悯我，只要我努力大家就会平等对待我。"可我错了，就算我再怎么努力，还是有人会用异样的眼光看着我，还是会有人在我的身后嘲笑我的丑陋。不是说人性都是善的吗？不是说人要坦然面对安拉的一切给予吗，包括疾病和灾难？不是说卡西莫多的善良倾倒了整个世界吗？

真没有想到，那张让我引以为傲的照片，论坛上我发表文章的照片，会成为别人的笑资。那时候我多么骄傲啊，是啊，我终于可以走出自卑的阴霾了，我终于可以端端正正地走在众人的目光中了，我终于可以走出十年自闭的世界了。那时候我真的好骄傲啊，为自己骄傲，为所有帮助我走出这一步的人骄傲。可今天，我才知道，那只是我的一厢情愿。一想象他们拿着我的照片在那里指指点点、爆笑的样子，我就无法呼吸。心好痛，就像刀割一样；心好冷，就像冰封一样。我到底做错了什么，我只想安静地写我的文章，我只想安静地完成我梦想的最后一攀。发在论坛的照片不是在炫耀什么，只是在证明我的努力，可他们……我做错了什么，残疾不是我的错，生病不是我的错，他们有什么资格嘲笑我，他们怎么忍心嘲笑我,如果素不相识倒也罢了,我不会在意,不会伤心,但……无语,无语,无语……

不想再听,不想再看,不想再想……中穆,曾经给予我温暖的地方,却给了我最大的伤害。真的好累,好累,好累……也许,我真的不该走出自己的世界,那里虽然很孤独,很寂寞,但没有伤害,没有心痛,没有眼泪。是该消失了,是该离去了。不属于我的世界,强留只是错误,不如归去,不如归去……

如果爱下去

街头那一对和我们好像
这城市华灯初上
多两个人悲剧散场
放开拥抱就各奔一方
看着他们我就湿了眼眶
不回头两个方向
流着泪的破碎脸庞
仿佛我们昨天又重放
很久以前如果我们
爱下去会怎样

最后一次相信地久天长
曾在你温暖手掌
不需要想象
以后我漫长的孤单流浪
很久以前如果我们
爱下去会怎样

毫无疑问爱情当作信仰

可是生活已经是
另一番模样
我希望永远学不会坚强
街头那一对和我们好像
放开拥抱就各奔一方

很久以前如果我们爱下去,我只会选择一样,那就是信任。抱歉,直到今天我依然没有信任过你。

没有节日的节日

不知从哪天起,我的生命里没有了"节日"一词。

"尔德节"早上围着围裙帮大姐做菜,到中午才发现自己连早饭都没吃。下午一个人倒了一杯好茶,独自在花园里呆坐着,看墙上的爬山虎,看天上曳过的流云,看飞机,也看来来往往人们的喜气。看,一切只是看而已。

"古尔邦节"一家人忙着洗羊肠、洗羊肚,而我闷着被子睡了个昏天黑地。

"元旦"像个孤魂野鬼,在熙攘的街道读着风的冷冷与凄凄。一个人逛到很晚,居然没吃一点东西,很饿时想起妈妈做的鸡翅,回家。

"春节"半睡半醒地瞄着春晚,一会儿,二姐宝宝的哭声提醒我,这就是一家人的团聚。亲亲他的小脸,很温暖。看看戴着眼镜认真看电视的妈妈,很想问一句:妈妈,我小时候你是不是也会这样亲我呢?也感觉这是一种幸福呢?

"情人节"同学发短信祝我情人节快乐。跳起来打开电脑卖掉农场里的玫瑰花,据说今天的玫瑰花可以多卖30%的价钱……

真的不知道,到底哪一天我丢掉了这些节日,也丢掉了自己。

昨晚梦见了爸爸,只是一个背影,我却很满足,毕竟那是我最温暖的回忆,泪水忽而潸然……

断　线

　　断线,和以前的生活完全断线了。

　　熟悉的大楼、熟悉的走廊、熟悉的办公室……耳畔的话语几多尖厉,抬眼,"熟悉"竟然可以旦夕间颓为"陌生"。揉在眼中,突兀了几分痛。原来仰视,不过是错位;原来完美,不过是幻象;原来人,都不过如此!潦草地一笑,转过身,窗外又在下沙,一片昏惨惨,是在笑谁的傻?

　　断线了,就松开手让自己飘远……

马来日记

一

来马来西亚已经一个月了,一直想写点什么,但苦于没有时间。今天和苏莱曼聊天,突然觉得我们的聊天记录完全可以作为我在马来西亚的初始体验。现摘录下来:

苏莱曼 12:31:36
色兰。
苏莱曼 12:31:46
这个签名有力道。
君悦 12:32:01
回色兰。
君悦 12:32:31
呵呵,这是我在马来西亚的感受。
苏莱曼 12:32:41
深刻。
君悦 12:33:14
在几种文化间,马来西亚有点无所适从。
苏莱曼 12:34:21
没有自己鲜明文化的或失去鲜明文化的群体都无一例外地

会给人这样的感觉。

君悦 12:35:30

是的，马来西亚没有自己的源文化，所以处处显得那么无所适从。

苏莱曼 12:36:31

不过多样文化的碰撞地带，也是文化地震和重组的核心地带，我却抱有谨慎的乐观。

君悦 12:37:58

不和谐仅仅是一个阶段，我们都该相信，迟早有一天，马来西亚会将这些文化糅合成自己特有的文化。

苏莱曼 12:38:22

因沙安拉，我也是这样看待的。

君悦 12:39:22

但希望马来西亚不要将西方的糟粕像中国那样吸收得体无完肤。

苏莱曼 12:39:26

距离崛起，阿拉伯世界还有很多事情需要去完成，还有很长的路要走。马来西亚初步有了领头的资本。

君悦 12:40:09

我可以把我们的聊天记录放在我的空间吗？

苏莱曼 12:40:10

是啊，我想在拿来和剔除中，马来西亚不会走中国的老路。

苏莱曼 12:40:25

因为有伊斯兰的指导。

苏莱曼 12:40:34

可以啊。

君悦 12:40:56

在马来西亚，我也看到了许多令人悦心的地方，那就是马来西亚人的软弱。

君悦　12:41:26

他们把国家的经济支配权全部给了外来人，比如中国的华人和西方人。

苏莱曼　12:42:48

因为中国完全放弃了自己的文化和传统，所以走得太远，以致迷失了自我，有东施效颦的味道。

君悦　12:43:29

这点马来西亚要比中国强。

苏莱曼　12:44:49

嗯，不过我们都坚信有朝一日，当马来西亚真的站住了脚跟，究竟由谁来支配财富，我想那不是问题的关键。

君悦　12:44:58

但他们还是信奉西方是衡量一切的圭臬，经济、文化，我们都能看到。

苏莱曼　12:46:21

那是过程，任何新生的力量对旧有的世界总是怀着崇敬的模仿和学习心态，那是谁都无法避免的。

君悦　12:47:09

所以他们也应该避免在这个过程中过分地迷失自己。

苏莱曼　12:48:32

是啊。

苏莱曼　12:49:00

只不过每个群体对别人的模仿技术不同而已。

君悦　12:49:34

看他们的新首都，能感受到他们的挣扎，他们在竭尽全力往伊斯兰回归。

苏莱曼　12:50:02

有的模仿得粗糙，有的模仿得巧妙，我最欣赏的是那种悄无声息的模仿。

君悦 12:51:52

文明间只有相互碰撞和融合，世界才能进步，关键是看他们吸收的是营养还是糟粕，是否能坚持自己。

苏莱曼 12:52:23

因沙安拉，这不仅在硬件方面可以看到，包括软件，自9·11后，伊斯兰包括阿拉伯世界的话语权在向马来西亚转移。

结束语：也许我无法像苏莱曼那样乐观地看待马来西亚。领导人的软弱，将经济权利越来越多地拱手让给了西方人和华人。丢失了经济权的政府就会沦为傀儡，一个傀儡政权能保证自己的话语权吗？能保证伊斯兰文化对这个国家的绝对支配性吗？

在 Alanmanda（一个新修建的大型商场），我听到了一个令人悚然更愤然的消息：由马来人投资修建的该商场，而 CEO 却是西方人，由 KLCC 来管理。起初，这个商场的经营户有马来人、华人等。今年 KLCC 要把马来人的店铺全部收回，其用意就是要赶走在这里经商的所有穆斯林。但政府却充耳不闻，纵容着 CEO 的强盗决议。由 Alanmanda 事件，我们清醒地看到了西方的狼子野心，那就是由文化的逐步渗透，继而控制这个国家的经济，最后控制整个国家。阿拉伯世界不就是这样一步步地丢失了自己吗？马来西亚能坚持自己多久？

二

比较而言，我更喜欢 putra jaya。

KL 总有种嘈杂和逼仄压迫着人——纵横交错的高速路活像时常会梗塞的血管，指不定会在哪场瓢泼大雨中让你长叹："回家路漫漫兮。"风掣而过的摩托车会让人下意识去捂紧自己的挎包。KL 满街都有穿着裸露的华人和西方人，这与蒙着黑纱、罩着黑袍的阿拉伯妇女形成了强烈的对比。我不知该怎么形容这种对比——多元文化的并存？审美观的差异？还是伊晖姐姐总结得恰如其分："把她们俏死了，把我们笑死了"……最让人难以接受的，就是马来西亚人对中国人的误解和偏见。追其根由，只能怨中国人自己，偌大一个民族的尊严可以被自己人贱卖，怨得着谁呢？在马来西亚，红灯区的夜景里全是中国女人飞舞的裙袂，云顶的烟雾里几乎也壅满了中国赌徒。我过海关时被扣，马来西亚的朋友说很正常，只要是在20—40岁之间的中国女性，就会被马来西亚海关严加盘查。为什么？现在我终于明白了。

大家都说马来西亚是人间天堂，真是那样吗？见仁见智吧……

三、雨季来临时

今天终于感受到了什么是马来西亚的雨季。

原计划今天搭同学的顺风车去马六甲，中午时分接到她的电话，她朋友去了新加坡不能载我们去了。挂断电话，抑郁地看着窗外，浓墨色的天空欲压在头顶。东东放学回家听到这个消息后说，那咱们搭火车去吧？我很坚决地摇摇头。他哈哈大笑，昨天是谁说自助游需要勇气的？我只能惨然一笑。说真的，我真不敢独自去马六甲，即便是吉隆坡，在没有熟人当向导的情况下，我不敢独自出行。马六甲，看来只能成为将来翻看马来西亚地图时一个熟悉而又陌生的地名了。

下雨了。我们三个站在阔朗的阳台上开始商量这个双休日的活动。KLCC？云顶？马伊大？去游泳？被"囚禁"在学校与家这两点一线的我们越说越开心，尽管雨不时会飞入屋檐，打湿我们的衣服。

雨终于停了，马丁去了店里，东东病了，我换好衣服去买饭，谁知，雨又滴滴答答地洒了下来。站在院子中央看着愈来愈暗的天空，一咬牙冲进了雨雾。还好马路对面就有马来档，买了一份椰饭、六个甜甜圈。跑回家时，裙边已经湿透了。管它呢，先填饱肚子再说。洗了一支勺子，打开椰饭，小干鱼的腥气就溢了出来。扒拉了两口，有点反胃。重新包好椰饭，提着甜甜圈返回楼上。东东仰着蜡白的脸说，姐，我好点了。我说，给你买了甜甜圈，一会饿了吃吧。打开电脑，习惯性打开QQ。家里一个人都不在，不，是我想见的人一个都不在。

这就是马来西亚的生活，这就是马来西亚的雨季……

冷冷的雨

今天下了一整天的雨,淅淅沥沥的,人难免有些困倦,有些抑郁……

大早上就冲进雨雾去赴表姐的约会。喝着茶,聊着天,久违的惬意和安逸。真的,很久没有和表姐一起分享彼此的快乐和忧愁了。尤其是我从马来西亚回来,约了几次都阴差阳错地错过了。看着日渐成熟的表姐,很是欣慰。她终于不再是那个天真得有些傻气的大姐了,举手投足都有成熟女性的气质了。更让我欣慰的是她信仰方面的提升,一个虔诚向主的人的确不再空虚、没有烦忧。

她总说她有今天,是因为一路有我。怎么可能呢?一个人的改变往往是因为境遇的改变和自身的努力,其他人只能给她一点鼓励。其实她应该感谢的是那场残酷的经历,还有自己的那点"顽固"。呵呵。

很奇怪,聊天的时候我总是不自觉地看着手机。是有所期待?期待谁?不知道。好像我的人生里根本就没有过任何期待,即便有,也是若干年前的事情,上辈子的事情了……突然脑海中闪过一句话:"在乎是因为喜欢。"在乎真是因为喜欢吗?NO!在乎更多时候是因为寂寞,因为无聊,因为心里的那点缺失需要谁去补、谁去填……

回家的路上,雨依旧似有若无地下着,还有些许阴阴的风。唱首歌权当暖身吧?

哦,多么痛的领悟

你曾是我的全部

只是我回首来时路的每一步

都走得好孤独……

Oh, My God! 怎么会是辛晓琪的《领悟》？

唉，下雨天真的很冷，也真的很容易胡思乱想……

一念之间

无聊的时候，纠结的时候，我喜欢一个人躲在房间里看影片。也许真是那样——人生如戏，戏如人生。有时，一个似曾相识的片段会让你体悟到很多很多。今天，这样的深夜，在别人的剧终人散时，我明白了，也释然了。时间是什么？是陌生到熟悉，熟悉又变陌生的距离。

以前回想起过去，往往体会到的是现在的冰凉和冷漠。总在期待，期待人生只如初相见；总在责问，责问到底是谁变了；总在怀疑，怀疑流逝成"往事"的"曾经"，有几分真、几分假。哭过、恨过、伤过、怨过、骂过。但，真能放得下吗？放不下，依然是放不下。有多少条编辑好的短信，在最终的一刻选择了删除。有多少次打开QQ聊天窗口，却又无奈地关闭。有多少次下定决心不再联系，但那专属铃声响起时，又会迫不及待按下接听键。讨厌没有勇气又没有骨气的我，讨厌没有健康又没有美丽的我。于是我变得越来越沉默、越来越孤僻、越来越喜怒无常。有时看着镜中的我，觉得那么陌生、那么可笑。但今天，这样的深夜，我明白了，一切不是我的错，错在经历的那些时间，错在"生活本就是这样"。

但愿今晚不再做梦，不再做梦……

我的2010

2010年的尾音即将响起，回首这一年，有太多的感喟，太多的无奈，还有太多的欣慰。

4月29日，在筹备了一年后，我终于踏上了去马来西亚的旅程。还记得坐在深圳机场，当耳边传来陌生的英语和粤语时，我再也抑制不住内心的悲伤，痛哭了起来。我不知道等待我的将是怎样一种局面。是的，我曾抱着也许永远不回来的决心办理了出国手续，可真正跨出了国界，我却害怕了，害怕再也见不到我亲爱的妈妈，我的家人，还有朋友们了。但知感安拉，在马来西亚时，我遇到了待我如自己妹妹的姐姐和哥哥，他们对我的关心和照顾，也许我无以为报，但我会铭记一生，无论走到哪里，他们都是我的亲人，我敬重的哥哥和姐姐。更令我意外的是，我所在的学校，居然在我没能完全完成学业的情况下，特例给了一张毕业证。姐姐说，哥哥去学校帮我办理签证事宜时，校方说，因为我的精神感动了他们，所以我是第一个退了剩余学费，而且拿到毕业证的人。其实，我很想继续读下去，但我的健康状况一再亮红灯，我只得匆匆回国，而且，在那边我太孤独了，哥哥和姐姐虽然很照顾我，可他们太忙，有时候一个星期才能见一次面，更多的时候我只能独自面对生活的困难。

8月，我回到了阔别3个月的家。回到了我原来的生活轨迹。回到了我11.6英寸的世界。

10月，妈妈去沙特朝觐，去完成她一生最重要的功课。看着缓缓驶离的汽车，我的心整个沉了下来，没有妈妈的日子，我要怎样面对只有我是外人的这个家。回家的路上，我默默望着窗外，冬天来了。果然如我所料，没有妈妈的日子我过得异常艰难。这与我去马来西亚的感受不同，那时候我知道只要我累的时候，伤心的时候，坚持不下去的时候，妈妈都会在家里等我。而现在，我感到了前所未有的恐惧和不安。我变得敏感，忧郁，甚至易怒。我几乎不怎么出门，与朋友们也失去了联系。我每晚都失眠，听到电话铃响，就会惊慌失措，怕电话那头传来什么不好的信息。真的，失去父亲后，妈妈是我的唯一，是我的所有。虽然我曾伤了她的心，一意孤行去了马来西亚，可她始终是我最爱的人，我决定放弃学业回国，妈妈也是原因之一。现在妈妈回来了，我们抱在一起哭的那一刻，我心里默念着，感赞安拉，妈妈回来了，妈妈回来了。

12月中旬，我完成了《回望中国的西北角》第三篇《明帝国》的上部。这是我执笔以来最艰难的一次写作。除了明帝国繁杂的史料外，我的情绪也一直影响着我的写作进度。还好，妈妈回来后我完成了剩余的内容。给黄主编时，我第一次像个小学生一样忐忑不安地期待着他的评价。很意外，那天他对我说，君悦，你的文字越来越有深度了，而且这篇的视角很独特，好文章。当时对着电脑，我居然笑出了声。这一切都要感谢我的妈妈，她回来时，我的文章依然一团乱麻，她像往常一样逐字逐句地看了我的文章，然后说很好啊，就这样写下去。章节衔接得很自然，史料引用得很恰当，就这样写下去。这就是我和妈妈的默契，每次写作遭遇瓶颈时，只要有她的称赞，我立刻就能重拾信心，一气呵成。这么可爱的妈妈，我怎能不爱呢。

2010，充满传奇和梦幻色彩的一年。我长大了，我懂得了我生命中最宝贵的是我的妈妈，是我的事业，我的文章。

原来我真的很受伤

今天翻抽屉的时候，无意间发现了一个铭章，打开一看，居然是父亲的。那一刹那，憋了一个多星期的眼泪终于流了下来。真的好难受，一个多星期，在家人面前我要装作什么事情都没发生过。即便如今天要把实情告诉妈妈时，我还得故作潇洒地说，妈妈，没事。其实反倒是好事，我昨晚就睡得很踏实了（尽管做了一夜的噩梦）。看着妈妈放心的笑容，我的心却是撕裂般的痛。所以，今天我打了一天的"连连看"，结果是没有一局过关。呵呵（冷笑一下）。

刘丹对我的印象评价是：追求完美的人，即使受伤也要华丽地转身后再流下眼泪。是这样吧？我也一直以为我可以微笑着面对安拉给予的每一次考验。即使每次受伤后，也会转过身擦掉眼泪，继续笑着走下去。不是吗？就算两次被医生判了"死刑"，我还是一样面带着微笑走出了医院；就算在马来西亚，因为旧疾一再发作，我孤孤单单地躺在"家里"，一天到晚连一口水都没喝时，我依然笑着打电话往家里报着平安。现在回想，那时候，除了坚信着"安拉与坚忍者同在"外，我还坚信着人间的真情与我同在，我坚信着只要我累的时候，总有很多朋友会让我去依靠。但 2010 年的最后一刻，莫名其妙的打击来袭后，我却只能独自面对这一地的寒冷。今天马媛民还发短信说：姐，不要一个人憋着，找个人说出来会好一点。我回复她，有时候人只能学会自愈。

记得 3 年前，一个女孩对我说，朋友不是锦上添花，而是雪中送炭，我深信了。然而现实与愿望之间总是有太长的距离。当你真的受伤时，你要找谁诉苦？怎么诉？诉什么？谁对了？谁错了？也许你的伤悲在别人眼里，根本不值一提。于是，更多的时候，我只能选择这种喁喁的自语：我的伤悲只有我能听、能懂。

第一，妈妈你错了，你教错我了。这个世界，不会撒谎的孩子不是好孩子。

第二，君悦你错了，你错信这个世界了。人们都在追逐着名和利，不看重这些的你不是仙女，而是傻子。

还想写点什么，却发现我根本没有什么可写的。也许这就是生活吧？

时间是治愈伤悲的良药。所以一切都交给时间吧。愿安拉赐悯我平静。

第一次

《第一次》，一阕缱绻幽婉的乐曲在黑白键上缓缓奏鸣。默默聆听，那汩汩流淌的乐曲如慢整的丝纶，牵动了一潭往昔的残星。褪了色的记忆沾染了几分今宵明洁的月彩，在清寂寥落的深潭熠耀起来。

翠竹上第一滴露爽清响了第一个"第一次"。

明艳的晨曦里，一个发结上翩然翻飞着两只粉蝶的小姑娘，背着小书包，雀跃地奔跑，身后的父亲慈爱地凝视着她。她的兴奋上黏附着父亲无比的担忧：第一次上学，第一次用稚嫩的双脚踏入社会。父亲怎能不担忧？

第一次佩戴红领巾在队旗下庄严宣誓时，一种民族的自豪感澎湃于胸。

第一次在同学们无比羡慕和敬重的目光中，昂首阔步走到主席台上领奖时，感悟到有多少耕耘，就有多少收获的真谛。

第一次离开家，踏上漫漫求学之路，月台上，母亲的双眼微红，父亲的双眼微湿。我竟无语凝噎。微风撩动着父母一缕缕银丝，刿痛了我的心。第一次真正悟得"高堂明镜悲白发，朝如青丝暮成雪"的内涵。那些银丝不光是岁月霜刀的印迹，更是为了儿女呕尽心血的印迹。

第一次遇到心仪的他。刹那间，全世界都晦翳起来，他是唯一一盏璀璨的灯火。爱的惊涛骇浪颠覆了内心的平静。第一次有了思念的感觉，日里、夜里、梦里，那种刻骨的思念如影随形。即使是他就在身边，能够听见他的呼吸，能够感觉他的心跳，却还是被那种无法言喻的思念噬咬。只想化作一幽魂魄，融入他的思想、他的灵魂、他的生命之中。《上邪》的誓言都不足以诠释尽我的爱恋。

  第一次在茫茫人海中丢掉了他，丢掉了爱。炎炎夏日，泻落的泪水凝结为冻结的冰海。只能将无奈的感喟，欲绝的悲哀深锁在心头眉蹙，只能将这无果的爱写在片片尺素上，夹进记忆的扉页中。在若干年以后，翻开发黄的扉页也只能是嘴角泛起的苦涩一笑。

  人生就是由无数个第一次垒堆起来的，有酸涩，有甜蜜；有欣喜，有痛楚；有冰激，有温馨；有希冀，有绝望。

夜色中的堕落

夜的无情吞噬了
夕阳的最后一抹瑰丽
卸落虚伪的镣铐
一杯淡酒，几简尺素，万缕柔情
一个真实的我

酒筵歌席中
我寻得一隅宁谧
霓虹光转中
我觅得一幽清澄

夜中回忆的屐痕穿越往昔的荒亘
夜中遐想的翅翼扇过未来的玫园

夜中我将我的幽思写在月亮的背面
泻了一地月影冷冷
夜中我将我的诗情着上晚风的表情
皱了一池星辉灼灼
夜中我将我的孤独造得比世界还大

映出一个孤影踽踽

夜中我无需辨别方向
北极星是我的指南针
路就在脚下延展

花落无声

七分春色欲尽时
一树花影待清风
清风已是昨日客
玉池空余残花身

过去的已决定遗忘,为何要无数次再在梦中纠结?如果你对我有一丝的愧疚,那么请你忘了我,让你我的感情就随那年的飞雪一起消融吧!留给我一片雪花的洁白就足矣了。让我知道我曾经哭过,笑过,恨过,爱过,怨过,活过。如果你对我有一丝的愧疚,那么请你忘了我,请你忘了我……

无　题

　　要离开西宁一段日子了，心情有些复杂。虽然以前也曾离开过无数次，可这次的心情迥异。姐问我，要去多久？真的，我也不知道。沉寂了许多日子后的我，此刻的心境已经完全归于海的平静了。虽然也略带海的蓝色，兼而忧郁，可我知道我永远是阳光下一粒跳动的尘埃——透明而灿烂。希望回来的时候，我的心境会沾染到那里的翠色，葱葱郁郁。

　　今晚和姐一起再次感受了一下城市夜的喧嚣，喝着苦涩的咖啡，却甜甜地笑了。叔本华曾经说过这么一段话："在任何不幸和苦难中，一想到其他人比你自己身处在更加恶劣的困境中，这是一剂最好的安慰药。"是啊！每次想到那些比自己更加不幸，过得比自己更加悲惨的人，我就会由衷地感谢生命对我的厚待。昨天负气跑出去，全家人都在满世界找我，看到在绵绵细雨中开车等待我的姐夫，我真的很惭愧！我是太任性，太孩子气了。生活难免不如意，可选择极端的行为却连累了大家。在家门口等我的妈妈还穿着家居服，并没有责怪我的任性。当我的手被她温热的手牵住的一刹那，我的气完全消弭了。只是面子拉不下来，才气鼓鼓装腔作势。很滑稽可笑，这么大的人了，可行为依旧是小孩子。是啊！虽然我一直努力改善我们之间的关系，可我还是不够尽力，以后我会更加耐心地和妈妈相处。设身处地站在她的角度看问题，用我自己第二部小说的开端章来总结一下——只有真爱的附丽，意志才会坚定，生命才会屹立。我的家人，我爱你们。

简单的结束

"结束了,一切都结束了。"最后一滴泪滑落面颊后,我喃喃道。

简单的开始,简单的结束,都来不及留给我一片思念的云彩。曾经的美好顷刻间被袭来的暴雨冲刷得干干净净。透过泪光里闪烁的记忆,看到了曾有的欢笑,曾有的期待,曾有的担忧,曾有的牵挂。虽然也明白"天下没有不散的筵席",可以这种方式结束是我不曾料想到的。韩雪的一曲《飘雪》将记忆带到那些曾经的日子里,在飘雪的日子一起分享各自最快乐的往昔。在飘雪的日子,落寞的情人节安慰彼此的孤独。在等待的时候边听《童话》边落泪,傻傻的我,真实的我。太执着就会带来伤害,这个曾经用痛领悟出来的道理,我又一度忘却了。

谢谢曾给予我的关心,在我人生最低谷的时刻看到了阳光,让我重新回归。可我还是很遗憾,这种匆匆的、简单的结束。"永远",我想知道"永远"的距离到底有多远,没有来得及问,就这样结束了。

结束了……

翅　膀

每一次
都在徘徊孤单中坚强
每一次
就算很受伤
也不闪泪光
我知道
我一直有双隐形的翅膀
带我飞
飞过绝望
不去想
他们拥有美丽的太阳
我看见
每天的夕阳
也会有变化
我知道
我一直有双隐形的翅膀
带我飞
给我希望
我终于

看到

所有梦想都开花

追逐的年轻

歌声多嘹亮

我终于

翱翔

用心凝望不害怕

哪里会有风

就飞多远吧

隐形的翅膀

让梦恒久比天长

留一个

愿望

让自己想象

  这是《隐形的翅膀》的歌词。昨晚关了灯以后我一直在听这首歌。最近很彷徨，也很无奈，漫漫长夜总是看不到世界的尽头。我渴望有双梦想的翅膀，能够带我飞翔，带我飞到梦想的彼岸。虽说自己不看重名利，有种超然于世、淡泊红尘的思想，可当自己的努力无法得到肯定的一刻，这才发现，我很世俗。每当在病痛中煎熬，辗转难眠的时候，很想放弃，想彻底地解脱自己。真不明白我到底做错了什么，为什么要在这个世界受如此的苦难？别人的幸福对我来说犹如天上的繁星，总是那么深深的渴求，却只能远远歆羡。今天和同学说我很累，他说你有追求啊！追求？听起来多么冠冕堂皇的字眼！我很苦涩地笑了。累的时候，痛的时候，孤独的时候，追求，它能让我依靠吗？它能给我力量吗？追求，不过是自欺欺人，自欺欺己的理由而已。很累。真的太累了。飘着的心永远找不到彼岸，翅膀不是隐形的，而是折断的。

  娜娜失踪了，可我没有勇气给她打电话，我怕，怕是那样的消息。你要记得我们的约定啊!在另一个世界,在那个没有病痛、没有欺骗、没有背弃的世界等我哦!很想你,真的很想你!不过我们不会分别得太久的,那个世界一定没有别离,对吗?你问过我,姐姐,那个世界有什么?我说,那个世界只有美好,有青翠的山,清澈的河,永远温暖的阳光,有爱。这个世界亏欠咱们的,那个世界都会补偿给我们。娜!姐姐好想你,好想你啊!

我是永远的精灵

"你是积极乐观的小精灵。"朋友说这是我留给他的第一印象,或许这也是我留给所有朋友的第一印象吧!是的,我是快乐的小精灵,在飞越了千山万壑之后,我依然是快乐的小精灵。因为所有爱我的人为我构筑了一座没有风雨的玻璃花房。我目之所及的都是生活最美好的一面。在那里,我的梦想在文字间舞动,在诗篇里徜徉。

曾有一度,我因看到了生活的另一面而消沉了,迷失了。在无数个夜晚,游魂般的我独自在街角垂泪,在窗前哀叹。心灵没有了依靠的港湾,情感就此被放逐。姐妹们经常劝导我,每每我都是爽快地答应,明天就找回迷失的小精灵。然而意志依旧固执己见,不肯寻回小精灵。因为精灵是美好的化身,它不愿意生活中丑陋的一面污秽它的童话国度。后来当朋友告诉我,人要学会适应,要在适应中成长时,我陡然发现,原来我一直拒绝的不是生活的丑陋,而是我根本就不愿意成长,只想待在玻璃花房里做着美丽的梦。我好傻,傻得让自己都不可思议了。人怎么可能拒绝得了成长呢?人怎么可能抗拒得了自然规律呢?我需要的是真正的勇敢面对,在真正的生活中成长。一切豁然明朗后,我决定要找回小精灵,找回一个能够与黑暗抗争,与世俗并存的小精灵。

冷

今晚真的很冷，独自站在窗前，不禁战栗起来。华灯流彩的街景，曾经让我感动的灯光，冷冷的玻璃窗将我们隔为不同的世界，一个我永远无法再次融入的世界。没有了牵挂，也没有了被牵挂，摸摸胸口，原来心脏的跳动只是一种生理现象。穿了厚厚的毛衣，还是冷，哈着气。以前说过，曾经的温暖可以慰藉今日的寒冷。今晚才明白，曾经的温暖已经随时间而冷却了。摸了摸自己的面颊，没有湿润的感觉。对了，哭泣已属于另一个世界了。

将QQ隐身后，呆呆地看着那些亮着的头像。为什么没有一个是我曾经的期盼呢？重新打开QQ，有哥哥发来的问候，才记起好久没有和哥哥联系了。好怀念以前，想哭的时候，总有哥哥温馨的暖语抚慰，可以如同妹妹般地任性发脾气，就算给他惹了麻烦，却没有一句责怪。还记得那次把他的同事骂个狗血喷头，他还是笑呵呵地说，骂得好。曾经，一切只能用曾经来怀念了。

今晚真的好冷，秋天如期而至了。

爱是心灵的风语者

下面是节选印度哲学家奥修《当鞋合脚时》的文字：

一个真正智慧的人永远不会以任何方式寻找机会来证明他是聪明的。傻瓜总是寻找一种方式来证明他是聪明的。一个真正在爱的人，一个坠入爱河的人不会试图证明他在恋爱。

当你不爱时你试图用许多许多的方式来证明你是在爱。你带礼物，你一直谈论爱，但你所有的努力都只是表明着相反的东西。如果你真正爱一个人，你甚至不会提到你爱他这一事实。有什么必要？如果另一方不能理解你那种无言的爱，那爱是一文不值的。如果你必须说出它，这意味着某些东西是虚假的。

如果问戴尔·卡耐基，他会说：即使你没有感觉到它，每天早晨一遍又一遍地对你妻子说你爱她。每当你在一天中有任何机会，不要忘记重复它。当你去睡觉，再重复一遍，把它作为咒语。他是对的——像你那样，他是对的——因为你的妻子依赖语词。你也依赖语词。那就是为什么当两个人恋爱时，一开始他们谈论那么多的爱。他们是如此富有诗意，因为他们正在互相诱惑，有那么多的浪漫和梦想。渐渐地它消退了，因为你不能一次又一次地继续同样的事情。那看上去很蠢。当它开始显得愚蠢时，他们开始觉得什么事出了错。现在没有爱，因为爱仅仅依赖语词。起初，你谈论它，但它不在。你的谈论是一种掩盖。

记住这个词"掩盖"。在你的整个生活中你在所有方面都那么干，戴尔·卡耐基看似正确，他有吸引力。他的书在全世界销售量达几百万册，仅次于《圣经》。但我告诉你，注意戴尔·卡耐基，因为他是让你变得越来越虚伪的人。于是你不再真实，没有必要去说：爱，我爱你。让你的整个存在说它。如果你爱，它会说，语词一点都没有必要。你说话的方式会表达它；你行为的方式会表达它；你注视的方式会表达它。你的整个存在将表达它。

爱情是如此重大的一种现象，你不可能隐藏它。有什么人能够掩饰它？没有人能够掩饰；它是那样一种内在的火焰，它闪闪发光。每当有人恋爱时你可以从他的脸上、从他的眼睛里看出，他不再是原先那个人——什么事改变了他。火焰燃起了，一种新的芳香进入了他的存在。他用一种跳跃的步伐行走；他说话，他的话语中有一种诗意的风韵。不仅是对于他所爱的人——当你恋爱时你的整个存在改变了。即使在街上对一个陌生人说话，你也是不同的。如果这个陌生人懂得他生命中的爱，他就会知道这个人在恋爱。你不能掩饰爱，这几乎是不可能的。没有人曾经成功地掩饰爱。

但当它不是，那你就必须营造它，你就必须假装它。

一个小男孩在参观一个动物园，有一个鹿园，全是鹿。他问园主："这些动物叫什么？"园主回答说："就和早晨起床时你母亲叫你父亲时一样。"（英语中的"鹿"deer 与"亲爱的"dear 谐音）男孩子说："不要对我说这些动物是臭鼬吧！"（臭鼬 skunks 在英语口语中有卑鄙、可恶的意思，实际上这才是男孩母亲早晨叫他父亲时说的话）

有些事情变味了，有些事情当它虚假的时候会成为一种创伤，有些事变得丑恶。虚假就是丑恶。但你用对立面掩饰了它。

2006年大事记

今天感冒了，昏昏沉沉睡了一觉，醒来后端着咖啡坐在电脑前，才发现写小说完全没了感觉。躺在床上望着窗外的灯火，2006年的一幕幕浮现在了眼前，于是打算将那些琐碎的画面用文字记录下来。

一、1、2月，挑灯苦熬，完成了自己的第一部中篇小说《玫瑰凋零暗香存》。可能因为自己是张爱玲的追随者，小说的风格大体受了张氏的影响，大家给予的评论是"成也张氏，败也张氏"。不过在网上发表时读者反响还是不错的。在"榕树下"网站竟然给了"社团推荐"的荣誉。这对于初次尝试写小说的我来说，无疑是一件提升自信心的事情，能够让我在文学创造这条路上很自信地走下去。

二、3月，拒绝了沈阳电视台一室内轻喜剧编剧的约稿。理由很简单：(1) 对于一个搞写作的人来说，没有署名权是莫大的耻辱；(2) 稿费低廉得让我觉得自己是一个脑力"站大脚"，虽然努力写的话一个月也会有一两千的收入，可被编剧如此恶劣地剥削让我觉得不公道（一般一集的稿费是2000元）；(3) 轻喜剧的文风和我的文风有天壤之别，虽然给编剧的那篇得到了通过，可我还是无法适应那种所谓的"通俗"文学。很多人不理解也不赞成我这么做，他们觉得我太理想化，人应该考虑实际的生活问题。但妈妈却支持了我，她告诉我执着理想的人不会为了眼前小利的诱惑而放弃自己的追求。成功不是用金钱可以衡量的。因此我很感谢妈妈。

三、5月，辞去了一文学论坛"斑竹"的职务。说实在的，能够得到这个"虚位"我也付出了努力，从一般的写手到散文版的"斑竹"，再到最后的文学区"区斑竹"，我的实力得到了大家一致的肯定。但我是一个将名利看得很淡的人，"斑竹"间的明争暗斗让我疲惫和厌倦。我喜欢的是文字，而不是名利，所以在到达顶峰时我选择了退出，很潇洒地退出。

四、跑到乡下去写小说的提纲和初框架。在大自然的怀抱里，我的心境得到了净化。回来后我却遭遇了人生中朋友的第三次背叛。一向不喜欢哭的我，用眼泪祭奠了精心维系了一年多的友情。也许这次打击很大，7、8两月写好开头的小说被搁置了。

五、9月，姐姐们都开学了，我也渐渐从被背叛的阴影中走了出来。因为宽容是世界上最美好的事情，决定用祝福去结束这段友情。收了心就埋头走进了我的第一部长篇小说《剪一缕阳光照亮你的生命》。起这么一个古怪的名字是因为我来到了一个残疾人的论坛，结识了许多和我一样有残疾的朋友们，还和青海的网友哥哥见了面，他是个很热心很自信的人。我从他们身上没有感受到残疾带来的阴霾，相反，他们生命绽放的光彩让我感动，他们是真正的生活的强者，他们是真正能够为自己的生命剪落阳光的人，他们的乐观豁达感染了我。

六、12月，心情完全平复的我意外地收到朋友的短信，丢失了半年的友情重新回到了我的生活中。当误会解开后我还是有种担心，担心我们的友情再也回不到过去的美好时光中，但朋友说相信他，我们的友情在经历风雨后还是会和从前一样，我义无反顾地选择了相信他。为了曾经真诚的付出，为了失去时的心灰意冷，我选择了相信。我告诉自己一切随缘吧，这种友情能保持多久我不会太苛求了，但我还是会很真诚地去维系它！

这就是2006年我的经历，有痛苦、有欢喜，有得到、有失去。但我明白了一点，要真诚地面对生活，追逐理想。希望2007年会是我愿望达成的一年，希望我所有的努力都能开出艳丽的花朵！

今夜无眠

是的！今夜无眠！此刻的感觉无法用简简单单的几个字来涵盖，有欣喜、亢奋；有落寞、空荡；有释然，也有沉重……

今晚我的第一部长篇小说在一串省略号之后画上了句号。我不知道这个句号画得是否圆满，是否能够达到大家殷殷期许的那种程度。但我要对自己说一声：君悦，你太棒了！有些恬不知耻吧？哪有自己称赞自己的人啊？可我还是要这样去褒赞自己，不仅仅是因为这部小说从构思到完成所经历的这一个春夏秋冬的更替，更因为每晚在写完之后我酸涩的眼睛、僵硬的手指、疼痛的脊椎，和嘴里隐隐的血腥味，更因为11月病倒后48个小时，在服用大剂量止痛药的情况下，我依然因疼痛而不能躺下来，不能合上困顿的双眼。

也许对于常人来说每天在电脑前端坐14、15个小时不算什么，可对于一个脊椎有问题的人来说，那是一种很残忍的酷刑，是一种耐力、毅力与病魔的对抗。我就像一个在冰天雪地的文学世界踽踽独行的淘金者，支持我不倒下的是梦想和追求。

小说女主人公的原型是我的妹妹兼挚友，虽然她离开这个世界已经整整一年了。但在我的小说里，她还是一个鲜活的生命，在我的作品中，她就是那朵永远不会衰败的依米小花。她是一个勇敢、坚强、乐观、爽朗的女孩。我们不是姐妹，可感情不亚于真正的姐妹。我永远不会忘记我们第一次见面的场景，穿着黄色羽绒服的她坐着轮椅进了病房，她眼角滑落的那颗滚烫的、真挚的、真实的泪水触动了我的内心。我一向视眼泪为懦弱的产物，那一刻我才明白，流眼泪不是什么懦弱的行为，一个人流眼泪不代表她就是一个懦夫，只代表她是一个人，一个有血有肉有灵魂有感情的人，那恰恰是我匮乏的东西。我从来没有真实地表露过自己的感情、自己的内心，总是强迫自己去微笑，用微笑捍卫自己的尊严，可怜又可悲的尊严。时至今日，我还是不会哭泣，但不是因为我想告诉人们我坚强，而是因为我不再是一个怯懦的人，我是一个真正能够正面死亡、正视病痛的人……

在这整整一年的时间里，我和小说中的人物一起哭、一起笑、一起爱、一起恨，无数次哑然失笑令自己心生疑窦——我是不是有毛病了？无数次潸然泪下打湿了我的键盘，让我感觉到自己是一个活生生的人。

也许我的学识过于浅薄，我的文字过于粗浅，无法将我内心的情感真实地、传神地展现给读者，但我相信，它感动了我，也同样会感动读者。它蕴含了我对生命的感悟、对青春的理解、对爱情的诠释，我不是在用手、用键盘去"写小说"，而是用我的心、用我的灵魂、用我的整个存在去构筑我的梦想，舞动我的生命。

呵！好累啊！今夜无眠……

听 雨

今年的夏雨好像格外的勤。无数个夜晚，撕破夜幕的闪电、轰然炸响的雷声总是刻意提醒无眠的我——又要下雨了……

站在窗前，蒙蒙雨雾黯然了盏盏街灯，也柔和了远岫刚毅的曲线。窸窸窣窣、噼噼啪啪还有偶尔汽车驶过的沙沙，夜原来是这般的宁谧与安逸。刘墉说，真正的宁静就是来自最纯正的自然之音。暮鼓晨钟、莺啭雀鸣、雨落残荷……这一切都是奏在你心灵上的音符，都是拨动心弦的清歌。这时我不由想起周紫芝的一首词："梧桐叶上三更雨，叶叶声声是离别。调宝琴、拨金猊，那时同唱《鹧鸪词》。如今风雨西楼夜，不停清歌也泪垂。"千年前的词人亦和我一样，有一番无法付诸于言语，唯有寄情于片片尺素的无奈与失意。

看来真的被八角哥哥说中了，我的心一直在下雨，一直雨水霏霏……

岁月在指缝间悄然流逝，青春即将成为被追忆的往事，那么到时候是不是真的徒留惘然呢？失去的是否真的只能是在这种雨夜被偶尔缅怀一下时，蜕变为滑落面庞的一滴泪呢？涩涩的、凉凉的……

背景音乐是黄宝怡的《忘不了》。"忘不了你的好、忘不了你的坏"，忘不了生命中曾经很绚丽的梦。好可悲，原来那场梦最后留给我的只是一串阿拉伯数字……

睡觉吧！明天一定还会有同样光彩的阳光照亮我的世界！

没有天使的时代

最近发生了一些事情,让我对自己、对人性有了全新的认识——这个世界没有天使!每个人的人性中都有狠毒的一面,不刺激它则已,如果刺激过度,它的爆发和毁灭程度并不会亚于火山。

总觉得自己应该像个天使,只去看人间美好的一面,只应注意人性懿善的一面,也只应发掘和应用自己平和的一面。今天我才兀然发现,原来自己是一个心计颇深的人。虽然可以为自己找到开脱的冠冕的理由——维护弱小的、善良的人,惩罚为非作歹、欺凌他人的人,但我还是有种背凉的惊怵——什么都想到了对方的前面,什么都快了对方一步,而且手段也不怎么磊落!这样的我连自己都觉得陌生,可怕!

其实我不想去伤害任何人,不想做任何有违自己道德伦理的事情。写这些不是在忏悔,因为我不觉得这些事情是错误的。为恶的人必应受到惩罚,为他自己的行为负责,因为每个神智健全的人都应为自己的行为负起相应的责任,为自己的错误接受相应的惩罚。

一次哭个痛快

阴沉沉了一个星期的天空终于放晴了，可我的心却一直细雨绵绵。

我突然觉得自己是个好自私的人，阿紫姐姐遭受了那么大的痛苦，我却是通过咖啡姐的刻意提醒才得知的。月光嫁过来已经快两周了，我还没有去看她，只发了两次短信。一直以忙为借口，我几乎不和网上的姐妹们说话了。这样疏于对她们关心，还妄称我们是姐妹、最好的姐妹。形式上安慰了阿紫姐几句后我就匆匆忙忙下线了，因为我真不知道该怎么去安慰她，怎样才能帮到她。如果我们还在一起，我可以抱着她的肩陪她一起哭，可以陪她笑，把一切痛苦都忘掉。可远隔万里的我什么都不能为她做，不能为她做……下了线后，我的内心一直无法平静下来，不时有冷冷的风拂过冰凉的心海。回忆起我、阿紫姐、月光三人一起聊天的那个下午，仿佛就在昨天。我们笑着，哭着，闹着，将心灵深处的伤痛一起拿来翻晒，倒进嘴里的是苦涩的、冰凉的，而三颗疲惫、伤痕累累的心却越靠越近，越靠越暖了。

脚有些冷了，蜷缩起来依然很冷，心是否更冷呢？

我不知道我们做错了什么？要接受命运如此的薄待和惩罚。我们和普通人一样用真心去爱着每一个人，然而得到的除了满身的伤痛和心碎外，只有空空的回忆了。我们不奢望什么，只想和普通人一样拥有一份平静的生活，为一日三餐奔波累了、倦了时能有个可以停靠的叫作"家"的港湾，可以握着某个人的手一起走过岁月的风风雨雨……很奢侈吗？很过份吗？

泪水涌出了眼眶，溅在键盘上却没有一丝声息。不想去擦拭，因为根本就擦拭不干净，积压了太久太久的心酸和苦涩，干脆让它一次性倾泻个尽吧！哭湿了几张纸巾后，我的内心渐渐恢复了平静。真的，我好想问问这个世界，我们做错了什么？承受了病痛，失去了健康，失去了美丽后我们依然坚强地面对着、快乐地生活着。这样的我们不能拥有爱与被爱的权利吗？泰戈尔说，世界上最远的距离是，我站在你的面前，你却不知道我爱你。在凄冷的夜，无人的街，我们才可以对着你的背影说一句：我是真的真的很爱你，才可以放下"坚强"的面具哭个痛快，转身后却会带着微笑对你说，祝你幸福。

很多人会说，你们为什么不勇敢地主动追求呢？就像年初那次给最好的朋友打电话时他给我下的结论：你就是太自卑了。当时我哭了，捂着嘴哭了。健全人怎能真正理解我们呢？他们承受过别人如同参观动物园一样的目光吗？他们承受过别人惊讶的指指点点吗？那些目光、那些指点都如针、如剑、如刀般刺痛了我们的心，我们的心不是在哭泣，而是在滴血。一个女人，在失去了健康和美丽后，还有什么可以吸引别人的地方呢？心灵？才气？自欺又欺人的谎言罢了！车尔尼雪夫斯基在《美学概论》里说：凡是畸形的都是丑陋的。谁会抱着欣赏的态度去看一件丑陋的东西？自卑也罢，懦弱也罢，我承认我在感情面前是个逃兵！

最后我对阿紫姐说，明天还有明天的太阳！是啊！明天还有明天的太阳，可属于我们的太阳究竟在哪里？或者这个世界根本不曾也不会升起属于我们的太阳！

好冷啊……

学 术

回商的社会责任和穆斯林慈善公益事业

摘　要：纵观历史，自唐中叶起，曳着声声驼铃、扬起片片白帆，穿沙漠、越大洋，沟通了东西方经济文化的"胡商""蕃商"，一直到今天依旧活跃在我国经济舞台上的回族商人，他们为中国经济的繁荣与发展、经济结构的平衡做出了卓越的贡献。其宗教信仰——伊斯兰教则赋予了回族商人有别于中国"儒商"的独特的经济理念和商业文化。近年来，一些学者开始致力于研究伊斯兰教与经济理念、商业文化的关系，"回商"这个概念也出现在了人们的视域中。

关键词：回商；社会责任；穆斯林；慈善公益

"宗教弥漫在人的整个生活之中"。宗教对经济社会发展的积极作用，是人们长期关心的一个话题。西方著名学者马克斯·韦伯早年在研究基督教新教与西方资本主义兴起的关系时总结道：基督教新教伦理孕育了资本主义精神，促进了经济发展。受此影响，著名华裔学者余英时针对20世纪末期西方经济萎顿不振而东亚经济迅猛腾飞的现象，提出了"儒商"的概念。

纵观历史，自唐中叶起，曳着声声驼铃、扬起片片白帆，穿沙漠、越大洋，沟通了东西方经济文化的"胡商""蕃商"，一直到今天依旧活跃在我国经济舞台的回族商人，他们为中国经济的繁荣与发展、经济结构的平衡做出了卓越的贡献。其宗教信仰——伊斯兰教则赋予了回族商人有别于中国"儒商"的独特的经济理念和商业文化。近年来，一些学者开始致力于研究伊斯兰教与经济理念、商业文化的关系，"回商"这个概念也出现在了人们的视域中。

历史中走来的回商

一、回商的界定

"天下回回生得怪，个个都会做买卖。"这句民谚折射出了善于经商是回族的一个鲜明性格，也是一种民族精神，还是回族在历史夹缝中谋生的重要手段，更是他们在华夏沃壤上生息繁衍的生存方式。因此回商是千百年来中国商贾队伍中的重要组成部分。

回商，顾名思义，就是回族商人，是从事商业经济贸易活动的回族人的统称。

回商与晋商、徽商不同，晋商、徽商是以地域为其范围，而回商是一个以民族界定的经商群体，民族性是回商的共同属性。但由于回族在地域分布上有"大分散、小集中"的特点，回商也就有了鲜明的地域性。因此，回商群体可以用某一区域来区分，比如宁夏回商、陕西回商、云南回商等，但这个地域性只是回商共性中的个性。

虽然回商的概念是近年来才出现的，但回商的存在却是一个历史事实，它具有历史延续性。因此，回商既是一个具有现实意义的概念，也是一个历史概念。为此，我们追本溯源，对回商的历史发展轨迹做一个概要性的梳理。

二、回商的历史发展轨迹

公元7世纪，世界历史上最璀璨耀目的，莫过于东亚唐帝国的强盛及西亚阿拉伯帝国的崛起。由于两大帝国军事、政治、经济力量的强大，使得中西交通畅达无阻，遥相睽望的东西方频繁交往起来。回族先民——阿拉伯、波斯的穆斯林要么沿"安西入西域道"，依靠骆驼驮运货物；要么搭载船舶，经"广州通海夷道"漂洋过海，贩货至中国。这些在史籍中称为"蕃客""胡商""胡蕃"的商人来华的主要目的就是进行易货贸易，伊斯兰教此时进入中国，不过是"无心插柳"的"意外"之果。这些商人沟通了东西方经济文化的交流与繁荣，也促进了沿途城镇的兴起和昌盛。

虽说宋帝国丢掉了中国北方的大部分土地，党项族建立的西夏王朝扼住了陆上丝绸之路的咽喉，丝绸之路被迫切断，但宋帝国一场真正意义上的"商业革命"——积极发展对外贸易，政策上对来华经商者给予优惠——才刚刚拉开序幕。加之造船业的长足发展、航海技术的显著提高，使得宋帝国"海上香料之路"的繁盛程度超越了唐帝国。与同样执掌航海技术牛耳的穆斯林商人的交易，成为宋帝国重要的财源。这样空前繁荣的商业贸易活动，在中国历史上是罕见的，这不能不归功于当时垄断世界贸易的回族先民——各国穆斯林商人。

由于元帝国先后征服了中亚和西亚，丝绸之路恢复了通畅，大批被征募的穆斯林涌入了中国，因而这一时期既是回族形成且兴盛时期，也是回族商业经济发展和定型的时期。回族充分利用了其政治地位的优势，"柄用尤多，大贾擅水陆利，天下名域区邑，必居其津要，专其膏腴"。加之国家对商业活动的保护，充分展现了他们善于经商的特长。"元时回回遍天下"，他们的商业活动不再囿于沿海、沿河城市，全国大小城镇甚至边远地区，都留下了他们的贩贸足迹。

在唐、宋、元800多年的时空跨越中，回商不仅走出了举世闻名的陆上"丝绸之路"和海上"香料之路"，推动了沿途各民族社会经济的发展，同时也繁荣了中国——这个重农轻商国家的商业贸易。一位哲人说："与众不同的行为背后总藏着与众不同的思想。"回商之所以能在文明程度高度发达的中华帝国占有举足轻重的地位，这与回族"乐商"的民族性格、"善商"的民族基因及"重商"的民族精神是分不开的。

三、回商"乐商""善商"和"重商"的由来

按古代历史学家的说法,回族先民之一的阿拉伯人,在伊斯兰教复兴之前不是掮客便是商人。阿拉伯半岛的特殊位置决定了经商是阿拉伯人最佳的职业。伊斯兰教先知穆罕默德所属的古莱什族,几乎可以说是"全民皆商"。先知穆罕默德本人就是商人出生,他的妻子——"信士之母"海蒂彻也是商人。因此穆斯林"以自己的先知是一位忠诚可信的商人而自豪",甚至昂苏尔·玛阿里在他的著作里将商人美誉为"以繁荣天下为己任的大智大勇者"。

回族先民的其他族源,如中亚、南亚、东南亚都处于东西方贸易的咽喉位置,和阿拉伯人一样,经商必然也是他们自古就有的职业。回商有"善商"的民族基因就不足为奇了。

由回商的历史发展轨迹我们可以得出结论:今天中国回商的先民是历经唐、宋、元、明初"乐中土而不思归"的阿拉伯、波斯、中亚、南亚、东南亚的各色穆斯林。他们背井离乡、抛家舍业,不畏艰难、翻山越海来到中国经商,有些还在中国娶妻生子、落户扎根。在时间的磨蚀下,他们失去了母语,失去了故土的记忆、祖先的记忆,在经历"群体性失忆"后,逐渐完成了伊斯兰教的中国化。回商虽然在历史的沉沉浮浮中,完成了中国化,但伊斯兰教自始至终是回商的信仰根基。回商"乐商"性格和"重商"精神的原动力就是伊斯兰教。

先知穆罕默德说:"信赖真主,同时拴住你的骆驼。"伊斯兰教将"信仰世界与世俗世界"完美地结合在一起,形成了"信仰与务实精妙交融"的生活方式。伊斯兰教认为"今世生活是为后世愈加美好而耕耘的土地,是工作和努力的地方,是崇拜安拉并顺从安拉的唯一机会,是培养情操并发展美德的地方,是奔向安拉、取悦于主的生命历程"。拥有"两世观"的回商认为今世的一切工作都是在为取得安拉的喜悦而努力,而经商就是安拉喜悦并嘉奖的工作之一。

法国经注学家朱勒·拉尤木在研究《古兰经》时,将《古兰经》分为18大类,而商业就是其中一大类。《古兰经》是伊斯兰教的经典,是"整

个穆斯林生活环绕转动的枢轴",是穆斯林日常生活的指导原则。《古兰经》启示穆斯林:"谁为主道而迁移,谁在大地上发现许多出路和丰富的财源……真主必报酬谁。"(4:100)"凭自己的财产和生命而奋斗的人,真主使他们超过安在家中的人一级。"(4:95)《古兰经》以天启的形式多次强调经商是安拉准许的活动,是安拉喜悦的职业。经商是受伊斯兰教充分肯定、大力提倡和积极推崇的职业。经商即是为主道而进行的吉哈德(奋斗)。

"先知的一切门人弟子不是经商于海陆,便是劳作于枣树园里,他们都是我们的榜样,我们应该向他们学习,而不应当仿效那些背离穆罕默德的道路的人……其实那些努力生产、自力更生的人,才会得到主的宽恕和奖励。"伊斯兰教著名的教义学家安萨里的这段话,无疑将商业活动提升到了信仰的层面。他认为"交易不只是买卖、利润,而且也是解决穆斯林的要求,向穆斯林进忠言……"生产和商业服务是服从安拉的善功,能够得到安拉的奖励和回赐。

在伊斯兰教教义中,商业活动被列为哈俩里(合法)的范畴,因此信仰伊斯兰教的回族必然普遍热衷从事的职业就是经商。伊斯兰教规范了回商正确的价值观,塑造了"乐商"的民族性格,沉淀了"重商"的民族精神。

新时期回商的社会责任

时光的车轮推进到了21世纪。中国传统的经济格局早已湮没在了历史的尘埃中。在商贸交往中以公平、公正和诚信为理念的回商,作为中国商业贸易结构中不可或缺的一部分,也跃出了传统家庭作坊和小商散户的藩篱,抓住机遇、与时俱进,以现代企业的形象搏击在这股强劲的经济大潮中。

一、现代企业的社会责任

清末,西方帝国主义用鸦片敲开了中国紧闭的大门,大量白银外流。

国内，苛捐重税下，民不聊生。经济结构严重滞后，生产力极度萎缩，国民经济全面雪崩。一批有识之士提出了"中学为体、西学为用"的思想，企业，这一西方工业革命的产物在变法之际，由日本借鉴而来，移植在了中国经济的废墟上。

"企业"一词根据词源分析由两个部分构成，"enter"和"prise"，表示"获取盈利的工具"。企业是以营利为目的而从事生产经营活动并向社会提供商品或服务的经济组织，其最终目的无非是为了"谋求自我利益的极大化"。

但经济发展的最终目的不是财富积累的本身，而在于国家富强、民族振兴和人民安居乐业。经济要与社会协调发展，企业要与社会互利共赢。企业不仅仅是创造社会财富的主力军，也是推动社会发展的历史创造者。企业在享受社会发展赋予的条件和机遇时，也应该以符合伦理、道德的行动回报社会、奉献社会，促进社会的和谐进步，这是企业不可推卸的责任。到了20世纪90年代后期，西方经济学家提出了企业公民理论，即将企业看成社会的一部分，认为企业同个体的社会公民一样，既拥有社会公民的权益，同时，也必须承担对社会的责任。

企业的社会责任主要包括两个方面：

一是"在企业内部，要着力打造各个利益主体之间的和谐氛围"；

二是"在企业外部，要主动承担与社会各利益相关者和自然环境之间和谐的义务"。

在构建和谐社会的过程中，企业履行社会责任有助于解决就业问题、保护资源和环境，实现可持续发展，也有助于缓解贫富差距，消除社会不安定的隐患。

二、回商的社会责任

在我国，企业社会责任还是一个新的话题。但对以现代企业形象重新出现的回商来说，社会责任却是一个亘古的话题。在回商形成伊始，就自觉主动承担着社会责任。"万变不离其宗"，起决定性因素的依然是他们的信仰——伊斯兰教。伊斯兰教是怎样指导回商履行社会责任的呢？

第一，义与利的平衡。

孔子说："君子喻于义，小人喻于利。"在中国儒家思想中，义与利是相互抵牾的，甚至是对立的。而回商企业的社会责任则是在平衡利——"利益的最大化"与义——"伦理责任和慈善责任"之间的关系。

谋财而不忘义，是回商经商的道德准则和基本心态，也是他们实现义利平衡的重要手段。"在伊斯兰文化中，有关商业法规，尤其是商业道德修养，对穆斯林的要求是严格的，甚至联系到每个穆斯林的宗教信仰。"伊斯兰教将公平交易从一个普通的经济原则提升到了宗教信仰的高度。真主通过《古兰经》教诲人们："他(真主)曾规定公平，以免你们称量不公。"（55：7—8）"你们当秉公地谨守衡度。你们不要使所称之物分量不足。"（55：9）"你们应当使用充足的斗和称，不要克扣别人所应得的货物。"（7：85）"当你们卖粮的时候，应当量足分量，你们应当使用公平的秤称货物，这是善事，是结局最优的。"（17：35）"伤哉！称量不公的人们。"（83：1—4）一千多年来，在《古兰经》精神的照耀下，回商在利与义之间始终保持着平衡，他们的经济活动是成功的。

第二，人是安拉财富的受托者。

在伊斯兰教的信仰理论中，安拉是宇宙万物的创造者、调养者，也是所有者。"你们的主确是真主，他曾在六日内创造了天地，然后升上宝座，处理万事。"（10：3）"天地的宝藏，只是他的；他欲使谁的给养宽裕，就使他宽裕；欲使谁的给养窘迫，就使他窘迫。"（42：12）"他使你们中的一部分人超越另一部分人若干级，以便他考验你们如何享受他赏赐给你们的恩典。"（6：165）"我必定在大地上设置一个代理人。"（2：30）这些《古兰经》的天启经文，无不在揭示这样的信息：世俗世界的财富权只归安拉所有。人类是安拉设置在大地上的代治者，是为安拉管理大地的代理人。财富是安拉给予人类的恩惠，人类只是安拉财富的受托者。伊斯兰教的这种财富观，在一定程度上遏制了人们欲望的过度膨胀，消除了人性中的自私自利。对安拉的敬畏使得人们自觉地靠合法手段去获得安拉赐予的财富，并去合理支配和运用。

第三，为两世吉庆而施舍。

20世纪90年代初，A.B.卡罗尔提出企业社会责任金字塔说，认为企业社会责任中位于最基础的是经济责任，没有经济责任，其他责任无从考虑；位于最高层次的是慈善责任，开展行动或项目来促进人类福利发展。伊斯兰的经济却从来不是以金钱为目标，而是为人类和社会谋福利。

"当《古兰经》要求人们共同努力的时候，伊斯兰急切地呼唤在实实在在的竞争和利他主义之间有一个完美的和谐。"正是因为回商背后有着这样的文化积淀，所以决定了其商业活动中蕴含着深厚的福利内涵，带有突出的福利特征。因此回商将社会责任中的慈善责任从"末"提升到了"本"。

这种"完美的和谐"是通过伊斯兰教规定的12项义务性慈善制度完成的。伊斯兰教既反对财富的大量累积和牟取暴利，也反对绝对的共产。面对在所难免的贫富差别，伊斯兰教规定了则卡提（天课）、赛待盖（施舍）、宰牲、罚赎、许愿金、卧格夫（宗教基金）等制度，平衡财富，缩减贫富差距，以帮助社会弱势群体。《古兰经》说："你们绝不能获得全善，直到你们分舍自己所爱的事物。"（3：92）"你们应当信仰真主和使者，你们应当分舍他所委你们代管的财产，你们中信道而且施舍者，将受重大的报酬。"（57：7）"信道而且行善，并谨守拜功，完纳天课的人，将在他们的主那里享受报酬，他们将来没有恐惧，也不会忧愁。"（2：277）"施舍财产，以求真主的喜悦并确定自身信仰的人，譬如高原上的园圃，它得大雨，便加倍结实。如果不得大雨，小雨也足以滋润。真主是明察你们的行为的。"（2：265）"窖藏金银，而不用于主道者，你应当以痛苦的刑罚向他们报喜。"（9：34）

无论是穆斯林都必须遵守的、属于信仰的法定性施舍的则卡特（天课），还是随意性的自愿施舍的赛待盖，就本质而言，这种两种施舍都是善功。"献出自己的财物，表示对主的喜爱；或清洁自身，摆脱吝啬的恶习，或感赞财物之恩，向主要求更多的赐予。""信道且行善者"所享受的是两世吉庆。

回商承担社会责任的途径选择

人都有"向善"的趋向——无论是为获得内心的宁静，还是为获得安拉的喜悦和回赐。善是"人与人之间适当关系之实现"，也就是说，是"施者与受者之间适当关系之实现"，而这种"关系之实现"需要一个介质、一个途径。那么回商在选择"向善"而承担社会责任时有哪些途径？

一、个人行为

伊斯兰所倡导的是低调而忘我的行善。为主道而施舍，就不该有沽名钓誉之心。默默行善，乃为施济之最高境界。尽管"公开地施舍，这是很好的"，但若"秘密地施济贫民，这对于你们是更好的"。以便"消除你们的一部分罪恶"（2：271），"将来没有恐惧，也不忧愁"（2：274）。圣训中提到，复生日除安拉的绿荫之外绝无绿荫，七种人可蒙安拉的绿荫，其中就有"一种人秘密施济，甚至左手不知道右手施济了什么"。所以个人施济是回商承担社会责任时的首选方式。

二、清真寺

"你们当以易卜拉欣的立足地为礼拜处……当时，易卜拉欣说：'我的主啊！求你使这里变成安宁的地方，求你以各种粮食供给这里的居民——他们中信真主和末日的人。'"（2：125—126）清真寺对于穆斯林来说，是能够同时完成"拜功、天课"两项天命的地方，是享有"两世吉庆"的福祉所在，是通往天园的唯一道路。清真寺负有"以各种粮食供给这里的居民"的社会功能，在穆斯林的传统意识里，"有困难就会找清真寺"。人们也乐意将自己的则卡特、赛待盖、开斋捐、卧格夫等捐献给清真寺，以便更有效地帮助弱势群体。因此清真寺的功能除了"礼拜之所"，也是"施者与受者"的中介媒质。清真寺既是布善之所，也是行善之处。

三、慈善公益组织

伴随着改革开放的不断深入，人们的物质、精神、文化的需求呈现出了多元化的趋势。这种多元化的趋势仅仅依靠政府的力量是很难得到满足的。20世纪90年代，一些民间慈善公益组织时逢"时代发展需求"的春雨，纷纷破土而出。虽然我国民间慈善公益事业起步较晚，但由于政府的大力支持和积极推动，慈善公益事业在发挥其第三次分配中的经济调节和社会关系的协调作用越来越明显。

企业社会责任观念的提出，有利于企业积极主动地参与到慈善公益事业里，然而现实却不容过分乐观。虽然企业认识到了自己的社会责任，但由于对慈善事业还存在着认识误区和观念障碍，他们将慈善事业看成单纯的道德事业，未把自己的命运真正与整个社会的兴衰联系在一起。

其实就经济意义而言，慈善事业实际是一种独特的财富转移方式，是以公民自愿为原则的社会财富的第三次分配。伊斯兰的天课制度实质上就是一种社会财富的再分配。伊斯兰有利于慈善事业发展的原因在于天课制度具有强制性。回商在选择履行其社会责任的途径时，已不再拘于个人和清真寺等传统的形式，民间慈善公益组织也日益成为他们与受助者的桥梁。因为民间慈善公益组织的功能就是合理分配资源，实现有限资源效用的最大化。回商可以通过一系列慈善公益活动帮助落后地区的人民发展教育、社会保障和医疗卫生事业，解决当地政府因资金困难而无力投资等问题，既提升了本企业的形象和消费者的认可程度，又缩小了贫富差距，消减了社会不安定的隐患。

穆斯林慈善公益事业发展的方向

《古兰经》倡导穆斯林积极参加社会公益活动："谁赞助善事，谁得一份善报；谁赞助恶事，谁受一份恶报。真主对于万事是全能的。"（4：85）扶危济困、行赍居送对于穆斯林而言不仅仅是一种道德自觉，更是一种信仰要求。虽然有伊斯兰光辉照耀的地方，就有慈善公益的影子，但穆斯林慈善公益事业对于很多穆斯林来说，目前还是一个比较陌生的名词。同样肩负穆斯林社会慈善重任的穆斯林慈善公益事业，与清真寺组织的那些自发、分散、随机性的慈善活动不同，穆斯林慈善公益事业是社会性事业，而非单个的慈善活动和个体的慈善行为，它具有社会化、经常化、规模化的特点。

近些年来，穆斯林慈善公益事业在社会上得到了一定认同，政府和社会舆论的支持力度也在不断加大，这对于穆斯林慈善公益事业的发展是一个良好的契机。但由于穆斯林慈善公益事业尚处于起步阶段，启动的大多数项目还存在着"小""散""乱"等问题，影响力不够，不能得到社会的广泛关注和支持，这需要一个边实践、边摸索、边积累经验的过程。

穆斯林慈善公益事业需要借鉴其他慈善公益组织成功的经验。从其他慈善公益组织的经验来看，慈善公益组织的社会效益和经济效益无疑都是通过实施项目来实现的。因此，穆斯林慈善公益事业也须像营利组织那样，寻找有吸引力的品牌项目，生产名牌产品；需要专门的组织来运作专门的项目，以保证能够根据社会的需要最有效地开发和运用慈善资源，以保证穆斯林慈善公益事业可持续发展。

"不积跬步，无以至千里；不积小流，无以成江海。"穆斯林慈善公益事业的可持续发展，不仅需要回商的积极参与，更需要广大穆斯林同胞的大力支持。要知道："你的一份善，可以装饰一个人的梦。"

君悦文集 下卷

剪一缕阳光照亮你的生命

华文出版社

下　卷

中篇小说

玫瑰凋零暗香存

也许每一个男子全都有过这样的两个女人，至少两个。娶了红玫瑰，久而久之，红的变成了墙上的一抹蚊子血，白的还是"床前明月光"；娶了白玫瑰，白的便是衣服上沾的一粒饭黏子，红的却是心口上一颗朱砂痣。

——张爱玲《红玫瑰与白玫瑰》

对于我来说，红玫瑰是裂在心口的伤痕，痂已经脱落，血色依稀；白玫瑰是染着月白的荷露，微风斜徐，溅落心湖，涟漪无数。

一

几只空啤酒瓶横七竖八倒在落满烟灰和烟蒂的茶几上，捏扁的烟盒和揉皱的方便面袋相依偎，一起怅吟"同是天涯沦落人"的悲慨。一只褪成卷的袜子不知何时也来凑了这份热闹，一脸皱褶地坏笑。

在这凌乱和颓败中，安安静静地摆着一本书，其不谐调就如同在蚊蝇滋生的臭河沟里漂着一朵淡雅高洁的睡莲一般。那本书是张爱玲的小说集。原本整洁的粉红色书皮上无辜地因为我的疏忽落上了烟灰，还有两滴醒目的酒渍，就像两颗汲干了水分的泪痕，点点滴滴是离愁。

这书是我的第二任女朋友苏玥的挚爱。她是个极其爱惜书的人，如果此刻她看见我如此糟践她的挚爱，她一定会嘟着薄薄的两片嘴唇，一双月牙眼会透出难得的嗔怒。而我此刻真希望能够听到她似怒非怒的娇嗔，真希望她那无缚鸡之力的双拳雨点般地打落在我的背上，真希望她那银铃似的笑声能够掀开埋葬我意志与灵魂的坟茔，让熹微的晨光能够再次照耀到我黯然的心隅。

我费力地挪下搁在茶几上已经麻木了的双腿，伸手将那本书拾起，轻轻地拂去上面的烟灰，将它紧紧地抱在怀中。不知它是否能够听见我心碎的磬响，是否能够听见我痛苦的忏悔。

说实在的，我不怎么喜欢张爱玲的小说，太晦涩，太酸气，太苍凉，就像秋风里泛黄的梧叶，洒着如水的月色无声地零落，落在看花人的心头飘出一幽轻叹。这本书中，我唯一看过的是那篇被翻拍成电影的《红玫瑰与白玫瑰》，是和苏玥一起去电影院看的。导演关锦鹏用白描的手法向人们展示了这幅 20 世纪二三十年代的爱情悲剧。我印象最深刻的是，那永远笼罩在上海天空挥不去的浓浓雾霭，陈冲的妖媚是整部片子中唯一流动的、有生命色彩的，可最后这唯一的"色彩"也被苍白的死寂无情地吞噬了。

后来在苏玥的强力推荐下，我耐着十二万分的性子读完了原著。还记得看完之后，苏玥坐在我的对面，眨动着她如同蝶翼般的睫毛一本正经地问我："也许每个男人都有这样两个女人，至少两个。一个是白玫瑰，一个是红玫瑰。你也是吗? 是的话，我是白玫瑰还是红玫瑰? "

我憋不住笑出声来，拧拧她粉嫩的脸蛋："傻丫头，想什么呢? 什么红的白的? 一生只有你一个就足够了。"我将她纤细的手紧紧地握在掌中，就那么一直低着头凝视，在我眼中那不是一双普通的手，那是我要花一生时间去握住的幸福。

我此时不敢凝视她泛着清波的双眼。就像有人说你长了尾巴，而你确确实实有一条长长的尾巴。你拼命地扯着衣服去遮掩，可衣服太短，尾巴太长，它明明白白的显露无遗，而且还摇摆起来。一阵潮湿的海风掠过，冷飕飕。我不禁打了个寒战。

摇摇晃晃地走到窗前，映在玻璃窗上的影子萎靡落魄。在霓虹的作用下，那影子忽隐忽现，红了又绿了又黄了，不停地变幻色彩。这就是我的生活，在悔恨的泥沼、回忆的荒原挣扎着的。白天的我用虚假的笑和所谓的"精明能干"在精英云集的报社不分严寒酷暑地跑新闻。我的身上已然没有了初入社会时的青涩与纯真，尘俗凡务把它们磨光了，磨钝了，现在的我只是一块扁平溜圆的石头。很悲哀吧！没办法，要想生存，就必须恪守"适者生存"的自然法则。"削足适履"也不失为"消极"中的一种"积极"。

　　脑海中这些奇奇怪怪的念头似不断拍打海岸的海浪，溅起的浪花在阳光下闪耀着七彩的光芒，"嘭"的一声又绝了踪影，留下的只有一片湿漉漉，冰冷冷。

　　推开紧闭的窗户，晚风携着月亮的清凉吹入了房间。凝固了的、烟味极浓的空气终于开始缓缓地流动起来。淡蓝色的烟雾拼命从开着的那一扇窗涌出，急促地融入茫茫的夜色中。

二

　　因为过早地离开了父母双翼的呵护，我的个性倔强，且敏感，颇有几分桀骜不驯的味道。我和任何人相处都保持我所认可的距离，完全凭直觉。直觉告诉我这个人还可以，我会和他保持淡如水的君子之交。如果此人与我为人处世的标准有一点儿出入，他的那点瑕疵就会在我眼中被无限地放大，"以点概面"。这是我对人评判的标准。正因如此，我身边的朋友寥寥无几。老六是个例外。

　　老六，睡在我下铺的兄弟。说起来我们挺有缘，虽然我不信这个。我们是同乡，都来自河北保定，是同班，还被安排为上下铺，在偌大的北京城，能够有此邂逅不能不算是一种缘分吧！

　　老六原名叫苏莫，我不知道他为什么叫老六，问他原因，他搔搔后脑勺说："记不清了，反正大家都这么叫，我也喜欢大家这么叫我，亲切些，像叫自家兄弟。"他就是这样的人。开学的第一天，我提着行李走进宿舍，他跷着腿，眯着一只眼，一副陶醉在香烟缭绕中的模样。看见我后，他立即站起身来，热情地接过我手中的行李。他很爱笑，笑起来很夸张，你能够看见他后槽的牙齿，玉米粒一样整齐洁白的牙齿。他说："就差你一个人没有报到了，上下铺你自个儿挑吧？"出于礼节，我微微将嘴角翘了翘，算是微笑。老六二话不说，将我的行李举到了上铺。我不喜欢这样的人，觉得没有必要对任何人都摆出一副友好的表情，过于泛滥的笑容很虚假，明明不喜欢对方，甚至是很讨厌对方，还要面带微笑，这不是虚伪是什么？这样的人很可怕，不就是人们通常说的"笑面虎"嘛！可老六是个例外，最起码在我眼中他是例外。自始至终我把他的这种友好划归于"天性使然"，而不是所谓的后天刻意培养的社交手段。老六人真的不错，古道热肠，把你当朋友就会整个身心地与你交往，时时处处地替你考虑，为你着想。大家都觉得我和老六能够成为死党，绝对是个意外。一个是撒哈拉沙漠的热情，一个是喜马拉雅雪山的冰冷。绝配，简直是绝配。

再说说我自己吧。我是在少年体校的红色跑道上度过了童年和青少年的，后来被体校保送到北京上大学，属特招生。我出人意料地选择了新闻系，我不想跑跑跳跳地一辈子。虽然我也出了成绩，我知道那没有用，我已经到我的运动极致了，不可能再有什么突破。况且搞了这么多年的体育，或多或少产生了几分厌倦。我想借上大学的机会来改变我的人生，一成不变的人生多少会带给人一种消极倦怠和索然寡味的感觉。人只有在不断地超越自身的过程中，才能体验超越的快意和勃发出的激情。

百分之一的成功是靠百分百的努力与付出得来的。从小搞体育，文化课底子薄成了我的软肋。尤其是英语，我蹩脚的发音总会引来全班的哄堂大笑，从云端跌入谷底什么滋味，就是这滋味。没关系，我是一个自信且有些自负的人，在我眼里没有翻越不了的高山峻岭。我傲视失败和挫折，这要归功于体育生涯对我个性的铸造。

早上，伴着第一缕霞光跑步的那个一定就是我，耳朵里塞着随身听，一遍一遍反复着英语听力训练；晚上，睡得最晚的那个也是我，站在宿舍楼前昏黄的路灯下，一边和那些吸血的蚊子浴血奋战，一边复习听课笔记。就这样，在不懈地努力下，到了大二，我的成绩已经名列前茅了。

六月，聒噪的蝉声，浓得化不开的闷热，每个人的烦闷无遮无拦地被暴晒在日头底下。真搞不懂，学校为什么会在如此炎炎的酷暑举行足球赛。

一个骄阳灼烧的下午，我们系和经管系有一场比赛。在体校时我最大的爱好就是踢足球，这可能是每个男孩子都无上热衷的一项运动吧。足球在我的脚下如同被施了魔法，左闪右带过人，球始终稳稳当当地在我的脚下，一记漂亮的射门，女生们的尖叫声不时充斥着我的耳朵："陈子潮! 加油! 陈子潮! 帅呆了!"

陈子潮是我的名字，一米八零的身高，俊秀的五官。追我的女生也不少，我却没有找到一个能够令我有心动感觉的女孩子。什么是心动的感觉? 是意乱心慌的感觉，是携风带雨的感觉，是山鸣海啸的感觉。

最后，我们以大比分 7:0 完胜了经管系。对此我不敢居功自傲，足球比赛本来就是一个体现团队精神的项目。这么悬殊的比分是每个队员汗水的结晶。

一屁股瘫坐在看台上，我发现老六两眼发直地望着操场的另一头。

"老六，看什么呢? 俩眼珠子都快从眼眶里蹦出来了。"我伸出手在他眼前晃了晃。"让我看看，哇! 你眼睛里写着好大的一个字!"我强行扳过他的脸，一本正经地蹙起眉头说。

"嗯? 什么字? 有吗?"

"噗……"我刚刚含进嘴里的一口水全喷在了老六鸡冠子一样红的脸上。

"哥们儿! 这是做什么啊! 我可不想用你的口水洗淋浴哟!"他拉起衣襟嘟囔着擦脸上的水。

"哈哈……不好意思，我帮你擦!"我笑出了眼泪花，取下搭在脖子上的毛巾强忍着笑替他擦拭。

老六的长相在男人里属于粗犷型，大刀眉，厚嘴唇，零部件都不怎么样，可拼凑到一起的整体效果还可以，有男子汉的英气。

"你刚才说我眼睛里写着一个字？什么意思？"老六突然悟到什么扭过脸望着我。

"呵呵，你都不知道啊。你眼睛里写着这么大一个'色'字。"我极其夸张地用手比画字的大小，"看上哪个妹妹了，哥们儿替你参谋参谋，什么样的女孩子能有如此的魅力，把你迷成那样。"很奇怪，在别人面前我总是不苟言笑，一副深沉，可和老六在一起时，我的幽默感就像遇到了适宜的阳光和润土，不停地滋长繁衍。

"说什么？你……你说什么？"

老六越是遮遮掩掩，我越确信无疑。我第一次看见他害羞得和女孩子一样。哪个呢？我环视操场一周，寻找着老六刚才目光停留的地方。那里有一群叽叽喳喳的女孩子，一点醒目的玫红锁定了我的视线。

"哪个？不会是那个穿玫红T恤的吧？"老六一下子红到脖根的脸验证了我的猜测。"是她吗？"

我再一次将目光投向那一点玫红上，因为距离太远，看不清那女孩的五官，只能凭凹凸有致的曲线判断她身材高挑，气质不凡，如瀑的长发在徐徐微风的抚弄下颇有几分轻舞飞扬的意韵，她的倩影也随之飘逸起来。

整个操场在滚滚热浪的灼烧中像是笼罩了摩耶之幕一般，虚无缥缈。真是燥热难耐，我扬起脖子将整瓶矿泉水一饮而尽。好久没有做这么剧烈的运动了，心脏在胸膛剧烈的起伏中昭示它的存在。

三

日子在脚步的匆匆中悄逝。我的生活在宿舍、图书馆、教室三角平面中勾勒着简单而苍白的线条。转眼间，飘黄的枯叶载着冬的寒冷缀满了大地。

原本莫名的夏日躁动在厚重棉衣的包裹下慢慢平静了，覆上了一层薄薄的寒冰。有时突然晃入视线的一点玫红，会让那不知名的物质再次蠢蠢欲动起来，连那层薄冰都像要被顶裂。一连几天，我都会被这种躁动所纠缠，日里、夜里、梦里，幽灵般在心头倏然出没。

刚刚吃过晚饭，老六和我在洗碗筷时，杵了杵我的胳膊一脸诡异的笑："晚上有节目吗？"

"什么节目？我晚上去图书馆看书。"

"不会吧！你想拿奖学金啊！这么埋头苦学。人要懂得'劳逸结合'，会休息的人才会学习……。"

"痛快点说吧！到底你今天晚上想去做什么？哪那么多废话。"

"呵呵，不愧是哥们儿，这么了解我。晚上去滑冰怎么样？"

"没兴趣，不去。"我白了他一眼接着洗我的碗。

他抢过我手中的碗，一副讨好的表情帮我洗碗："走吧！没你我多无聊啊！你不是答应教我滑冰的吗？走吧！"

没办法，每次对于老六的软磨硬泡我只有举白旗的份儿。"遇人不淑"啊！

震耳欲聋的DJ舞曲引爆了整个滑冰场。从一张张扬着笑意的青春粉面上，丝毫没有冬的寒意，有的只是春的萌动，夏的激情。

换好旱冰鞋，直起身子才发现身边的老六已经没了踪迹。进了冰场，在红男绿女中我搜索着老六的影子，这小子溜得蛮快，人间蒸发了。不管他，我就权当是锻炼身体自娱自乐来了。

一对对牵着手的男女从我身边滑过，他们的笑语隐隐刺痛了我的某根神经，在这喧嚣中，可能被落寞和孤寂所困扰的只有我一个人吧！本来就对滑冰没有多少兴趣的我此刻更是兴味索然。滑了几步，我索性停靠在冰场的护栏上安安静静当起了看客。

一个女孩滑到我的跟前停了下来。

"嗨！陈子潮，一个人来的吗？"束着高高马尾的女孩子秀气的面庞有几分似曾相识的感觉，一件鹅黄的羽绒服衬托她的皮肤愈加白皙了。

"不是。和朋友一起来的。"出于礼貌，我客气地敷衍，语气始终保持平时的那种淡然。

"噢，你朋友呢？"她环视四周之后疑惑地问我。

"噢，我也不知道他去哪儿了。"

"是老六吧！就是经常和你在一起的那个男生，我刚才看见他和一个女孩一起滑来着，他技术好烂，摔了好多跤。呵呵！"

看来女孩丝毫没有离开的意思，在她与我攀谈的时候，我极力在记忆里搜索她的影子。想起来了，她是哪个系的我不太清楚，也许她说过，只是我没有记住。每次去图书馆，她总会笑嘻嘻地给我指指她旁边空着的座位。老六说，那位置是那女孩刻意留给我的，肯定是对我有意思，每次我都耸耸肩一笑置之。

我不是木头，怎么会不明白女孩的心思，我是故作不明白。有人说，能够三次无意间偶遇，就说明你们有缘分。缘分，我又不能不再一次提及张爱玲，她曾经这样释义缘分二字："于千万人之中，遇见你所要遇见的人。于千万年之中，时间无涯的荒野里，没有早一步，也没有晚一步，刚巧赶上了。"也许你每天都和同一个人擦肩，并不代表你们就能够成为朋友，成为恋人，但人却能在缘分的牵引下和仅仅一面之缘的人展开一段不寻常的故事。缘分，穿越三生荒亘的邂逅，横渡迢迢银河的牵手。

我对女孩没有丝毫异样的情愫在里面，她充其量是一个经常不知是无意还是刻意碰面的人罢了。对于不可能有发展的事情，我只会回避。我不想给她任何的希望，没有希望就不存在失望，也不会有什么伤害了，因此我连一丝微笑都吝啬。我承认自己这种行为很冷酷，甚至有些残忍，然而这样做对大家都有好处。

我漫不经心地对于她没完没了的提问"嗯嗯呀呀"。我的冷淡丝毫没有减弱她的热情，她继续说说笑笑，在外人眼里我们一定是熟知的朋友了。我不想有这样的误会，干脆选择了缄默不语，低头用手套和着音乐的节奏打拍子。

许久，我突然意识到女孩没有再说话。我斜眼睨了她一下，她低着头抚弄垂在胸前的淡绿色线织围巾。她白皙的脸愈加苍白。我心里陡然升起一丝愧疚,刚想说点什么,她忽地一下扬起脸,硬生生地挤出一丝微笑:"我朋友在那边等我,我走了。"说完她就滑进人群里,一片鹅黄色轻薄的云彩悠悠地飘出了我的世界,只留下一抹淡淡的忧痕。

我责问自己,是不是太不近情理了。我的初衷是不想伤害她,可最终的结果还是伤害了她。这就是情感留下的痕迹吗?

我正独自郁闷,忽然听到老六兴冲冲地喊声:"子潮,我来……,哎哟!"他摇摇晃晃地冲出人群重重跌倒在我前面。

"老六,你和你屁股有仇咋的?'两瓣'你嫌少,非得把它摔成'四瓣'不可?"我用玩笑来倾吐心中不愉快的氤氲,并且紧滑几步来到老六的身边,伸手将龇牙咧嘴的他从地上拽起。

我的嘲讽对于老六这样的"厚脸皮"来说,不过是"隔靴搔痒",他只会冲你来一个故作天真活泼的笑,直让你倒胃口。我有时真纳闷儿,怎么会和这种人成为"死党"。他和我简直是两个极端的人。

"我啊,我是'醉翁之意不在滑',在于……"

"在于泡妞,重色轻友的家伙,把我叫来就是让我晒太阳啊!我说呢!你怎么突然热衷起滑冰来了,而且越摔越勇,执迷不悔。原来如此啊!……"

"我怎么会忘了兄弟,给你物色女孩子去了。走,带你去看看!"他跌跌撞撞地拉起还没有反应过来的我冲进了人群。

四

在嬉闹的人群中,我又一次捕捉到了一点怵目的玫红。那玫红逐渐由一个点慢慢扩大、蔓延,一片玫红色的迷雾充盈了我的整个视野。

"波儿,这是我的死党加上铺,陈子潮。""子潮,这是傅晓波。"他一边傻笑一边用胳膊肘捣了我一下,不然我还在玫红色的迷雾里恍惚。

"陈子潮,知道知道,帅哥加体育明星啊!你好,我是傅晓波。"那个叫波儿的女孩大方地伸出手,倒让我这个大老爷们儿有了几分局促,慌忙伸手与她很友好地握了一下。"这是我的好朋友，樊若玫。"她继续向我介绍在她旁边一直没有作声的女孩。

其实我早已注意到了那个女孩，一件玫红色的羽绒服，瀑布一样飘逸的长发泻落在肩上。如果此时你手中有一百朵玫瑰，你都能挑出最瑰丽最抢眼的一朵，那就是她。后来若玫告诉我说，她父亲给她起名字时用的是"梅"字，希望她的品性有梅之高洁与逸俗。到了中学时，她自作主张改为玫瑰的"玫"了，她喜欢凌驾于所有人之上的那种优越感。在她的世界里，她就是圣坛上的奇花异葩，别人都是水汀边的雏菊杂草。太阳会因为她的存在增添第八种色彩，月亮会因为她的存在羞涩地躲进一抹绿烟中。她不信奉"山外有山，人外有人"的信条，她的字典里没有更好，只有最好。这可能就是她的魅力——张扬，傲气，是一颗遥不可及的星辰，是一朵无法近身的玫瑰。这也恰恰符合了人们的心理，越是可望而不可即的东西，越是具有魅惑力，越能诱发人们的猎奇心理。

她对我点了点头。她让我有那么一种感觉，我是装在玻璃瓶里的透明空气，她的目光能够穿透我的身体，望到我身后的某个地方。

"老六，你的技术怎么一点都不见长，你太逊了点吧！"对于波儿的嘲讽，老六喜得开了花，脸上爬满了梯田，眼睛眯成一条缝。"情人眼里出西施"，我就没有觉得波儿有多大的魅力，一个普通得不能再普通的女孩。可能在老六的眼中，她一定是"闭月羞花，沉鱼落雁"，妒死飞燕，羞死红拂，要不他怎么能笑得那么夸张。我猜此时他的眼睛流淌出的物质绝对不会是咸涩的泪，而是含饴的蜜。实在是受不了了，我的鸡皮疙瘩落了一地。

"哥们儿，我已经把路给你领到了，现在就看你自己的了。"老六凑到我耳根小声嘀咕了几句，拉起波儿的手晃晃悠悠地闪了。

气氛一下子尴尬起来。不知哪里袭来的嗖嗖寒风从领口袖口，从一切裸露的匿藏的缝隙钻进身体。五脏六腑却被酷暑里的骄阳灼晒，两股势均力敌的力量在我体内保持胶着的状态，孰强孰弱一时难见分晓。

好久，我用余光瞥了瞥若玫。她高高坐在护栏上，很随意地耷拉着两条腿，仰起脸漠然地望着来来往往滑行的人群。她仿佛是一个置身在黑漆漆电影院角落的观众，银幕上闪动的画面是另外一个世界的事，一个与她毫无关联的世界。

"你怎么不去滑？"她突如其来的发问让我一怔。低迷的情绪如伏地的小草遇到了清风的吹拂，倏地一下立起身子。

"我不喜欢滑冰，你呢？"我努力控制着，用一种恰到好处、不卑不亢的语调回答，喉结的息肉绷得紧紧的。

"我……一样。"她高高在上的姿态，冰冷的语调，一种被俯视的强烈的屈辱满满当当充斥了我的胸臆。我"噌"地一下坐在了护栏上，这样主观意识上的差距就不复存在了，她也就不会有了俯视别人的优越感。

老六和波儿手牵着手从我们眼前滑过时，一脸幸福无比地冲我们招手。此刻，我和若玫回敬给他们的笑容肯定是一样的，像是石膏像上的裂纹，干枯空泛。

我的名字在若玫那里一点儿都不陌生，她经常听老六和波儿提到。她也在不远处冷眼关注我的举动，她给我了个"还可以"的评价。不要小觑这"还可以"三个字，能够从她那里得到这种评价的人恐怕是凤毛麟角，我算是被她另眼相看的人了。她排斥男生蚊蝇般的追求，却又乐于从那种追求中得到满足与快感。越是自命不凡的人，其虚荣心就越是膨胀，一般人有三分虚荣心，她就有七分、九分。这种人一般活得很累，首先她必须让自己出类拔萃，还要刻意地掩饰这种令别人、也令自己不齿和反感的虚荣心。她唯一的武器就是冷漠与不屑。若玫就是这样，她冰霜的眼神，空洞的笑容在所有想靠近她的人中间划了一条无法逾越的渊壑。

不可否认，我和若玫的确有几分相像，这是我们能够互相吸引的原因，也是我们彼此无法相容的原因。不过我比她强一点儿，我的傲气来源于自身的努力，她的傲气绝大多数来源于她家族的势力。我是充实的，她是空虚的，只是她从来不肯正视这一点。

爱情的魔力实在是无穷巨大。我那么耐心细致地教老六如何掌握滑冰的技巧，他始终不得要领。可和波儿滑了没几圈，他竟然能够稳稳当当地滑到我跟前，还来了一记漂亮的刹车。

"你们俩怎么不滑？是来这儿享受铁栏杆滋味的？"

"我是来当观众的，专门欣赏你摔跤技术的。那可真是动作优美，姿势难看哟！"我和老六搭讪起来，如果再不让压在胸口的郁闷释放，我怕我会爆炸。"我不想用你的笨拙来衬托我的优美！"我对着老六说话，眼睛却不自觉地投向若玫。她眼神中透露出的那一点点轻蔑深深刺痛了我的心。我是一个把自尊看作生命的人，我不能容忍任何人轻贱它，踩躏它。无论是谁，我都会双倍奉还给他，更何况是被自己所钟情的女孩漠视，那是比任何人的漠视都更强烈的羞辱感。于是，一股无名之火焚烧了我的理智，在噼噼啪啪的断裂声中，我的自尊和骄傲燃为灰烬，死一样凄怆的灰烬。

我从栏杆上一纵跃下，站在了若玫的面前，邪恶的报复心理牢牢占据了我的内心。我肆无忌惮地将她从头到脚打量了个遍，最后紧紧逼视她的眼睛。我要让她目光中的那种不屑与蔑视畏缩。她的目光起初很慌乱，急遽地移走，又急遽地拉回来，由不可思议转为恍然所悟，逐渐镇定了下来，迎着我阴鸷的目光就那么对峙起来，我们谁都不肯认输，不肯退让。

在一旁的老六和波儿被我们的举动惊呆了，你看看我，我看看你，又看看我们两个。他们还没有闹明白到底出了什么事。半晌，老六恍如梦醒，在我背后拽拽我的衣襟。看我没有丝毫反应，他使劲地拽了一下，我险些被他拽得倒退一步。现在我看到了我要的结果，可以全身而退了，转脸冲老六微微一笑，又转过身子凑到若玫跟前说："拜拜，祝你今天晚上好心情！"一个潇洒的转身，一个得意的转身。

我清楚若玫此刻的感受，一头被激怒的豹子，正准备出击，猎物却大摇大摆地从她眼前消失了，愤怒，难熄的愤怒。

五

没有月亮的夜寂寂寥寥，路灯投下的黄晕里，一个颓丧的影子鬼魅地移游。很奇怪，我没有一丝半缕复仇后的快感，相反是将整个夜的混沌装进了内心。

"你知道你刚才都做了些什么?"老六追了上来,狠狠给我脊背一记重捶。看我没有停步的意思,他干脆抢了几步堵在我前面。

"知道,不就是多看了靓妹几眼,你至于这样大惊小怪吗?"煮熟的鸭子嘴硬。

"看……你那种也叫看!简直是……简直是……"老六极力想搜索一个恰当的字眼。

"简直是什么?是穷凶极恶?是恶贯满盈?还是……"

"陈子潮!"老六的一声呵斥打回了我后面即将涌出的尖酸刻薄的话。"你刚才和若玫单独相处的时候是不是受什么刺激了?"语调降了半度。

"刺激?什么刺激?多看几眼美女就会受刺激?你少盖了!'窈窕淑女,君子好逑'。任何美的事物不都是给大家鉴赏的吗?尤其是鉴赏这种堪称'艺术'的女人,真是一种赏心悦目的享受!"

"不是……我只是觉得……不……我都不知道怎么说了。你绝对是受刺激了,反常得厉害。简直和平时的你判若两人嘛。"

"老六,你说我追她怎么样?"我一个180°的急转弯。

"追她?!都闹成这般局面了,你还想追她,你脑子进水了?我苦心给你安排了这么个难得的机会,你把它搞砸了,彻底搞砸了。你还想追她。痴心妄想吧!知道追她的男生有多少吗?"

"那又怎样,我是我,不要拿我和别人相提并论!"

"'我是我',你比别人多了什么?多个鼻子还是多个眼睛?之前你可能还有戏,被你今天这么一闹,就一个答案了——'No'戏,这是你自找的,不要怨别人。作为哥们儿,我奉劝你就此死心吧!"

"我们走着瞧!没有我翻不了的山!是哥们儿就相信我,支持我。"我拍拍老六的肩膀,一字一顿地说,说完我放声大笑,一种难以名状的不安和空虚伴着夜风隐进黑色的天幕。

凄恻的寒风不停地抽打着裸露在外面的皮肤,生疼生疼。一切明朗化后一种意念促使我脚步生风,我要前行,阔步闯入那抹玫红构造的藩篱。

那一夜我辗转难眠,床板也吱吱咯咯不安地响了一夜。

滑冰场上的一幕在我眼前不停地播放，玫红的幕布，斑驳的身影，若玫眼中未熄的怒火。后半夜，我蒙蒙眬眬有了几分睡意，恍恍然来到了一个开满玫瑰花的园子。信步走在其间，赤着的脚被玫瑰枝干坚硬的刺划出无数血口，殷殷的鲜血染在一朵玫瑰花蕾上。须臾间，那朵玫瑰花蕾绽放开来，越开越繁，越开越艳。我伸手去摘，娇嫩的花蕊间裂开一个硕大无比的口子，猛地将我整个身体吞了下去……我猛一蹬脚，睁开了眼睛，冷汗浸透了衣被。

窗外，淡蓝色的晨雾慢慢地消退，远处鳞次栉比的高楼逐渐清晰起来，新的一天到来了。

六

校园的甬道上，"给。"

"什么？"

"信。让波儿转给樊若玫。"

"情书？你也会写情书？不会吧？"老六掂着手中的信，他那副样子就像我是一个和尚，掉落红尘要开色戒。"还是算了，若玫绝对不会收，你是白费心思的，那晚的事情……"

"哪来那么多废话，只是让你交给波儿，让波儿转交，又不是让你转交，你怕什么？她是老虎？还能生吞活剥了你不成。"

"你玩真的？"

"你怎么说话呢！什么叫玩？爱情这么神圣的字眼不要叫你的臭嘴玷污了！"我夹起课本颐指气使地朝教学楼走去，可怜的老六还立在原地呆神。

这份情书是我煞费苦心的杰作。满篇的风花雪月，满纸的海誓山盟。普希金看了会汗颜，徐志摩看了会惭愧。我花了几个晚上在图书馆翻阅了大量关于爱情方面的书籍，诗词歌赋，言情小说，凡能利用的名言我都摘录了下来。冥冥中我有种预感，我的情书攻略是一场艰苦卓绝的持久战。我抱定系马埋轮的信念，开始了这场战役。

吃晚饭的时候，老六窜到我身边，神秘兮兮地塞给我一封信。

我噙着汤匙迫不及待地撕开信封。"咣啷"一声，汤匙跌落在了汤盆里，溅了我一脸滚烫滚烫的汤水。

"怎么了？"凑在身边看究竟的老六急切地询问。

信封里装着一沓被撕成碎片的信纸，那些碎纸上是我的字迹。这是我意料之中，更是我意料之外的事情。说是意料之中，我知道那晚我鲁莽的行为的确无法让人原谅，就像掴了她一巴掌又拿糖去哄她，任何有自尊心的人都不能接受，何况是她那种自尊心极强的人。说是意料之外，我没有想到她的反应会如此激烈，会撕了信而后还给我，用这种极端的行为来报复我。

"到底回了些什么啊？你怎么连脸色都变了？"老六从我颤抖的手里接过信封："这……这太过分了吧！不同意就算了，干吗这么令人下不了台。这女孩也太傲慢了吧！"

我感觉食堂里所有人都用写满了嘲讽意味的目光刺向我，我不能再待下去了，从老六手中一把抢过信后落荒而逃。

第一次，我买了一包香烟，盘膝坐在校园空旷的操场中央。夜晚的风不知从何处搜罗来了些枯叶和纸屑，这些可怜的漂泊者随着风势忽东忽西，忽左忽右地来回颠沛流离，它们是不是也无限的怅惘，下一刻将何去何从？哪里是它们的归宿？

撕开香烟的包装盒，抖出一支叼在嘴里。新买的打火机怎么打不出火，"一、二、三……"火终于打着了。猛吸了一口，苦涩的烟味呛进了我的喉咙，随之而来的是一阵剧烈的咳嗽。咳着咳着，一股酸涩涌上心头，漫过心的堤岸泛滥在我的面颊。

七

从此，我将写情书当作每天的必修课一样来完成。刚开始是每天一封，继而发展到每天两三封。我的写作风格也在不断地求新求变，时而是夏日烈焰般的炙热激情，时而是阳春白雪般的缱绻柔情，可惜它们的命运都是一样的悲惨，洁白的信封是它们残骸的棺木，颇有几分悲壮之情。

永不认输是我身上最值得骄傲和炫耀的东西。不知从哪里冒出来那么大的勇气，我的激情似不断涌起的潮汐，一浪高过一浪，笔耕不辍，痴情不改。刚开始老六还戏谑说，为了成就我的爱情甘愿当一只鸿雁。可后来每次拿到退信他要么放缓脚步挪到我跟前，要么在我面前像只困兽转来转去，不知如何将信给我。好几次他都愤愤然地说："什么了不起的女孩？这么糟践人，子潮，算了吧！天涯何处无芳草？她也不过是一朵带刺的玫瑰，你这么出众的人才，还怕找不到比她更优秀的女孩？"老六是极其了解我的，每次劝完之后，还是会唉声叹气地拿着信走了。

老六从波儿那里探听到今天下午若玫没有课，会待在宿舍里。吃过午饭，我从书桌里取出一摞信纸和信封走出了宿舍。

因为是午休时间，女生宿舍楼里不时传出女孩子嬉笑的声音。刚跨进女生宿舍门，看门的大妈就像一堵肉墙堵在了我面前："这位同学，你难道不知道吗？男生禁止入内。"她的眼神让我想起动物世界里盘旋在高空寻找猎物的秃鹫的双眼，它能够透过你的皮囊窥视到你内心那点花花肠子。我还真有点胆怯，使劲和着一口唾沫把那点胆怯吞了下去。俗话说："撑死胆大的，饿死胆小的。"我现在是一个彻头彻尾输红了眼的赌徒，是拿自己的自尊和骄傲在做赌注，什么都不可能挡住我的去路。我立马换上了一副讨好的笑脸迎上去。

"大妈，是这样的，我是新闻系的学生，我们要发实习表，我是给我们班女生拿实习表来的。"

"那就上课的时候再给她们，现在是休息时间，女生在午休，你进去不方便。"大妈以公事公办的口气把我拒之门外。

"大妈，下午就要的，我也是刚刚拿到实习表。用不了多少时间，我给她们讲清楚怎么填就出来。拜托您老就通融一下。"我诚恳的模样，淡定的眼神，还是未能让大妈合一下她缀满肥肉的下巴。没办法，只能瞅机会溜进去了。天助我也！趁大妈和别人说话的空隙，我成功地溜了进去。

八

　　走在楼梯上我才长长地吁了口气，摸摸笑得痉挛的脸，我此时还真佩服起老六来，他整天对着别人这么笑，难怪他脸跟梯田似的那么多褶子，原来微笑也是件不容易的事情。

　　312寝室，对，就是这里了。我深呼吸后敲开了门，是波儿。她一看见我，眼睛和嘴巴都变成了"O"形。我面无表情把信递给她，反正我已经把自尊和骨气都扔进了垃圾箱。现在我就像站在了悬崖边上，前方是扔下一粒石子都听不到回响的深渊。我的命运掌控在若玫的手中。她抛给我一根绳索，我就可以回头；她推我一把，我必定摔个粉身碎骨。

　　波儿踌躇了半晌，才接过我的信。她临进门前又回头望了我一眼，那眼神我至今难忘。同情、怜悯、不忍、心痛这些情感都糅合在了她的眸子里，我第一次感觉到了她的眼睛是那么美丽。"人之将死，其言也善"，不，应该是"其眼也善"。现在我眼中的事物都像是透过红玻璃看到的，旖旎，梦幻。

　　波儿进去后，我颓然地靠在墙壁上。这堵冰冷的、没有生命的墙，此刻支撑着灵魂出壳的我，没有它我的躯壳会顷刻崩塌为一片废墟。

　　"子潮。"波儿轻轻晃着我的胳膊，把手中的信封交给我，从她不忍的表情我已经明白了信的内容，撕都没撕开，就丢进了旁边的垃圾箱。"子潮，算了吧！我也劝过若玫了，可……"波儿没有再继续说下去，轻叹了一声，进了宿舍。

　　我取出纸和笔，蹲在她们宿舍门口开始写下一封信。怕什么？"鱼死网焉能全身，网破鱼焉能苟活。"我是抱着这样的决心来的，就不怕她不接受。现在，这已不是一份简简单单的情书，笔下已不是什么情意绵长，笔下是一个男孩的一切。是不是有点耸人听闻？不！那是一个失去理性的疯子的感觉。为什么我会有如此举动，连我自己都不能解释、不能理解。是爱还是恨？麻木的心无法辨认。

再次敲她们宿舍门，还是波儿开的。我把信塞在波儿的手里，连看她的勇气都没有，只留了一个坚决的背身。第二封信还是被退了出来。我继续写，她继续退。我都数不清写了多少封了。写最后一封时，我的手指都有些僵硬了，一行行歪歪斜斜的字迹是坏了的流水线上出来的次品。管它呢！反正她也不会看我的信，字迹工不工整有意义吗？

递出信以后，我头抵着墙就那么傻站着。"滴答滴答滴答……"时间的滴漏子在我体内声声作响。

"吱——"门开启的声音不能再让我有任何异样的感觉了。

"子潮。"

"麻烦你帮我丢到垃圾箱里吧！"

"丢什么？"

"爱丢什么丢什么，那垃圾箱不是已经丢满了吗？那里面什么都有，什么都可以丢进去。"凭最后一丝气力我冲波儿咆哮起来。

"你在胡言乱语些什么呀？我听不明白，我是来告诉你，若玫收下你的信了。"

我简直不敢相信自己的耳朵，"噌"地一下跳起来，抓着波儿的肩膀使劲摇晃："真的？你说的是真的？若玫……她……"

"放开我，我快被你摇散了，当然是真的了，难道我会拿这种事情和你开玩笑。"

"波儿，你实在是太漂亮、太可爱了！""这人不会是和范进中举一样疯了吧？"波儿一定对我的举动持这样的怀疑。

我一路狂奔出了女生宿舍楼。站在院子里，我回头望着312寝室的窗户，此时已是夕阳西沉的时候，宿舍楼的墙壁上斜倚着绚丽的玫红色晚霞，我的唇边也染上了一抹玫红。

九

拨开叠嶂的玫红雾霭，我看到的是足球赛后那颗狂乱悸动的心。那完完全全是爱，爱没有理由，没有过程，就那么携风带雨混沌了你的世界，迷乱了你的心神。爱能够让人失去理性的思维，失去理性的判定，会让人做出许多超出常理的事情。

"你知道你现在的绰号吗？"若玫扭过脸笑嘻嘻地问我。不知什么原因，若玫的笑在我的感觉里总有一份嘲讽隐在里面。

"不知道，叫我什么？"

"101封情书。"

"哇，这么浪漫的名字！拜你玫大小姐所赐，我才能有此雅号！"其实我早就知道别人这么叫了，刚开始我还有些恼火。转念一想，那是他们忌妒，我摘到了王冠上最璀璨最瑰丽的宝石！这是一份男孩子虚荣心的满足感，一份征服后的快感。虽然它们不是很多，可我绝不否认它们的的确确潜藏在我的意识里面。

"潮，如果那时我不接受，你会放弃吗？"她安静地依偎在我怀中，放下了骄傲，放下了冷漠，不再是一枝长满刺的玫瑰，任由我双臂轻轻环抱。

"不会的，我绝对不会放弃。"

"是因为真的喜欢我，还是出于想征服我的一种欲望？"

"喜欢，是因为我喜欢你。我可以发誓。"

"不要，我不需要你的发誓。你知道吗？你刚开始的信有太多的誓言，太虚假了。可能所有的女孩都喜欢那种山盟海誓，可我不喜欢。真正打动我的是你最后一封信的那句话，'缘分让你我在茫茫人海中偶遇，可如果缘分注定让你我擦肩，我宁愿不相信缘分，只相信自己的行动一定会敲响你的心门'。爱不是用语言作承诺的,而是用行动作承诺的。"这就是她的独特、睿智、理性。

我默默许下愿望,希望能够一生一世去爱她,用整个灵魂、整个生命去爱她。有她这一抹玫瑰的色彩来缀饰我的世界,有她这一朵玫瑰的幽香来馥郁我的生命就足以了。

我环着她身体的双臂更加用力了,多希望时间就此停下脚步,让此刻成为永远。

黄昏校园的小径上有我们相依的身影,月下花前有我们卿卿我我的耳语。爱情,在两颗心碰撞时的火花中燃烧,在两颗心相傍时的涟漪中激荡。

十

云卷云舒,花开花谢。四年的大学生活很快就要结束了。每个人都开始为自己的前程而疲于奔波。要知道,职业的好坏将影响一个人的一生。谁都希望有个前景广阔的职业,并把它作为一生奋斗的目标。

我被省城的一家报社录取了。得知这个消息后,我抑制不住兴奋急切地跑到若玫的教室门前等她下课,我希望她和我一起分享这份喜悦。这就是爱情吧!什么都希望和对方一起分享的感觉,心灵合一的感觉。

教学楼走廊的地板砖拼出的图形让我想起小时候常玩的房子格。童趣在好心情的诱使下萌发,我努力回忆着童年时的玩法,在格子间跳来跳去。童年,一个人一生中最美好、最纯真的时光。高兴就开怀大笑,悲伤就放声大哭,喜怒哀乐都可以没有顾忌、不加掩饰地显露。这也是为什么童年时光总会是人生中最难以磨灭的印记的原因吧,哪怕风烛残年后依旧清晰如昔。

"干什么呢你?"从教室出来的若玫看见傻兮兮蹦来跳去的我疑惑地问道。

"跳房子呀!小时候你没有玩过吗?"

"别跳了,大家都在看你。"

"那有什么,他们爱看就看,我玩我的。他们懂什么?这叫找寻逝去的童真。"

"你自己玩吧,怪丢人的。你脸皮厚没关系,我可要走了。"她还真没有理睬我,转身就走了。

我好不容易追上了若玫。

"不继续找你的童真了?"她憋着笑戏讥道。看见我汗津津的额头,她掏出手绢替我擦去汗珠。

"被你一教训,我的童真吱溜一声又吓跑了!呵呵!"

"你今天有什么好事?这么兴奋?"

"知我者,若玫也!"我拉起她的手,温情地凝望她的双眸,她也同样温情地回望我。眼睛是心灵的窗户,无尽的爱意在目光交融中传递。

"真有好事?是什么?让我也高兴高兴。"

"我被省城的晚报社录用了,刚刚接到通知。"

"是吗?"

"你知道有多少人去竞聘这个工作吗?在所有的竞聘者里,我的条件最好,提前一轮被录用了。"可能是太兴奋了,我没有察觉若玫的冷淡,依旧滔滔不绝地自诩。

"子潮,你……有没有想过继续读书?"一直保持缄默的她突然停住了脚步,出乎意料严肃地问我。

"读书?考研?"

"嗯,经济管理。"

"经济管理?你开什么玩笑。我是学新闻的,怎么可能上经济管理?"一盆凉水从头浇到了脚心。

"你也知道,我家是做生意的,我是独生女,爸爸的事业最后要由我继承。所以我希望你也能够学经营管理,将来和我一起继承爸爸的事业。"

"这个问题我们以前就说过,我的态度很明确。我喜欢记者这个职业,我从小的志向是做一个'无冕'之王。对于管理公司、做生意没有丝毫的兴趣。"若玫以前就曾经提及这个问题,当时我就很明确地回绝了她。为此,我们冷战了好久。最后我们约定以后不再提这个话题,战火才得以平息。没想到今天她又旧事重提,我的好心情就像被一阵飓风狂扫得无影无踪。

"你也要为我想一想。我毕竟是个女的,精力和能力都有限。我们家的女婿人选必定是能够和我一起担此重任的人。这是许多人求都求不来的好事。"

"那是别人,不是我,不要拿我和别人比。我还是那句话,我对经营公司没有丝毫兴趣,我不会勉强你做你不喜欢的事情,希望你也不要勉强我。我是和你恋爱,将来是和你结婚,不是和你家的生意恋爱结婚。你有你的志向,我也有我的抱负,这样不好吗?"

"'爱屋及乌',你不会不懂这个道理吧!如果你是真心爱我,就会连同我的家庭一起去爱。你连这点都做不到,只能说明一个事实。你……根本……不爱我!"她把最后几个字加重了语调一字一顿地说。

"你不要无理取闹好不好?这和爱不爱你没有关系!爱是建立在平等基础上的,相互要尊重对方的选择,不能把自己的意志强加于对方……"

还没等我说完话,若玫已经甩开我的手怒气冲冲地走了。

我们的爱情可以说是一条铺满玫瑰的道路,也可以说是一条布满荆棘的道路。有玫瑰沁人的暗香,也有玫瑰刺伤的血痕。我和她个性都太强。她是一个被宠坏了的公主,很多次都是因为没有顺从她的意愿而引发了"战争",她坚硬的刺总会有意无意地刺伤我。我又是一个特立独行的人,从小没有受过约束,也不会迁就别人,总会将自己的想法坚持到底。我们缺乏彼此的谦让和包容,缺乏对矛盾冲突的调和,经常为一点儿琐碎的小事而争个高低错对。很多时候我们都是满怀喜悦地相见,然后愤然地分手。有人说,爱情是越吵越浓,不吵不闹不恋爱。也有人说,过多的争吵会将爱情的色彩漂白了,一片死寂。

这是我们相恋以来冷战时间最长的一次,就是偶尔在校园里碰到,也会和陌生人一样擦肩而过。虽然好几次我都忍不住想去找她,可我问自己去找她说什么,道歉吗?在这个问题上我没有任何错,道什么歉?她如果不能意识到自己的错误，那么我们还会为这个问题而发生争执。我只能要么徘徊在她们宿舍楼前，痴痴地凝望她映在玻璃窗上的倩影，任由思念一点一点地侵蚀，要么躲在角落，远远地看着她的身影黯然神伤。

看着每天长吁短叹的我，老六和波儿安排了一次机会让我们化解矛盾，我们都小心翼翼地回避读研的问题，惧怕裂痕进一步加深。我隐隐觉察到这次的裂痕不同往日，恐怕是时间无法修补的，也许还会随时间的推移愈来愈深，成为葬送我们爱情的深渊。每当有这种感觉时，砭骨之寒不断袭来，我会一支接一支地拼命吸烟，希望那份恐慌随袅袅的青烟一起湮灭。我的烟瘾也随之剧增，从此成为了一个彻彻底底的烟民。

十一

白洋淀，一个童话般的世界。万亩荷花在绿波间娉婷，渔夫悠然地驾着渔船在芦苇丛中穿行，一派怡然天趣的图景缓缓展现在眼前。闭上眼睛，你会有那种错觉，你就是置身淀里的一尾自由自在的鲈鱼，你就是清晨娇嫩荷花瓣上的一滴露珠，你就是沁人心脾的一缕荷香。

"我的家乡很美吧？不是自我吹嘘，这里绝对堪称人间天堂！"与我并肩站在淀边观赏风景的老六颇为自豪地对我说。

"嗯，真的很美！是无法用言语形容的美。'天然去雕饰，清水出芙蓉。'看多了大城市的喧嚣与繁华，这里的景色让人有种返璞归真的感觉。这恐怕就是陶渊明所说'久在樊笼里，复得返自然'的心态吧！"

"哈哈！你可是沾了大自然的精气？说话怎么也这么文绉绉起来了？"老六揶揄道。

"哈哈！很有可能！好些锦绣文章都是文人游历山水的心情之作，我们也不妨雅一回？"搭着老六的肩膀我们一起哈哈大笑。笑过之后是一阵静默，我们一起感受大自然给予心灵的阵阵激荡。

"你和若玫现在怎么样了？"老六还是憋不住问我。

"就那样了，现在也不吵了，反而让我觉得空荡荡的。如果我不能照她制定的方向去生活,我们之间的裂痕就不可能消失。"我压低声音幽幽地说,可还是惊落了一滴荷叶上的露水,它跌落在淀里绽出一朵美丽的水中花,漾着漾着最终归于了静寂。

"唉!你们呀!个性都太过强硬,两团面团才有可能被揉在一起,两块石头怎么可能揉在一起呀!彼此多点忍让,多点包涵,这样两个人才能够开开心心、长长久久地在一起。"

"不说这个好吗?这种话题不适合在这种山青水秀的地方讨论,别扰了这里的清幽!哈哈!"

这次利用去报社报到时空出的一个星期假期,我和老六一起去他的家乡看看。老六和波儿都把工作签到了深圳,他想临走前再看一眼家乡,工作之后就不知道有没有时间经常回家了。他觉得很愧对自己的父母,父母供他读大学不容易。说到这里时,老六的眼眶泛起潮气。我第一次看见他这么伤感,在我眼中,他永远是阳光中耀动的一粒光分子,剔透晶莹。"男儿有泪不轻弹,只缘未到伤心处"。看来普天下的儿女对父母的养育之恩都怀有深切的感恩之情,父母的恩情是我们永远都无法偿还的。我也不由得想起了我的父母,这么多年来我很少在他们身边待过,他们该是多么的孤独寂寞啊!

这天早晨,天蒙蒙亮的时候,我因为内急匆匆忙忙跑进了村子里唯一的公厕。出了厕所,我才发现找不到回去的路。说起来也是趣谈,老六家的村子有24户人家,每家的建筑都是一模一样的,白墙青瓦的旧式民居。为了环保,村子里只有一个厕所。初到这里不迷路才怪。

在村子里转了好几圈,看这家像是,那家也像是,我都转迷糊了,可还是没有找到。因为时间太早,村子里阒无一声,想找个问路的都找不到,我索性就走到淀边去看白洋淀清晨的风景。

一轮红日在水天衔接的地方冉冉升起,橘红的天空,橘红的湖面,橘红的晨雾。渐渐的,橘红雾霭在阳光的照射下消散,轻柔的晨风敛起阵阵水波,揉碎了一淀金灿灿的晨光。此情此景让人遐想翩然,"天街夜色凉如水,卧看牵牛与织女",我恍惚看到的是一淀皎皎的银河,哪两颗才是牵牛织女星?

又是一个清晨,又是一个开始。我和若玫之间能不能也有一个这样的新的开始? 我们能不能有清晨一样静谧和谐的一幕? 无休止的争吵,我真的开始厌倦了,累了。如果此时我们能够相依站在这里,让轻柔的湖水涤荡我们心灵的世俗尘埃,让如碧的湖水澄明我们的感情,让浩渺的湖水开阔我们的胸襟,那该是多么美好的事情。

再一次走在村子的小路上,怎么还没有人影? 我正郁闷之时,一个白色的丽影如天边的浮云飘飘然来到我的视野里。我欣然迎上前: "你好! 请问苏莫家怎么走?"

女孩眨动着蝶翼般的睫毛好奇地看着我,我被她看得窘迫起来,怀疑自己是不是因为没有洗脸,脸上有什么脏东西。

"呵呵,你跟我走吧!"她美丽的双眸弯成了一轮新月。她笑得好甜美,人的心神都会被她深深的酒窝给迷醉。她提着很沉的行李包走在了我的前面。出于对她的回报,我抢上前帮她提包。她倒也毫不客气,冲我再次甜美地一笑,甩着手走在我的身边。

十二

"好了,就是这里了。"女孩已经抢先一步跨进了房门。

对,这就是老六家。堂屋的桌上已经摆好了早饭。可老六人呢? 女孩走到我身边从我手中接过包。连谢谢都没说转身进了旁边的房间里。这女孩怎么这样,主人不在怎么可以随便进人家的房间? 我正纳闷儿,老六气喘吁吁地跑了进来。一看站在堂屋正中央发愣的我就开始了唠叨: "大清早你跑哪儿去了,我还以为你掉到淀里喂鱼去了,让我好找。"

"内急,看你睡得正香,就没有吵醒你。后来迷路了,幸好……"还没等我讲早上的奇遇,那个女孩已经从房间里出来,边走边用手中的白色发圈扎头发。

"哥,大清早你怎么没在家,爸妈呢?"

"玥儿，几时回来的？怎么不打个招呼，我好去车站接你，一个人提那么重的行李多累。"

"不用那么麻烦，我的行李不重，就一个包，哥什么时候回来的？"

"昨天，早知道你是今天回来，我就去学校接你一块儿回来。"

"哥""玥儿"莫非……可他们长得一点儿都不像，女孩清秀得如"濯清涟而不妖"的夏荷，老六充其量是池底淤泥中的莲藕。

"子潮，傻看什么劲呀！这是我妹妹苏玥。漂亮吧！玥儿，这是我的同学。"兄妹情深之后才想起来还有我这么个大活人的存在。

"我刚才就猜到是你了，我哥老在我面前夸你。你的名字都快给我耳朵磨起茧了。"她的声音也是那么的轻柔甜美，让人如沐荷叶间飘荡的清风，甜丝丝，沁凉凉的。

"刚才还没来得及谢谢你，没想到你是老六的妹妹。一点儿都看不出来。"

"唉，陈子潮，你什么意思？看不出来？我们兄妹长得多像啊！"老六贴在妹妹的脸上又是那种让人反胃的天真活泼样。

"哈哈哈哈……"

"哈哈哈哈……"

"谢谢什么？你干吗要谢谢她？"

"刚才我在你们村子里迷了路，是你妹妹带我回来的。"

"哦！是我妹把你捡回来的。怪不得，不然你一定跌到淀里喂鱼了！"

在融洽的气氛里，我们吃过早饭。他们兄妹又带我去附近看了看。他们笃深的兄妹情让我这个独生子心生羡慕。

十三

明天就要回去了，一种不舍的情愫悄然跃上心头。这些天和老六家人的相处中，让我从心底里喜欢上了这里的淳朴。老六家其乐融融的氛围让我生出一种对家的企盼和眷恋。

夜已经很深了，泛着潮气的夜风吹在面颊上还有些微微的凉意。老六每天都会和波儿煲一两个小时的电话粥，蜜意醇醇的话语，幸福的表情都会让我的心泛起阵阵酸波。我白天也和若玫通了一次电话，简单地问候之后，她说她很忙，待会儿给我回电话，就匆匆忙忙地挂断了，一直等到了现在，她始终没有回。坐在冰凉的石凳上，我出神地看着手中的电话，它黑色的显示屏如同此刻我灰白黯淡的心境，只有当它亮起来的时候，我的世界才会重新恢复色彩。

呆坐了许久，我枕着手臂躺在了石凳上，突然想起今天无意看到玥儿有本诗集里的一首诗：

当夜空的星升起
光亮照到我那小屋的角落里
我思念着你
当月亮闪着金光升起
重又忧郁地落下去
我又在思念着你……
但如果我关上窗板
无论是星星、月亮，还是太阳全都隐去
我仍然还在思念你

对于所爱之人的思念原来是如此玄妙和势不可当，古人就有"一日兮，三秋兮"的比喻，时间和空间的距离反而越拉近彼此心灵的距离。此刻我竟然有种冲动，想马上回到她的身边，不想在每一分每一秒中煎熬自己的相思。却又很怕见到她，怕等待我们的又是无休止的争吵。风雨飘摇的爱情该如何去坚守？裂痕沟壑的爱情该如何去修复、去完美？

"子潮哥！怎么还没有睡吗？"不知何时玥儿来到了我的身边。我急忙坐起身子，她挨着我坐了下来。

"明天就回去了，今晚最后感受一下这里的宁静。"

"呵呵！是吗？还是在想女朋友？"

"不是的……"

"想她就打个电话吧！这些天你一直闷闷不乐的，我猜是和女朋友闹别扭了吧？我不清楚你们之间到底有什么问题？可你知道吗？任何事情都不能只追究一方的过错，就算是她的错，你也应该迁就。女孩子都是温室里的花，需要男人用爱情的阳光雨露去浇灌呵护的。不要因为一时男子汉的自尊心而葬送了苦心经营起来的爱情。要知道两个人能够在茫茫人海中相遇、相知、相许，是多么神圣的事情！人最该珍惜的不是失去的和得不到的，而是'眼前的'，是你真正握在手中的幸福。"她一直仰望着夜空，仿佛她那些凝香的话语是从某颗熠耀星辰上传来的信息。

我也受了她的感染，仰起头来凝望着夜空。黑丝绒般的天幕上，一颗颗璀璨的星辰就像若玫冷静、深邃、忧虑的目光。我的确对若玫太过苛求了，她再坚强、再精明能干，也不过是个普通的女孩子，她也需要我无微不至的呵护和至真至深至纯的爱。这些，我从来没有给予过她。每次发生冲突时，我都会针锋相对，从来没有因为她是女孩就退让，她也一定有许多的怨恨吧？

低下头，我从兜里掏出香烟，玥儿马上接过打火机替我点上。跃跃的火苗中，她的眼睛更加的纯清了。我不禁感叹，谁有这样的福气能够拥有这份娴静和恬淡，能够将这颗染着月华的荷露掬在手心。

相视一笑后，我们又一同仰望起夜空。好宁静，好安谧的夜啊……

十四

工作以后的生活不再像学生时代惬意悠然了。要学着处理工作关系，人际关系。说实话，工作中我没有丝毫的滞怠，是满腔热情地投入其中。采访、写稿我从来没有落在别人后面。然而我的个性有太多的棱角，这势必阻碍了我和别人融洽地相处。单位上个个都是出类拔萃的人物，所以谁都不会迁就你。更何况你是刚刚分配来的，是后辈，只有恭谨谦让的份儿，哪由你要个性。刚开始工作的那段日子我真是身心俱惫,生活一团糟。

从白洋淀回来以后,若玫去了她父亲的公司,就在我的老家保定。我们分隔两地,忍受着相思的煎熬。我这时才体会到若玫在我心目中所占的比重,她已经完完全全融入了我的生命,是我生命中不可或缺的一部分。我对若玫的态度有了很大的改变,我开始学会对她嘘寒问暖,学会体恤她的心情,有时候她冲我发脾气,我会强压怒火保持沉默,一直到她发泄完为止。也很奇怪,渐渐的她也不再那么动辄就乱发脾气了。每天下班后,不管我多么疲惫都会打个电话给她,只要听到她的声音,一切疲乏都会消散,流逝的活力又会重新注入体内。我们的爱情如涓涓溪流,在时间的河床里无声地潺湲透迤。

耳朵里听着MP3,是周杰伦的《七里香》。歌词写得很美:"雨下整夜我的爱溢出就像雨水,院子落叶跟我的思念厚厚一叠,几句是非也无法将我的热情冷却,你出现在我诗的每一页……"窗外舒展着叶蔓的垂柳默然静立,娇翠欲滴的绿叶上写满了相思的诗行。若玫,此刻你在忙什么?你是不是也和我一样痴痴望着窗外咀嚼着思念?我分明看见那叶面上熠耀的是你的笑靥。

手机铃声惊扰了我翻飞的思绪:"喂?"

"是我!"

"若玫?!怎么这时候打电话?"

"我在省城,来办事。你下班后去光明路等我。6点我们见。"

人们说热恋的人有心电感应,这话不假。你在专心致志做某事时,一种如电流磁场般的物质会迅速地透过你的毛孔抵达你的内心,心慌意乱后就会接到对方的电话,得到对方的消息。那是一种很玄妙的感觉,一种无法解释的感觉。

下班后总是拖拖拉拉到最后的我今天第一个冲出了报社。以百米冲刺的速度我飞奔到了约会地点。一看表5点45分,整整早了15分钟。今年的天气格外炎热,才刚刚进入六月,已经让人感觉酷暑难耐。太阳此时隐翳在一座摩天大厦的后面,然而那窒息的闷热却凝固在大地上久久不肯消退。

夏天的街道是欣赏靓丽风景的绝佳地点。艳丽的霓裳，轻舞的裙摆，玲珑的曲线，没有T台的矫揉造作，有的只是造物主天然雕刻的美丽画卷。我不是色鬼，然而对如此美丽的画卷熟视无睹也是不可能的事情。

"美女看多了会得红眼病！"我只顾欣赏画卷中的美女了，真正的美女几时来到身边都没有觉察。她一身淡紫的正装，看来是去哪里谈生意了。这一年商海的沉浮让她的身上多了一种女性的成熟历练之美，在这套衣服的衬托下，越发显得冷艳高贵了。

"谁看美女了，我这是在众里寻你千百度，蓦然回首……"

"那人却在美女丛深处？"

"对对，是这样的。你还没有吃饭吧？走，我们先去吃饭。"

"先去买衣服吧？"

"当然可以，你说了算，只是我怕饿着你。"

没走几步，她拉着我进了一家叫培罗成的男装店。转了一圈，她挑中了一套藏蓝色的男士西服，在我身上比画了一下，很满意地扬扬眉："试一下吧！"从试衣间出来，站在镜子前面，我感觉浑身像被捆绑住了一样的不自在，那条深紫色的领带就像绳子一样勒得我快窒息了。

"很不错，很得体。没想到你真的蛮帅气！"若玫抱着双臂仔细打量着我说道，这是她第一次夸奖我的长相，可我提不起一丝的兴奋。

"我换了吧！挺难受的！"

"嗯，好的，快点！"

换好后，我把衣服交给了导购小姐。小姐马上将衣服包装起来递给我，我疑惑地看着若玫接过衣服，然后她挽起我的胳膊就出了店门。

"若玫，你这是做什么？我不能接受女孩子送东西，那衣服太贵了。况且我平时都穿休闲装，也没有机会穿它。"

"有机会的。下个周末你回一次保定吧，我父母要见你！到时候你就穿这套衣服去，一定要穿！我妈妈最注重别人的衣着。你穿得太过随意会让她觉得你不尊重他们，知道了吗？"

"那我什么时候把钱给你？"

"你一定要分得那么清楚吗？你的？我的？你不也经常送礼物给我吗？"

"那些都是不值钱的小礼物……"

"礼物贵在心意，不在乎价格。笨，连这道理都不懂。警告你，别再说了！再说我翻脸了！"

她都这么说了，我还能再坚持吗？她真的是翻脸比翻书还快！

这时我的手机铃声响了起来："喂？"

"子潮哥，是我，玥儿！"

"玥儿！你怎么样？最近我挺忙，都没有时间给你打电话。过得怎么样？"

"还好，我的工作找到了，在七中做代课老师。"

"那太好了，恭喜你，什么时候替你庆祝一下！"

"今天可以吗？"

"今天？嗯，不行，我有别的约会。明天吧！明天下班后你来我们报社找我。给你一天时间考虑如何宰我！"

挂断电话后，我才看见若玫的脸上一片阴郁。"是老六的妹妹，在这儿上师范学院。答应老六帮他照顾妹妹。今天她找到工作了，当然要告诉我，她也把我当哥哥看。"不知怎么了，我越解释就越心虚，手心都渗出了冷汗，险些语无伦次起来。为什么在若玫面前我要心虚？我把玥儿一直当自己的亲妹妹看待，就算没有老六的重托，我也会照顾她，她是那种值得人怜爱和疼惜的女孩。和玥儿在一起时，她的娴雅昳丽是一幅空灵的画卷，古溪汩汩，落花簌簌，熏风徐徐，让人的每一个细胞都能够畅快地呼吸，充分地休憩；和若玫在一起时，我总想起小时候的一种游戏，将乒乓球放置在乒乓球拍上往前跑，要以最快的速度跑到终点，还要小心翼翼保持平衡，稍不留意乒乓球就会掉下去，游戏也就结束了。我心虚的缘由就是这两种截然不同的感受吗？不会，她们在我生活中都有自己固定的角色，妹妹和恋人的角色，是不可混淆的角色。

幸好若玫没有往下细究，她是个很自信的人，她相信自己是枝头的凤凰，任何女孩在她面前都会相形见绌。她对我百分百的放心就源于她的这份自信,她绝对相信她的魅力会遮住我投向外界的目光。

十五

周五的晚上我就回到了保定,若玫因为有事不能见面,我们只通了电话。在电话里若玫再三强调一定要西服笔挺地去她们家。斜倚在床头上,台灯昏暗的光线里,我一直死盯着那身西服。

其实在这一年里,若玫好几次提出让我去拜见她的父母。我也清楚这是必经的过程,"丑媳妇总要见公婆",我也一定要拜访未来的岳父母。每次我都下决心回保定一定去若玫家。到了保定,又会找一些借口搪塞若玫。我不知道我在躲避什么?要相貌有相貌,要才气有才气,她家有钱,是客观事实,我没什么门第观念,也没有必要自卑。可到关键时刻我就会犯怵,恋爱是两个人的事情,结婚却是两个家庭的事情。我们的父母会不会摒弃一切的世俗观念,只要我们真心相爱就可以呢?世俗,一个埋葬了多少爱情的坟茔,一个横隔在缘分中央的界碑。一想到这些我就会心乱如麻,理不出个所以然来。

"吱",我的房门被推开了,是妈妈。她坐在我的床边慈爱地拉过我的手,"潮,对于你的婚事,爸爸妈妈没有什么意见。女孩看上你,那是你们的缘分。你是自由惯了的风筝,没有受过什么约束。明天你去她家一定要注意自己的言谈举止,态度要恭敬,谦逊,一定要记住'言多必失'。但也不能太过冷淡……"

"妈,我自己有分寸,会把握的,你就别唠叨了。我又不是三岁的孩子,去别人家玩耍。你怕我丢丑啊!好了好了。你早点休息吧!"

"这孩子,怎么我一说话你就嫌烦?我是担心你……"

"我知道,你是担心我。好了,我会自己把握分寸,你就让我清静一下好吗?"妈妈无奈地站起来。在她不经意的轻叹中,我觉得明天不是去拜见岳父母,而是要去光荣就义。

妈妈出去后，我关了台灯睡下了。一会儿觉得枕头太高，起来后使劲砸了几锤，一会儿又觉得太低了，又起身垫了垫。被子太厚，不盖又太凉。为了能够尽快睡着，我开始数绵羊，一只、两只、三只……都快把新西兰的绵羊数遍了，还是睡不着。好几次刚有睡意了，一点儿极其细微的声音又惊得它倏然飞逝。

"潮，快起来，这都几点了，你还睡。"妈妈摇着我的胳膊将我从梦中摇醒，妈妈怎么这么烦，我刚刚才睡着，会是几点！看我没有动静，妈妈又拍拍我的背："都10点了，你还睡？你和人家约的几点？"

"11点……"我迷迷糊糊地回答，"10点了？妈妈你说几点了？"我翻身坐起抢过妈妈的胳膊一看表，天啊！已经10点整了。我急忙从床上连滚带爬翻下来，趿着拖鞋冲进了卫生间，用最快的速度洗漱完毕。

穿好衬衫，打好领带，还没套上外套，我已经感觉热汗从每个毛孔中渗了出来。这么热的天气穿西服打领带不是自己找中暑吗？我天生怕热，是极能耐寒的类型，属北极熊，可就是不耐热。夏天，如果不是因为光膀子不雅，我天天光膀子。

镜子里出现的那个人是我吗？目光呆滞，眼睛微肿，全然没有往日的锐气和洒脱，如同一个吊线木偶，行动被别人掌控。烦闷的情绪被紧紧勒在脖子上的领带全部挤压在了胸腔里，不能随呼吸一起吐纳。

十六

老远看见我后，若玫含笑的表情急遽凝上了一层厚厚的秋霜："你怎么穿这身衣服？我买的西服呢？"她尖刻的语调像尖刀划过玻璃，刺痛了我的耳膜。

我的衣服？很好啊！白色T恤是"李宁"的，牛仔裤是"华伦天奴"的，从上到下全是名牌，而且在搭配上面也没有问题，很休闲、很适合我的品位。着装不就是讲究实用性和适用性，合乎一个人的气质吗？难道只有西装革履才是得体的衣着吗？我的人生格言是："人生贵在适意耳。"其实还有另一个原因，那就是为了给自己的紧张情绪解压，穿如此随意的衣服，让我感觉就是去朋友家串门，保持这样的心态怎么会紧张？

刚刚踏进铁艺大门，一只德国纯种的"黑背"就扯着铁绳冲我狂吠起来。它的毛色油黑锃亮，一双眼睛透露着阴森的凶光，低沉的吼声让人不寒而栗。

"汉斯，走开！"若玫好像要把对我所有的怨气都发泄在那条狗身上，厉声厉气地喝道。那狗还真听话，乖乖地蹲坐了下来，讨好地吐着长舌望着愠怒的主人。

她们家在市近郊，周边自然环境很清幽。花岗石铺就的小径两旁是修剪出造型的低矮灌木丛，绿茸茸的草地上间歇种着几簇艳丽的红玫瑰，玫瑰的香气糅合在清晨的凉风里，沁人心脾。在葱茏茂盛的树木掩映下，一座欧式风格的三层别墅赫然屹立眼前。

若玫的父亲端坐在客厅纯白色的真皮沙发正中。听若玫说起过她父亲的发迹史。20世纪80年代初辞去工作下海经商，赤手空拳挣下了这份家业。刚开始是做建材生意，继而发展到现在的房地产开发。也算是一部血泪的辛酸史吧！好几次差点就破产，但凭借自己独到的眼光和超人的闯劲，绝境逢生，现在已经是我们这里首屈一指的企业家了。他和我想象中的样子有着天壤差别，可能是经常健体的缘故，从体形上很难看出他的实际年龄。深灰色的衬衣，同色系的领带，梳理得整整齐齐的头发，难以找出一根杂乱的。

我和她父亲进行着一场问答式的交谈："你多大了？""24岁。""和玫玫一个学校？""嗯，是的，我是新闻系的。""你在报社的哪个部？""社会写真。""父母是做什么的？""我爸爸已经退休了，以前在市科委。妈妈在居委会当主任。""家族里有做生意的吗？""没有，我们家亲戚少。"若玫的父亲言语简练，说话时也不会看着你，似乎每句话都必经反复斟酌之后才会脱口。偶尔看我一眼，那冷静睿智的眼神就像是一架扫描仪，将我从里到外透视了个遍，我不可能有丝毫隐私能够躲避监测。

我的目光始终落在茶几的一杯清茶上。我对茶没有多少研究，猜想这杯茶应该是银针之类，密密匝匝如新竹般翠绿的茶叶在碧翠的液体中沉沉浮浮，起起落落。

若玫的母亲坐在我对面的沙发上，怪不得若玫说她妈妈注重别人的衣着，因为她自身就很注重着装的品位。一袭印有蜡染画的中式旗袍，配着一条纯白色的冰丝镂花披肩，一个典型的贵妇。现在看来若玫是像足了她的母亲，无论从神态相貌语气，就连那眼光中的不屑都一模一样。她始终保持沉默，蜡像馆里标准微笑的脸，偶尔点一点头仿佛示意她在认真地听我们的谈话。

在一番政治审查的询问后，若玫的父亲站起身来："我今天还有个饭局，小陈就留下来陪你伯母和玫玫吃午饭吧！"我急忙站起来答应着，他却连眼皮都没抬，只是微微点了一下头转身就走了。

"小陈，你坐一下，我去厨房招呼一声。玫玫，你来一下。"若玫的母亲很优雅地招招手带若玫出去了。我这才长长呼出一口气，将汗津津的手在牛仔裤上蹭了蹭。有了闲暇我这才好好参观了一下她家。客厅足有我们报社的小型会议厅那么大，整体装修的主色调是冷色，波浪形的白色吊顶，米色的镜面地砖上由吊顶射出的荧光光线像泻落了的银色月华，一片惨淡和寥落。沙发后墙上的壁画吸引了我的注意，是一幅秋意阑珊图。湛蓝的天空，飞絮般的白云，一条泛着清波的溪流从白桦林间穿流而过，白桦叶随着深秋的萧索随风舞落。不知是客厅太过敞亮，还是看了这幅秋意图的缘故，我总觉得背心里不住地有凉水浸灌，渗凉渗凉。

喝完了两杯散发着竹叶清香的茶，还是没有看见若玫和她妈妈进来。我都有些不好意思再续杯了，对来添水的小保姆摆摆手，示意不需要了。

不知她们用的是什么茶，喝下去没多久我就内急想上厕所了。左等不见人，右等不见人，我也知道在别人家用卫生间是很不礼貌的行为，可水火无情，我实在是憋不住了，索性从客厅猫出来，一个房间一个房间地找厕所。好不容易找到了，哎哟喂，憋了我一身的汗，现在可痛快多了。洗手的空当，我照了照镜子，拢了拢额前的头发，整了整衣领，一个蛮精神、蛮帅气的男孩子嘛！我冲镜子里的自己来了一个灿烂自信的微笑。

走出卫生间,我又找不到客厅在哪个方向了。我这人天生没有方向感,很容易迷路,上次不就在白洋淀迷路了吗?有钱人的生活就是太奢侈,三口之家需要这么多房间吗?而且还弯弯绕绕的,像迷宫一样。从一个房间面前经过时,我无意听见了若玫的声音。我不准备停留,我知道偷墙根可是极可耻卑劣的行为。

"妈妈,我真的很爱他。我也知道我应该找一个能够在事业上帮助我的人。可我相信自己的能力,我相信过不了几年,我一定能够在公司独当一面的。爸爸有我这么一个继承人不就行了吗?"

"玫玫,这不是我们相不相信你的问题,而是他有没有这个资格做我们家女婿的问题,我刚才和你说了那么久,你怎么就不能理解妈妈的意思。难道真要妈妈说那些中伤别人的话吗?你看看他,第一次来我们家,就穿得随随便便。很休闲吗?不分场合,他是在逛自由市场还是在郊游?连最起码的礼仪都不懂。"

"妈妈,你怎么能这么说他?他一直是这个装束,他可能是把这次见面完全当成来好朋友家做客,这不是很率直、很纯朴的表现吗?在我眼里他真的很优秀,他是凭自己的本事进的报社……"

"什么自己的本事?这说明他父母无能,小小的政府公务员有什么能耐?如果他真如你说的那么优秀,那你让他辞职来我们公司。"

"我说过了,他不喜欢做生意,他喜欢记者这个职业。"

"算了吧!妈妈什么样的人没有见过?我过的桥比你们走的路都多。哪有不贪慕虚荣、不贪慕钱财的人,他不过是嘴上说说而已。等你们的事情真有眉目了,他会立马辞职来公司的,那样他才能够堂而皇之地在公司谋个高位。哼,就他那点伎俩也只能骗骗你,'即想当婊子,又想立牌坊'。"

"妈妈,你的话未免太刻薄了!"

"傻丫头,不信咱们就走着瞧。狐狸尾巴迟早会露出来!"

"那不正是你们所希望的吗?公司正在扩大业务,他能够帮我不是更好吗?"

"可他配吗?他那个样子能够胜任我们樊氏集团女婿的位置吗?一点

品位和格调都没有，况且他从小就离开父母了，个性一定很散漫，也不可能有什么家教。刚才我们问话时，他连头都不抬，没有礼貌，这样的人以后怎么进出正式的场面？"

……

这些话不期然地闯进了我的耳朵，我的双脚牢牢地钉在了地板上。原来我在她们眼中是如此的不堪，如此的猥琐！血液倒流的回响声掩盖了她们交谈的声音，暴风雨前的沉闷黑压聚集在我的胸膛，我不能再待下去了，一刻都不能待了！转身的时候，我没有注意到房门旁立着的一个一人多高铜铸的天使灯架，我的额头正好撞在了天使的翅翼上。一股热流从我捂着额头的手缝中渗了出来，我不由自主地"哎哟"了一声。

"谁？"若玫打开房门看见我后先是一愣，再看见我手缝里涌出的鲜血，脸色霎时一片惨白。"你？你怎么在这里？！哎哟！血，流血了！天！让我看看。"

她的手还没有触碰到我时，已经被我用手奋力打落了，一道刺目的电光划破了阴霾的天际，震耳的雷声撕裂了恼人的死寂。"滚开！"我咆哮的声音连我自己都着实吓了一跳。若玫握着被我摔疼的手呆呆地看着我，晶莹的泪花在眼眶里闪动。她楚楚可怜的模样，此刻无法唤起被强烈屈辱感扭曲了灵魂的我哪怕一丝怜悯和心痛，她的泪在眼中，我的泪在心中。

若玫的母亲听见我们的争吵后走出了房间："你刚才在冲谁吼？玫玫是我们捧在手心里长大的，我们连一句重话都没有说过，你有什么资格冲她大喊大叫？在别人家撒野是没有礼貌的行为，你家大人没教过你吗？"她连珠炮式的责问让她刚才的那点儿优雅荡然无存。

"我父母是没教我太多的礼貌，可他们教了我不能在背后诋毁别人。这么有教养、有风度的您难道不懂吗？"

"你这是什么态度？有你这么和长辈说话的吗？"

"长辈？长辈也应该有做长辈的样子，您难道不明白这么一个道理吗？'若想被别人尊重，首先应该尊重别人'。如果您不懂，今天我教给您！不见得您过的桥比我走的路多,您就一定比我有见识。"我的不甘示弱彻底底激怒了她,她那张虚伪的面具被我撕破后,她也不再掩饰什么了。

"你现在立刻给我滚出去,拿个镜子好好照照,你就是搭个梯子也够不着我们家的门槛。不自量力的家伙!"她提高八度的嗓门儿就像破铁器相互摩擦,涂着厚重睫毛膏的眼睛拼尽全力地眨动,白色披肩斜落在了胳膊上,浑身上下的珠宝光芒也随着她身体强烈的抖动更加晃眼了。我这才发现她和若玫长得不一样的地方,若玫的唇形很性感,而她母亲的嘴唇很厚,刻意勾出的唇峰,加之口红太过艳丽,在急速的张合中越发显得丑陋了。

"不用这么歇斯底里地喊叫,您就是留我在这里我也不愿意多待一分钟。这种比坟墓还阴冷的地方多待一分钟都会让人窒息和晦气!"我用肩膀撞开堵在面前发威的她,在擦肩的一刻,我向她投去鄙视的一瞥。

站在一边的若玫紧紧咬着下唇看着她最心爱的两个人的战争。我能够理解,此时她不可能去帮任何一方,她的立场很尴尬很无奈。她只能这么眼睁睁地看着我们彼此恶语相向,她却无力化解。我离开时她伸出手想挽留我,看见我坚决的眼神后,她的手缓缓地、缓缓地垂了下去,她滚落面颊的泪水打湿了我晦涩的心情。

十七

道路两旁的树木急速地向后倒退,它们真可怜,毫无遮挡地站在那里被毒日头暴晒。不过现在我开始羡慕起了它们。根扎在哪里就永远驻留在哪里,日晒雨淋风吹,它们都默默承受。因为它们没有思维,没有记忆,没有感情,不会有心痛,沮丧,绝望。人要是没有思维没有记忆没有感情,那会是什么样的一种状态,会不会活得更轻松自在一点?玻璃窗中反射出的那个头上裹着纱布的人眼中竟然有湿润的物质在闪动,没出息,真没出息!点燃一支香烟,我微闭起眼睛将整个身体陷进了座位里面。

"先生,先生。"有人拍拍我的肩膀,我极不耐烦地睁开一只眼睛。

"先生，麻烦你把烟灭了！公共汽车上不允许吸烟。"是个二十出头的女孩子，应该是售票员，她有礼貌的微笑着对我说。我漠然地用那只睁开的眼睛，睨了一下她微笑时探出来的两颗虎牙，又闭上了眼睛。

"喂，这位先生，你没有听明白我的话吗？公共汽车上不允许吸烟。"

我干脆将脸转向车窗。

"你的耳朵有问题吗？把烟灭了！"

"你吼什么吼？我要不灭呢！就这一支行不？我刚刚才点上的！"

"原来你耳朵没毛病啊！你眼睛也不会有毛病吧？喏，那里贴着标语：'车厢内禁止吸烟'。灭了，别说一支，半支都不行！"

"你怎么说话呢！小小年纪一点儿礼貌都没有！"

"礼貌？呵呵，对你这种没有公德、没有教养的人需要礼貌？！"

教养，又是教养，我就如同触电，"嚯"地一下跳了起来。她的瘦弱和我的魁梧形成了鲜明的对照，她有些胆怯了，往后退了一步，可嘴巴一点都不饶人。这可能是职业习惯，公共汽车上什么人都可能碰到，像现在这样无赖的我恐怕也屡见不鲜了。

"你，你干吗？大庭广众之下你想干吗？"

"不干吗！下车总可以吧！"

司机停下车开了门，在我临跨到最后一级台阶时，又听见那个女孩子在嘟囔："穿得人模狗样的，怎么听不懂人话！"

"死丫头，你找揍啊！别以为你是女孩我就不敢动手！"我停住脚步回过头恶狠狠地握紧拳头冲她挥挥。她立刻合拢了嘴巴，把那两颗洁白的虎牙藏了起来。

车上的人开始七嘴八舌地劝我快下车。好男不和女斗，况且我一点儿都不占理，众怒不可犯，灰溜溜的我急忙跳下了车。

黑色的柏油路被日光炙烤得软绵绵的，汽车尾气排出的热量也凑了进来，聚集起来的热气拉近了天与地的距离，整条马路就像是热水沸腾的河流，行驶的汽车就像穿梭在其间的航船，急速地从我身边呼啸而过。

不知是什么东西顺着我的脸庞往下滑落，我伸手摸了一下，是从伤口渗出的血，殷红殷红的。从若玫家出来后我到一家小诊所包扎伤口，缝了5针。医生说了什么我都已经不记得了，好像要我多休息，不然伤口还会感染。当时我只感觉到针和线在额头的皮肤里穿行，没有一丝疼痛感。痛？我还有痛觉吗？没有了，是死是生，是昼是夜，我都已经无法辨别了。

大脑里的物质被毒辣的日光汲干了，残留的躯壳虚飘飘地朝前移游。太阳光在我眼中不断变换着色彩，绿了，红了，白了，黑了……怎么会有如此多的萤火虫在飞舞？怎么驱赶都驱赶不尽。

时间并没有停住脚步，那轮白日换上了黄昏时的霓裳，舞出最后一抹瑰丽后才依依不舍地隐藏到了远处幽晦的群山里。好像谁打破了墨汁瓶，浓重的墨色逐渐浑浊了天地。我就这么漫无目的地走着走着，朝夜色最深浓的地方走下去……

十八

"丝路语茶"是我们报社附近的一家咖啡馆，若玫每次来省城，我们都会去那里坐坐。那里的咖啡不错，是纯正的蓝山现磨咖啡，更重要的是，那里播放的背景音乐都是我们最喜欢的钢琴曲。

落地玻璃窗将世界分割为截然不同的两块。窗外骤风肆虐，刮落的枝叶，废弃的垃圾给凌乱增添了一份破败。而咖啡馆里，一曲名为"初恋"的钢琴曲幽幽地在发际、在唇边、在指尖萦回，就连鸭蛋青色的墙壁也泛起阵阵涟漪。

"现在可以告诉我你冷静考虑后的结果吗？"若玫那杯只加糖不加奶的咖啡一直不缓不慢地配合调羹搅动的速度旋转。突然调羹加快了搅动的速度，黑色的液体也随之急速地旋转，形成了一个能够吞没一切的黑色旋涡，深不见底的黑色旋涡。"两个星期的思考时间足够了吧？你还需要多久？一个月？一年？还是一辈子？"调羹被掷落后与咖啡杯碰撞的声音提示我不能再沉默了。

"不，不需要那么久。这两个星期像两个世纪一样的漫长，又像两秒钟一样的短暂。若玫，我问你一句好吗？"

"嗯，你问吧！"

"你爱我吗？我们恋爱了整整三年，你从来没有说过一句爱我的话。"

"爱一定要说出口吗？我不是吝啬那三个字，只是我觉得我的行动足以表明心迹，我没有想到原来男孩子也这么在意这三个字。好，如果你认为这很重要，我现在就可以说，我爱你，而且很爱，几乎超出了我自己的想象。"她眼神中的坚定和真挚是一粒沙，是我想握一辈子的沙，此刻却正从我紧握的指缝间无奈地流出，揉进了我的眼睛，孕育为贝壳里的一粒珍珠。

"谢谢，我真的很感动，我也爱你，就像爱自己生命一样的爱！对不起，我知道你不喜欢听，可我今天就想把自己内心深处藏了好久的话都说出来，这样以后就没有丝毫的遗憾了。"

"以后？遗憾？什么意思？"

"若玫，我们……你要相信我……爱你。我们……分手吧！"黑色的咖啡停止了旋转，平静得如一汪死水。

"分手？这就是你思考了两星期的结论？我们苦心孤诣建立起来的爱情就被你如此轻松的一句话给葬送了吗？分手两个字你怎么能够如此轻松地脱口？'早知今日，何必当初'！那时你为什么要追求我？为什么要让我全身心地爱上你？你太自私了吧！爱与不爱全由你做主！我呢？我是玩偶吗？相信你的爱？这就是你所谓的'生命'一样的爱吗？你的爱就这么脆弱、不堪一击吗？"对于她一连串的责问我无言以对。

"好吧！你怎么说都可以，只要你心里舒服。"

"心里舒服？这种情况下几句责骂就能够减轻我的伤痛吗？你是懦夫，连面对挫折的勇气都没有，连维护我们爱情的能力都没有，你是懦夫！伪君子！"

"是，是我的错！我原以为我们的爱可以超脱世俗的羁绊，但现在我知道了，我们确实是两个世界的人。过去我一直不肯承认这一点。我们的生活境遇不同注定了我们爱情的悲剧，因为我们的价值取向不一样！我原来认为豪宅别墅和土坯草房都是一样的，只要是凭自己的努力，用爱一砖一瓦去搭建就没有什么不同！现在我知道了，这是我的错。我太过天真，太不现实，用自己的主观意志去看待了一切！"

"说来说去，你还是为我妈妈的那些话而愤然不平。我说了，'护犊之情'是人的天性，你换个角度就不难理解了。为什么要为一两句话而轻率地提出分手？我已经和妈妈交谈过了，她也同意让步，只要你去道个歉……话说回来，难道仅仅是我妈妈的错吗？"

"当然不是，当时我也不够冷静，怎么说都不应该和长辈发生争执。可我不是为她的那些话而提出分手的。难道提出分手我就不难受吗？你知道这两个星期我是怎么过来的吗？我的心是被揉碎了的痛。如果仅仅是道个歉就能够弥合我们之间的裂痕，那我愿意道一百次一千次。我和你家的裂痕不是我们任何一方的过错，是世俗偏见的错。用金钱来把人分成三六九等的观念根植在你父母的心中。就算这次我们可以化解矛盾，谁又能保证没有下次更激烈的争执？我们两家家境的差距永远挡在我们之间。我们就是两条平行线，注定只能相望，不能相交。"

"哼！你就是自卑感在作祟。呵呵，看来我是太高估你了！我以为你和别人不同，不贪慕我们家的钱财，是多么的逸俗，多么的傲气！原来你也不过如此。在你的潜意识里，首先金钱和财富就是我们无法逾越的鸿沟。你早就有压力了吧！你一直背负着这个压力很累吧！当初你的猎奇心理和占有欲忽略了这个本来就存在的事实。现在你得到了满足，我就成了鸡肋。可以随意丢弃了，是吗？"

"不是的，你不能这么说。"

"不是？你还要说你爱我吗？不！你一点儿都不爱我！你只爱你自己！爱我？那不过是你虚荣心得到满足后施舍给我的残羹。我真傻，还满怀欣然地接受你的'爱'。真是可笑、可悲、可恨！"

我没有勇气抬起头去正视若玟的眼睛。我怕，我怕她眼中哪怕有一缕薄雾般的潮气都会立刻化为汹涌的潮汐将我的决定彻底冲垮。两个星期以来，我一直深陷于同一个梦魇中：无数张红彤彤急速张合的嘴巴在我眼前重复同一句话："你是癞蛤蟆，你就是贪慕我家的钱财，你就是一个嗜财如命的伪君子……"无数飞溅的唾沫星子如浊浪拍岸般拍碎了我的自尊心。在爱与自尊心的对峙中，我的心脏被磨钝的刀片刮来刮去，就像沾满了殷红鲜血的玫瑰，在黑色毒气的包围中慢慢枯萎。我倒希望她眼中此刻是愤怒，是想要把我撕裂的那种愤恨。她的三个"可"已经完完全全否定了我们的感情，使我看到了我们维系的不过是一段千疮百孔的墙，一阵轻微的风都可以将它吹倒。

不知何时，窗外的风已经停歇了，如麻的雨浇在玻璃窗上，画出无数斜线，薄薄的雾气朦胧了窗外的世界。《初恋》在黑白键上无怨无悔地奏着幽怨缠绵的爱的誓约，爱的誓约在雨雾中迷离。

站在咖啡馆的门口，我们仿佛是两个穿越荒原的旅者，汲干水分的目光极陌生地相互对望。淅沥的雨滴从倾斜的天空扬扬洒落，落在发间聚集成的水珠顺着冰冷的面颊滚落。

"好了，就在这里说再见吧！不，不想说再见，说永别更好！"若玫的冷漠让我恍惚看见滑冰场上的那抹玫红色，让我恋了，爱了，伤了的玫红色。从此这醒目的玫红色将淡出我的世界，我不知道我的世界还会剩下什么色彩？或许只会有一片黯淡的灰白。

十九

列车的"隆隆"声将城市的繁华从我眼前带走，取而代之的是一望无垠的荒芜，枯黄的麦茬儿，黄色的土地，一个陌生的世界。

"小陈，经过研究决定，让你去当志愿者，去甘肃支教一年。你们这些年轻人最缺乏的就是锻炼。从小养尊处优,不知道什么是生活的艰辛？这是一个机会，好好去锻炼一下自己，这一年的时间将会对你的人生产生巨大的影响，你的毅力、耐力都会得到锻炼。我对你抱有很高的期望。"主编说话时喜欢紧皱眉头，仿佛在刻意告诉别人，他的决定都是经过深思熟虑的。他一皱起眉头就让他原本就奇长无比的脸更加长了。"你有什么意见吗?有什么困难可以说,我们也会尊重的,也会重新考虑。可我想你没有什么困难,对吧?没有结婚,父母也不在身边。所以嘛,最好珍惜这个机会去锻炼一下!"他呷了一口茶,停顿了一下,从嘴里吐出一根茶梗。我就不明白,他那么嗜好喝茶,为什么不买些高档点的茶叶,喝茶梗子也叫喝茶吗?

"我没有什么困难,尊重组织的决定,您就告诉我什么时候去吧!"已经做好决定后才可能找我谈话,这点官腔我还是明白的,客套一下罢了。

"小陈啊!我最欣赏的就是你的干练,从不拖泥带水,以后前途无量的!"主编拍拍我的肩膀,嘴里还在嚼那几根茶叶梗。

当我踏上这片贫瘠荒凉的土地后,我才真正感悟到什么叫生存?是生存,不是生活。我们这些生活在城市的人是无法体验到的,除非你真正来到这里,真正用心灵去探究,去感受。在城里,我们每天费尽心思考虑的是如何去享受生活,豪宅别墅,美女香车。而在这里的人,考虑的是如何生存,如何摆脱贫穷,如何衣食无忧地度过一年四季。他们世代生活在这里,用汗水去滴灌每一寸龟裂的土地,用汗水去饱满每一颗麦粒。可他们的心灵却是那么的单纯,就如同这里的天空一样澄明,如同这里的溪流一样爽净。我们生活在物质喧嚣的天堂,他们生活在自然的天堂。在他们的世界里,人都是平等的,他们对人的热情那么真纯,如同一海碗热气腾腾的清汤面,吧唧吧唧的咂嘴声,铮响的抹鼻涕声,没有矫揉造作,只有真实。

我应该对主编的安排感激涕零,他给了我一个近乎冠冕堂皇的逃避理由。妈妈的泪水、爸爸的担忧,都改变不了我要逃避的决心。我的行囊很简单,一颗破碎的心、一段尘封的爱恋。当我真正融入到这里后,我才感觉到这种行为的崇高,那就是将自己的所学无私地灌输给那一双双渴求的眼睛。

来到这里后,我养成了一种习惯,那就是在寂静的夜里坐在空旷的田野仰望星星。久居城市,早忘了星星是如何的璀璨,明月是如何的皎洁。太多的污染剥夺了人们与自然界亲密接触的权利,空气的污染、光的污染,让如斗的繁星成为了儿时斑驳的记忆。如今当我再次仰望它们时,一种久违的亲切感油然而生。在这里我可以伸开双臂畅快呼吸、呐喊，没有人会用傲慢来审视和指责我的行为。自由，身体的自由，灵魂的自由。简单的生活线条让失恋的痛有时间大模大样赤裸在心头，一点一点蝼蚁般地吞噬心脏。萧瑟的北风吹奏着最凄凉的恋曲，漆黑的天幕上映着最刻骨的回忆。我唯一能做的就是将每一寸思念都刻录在星星上，将每一份悔恨都邮寄给夜空。劣质的白酒和着呛人的烟草味麻痹了从舌尖到肠胃的路程，我在尼古丁与酒精中寻找一种救赎，一种慰藉。

二十

时间在苍白的生活中没有留下一丝痕迹就这样匆匆忙忙地逝去了。泣血的伤痕已开始慢慢结痂，只是在记忆手指的触碰下还会有锥心的痛楚。一转眼，雪的精灵带着新年的气息降落到了我的世界。

红红的炭火将冬的寒冷挡在了门外，只有窗户上蒙着的那张塑料布被寒风拍得啪啪作响。裹在厚厚的棉被里，我百无聊赖地翻着那本已经快被翻烂了的《生命不能承受之轻》，在米兰·昆德拉的哲理小说世界中漫溯。

一阵急促的敲门声，是我所在学校的校长，一个40岁出头的男子。生活的艰辛在他脸上刻下了无数岁月的痕迹，初次见他时，我以为他快到退休的年龄了。如果不是别人介绍，我甚至把他当成了一个普通的农民。

"陈老师，怎么还不出去，赶紧去看看，我已经在操场生起火了。你们城里人不是很注重新年的吗？今天我们也乐呵乐呵。"不由分说，他拽着我就出了门。没办法，他就这样，热情得能够融化一切寒冰。

可能要下雪了吧，天气干冷干冷的，裸露在外面的皮肤仿佛快被冻裂开来。我使劲地跺着脚哈着气，一刻不停地活动，好使血液能够加速流动，驱赶不断透进毛孔的寒流。操场中间的那堆篝火熊熊燃烧着，跃动的火舌如火龙般"啪啪啪啪"地狂舞。我看看周围的老师，有好几个我都没有见过，哦，她们可能是今天特地来玩的外校老师。她们的笑声和歌声感染了我，第一次，我结冰的心在热情的烘烤中慢慢融解，溶化的水珠在心湖一滴一滴地响。

冥冥中，我感觉一双弯月样的眼睛穿越篝火定定地凝视着我，刹那间我的血液沸腾起来。是玥儿，没错，是玥儿的那双眼睛，白洋淀水般的清冷柔美。我们就那样傻傻地伫立在篝火的两侧相互凝望。"他乡遇故知"，酸涩在我的喉结里忽上忽下，升腾为一片白蒙蒙的雾水。

半晌，我们突然恍悟，绕着篝火朝同一个点奔跑，在相距不到一米的地方同时停下了脚步。"子潮哥！"玥儿略带哭腔的叫声让我再也顾及不了什么男子汉的尊严，我俩同时滚落的泪水凝结为片片飞雪洒向了人间。

"玥儿，真没有想到！……"

"是啊！真没有想到我们会在这里相遇。你怎么也来这里了？！"

"我是被单位分派来支教的，我只是听说你来甘肃了，可没有想到你也在这里，太巧了，实在是太巧了！"为了这一米的距离，命运让我们整整走了半年，而剩下的这一米距离，不知我们还要走多久？

鹅毛般的雪片洋洋洒洒地从黑黢黢的天际跌落，借助篝火的热气流又一次次升腾舞动。不知是因为兴奋还是火光的映衬，白洋淀的粉色水莲绽放在玥儿的面颊上，一茎荷香萦回在我们周围。

"子潮哥，你憔悴了好多！"玥儿仔细端详我后幽幽地说道。

"可能是这里吃住都不太习惯吧！对不起！那天你来和我道别，你要来这么艰苦的地方，本该好好为你饯行的，我却醉得不省人事，又麻烦你照顾了我一宿，实在是不好意思。"

"没什么，就是替你担了好多天的心。要不是走得急，我一定会照顾你几天。"

我和玥儿的最后一次见面是在一个大雨滂沱的夜晚。

二十一

整整一个星期是霏霏细雨天。铅灰色的天空如磐石般抵压在胸口，淅沥的小雨落在水泥路面上漾开一朵朵污秽的水花。和若玫分手已经整整23天了，我细数着每一分每一秒划过心灵时烙下的伤痛。从若玫的背影消失为一记玫红点的那一刻，我失去了活着的感觉，吃饭睡觉成为一种形式。我本来是一个很有节制的人，从不酗酒，打心眼儿里看不起那些借酒消愁的人。可当我第一次酩酊大醉之后，才了解为什么那么多人会用醉来寻求解脱。醉中，乾坤颠覆，幻觉燃烧，伤痛会短暂地离开身体。只是睁开眼后，伤痛会随着射入眼球的第一缕光线重新盘踞在我的世界。

每天睡觉的时候，我都会紧握着手机，我在等待一个永远都不可能再出现的电话号码。我这时猛然审视到了自己的自私：一方面，为了自己的自尊心毅然决然地抛弃了我们的爱情；另一方面，又希望若玫能够抛弃她的自尊心，像所有的普通女孩一样，用泪水、哀求来挽回我们的爱情，给我一个与世俗抗衡的理由。我应该最了解她的个性，她是宁可负别人，也绝不允许别人负她的人。她的伤痛可能会比我少很多，可能恢复得比我快许多。躲在被窝里的一场痛哭，就可能将所有的往昔都冲刷得干干净净，不留一丝痕迹，第二天，她就能够意气风发地重新投入工作。可我却在无望中等待，等待……

傍晚时分，雨突然急促了起来，就像从筛子缝里滚落的雨豆子一样，砸在身上还有几分痛。和同事一起去吃饭，饭桌上我闷不作声，只是一个劲儿地灌酒。现在大家都对我的喝酒见怪不怪了。起初还有人来劝我少喝点儿，后来他们也就不再劝了，只是头疼我喝醉后谁负责送我回家，第二天我迟到谁来为我圆这个谎。今天我喝得不是很多，勉强能够自己回家。出了餐厅门，我把自己塞进了一辆出租车，在离宿舍还有四五百米的地方，让司机停了车。

跟跟跄跄走在滂沱的大雨里，无数美好的、伤感的回忆化作滴滴雨珠砸痛了我的身体。被雨淋湿的衣衫紧贴在身上，压迫得我不能呼吸。我就像在地狱中行走一样，不知哪一刻就会在雨夜中猝死。我曾经耻笑过那些因为失恋而痛不欲生的人，而今天我的伤痛远远胜于他们，别人该是如何讥笑我呢？

"子潮哥! 哎呀! 你怎么淋得这么湿啊!"在小区的门口,遇见了苏玥。她撑着一把淡蓝色的雨伞在雨雾中焦急徘徊。看见我后,她醉人的酒窝溢满了甜蜜,但很快,又被无尽的担忧与责备所替代:"你还喝酒了? 你这是打哪儿来的? 哎呀! 浑身都湿透了呀!"

"哦! 没什么事? 下班后和同事吃饭喝了几杯。"我尽量伸直打结的舌头说话。

"还说没什么? 你站直了啊! 要不我怎么扶你呀!"从她的话语中我蒙眬意识到,我已将自身重量全部压在了她弱小的身体上,但我实在没有能力再自己走路了,我的气力已经完完全全耗尽了。她温热的身体给了我一种活着的感觉和力量,就好像一个夜晚在外闲荡的猫,累了后回到家依偎在主人温暖的怀中,我只想安安静静地沉睡……

不知道玥儿是怎么把我拖到房间里的,又是怎样将我湿透的衣衫给褪下的。后半夜我开始折腾起来,胃里翻江倒海地难受,我开始呕吐,这下可忙坏了也吓坏了玥儿。我眼前除了一片漆黑什么都看不见,她细细的高跟鞋在与地面的敲击中诉说着恐惧不安和担忧,一会儿是脸盆掉到地上发出的震耳巨响,一会儿是倒水时开水溅到手上发出的一声惊叫,还有喑喑噎噎的抽泣声。还好,因为这些声音赶走了平素纠扰我的那些恼人的死寂,让我感觉到生命还在体内寄存着。

窗外的阳光透过紫色的窗帘洒落在我的床上,我使劲揉揉眼睛,看看表,10点半了。哎! 今天又迟到了! 不管它了,反正现在的我是报社里的迟到大王,而且被列为顽固不化分子。起身时我看见床头柜上放着一杯白开水,痛饮后前晚的躁烈被沁凉冲刷尽了。咦,柜子上还有一张纸条!

子潮哥:

我没能等到你醒过来再和你道别! 我要去甘肃当志愿者支教去了。这一别就是一年,本来我有好多好多话想要跟你说,可你喝醉了。我不知道到底你最近发生了什么事情。我打电话你也不接,发短信你也不回。你知道我有多么焦心吗？昨晚看见你喝醉的样子，我的心是刀剐般的痛。我知道我没有资格劝告你什么，我也不想说什么'借酒消愁愁更愁'的大道理，如果我的薄言能够起作用，我会不厌其烦在你耳边诉说的。可我知道那些都没有用，你必须自己觉醒才可以从困境中解脱出来。'秋叶因为秋风的萧索才着上了瑰丽的色彩，人也会因为逆境的搏击而成熟起来'。我只想告诉你，不要让所有爱你、关心你的人失望，不要让你的痛蔓延给你身边所有的人。

对了，我给你熬了稀饭，你放到微波炉里热一下再吃。记住，一定要热一下的。时间来不及了，我要赶早班的汽车回家一趟，然后直接去甘肃。到了那里我再和你联系吧！

房间的每个地方都留下了玥儿的痕迹：沙发上杂乱堆积的衣服已经被整整齐齐叠放在那里，茶几上的空瓶空罐已经没了踪影，茶几被擦拭得明亮极了，几份旧报纸也被叠好后摆在正中间，更重要的是平时那熏天的酒气被一缕淡淡的荷香替代了，轻轻柔柔充盈了我的鼻翼。

二十二

很多人都对春天有一种特殊的眷恋情愫，而在我看来，四季没有任何区别，无非是春去秋来、寒来暑往的更替。然而2004年的这个春天对我来说是种别样的美，草芽顶破冻土的声音，河冰开裂的声音，花蕾撕开树衣的声音，鸟儿的欢鸣，家犬的吠叫合奏为一曲天籁之音。杨柳的绿色青烟，丁香的粉色迷雾，迎春的黄色纤云，梨花的白色瑞雪绘制成一幅绮丽的春景图，第一次我的耳目心神迷醉其间。是大自然的奇异力量，还是……我无法解释。

和玥儿的再度相遇让我对生活有了一份期盼。每个周末的清晨，我总能听见玥儿自行车的清脆铃声，她是从15公里以外的中心小学来到我这里的。她的笑容，周身洋溢的活力足以在她离开的那6天时间里排解我的寂寞，填充我的空虚。校长听说我们的关系后直说："缘分啊！"缘分，这个词让我陌生、熟悉、欣喜、沮丧。我排斥它的出现，又不停地在内心反复咀嚼，因为这个词的再次出现，我时而平静，时而慌乱，时而恐惧。每当夜深人静的时候，我都不敢回想玥儿的笑语，因为每次都会有一团玫红色的迷瘴铺天盖地倾轧而来。我无数次地对自己说，玥儿是妹妹，只能是妹妹，我对她只能是一种叫"喜欢"的情感。我可以找出一千个、一万个喜欢她的理由，爱是没有理由可找的，所以我对她不是爱，绝对不是爱。当这个结论被我肯定后，我会很释然地入睡。就算玥儿出现在我的梦中，我也会极力找出这个让我释然的答案。

玥儿突然提议去踏青，我当然没有反对的理由。周末的清晨，我们骑着自行车出发了。

清晨的风依旧凉飕飕的，玥儿白皙的面颊被冻红了，不过在我看来却平添了几分娇媚。哎！早知道这样，我们就该骑一辆自行车，最起码我可以替她挡住一些袭来的寒风啊！清晨的风真的好凄冷，吹进眼睛竟然有酸酸涩涩的感觉。为了不让玥儿戗风，我的话出奇的多，不给她插嘴的余地，玥儿只能不停地点头微笑。

午后，我们紧挨着坐在河边的一块大石头上。湛蓝的天空如一泓幽碧的古潭，清风难以漾起一丝波澜，清冷的河水泛着粼粼波光无怨无悔地流向远方。

"子潮哥，这里像不像陶渊明所说的世外桃源？没有都市的逼仄与喧嚣，耳畔只有大自然的天籁之音在回旋。"

"嗯！是有这种感觉！与世隔绝的清静！"

"真想一辈子都待在这里，过这种恬淡幽静的生活！"

"你想待一辈子？不留恋大城市？"

"说真的，我对城市的生活不是很向往，我觉得能够与自己心爱的人一起生活，无论在哪里都会是世外桃源，尤其是在这种山明水秀的地方，更令我向往！可惜，人是物质生活的奴隶，谁又会甘于这种清贫而且一成不变的生活呢？不然这里的孩子怎么总是向往山外的生活呢？"

"嗯！很富哲理性哟！经典！"

"嘲笑我？"

"没有没有！怎么会嘲笑你！这可能就是所谓的'钝感'吧！我们看腻了城市的繁杂，就会被这里的一草一木所感染，就连风也感觉要比城市里的轻柔和煦。而这里的人从出生就开始接触这些纯自然的东西，可能对他们来说城市高楼大厦的林立、车水马龙的繁华才是真正的生活。人总是向往富裕的生活，这无可厚非。我们的生活和这里人的生活有着天壤之别，我们在这里待一两年可能不会有什么问题，可真正要待一辈子又谈何容易！但就像你说的，只要和心爱的人在一起哪里都会是天堂。"

"我一直想问你，你来这里不会想念女朋友吗？你的情绪一直不好，是不是因为思念的缘故？"

"不是。我没有女朋友，何来的想念？"

"没有女朋友？不会吧？我怎么听我哥说你有个女朋友？"

"哦，大学一毕业就分手了。"我不明白自己为什么要对玥儿撒这个谎？于是赶忙调转话题："别说这些了，说说你的感情世界，好像从来没有听你提到过你的男朋友！"

"我？我有什么好说的？"

"你这么漂亮，又这么温柔可人，没有男孩子追求？那些男孩子都是近视眼！"

"呵呵！我有你说的那么好吗？是的，大学里是有男孩子追求过我，可那些男孩子我都看不上，我……我有自己心仪的对象！可惜人家好像对我没有感觉，可能这就是爱情吧！你爱的人不爱你，你不爱的却偏偏死缠着你。"她好像不是在对我倾诉，而是对河对岸白桦树上那无数黑眼睛倾诉。"世界上最远的距离就是他在你身边，他却不知道你喜欢他。"

突然一阵悲凉的心痛痉挛了我的神经，我揪住石缝中露出的一株小草，企图将它连根拔起，谁知小草的生命力出乎意料的顽强，细细的叶面比刀片还要锋利，手指被划出了一道血口子，我不由倒吸了一口冷气。

"怎么了？呀！出血了，被什么划到了？"玥儿侧转身握住我的手指，那份心疼不加掩饰写满了紧蹙的蛾眉。她随即将我的手指放在口中轻轻地吮吸，在她温热柔软的双唇轻触中，一种在我认为是邪恶的念头油然而生，我突然有种想亲吻她的冲动。

"没关系的，一点儿小伤而已，别大惊小怪的。"我极力想抽回手指。

"把血吸干净就没事了。谁知道这些野草野花有没有毒？"她鼻翕里呼出的气痒痒地触动了我手上的每一根末梢神经，并且急速地传导到我的全身。我偏过脸不再去注视她昳丽的脸庞，我怕那个邪恶的念头会怂使我做出连自己都不齿的举动来。

"嗯！好了！血好像止住了！"她很认真地查看伤口后说道，然后微笑着扬起脸看我。我们目光接触的一刹那她的笑容凝住了，火红的霞彩飞上了她的面颊。她慌忙站起身来，可能动作过猛，又一下子跌坐在石头上，我忙乱中握住了她的手，好冰冷的手。她如触电般急欲抽回，我却握得越发紧了。她白色的丝巾一角落入河水中，雪白的流苏在水流作用下如水草般漫溯。她安静地任由我紧紧握着她的手，低垂着头让我无法看清她的表情，只有那翅翼般的睫毛在不停地眨动中泄露出她的不安与窘迫。

"你太自私了！爱与不爱全由你做主……你只爱你自己。你只爱你自己……"若玫愤怒的声音从飘浮的一朵云彩上传到我的耳际。我重新审视自己的感情，我爱玥儿吗？还是和当时追求若玫时一样，仅仅是一种占有欲望的驱使？爱到底是什么样的感觉？是不是如同法国作家艾吕雅诗中的那种境界：

除了爱你我没有别的愿望
一场风暴占满了谷
一条鱼占满了河……

是不是只有达到了这种境界才能够真正称得上是"爱"呢？我对她们的感情似乎都无法达到那种忘我的极致境界。但"执子之手"会不会就是"心手相牵"的爱的誓约呢？

我松开了玥儿的手,用一种复杂的目光凝视着玥儿:"对不起。"

"怎么了?为什么松手?"玥儿惊愕地用目光回问我。

"我不能这样做。"

"为什么?总要有个理由吧?"

"我也不知道该如何回答!只能对你说抱歉。"我再也没有勇气应对她目光里的执着了,站起来歪歪斜斜踩着河滩的乱石朝下游走去。我一再告诫自己,刚才的意乱神迷不过是一种对异性的心理和生理的自然渴望罢了,我不是一个能够"坐怀不乱"的正人君子,是个卑劣龌龊的人。

午后的阳光火辣辣炙烤着万物,我扬起脸,可为什么这么炙热的阳光却无法蒸发尽我眼睛玻璃体上的水汽,而且水汽愈积愈多了,就好似清晨玻璃窗上的水雾,最后聚集成一大滴一大滴的水珠滑落,划出无数湿漉漉的心痕?玥儿,为什么这个名字总会让我有几分心痛、几分心动呢?

二十三

黄土高原,干旱少雨,风沙要比内地凶猛得多,尤其到了春天,经常会遭受沙尘暴的侵袭。那是一种乾坤被搅混了的感觉,昏黄黄的天幕上,太阳只是一晕颜色喑哑微黄的光圈。一切生灵在暴虐的狂风中顽强生存着,大路旁、山脊上,那一株株白杨、白桦在风沙的洗礼中依旧岿然伫立在那里,几片刮落的新叶,几根折断的枝条只是沙尘暴曾经到访过的痕迹。

一间破教室被隔成了几个小隔间,我的宿舍就占据其中之一。晚上,我枕着双臂呆呆地看着天花板发愣,掉落墙皮的天花板被炭炉的煤烟熏得黑一片黄一片,活像一幅抽象画,可以任由自己的想象驰骋。有时觉得它是一幅黄昏落日图,有点"长河落日圆"的沧桑况味;有时又觉得它像一幅古代仕女图,一个很朦胧的倩影在夕阳斜照里敛眉幽叹。而今天,在我看来它什么都不像,就是《古惑仔》里那些游手好闲分子不讲公德在墙壁上的胡乱涂鸦。

蒙在褪了漆的窗户上的那层塑料布，除了被风刮动时发出的"啪啪"声外，还有如雨点拍打的"嗒嗒"声，我知道那不是雨点，是狂风卷来的沙石撞击所发出的声响。今天我应该感谢这场沙尘暴，因为它的突然介入，我们的踏青活动提前终止，而且在回来的路上，它又给了我的缄默一个充足的理由——为了防止风沙进入口内，我们闭口是最佳的选择。把玥儿送到她学校门口后，我没有下车，只是用一只脚踩住地面，连抬头看一眼她的勇气都没有，便匆匆忙忙说声再见就掉转了车头。现在除了自责和逃避我还能做些什么，这就是冲动的代价吗？我应该庆幸理性战胜了邪念，错误没有继续扩大。

这个星期我的工作出奇的繁重，一个语文女老师因摔伤请假休养去了。本来老师就缺编严重，校长再怎么安排都捉襟见肘。他那梯田纵横的脸本来就黝黑黝黑的，再添加了阴郁之后，就像暴风雨将至的天空。他原本性情爽朗，这两天却逮着谁就冲谁发脾气，大家都能够理解他的苦衷。于是我让校长将我的课程重新安排，从早上睁开眼睛一直到晚上睡觉，我没有半刻空闲。早晨，天刚蒙蒙亮我就要训练校田径队，我向校长下过军令状，力争摘掉学校多年在区运动会上"剃光头"的现象。晚上我要在昏暗的灯光下批改孩子们的作业，为第二天教学备课。白天我的课程排得满满当当，从这个教室出来马上又钻进另一个教室，在这个课堂上我是语文老师，在下一个课堂里我又是数学老师，再换另一个课堂我又是体育老师。在大城市的学校里，一个老师无论如何也不可能身兼数职，可在这种穷乡僻壤就完全不同了，能够有老师上课就已经很不错了。我所在的学校还算是那一带教学条件比较好的学校，据校长介绍，深山地区的学校不仅教舍破旧不堪，而且没有老师愿意留下教学，那里的老师就像流水一样年年更换。

我总以为忙碌的生活会阻断我对玥儿的思念，可惜不是，在合上书本的时候、在拿起碗筷的时候，在下课铃响的时候，思念就会像忘记塞瓶塞的魔法瓶里的魔烟，"哧溜"一下冒出后充斥着大脑的每一个细胞，就像一首歌的歌词里所写的"思念是一种很玄的东西，如影随形……"玥儿弯月似的笑眼、醉人的酒窝在魔烟里清晰可见。这种不可遏制的思念已经成为我生命中的一种习惯。习惯,真是一种可怕的东西,周末的一整天我习惯性地一遍又一遍地看表,习惯性地在唯独周末才阒无声息的宿舍门外搜寻那熟悉的车铃声。习惯性的想念、习惯性的牵挂、习惯性的依恋,意识会不自觉地听从习惯的指挥调度,这些感情都会在我没有丝毫抵御能力的状态下强塞给我。

我眼看着太阳一寸一寸地从东方沿着轨迹划到西方,又一寸一寸跌入光秃秃的远山后面,夕阳将树的影子无限拉长,最后与夜的漆黑混为一体。好寂静的夜,静得让人不安,静得让人烦闷,为什么今天连沙尘暴都吝啬得不肯到访?村墟里的动物都灭绝了吗?怎么会连一声狗吠鸡鸣都听不见?偏偏在这样的夜晚又突然停了电,虽然这里停电是司空见惯的事情了,可今晚却着实让我恼怒。好不容易找出手指长的一截蜡烛,昏暗包围中的微弱光线照出了书桌上的一片狼藉,摊开的备课本,已经批改了几份的考试卷,拧开盖的墨水瓶,找不到笔帽的钢笔。地上到处都是烟灰和烟蒂,藏匿在桌腿边的钢笔帽恐怕此刻正在嘲笑我!

靠在被子上,我茫然注视烛光映照下忽明忽暗的天花板。今天的"抽象画"是何内容?好似浊浪滔天的汪洋,那些黑晕是一个个吞没了无数船只的旋涡,只是没有阴风的怒号,狂浪拍击岩石的轰鸣,依旧是一片死寂。这个星期玥儿为什么没有来?是生气了吗?当然她生气是无可厚非的。她怎么能够再像以前那样若无其事地来我这里?我们之间和谐温馨的那种气氛从今以后将从我们的世界中消匿。我的身体彻底被掏空了,只剩心在深谷中空荡荡地跳动。

二十四

傍晚时分狂风大作,雷鸣电闪之后,一场暴雨突至。时间好像忘记了还有黄昏这个时段,一下子就跃到了黑夜。公路上的尘土被雨点砸出一个一个的小泥坑,浓重的土腥味湮没了以往青草的幽香。片刻间,公路上已是泥河横流了。雨伞在这样的暴雨中实属"聋子的耳朵——样子货"。被狂风拽斜的雨点不住地打在我身上，从腰以下被浇了个透。雨点的重力加速度和风的张力全部加载在了伞上面，我仿佛举着千钧重量在前行，每踏出一步都无比艰辛。

雨，滂沱骤雨，绵绵细雨。骤雨伴随照彻乾坤的闪电，震耳的雷鸣，刹那间落下的雨水汇聚成纵横的河流，如果更猛烈还会泛滥成凶猛的洪水。然而雨过天晴后，路面很快会被暖暖的日光烘干，只留下一道道雨水冲刷过的泥痕。而缠绵的细雨则如烟似雾飘落在田间地头，慢慢渗透进土壤，越渗越深。就算突然放晴，土壤里的水汽也不会被立刻汲干，依旧湿润润的一地。爱不也是这样吗？一见钟情就像突然袭来的骤雨，有电掣雷鸣的激情，有洪水决堤的感觉，激情过后呢？只留下沟壑的伤痕和无法愈合的心痛。而由喜欢自然升华成的爱情，则像"润物无声"的细雨。爱的感觉一点一点渗透进干涸的心灵，爱的种子得到了充足水分的滋养，然后开枝散叶绽放出绮丽的花，结出硕美的果。

在雨声嘈杂的夜晚，在浑浑噩噩的天地，我却拥有一份独醒与平静。

第二天，我踩着清晨第一缕霞光赶到了玥儿的学校，却被告知玥儿和同校的老师去赶集了。在熙熙攘攘的集市，我整整搜寻了一个早上，那个让我期盼的身影始终没有出现。中午在集贸市场旁边的杏林里休息的时候，我重新整理了一遍自己的感情。我总是刻意保持着与玥儿的距离，其实这种距离的远近不是人为想保持就可以保持得了的，无时无刻的思念足以证明我与她之间的距离早已为零，但我还是不肯去正视，还是寻找一些近乎可笑的理由说服自己——不是爱情，是友情，是亲情。这两星期我的烦躁不安究其缘由完完全全是因为玥儿，与玥儿的失联让我倍感落寞与空虚。如果玥儿就此从我的生活中消失，我刚刚复原的伤痕就会再次破裂滴血。玥儿就是白洋淀那天清晨的霞光，旖旎了我的世界。

人不能总是沉溺于痛苦的过去中，我和若玫的爱情已经画上了句号，不管我再怎么内疚、再怎么懊悔都无济于事。就像杏林里随风舞落的杏花，因为树不挽留，它簌簌飘零后褪为片片红泥，留给树的是粉色的回忆。

过不了多久，树冠上新叶的翠绿会慰藉曾经的哀伤，填补花落后的苍白。我不能责备树的无情，只能感叹花的无奈。

当我拖着疲惫的身体回到学校的时候，发现宿舍门缝里夹着一张纸，是玥儿留的便签。原来她大清早就来了，一直傻傻地站在门外等我。我仿佛看见了她焦急盼望的神情，仿佛听见了她离开时的那声叹息。眼见天边乌云滚滚而来，天不助我，刚巧我的自行车链条又断了，但此刻什么都不能阻挡住我，就算是12级台风，就算是步行穿越撒哈拉，我也会不顾一切地飞奔到玥儿的身边。

终于看见玥儿宿舍的灯光了，淡淡的灯光在漆黑的雨雾里格外醒目，就如同玥儿的眼神一样柔和温馨。我拼尽全力跑向终点，然而在离终点线只有一步之遥的地方戛然停下了脚步。我的脑海一片空白，就连雨伞何时从我手中被风卷走都浑然不知。我和玥儿再次相遇时留下的一米距离让我走了半年之久，雨点打在脸上滚落时怎么会是温热的？不受意志控制的双腿铅般的沉重，好不容易挪到了门口。我准备抬手敲门，门却"吱"一声开启。玥儿惊讶地看着浑身湿漉漉的我几乎说不出话了："你……怎么……我……"

我抢前一步将玥儿搂在怀中，任由泪水和雨水打湿她的衣衫。渐渐地她战栗的身体平静了下来，她用双臂回应我的拥抱。我们一起在雨夜里感受爱的温暖，爱的激荡。

二十五

"你在想什么？这么出神儿！"玥儿用手在我眼前晃晃。

我回过神冲她微微一笑："人在不同心境下看到相同的事物却有不同的感受。"我们对坐在列车车窗边的座位上。我伸出了右手，玥儿会意后羞涩地伸出左手，当我们的十指交握时，我总会感到心里的充实和甜蜜。我转过脸又凝望起窗外。"你知道我来时在列车上是什么样的心情吗？车轮与铁轨撞击所发出的声响是那么的凄怆与沉重，而此时感到的却是它的愉悦与轻快。那时窗外是一派秋的萧瑟与苍凉，现在却是夏的繁盛与盎然。心喜则物喜，心悲则物悲。"

"为什么会有这么强烈的反差？你不愿意来支教？有谪迁的凄凉感？还是？"

"怎么会有谪迁的凄凉感？我又不是什么当官的，一个普普通通的记者罢了，可能是因为羁旅异乡产生的悲凉感吧！"对于玥儿狐疑的目光我慌于躲避，唯有将她的手握得越发的紧。直到现在我还是没有将我和若玫的故事坦诚相告，我知道玥儿是个豁达的女孩子，可每次话到嘴边我都会硬生生地吞下去。我在逃避什么？我有过去也不是什么天大的罪责，可我就是不想让玥儿知道，不想在她心里留下一丝一毫的阴影。

回到了石家庄，走在人群里，我突然有些不适应。没有生命的水泥建筑物取代了魁巍的白杨树，污浊的空气缺少了青草的气息。面无表情、行色匆匆的路人都是陌生的，我突然感觉自己好像从来就不属于这里一样。环境真的能够在潜移默化中改变一个人，在甘肃的这段生活让我懂得了珍惜当下，懂得了用一颗感恩的心去看待生活，懂得了善待周围的人。记得送给喜梅球鞋时她红扑扑的小脸绽放的笑颜，比春天的旭日更加灿烂，更加的纯真。喜梅是校田径队的学生，总是扎着蓬草般乱哄哄的头发，但一点儿都不会觉得她很邋遢，反而感到是那般的可爱。她的身体素质出奇的棒，是一个当运动员的好苗子。我特别为她制订了系统的训练计划，在高强度的训练下，她终于在区运动会上拿了金牌，而且被那里的体校选中了。她临走时，我送了她一双球鞋，我知道那是她梦寐以求的。她的笑靥就是对我最大的回报，一个人能够为改变另一个人的命运献上微薄之力，这就是幸福。

我重新踏上了快节奏的城市生活，在忙忙碌碌中有玥儿的相伴让我倍感舒适和惬意。我们每天一起做饭，一起看电视，一起探讨现实问题。平平淡淡的生活似汨汨的泉水流进时间的汪洋里没了踪迹。

玥儿扎着围裙认真切菜的样子真有贤妻良母的架势，我不禁"哧哧"笑出声来。她停下手歪着脑袋狠狠白了我一眼："你又有什么歪想法了？

笑得这么诡异？"

"没有啊！冤枉我！只是感觉这样的生活好像曾经只能在梦中出现，变成现实我都有几分疑惑：'这是我的生活吗？'"

"呵呵！这样呀！那你掐掐自己，如果疼就不是梦啊！"她继续埋头切菜，突然她想起什么猛地抬头看了我一眼，"你有个同学叫王萌萌吗？"

"王萌萌？没有？真没有。"我极力回忆大学同学的名字，始终没有这个名字的印象，"怎么了？"

"哦！她是我现在的同事，我们说起我哥时，她说是你们的同学，而且对你印象还很深刻似的。可你怎么会不记得？"她撇撇嘴又低头切菜了。撇嘴是她的习惯性表情，对什么事情有疑虑时她就会有这个表情。

王萌萌？怎么我会没有一点儿印象啊？我拾起案板上的黄瓜丝丢进嘴里，咀嚼半晌却没有尝出一点滋味。

窗外一栋写字楼上闪烁的霓虹射进厨房里，红黄绿的色彩变幻中我竟然感到一丝隐隐的不安。奇怪？怎么会有这样的感受呢？

二十六

刚刚结束一起特大交通事故的采访，我拦了一辆出租车匆忙赶往一个名叫"一米阳光"的咖啡厅。在车上我不停地看表，虽然我已经给玥儿发过短信说因为有突发事件我可能晚到，但现在离我们约好的时间整整晚了1小时23分钟。玥儿与若玫最大的不同就在于，玥儿能够设身处地为他人着想，能够最大限度地去理解他人，包容他人。若玫可能是身处环境的不同，她的眼里绝对不能容进一粒沙，她的爱只是一味地索求，很少考虑他人的感受。

"丁零——"推开咖啡厅的木制大门，一阵清脆悦耳的风铃声涤荡了刚才事故现场在我心灵上残存的血色印记，我阴晦的心情明朗了许多。这间咖啡厅的环境很雅致，光线幽暗的咖啡厅正中央有一束从屋顶射下的光柱，其效果就好像一缕阳光射进了一个黑漆漆的山洞，无数光分子在跃动，在欢唱。

玥儿坐在临窗的一个位置上，用一只手撑着下巴怔怔地望着华灯初上的窗外。不知道她在想什么？就连我坐在她对面的位置上时，她都浑然不觉。

"想什么呢？不会是在想我吧？"我嬉笑地问道。

"呀！什么时候来的？"她极力想表现出一种喜悦，对于我来说她一直是一种近乎透明的感觉，不管她如何掩饰，我从她的神情里还是捕捉到了一丝异样，抑郁而烦躁。

"对不起！最近工作的缘故我总是失约，每次面对你的理解和大度，我都好抱歉！"

"没什么的！如果我连这点都没有，那也不值得你去爱！"她语气的平淡让我心头不禁寒栗起来，那晚不祥的感觉又一次席卷而来。

"饿了吧！我们找个地方去吃饭吧！"灯光幽暗的一隅让我很压抑。

"等一会儿，好吗？我想在这里静静地坐一下！"玥儿低头两手不停地旋转着白瓷咖啡杯，她的咖啡已经凉透了，不冒一点儿热气。"人说爱情需要无条件的相互信任，我是不是也应该无条件地信任你呢？"她的突然发问让我惊愕不已，有种一直掩盖我秘密的那层薄膜马上要被捅破时的窘促和不安。

"怎么会这么问？我有什么令你不信任的地方吗？如果有，你大可以问我，我不会有丝毫的隐瞒。"为了表现我这些话的真诚性，我直了直身体，用坦荡荡的目光对视她疑问的双眼。然而藏在桌下的双手紧紧地捏在了一起，很用力地互相捏紧了。

"你真的不认识王萌萌？"

"不认识，需要我发誓吗？我真的对这个名字没有一点儿印象！"怎么又是这个王萌萌？为什么这个名字的出现总是带着一种不祥与不安呢？

"可她认识你，而且对你所有的事情都了如指掌。"

"我的所有事情？什么事情？"

"你对我真的没有隐瞒吗？"

"你今天这是怎么了？奇奇怪怪的！我有什么事情隐瞒你了？"

"为什么你和我哥对于你在大学的恋情都三缄其口？你和樊若玫的分手真如你所说的那么简单吗？'101封情书'，如此轰轰烈烈的开始会是那么草率的结局吗？"

世界上没有永久的秘密，为什么这么简单的道理我都不明白？既然她已经全部了解，我也没有隐瞒下去的必要了。但人是虚伪的，谎言被揭穿后还是要给谎言穿一件合乎情理的华美外衣。"我并不是有意隐瞒，只是我觉得那已经是过去式了，人应该珍惜眼前所拥有的。我的过去并没有什么不光彩的，我隐瞒的原因是因为不想让我的过去影响你的情绪，我的初衷是保护你。既然你想知道我的过去，那好，我现在就全部告诉你！"我突然感谢起这里的幽暗，幽暗中往事的痛与喜、伤与悲都不显露痕迹。

我全部讲述完毕以后，抬起头看着玥儿，突然感到有种犯人等待宣判的焦躁。

她放下支着额头的双手，许久之后才抬头用空泛的目光扫视了我一眼，很勉强地微笑了一下。她的这一微笑我感受不到平日的甜美，而是苦涩和酸楚。这算什么？对我如实招供的一种奖赏？我有种被羞辱的愤懑："现在可以了吗？你还想了解什么？一并说出来，我一定一一解答！"

"我难道没有权利了解你的过去吗？让你再一次重历那段过去真的这么令你心痛吗？"她眼中显出隐隐泪花。

"你不要无理取闹，好吗？这不像平日你的作风，你的豁达和宽容都去哪里了？我不认为我的隐瞒是什么不可饶恕的罪责。每个人都有保留自己隐私的权利，即便是恋人之间也不一定非要是透明的，每个人的心灵都需要有一份专属于自己的空间。"

"'每个人的心灵都需要有一份专属于自己的空间'？你的意思是说你的心灵要有一席过去恋人之地？我必须要毫无怨言地与她一起分享你？那样我才是豁达的,宽容的？'爱是排他的'。我不是圣人，我没有那么伟大，我不可能如你所愿满怀感恩与她一起分享你。"

"你曲解了我的意思，我所说的'自己的空间'不是什么让你与她一起分享，只是我也是有感情的人，过去的痕迹不可能完全泯灭，不管是伤痛的还是喜悦的，都无法泯灭。希望你能够理解。为什么我们要为已经成为过去的事情而争吵呢？我们难道不应该更珍惜现在所拥有的吗？好了，刚才我有点儿太激动，说话过火了点儿，我向你道歉。"第一次，第一次我如此诚恳地向一个女孩子道歉。我不想让我和玥儿重蹈我与若玫的覆辙，过多的争吵会伤害我们的感情，我宁可放下我的面子也不想失去玥儿。

我站起来走到对面的椅子上坐了下来，掏出纸巾替玥儿擦去脸上的泪水："玥儿，你一定要相信我，我不会对你说那些虚伪的海誓山盟。爱需要的不是言语的承诺，而是行动的表现，是心灵的相互交融。这件事情可能是我考虑得不够周全，可你一定要相信，因为有了那段过去，让我倍感现在的可贵，我会更加珍惜我们所拥有的。让我们一起用最真挚的爱去营造美好的明天，好吗？"

"对不起，我不是介意你有过去，每个人都有过去。我生气的是你的隐瞒和不坦诚，我不希望你的事情通过第三个人的口让我得知。以后有什么事情一定要坦诚以对，我们要尽量理解对方，多替对方考虑。这才是真正的爱。"

"好了，不说了。我明白了。以后我有什么事情都第一时间告诉你。因为你是一个豁达的女孩子，你一定能够理解我，对吗？"她依在我肩膀上破涕而笑了。女孩子，真是让人难以捉摸啊！

二十七

"小陈，你女朋友在报社门口。"同事从外面采访回来，敲敲我的桌子说。奇怪，这时候玥儿在上课啊！怎么会跑到报社找我？我打她的手机，关机，匆匆忙忙冲下楼。报社门口没有人啊！我徘徊了一会儿，没有看见玥儿的影子，可能同事看错了也不一定。玥儿没有必要现在来，因为我们约好晚上见面了，而且她还很狡黠地眨眨眼说今晚有个神秘的人物要出现，嘱咐我一定不能迟到。

　　当我再次转身准备进大楼里时，第六感告诉我一个人站在身后正注视着我。我一个猝不及防的转身，那个一直在暗处注视我的人没有来得及躲避，在我们目光相碰撞的一刻，我惊呆了：一件紫色的卡腰短风衣，紫色与黑色方格相间的齐膝百褶裙，黑色的长筒靴，随风飘舞的长发遮住了半边消瘦憔悴的面庞……

　　还是在"丝路语茶"，还是在那个座位上，我和若玫默默无语就那么对坐着。我这才想起刚才那个同事只见过若玫，他不知道我已经和若玫分手了。

　　"我来省城办点儿事，路过你们报社，真没想到会这么碰巧遇见你。"她终于学会微笑了，可那种公关味极浓的微笑让人很难受。

　　"是啊！没想到会这么巧，我也下楼办点儿事。"看来一年多的时间，我真的改变了不少。我学会了理解别人，一个善意的谎言会让我们的相处自然许多。她还是没有改变多少，自尊心，可悲、可叹、可怜的自尊心。一丝苦笑噙在我的嘴角。

　　"你过得怎么样？""你过得好吗？"我们同时说出这句话时又同时哑然一笑。

　　又到了枫叶流丹、梧叶飘黄的季节了，我不是一个多愁善感的人，然而红衰翠减的凄怆，秋雨潺潺的清冷，秋风剪剪的寒索无不让人心头笼上秋的落寞与感伤。不知为什么，和若玫这样对坐着，落地玻璃窗外的秋景时不时地悄然诱发我心头的感伤。

　　"听说你现在的女朋友是老六的妹妹？"她要了一瓶干红，我没有能够阻止得了。她问这句话时，眼睛一直看着高脚杯中晃动的玫红色的液体。

　　"嗯！是老六的妹妹。"她知道这些不足为奇，因为她和波儿是死党。老六和波儿已经于5月正式结婚了，现在波儿是玥儿的嫂子。

　　"我快结婚了。提前祝福一下我吧！"她豪爽地与我碰杯后将半杯红酒一饮而尽。她变了，在混迹商场的过程中，一种市侩与虚伪融进了她的骨子里，我却没有丝毫的厌恶，相反我觉得是一种难以排遣的心痛和深深的自责。

我们都各自寻找一些不痛不痒的话题来打破再次相遇时的尴尬。某某同学和某某的恋情，某某在哪里工作，某某已经升官了。每个话题结束时都会有一段沉闷的停顿，然后又挖空心思重新寻找出新话题。我们每次目光交融时都会急遽地躲闪开，又会不由自主地再次相遇。咖啡厅的背景音乐已经更换了，可依然还是钢琴曲。海浪般铺展的音节上，过去的痕迹随波荡漾，玫红色的霞光熠熠生辉。

"你好像有什么急事？老在看表。"在我不知第几次察看时间的时候，若玫问我。

"没什么急事，只是晚上有约。"

"哦！和女朋友约会吧！怎么？时间来不及了吗？那你走吧！别迟到了，你是一个守时的人。"不知是不是若玫有了几分醉意，她不加掩饰地表露出几分酸涩。可没有办法，我和玥儿约好晚上8点见面的，怎么都要提前半小时出发。

"你住哪家宾馆？我送你回去吧！你好像喝醉了。"

"喝醉？怎么可能？你都不知道我现在的酒量有多好。在生意场上没有人会因为你是女人就让你少喝几杯，相反会更加死灌你。呵呵！"她又喝了一杯，冲我笑笑，"没关系，你有事就先走吧！我再坐一会儿，放心！我能够自己回去！走吧走吧！"

"真的没有关系吗？不行，还是先送你回去，我才可以放心！"

"你怎么变得婆婆妈妈起来？走吧你！我喝完这些也就走了。"她冲我极不耐烦地摆摆手后，索性撇过脸支着下巴看起窗外的夜景来。光彩艳丽的霓虹影照在她的脸上失去了光泽，黯淡荫翳起来。

穿行在高楼间的冷风缭乱了额前的头发，我用手捋捋。我和若玫分手不过一年的时间，然而在我感觉好像是隔世的事情了。我们的恋情是夹在书页中的玫瑰花瓣，失去水分后变得脆弱不堪，轻轻一碰就碎了。

"吱"一声紧急刹车声将我从回忆中惊醒，我的心随之一紧。以我对若玫的了解，她今天的举止反常得厉害，她为什么会跑来找我？是的，一年的时间可以令一个人改变许多，可她是一个将自尊心视作生命的人，她来找我不是很奇怪吗？一种不祥的预感牢牢钳住了我的喉咙，我不顾一切折回了咖啡厅。

二十八

"先生,到了,醒醒。"出租车司机拍拍我的肩膀。我迷迷糊糊睁开眼睛，付了钱下车后，清晨的阳光刺痛了我的眼睛，我下意识用手遮挡住双眼。玥儿！她站在小区的保安室门前双手插在白色风衣的口袋里，看见我后怨气十足地走了过来。

"怎么到现在才回来？你昨晚去哪儿了？你知不知道我担了一晚上的心？为什么打手机你都不接？你知道我和……"

"对不起！我实在太累了！等会儿再向你解释，好吗？"我很不耐烦地打断了玥儿后面的质问。我体内的所有精神都被汲干了，自身的重量都已经无法承载了，不可能再承载玥儿如磊石般压来的责问。我耷拉着头，拖着沉重的脚步，没有理会玥儿径直朝家先走了。

等我洗了一把脸从卫生间出来，玥儿已经热好一杯牛奶坐在餐桌旁等我。歉疚、懊恼、感激、温馨……所有的感觉密密匝匝织满了我的心绪。走到玥儿的身旁，我将她从板凳上拉了起来，紧紧搂进怀中。

"怎么了？你……"玥儿的语气里全然没有了刚才的愠怒。

"不要说话，好吗？就这么待一会儿。"我将脸整个埋在了她柔软的发际里，淡淡的幽香弥合了我心头的伤痛。清晨的阳光还是那么的刺眼，而地上映出的影子已潸潸落泪了。

"昨晚你去哪里了？身上怎么会有来苏水的味道，你去医院了？"我喝牛奶时，玥儿还是忍不住问我。

"嗯！同事出事了，我送他去医院。所以一宿没回来。我在医院陪他。"我将一片面包整个塞进嘴里，噎得半天没有说话。

"哪个同事，严重吗？"

"没什么。时间来不及了！我还要出去，你也去上班吧！"

我们刚刚走到车站，一辆玥儿要乘坐的公共汽车就按着喇叭驶来了。玥儿冲我挥挥手，夹在拥向车门的人流里挤上了车。

"玥儿！"我突然叫住了她，她回头冲我莞尔一笑。白洋淀我们邂逅的那个清晨的景致浮现在我的眼前。碎了一淀的熠耀晨曦，糅合着荷香的晨风，醉人心神的酒窝，甜美的笑脸，是缘分让我们有如此诗情画意的相遇，让我们的感情沾染了大自然的纯与真，这些回忆积聚着所有的感动化作灿烂却有些伤感的一笑。

玥儿上了车我才舒了一口气。对不起，玥儿，我又对你撒谎了，可我不是有意的，我不想让我的过去成为你我感情上空的一片阴霾，挥之不去的阴霾。对于现在的我来说，你才是最重要的，是我要花一辈子时间去珍惜、去呵护的人，即使失去全世界我也不能失去你。可我怎么都没有料到她回眸一笑竟然成为了永恒的记忆，从此我们天各一方。

拦了一辆出租车我直奔医院。医院的走廊静穆、幽僻、邃长，生命走向死亡的过程是不是就是这样？昨晚触目惊心的一幕像被剪辑坏了的片断，断断续续在我眼前播放。散落在若玫没有血色的脸上的浓密秀发，昏迷中紧握我的手时的战栗与冰凉，不时呼唤我名字的声音微弱凄惨。我闭上眼睛使劲晃动脑袋，企图将这些可怕的记忆全部甩出去。

在离若玫所在的病房几步远的地方，我看见一个35岁左右的男人和若玫的母亲一起从病房里走出来。若玫的母亲带着似笑非笑的表情瞥了我一下。那个男人说道："妈妈，那我就先走了，我今天还要飞一趟深圳，玫玫应该没有什么事情。出院时给我个电话就可以了。"若玫的母亲很优雅地颔首微笑道："嗯！放心走吧！男人当然是事业为重了，况且玫玫只是吃错东西中毒了，休养一两天就没有问题了。"说这话时，她又瞥了我一下，很窘促的一瞥。"那你就先走吧！我不送了，玫玫一个人在病房里我不放心。"那个男人从我身边走过时我闻到了一股刺鼻的古龙香水味，早上喝的牛奶差点反上来。"咚咚咚……"他沉重的脚步在空荡荡的走廊里奏响冗长的哀音。

"谢谢你昨晚送玫玫来医院，我们不知道怎么才能够答谢你？"若玫的母亲堵在病房门口摆明不让我进去探望。

"不用这么客气，怎么说我和若玫都是同学，就算是陌生人也一定不会袖手旁观，不是吗？现在毕竟还是好人多。"不知怎么了，我和她一说话就会带刺。

"呵呵！那倒也是！我们玫玫吃错东西中毒了，是吧？"

"对！没错！是吃错东西了。阿姨，若玫就烦劳你们多照顾了，我还要上班，先走了。"说完我就转身离开了。和这样的人待下去，本来就污浊不堪的空气只会更加令人窒息。

坐在医院门前的台阶上，一个个面色沉重的人从我身边走过。无须猜度就可以明了他们的心思，每个人都有自己的难言之痛。指间忘了弹掉的长长烟灰承受不了自身的重量，脱落后在我裤子上留下了一个醒目的黑洞。我突然很同情若玫的处境，不仅仅是因为我曾经深爱过她。

二十九

昨天我又回到咖啡厅，已经没有了若玫的踪影。我正要退出来时，老板看见了我。因为我经常和同事来这里，所以和老板已经很熟悉了。

"那天你的那个朋友落下了一个文件袋，你来得正好，你转交给她吧！"

"可我不知道她住在什么宾馆啊？"

"可能在海江大厦，你看，她还落下了一个打火机，是海江大厦的。"老板还挺细心，连这么小的细节问题都注意到了，我不得不佩服他的观察力。

我赶到宾馆，找到若玫住的房间，敲了半天的门没人应。不祥的预感又铺天盖地网住了我的心。我找到经理，好说歹说他都不同意私自打开客人的房间，我出示了身份证和工作证，最后我使出杀手锏很严肃地警告他，如果客人真的出了什么事情，宾馆也脱不了干系。他思虑半天，终于给我开了门。

或许是上天眷顾怜悯若玫吧！我的预感得到了印证，若玫直挺挺地躺在床上，嘴角还有白色的唾液流出。

直到医生告诉我，若玫是喝了酒以后服用镇静剂导致中毒了，洗过胃已经脱离危险送到病房的时候，我才有了意识。在这之前我抱着没有知觉的若玫好像一会儿在渺无人烟的荒漠里狂奔，一会儿又从一个黑漆漆的沟堑不住地下坠。在赶往医院的救护车上，我紧紧握着若玫的手不停地诉说，到底说了些什么，已经没有一丝印象了。

深夜的医院安静极了，只有死亡幽灵嗅着气息在每个幽暗的角落徘徊，寻找猎物准备伸出它的双手。走廊里，白惨惨的灯光从病房门上狭小的窗户上透了进来，正好泻在若玫的病床上。

时间真的是诗化回忆的净化剂，四年时间里所有绚丽的、旖旎的、感动的记忆，如煦风里蹁跹的落红簌簌落满了心头，怅然地将片片落红擎在掌中，残存的暗香充盈了整个回忆。

"这里……是什么地方？"若玫虚弱的疑问声打断了我的回忆。

"你醒了？好点儿了吗？这里是医院。"

"我怎么了？怎么会在医院？"若玫挣扎着要起来，我急忙按住她的肩膀阻止。

"不要动好吗？你没什么大毛病，就是喝酒过量了。"我不想让她知道她是因为服用了镇静剂而被送进医院的，因为她爱面子。

她出乎意料乖巧地静静躺在床上。原本就冷漠的脸在惨白灯光的映衬下越发阴郁了。

"子潮，和我分手你后悔过吗？"她紧闭双眼喃喃地问道。

"医生说你要注意休息！有什么话我们以后说好吗？"我起初一惊，但很快镇定了下来，敷衍起她。

"可我后悔了，很后悔。放弃你是我一辈子的错。"难道病中人的意志薄弱是真的吗？虽不至于"人之将死其言也善"，可病中人的感情确实很脆弱，心思也很细腻。

"若玫，我们的感情已经画上句号了。人生就像一列行进的列车，错过的风景是无法挽回的，因为失去了才会懂得珍惜。后悔？当然后悔过，而且也颓废过，绝望过。但人不能活在过去里，当我真正从过去中走出来后,过去就没有了痛苦,没有了伤痕,只剩下美好的,值得一生回味的记忆。"

"哼哼,看来你对现在的感情很专注、很满足了?所以我说过,爱不是什么言语上的誓约,而是行动上的誓约。你还记得你分手时怎么说的吗?是比你生命还珍贵的爱情?呵呵,天大的笑话!你的'生命'就可以这么轻易地放弃吗?"她没有血色的脸上写满了嘲讽。是的,我无可辩驳,那是我曾经的誓约。但人的感情是会随时间的推移而改变的,当你重新拥有一段新的感情的时候,就会淡忘过去的感情。而淡忘不代表遗忘,过去的只能是记忆清溪里的石子,斑驳可见,却无奈水流的冲刷。

许久之后,我才抬起头来凝视她的脸。怎么会?她的脸颊像刚刚淋过蒙蒙细雨般湿漉漉的,我的心恻然了,取过毛巾弯下腰替她擦拭脸颊的泪水。突然她伸出双臂牢牢抱住了我的脖子号啕痛哭起来:"我好羡慕那个叫玥儿的女孩子啊!我确信我的爱不会比她的少一丝一毫,可为什么我就不能永远拥有你的爱。我不甘心,真的不甘心!"

"别这样好吗?你的身体还没有恢复,不能这么激动。"似乎有一颗青梅哽在我的喉咙里酸酸的。这一年不知她经历了多少磨难与困苦,比以前消瘦了好多。再次拥抱她的时候,全然没有了激动,心灵是纯净的,心境是澄明的。只有痛,无奈的痛,心碎的痛。她因哭泣而剧烈颤抖的身体在我的怀中慢慢恢复了平静。我扶她躺好,用毛巾擦去她脸上残存的泪痕。"若玫,我们虽然不是恋人了,可我们难道就不可以做朋友吗?一辈子的好朋友?有什么委屈为什么不可以向我倾诉?我希望你能够把我当作朋友,亲人。"

渐渐地,若玫停止了啼嘘,很平静地将她所经历的一切娓娓道来。原来,若玫父亲的公司因为急于扩大业务,盲目地投资了一块地皮。没想到那块用高价收购的地皮很快被政府修建高速公路征用了,这样一来他们就亏了许多。当时因为资金不足,公司还非法集资了一些,现在那些投资者们纷纷登门讨债。无奈之下,若玫的父亲求助了一个资金雄厚的商人,他答应帮若玫的父亲一把,但条件是娶若玫为妻。此人是众所周知的花花公子，身边的女人天天换。若玫嫁给这样的人能幸福吗？加上若玫又不是一个能委曲求全的人，可为了父亲她只能这么做了。

听完若玫的讲述，我沉默了。除了沉默我还能做什么？病房里死一样的寂静，浓烈的消毒水的气味刺激着我的喉咙，痒痒的，痛痛的。

三十

斜靠在第七中学高高的铁艺大门上，我拼命地吸着手中的烟。

"陈子潮，是你找我吗？"我抬起泛红的双眼怒视着眼前的这个女孩。王萌萌，旱冰场上曾经让我愧疚过的女孩子，鹅黄色飘逸的云彩。时隔几年，没有料想是在这样的情景之下相遇。时间的刀斧难道真的如此锋利无情？浓艳的彩妆让我几乎不敢将眼前的她与那时的她联系在一起，她脸上的纯真与羞涩已经荡然无存，成为了那段青涩记忆的祭奠。

"你知道苏玥去哪里了吗？"缓过神后我才记起来找她的目的。玥儿发给我一封邮件后失踪了。

"我怎么可能知道？苏玥是你的女朋友，她不见了，你为什么要找我？难道我有替你保管的义务吗？"

"别装糊涂！你和玥儿说了什么你应该比我清楚！你到底和她说什么了？"

"没说什么啊！只是把我所看见的一五一十地告诉了苏玥，并没有添油加醋哟！难道在宾馆我看见的那个人不是你吗？'若要人不知，除非己莫为'。"

"对！我是去了宾馆，那又能够说明什么？在没有调查了解的情况下你怎么能够胡说八道？你究竟居心何在？我和玥儿分手你就心满意足了吗？上次你把我和若玫的事情告诉玥儿我已经忍了下来，没想到……"我的愤怒达到了极致，几乎可以让一片山林化为灰烬。

"你去宾馆不是找樊若玫的吗？实在抱歉，我这个人好奇心比较重，尤其是对于曾经伤害过我的你，更是倍加好奇。我知道你那晚和苏玥有约，在宾馆看见你后我在好奇心的驱使下跟你上楼，听见你拼命地砸门，拼命地喊樊若玫的名字，我就离开了。怎么？你还想让我继续看你和她到底做什么了吗? 那就万分抱歉了, 我没有那么无聊和无耻。"

"哈哈哈哈……"

"你笑什么? 你笑什么?"她嘴角令我厌恶的讥笑终于在我的狂笑中退却了。

"我笑我自己, 笑我当时对你还存有一份歉疚。看来当时我的冷酷残忍是对的, 因为对同样冷酷残忍的人我没有丝毫过错。谢谢你的无耻让我从曾有过的一点点歉疚中解脱出来。"

所有美好的事物须臾间崩坍了, 过去的、现在的全都崩坍了。是啊! 我不能将错误归罪在王萌萌身上, 是我的不坦诚、不信任断送了我和玥儿的感情。否则一个小小的误会怎么会成为葬送感情的坟墓? 如果当时我没有隐瞒我和若玫的故事, 我们彼此多些信任, 多些沟通, 那么今天这种结局就不可能出现。

三十一

子潮哥:

当我打开电脑时, 从白洋淀的相识, 到甘肃支教的相知, 一直到雨夜里的相许, 无数回忆如潮汐般拍打着我的心灵。你一直追问我那个心仪的对象是谁? 我总是避而不答。其实我有个心愿——如果我们能够携手走到人生黄昏的时刻, 在洒满金色晚霞的海滩上, 看海鸥伴彩霞, 听海浪亲吻沙滩, 我倚在你宽厚温暖的怀中, 一起倾诉相守一生的爱恋, 我才会告诉你在白洋淀的一个清晨, 一个面带羞涩的男孩子是怎样叩响了我的心扉, 将懵懂的爱恋深深种在了我的心里。可你当时对我仅仅是一种纯洁的兄妹之情, 为此在无数个不眠之夜, 我对着一轮空月, 默默许下愿望, 希望我能够等到你也爱上我的那一天, 就算今生你不可能爱上我, 我也无怨无悔, 还会期待来世的姻缘。

在甘肃与你再次相遇后, 我确信那是上天的安排, 缘分的指引。

我们的恋情在荒凉的土地上生根发芽，在极度艰苦的环境中茁壮成长，我相信它能够天长地久，直到海枯石烂。可能我是一个不切实际，富于幻想的人，我一直天真地以为你是我的初恋，是我的唯一，那么我也应该是你的唯一。当这个幻想破灭后，我劝诫自己，这个世界不可能总是随我的意愿而转移。既然你有过去，我只能接受，理解。

其实我是一个很自卑的人，这与我从小的境遇有关。你可能不知道，我现在的父母不是我的亲生父母。在我六岁的时候，我的母亲把我领到现在父母的家中做客。她在临走之前向我许诺，一定会回来接我，可一等就是十几年。虽然现在的父母对我倍加宠爱，可在我年幼的心里留下了难以弥合的伤痕，那就是我被遗弃了。我痛恨谎言，不管是善意的还是恶意的，我都痛恨。那晚我想介绍你认识的是我的亲生父亲。我要让他看看我的男朋友是多么的出色，告诉他们我被遗弃是我的幸运，不然，我可能永远是背着背篓、砍柴烧火、面朝黄土的山里人。

当我从萌萌口中得知你以前的女朋友有出众的相貌、殷实的家境的时候，我的自卑感又一次袭来。我有什么资本可以和她相比？你和她的恋情是那么的轰轰烈烈，你们分手也不是出于自愿的，而是现实无奈的结果。而我们的感情有什么，平平淡淡得一如没有波澜的潭水。

我不知道那晚你去找她是什么事情？我也不想再追问了，那是你的自由。我给了你机会，我的信任只能换来你的谎言吗？我不想再听你的解释了，那已经不重要了。因为你说过在你的心里永远都有一份属于你自己的空间，这个空间是留给她的吧！我知道这个空间是我永远都无法进入的，是专属于你们的过去的。我只不过是填补了她留下的空白，在你最脆弱、最失意的时候才走进了你的心灵。她一出现我就变成了可有可无的附属品。没关系，不用有什么抱歉，我能够理解你。是的，像她那么出众的女孩子哪个男孩不动心？不留恋?

  我累了,不想再做'退而求其次'的'次'了。在我们对彼此的伤害还不够大的时候,分手是最明智的选择。我走了,带着曾经拥有的美好回忆走了。希望你能够和她破镜重圆,拥有你想要的幸福。

苏 玥
10月18日晚

  我不知这是第几次看玥儿的邮件了。每次看的时候,心情都很沉重,很凄凉。

  我走到窗前,窗外时紧时疏的雨声成为天上、人间唯一的声响,冰冷冰冷的玻璃窗上蒙上了薄薄的一层水雾,我用手指轻轻地在上面漫无目的地画着画着,一个在心里纠结凝肠的名字跃然映现,玥儿——在我内心深处永远铭刻的名字,永远期待归来的名字。

长篇小说

剪一缕阳光照亮你的生命

题　记：有人说这是一个爱情泛滥的时代，有人说这是一个爱情匮乏的时代。唯有懂爱的人才会获得真爱，唯有真爱的附丽，意志才会坚定，生命才会屹立。

第一章

已经接近凌晨时分，整座城市在一天的繁忙后显得疲惫不堪，它展开深蓝色的丝绒帷帘慢慢进入了梦乡。位于市郊傍山修建的机场却无福享受这份宁静，一丝不苟地迎来送往每一位旅客。

浓浓的夜色中，机场一侧的山脉勾勒着隐晦的线条，静默地向夜的最深处逶迤。

寥寥几架小型客机泊在机场橘黄色的光雾中，好似一叶叶归港的小舟安然休憩。

虽已是凌晨，但候机大厅内依然人头攒动。

几排座椅都挤满了候机、接机的人，他们旁若无人地或叙着"离情别恨"，或传授旅游秘诀——怎样住宿、怎样购物、怎样节省开销……不管这些是道听途说，还是经验之谈，总之，乍听之下还真有些"不听不知道，旅游真奇妙"的感叹。

没有抢到座椅的人杵在走道上似乎满不在乎地高谈阔论，时而还进发出开怀得不得了的大笑。而他们的眼角却无时无刻不瞄着那些座椅，就算哪个座椅上的人微微挪挪屁股也会刺激到他们的神经。当然，这种"刺激"绝对是"不显山不露水"的。

此间最兴奋、最活跃的要数那些平日里早已进入梦乡的孩子们了。他们之间的友情建立的迅速和浓烈程度让成人为之汗颜。不一会儿工夫，相熟的、不相熟的都混在一起追逐嬉闹起来。

大厅外更是热闹非凡，"车如流水马如龙"。几辆豪华的旅游大巴实在是"身经百战"的老手，它们毫不客气地占领了大厅外最佳的地理位置。其中一辆的门敞开，一个身着粉红T恤、牛仔短裙的女孩，手里晃着一面黄色的小旗，不时跳下车来东张西望，她粉色的面颊和流溢在双眸里的橘色光彩写满了兴奋和慌乱，也许她是第一次带团吧！

在大巴的后面则浩浩荡荡排列着清一色的红色"夏利"。老练的"的哥"有的坐在车内，靠在椅背上微眯起眼睛随着电波娓娓地起伏享受"战前"的最后一丝悠闲；有的走下车三五凑成一堆打扑克，闲聊。爽朗的笑声，高亢的争执声，汽车的尾气，午夜的余热，整个停车场就像被夏的火热斟得过满的容器，浑黄黄的意蕴，黏稠稠的意蕴，纷乱乱的意蕴，不知道哪个时刻就会溢出来。

在机场外围的护栏边，在一棵硕大的垂柳投下的树影中，一个淡绿色的丽影离群索立。周边的景致与她是光与影，液体与固体，格格不入，又相互融合。

她穿着一件淡绿色的无袖系腰带丝质上装，同色系同质地的长裤覆盖了整个脚面，夜风袭来，飘飘曳曳，恰似初绽的柳絮，期待一阵猛烈的风将它剥离"绿衣"的束缚，让它的身体和灵魂得到同样的自由。

她斜倚在黑色铁艺护栏上漠然地望着夜空。

夜是这般的深邃而邈远，一切物质投入其中都会无影无踪。一抹蓝灰色的云彩后面，明黄色的月牙露出半边面颊窥探着人间。

"不知乘月几人归"。有些人就算飘到了天涯海角都会有累了倦了的时候，都会有"乘月"归来的时候。而有些人却永远只能从记忆的深处汩汩地流出，又汩汩地流入记忆的深处；只能魂兮归来，要见除非梦。

时间如同透明的果冻，横隔在现实与往昔之间微微地颤动，却忘了流动。她仿佛置身于其间的一颗草莓，保持着最初的色泽，却没有了最初的味道。渐渐地，她的眼中蓄满了潮气，似秋雨之夜，在蒙着水雾的玻璃窗上，清晰了一个令她魂牵梦绕的名字。

"嗡……"巨大的轰鸣声让机场的"热度"达到了沸点。

人们戛然停止了聊兴正浓的话题，家长高声唤回撒欢的孩子，出租车发动了引擎，旅游大巴齐刷刷地敞开了大门，四散在停车场的人潮刻不容缓地涌向了接机大厅。

她迅速收回纷乱的思绪，看到从远处山坳里箭一般射出的飞机，笑意悄然绽放在她的唇边。

她并没有随人流涌到接机大厅的门口，而是站在人潮的外围，抿起嘴唇专注地搜寻一个温暖的身影。

"明磊哥！"突然，她冲一个挎着黑色旅行包的高个子男人高声呼唤，继而架着一根不锈钢拐杖急匆匆地走了过去。

"慢点……小小……"那男子寻着呼唤声在几秒钟内就看到了她，他夸张地将嗓门提高了八度，瞪圆双眼，嘴巴也做成"O"形，张开双臂紧跑几步。

"哎呀！怎么还叫'小小'呀！都是'奔三'的人了！"两人面对面停住了脚步，她噘着嘴、歪着脑袋的模样依旧还是他记忆中的一个定格。

"谐音！谐音不可以吗？"

"不……可……以！用纯正的普通话！现在提倡说普通话呢！"

"干吗呀？一副拒人于千里的表情。本来还想来个热情的拥抱宣泄一下久别重逢的喜悦！现在只好来个'阶级战友'的握手了。来，深情地握握手吧！肖筱同志！"他放下旅行包，表情异常的严肃，毕恭毕敬地伸出右手。

"扑哧——"她捂着嘴笑了起来，使劲拍落了他的手道："郝明磊！过滥的幽默是'贫'哟！"

"'贫'就'贫'呗！如今'贫'已经成为一种时尚了。'贫'也要够'派'，够'谱'。人家张大民因为'贫'，还拍电视剧了呢！"

"那你真够时尚的了！"

"没有！我离'贫'的最高境界还相距甚远。'革命尚未成功，同志仍须努力'。我还在继续修炼，'赶，帮，超'是我的座右铭！"。

"堂堂高级工程师的目标还真远大！我怎么都看不出来，这样'贫'的你设计的工程能抵御百年洪峰吗？会不会是'豆腐渣'工程，一场暴雨就决堤了呢？"

"豆腐成本太高了，至多是降低一下水泥标号，多掺些砂石……嘘……只可意会不可言传哟！"

"哟，这不泄露了内部机密了吗？不怕我去告发你？"

"是你就不怕！你我什么关系呀！发小！青梅竹马，两小无猜啊！可惜了，缘分就这么让你我擦肩，'百年修得同船渡，千年修得共枕眠'，看来咱俩就修了九百九十九天二十三小时。一小时，一小时的距离变成了一辈子的空牵念……"

"什么和什么啊！越说越没边了，小心让嫂子听见你这通感慨啊！"

"你怎么能将这理解为感慨呢？这可是我一辈子的痛和伤啊……唉！'欲悦君心君不知'啊！我现在更受伤了……"郝明磊佯作痛苦地仰天长叹一声："不过……嗯嗯……这个……不过……"

"不过哪个？怕了？哦哦！原来你也是'怕妻懦夫'，我到底要不要告发你呢？"她一副抓住把柄的诘笑。

"别啊！我是谁啊？你哥呀！最最最亲爱的哥，对吧？这种灵魂深处的伤痛只能天知，地知，你知，我知，就是不能让你嫂子知！你是搞写作的，更应该深知一个成功的男人背后一定要有一个稳定的家庭，所以你可不能这样哟！"如果这时熟知他的人在旁边，一定会怀疑，这是那个平日不苟言笑的郝明磊吗？他也不知道他为什么会搜肠刮肚地开玩笑？难道肆意的玩笑真能抑制心中汹涌澎湃的伤悲吗？难道肆意的玩笑真能减轻心头堆垒多年的愧疚吗？

在飞机上鸟瞰到灯火通明的故乡，他的内心没有半点游子归乡的激动和兴奋。相反，每一寸距离的缩短就会多一股黑色的巨潮涌向他，他觉得胸闷气短到几欲炸裂。

"过得怎样……还好吗……"这些问候哽在喉间如青涩的梅子吐不出来，又咽不下去。突然的缄默瞬间浇熄了他眼中的喜悦，眼前的这个女孩还是肖筱吗？是那个永远跟在自己屁股后面，一跳一颤在童年的粉色蝴蝶结中的女孩吗？岁月蹉跎，命运多舛，她的笑靥却依旧甜美，她的神情依旧温婉，只是她的眼神里多了一种金属的光泽、坚毅、冷峻。

在无数个不眠之夜，在公司夜以继日忙碌的间隙，她总会悄无声息地覆满他的心绪，如永远无法消融的积雪，冷冽而沉重。这时他就会打开她的博客，像个沉溺在暗恋中的羞涩男孩，心仪女孩的颦笑容纳了他所有的痴、所有的梦。

"紫蝴蝶"是她的个人博客。那是一道幽谧的空谷，黄昏的烟岚里，紫蝴蝶花倾听世界的回声——广场上空的天是湛蓝的，云是流动的，风筝是无拘的，梦想是自由的，咖啡店外的雨雾是迷离的，咖啡是苦涩的，街道是热闹的，心却是宁静的，矮矮的坟冢是静穆的，山风是呜咽的，思念是浓稠的，爱恋是永恒的……

"肖筱……"坐在出租车内的郝明磊抹抹鼻尖上的汗液，急促地瞥了一眼肖筱后继续看着窗外飞逝的路灯说："……晚上风大，把窗户稍微关小点……"

"呵呵，现在才感觉明磊哥真的回来了！"肖筱边摇窗户边嬉笑道："刚才贫嘴滑舌的，我还以为认错人了呢？'吞吞吐吐、欲言又止'这才是郝明磊哦！从你见我第一眼起就想问我过得好吗？幸福吗？怎么说呢？人生不总是艳阳高照吧？有时也会阴雨霏霏。是'留得残荷听雨声'的豁达呢，还是'一点一滴到天明'的凄怆？它都是你心灵的真实感受。所以幸福的标准因人而异。"

"敏锐……真不愧是搞写作的……那么按你的标准你幸福吗？"郝明磊啧啧赞叹地支起下巴，很认真地看着肖筱问道。

"幸福！"肖筱颇铿锵有力地回答。

"那么就打算这样'幸福'地一个人走下去？肖筱，我知道这样说你会失望。但我还是要说，一盏灯熄灭了，还会有其他的灯为你点亮。问题是你必须敞开胸怀去让它们照进来。"

"所以我才会说幸福的标准因人而异。其实这个世上很多东西都是因人而异的。譬如'情、爱'，对我而言它们不是灯光，是阳光。因为灯会熄灭，只有阳光是永恒的！你、爸爸、妈妈、王姨、郝叔还有我的朋友、同事都是我生命中的阳光。当然他……也是阳光，是最灿烂最明丽的那缕。有这么多的阳光照耀着我，我怎么会不幸福呢？"是的，她就像一株水竹，虽然只有生命的绿意，没有绽放的绚烂，但她高举的叶冠却永远沐在阳光里，直至生命的枯萎。

"是啊！你是幸福的。知道感恩的人怎么会不幸福呢？"

"谢谢你，明磊哥，谢谢你能理解我。很奇怪，有时觉得哪怕全世界人都不理解我，但只要有你的理解，我所做的一切都会有意义。好怕，好怕有一天会失去你的理解，好像我太习惯依赖你的理解了，明知道这种习惯很不好，但……"

"为什么不好，有什么不好？你是我妹妹，今生今世都是我妹妹。如果连最起码的'理解'都不能给予你，我不知道我这个哥哥还能给予你什么？就这样，不要有丝毫的芥蒂、丝毫的疑虑，就这样很'习惯'地依赖我的理解好吗？"

"真的吗？那以后可不许反悔噢！"肖筱又恢复了先前的俏皮，冲郝明磊伸出小拇指。

"当然是真的，而且永不反悔！"郝明磊伸出小拇指坚定地钩住她的手指。

"明磊哥！"他又看到了童年时某个旭日初升的清晨，背着书包的肖筱站在家属院门前奋力冲他招招手，然后转身一蹦一跳朝学校走去。那发际上的两只粉色蝴蝶结化作了两只美丽的粉蝶，翩跹地飞向了阳光的深处……

第二章

"很多年前……"她一直喜欢用这个词组来开始文章。岁月的溪边,拾起往事的卵石,有欢笑,有泪水,有沮丧,有欣然,有绝望,有希冀,有冰激,有温暖,这些形态各异,色泽迥然的卵石垒砌了我们的成长。

很多年前,2000年的春天,新世纪的春天。

清晨正是上学高峰期,车厢内一多半是背着书包的中学生。这些学生在车上旁若无人地嬉闹,你推我搡,你笑他嚷,没有一刻安宁。再加上车厢内所有的窗户都紧紧地关闭着,污浊的空气、嘈杂的喧哗声都被关在了这狭小的空间里。夹在拥挤的人堆里肖筱实在有点不堪忍受,踮起脚试图打开车顶的天窗。她身高1.60米,不算很矮,可想要打开天窗,还是稍显矮了点,几次努力都以失败告终后,她无奈地耸了一下肩:哎!只有"望窗兴叹"了。

"哐当"一声,车顶的天窗霍然开启,一缕晨光迫不及待地泻进车厢内,细微的尘埃在光的瀑布中轻盈地舞动。这种景象该用什么辞藻来比喻更确切呢?文字也有这么苍白的时候!肖筱不禁自嘲起来!还是学中文出身的哟!如此诗意的景象却没有一点诗意的想象力!

她环顾左右,是和自己一起沐浴在那缕晨光中的男子打开的天窗吗?白色的休闲夹克外套,发白的蓝牛仔裤。由于光线太强看不太清对方,但凭直觉他应该是个很俊秀的人。

阳光精灵?那些浮尘像极了一个个童话故事里的阳光精灵,它们驱散着黑暗,撒播着阳光的种子!呵!她十二万分满意这个比喻,又诗意又贴切!

渐渐地适应了强烈的光线,突然她发现那个男子在盯着她,那表情有点奇怪,是不是她刚才得意得有些失态了?她窘迫地赶忙垂下头,耳朵里轰隆隆地直响,好像有一列火车错把她的耳朵当山洞钻了一样。

过了一会儿，她怯生生地抬头瞄了男子一下，他们的目光不偏不倚恰巧相遇，男子很自然地冲她粲然一笑，露出一排洁白的牙齿，仿佛每颗牙齿都是画着笑脸的白瓷娃娃。她该怎么做？是礼貌地回敬一个微笑？还是装作看不见？要不……恶狠狠地瞪他一眼？"不要和陌生人搭茬儿"，从小妈妈就这样教导她。踌躇了几秒后她还是决定漠然地转过身去。她的目光扫过男子微笑的面庞转过了身。

连续几天的晴好天气让清晨有了早春的暖意，风也轻柔了些许，阳光也煦暖了些许。她披在肩上的长发被吹进窗的风轻柔地撩起，颇有几分轻舞飞扬的动感！

但她的心思却不如秀发一样的轻盈，相反是异常的沉重。今天是学生报到的第一天，作为班主任的她不忙得焦头烂额才怪。这都什么事儿啊，从分校刚刚调过来就给安排了个班主任！这是前所未有的事情，更何况她大学毕业还不到一年。就像校长说的，谁都不可能想到她接的这个班的班主任临到开学来了个措手不及的辞职。老师这职业，"一个萝卜一个坑"，一个人的调遣会影响全局的部署。听说校长好说歹说，可那个女老师还是执意要走，万般无奈就把新来的她给顶上去了。一听到这个安排，她就吓得往后缩，可校长和妈妈是一个腔调："谁一出生就是当老师，当班主任的料。'实践出经验'，哪个人一工作就经验丰富？不都是在工作中不断实践、不断积累、不断摸索而来的吗？"说的永远比做的容易，可她生命中的两个领导都这么说了，她也只好硬着头皮顶上了。

"嗨！"有人拍拍她的肩膀。

"唔？叫我吗……干……吗？"回头一看是刚才那个冲她微笑的男子。他要干什么？刚才自己没有理睬他，不会是想死皮赖脸地硬搭腔吧？也不像？他的笑容很纯净、很灿然，不像那种无赖啊？

"这是你的钱包吗？"那个男子把一个粉红色钱包在她眼前晃了晃。是挺眼熟！她赶忙低头一看，自己坤包的拉链被人拉开了。她一把从男子手中夺过钱包，并且露出轻蔑和愤怒的神情。真不敢相信，有那么纯净灿烂笑容的他居然是……不对啊！哪有小偷自己认赃的？这到底……？

"大哥，放了我吧！我向毛主席保证，我是第一次！真是第一次！"一个背着书包、学生模样的男孩子梗着脖子，神情毫无畏惧和恐慌。

"他……"肖筱不可置信地指指男孩，看到男子肯定地点点头，她的心头掠过一阵凉风。

"别说毛主席，向谁保证都不行！看你熟练麻利的样子，第一次？呵呵！小子,你哄三岁小孩呢！我注意你半天了！这么点儿年龄就开始不学好，偷鸡摸狗的，你父母这么教育你的吗？老师这么教育你的吗？还敢给我诡辩！你敢再说一遍是第一次？"那个男子冷笑一声后厉声训斥起男孩，一只手敲打着男孩的脑袋，另一只手牢牢钳住男孩的手腕。

"真……哦……真是……第……一次。大哥，求你轻点……行不！疼啊……我的手腕……哎哟！哎哟！断了啊！叔叔！别再拧了，真要折了……"小贼刚才的嚣张已经荡然无存了，面目扭曲地求饶起来。

"疼？我告诉你，古时候有种刑法专门是给小偷设置的。用很锋利的砍刀，咔！从这剁下来！"他一只手做刀状，使劲往小贼手腕劈下去。肖筱吓得闭上了眼睛，好像他手劈下去后真的会变成一把锋利的砍刀，顿时血光四溅。

咦！怎么没有听见小贼的尖叫啊！那样劈下去，他肯定乱叫唤。她睁开眼睛，原来男子只是虚张声势唬唬小贼，他的手在接近小贼手腕时戛然停止了。小贼也吓得不轻，嘴唇直打颤，就连喷满发胶的头发都惊恐地竖了起来。肖筱看了心也软了下来，刚才的气愤被心痛给冲淡了。虽然小偷可恶，可看上去也不过十五六岁，如果真被送到派出所，那么他的档案里就会留下一个污点，那是一辈子的污点。也许是出于职业习惯，她对这个年龄段的孩子都会有种特殊的关切。

"我说……算了吧！钱包里的东西也没少，这孩子真像是第一次，况且看他年龄也不大，给他一次改过自新的机会，好……吗？"她恳切地替小贼求起情来。看着男子清澈的眼眸，她突然产生了一种很奇异的感觉，仿佛他们之间一定有足够的默契和灵犀，这个男子一定会理解并赞同她的做法。

"真是第一次？"男子起先有些困惑，失窃者替窃贼求情？但眼前这个看似柔弱的女孩流露出来的真诚让他感动，迟疑了片刻后，他立着眉毛问小贼。

"真是第一次！"看见当事人替自己求情，小贼的声音立马理直气壮起来。一面用一种可怜巴巴的眼神讨取当事人的印象分，一面用余光瞥一下将信将疑的男子。

"真的！"为了让大家相信他，他使劲咽了一口唾沫，很诚恳地重复了一遍，一双老鼠小眼拼命地眨巴。

"那……"小贼乘男子犹豫的瞬间，瞅准机会，甩脱男子的手，扒开人群拼命往车门口挤去。

"嘿！前面的，拦住那臭小子！"男子反应过来后急忙高声叫嚷。不知是周围的人还没闹明白是怎么回事？还是现在的社会风气——"事不关己，高高挂起"，大家眼看着小贼像泥鳅从自己身边溜过，不要说有一个人试图去拦截，更有甚者还自发让出一条让小贼逃脱的路。恰巧这时车也进了站并打开了车门，小贼顺势跳下车门。那男子气哼哼地搡开人群追了下去，肖筱也跟着他挤到了车门口，下了一级台阶后她突然停了下来，怔怔地看着小贼发疯似的落荒狂奔，而那个男子在后面依旧穷追不舍。

"下不下？"公交车司机扯着嗓子问道。

"不，不下。"肖筱梦呓般地回答。"多一事不如少一事"，妈妈说的话又一次挡在了肖筱的前面。

司机则见怪不怪，他的职责是把每一位乘客送到他们的目的地，其他的一概和他无关。"哐当"一声车门关上了，公交车继续前进。

她踮起脚望着男子跑远的背影，一点一点消失在了视线之外，真是惊心动魄的一个清晨。

闹哄哄的教学楼走廊里弥漫着一股呛人的尘土味，早到的学生已经挥舞着扫帚清理一个假期积累的灰尘了。透过玻璃窗洒落的晨光中，细微的尘埃依旧如在公交车内看到的景象一般，欢快地舞蹈。可惜肖筱再也没有什么诗意的想象了，阳光精灵？童话？刚才的一幕早已让它们灰飞烟灭了。她夹着一叠收据嘟着嘴慢吞吞地朝教室走去。

"把这堆垃圾赶快清理掉。站在窗台上的几个人注意安全！王龙，站那么高你还打打闹闹的，小心点，听见了吗？"肖筱看见一个男子从她的教室里退了出来，不停地指挥着学生们。白色的棉质夹克外套，发白的蓝牛仔裤，清晨里朦胧的印象……有那么巧的事情吗？电视剧看多了吧？

"史老师，一个假期你更帅了！"一个胖胖的男生跨坐在窗框上，甩着手里的抹布笑眯眯地说道。

"谢谢拍马屁！不过王龙，一个假期你好像又胖了。你不是立誓假期不睡懒觉、天天晨跑减肥吗？看你的'吨位'，肯定天天睡到太阳晒屁股！"那个穿白色夹克的男子应该就是"史老师"了。

"没，没有，我天天跑步来着。史老师，假期里我研究了一下我们的家族史，我断定，我的胖是家族遗传的，和锻炼没有什么因果关系！"王龙搔搔后脑勺憨憨地回答。

"哦！原来如此啊！那你可找着不锻炼的理论依据了。我可告诉你，体育不达标，你就甭想拿高中毕业证。"

"史老师，真的啊？"王龙艰难地将自己从窗框里缩了回来。

"我唬你干吗？问体育老师去！"

"嗨！史文宇！"如同信鸽划过天空，那哨音般的一声招呼打断了这边的对话，大家的目光齐刷刷地投向声音的来源处。

"是墨鱼唉！"一个在肖筱不远处的女学生小声窃笑道。肖筱认识迎面走来的女孩，是这个班的任课老师，教历史，叫莫绍玉。墨鱼？呵呵！这些孩子们。

"嗨！莫老师！"史老师很礼貌地打了招呼。

"什么时候回来的？不是说还要几天吗？"莫绍玉不是一个很漂亮的女孩子，却打扮得很时尚。紫色的套装紧紧地包裹住她娇小的身材，娇挺的乳房，微翘的臀部，就连肖筱都对她的身材艳羡。她脚穿镶着亮闪闪水钻的七寸高跟皮鞋，走路时发出咄人的"嗒嗒"声，和她尖锐的语调如同一对"孪生兄妹"。不过这个时节穿得如此单薄有点不合时宜，厚厚的粉妆也遮掩不住她冻得发青的脸色。

"会议结束就返程了，这不刚好赶上开学！"

"要不是我回老家，也跟你去了！"

"是物理研讨会，又不讲五代十国，你去做什么？"

"玩啊！去看看'一览众山小'的泰山到底多壮丽！云海、日出，多令人向往啊！"莫绍玉说话时，刚才称她为"墨鱼"的那个女生一脸作呕的表情，还不时战栗一下，引得周围女学生一阵窃笑。

"呵呵！你可别误导哦！学生们都在听呢！是研讨会，不是旅游！研讨会没有多大的意思，日程安排得紧紧的，只是最后两天转了转而已。你那好热闹的性格去了一定被憋死！"

"怎么会憋死呢？反正和你一起去，哪里我都不觉得憋！"说话间仿佛史文宇的眼波中撷来了泰山的云海雾潮，她凝视他双眸时的神情无限的沉醉和神往。

"扑哧！"肖筱憋不住笑出声来。当遇到莫绍玉比尖刀还锐利的眼神时，她尴尬地冲莫绍玉问好："莫老师！早上好！"其实她的失笑不是因为莫绍玉的话，而是那个一直搞怪的女生。刚才她配合莫绍玉的话给其他同学做一些搔首弄姿的动作，她的表演天赋着实令人惊叹，怎么能那么惟妙惟肖呢！

"是肖老师啊？"温度从赤日炎炎的撒哈拉沙漠一下骤降到了冰天雪地的南极大陆。

"哦！你？"史文宇转过身赫然发现眼前的女孩就是早上在公交车上偶遇的人，于是不可思议地睁圆眼睛，继而粲然一笑。这个世界很大吗？大，几十亿人口拥挤在同一个星球上，有些人可能一生也不会碰面一次；不大，有些人在街头擦肩在街尾碰面，似乎转个圈就回到了出发的地方。

"哦！你！史老师？就是你？"教研组长赞不绝口的"有经验，认真负责"的老师就是面前这个男子，肖筱的惊讶不逊于他。

"认识？你们？"莫绍玉警觉地盯着史文宇的表情，刚才他的一笑如同久别的好友偶然在某处相遇，惊讶，感慨，又会心。

"嗯，不认识，只是早上乘同一辆公交车来的。"史文宇的轻描淡写让肖筱有些困惑，然而他意味深远的微笑又让她恍然所悟，她也回敬了一记微笑。

"切！我还以为是一番惊天动地的相遇呢！"莫绍玉的夹枪带棒完全是冲着肖筱来的。她看史文宇的眼神依旧是浓情蜜意，秋波涟涟。

"惊天动地？你看言情小说中毒了？"

"不是惊天动地你至于那种表情吗？不说了，带礼物给我了吗？"

"呵呵！当然带了，当地的特产，等会儿回办公室你们一块儿尝尝！"

"吃的啊？全办公室一份？"

"嗯，时间有点儿仓促，不过我买得挺多，够大家吃。"看他抓贼时挺机敏，怎么听不出人家的弦外之音呢！肖筱低下头将脚下的一团废纸踢到不远处的一堆垃圾里。

"你知道陈惠辞职了吗？"莫绍玉不阴不阳地抛出一句话。

"嗯。知道了。"一抹说不出的复杂情绪从他眼中一闪即逝。沮丧？悲凉？愤恨？好像都是，又好像都不是。

"什么时候知道的？是她自己告诉你的吗？"看她的架势有点打破砂锅问到底的样子。

"我又不是校长，她告诉我干吗？"

"我还以为她会告诉你。知道她辞职的原因吗？"

"不知道。王龙，你还是下来吧！我看着你坐在那里心都提到嗓子眼了！"他别过脸去对着身体塞出窗外擦玻璃的王龙说。

"她要结婚了！找了个大款！"莫绍玉在"结婚，大款"上提高了声调。

"咚！"的一声震山摇地的巨响。

"死王龙，你想吓死我们啊！"莫绍玉尖声呵斥王龙。原来是王龙从窗台上跳了下来，他吐吐舌头一抹烟溜进教室去了。

"那好啊！你也努力找个大款嫁了吧！金丝雀的生活多安逸啊！"史文宇一脸不屑地揶揄莫绍玉。

"我可没那种想法，再说我也没那资本！"莫绍玉没好气地白了史文宇一眼。

这时教研组长过来了。

"我说你们几个怎么在这里闲聊呢! 赶紧! 赶紧! 学生等着报名呢! 小史, 你帮小肖一下。这个班的学生她不熟悉, 你和她一起给学生报名。"教研组长是一位四十出头的女人, 梳着光溜溜的活像《祝福》里祥林嫂那个时代的发髻, 一件已经过时的姜黄色呢子大衣熨得平平整整。自从她3岁的儿子发高烧夭折, 丈夫离弃她以后, 她的人生就进入了漫漫寒冬, 永远是一副"冬天般寒冷"的表情。

教研组长一发令。三个人立马各司其事去了。刚走出几步的莫绍玉突然又转过身, 望着史文宇和肖筱一同消失在教室门里, 莫名的失落感如同飞扬的尘土弥漫在她的心头。

虽然是初春, 可高原强烈的紫外线已经开始显示威力了。正午的骄阳傲慢地将温度拉到了一天之中的最高点, 与清晨依然隆冬般的寒意形成鲜明的对照。

走在校园甬道的史文宇将白色的夹克搭在右手臂上, 只穿着一件深蓝底色白色菱形图案的高领毛线衣。

"你的大衣是租来的?"他一本正经地问走在身边的肖筱。

"嗯? 租来的?"

"是啊! 不是租来的怎么舍不得脱下来呢? 热得脸都通红了, 我还以为是你租的呢! 嘿嘿!"肖筱不明就里地低头看看自己淡蓝色的短羊绒大衣, 傻傻的表情很可爱, 史文宇憋不住笑了。她的单纯一如今天的天空, 没有一点瑕疵, 没有一缕波痕, 湛蓝而澄明, 仿佛有种能够映照人心最隐秘却又最真实一面的奇特魔力。

"你很喜欢打趣别人吗? 对, 我的衣服是租来的, 而且租期就是一天!"她停下脚步无端地冲史文宇发起火来, 一股温热的液体却不如她的言语一样强硬, 很软弱地涌出了眼眶。女人的眼泪虽然是柔软的表现, 可它却有震慑男人的力量。这是不是就是人们常说的"以柔克刚"呢? 这不,史文宇唇边的笑意如同草尖的晨露，须臾间隐没在了泥土里。

"只是看你一直闷闷不乐，想开个玩笑调节一下气氛！没有打趣你的意思！真的！"他急忙翻看自己所有的口袋，糟糕，他一向没有带纸巾的习惯，哪个大老爷们整天揣着一包面巾纸呢？慌乱中口袋里的圆珠笔掉在了地上，他弯腰捡起不小心又从手中滑落，再次捡起后他牢牢攥在了手心里，好像这支笔就是刚才的那句玩笑，如果真能将它捏碎随风而逝，那该多好啊！

"对不起！别哭了！"他手足无措地杵在那里。

"……"

"求你了，别哭了！别人会误会我欺负你了"

"……"肖筱抹着眼泪气鼓鼓地瞪了他一眼。

"嘿嘿！还有力气这么瞪我啊！我可没有力气了。拜大小姐所赐，都过了吃饭的点了，现在我饿得眼前发黑了！"听他这么一说，肖筱也不生他的气了。可不是嘛！她自己就收了几笔学费，还算得乱七八糟，少收了几块。如果不是后来史文宇帮她收款，还不知会差多少钱呢！没办法，她天生对数字迟钝，上街买菜她总带着一个计算器，不然就会上当。

"哇！今天的天真的很蓝！"他蹙起眉头无限感慨。"看来城市的污染真的有所缓解。"满心期待听到风花雪月下文的肖筱愣了一下哑然失笑。

"你还真是学理的，什么都用逻辑加以分析。"

"这话听来不像是夸我哟！"

"当然是夸你，夸你逻辑思维好！呵呵！"看着肖筱挂着泪花的笑眼，史文宇突然想起了自己的妹妹。小时候他妹妹总是爱哭鼻子，每次一哄，她就是这样挂着泪花破涕而笑了。那时候他总会有种自豪感，仿佛他就是全世界最有力量的人。

"今天要谢谢你！帮我那么多！"

"不用客气的，都把你弄哭了，过大于功了！"

"刚才哭不是因为你的话，本来心里就很忶。新学期的第一天就弄得这么一团糟，我一点儿信心都没有了，真不知道怎么去当这个班主任。"

"我相信你，相信你一定是一个非常出色的班主任！"

"不用安慰我，我自己有多少能力自己清楚。"

"什么事情如果刚开始就否定自己，那么我劝你趁早放弃。能力？每个人有多大潜能他自己都不可能完全明了。就像举重，刚开始你只能举起一百斤，而后你每天加一斤，日积月累，最后能够举起的重量连你自己都会吃惊。能力和力气一样，不是与生俱来的，也是经过后天的努力而磨炼出来的。所以不要这么快否定自己，只要你付出了努力，就一定可以看到回报。"

小草是万物中最先预报春天讯息的生灵。肖筱突然发现墙角已经有许多株小草泛青了。她想起了小时候学过的一篇课文《种子的力量》，一粒小小的种子发芽后能够掀开巨大的石块，能够撬开连工具都轻易撬不开的头盖骨……今天，这些弱小的生命顶破封冻的大地，用最朴实也最盎然的绿色渲染了世界。在事实面前，谁敢小觑它们的力量呢？

史文宇的这些话并不是一时情急的安慰之词，而是直觉加推断。刚才写收据时他看见了她娟秀工整的字。有很多人在上了大学甚至于上了中学以后就开始写行草，以为龙飞凤舞的行草是彰显成熟的一张名片，可肖筱还是一笔工工整整的小楷。"文如其人"，他就此推断她是那种一丝不苟、严谨缜密的性格。虽然收款时她显得手忙脚乱，那只是由于太过紧张了，只要给予适当的鼓励和信任，她的潜力将是无穷尽的。

"谢谢你，包括早上公交车上的事情。总之，今天要感谢你的实在太多了。"

"哈！不说我倒忘了，早上你的'东郭先生'情结让一个小偷就那么大模大样地逃走了。"

"怎么？没有抓到他吗？"

"没有，别看他个子只到我肩膀，跑起来和澳洲野兔似的，一溜烟儿就失去了踪影。呵呵！这就是一个人无穷的潜力，可能他体育达标百米跑每次都不及格！这倒是个办法，下次体育达标，我也找个能够让王龙心惊胆寒的东西跟在他屁股后面，他铁定能够及格。"

"呵呵……"

"都这时候了,我看食堂早就关门了。没办法,只好去外面餐馆解决喽!"

"这个……我必须回家,没有提前告诉家里的话,爸妈一定会等我回去才开饭。不好意思哦!这样吧!改天我请客,正式拜你为师!哎呀!要赶紧走了,不然真来不及了。拜拜!"肖筱看看表,冲史文宇摆摆手,急急忙忙跑远了。

夕烟雾霭中,爬满豆荚藤的小院,可爱的紫蝴蝶花欢快地摇曳着。郁郁的花香,浓浓的饭菜香,面色和悦的妈妈系着蓝围裙的剪影,那是昨天的事情还是另一个世纪的事情?美好的回忆就像旧相片一样,总是附着岁月的土黄色,夹在记忆的相册中。不经意间翻开时,每一页都有不同的况味,或感伤,或欢愉,或惆怅。今天怎么了?他一直刻意回避的记忆悄然被唤起。他苦涩地一笑。

第三章

"陈老师,你看见史老师了吗?"肖筱拦住迎面走来的体育老师气喘吁吁地问道。

"史文宇?在操场的看台上抽烟呢!这小子烟瘾怎么这么大了?连我口袋的烟都给下了!"说这话时,陈老师还有点愤愤不平。"肖老师,你看见那家伙告诉他,要赔我一包,那可是'中华',我好不容易搜刮来的。"他对着已经跑远的肖筱开玩笑。

操场上都是准备做课间操的学生。肖筱几乎是奔跑着穿梭在追逐嬉闹的学生之间搜寻史文宇的影子,几次和学生都撞了个满怀。可她根本顾不得这些了,火烧眉毛的时候,就是被撞个人仰马翻也只能爬起来继续!

看台上没有他啊!无奈,肖筱只得拖着铅重的双腿拾级而上,登到看台的最高处,一只手捂着狂乱跳动的胸口,一只手抹抹额头的汗珠环视操场。唉！还是没有。这个史文宇，像人间蒸发了一样。正当她失望至极准备下去时，无意间朝身后瞭了一眼，意外发现史文宇坐在篮球场的正中央。一颗揪着的心终于可以回归原位了。

"史老师，史老师！……"她唤了几声，可史文宇依旧像雕塑般地坐在那里。她曾经在一本小说里看见过这么一段话："从一个男人的背影，可以看到他不加掩饰的内心。"如果这种结论是正确的，那么从史文宇的背影可以看到一个完全被痛苦吞噬的内心。慢慢地她靠近史文宇，黑色暗潮般的痛苦也随着她靠近的脚步不断漫天席卷而来，脚、腿、上身，一直淹没到了脖根。

"史老师……"她轻轻地拍拍史文宇的肩膀，声音充满了怜惜和温情，连她自己都不明白为什么会这样？她应该大发雷霆，至少提高一下嗓门才对啊。从第二节课一上课，她就满世界找他，实验室、团委办公室，甚至礼堂都找了。每次折回办公室，她都希望看见他在那里做课前准备，然而每次都是那把空椅子。当她最后一次折回教学楼里，看见听课的老师已经有几个夹着课本等在那里了，这就如同戏院的大幕即将拉开，却发现主角失踪了，向来性情温和的她急得嗓子冒火了。

"噢，是你。"史文宇抬起头瞭了她一眼。她感觉他根本没有看清是谁？她是花瓶、是课本、是杯子，反正都是些无关紧要的东西。在淡淡蓝烟的萦绕中，他漠然的脸变得渺邈起来。对视的目光没有交流时，咫尺就是天涯，世界上最远的距离就是心与心的距离。

"你……忘了啊？下节是你的公开课，听课的老师们都已经来了。你怎么还……"她抿了抿发干的嘴唇，不忍对如此落魄的他再加以任何指责。

"公开课？公开课！现在是第几节课？"一个灵魂梦游的人突然被一声惊雷震醒，荒漠般空旷的眼神终于注入了一缕神采，黯黯的、冷冷的。

"第三节课马上就打铃了！"

"噢！该死，真该死！我怎么忘了时间！"他边咒骂边跳起来跑了。

"幻灯，实验设备我都准备好了，都放在教室了！"

"知道了！"回答声已经离得很远了。

站在一片长长短短的烟蒂中，肖筱的心愈加怵然了。她拾起半包"中华"烟，烟盒的一面有一道被斜着撕开的口子，那道口子像一道永远无法愈合的伤口，痛苦地向被命运选中的倾听者诉说着什么。如果她就是那个倾听者，为什么会听不懂？如果她听不懂，那么这道口子就是在命运的安排下横隔在他们之间的沟壑，她只能在彼岸无奈地张望，无奈地等待，兀自伤怀。

走到办公室门口，一股香水味刺激了肖筱的鼻子。她推开虚掩的门，一个漂亮的女人闯入她的视线。肖筱慢慢走到自己的位置上，莫绍玉不失时机地做起了介绍。

"肖老师，这是陈惠陈老师，就是你们班以前的班主任。惠惠，这是现在的班主任。"一种友好的敌意。

"你好，我叫陈惠。"陈惠伸出的右手上一枚钻戒发出的璀璨光芒刹那间照亮了整个办公室。

"你好，我是肖筱，班里的学生很想念你。"感觉仅仅是指尖触碰到了陈惠的手，肖筱立刻缩回了自己的手。"呵呵，我也很想念他们。说真的，还真有点舍不得啊！虽然他们以前那么调皮捣蛋，没让人省过一下心。可当真正离开他们了，才发现那些调皮捣蛋的家伙是那么可爱，那么令人怀念。也许以后我会为自己选择离开而懊悔一生呢！"高贵中透着平易，傲慢中透着随和，这种独特的气质是月宫的韶影，是玫园的芳魂。

陈惠的这身衣服有些眼熟，在哪里见过呢？对了，紫色的套裙，开学那天莫绍玉穿着一套完全相同的衣服。肖筱忽然理解了为什么服装设计师要做 T 台秀了，紫色套裙穿在陈惠身上就是这种效果。

陈惠打开白色的皮包取出一叠请柬，翻看每张请柬里的名字之后开始散发："这是组长的，这是玉儿的……"

"哇噻！'飞龙'酒店耶！"莫绍玉又是利器划过玻璃般的尖叫。"飞龙"酒店是这座城市唯一的五星级酒店，大厅整天灯火通明，门厅外八根汉白玉的罗马柱，十八阶的汉白玉台阶，金光灿灿的两座狮子雕塑，怎一个富丽堂皇了得！对于普通的工薪阶层来说，在那里消费一次就将是全家一个月的生活费。难怪莫绍玉要夸张地尖叫。

"小陈，我们送什么礼物给你合适呢？我想能够实际用到的东西更实惠些。所以你新房里缺少什么，我们就买什么。"组长像问萝卜一斤多少钱的口吻问陈惠。

"不用了，大家的心意我领了。因为是他家在操办，我也不知道还缺什么……"

"组长，人家那么有钱，会缺什么啊！你选的东西都没有档次。人家用的可是名牌中的名牌！"莫绍玉将手中的请柬看了又看，闻了又闻，随后撇在了办公桌上。

"你们能够全体参加我的婚礼，即便是空手来，只要送上祝福的话语就是最好的礼物了。再说不是还有那句'礼轻情意重'的老话吗？"陈惠优雅地含笑看看莫绍玉。

"不送礼物说不过去，那我们就看着办了。放心，我们都会去的！"组长白了莫绍玉一眼。

"肖老师，没有给你写请柬，因为不知道你的名字，所以这张空白的请柬给你，很失礼，你不会责怪吧！"陈惠递给肖筱一张请柬。

"陈老师，太客气了。"大红的封面上印着新娘的婚纱照，肖筱觉得这是她看到的最妩媚动人的新娘了，喜气的背景下新娘宛如人间天使。奇怪，这种请柬上放的通常是夫妇的婚纱照啊？她疑惑地抬头看陈惠时，发现陈惠站在史文宇的办公桌前，将一张请柬放在了办公桌的左下角，又移到了正中央，又移到了右下角，最后还是移到了正中央。她无名指上的钻戒反射出的光彩有些冷艳，有些凄然。停顿了片刻，她倏地一下转过身来很灿烂地笑了笑："史文宇的，我就放在他桌上了，他回来后记得告诉他一下。我先走了，还要去其他办公室送请柬呢！"说完就拉开办公室的门走了，连给大家留一个告别的时间都没有。

肖筱再次翻看请柬，愕然发现婚纱照中的新娘没有一丝微笑。

"文宇，你刚才跑哪里去了，让我们好找？课讲得怎么样？听课的老师什么反应？学生们配合得好吗？……"下课后史文宇一脸疲惫地走进办公室，还没有坐定，莫绍玉就端着一杯开水走向他机关枪式地询问开了。

史文宇接过开水往桌上放时，突然像触了电似的停顿了一下，然后很缓慢地将杯子放在了桌上，拿起了摆在正中央的请柬，目光停在了请柬上面。

"婚纱照上的新娘子漂亮吧？"

"嗯！是很漂亮。乍一看都认不出来了。"史文宇很随意地回答。

"当然漂亮了！母鸡变凤凰，不再是神话，这都是图片处理技术的魔力。"莫绍玉干脆靠在了史文宇的办公桌上，似笑非笑地瞧着史文宇。

史文宇没有继续接莫绍玉的话茬，快快地将请柬放进抽屉里。

"干吗一副世界末日的表情？陈惠结婚我们都应该满怀喜悦地祝福她哟！毕竟我们同事了这么多年，这点情谊是必须的！"莫绍玉仿佛一直在等待时机说这句话。

"小姐！你知道请柬的别名吗？'罚款单'，是'罚款单'！你见了'罚款单'会眉开眼笑？我可笑不出来，我是上有老，下有小的人啊！"史文宇将双手叠交后枕在脖子下，半仰着靠在椅背上，有气无力地开玩笑。

"史老师，实验老师说，课讲完了马上把器材还回去。她怕器材丢失。"肖筱这时候插言进来。

"哦！我已经让学生还回去了。真的谢谢你，把我所需的东西都放在了讲桌上。"史文宇连忙坐直了身体很努力地冲肖筱报以感激的一笑。

"不客气，你帮我的很多了，这点算不了什么的。"

"该感谢的还是要感谢的。要不是你提醒，我恐怕坐在那里发呆到明天早上呢！"

"发呆？你怎么了？怎么会发呆呢？……"莫绍玉很紧张地追问道。

"叮铃铃……"上课的铃声响了起来。

"莫老师，这节好像是你的课吧？"肖筱看了一下课程表提醒莫绍玉。

"不用你提醒，我知道是我的课。你又不是组长，管那么多！"莫绍玉气哼哼地走到自己的办公桌前，"嗖"地拿起教材，一扭一扭地出了办公室。

偌大的办公室只留下了他们两人。被莫绍玉糗了一番的肖筱极尴尬地冲史文宇一笑,史文宇报之一耸肩,不知是同情,还是抱歉。肖筱心中莫名地涌动起一股酸涩的潮汐,继而眼睛也浸润在了酸涩之中。她慌忙垂下头,拽过备课本胡乱地抓起一支笔佯装备起课来。

这到底是怎么了?这股酸涩源于何处?似乎是一种期待,就像小孩子受了委屈,期待别人的安慰?难道她在期待史文宇的安慰?还是他的感谢?似乎又都不是。不想了,什么都不想了。她使劲摇摇头,然后翻开手边的参考资料。

"头疼吗?"

"嗯?什么?"写了好几个字才发现自己错拿了红钢笔的肖筱,好像听到史文宇说了什么。

"我问你是不是头疼?你不是这样吗?"史文宇学肖筱刚才摇头的样子。

"没有!可能……脖子疼,脖子疼……嘿嘿!颈椎,咱们的职业病,呵呵……时常这么活动一下下……"肖筱前言不搭后语地说着,并做起了颈部运动。

"'左三圈,右三圈'……"史文宇学起时下流行的那首《健康歌》来。

"'脖子扭扭,屁……'预防胜于治疗嘛!"她一边白痴一样地对着史文宇傻笑,一边在桌上摸到蓝钢笔,拧了半天,居然拧开的是钢笔的后盖。她懊恼地吹吹自己的刘海,郁闷,这不是莫绍玉的招牌动作吗?她较上劲似的更用力吹起刘海。

"哈哈哈,至理箴言哦!看来我也要经常'左三圈、右三圈'一下……"一阵开怀大笑后,史文宇突然觉得周身轻盈了微许,就像撑起了小伞的蒲公英,无所谓会飘向何处,只想单纯地享受这清风暮霭中的翔舞。

"嘟嘟嘟"史文宇的传呼机骤然撕碎了他的"小伞",重重地,他跌回了现实。取出传呼机瞥了一眼,刚刚舒展的眉头不禁又蹙了起来。传呼如同决了堤的暗潮,一浪高过一浪不断劈来,大有不将他劈个粉身碎骨不罢休的架势。

"出了……什么事吗？传呼……好像很急……"话一出口肖筱就有点懊恼，这个世界上不是所有的事情都可以与别人分担，有些是不想，有些是不能。

"哦！没……什么。"在黑色暗潮中挣扎的史文宇仿佛看到一条雪白的丝带从天而降，只要他伸手拽住就可以被营救。但是……他可以吗？他可以将无辜的她连累进这个无底的深渊吗？

"哦……"虽然是预料中的回答，却还是让人有几分沮丧，她继续埋下头备起课来。

又一声传呼声后，掷笔声、椅子挪开声、电话按键声，声音虽然细微却如重槌般敲在肖筱心头，是因为办公室过于空荡吗？

"你到底有完没完？"这是平日温声暖语的史文宇吗？肖筱惊愕地看着他微微战栗的脊背："你认为还有必要吗？……你不是一直在随心所欲地做选择吗？……我有义务为你的将来负责吗？……你不要无理取闹好吗？我说了这是我们之间的问题，你牵三扯四地到底想干什么……我犯不着心虚，我有什么好心虚的？……我警告你，别胡来……喂……喂……"看来是对方全然无视史文宇的警告断然收线了。

蒙了半晌的史文宇猛然惊醒，挂断电话后没和肖筱打声招呼就冲出了办公室。

等史文宇出去后，肖筱鬼使神差地走到他的办公桌前。

摊开的备课本上一滩墨迹很显眼，她拿起橡皮擦轻轻擦了几下，没有擦掉，又用力擦了擦，竟然擦破了。她慌乱地拿起备课本抖了抖，不想一张照片从里面落了下来。M大学的校门口，两男两女的合照，史文宇站在右二，左边是陈惠，靠边是一个有些纨绔气的男孩，而史文宇的右边是另外一个女孩。看照片背面的说明是毕业合影，四个人就像蹩脚的演员，分明是为了给某人看而努力地去微笑。

她将照片重新夹进备课本，用手指轻轻划过备课本上的洞，原本光滑的表面却因为那个破洞而坑洼不平起来。裸露在表面上的"洞"可以直观地看到、摸到，而隐藏在表面之下的"洞"要如何去发现、去感知呢？

已是午休的时间，教学楼里依旧喧闹不止。不知哪个班的学生将录音机的音量开到了最大："爱上了你，爱上了你，注定的是你，我输得彻底……"整个走廊回荡着谢霆锋不厌其烦的一遍又一遍痛苦地诉说对爱的执著与痴迷。

"真是烦死了，这些学生大中午不休息，听什么歌呀！"莫绍玉用筷子指着声音的来源抱怨道。

"听歌对于他们也是一种放松和休息啊！学生的压力实在太大了，课业负担又重，怎么着都要让他们有自己的解压方式！再说，这个年龄阶段的孩子们对流行音乐的痴迷和追捧是必然的。他们可是流行元素的追随者、传播者和继承者。"肖筱今天中午没有回家，和莫绍玉一起从食堂打了饭回办公室吃。

"不愧是史文宇的徒弟，连说话的口气也都被传染上了。"

"哪儿有啊！只是最近看了些关于青少年心理方面的书籍，知己知彼，百战百胜嘛！怎么了？今天中午你不舒服吗？"

"没有不舒服。什么破食堂啊，这是喂猪呢！"莫绍玉胡乱扒拉了几下饭盒里的饭菜，把汤匙扔在了桌上。陈惠的闪电结婚让莫绍玉有些意外，她一直觉得陈惠为结婚而辞职不过是借口，如此草率不是陈惠的风格。她们同事也有两年了，明争暗斗的两年结下了一种难以用常理解释的缘分，是敌非友？是友非敌？连她自己也分不清。

还记得陈惠刚刚调来的那天，那由内而外散发的熠耀的光芒刹那间让她觉得自己就是躲在月亮背面的一颗小星星，一向自信的她第一次认识到这个世界确有自卑感一说。这两年不在一个级别的较量让她心力疲惫。为了能够与陈惠站在同一级台阶，刻意的模仿无形中令她迷失了自己，有时都产生了是陈惠影子的错觉。陈惠的退出最大的受益者是她，她应该喜出望外，应该兴奋不已，可……

"我觉得还可以，比大学时的食堂好多了。"肖筱的饭盒已经见底了。从小她妈妈就不允许她挑食，只要她嫌什么不好吃时，妈妈的忆苦思甜教育就会没完没了，还不如闭着眼睛什么都吃了，久而久之也就没有了挑食的毛病。

"好什么啊！你看这个'清炒上海青'，是'上海青'吗？黄不拉叽，就和垃圾箱里捡来的一样！"

"刚打来的时候还是绿的，是你盖了盒盖焖黄的，绿菜一焖就发黄。不能嫌弃饭菜，我妈常说1960年的时候连面汤都喝不上……"

"现在什么时代了？是讲究生活质量、生活品质的时代。你妈说的都是上世纪的事了。奇怪，今天中午怎么没有看见史文宇？"

"唔……他第四节课就出去了。"

"去哪儿了？"

"不知道！"

"我走后陈惠有没有再来过？"

"没有啊！怎么？你和她还有事吗？"

"我和她能有什么事？你有点想象力好不？不过……他们是不是太过平静了？陈惠可马上要结婚了啊？对吧？"莫绍玉突然像是不敢确定陈惠结婚的消息是真是伪，歪着头问肖筱，看见肖筱很肯定地点点头，她又狠狠白了肖筱一眼："这么风平浪静……不对劲，肯定不对劲！暴风雨前最后的平静？"

"我没想象力？那你想象力过于丰富了些吧！他们是同学又是同事，哪儿来的暴风雨呀！"

"同学？你怎么知道？什么时候知道的？是他说的吗？还知道些什么？关于他们？"

"不……不是……不知道……哎呀！他们本来就是同学嘛！你怎么像审犯人啊？"肖筱拿起暖瓶倒了一杯水，"咕咚"，怎么把暖瓶盖盖到自己的杯子上了。"呀！"她下意识用手去捞，却忘了那是滚烫的开水。她心想，那张照片是无意间看见的，又不是故意偷偷翻看史文宇的东西，干吗"做贼心虚"的呀！

"哟！都烫红了。怎么？想做神偷？把手指往开水里塞？"莫绍玉走过来看见肖筱被烫红的指头揶揄道。

"怎么什么你都能幸灾乐祸一番啊？虐待别人是你的乐趣所在？"肖筱吮着被烫的手指气鼓鼓地回敬了一句。

"是啊！你是天使，我是恶魔，我人生最大的乐趣就是踩踏在他人的痛苦之上！呵呵！看在你受伤的分上，给你透露点独家消息，史文宇和陈惠啊……是恋人，大学时期的恋人。"莫绍玉一脸泄漏天机的神秘。

"噢？恋人？怎么看起来不像呢？恋人？恋人……"一碰到困惑不解的问题，肖筱就会像梦呓般地反复叨念着同一句话或同一个词。莫非那个电话是陈惠……暴风雨？那就是莫绍玉所说的暴风雨？真让人忧心呀！

"叨叨什么呢你！过去的恋人。想听吗？也没啥可听性，不过是一个俗得不能再俗的爱情故事。女主人公大学毕业后背叛了男主人公，去追随所谓更'轰轰烈烈'的爱情，当她被'轰轰烈烈'炸得'粉身碎骨'时，才意识到曾经的'平平淡淡'是多么的可贵，又回来重拾'旧爱'。怎知人算不如天算，'旧爱'的身旁有了另外一个'她'。不要用这种眼光看着我，我不是你想象中的那个'她'。如果我是那个'她'就不会这么郁闷了。不知是不是命运的有意捉弄，那个'她'是曾经被她伤害过的'她'。"

"什么'这个她'，'那个她'的？我都听得稀里糊涂了。"

"陈惠当时撬了史文宇现在女朋友的男友。笨蛋，这么简单都听不懂。不，也不能说是史文宇现在的女朋友了，只是一直纠缠他的女人。陈惠那么自命不凡的人都斗不过的女人，可想而知不是等闲之辈了……"

"咚咚咚"这时候敲门的人不一定是学生，莫绍玉忙缄口不谈了。

"请问史文宇在吗？"进来的果然不是学生，而是一个戴着金丝边眼镜，留着卷曲长发的女人。很面熟啊！在哪里见过？

"不在！"莫绍玉将饭盒盖使劲儿一扣，惊得肖筱刚刚出壳的魂儿嗖地又缩了回来。

"那请问，你知道他去哪儿了？"

"我怎么知道？我是他的秘书吗？"

"我可以在这里等他一下吗？"

"随便你！这又不是我的地方，愿意在哪儿等，是你的自由。"句句带刺，莫绍玉的嘴巴真是不饶人。

"你坐这儿吧！这是史文宇的位置。"肖筱不忍看着那女人僵在那里的样子，指指对面的位置。

"谢谢你！"那个女人的笑容很具亲和力，与史文宇的笑容颇有几分相似，就好像冬日射入窗棂的阳光，暖洋洋的。奇怪，这女人真的好像在哪里见过。对了，那照片，史文宇备课本里夹的照片上不就有这个女人吗？

女人将垂落的头发捋到耳后，肖筱猛然发现她的脸颊上有青紫色的痕迹，瘀痕的形状应该是掌印。肖筱惊讶的目光被那女人察觉，她慌忙将那缕头发又从耳后拽了下来，挡住那半边脸颊。

"莫老师，你还喝水吗？莫老师？"

"……"

莫绍玉此刻仿佛是一个精神高度集中的狙击手，目光就像是携带着无数小小毒针的射击器，随时随地预备朝目标发射毒针。而所谓的"目标"显得泰然自若，托着下巴翻看起了史文宇的备课本。

"咦！你怎么在这儿？"过了不知多久，史文宇终于出现了，一触即发的局面终于可以息鼓收锣了。

"等你啊！"那个女人站起来笑眯眯地回答。

"我不是要你先回去吗？怎么又回来了？"

"当然是还有没说的话喽！"从他们说话的语气和表情，大致也能猜到是什么关系。

"烦死了！大中午都不让人安静一下，真没素养！哎哟！别误会，我说这些学生呢！肖筱，你说现在是怎么了？时下'我爱你'成了某些人的口头禅，也不看看自己有没有资格谈情说爱。所以说，人每天除了洗脸漱口外，照照镜子也是必要的事情。爱情！并不是'1+1'般的简单啊！"

"我倒觉得爱情应该是简单的事情，两颗心碰撞发出火花就可以了。

只要生命存在，不，即便是生命不存在了，爱情还是会继续……"肖筱端着茶杯，渐渐迷离的目光不由自主地飘向史文宇，与他的目光碰撞后，又急邃地飘走，从窗户慢慢飘出，越飘越远，飘向一个未可知的地方，一个未可知的时光。

"肖筱！你言情小说看多了？难道学生也有资格谈论爱情？爱不爱是他们那个年龄的人该想的事情吗？学习，学习才是第一位！人啊！要随时提醒自己摆正位置,这样才不会闹笑话。"莫绍玉发现和肖筱说话有时真是"鸡同鸭讲"，这丫头看着蛮机灵，可关键时刻却不能意会自己的意思，还尽唱对台戏。莫绍玉恶狠狠地吹着额头的刘海，这是她发火前的招牌动作。

那个女人并不迟钝，早已听出了莫绍玉的弦外之音，微笑着对史文宇说："文宇，我们还是出去吧！别影响了别人的休息！"说着拽着史文宇出了门。

"有什么见不得人的勾当吗？这么掩着藏着的！"当他们出去后，火山终于喷发了，恐怕整个楼道都是莫绍玉歇斯底里的叫嚷声："世界上还有这么不知廉耻的女人！看她那卖弄风骚的媚笑，超恶心！都孩子他妈级的了，装什么清纯啊？！"

"我看她的笑容很亲切啊！有种……邻家姐姐的感觉！"肖筱似乎还在品味刚才的那一笑。

"喂！你什么眼神啊！那也叫亲切！配副眼镜去！还什么邻家姐姐？你这是认贼做亲！"

"认贼做亲？你……干吗这么尖刻啊？我只说了下我的感受……"

"知道我最讨厌什么吗？就是和我唱对台戏！"这莫式尖叫要是放到旷野里，绝对能"惊起一滩鸥鹭"。

花坛犄角的几株老杏树诉说着这所学校的古老；斑驳的墙皮上写满了岁月的沧桑。这些校园里的老杏树，每当春天来临，老态龙钟的它们依旧会换上粉色的春衫，展示出新的气象与无限的活力。

她的名字叫姚淑贞，就是刚才在办公室等史文宇的那个女人，她是史文宇大学的同学。他们对于彼此来说，是累了、倦了时递来的一杯热茶；是彼此人生中的一部分，却也仅仅是一部分而已。

坐在校园花园石凳上的姚淑贞，一只手臂支着下巴怔怔地看着脚边的一个蚂蚁洞，一只黑色的小蚂蚁顶着一块比自己身体大几倍的面包渣急匆匆地爬往蚂蚁洞，还有几只小蚂蚁不停地从洞中搬运出土块，你出我进，忙得不亦乐乎。蚂蚁，这些地球上的小生灵，它们的生命是如此的简单，奔奔波波只为寻觅维持生计的食物，忙忙碌碌只为营造自己的家园。可人呢！奔奔波波、忙忙碌碌的一生却不知是为谁？是为什么？

"那棵丁香树有什么特别吗？你一直盯着它？"姚淑贞有些埋怨地对一直站在丁香树前的史文宇嘟囔道。

"找十瓣丁香花呢！"史文宇唯恐遗漏似的细细翻查着一簇簇丁香花。

"十瓣丁香花？那是什么东西？"

"这你就孤陋寡闻了吧？丁香花通常不是三瓣或四瓣吗？如果找到十瓣的花，一年都会有好运！"

"那个女老师没有见过，是新来的吗？"

"嗯！是接陈惠以前那个班的。"

"这么柔弱的女孩能管得住学生吗？"

"柔弱？外表看来是很柔弱！不过……她和你有点相像，像水果软糖，甜甜的，亮晶晶的，却很有韧性，在有韧性的人身上是不存在'能不能''可不可以'的。应该说她是属于那种用真诚的心、挚诚的情感来教学生的老师。这份真诚、挚诚是磁石，可以将学生牢牢地吸引在她的周围。"

"哟！你这是在称赞我呢？还是在称赞她呢？"

"呵呵……既是称赞她，也是在称赞你，可以吗？"

"不像哦！我怎么都觉得对她的称赞是由衷的、真恳的。对我……完全是敷衍，而且是很敷衍哦！"

"何以见得对她是由衷，对你就是敷衍？"

"首先是顺序，先提她后提到我。其次是语气，提她时含着蜜，提我时嚼着蜡……"

"喂喂喂……这话可不能乱说……叫别人听见会引起误会,她可还是个小女孩呢!"史文宇紧张兮兮地打断姚淑贞的调侃。

"小女孩?是年龄比我们小吗?"

"不仅仅是年龄,还有感觉,有些想法和行为就像个天真无邪的小女孩儿!就拿那天来说,我路过花圃,她就站在石砌墙上,我问她在做什么?她说她在找丁香花。"他用夹着香烟的手指指了指不远处的花圃,笑眯眯地说。

"丁香花?那边不全是丁香花吗?需要站在石墙上面找?怪危险的!"

"是啊!我也这么认为,后来她告诉我说她在找多瓣的丁香花。完全是个小女孩儿嘛!很幼稚却也很可爱!"正午的阳光透过硕大的杏树树冠洒下斑驳的光斑,史文宇的眼部正巧落上了一片光斑,使得他的目光平添了几分熠耀的光华。

这么多年,史文宇炯炯有神的目光,甜蜜会心的笑容一直出没在姚淑贞的梦境中。今天这种目光、这种笑容出现时,她感受到的不是梦中的甜蜜,而是每回梦醒时的凄怆与悲凉。"爱情应该是简单的事情,两颗心碰撞发出火花就可以了……"刚才肖筱的话又一次萦绕在她的耳畔。她捡起一朵凋落的杏花,托在掌中细细赏玩。年轻真好!可以简单、可以透明、可以率真。

"今天……不好意思……脸……现在没事了吧?"史文宇侧脸看姚淑贞时,脸上的笑意倏地消失了。

"哦!当然没事了!"姚淑贞摸摸面颊,讪讪地笑答:"这次回来,乍一听惠惠要结婚的消息,都不敢相信是真的。她这个婚结得太仓促了点,你……知道她有什么……特别的内隐吗?"

"仓促?到了该结婚的年龄就结婚呗!有什么特别的内隐!"史文宇轻描淡写地回答。

"真是这么简单吗?她是那种因为到了结婚年龄就结婚的人吗?她什么时候委屈过自己?你一定知道对不对?别否认!我知道,你心里愈痛苦、愈沉重,表面愈会显得轻松。是她误会了我们的关系,她是在赌气?在报复你？对吧？不然今天她看见我后反应就不会那么激烈了……"看到史文宇无奈地点点头，姚淑贞脸上的掌痕愈发火烧火燎地疼了起来。"那你去解释啊！告诉她我们是朋友，仅仅是朋友……"

"为什么要解释？我和她五年前就已经结束了，我和其他女人是什么关系与她没有丝毫干系！而且解释有用吗？她是能耐心听解释的人吗？只要她认定是事实，任何人的解释都纯属浪费口舌。"

微风轻徐，片片花瓣似粉色的雪花从天空簌簌而降。美好的东西往往无奈于朝袭寒雨、晚来急风，留下的是一地残花，满袖轻愁，和多年后斟不满一酒杯的追忆。如果此刻是闲暇时与好友坐在这里聊天，邈碧的蓝天、明媚的春光、煦暖的清风、飞舞的落花，多么惬意又美好的一幕！史文宇慢慢从口袋里掏出香烟，准备点燃，被姚淑贞夺了过去。

"别抽了！身上一股烟味，呛死人了。别这样，就算不起作用，你也不能这样避而不见，这是在逃避……"

"对，我是在逃避！因为我根本不知道该怎么面对现在的她？你知道从昨晚到现在她打给我多少传呼吗？几乎是半个小时一条，而且内容都一样——'如果你不回心转意，我会用我一生的不幸去赌你的明天'……"史文宇的耳畔又回响起那些刺耳的传呼声，每条传呼好像都在询问，从何时开始陈惠的任性、霸道和过分的自我不再闪闪发光，反而让人倍感压抑和厌倦。为什么？为什么走到尽头的爱无法拥有初始时的美好？曾经的爱一旦苍白了、冷却了、枯萎了，就只能变成尖利的刺戳在彼此的心头吗？

"传呼？她真的这么说？哎！她太……"难怪史文宇会有一副世界末日的表情。陈惠啊陈惠，这么多年过去了，为什么你一点都没有变呢？还是这样固执、极端地去爱一个人吗？"……她是太想挽回你们的感情了！你应该明白，这三年里她很懊悔，也一直在努力……"

"我当然明白！可是她的'努力'太沉重、太尖刻、太专横了。当初是她要走，是的，每个人都有权利选择自己想要的感情，想要的生活。任何人都不能拿爱做借口，去限制和剥夺他人自由选择的权利。所以当时我放手了。不管她怎样悔恨？用什么方式挽回，用多少时间挽回，她都必须为自己的选择负责任！真的，我开始觉得越来越不了解她，抑或我根本就没有了解过她,我和她之间的距离也越拉越远……"时间真是好东西，原本腐烂流脓的疮口被时间慢慢地风干了，某天揭开纱布后，除了疤痕尚存，痛觉已然迟钝了，甚至消弭了。

"小贞，其实我更不理解的是你，为什么你……"史文宇看看一直低头摆弄掌中一朵残花的姚淑贞。她总是淡淡地站在某个黑暗的角隅，让人经常忽略了她的存在，可每次你回头时都会与她暖暖的目光相遇。只可惜她的目光是一堵暖暖的墙，是他自己不想过去穿越，还是根本无法穿越呢？

"为什么我不恨她？你是想这么问我吧？"姚淑贞吹落掌中的蔫花，笑得有些勉强、有些凄惨："我不是什么天使！正如你说的，人要为自己的选择负起责任。错误的、荒谬的都是你自己选择的，怨不得任何人。我和傅洋之间的错误完全是我自己造成的，从交往到分手，再到小雨的出生，这些和陈惠没有关系，我没必要恨她。为什么我能理解现在的她呢？因为曾经我也这样头脑发热过、偏执过、极端过，为了让某个人注意、让某个人忌妒、让某个人懊悔，我们都错误地选择了很华丽、却不怎么适合自己的衣服，其结果就是衣服也不能穿，也没能挽回某个人，而且还贻误了自己的青春。干吗这么奇怪地看着我？"

"某个人？"

"打个比方而已！"姚淑贞回答得有些闪烁其词："文宇！去找陈惠谈谈吧？现在你也是在做选择，选择面对还是逃避？面对不一定就能解决你们之间的问题，但逃避一定解决不了问题。你真要背负她一生的不幸吗？她如果不幸你能无动于衷吗？不会的，你不是那种薄情寡义的人。所以即使爱不在了，你们不能再在一起了，也平静地道一声珍重吧！因为你们曾经在彼此的世界里驻留过……"仿佛史文宇是一潭水，她是映入潭中的月。水动月影就会破碎，月影却不可能使水泛起波痕……

第四章

　　如果说四岁以前是人性的伊甸园,那么十六岁就是情感的伊甸园。就像席慕容的那首《十六岁的花季》,这时的情感是"裙裾的洁白",是"梦幻的金黄",是几十年后羁旅途中的浓浓"乡愁"。十六岁,心随感觉而悸动,随感觉而震荡。只因茫茫人海中"没有早一步,没有迟一步"的邂逅;只因错肩时偷偷地一瞥;只因夜晚莫名的辗转,花儿就静悄悄地绽放了……

　　坐落在花坛边的音乐教室四周是依依垂柳,音乐教室里飘出的钢琴曲在每一片被阳光滤洗得油亮亮的柳叶上随意地跃动,垂柳也随着音乐的节拍而袅娜起舞。

　　端坐在钢琴前的肖筱演奏的曲目是《Moon River》。平素她很喜欢这首曲子,当手指在黑白琴键上游走时,心境会渐渐地回归到一种"物我两忘"的自然宁静状态。然而今天她一直不能进入状态。

　　"《Moon River》?"史文宇,不知什么时候默无声息地站在她的旁边。

　　"嗯?是你呀!"钢琴曲在一个重音节后戛然停止了。看清来者后,肖筱长长嘘出一口气。

　　"吓到了?不好意思,我进来时敲门了。以为是音乐老师在弹钢琴!没想到会是你!都快下班了,怎么会在这里?"

　　"挺无聊的,所以跑琴房来弹着玩。"

　　"'玩'?这'玩'得蛮高雅嘛。不像是业余玩票的水准。练了很多年了?"

　　"从6岁就开始练习的。"

　　"难怪有专业水准!"

　　"你知道这首曲子?"

　　"嗯!知道,以前我也很喜欢弹奏这首曲子……"

　　"弹奏?你喜欢什么乐器?"

他没有正面回答，只是做了一个模仿弹奏吉他的动作。

"吉他？"

"答对了，加10分。是吉他！我曾经有段时间非常痴恋吉他。"

"我猜一定是大学时代了？"

"拜托别这样笑，好不好？有轻蔑嘲讽的味道。不是那种，真不是那种某些男生为了吸引女孩子耍酷，真不是！"

"不打自招！脸上明明写着呢！"

"哪儿……哪儿？哪儿……写着呢？"

"这儿，这儿，还有……这儿！好多，都数不过来了！"肖筱用手指胡乱指着史文宇窘得发红的脸嬉笑着说。不知怎么了，看见史文宇后，她的心情总是能够豁然明朗许多。

"小丫头，胡说八道什么啊！仔细看看，我还需要用那种幼稚的手段耍酷？我，从里到外，从上到下，就是一个特大号的'酷'字！呵呵！"史文宇憋着笑坐到肖筱旁边，摆了一个雕塑"思想者"的POSS。

"嗯……"史文宇停止调侃后清了清嗓子："寒冬的夜晚，河边的乱石滩上，突兀的石头在白惨惨的月色中如同一个个怪兽，耳畔的风声如野兽低吼。突然一个孤独的黑影出现在画面中。怎么样？有没有惊悚片开场时毛骨悚然的感觉？"

"讨厌！我知道你很'酷'了，别卖关子了！继续啊！"

"呵呵！好了，不瞎掰了。那个黑影就是我。那时离我家不远的地方就是一条河，每次有心事或烦闷的时候，我就抱着吉他一个人跑到河边去。那时把弹吉他当作一种情绪宣泄的方式。风的呜咽声和着吉他低沉的琴声，不是什么音乐，而是一种表情——因为疲惫而苦闷，因为苦闷而凝重。"史文宇脸上的笑意犹存，却没有了阳光，相反凝上了一层薄薄的秋霜。他的手指漫无目的地在黑白琴键上敲打，"咚，咚，咚"音乐的表情，心情的表情……

"明艳青春里偶然插进黑白照片！"

"明艳青春里偶然插进黑白照片？"他转过脸来看着肖筱漾满笑容的

面颊，秋霜在突然显现的一缕晨曦的照耀下慢慢地、慢慢地消融了："人的一生中可能会有许多这样的黑白照片吧！如果它是成长的一部分，是一种必然，那么就不能回避，要去面对它，去接受它。"

两人都突然沉默了，空气变得凝重起来，下午的一幕又一次呈现在了肖筱的眼前——

教研组长把一封信重重地摔在了她的桌上，那是她班上一个叫许子昂的男生写给2班的一个女孩子的情书。教研组长狠狠地数落肖筱没有尽到一个班主任的职责，太放纵学生们了，例如文艺汇演时怎么能让学生按自己的喜好跳什么"西哈"，还是"东哈"的街舞，纯粹是街上小混混的群魔乱舞，哪儿还有一点学生的样子；社会上那些不良的习气已经慢慢渗透到了学生中间，"学好是一辈子，学坏却是一天"，这是很严重的问题，会造成很可怕的后果……

听组长所言仿佛明天学校就会变成电影《古惑仔》上的铜锣湾，学生不是"浩男"就是"山鸡"。那气势汹汹的架势使全办公室都发生了八级地震，大家都在地动山摇中惴惴不安地埋头工作。肖筱眼泪汪汪地站在那儿，连一句解释都插不进去。最终组长责令她去找陈子昂的家长，要将这种不良事态消灭在萌芽状态中。

"史老师，你为什么选择教师这个职业呢？"

"我？嗯……不好意思，这种问题还是第一次有人问我，容我思考一下。"说真的，史文宇还是第一次用审视的态度来看自己选择教师的缘由。一个匆匆赶路的人突然被人叫住，问在某个十字路口为什么选择走这边，要在急速倒带的记忆中很确切地找出"因为、所以"有些困难："嗯……也没有什么复杂的原因，至于什么园丁啊！人类灵魂工程师啊！那些个崇高的字眼和我都不沾边。很简单，当时师大的学费是最低的，而且包分配，收入也稳定。你呢？读师大绝不会是和我一样市侩而荒诞的理由吧？"

"呵呵！记得我小时候刚刚入学的那天，一个老师牵着我的手走进了教室，在极度陌生、极度混乱中感到她的手好温暖，笑容好亲切。也许她只是个很平凡的人，走进人群里马上就会被淹没，可在我的眼中却是那么的高大魁伟、卓越不凡。这可能是仰视的效果,然而我真的好钦慕那种感觉,这个原因促成了我当老师的梦想。我还记得大学里教授这样对我们说,'没有教不好的学生,只有不会教的老师。'这句话成为了我从教的信念。可今天这个信念倒塌了,这里!"她用手捂住胸口,好像那里有什么东西立刻要逃脱,不得不捂住一样:"这里,就好像有什么东西被强力推倒了似的,一片断垣瓦砾!"

"难怪刚才的曲子有点尘土味!开玩笑的。能将梦想作为自己的职业,是一种幸福,不是每个人都能拥有这种幸福的。'没有教不好的学生,只有不会教的老师,'这说明其实每个学生会因为智力因素、环境因素的制约而呈现出差异,然而他们也会各有所长,各有所短。怎么将其长变得更长,将其短转化为其长,这就是老师有待发现并帮助解决的问题。和学生一样老师也会有短有长,同样是教学,每个人的理念和方式都会不同。就好像相同的曲子由于演奏者的不同就会演绎出不同的效果,因为每个人对乐曲的理解和诠释都会不尽相同。只要你认为是正确的,就不要在乎其他人的看法,就应该坚持到底。'走自己的路,让别人去说吧'。呵呵!每次我说这句话都是爆笑的性质!"

"为什么?"

"因为每次都说成'走别人的路,让自己说去吧'!所以我发誓无论何种情况,这句话都不再说了,今天为了你,我可是破戒了哟!"

"呵呵!那我岂不是要受宠若惊了。哎!不过说起来容易做起来难,要做到不在意他人的言辞,超乎世外,很难很难。"

"是啊!坚持自己是不容易,可也不能因为相反的意见就轻易否决自己的观点,放弃自己的信念。刚才不是说了嘛,人的一生可能会有许多这样的黑白照片,对于我们来说不是选择逃避,而是要去解决。"

"解决?我已经把事态搞到无可收拾的地步了。我……我犯了个很大的错误,把……所有的气都撒在许子昂身上了。"

"怎么回事?自习课没看见他,是因为……"

"自习课他不在?我也没想到……真的有点情急下……真的……第一

次说那么恶毒的话！怎么办？他明天是不是不会来学校了？如果是那样，我，我该怎么办啊？是不是要和他谈谈？什么时候谈好呢？"

"别着急！我想想，你做过家访吗？没有？那今天我陪你做一次家访。和他在学校以外的地方深谈一次，或许会有意想不到的效果。走啦走啦……"史文宇不由分说地将肖筱从椅子上拽了起来。

橘红色的夕阳溢满了整间教室，黑白琴键上一闪一闪的光彩是阳光精灵的音符，是《Moon River》的余音袅袅……

这是肖筱第一次进男孩子的卧室，虽然是她的学生，但她还是觉得有些唐突，有些不自然。这间卧室比普通两室一厅那种格局的卧室要大很多，相当于一间客厅大小。屋里没有她想象中男孩子卧室的那种凌乱。房间总体色调是蓝色，天空一样纯净清爽的蓝色。淡蓝色的落地窗帘，湖蓝色的床罩，深蓝色和白色相间的家具。

肖筱一进门险些绊倒，原来是一个足球惹的祸。她对一把扶住她的史文宇尴尬地笑了笑，再仔细一瞧，地上竟然随意滚着4个足球！

"铁蛋……铁蛋……起来了……起……"许子昂的母亲小心翼翼地拍拍窝在被窝里的儿子。

"你没记性呀！不是说以后不准叫我铁蛋了嘛！烦死了，出去！出去啊！"许子昂像蚯蚓一样扭曲了几下身体嚷嚷起来，最后索性用被子盖住了头。

"叫了十几年突然改了……老忘。可是子昂啊！快起来，老师来了。"母亲僵在床边不知所措地看看儿子，又轻轻拍了一下儿子，又看看等候在旁边的两位老师。被窝稍稍动了一下又静止了，史文宇抢前一把掀开了被子："起来，起来！大白天窝在被窝里，你以为你是什么！"

许子昂极不情愿地坐起身子，捂住嘴巴懒洋洋地打起哈欠，连头都不抬。

"快和老师问好啊！乖啦！听话！来，从床上下来，这样多不礼貌！"子昂的母亲像哄三岁小孩一样地哄着。

"知道了，你有完没完，站在这儿唠唠叨叨的。"许子昂推开母亲的手。

"阿姨，你忙你的去吧！我们和他随便聊一会儿。"史文宇机敏地插言。

"唔！好好！我去做饭，史老师和肖老师一定要留下来吃晚饭。"

"你烦不烦，哪儿那么多话，他自己说不吃了，你还啰唆什么劲，唯恐别人不知道你做的饭天下第一！"许子昂钩过拖鞋"霍"地站起来。

"这孩子……好好，我出去，你和老师们好好聊几句，别犯牛劲啊！知道了，知道了！这就出去！两位老师，那我就出去了。"许子昂的母亲急忙收拾好床铺退出了房间。

"这小子长了一岁，光长傻个和臭脾气了，怎么一点都没长脑子呢！还是那么混，不！比以前还混了！要不是现在是你的老师，真想狠狠揍你一顿！"史文宇拽过书桌前的椅子示意让肖筱坐下，他自己转身坐在了床上。

"你的脾气不也还是那么臭，还说我！……"许子昂拨过一个足球嘀咕着坐在了上面。

"你嘟囔什么呢！"

"没……没嘟囔什么……只是纳闷你怎么会来？别老拿眼睛瞪着我，会变斗鸡眼的。"

肖筱低下头抿嘴笑了，真是"一物降一物"，在史文宇面前，这天不怕地不怕的孩子也支支吾吾起来！

"当然是来看你了！来看看一做坏事就缩进洞里的人！"

"谁……谁干坏事缩洞里了。死老鼠一样的人天天在面前晃悠，让人心里多郁闷。"许子昂挑衅地怒视肖筱。

"我……我不是那个意思，'死老鼠'那话可不可以收回？我也知道说出去的话泼出去的水……"肖筱都不知道该怎么解释了，求救地望着史文宇。

"干吗要收回！我说许子昂，你也不瞧瞧你做的那些事情：体育课逃课跑厕所里抽烟，音乐课上故意怪腔怪调地出洋相，在同学的背后贴小纸条搞怪……我说你一点没长脑子还不服气。肖老师一点都没有说错你！不服气？要不要我再继续？……"

"够了够了！那么费劲干吗？就给我个开除通知书多干脆！我爸回来抽我一顿，我也正好在床上多躺两天。一举两得，大家方便，不是吗？"

"许子昂，我知道今天我的那些话真的伤到了你。我，我道歉。可你不能用这么消极的态度对待学习，对待生活……"

"呵！"许子昂冷笑一声，"这种说教我听多了，耳朵早生茧了！要么你来点新鲜的，要么就别浪费时间，大家的时间都宝贵，您请回！"

"对啊！肖老师，我们也别'对牛弹琴'了，早点回家还可以多休息一下。你！把墙上这些球星的照片都撕下来，贴在你的墙上纯粹是对他们的一种毁辱！这些足球也扔了，它们不是供你取乐的，更不是板凳。墙上贴满球星，地上摆满足球，你就是球员了？'猪鼻子里插两根葱就是象'吗？"

"可……史老师……"肖筱走也不是、留也不是。

"你话什么意思？说清楚啊！"许子昂站起来挡在往外走的史文宇前面。

"不明白吗？也是，你怎么能听懂？好，我解释给你。因为你压根儿不懂什么是足球，不是会拨拉一下球就叫作'球星'，那样幼儿园的小孩也是球星了。博格坎普、齐达内、罗纳尔多、罗伯特·卡洛斯……你敬佩他们什么？是他们在绿茵场上奔跑时的矫健和洒脱？是万人之前的光彩荣耀？"

"……怎么？"

"不懂？足球不只是一个体育项目,而且是一种文化,一种精神的象征。它带给人们的不只是视觉上的享受，更是精神层面上的激励。这些球星光彩的表面之后是汗水；是无数次挫败后的奋起；是误解与非议后的坚持。罗纳尔多在98年世界杯后也遭受了很多球迷的质疑和唾骂，可他因此而一蹶不振了吗？没有，他依旧在绿茵场上用华美的桑巴完成着一个又一个精美绝伦的进球。可你呢？一遇到困难，一遇到挫折就第一个逃跑。所以我说你压根儿不懂足球，你很肤浅，因为你看待事物只能停留在表面！"

"我不是逃跑……我，好像我有什么传染病，同学们谁沾上就会被传染，谁就会是坏学生。我爸从来都不正眼看我一下！我也不想这样，可谁理我呢！"许子昂越说越激动，就连头发都一根根竖了起来："一个初三我换了五所学校，每次都是刚刚和大家相熟了，马上被莫名其妙的理由劝退。肖老师你也不用道什么歉，'死老鼠'不算什么，比这个难听的话我都听过……"

"不是的,许子昂。今天我俩都犯了相同的错误:一,遇事后大脑一热说错话、做错事。二,遇到挫折我们都选择了逃避。刚刚我也被史老师训了一顿哟!"

"我哪有训你呀!真是比窦娥还冤啊!"史文宇在一旁大呼冤枉。

"肖老师,其实我们几个当中,文宇哥的脾气最臭!嘿嘿!"肖筱的一句玩笑让原本硝烟弥漫的场面骤然缓和起来,许子昂露出了难得一见的俏皮。

"文宇哥?"肖筱一直疑惑他们之间的关系。

"噢!子昂是我哥们的表弟。以前我一直给他当家教!"

"我说呢!你们之间看起来像兄弟般的默契。言归正传,史老师是这样教育我的,嗯嗯……"肖筱清了清嗓子:"'人的一生可能会有许多这样的黑白照片,对于我们来说不是选择逃避,而是要去解决。挫折不是让人消沉的,让人去放弃的,而是让人振奋的,让人成长的'。很经典吧!"她学这些话时偏着脑袋俏皮地望着史文宇,窘得史文宇不得不转过脸看墙上的球星。

"所以,我们两个都不能逃避,要勇敢地去面对错误。好好考虑一下,写份检查明天给我。"

"检查?"

"有什么不对吗?眼睛瞪得这么大?为情书的事做检查。"

"不写,我没错!为什么要写检查?"

许子昂的话一出口,史文宇和肖筱面面相觑,异口同声地问:"什么?你没错?"

"你们有必要这么默契十足地大声喊叫吗?我有什么错,喜欢一个人就应该勇敢地表白出来!……"

"勇敢地表白?这叫早恋!"他们俩又是异口同声地回答。

"那是你们的偏见,'早恋'?古时候我们这年龄早结婚了,还有孩子了呢!"

"古时候是古时候,现代是现代。我这年龄都不着急结婚,你急什么?"史文宇说。

"那也要有人想和你结婚啊!"许子昂又在嘴皮下嘟囔着。

"你说什么?"

"我们讨论的不是史老师为什么不结婚。是的!古时候十二三岁就结婚,可现在人的寿命普遍延长了,婚育年龄也就自然会推迟。"肖筱夹在两个身高都在一米八以上的男人中间充当起了润滑剂。

"我又没说要结婚,还从来没有考虑过。我只是喜欢她,每次看到她心跳就会加速,每次在人群中目光就会不由自主地搜索她的身影,看见她笑,也会莫名其妙地跟着笑,看见她伤心,也会莫名其妙地情绪低落。这不就是爱吗?难道爱一个人错了吗?"

对于许子昂电影台词似的爱情表白,两位老师都触电般愣了。谁能料想平日上课时懒猫一样蜷缩在一角的大男孩,球场上每次进球后对于大家的欢呼只会漠然的大男孩,拒绝甚至是伤害所有亲近他的人,只沉溺在自己世界的大男孩,竟然会将一个女孩的倩影放大为自己的全部世界,会让一个女孩令其桀骜不驯的目光也闪烁出澹澹的波痕。

"是的,这个世界上谁都不能说哪种爱绝对是错误的。"沉思了许久的肖筱一言既出,让原本就惊愕不已的史文宇愈加困惑地看着她,他甚至怀疑肖筱被传染上了许子昂的怪诞?许子昂简直不敢相信自己的言论会被认同,惊讶的表情活像兔子看见了提着一篮胡萝卜前来拜年的狼。

肖筱没有理会他们,径自继续说下去:"十几岁的少年可以爱上大妈;囚犯可以爱上女狱警;少女可以爱上亡命天涯的逃犯。就当事者而言,他们的爱是没有错的。不是有这种说法吗——爱是超越国界、超越年龄界限,人类情感中最圣洁、最美好的感情吗?"

"肖老师……"

史文宇的打断并没有影响到肖筱:"因为繁体字'爱'的正中是一个'心'字,'把我的心交给你,将你的心收藏在我的心口',这就是爱。只要心在跳动,爱就会存在。然而为什么有些爱不被世俗接受,有些爱不被世人祝福？不是因为那些爱的本质是错误的，而是那些爱的时机和方式是错误的。因为错误的时机、错误的方式，令爱就偏离了其本质，不再光鲜靓丽，变成了一种负担、一种灾难。"

"是啊！为什么'我爱你'这句话是这个世界上最难轻易说出口的？"史文宇已经完全意会了肖筱的意思："你还小，别误会，并没有取笑嘲讽你的意思。是因为你只是在懵懵懂懂中感受到了爱的冲击，你只是将这种感受毫无掩饰地表白出来了，这也只是年少轻狂才会有的勇气……"

"你的意思我只是一时的冲动？"

"不，不是那意思。爱本来就带有一种冲动，一瞬间的冲动。谁都不会先深思熟虑后再写一份爱情企划书，然后按部就班地照企划书去进行爱情。但不考虑时机，不考虑方式，仅凭一时的冲动就去实施，很有可能会让你的爱情受伤。爱，是双方要厮守一生的责任，那种今天我爱你，明天我爱她，后天我又爱另外一个'她'，那就不是什么爱情了，是对爱情的一种亵渎，一种侮辱。你说你爱那个女孩子，你希望你们在一起时看见她的笑容还是她的泪水？"

"这还用问，当然是她的笑容了。"

"说得好听，我觉得你只是希望看见自己的笑容罢了。"

"你胡说！"

"干吗那么激动，我胡说？先不说她到底是不是也喜欢你，就说说你所谓的'爱的告白'给女孩带来了多大的困扰和麻烦。我也给她们班上课，本来她是个一心一意学习的孩子，可是因为你的不断骚扰，最近一段日子她父母只能每天不间断地接送她，而同学们也在她背后指指点点，这一切让她的精神几近崩溃……"

"指指点点？为什么要指指点点！她又不是坏女孩，每次看见我，她就逃得远远的……"

"我知道，知道她的确是一个文静、端庄的女孩。造成这种局面的罪魁祸首是你，因为你不够好，在大家眼中你是个不求上进、不思进取的人。俗话说'物以类聚，人以群分'，因此有些人就想当然地认为她也一定是这样的人。所以我才说你很自私，你只希望满足自己的私心，考虑自己的感受。"

"不是这样的，我真的只是希望看见她幸福，真的，我没有撒谎……"

"幸福？你能给她吗？就现阶段你能给她什么？你知道她现在最需要的是什么吗？是安静、是没有任何干扰的学习环境，是考取一所梦寐以求的大学，为十年寒窗画上精美的句号。看着自己喜欢的女人受伤、痛苦，是一件极不负责任的事情……"

"这个世界上放弃是一种最难的却也是最美丽的选择，那就是放弃本不该产生的情愫。许子昂，将这份爱转化为你奋起的力量，直到有一天你们都有能力去把握爱、经营爱时，再将这份爱说出口，好吗？"肖筱接过史文宇的话。许子昂耷拉着脑袋颓然地坐在地上默不作声了。

"子昂，要成为一个真正的男子汉就要尝遍生活的所有滋味，只有尝过苦味，你才会知道什么是甜。"史文宇蹲在许子昂的身旁拍拍他的肩膀："今天你的爱不被别人接受，你很伤心很难过，但是你有没有看到每次你拒绝别人的爱时对方的伤心？你妈妈虽然是继母，你受过虐待吗？生活是'弟弟吃面我喝汤'吗？不是的，下雨天你妈妈第一个想到的是你没有带伞，你踢球受伤时彻夜不眠地照顾你，每次你惹祸时低声下气地到处去赔不是。难道养育之恩在你看来真的可以被忽略、被无视吗？你总是埋怨你爸爸只顾自己的生意而忽视了你，从他的角度只不过是希望能够给你们创造更好的生活环境，让你的生活更富裕、更舒适些。这样的父亲总比只考虑自己，不惜抛妻弃子的父亲好得多吧？……"说到这儿，史文宇的喉结突然哽了一下，他抬手搔了搔许子昂的头发，用力地挤出一丝微笑后站了起来，独自一人拉开门径直走了出去。

"你长大了，我们相信你会用成人的理性思维去分辨是非对错、处理事情。我们走了！"听见肖筱这样说许子昂缓缓地点点头，忽然又像悟到了什么，猛地使出全身力气夸张地点了一下头。

从许子昂家出来，史文宇双手插进裤兜缩着肩，好像忘了小跑着才能够跟得上他的肖筱还在身后。已值暮春时节，拂在脸上的夜风已有了几分暖意，为什么拂在心头的风依旧像严冬时节般肃杀凄冷？早已褪了厚重的冬装，为什么步履却感受不到春衫的轻巧？明明是杨青柳绿，为什么有写满往事的枯叶黄花不时在眼前飞落？

气喘吁吁的肖筱看着史文宇的背影有几分熟悉。是的，这个背影在篮球场上肖筱见到过，是一个悲怆的背影，一个忧郁的背影。肖筱始终不明白到底是什么让他的情绪一下子跌到了谷底？为什么他始终总是留给想接近他的人一个背影呢？

"嘀嘀嘀……"一阵急促的传呼声，是史文宇的传呼机在响。

"肖老师，对不起！本来打算一起吃完晚饭送你回家，可……"史文宇看了一下传呼内容后对肖筱抱歉地说。

"是谁的传呼？你要去哪儿？"话一出口，肖筱懊恼得都想咬破嘴唇。真是的，他和你的关系有那么亲密吗？竟然打听是谁给他的传呼，要去哪里？他会怎么看待你？会不会觉得你莫名其妙，多管闲事？怎么最近老犯这种错误！幸好此时夜色低垂，这一带的路灯昏昏暗暗，他可能看不清自己发烫的脸颊："没……没什么！我是说……你要有急事就去忙你的。"

"你……不急着回家吧？我的意思是你要不急着赶回家，就先陪我去个地方，办完事再送你回家，可以吗？"

"不用麻烦了，我自己回去没关系的。你去忙自己的事情吧！"

"算了，我还是先送你吧！一个女孩子晚上一个人很危险，再说你们家属院的巷子那么深，万一出点儿差池怎么得了！"

"你要去的地方离这里远吗？"

"唔？不远，前面那条街就到了。那先陪我办事，走吧！"这次史文宇放慢了脚步和肖筱并肩走在一起。

一路上肖筱显得很兴奋，就好像一个孩子走在春游的路上，体内的所有神经都是春光抚育下的小草般生气勃勃。她痴痴地幻想着这条路永远也走不到尽头，而她和他可以用一生的时间去并肩经历所有的风风雨雨。

"到了，就是这儿了！肖老师。"史文宇叫住朝前赶路的肖筱。

"唔?你说什么?"

"我说'到了,就是这儿了'。你想什么呢?那么入神?还笑得脸像开了花似的!"可能是因为走得太快了,肖筱的脸颊看起来红扑扑的,就像飞上了两片美丽的霞彩。看着肖筱,史文宇忽然有种她像是从他童年记忆中款款走来的感觉,很熟悉、很亲切。

"别又耍赖,我不会背你的!"此时史文宇从肖筱的眼中好像又一次觑见了童年。

"你说什么?不会背我?"肖筱以为自己听错了。

"没什么!突然想起了我妹,以前缠着我带她出去玩,回家时累了经常耍赖要我背她。最后爬在我背上睡着了,还总在我肩头上流口水呢!呵呵。"史文宇也没有料到那句话会脱口而出,摸摸额头窘迫地干笑了两声,猛然抬眼看见了楼牌的霓虹灯,如同发现了救星般指指说:"从这儿上楼吧!二楼就是。"

肖筱顺着史文宇手指的方向,看见蓝色的霓虹灯招牌上写着"蓝色时光"四个大字。

"哎哟喂!老大!你总算出现了,你要再不来,我小命就不保了。"说话的人口口声声称呼史文宇老大,可看起来要比史文宇年纪大很多,浓眉大眼,还有和史文宇一样坚毅高挺的鼻梁。然而此人的装扮却实在不敢恭维,寸头,额前留着一撮刘海,还染成了灰白色,满脸胡子茬,最夸张的是他佩戴的戒指,是个很恐怖的骷髅头。这装扮可能会让人不由地联想到美国西部片里那些风来风往的牛仔,帽檐下黝黑的面庞带着魅惑力十足的浅笑,但此人却拥有一副大煞风景的嬉皮士样的笑脸。

"哟!这么清纯的MM是哪里来的?"这话吓得肖筱下意识地缩在了史文宇的身后。

"别闹了!你那穷凶极恶的样子就够吓人了,还'什么MM'?吓坏人家小姑娘了。这是我同事。"史文宇拍了一下对方探过来的脑袋。

"'清水出芙蓉,天然去雕饰'。"那人揉揉额头,盯着藏起来的肖筱居然抑扬顿挫地念起诗来。

"她是芙蓉,你就是淤泥!今儿在哪儿摔了一跤?"。

"摔跤?没有啊!我今天一天都很健康,不劳你费神挂念!"那人很滑稽地给大家摆了一个健美比赛中的姿势。

"没摔跤,怎么拾了那么文绉绉的一句话!"史文宇不失时机地打趣对方,躲在身后的肖筱憋不住"咯咯"地笑出声来。

"史文宇,在美女面前你也太不给我面子啊!我好歹也是中专学历,念一句诗怎么就成了'拾'的呢!上了个破大学就这么瞧不起人。不和你废话了,我还忙着呢!"那人佯装生气钻进了吧台。

"你以为我喜欢和你废话啊!快说,十万火急打传呼找我什么事?"史文宇笑呵呵地凑在吧台边问道。

"给!"那人从吧台里取出一个饭盒重重地放在史文宇面前。

"什么?十万火急就为叫我吃晚饭?"史文宇摸摸饭盒尚有余温。

"我是你媳妇吗?叫你来吃晚饭!你那宝贝妹妹给你送的晚饭。你就幸福着吧!结婚前有妹妹操心,结婚后有老婆操心,你哪儿修的这福?"

"呵呵!你就流口水吧!谁让你没有妹妹。我妹她人呢?怎么没看见她?噢!对了,她今晚是夜班。刚走吗?"

"走一会儿了,是她逼我打的传呼,说要让你趁热吃!上辈子我俩不会是什么'主子奴才'的关系吧?我除了没日没夜地在这儿帮你赚钱,还要负责你的一日三餐。就这么着还隔三岔五地受你妹妹的修理。对了对了,你吃完了回家一定要做证,我可是一点儿都没偷吃你的啊!不然下次我这酷酷的发型会毁在你妹妹手里。"

"呵呵,至于吗你!你还怕一个小女孩儿?"

"'小女孩儿'?在你面前她可能是会撒娇的'小女孩儿',在我面前她可是绝对的'悍妇',像武侠小说里的'女魔头',一不小心'咔',我脖子就被活活拧断了!"

"你就扯吧!呵!是饺子!这小丫头今天怎么有兴致包饺子了!还热着呢,肖老师赶紧吃!"史文宇递给肖筱一双筷子,将饭盒推到她眼前。

"等等！这个肖老师是吧？我劝你还是别吃，万一他那妹妹知道了，难保你这头乌黑的秀发不被拔光！"那人握紧拳头做了一个拔草的动作，然后摊开手吹了一口气，好像真有千丝万缕的头发被拽下来了一样。

"肖老师，狗嘴里吐不出象牙来！甭理他。我说黑子，看来你是被吓破胆了，胡言乱语。"听他们一来一回的调侃，肖筱咬着筷子哧哧直笑。

"你们……是同事？"那个被史文宇称为"黑子"的人紧紧地凑在史文宇他们跟前，一双"青蛙"大眼死死盯着史文宇，还不时给肖筱挑出没被挤破的饺子。

"嗯，是同事！她教语文，我教物理，我的办公桌在她对面。还要更详细点儿吗？她家离我家不到100米！"史文宇嘴里噙着一个饺子含含糊糊地说。

"噢，这样啊……哦！还这样啊！噢……"

"噢什么呀你！阴阳怪气的？"

"噢什么？我感慨万千啊！你们这么有缘分呀！难得难得！HOHO！"黑子笑的样子像极了《蓝精灵》里那个格格巫。

"笑什么？"

"文宇？HOHO……"

"你发烧了吧？精神错乱了？"

"这可是第一次哟！"

"什么第一次？"

"笨蛋！非要我把话说明了！你，第一次，带女孩子来这儿！"

"什么和什么啊！我们去家访，就是去你那个整天出状况的表弟家。"

"啊！他又惹事了？打架了？砸东西了？被开除了？"

"没有没有！没那么严重，青春期孩子常犯的错误！"

"完了！谈恋爱了？这小子就长着一张招蜂引蝶的脸。'三棍子打不出个屁'的家伙居然谈恋爱！不好意思，肖老师你继续吃，我绝对不再说什么'屁'啊之类倒胃口的话。文宇，明天我们去他家，一顿暴打把他肠子肚子都挖出来。哦哟！不好意思，不好意思！又忘了，你们继续吃！"说完后他还真捏住了嘴巴。

"你故意的吧!真该把你嘴巴给堵住。你见了你舅不许提这事啊!你舅除了打就是打,孩子正处在叛逆期,打只会适得其反,而且也辜负了人家肖老师黑天半夜去家访。这不刚出来天就已经黑了,我正说送她回家,你一个破传呼就来了,我还以为出什么大事了呢,急急忙忙就先跑这儿来了。我总不能让她一个女孩子家这么晚了一个人回家吧!没办法只好拉着她一块儿过来了。"

"后半部分就别描了!什么叫'越描越黑'!"在黑子看来史文宇是否谈恋爱比自己表弟早恋更饶有意味。

"咳咳咳……"肖筱不小心被呛住了,不停地咳嗽起来。

"你小子哪儿那么多话,赶紧给杯水。没事吧?肖老师?"史文宇恶狠狠地瞪了黑子一眼,抱歉地拍拍肖筱的后背。

"我也没说什么啊!给!嘿嘿!"黑子递过一杯水,笑得越加诡异了。

在黑子灼灼的目光炙烤下,他们好不容易吃完了这顿晚饭。史文宇被黑子逼着到柜台后面洗杯子去了。肖筱坐在高高的吧台椅上,用"高处不胜寒"来形容虽不恰当,却也不失贴切,反正就是坐在高处,脊背不时有冰凉的东西直往下流。

她埋着头用吸管搅拌一杯鲜榨的红彤彤的草莓汁,顺时针搅几下,又逆时针搅几下,高脚杯里的那些果肉惶恐不安地跌来荡去。直到黑子去给客人结账,肖筱才舒了一口气仔细环视这个酒吧。

这是一家不大的酒吧,装修极其简洁。所有光线都是从镶在白色波浪形吊顶里的蓝色荧光灯中射出的,是不是因此起名为"蓝色时光"呢?仰望那些吊顶如同清晨站在蔚蓝的海边,等待着蓝色的雾霭慢慢地退去、慢慢地染上朝霞的丹红,整个身心都浸濡在一种幽独、一种宁谧、一种契阔的情绪里。

酒吧中唯一的赘饰就是墙上挂着的大大小小的画,有素描、有油画还有几幅水粉画,大多数临摹作品都显一般,其中一些个人习作却很有特色，有一望无垠的黄色油菜花海，有窗户外电线上打盹儿的小麻雀……而离吧台最近的一幅画吸引了肖筱的注意。

这是一幅构图简洁、色泽明快的油画，白色的画布上一只黄褐色的手托着一棵绿色的树苗。这只布满深深浅浅皱纹的手一定是一位悬鬓已逝的老母亲的手，她小心翼翼地托着稚嫩的幼苗，幼苗在她的呵护抚育下茁壮成长，终有一日幼苗会成为给老母亲遮荫的参天大树。这不禁让人想起16世纪画家拉玛佐的一句话："一幅画，其最优美的地方和最大的生命力，就在于它能够表现运动。画家们将运动称为绘画的灵魂。"

"这幅画画得不错吧？"

这突如其来的问话让肖筱着实一惊，黑子不知何时悄然地站在了她的身边。肖筱本能地朝一边挪了挪。

"是我最崇拜的人画的，在我心目中她是最优秀的女性。可能每天和太多的人打交道，所以一看对方的眼神就知道她心里想什么。你现在很好奇她是个什么样的女性吧？而且你还好奇我和她的关系？N种版本的猜测都在你心头'唰唰唰'闪过了吧？"被对方一眼看穿心事是一件很尴尬的事情。肖筱宁愿此刻黑子脸上是那副玩世不恭的嬉笑，好让这份尴尬减弱些，可是没有，他的神情异常严肃，唯有嘴角漾起的那丝笑意还是和刚才一样的意味深长。

"她是文宇的母亲，一位慈祥、典雅、坚忍的女性，这酒吧里所有的画都是出自她的画笔。在我和文宇心目中，这些画要比任何一个大师级画家的画更有价值。她就像这幅画，永远充满着生气和亲和力。""人不可貌相，海水不可斗量"，这句名言用在黑子身上再恰当不过，他的外貌和内心是截然不同的。现在肖筱似乎能够明白为什么他能和史文宇成为最好的朋友。

"文宇在你眼中是个怎样的人？"

"……很好的人。"对于黑子这种跳跃性极大的提问，肖筱的思维方式好像很难适应，一时不知该怎样回答。

"很好的人？那我是很坏的人吗？"这句嬉讥是黑子的本色。

"不，不是的，我是说……"肖筱紧张得一时有些语无伦次了。

"嘿嘿！开个玩笑，不然你总像草原上的野兔！"黑子蜷起双臂，瞪圆了眼睛，用一副野兔般警觉的样子说："这个世界上不能用'好人坏人'来评判一个人，谁能说一个杀人犯就一定没有'好'的一面？譬如他对亲人、爱人或许就是一个'好人'！所以这样笼统地回答，我感觉是在敷衍我！"

"不是敷衍，怎么说呢？我不太会评价人。他，和善、亲切、热情，总体感觉是一个很阳光、很开朗的人。不过……"黑子的"嬉皮"哲学让肖筱很是折服。

"'不过'？不过什么？"

"不过，有时候感觉他很孤独、很忧郁。"肖筱的眼前浮现出偶然间看到的史文宇的两次背影。

"文宇这小子，'煮熟的鸭子'啊！不错不错，终于找到了一个可以读懂他的女孩儿。"

"嗯？"

"其实人都是'混合体'，具有双面性。通常我们看到的都是'表面'，只看到表面就来评定一个人是不客观的。就像我，谁都说我是一个浮躁的、玩世不恭的人。只有文宇能够看到我深邃的内心，嘿嘿，又开个玩笑。文宇表面上看起来很乐观、很豁达，仿佛天塌下来都可以当被子盖，可很少有人能真正看到他内心深处。他是一个不懂得发泄，也不懂得放下的人，可以把所有人都装进自己心里，唯独忘了给自己留出位置；可以把光明带给所有的人，唯独忘了给自己留一盏灯。"

"原来如此！"肖筱竟然找不出一句合适的语言来表达此刻的心情。原来每个人都是一本书，只看"封面"，不读内容，可能永远无法读懂其内涵。只有你耐心地一页一页翻看，一点一点地揣摩，才有可能一步一步地进入他的深处。

"我和文宇认识有13年了，可以说是'穿一条裤子'长大的。我从来不佩服同性别的人，就连我老爸我都不佩服，但我很佩服文宇。15岁就可以独自承担一个家庭的责任，可以将一个风雨飘摇的家庭维持到现在这种状况，真的不得不让人肃然起敬。什么样的磨难他都能用'打落牙齿和血吞'的勇气去面对，去解决。可惜……你知道人在什么事情面前最脆弱吗？"

"不知道！"

"是感情。在感情面前最脆弱。文字表面看起来冷冰冰的，其实他的情感却像火一样炙热。但也由于此因，他更容易受伤，不容易走出伤痛的阴影。你知道我看到你之后是什么感受吗？"

"……"

"史文宇的春天终于来到了！"他夸张地伸开双臂来了一个朗诵诗歌时抒发感情的标准动作。

"别胡说，他都说了'我们只是同事'。"肖筱急忙纠正。

"我太了解他了，有时候比了解我自己还多。你知道吗？他和异性相处时总是不自觉地在心里画一道'三八'线，既不'失礼'也不'越礼'。不过今天他看你时的眼神、笑容、语言都已经明白无误地出卖了他。好了，点到为止。我觉得你是个很善良、很贴心的女孩，希望你不要伤害到我们文宇。"他看见史文宇边擦着手边笑着朝这边走过来，便急忙结束了话题，冲肖筱眨了眨眼睛。

"你们聊什么呢？看来气氛不错哟！"史文宇凑过来搭话。

"放心，我不会欺负这么可爱的女孩子的。我可是很有'绅士'风度的人。"黑子已经换上了先前那副嬉皮笑脸的表情。肖筱甚至怀疑刚才和自己说话的是不是同一个人？

"我们看画呢！听说这些画儿都是你妈妈画的，你妈妈是画家？"

"不是什么画家，只是以前在文化馆工作，喜欢画画。我把这些画挂在这里，是为了让更多的人可以欣赏到她的画。可惜不能为她办什么个人画展，不过她还是很高兴用这种方式来展示自己的作品，她是个很容易满足的人哦！"史文宇说起自己的母亲时，眼睛里闪烁出别样的光彩。"我说老板，现在我是不是可以走了，都这么晚了，必须送肖筱回去了。"

第一次听见史文宇不是叫"肖老师",而是亲昵地叫自己的名字,肖筱不由得觑视天花板的那些蓝色波浪,它们早已失去了宁静,一浪高似一浪不断地拍打着岸边料峭的岩石,震耳欲聋的轰鸣,四溅的浪花折射出七色光彩,一阵眩晕铺天盖地地漫来。不偏不倚,这时又碰到黑子复杂的眼神,"是啊!我,要迟到了。"

"迟到了?"史文宇和黑子异口同声重复了肖筱的话。

肖筱似乎完全没有意识到自己说错话了,揉开挡在面前的史文宇和黑子,从吧台拎起包就往外跑,慌乱中与迎面进来的一个人撞了个满怀。

"对不……"

"怎么了?没撞……?"等看清对方,肖筱和急忙上前询问的史文宇如同被一道闪电同时劈到了,最后一个字都戛然无音了。

第五章

一片葱葱郁郁的阔叶林深处露出一座灰色教堂的塔尖。"咚咚咚……"几声冗长的钟声惊扰了一只憩在教堂塔尖的白鸽。教堂内,红色的地毯从门口一直铺到圣坛边,放置在地毯两边的无数支白色百合花在乳白色的迷雾中悄然绽放,呈现出一幅静美的画面。

突然,《Moon River》钢琴曲响起,一位宛若仙子般的新娘款款走向圣坛,白色的面纱下俏丽的容貌绰约可见。她一直走到地毯尽头的他的身边,低垂着眼帘不敢迎对他透过面纱的炙热目光,春日的阳光晕染了他们的唇角。

他缓缓掀起新娘的面纱,顷刻间脸上的笑容结冰了,一个趔趄险些摔倒。怎么可能,明明面纱下看到的是肖筱像百合一样娇艳的笑脸,但在面纱掀起的一刹那却变成了陈惠。他不可置信地使劲揉揉眼睛,确实是陈惠比暴风骤雨前夕还阴郁的脸。

不可能,不可能,怎么回事?怎么回事?肖筱?肖筱?他想大声质问陈惠,却发现声音一出口就被什么东西鲠住了。

"咯吱吱"教堂的大门沉重地开启,"扑啦啦"一只侏罗纪时期翼龙般的怪鸟箭一样地俯冲过来,伸出尖利的爪子揪住陈惠的双肩从一扇窗户飞了出去。他愣愣地站在原地,陈惠最后看他的眼神,死一样冷漠的眼神变成一根铁钉钉在了他的胸口,一阵锥心彻骨的痛。新娘白色的面纱缓缓地、缓缓地落在了他的头上,他将面纱拽在手中,顿时白色的面纱被喷溅上一片殷红殷红的血。再一看白色百合上也被溅上了触目惊心的血,那些血一点一点滴落,"嗒嗒嗒"的血滴声在地狱般死寂的教堂中馨响。

"惠惠!"史文宇惊叫着坐了起来,夜风从忘了关的窗户吹进来,他不禁打了个寒战。白色的窗纱在夜风的吹动下飘飘曳曳,好似真有什么东西刚从窗户离去。

只是一场梦而已,只是一场梦。他捂住狂乱悸动的胸口下了床,侧耳听听母亲那屋,没有一丝声音,从书桌上摸起香烟抖出一支叼在嘴里,却怎么也摸不到打火机。无奈,只好打开台灯,伸向打火机的手却在半途僵住了。半响,他拿起扣在书桌上的一张照片,照片中的四个人也如同经历地震一样晃动起来。看着陈惠、姚淑贞、傅洋还有他自己脸上僵硬的笑容,好像都已预知即将降临的那一场变故。

一股凉风袭来将身上的汗吹干了,冷。物是、人非、情灭,之后只能道一句:"此情可待成追忆,只是当时已惘然"?

刚才在酒吧里肖筱撞上的不是别人,恰恰是陈惠。

"她为什么会在你这里?你们是什么关系?"当陈惠借着酒劲儿撕扯肖筱时,史文宇拽过陈惠的胳膊使劲儿地攥在手中,陈惠的脸在酒精的熊熊烈焰中不断扭曲、变形。在陈惠声嘶力竭叫喊声中,他蓦地一下松开手。惊慌失措的肖筱、没缓过神的黑子、史文宇自己都惊呆了。第一次,他第一次对陈惠如此粗暴。第一次,第一次陈惠如此泪海决堤。即使是陈惠疯狂地甩他巴掌,即使是她提出分手,他都只能是平静地转身离去,陈惠也只能是冷眼相送。

"告诉我,对于你,我是怎样的存在?告诉我……"在陈惠充满血丝的眼睛的怒视下,他漠然地拉着肖筱走出了酒吧。陈惠歇斯底里的哭喊声越来越遥远,被无情地留在了另一个世界、另一个时空。

史文宇走到窗口,将手中刚刚点燃的香烟掐灭了。

鳞次栉比的楼群在夜色中沉沉地安睡。嗅着夜晚静谧而纯净的气息,他回忆起上大学时去黑子父亲开的酒吧打工,每次都是在接近天明时才匆匆赶回学校。那时这种气息曾安抚过他心中的焦躁,驱散过他心中的寒意,也领悟到了"夜再深,也会被黎明驱散"的真谛。

他注视着对面没有灯光的大楼,这些黑黢黢的庞然大物正在夜幕下悄然地安睡。他知道隔着三栋楼就是肖筱的家,此时她也在沉沉地安睡吧?他深深地感动于这份宁静,深深地享受着这份宁静。

"史老师,人的心有时就像一个杂乱无章的房间,需要我们经常去整理、去打扫,那些不要的东西就应该彻底丢掉。这样它才有继续容纳其他东西的地方啊!像你这样一味地回避……"这是送肖筱到她家门口时,肖筱对他说的话。

"你知道什么?你了解我多少?了解我和她又有多少?不知道,不了解就不要乱给别人开药方!"他不是随意向别人发脾气的人。但那种被撕裂、被生吞活剥的痛楚让他不由自主地冲肖筱叫嚷道。

"是的!我是不知道,不了解。因为你总是展现给身边的人一个无所谓的笑脸和一个完全被痛苦吞噬的背影。有时我觉得你很悲哀,也很可怜,严严实实地捂着自己的伤口,宁可让它溃烂,却从来不去面对!不,确切地说是不敢。难道你真的不明白伤口不治疗的话,总有一天会恶化吗?为什么又沉默?说话呀!像刚才一样冲我嚷、冲我喊,指责我自以为是呀!为什么?为什么又要缩回去呢?挪开捂着伤口的手好吗?痛就喊痛,疼就说疼好吗?"看着史文宇眼中愤怒的火苗再次被他的意志强行熄灭时,如果这个世界真有什么特异功能的话,肖筱真想钻进他的回忆,将那些腐烂的、变质的回忆统统剔除。

"呵……"分不清他是在叹气还是在呻吟。这个柔柔弱弱的女孩子怎么一下子变得这么咄咄逼人?为什么她就不能像别人一样迁就一下他的自尊心,明知道那里有伤口,偏偏要去揭开?真的,真的要再次揭开吗?揭开后伤口真的能痊愈吗？为了自己，也为了这个女孩的诚意勇敢地揭一次吧！"你肯定听到过许多奇奇怪怪的传言吧？有些是真实的，有些也是别人杜撰的！是的，我很痛，很难受！回忆哪怕是不经意地一闪，我都会很难受，像马上要死了一样！你知道人生的四大断裂吗？踏入社会就是其中之一。对我来说那不仅仅是断裂，也是开始，是转折，是希望！因为我终于可以摆脱为生计而奔波了，终于可以掌控我的人生了！毕业，就是漫漫雨季后的霞光，所以就算生活再苦、再累、再难以忍受，只要想象一下这缕霞光，我就会觉得充满了力量。但当我信心百倍地去迎接这缕霞光的降临时，却让陈惠生生地给摧毁了。原来我还是一只在生存线上挣扎的蚂蚁，我还是一只要被生活驱赶的蚂蚁，我还是一只买不起爱情账单的蚂蚁！那一刻坍塌的不单是那缕霞光，还有我的自尊心和自信心……"

"你不能就此一蹶不振呀！那缕霞光，你的自尊心、自信心并没有坍塌呀！它们是愈加的牢固和坚强了呀！你现在不是已经完全可以掌控自己的人生了吗？不是完全摆脱了被生活奴役的状况了吗？其实静下心来细想一下，如果没有那场挫败，你会有现在的成功吗？难道不是那场挫败赐予了你力量和勇气吗？也许当时你的初衷是想用你的成功去刺激她，报复她。但，现在报复她、刺激她还那么重要吗？不要再选择回避了，因为你不可能回避。你真能回避她这个人吗？她的名字是镂刻在你青春上的，你的青春是独一无二的，她也就是独一无二的。原谅不能原谅的人，不仅是对对方的一种宽容，其实也是对你自己的一种宽容。不要留太多的黑白相片给自己的青春。"肖筱临别时的这段话一直回旋在他的耳际。

一种青春的存在？一种青春的存在！爱与恨交织的青春才是完整的青春，爱与恨交织的青春才是艳丽的青春。

天马上就亮了，马上就可以看见沐浴在晨光中的笑颜了……

每年五月，数、理、化考试竞赛，语文作文竞赛，英语演讲竞赛等大大小小的竞赛都会接踵而来。不只学生们处在高度紧张状态，就连各科老师也忙得不可开交，除集体辅导外，课余时间还要进行个别辅导。

没办法，学校将学生的成绩和老师的年终考评直接挂钩，分数不再只是学生的命根，也是老师的命根了。

肖筱给两个学生辅导完作文，一看表——1点19分了。学校食堂1点就已经关门了，但愿同办公室的某人能够大发善心替她打一份饭，莫绍玉会吗？

走到办公室门口，许子昂跑了过来："肖老师，这是史老师带给你的饭盒。"

"谢谢你！"肖筱接过饭盒笑盈盈地道谢。

"嘿嘿！老师和我说什么'谢谢'？"对许子昂而言，自上次家访之后，肖筱和史文宇不仅成为他传道授业的老师，更是亲密无间的知心朋友。在他们面前他可以毫不拘束地笑、毫不拘束地哭，开始了烂漫而纯真的花季。

"当然要谢喽！难道老师和学生之间就不需要道谢吗？凡是接受了帮助都要道谢的，这个道理连幼儿园的小孩子都懂！"

真是个有趣的大男孩，不管他表面装得如何冷峻，一抹羞涩总会在他的眼中出没。

"朋友！朋友之间就不用说谢谢！肖老师，我回班里了，再见！"

"朋友？呵呵！好的，我收回刚才的道谢！"看着大男孩风一样消失的背影，肖筱会心地笑了。懵懂的情感是爱情吗？在成人眼里不过是小孩子"过家家"的游戏，幼稚而荒谬。虽说爱情是游戏，可"成人"注重的是游戏的结果，输赢之间的极限跳跃；而孩子注重的是游戏的过程，是一种角色的体验，是成长的过程，懂爱的过程。许子昂不就在一夜之间长大了吗？不再是那个无端滋事的小孩子，不再是游弋在自我世界的孤独侠客，阳光正一点一滴从他的每一个细胞中透射而出。

"嗨！看什么呢，那么出神？"莫绍玉经常是这样出其不意地登场。

"吓我一跳！没看什么，许子昂给我带了个东西。"肖筱敷衍道。

"你还别说，那孩子长得真有点日本漫画里冰王子的感觉！是用喜马拉雅的冰雕出来的。"莫绍玉还配合着打了一个寒战，"最近他乖巧了好多，上课虽然还会偶尔打瞌睡，不过不再捣乱了，还有他这次单元测试破天荒及格了。嗯? 这个点儿了拿着个饭盒，你还没吃饭? "

"当然还没吃了，刚刚才忙完! "

"才忙完? 你打算吃什么? 食堂都关门了。"

"还不知道吃什么! "

"你不早说，我可以给你带一份。这饭盒……是史文宇的? 他给你打饭了? "

指望莫绍玉记得给自己带一份饭，还不如指望食堂延长开放时间呢! 莫绍玉的视线里恐怕只能容下史文宇一个人吧! 这种'板蓝根'冲剂的药盒随处可见，她却能辨认出这个是史文宇的，她的眼睛还真是扫描仪，而且是高分辨率的扫描仪。肖筱将手里的饭盒往胳肢窝底下一夹，有些做贼心虚地说:"你怎么知道是史文宇的? 这种饭盒只要买盒冲剂就给送! 再说他干吗给我打饭啊! 我又没托他替我打饭。等你记得带一份饭给我，可能我早饿死了! "

"怎么说话呢! 没大没小的。我怎么知道你没吃饭啊，下班前又没告诉我一声。我是你肚子里的虫子? "

"呵呵! 我怎么敢和您没大没小呢! 原谅一下啦! 人在饥饿的时候情绪就会变得很糟糕的。"肖筱故意撒娇地对莫绍玉说完后，先溜进了办公室。将饭盒放在办公桌上打开一看，是小笼包，闻味道就知道是上次史文宇带她去的那家做的。她体会到了他在无时无刻地关心她，一股暖暖的热流自上而下缓缓地流淌，原本郁结于心的寒冰也消融了。

自从上次去过"蓝色时光"后，肖筱和史文宇在同一个学校里竟然一直没有照过面，很显然他一直待在校团委办公室那边没有到这边来。肖筱弄不明白到底是哪里出了问题? 黑子说史文宇喜欢她，可她丝毫没有接收到任何爱的信号，连人影都看不见，怎么可能接收到呢? 是他刻意在躲避自己? 是黑子会错了意? 还是……这些猜测堆垒在心头就像压上了千斤磐石，呼吸时都可以听到肺与内腔壁的摩擦声。

"肖筱，你说做不成恋人真能再做朋友吗? "坐在椅子上的莫绍玉吹着手中咖啡杯上的热气郁郁地问肖筱。

"也许可以,也许不可以!"肖筱放下手中的水壶,用手抚弄着一盆水竹的叶片。她刚来这里时,这盆被丢弃在墙角的水竹已经奄奄一息了,经过两个多月的细心养护,它又焕发了勃勃生机。肖筱心想,这葱葱郁郁的枝叶是否能忆起曾经枯黄凋萎的岁月呢?一个人忘却过去到底是对还是错呢?过去的是不是就应该属于过去,迎接一个崭新的未来是不是更加重要呢?

"你说你中午忙得连吃饭都差点耽误了,得了点儿功夫还伺候那些破花花草草,你闲得慌?那盆草有什么好看的,连朵花都不开,算什么花啊!"对于肖筱模棱两可的回答,莫绍玉着实气恼,又开始无端找茬了。

"不开花也不能否定说它不是花啊!不开花的植物多了,巴西木、富贵竹,观叶植物一般都不开花。每个生命都有自己独特的色彩,谁说只有大红大紫才是色彩,单一的绿色就缺乏色彩吗?人生的色彩……"

"真是'鸡同鸭说话'。我一直讨厌学中文的就是这点,酸得简直龇牙,连棵草都不长的月亮和人的'悲欢离合'有什么直接的因果关系?人就应该用实事求是的态度看待世界,'衣食住行'这些才是真正关系民生的。你以为你是'林妹妹'啊!整天长吁短叹,无病呻吟?"莫绍玉蛮横地打断了肖筱的话。

"莫老师,我错了。以后我看待问题一定站在'市场经济'的高度。不开玩笑了,你怎么会问那种问题?"肖筱嗅到了一股浓浓的火药味,扭过头俏皮地看着气鼓鼓活像大青蛙的莫绍玉。

"因为我很纳闷!"今天莫绍玉看来情绪不佳,因此也无心恋战,蹙着眉头说。

"纳闷什么?"

"你没参加陈惠的婚礼所以不知道。在婚礼上史文宇和陈惠的气氛完全不对。"

"气氛不对?他们吵起来了?"

"要那样也就没什么可纳闷的,冷战多年后必然的爆发而已。哎!我形容不清楚他们之间那种微妙的感觉,像多年挚友,或者像兄妹、亲人。史文宇还接受大学同学的频频敬酒,那热乎劲儿不知内情的人还误以为他是新郎呢。咱们学校的好多老师才知道他们还有校友这层关系。这还不算什么,还有更不可思议的呢!"

"不可思议?什么不可思议的事情?"肖筱本来靠在窗沿上,猛地一直起身子,差点儿蹭掉了一盆紫蝴蝶花。

"你小心点儿,那可是史文宇的挚爱,打碎了他跟你急眼。去年我就摘了一朵花,他都和我吵了半天。我们还取笑他,说在他眼里花比人娇贵。"

"到底还有什么事情不可思议?别老卖关子好吗!"肖筱明知道打断别人的话不礼貌,可现在不是还有比打碎那盆花更重要的吗?

"着什么急啊!'要知后事如何',帮忙添点水润润嗓子后再听我'继续分解'。"她使唤人的技术真是一流,还真是"丫鬟长相小姐命"。给她的杯子添满了水,她美滋滋地抿了一小口后才继续说:"我啊,无意间听到了他们俩在走廊上说话,陈惠问'我漂亮吗?现在是最后一次机会哦!错过了就只能后悔一辈子了哟'。史文宇笑得那个阳光灿烂哦,说什么'只能后悔一辈子了,我可没有勇气背负拐带人家老婆的罪名'。陈惠又问:'你什么时候结婚?'史文宇的回答挺奇怪……"说到这里莫绍玉好像才咀嚼出他们谈话中有蹊跷。

"结婚?史文宇怎么回答的?"

"真的很奇怪,我也闹不明白他们说的'她'到底是谁,反正不像是姚淑贞。"莫绍玉自顾自地揣摩当时史文宇的回答里的奥秘,没有意识到肖筱的急迫。"史文宇说'未知数,但我会尽最大的努力'。陈惠酸溜溜地说:'到时候新娘子一定比我漂亮,女人啊!年轻就是最大的资本'。史文宇说:'在你老公眼里你是天底下最漂亮的新娘就够了'。陈惠捂着嘴咯咯地笑个不停,还肉麻兮兮地给了史文宇一拳。那情景如果陈惠老公看见了不知作何感想,反正我看了觉得超恶心。所以刚才我才问你'做不了恋人,真能做朋友'吗?"

"这要因人而异,如果双方能够用感恩的心去看待过去的感情,能够用真诚的心去祝福彼此的将来,那么曾经的恋人一定可以再做好朋友的。我觉得爱情不能完全归咎于是哪方的过错而导致的破裂。也许站在他的立场上没有任何过错,毕竟人都是为了寻找自己的幸福才选择继续或放弃的。"如果按照莫绍玉的说法,陈惠婚礼上史文宇和陈惠是一次愉快的会面,那么他们对话中的那个"她"会是自己吗?肖筱觉得胸口莫名地涌动着一股潮热。

"听你说话感觉你是一个爱情专家,谈过多少次恋爱了?"

"涉及个人隐私,谢绝回答!"肖筱冲莫绍玉扮了个鬼脸。"看多了爱情小说中的分分合合,自然而然就会懂得一些。"

"说起来容易,做起来难。站在墙外赏花的人是无法体验到养花人的悲喜,也许有一天遇到你自己头上就没什么理性可言了。"

"你不是讨厌文人的酸劲儿吗?怎么我现在闻到一股特浓的酸味儿?那你是赏花人还是养花人?""近朱者赤,近墨者黑",和莫绍玉打交道时间久了,肖筱的嘴巴也利索了几分。

"唉!我是等花的人,可惜已经'等得花儿都谢了'。那天陈惠还莫名其妙地对我说,缘分没有先来后到的排序,过分的执着是愚蠢。不要让得不到的东西遮住你的视线,珍惜和把握属于自己的缘分更重要。"

"我也觉得她说得有道理。每个人都有属于自己的缘分,珍惜和把握属于自己的缘分更重要!"

"也许你们说的都是对的吧。说句公道话,那天的她真的是我见过的新娘里面最漂亮的一个。同事这么多年虽然经常争争吵吵,但她能够找到好归宿我还是由衷地替她高兴。女人嘛!一个好归宿就意味着一生的幸福。是不是我也应该放弃'过分的执着',寻找属于自己的归宿呢?"

这两天莫绍玉眼前总会浮现两幅不同的画面:一幅是一袭大红旗袍的陈惠小鸟依人在新郎身边;一幅是身着白色婚纱的陈惠和史文宇面对面站在走廊。实事求是地说,第一幅不及第二幅赏心悦目,但图画的灵魂是感染力,就这点第一幅没有丝毫的逊色,如同达·芬奇的《蒙娜丽莎》,让人一看就有种感动!

"谁说只有恋爱中的女人漂亮,我觉得凡是沉浸在幸福中的女人都漂亮。"

"嗯?那……你是恋爱了?我怎么看你比刚来的时候漂亮了?"像一只原本蜷缩在暖炉旁兀自萎靡的猫咪,突然间一只老鼠闯入了它的视线,莫绍玉的语调提升了一个音节。

"谁?……谁……恋爱了?不和你瞎扯了!我去教室。"

"结巴什么?呀!真的恋爱了?和谁啊?小丫头,我吃过的盐比你吃过的米都多,看人的眼光比你准。哪天带过来让我检查检查他合格不?"此刻猫眼的绿光灼灼可见,就连猫爪都隐隐闪出诡异的光芒。

肖筱夹着课本从办公室出来时差点儿被门口的簸箕绊倒。顾不得那么多了,被莫绍玉抓住小辫子还能轻易放过?三十六计,"逃"为上计!

因为某个人突然闯入了自己的心扉,人的心就变成了"横断山脉",可以在一时间里经历四季无序的更替,时而春日煦煦;时而夏日炎炎;时而秋霜簌簌;时而冬雪严严。那个闯入者完完全全成为了调节心灵温度的阳光,这就是爱吗?

坐在"蓝色时光"高高吧台椅上的肖筱,焦急地等待着史文宇。下班前史文宇曾打传呼问她晚上是否有空来"蓝色时光"一趟,有事要说。他有什么事非要见她呢?为什么到现在还不见他的人影呢?肖筱用手指蘸着黑子特地为她调制的一杯玫红色的鸡尾酒,在黑色大理石的吧台面上胡乱地画着横线、竖线、斜线……

"她喝的是什么?颜色那么艳丽!怎么不给我也来一杯?"询问黑子的女人穿着一件紧身的黑色吊带涤卡棉的背心,裤子却肥大得连脚面都完全遮盖了。咖啡唇色的嘴里叼着一支香烟,一只手支着方便面似的卷曲长发的头,她微醉的眼神就像一只吸血虫肆无忌惮地在肖筱身上蠕行。

"你?你不适合喝!"黑子熟练地擦着手中的高脚杯,时不时对着灯光查看是否还有残留的指纹。

"为什么?为什么我不适合喝?"

"她那不是酒,是几种果汁混合物,不含一点酒精!本身它的名字就和你不搭调,更何况没有酒精的东西对你不具魅惑力!"

"哼哼!它是什么名字?还'本身'就和我不搭调?"她冷笑几声问道。

"'灰姑娘'。你认为你可能成为童话故事里的'灰姑娘'吗?"

"'灰姑娘'?现在谁家里还有耗子呢?没有耗子谁拉南瓜车?再说水晶鞋,No,No,No,我的脚也忒大了点。不过,你必须说出来什么才和我真正搭调?说不出来今天的酒钱算你的哟!"

"'阿佛洛狄忒',阿佛洛狄忒是古希腊神话人物。她是宙斯和大洋女神狄俄涅的女儿,是象征爱情、性欲及美的女神。"

"你是骂我还是称赞我呢!现在我很不爽哦!今天的酒钱我不付了。"她的金色眼影在灯光照射下有咄咄逼人的气势。

"多大个事啊!不就一杯酒吗?如果我请客你觉得爽,没问题,今晚你使劲儿喝,就是把这儿的酒全部喝完都可以!"

"今晚我觉得黑子你特别的帅气。"

"还没怎么喝呢你就飘起来了?呵呵!"

"我说,喂!我和你说话呢,小丫头!你是'灰姑娘'吗?不要相信童话,童话是骗小孩子的。赶紧回家去,你妈妈在等你回家呢!不然12点的钟声一敲响,他就变成吸血鬼了。哈哈……"她指着黑子一阵放浪的大笑:"Good bye!酒是你的,命可是我的!虽然我活得不怎么样,可醉死的念头至今还没有出现过!"她冲黑子来了个妩媚十足的飞吻,跳下椅子摇摇晃晃地走了。

"别用那种眼光看她,也许最后杀了她的就是人们的眼神!"黑子的话带有明显的怜悯成分:"她不是你想象中的那种女人,是个令须眉汗颜的女强人,可惜月光一出现就蜕变为灵魂梦游人了。每个人都有自己疗伤的方式,她选择了酒精和尼古丁,明天太阳一升起她又会继续在商海厮杀。刀剑杀的是人的躯壳,爱情杀的是人的灵魂。如果有天小贞也变成这种'月光游魂'……"黑子古怪地看着肖筱笑了笑。

"小贞?姚淑贞吗?"黑子戛然停顿,反而让肖筱嗅到了异样。

"你认识小贞?你们见过?"

"嗯！有过一面之缘。你和她也很熟吗？"

"噢！我们是高中同学，算熟吧！我看你一直在那儿认真地画东西，到底画什么呢？"黑子明显不愿意在这个话题上打转，凑过去看肖筱到底在吧台上画了什么？在杂乱无章的横线竖线中，他却很清晰地辨认出了一个人的名字……

"不好意思！我来晚了，临时接到教导主任的电话，让我和几个男老师去书城拉下学期的课本去了。"姗姗来迟的史文宇忙不迭地冲肖筱道歉。

"借口！不会打个电话给人家肖老师吗？害女孩子等你这么久！你有没有一点风度啊！"黑子在一边打抱不平。

"手机没电了！实在是抱歉！黑子今晚我先走可以吗？"

"不行！有几十个杯子等你洗呢！今天阿法也请假了，不能让我一个人又照顾吧台又洗杯子吧！"黑子不留一丝情面地回绝了史文宇。

"那你等我一下，我先去里面把杯子洗完！"说着史文宇就开始挽袖口朝吧台后走去。

"得了得了！你这样子，人家肖老师还以为我多不近人情，只知道盘剥劳动力！赶紧走吧你们！你们走了我还得扫地呢！"黑子急忙拦住了史文宇说。

"扫地？有客人呢，扫什么地？"

"没看见我周围落了一地的鸡皮疙瘩吗？哈哈"

"别笑了，你格格巫式的笑才让我们起鸡皮疙瘩呢！"

一旁看他们斗嘴的肖筱笑得合不拢嘴。心想如果这两人是一对恋人，绝对是欢喜冤家的类型！

这是一条老城区里典型的狭窄小巷。若干年前，这里还是那种仅能容纳两辆马车并行的巷子。两边矮矮的土坯墙，褪了色的木门，墙角和石板路缝隙间的点点青苔，都镌刻上了岁月的斑驳与无情。

近些年人们手里有了钱就开始大兴土木，一座座砖混结构的小楼在原先低矮的土房废墟上拔地而起。于是乎你家盖房多占了巷子一砖，我家就多占两砖,他家就多占三砖,私欲极度膨胀下的人们忘却了什么是"公共利益",不惜为"房"消得"巷"憔悴。房是越住越宽敞了,可出行却随之变成了一件麻烦事,除非是技术高超的司机,否则车子进入此巷就会是李太白的那声长喟——"蜀道难,难于上青天"。没办法,鼠目寸光的人无处不在,要不怎么说私欲是"魔鬼"呢!

肖筱和史文宇家就同在这条"蜀道"里,是这里为数不多的几栋高楼。不过史文宇家是二十世纪五六十年代的"老臣"——筒子楼,肖筱家是"新贵"——公寓式的楼房。

"我在这儿住了十几年了,似乎从没碰到过你!你家一直住这儿吗?"不知怎么了,从"蓝色时光"出来后他们的谈话总是时断时续,而且他们之间的距离总是保持在一米左右,仿佛是拿了把尺子特意丈量出的。在一段很长时间的沉默后史文宇突然问肖筱。

"我们是去年才搬来的,以前住在地矿局城南的家属院。"肖筱有些悻悻然地回答道。

"叮叮当当咚……"迎面而来的一辆自行车对破旧不堪的路面提出了抗议,这种嘈嘈杂杂的声响远比铃声更让人畏惧于它的"蛮劲"。

"靠边!"史文宇挽住肖筱的胳膊很自觉地闪到一边:"哎!这个人,真不要命了!怎么这么骑车呢?"

"是啊!这样很危险的!"等自行车过去后肖筱轻微地扭动了一下肩膀,示意史文宇抽回他的手:"史老师,我一直想问……你今晚让我去'蓝色时光'有事吗?"

"什么?哦……也没什么特别的事……本来……"他慌忙抽回的手一时不知该往哪儿放,最终习惯性地插进了牛仔裤的裤兜里:"本来想明天休息,今晚给你充充电。谁知道又被抓去当苦力磨到了现在。"

"充电?"

"对呀!这个星期你一直垂头丧气的,明显的电力不足嘛,急需充充电!"

"没有啦!可能,太累了。又要辅导参加竞赛的学生,又要准备公开课……"肖筱嘴上这么说,心里却一直嘀咕:"一个星期都没见你的影子,你怎么知道我是垂头丧气,还是没电了?"

"你在嘀咕什么?"

"没,没什么!我是说你不也一样忙吗?一个星期都待在团委办公室。"

"我忙?我不怎么忙啊!我只是在考验自己!"

"考验自己?考验什么?"

"想知道?嗯……好吧!就告诉你吧!考验自己能不能不见一个人,也不去想一个人……不过……我的意志力好像没有预料中的那么坚强。最终考验失败!因为就算我闭上眼睛,我也能清清晰晰地看到她;就算我捂着耳朵,我也能清清楚楚辨听她的声音!是不是我生病了呢?"说着史文宇突然"咯咯"笑了起来:"好丢脸啊!怎么史文宇像小男生一样幼稚起来了?居然……居然会说这么肉麻的话!真的好丢脸!"

"这有什么好丢脸的?说明……说明你喜欢她呗!""她"是谁?莫绍玉吗?原来他失踪了一个星期都是因为莫绍玉啊?肖筱扬起脸,可泪水还是涌出了眼眶。怎么不顶用了呢?平时特别想哭时,只要扬起脸,泪水就不会涌出来呀!今天怎么了?她慌忙擦去滚落的泪水:"哇!今晚好多星星呀!星星真的好多!"

"肖筱?怎么了?"听到肖筱突然喑哑的声调,史文宇扭过脸正好看到一颗星星般璀璨的泪珠从肖筱脸上滑落:"哭了?你,你这是怎么了?"

"我在……看星星啊!谁……哭了?真的有好多星……"

"肖筱!我喜欢你!"史文宇的声音忽然失去了原有的重量,轻飘飘、邈远远,似隔了一个尘世,似隔了一条银河。却有颜色,斑斓耀目;却有味道,幽香沁人。他郑重地站在肖筱面前:"我不知道你……能不能接受我……但我还是要告诉你,我喜欢你……这个星期真的好漫长,也好难熬,我根本控制不了我自己……我也知道我的告白没有新意,不够浪漫。女孩子都喜欢浪漫、憧憬浪漫,我是一个不懂浪漫、也不会浪漫的人,生活的赤裸裸更是让我无法去选择浪漫。我不会给你什么'摘星星摘月亮'的承诺,因为承诺太虚假也没有力量。不是有首歌吗?'我能想到最浪漫的事,就是和你一起慢慢变老……'所以我想给你的浪漫就是在这种平平常常的夜晚,普普通通的街道牵着你的手,走到黑发变白的那天。你……能接受吗?"

"史老师,不,文宇。"肖筱曾经想象过亲口叫"文宇"这个名字时自己是何种心情?而今唤出这个名字时居然这么自然、这么平静、这么亲切,仿佛这个名字在梦中早已呼唤了千遍万遍:"是的,玫瑰是代表爱情,但它不是爱情,只能点缀爱情。海誓山盟代表浪漫,但它不是浪漫,只是演绎了浪漫。今天还信誓旦旦,明天就劳燕分飞,爱情不是一时的激情,而是一生的相濡以沫。"

"果然你是与我心灵共振的那个人!"一直以来史文宇都觉得能从肖筱的一个眼神、一句关心读出区别于旁人的信息,这一刻他终于得到了解开这个信息的密码,那就是爱。爱不是普通的语言,是来自心灵的语言,是你整个存在的语言。即使是在这漆黑的巷子,也能看清彼此眼中的浓情;即使是在这嘈杂的环境,也能感受彼此心跳的韵律,这才是爱。现在他终于可以将自己曾有的矛盾与忐忑毫不掩饰地透露给肖筱了,因为肖筱是真正了解他的人。"但要将爱轻易地说出口也是不容易的。你知道吗?人最痛苦的就是爱与不爱间的徘徊。当我知道自己重新有了心动的感觉,有了想念的感觉时,我陷入了极度的慌乱中。我开始害怕周末,害怕下班,希望你的眼睛只注视我,又害怕你的眼睛注视我;渴望看到你的微笑,又惧怕你的微笑,怕自己沉溺于其间。"

"为什么害怕?"史文宇曾经闪烁不定的眼神,欲言又止的表情,再一次浮现在了肖筱的眼前,她很想告诉史文宇:你知道吗?接收到了爱的讯号却迟迟看不见你的行动,每天在期待和失望中迷失,对我来说是一种痛苦,也是一种煎熬。

"我……我没有重新去爱的勇气,我怕我爱不起、给不起、输不起!我一直不明白'结束是另一种开始,画上句号后才可以开始新的篇章'的道理。我不表白自己的心意,是因为我不想在完全没有结束的情况下盲目地开始。今天我终于可以这样坦坦然然、堂堂正正地将自己的感情表露。肖筱!你愿意,愿意今后的日子无论多苦、多累都握着我的手吗?"说罢他异常坚定地摊开自己的左手,那是可以承担一切重担的手,是可以阻挡一切磨难的手。

"只要你不松开我的手,不!即便是你松开我的手,我也要竭尽全力去握住。我始终相信'知我者懂我,懂我者爱我'!"

"'知我者懂我,懂我者爱我'!"他紧紧地握住肖筱纤细却很温暖的手,一下子将她揽入怀中。从肖筱的秀发上他嗅到了一缕淡淡的香气,这种淡淡的香气是飘自童年某个晴朗的夏夜,微风中混杂着泥土、青草、紫蝴蝶花的香气,宁谧而沁心。蹦蹦跳跳的小男孩玩累了,依在妈妈温暖的怀中问妈妈,这淡淡的香气是从哪儿飘来的?妈妈说那是从像我们家这样的三颗星星组成的猎户星座飘来的香气,是名叫幸福的香气。

第六章

"忽然"在词典中的释义为"突然地,动作、行为的发生或情况的变化来得迅速又出乎意料"。这样一个副词如何等同于人的一生呢?在常人眼中从"呱呱坠地"到"身作稽山土",人的一生是何其的漫长、艰辛。然而庄子在两千年前就将须浅吟"人生天地之间,若白驹之过隙,忽然而已"。在庄子看来,人生不过是一缕阳光从一个缝隙间闪过,那么的忽然、那么的短促。

每个人都是今世的过客,匆匆忙忙间很少或者根本不会顾及光阴是如何在指缝间悄然流逝的。突然有一天在街上偶遇童年的玩伴,你在他或者她脸上极力搜寻童年的影子时,才会怅然十几年的时间原来真的只是"忽然"眨了一下眼睛而已,也许在下一次相遇时就都是耄耋老者了。在肖、郝两家的家庭聚会上碰面的郝明磊和肖筱此刻就是这种感触。

"真是'女大十八变'呀!这些年每次见小小都会觉得一次比一次漂亮。这不,完全出落成亭亭玉立的淑女了。我看她遗传老肖的比较多噢!五官、气质各方面都是年轻时候的老肖!"一直对肖筱赞不绝口的是郝明磊的母亲王月梅。虽然已年届五旬,可身材还保持得和年轻人一样。练瑜伽、练香功,每周风雨无阻地去两次美容院,只要是能延缓衰老的事她都乐此不疲地去尝试。她的口头禅就是"女人要优雅地去享受生活"。

"我们小小不光长得漂亮,品行、内涵也都没有什么可挑剔的。"肖筱的父亲肖建业说起女儿连眼角的鱼尾纹都是笑眯眯的。王月梅的确没有说错,肖建业年轻时的确是个英俊潇洒的美男子。但性格太偏于内向,内向到一整天都不说一句话的程度。这种性格怎么可能吸引到女生的注意呢!因此老大不小了才经由王月梅的介绍认识了肖筱的母亲鲁芳,也没怎么听说两人交往就突然结了婚。

听了肖建业对女儿过火的夸奖,鲁芳从眼镜片后面冷冷地瞥了一眼老公:"人哪有十全十美的!小小的个子就有些偏低。"她用这种鸡蛋里挑骨头的方式证明自己对女儿的爱是客观公正的,而肖建业的爱就带有明显的偏颇和极端,而且他对那些稀奇古怪的石头的痴迷也极好地证明了这点。

"我看小小的个头刚刚好,女孩子嘛!没必要那么高,小鸟依人的感觉多好。每次看见她挽着老肖的胳膊走在路上,我眼睛就冒火。我们家这秃小子有什么用,这不,大学毕业都八年了,这次才真正算是回来了。我们这般望眼欲穿地盼回来了吧,偏偏要一个人住在外面,好像我们家容不下他这座佛一样!所以人们常说'儿子是名声,女儿是福气'。早知道他是这副德行,当初就该把他送人,再要一个女儿!"郝伟东一说起儿子,两只眼睛瞪得和铜铃一般大。都说父子上辈子是仇人,郝氏父子就是极好的佐证。

"怎么说着说着又转我这儿来了。我说了我工作不定时,深更半夜回家是常有的事儿,你们二位也上了年纪,人上了年纪最重要的就是休息好,我不想每次半夜回来都把你们吵醒。这种已经有结论的问题没必要在难得一次的家庭聚会上再重新讨论,免得扫了大家的兴致。你多吃点儿,这个,这个是你最爱吃的。"郝明磊为了表明要和父亲修好,赶忙将一碟子黑椒牛柳摆到父亲面前。

"就你一个人工作?有工作有事业的人都没家?都是石头缝里蹦出来

的？你知道大坝除了用来发电，还有阻挡洪水、保家护园的作用吗？没有家你发电有什么用？还自诩什么水利工程师！没有人情味的工程师设计出的工程也是豆腐渣！你别把脸憋得和猪肺似的，我说错了吗？你有人情味吗？有人情味的人会不知道老爸高血压、高血脂？瞧你那虚情假意的样子，'这个你爱吃'！我问你哪个高血压的人爱吃、敢吃这高胆固醇的东西？怎么？我爆血管躺医院你拿把花来一戳，大不了给俩钱就算尽到你为人之子的义务了？"郝伟东的这番话不啻于一颗原子弹，形势骤然白热化起来。

郝明磊使劲儿拽开勒在脖子上的领带，深呼吸几下后木然地望着气得鼻孔一翕一合的父亲。明知一切争辩都是徒劳的，又何必为一寸之长而在外人面前争个面红耳赤。在外独自漂泊了这么多年，孤独的时候、疲倦的时候、委屈的时候，家对于他就是红红的一炉火，暖暖的一口汤。他原以为父亲会敞开坚实的臂膀迎接他的归来。可……家是温馨的港湾？

王月梅丢下筷子抱着双臂往椅背上一靠，用"大珠小珠落玉盘"的声调说："儿子，养你这么大我也不过是尽了作为母亲的义务，从来就没指望过享你什么福！我看你还是回深圳吧！你潇潇洒洒地过你的独身生活去，你老爸眼不见也就心不烦。我呢，耳根清净、舒舒心心地再过几年，眼一闭腿一蹬，你们有心了就送我个花圈，上面写上'王月梅同志为了这个家鞠躬尽瘁死而后已'，然后就算你们爷俩把家砸了，把天吵破个洞，我也管不着了！"真不愧做了这么多年妇女工作，协调起人民内部矛盾还真有一套自己独特的方式。不然谁敢慢条斯理地用这般反常规的方式去制服两只斗红了眼的公鸡呢？

"郝工，我看饭也吃得差不多了，我们回去杀几盘怎么样？她们的这些家长里短也不适合我们老爷们儿参与！"虽然战火得到了暂息，可谁敢保证火箭筒一样的郝伟东什么时候又会再次发飙！唯独用下棋做诱饵支走郝伟东才可以彻底地解除警报。这不，郝伟东表面上看来还气哼哼的，但还是乖乖地跟肖建业走了。

看这两个表面光鲜亮丽的家庭，难怪托尔斯泰说："幸福的家庭都一样，不幸的家庭各有各的不幸"。

在这狼烟四起的局面中,肖筱却心有旁骛地看着手表的分针急速奔向两点半。刚才和妈妈去洗手间时肖筱小心翼翼地问是不是可以提前走。一听说理由是要和莫绍玉去逛街,妈妈阴沉着脸没有吭声只管拧开自来水龙头洗手。"此时无声胜有声",不用说都明白这次开溜计划已经化为洗手池中的那些白色的小泡沫了。

"小小,今天可否麻烦你做一次免费导游?"郝明磊整理了一下领带,将杯中残余的水一饮而尽后对肖筱说。

"免费导游?"一直在用汤匙搅拌早已凉透的"西米露"的肖筱停了下来。

"我想去省图书馆查点资料,不过听说图书馆前几年搬了,具体搬哪儿了我也没打听清楚。你也知道我最怕的就是问路,没办法只好烦劳你带我去了。"从郝明磊的脸上已经看不出一丝刚才发生的不愉快所留下的阴霾,他的微笑过于彬彬有礼,神态过于泰然自若,让人不由得想起"过犹不及"这个词。

"反正你休息在家也是闷在房里看书,不如就陪你小磊哥哥去一趟,在图书馆看书不是更好吗?"鲁芳看出了女儿的犹豫,毫无商量余地地给女儿下达了指令。

"小小是不是有自己的事情?不是很乐意的样子?"看着两个孩子出去后王月梅忧心忡忡地问鲁芳。

"她能有什么事,周末不是窝在卧室看书,就是看碟片。可能是不愿意跑那么远的路,一个星期下来她可能有些累了,当班主任毕竟不是轻松的工作。"鲁芳用几个"可能"敷衍起王月梅。

"可能她真的挺累,小脸都瘦了一圈。这小磊什么都按照自己的意志去行事,一点儿都不懂察言观色,也不懂得体恤别人。你说就他这样子怎么能找到女朋友?"儿子的婚事是唯一能让一贯以乐天派自居的王月梅食不下咽,睡不安寝。

"你这是杞人忧天。人品、相貌、工作、家庭,小磊哪一点不是百里挑一?你还怕他没有女朋友?也许他早就有了,只是你不知道而已,现在的孩子不像咱们当年！如果我没记错，他大学毕业那年不是带了个女孩子回来了吗？高高瘦瘦的，长相也还可以？"

"谁知道呢！那女孩子的性格我不怎么欣赏，太要强，棱角分明了点儿。不过出于尊重儿子的选择，我没发表过任何意见。原以为过个两三年，他们就会结婚，可一等就是八年。这次他辞职回来我就觉得有些蹊跷，他说是这边的老总很器重他，硬把他挖过来的。我想他在深圳这几年根基应该打得差不多了，这边待遇再好能比得过那边吗？"

"唔。我看也没那么简单！会不会和感情有关？"

"哎！也没听说过他除了那个女孩子，另外还有交往的对象！和那个女孩是断了还是怎么的，从他嘴里连风都问不出。哎呀！想起来我就头疼！还是你好啊！小小那么乖巧懂事。不过她现在有对象了吗？大学里也没谈个朋友？"王月梅怕自己说起儿子血压又升高，就换了个话题。

"大学里我不准她交朋友。那些大学里谈恋爱的，毕业后真正谈婚论嫁的有几对啊！纯粹是无聊至极的玩呢，既浪费时间又浪费精力。现在她工作稳定了，也就到了该考虑这事的时候了。我要求也不高，男孩子嘛！长相一般就可以，最主要的是家庭和个人能力。"

"怎么？这年月了，你还讲究门当户对？"

"不是什么门当户对！一个人性格能力的养成是在童年阶段。研究表明，世界上那些有成就的人都是在美满幸福的中产阶级家庭中成长起来的。所以说，家庭对一个人的一生都起着决定性的作用。在不健全的家庭中成长起来的孩子心灵上或多或少都有障碍和阴影。所以，在个人能力之前我更注重家庭，也不是要攀什么高干，最起码男方的家庭必须是健全的，父母也是有文化、有知识的人。你帮我留心一下，你认识的人当中有没有适合我们小小的男孩儿。"

"你看我们家小磊怎么样？我们家的条件，小磊的个人能力似乎都能达到你的要求哟！"

"呵呵！你不觉得我们是高攀了，我当然求之不得了！"

"这话说得！咱们两家谁比谁高啊！哟！如果两个孩子都有那意思，我们还能做亲家喽！来来来，我给未来的亲家母倒杯水。"王月梅还真摆出一副溜须拍马的样子给鲁芳添起水来。女人们聚到一起，老公、孩子就是永恒不变的话题，但到了鲁芳她们这年纪，儿女的婚姻、孙子的可爱、每天纠缠自己的病痛就会占据排行榜的前三甲，老公则已沦落为"过气"明星，就是被谈论也是被数落何时又犯了什么过错。

"对……不起！我来……迟了！"肖筱瘫坐在"蓝色时光"吧台边的高椅上，气喘吁吁地对史文宇说。

"怎么喘成这样？"史文宇轻轻地捋去肖筱垂落在鬓角的一缕被汗水浸透的头发。

"有点事耽搁了，怕来得太晚就一路跑过来了。"肖筱的脸愈发的绯红了。

"有事不能来或晚到，打个电话就可以了。这么热的天，看跑得这一身的汗！你呀！"这种似嗔似怨的口吻却让人觉得格外的舒心与温馨。

"受不了了！我又不是空气，你们黏黏糊糊也要避开我啊！肖老师，你喝杯冰饮料降降温？不然他再暖言暖语几句，你不得被蒸熟了！"黑子不愿错过任何打击史文宇的机会。

"她嗓子不好，况且跑得这么热，喝冰镇的饮料嗓子会受刺激……"

"二十四孝男朋友横空出世了。体贴啊！温柔啊，史文宇！肖老师，'只选对的，不选帅的'，你的选择，这个！"黑子竖起大拇指，可嘴角差点都撇到了耳根。

"叫我肖筱就可以了，'肖老师'听起来太生疏了点儿！文宇的朋友，我也希望可以变成我的朋友！还有，我觉得我既选了'对的'，又选了'帅的'，鱼与熊掌二者兼得了。呵呵！"肖筱极力维护史文宇。

"哎哟喂！情人眼里出帅哥！我还是不当灯泡了，留点空间给你们甜蜜蜜吧！"

"文宇，你看我的眼睛！"等黑子出去后，肖筱俏皮地眨眨眼睛说。

"眼睛？怎么？眼睛进沙子了？"史文宇急忙凑过去。

"没有！今天有人说只要看着我的眼睛就可以猜透我的心思！真的吗？"

"谁说的？"

"谁说的不重要，重要的是他的话好像蛮正确的。因为好几次我想什么都被黑子给看穿了。当时我还以为黑子多神呢！看来不是他们神……"

"到底是谁说的？"

"呵呵！我好像闻到一股好浓的醋味喽！史文宇也会吃醋？"

"你以为史文宇是神仙啊！'不食人间酸醋'？我告诉你，男人比女人更喜欢吃醋！怎么？你不喜欢吃醋的男人？"

"喜欢啊！吃醋说明你在乎我，吃醋的程度正好和爱的程度成正比。你醋吃得越浓，证明你爱得越深，我当然就越开心！真的很想知道是谁说的？"肖筱狡黠地卖起关子来。

"现在——"史文宇故意拖长了语调："马上——我想知道是谁！"

"呵呵！我还以为你会说'不想知道了'。是我哥哥。"

"哥哥？你不是独生女吗？怎么突然冒出来个哥哥？"

"是我父母好友的儿子，我们一起长大的。"

"哦！青梅竹马？"

"什么青梅竹马啊！是一起长大，一起长大就是青梅竹马吗？什么逻辑啊！"肖筱使劲儿拍了史文宇的胳膊一下。

"哎哟！什么女人啊！力气这么大，我的胳膊要折断了！"史文宇做出一副痛苦万状的表情。

"别……别嚷了！大家都在看呢！我不过轻轻拍了一下！不至于吧你！"酒吧里好几个客人都朝这里开心地张望，肖筱恨不得用手去捂住史文宇的嘴巴。

"轻轻拍了一下？那你使劲儿拍一下我不得去医院打石膏啊？好了好了！不开玩笑了，看你脸都成红苹果了！嗯……他说得一点儿都没错，是人看到你的眼睛就能猜透你的心思。因为你是一个透明的女孩，不会刻意去掩饰自己，不会伪装自己，喜怒哀乐都写在脸上。这是你独有的特质和魅力，是你身上最闪光也最能吸引人的地方。"

"呵呵！说好听叫单纯，说不好听叫傻！"

"就算是傻,也是傻得可爱。这种傻不是所有人都能有幸拥有的!"这是史文宇的肺腑之言。生活让他过早地看到了人性的阴暗面——自私、虚伪和赤裸裸,尽管潜意识里他藐视排斥这些东西,但生存就是一种适应的过程,这些东西总会不自觉地去同化人、腐蚀人,所以他由衷歆慕自然的纯真。当他在公交车上第一次看到肖筱时,肖筱的纯真就如同春天的阳光一样照到了他灵魂的最深处。

"哎!今天我们两家聚会简直是一场硝烟弥漫的战争。"

"战争?你们两家不和吗?"

"不是我们两家不和,是小磊哥哥家,他们父子俩简直就是不共戴天的仇敌。真是不理解,小磊哥哥回来郝叔比任何人都高兴,虽然他极力掩饰,可谁都看得出来他有多兴奋,从来不逛超市的人去超市狂购了三天呢!但是一见面就杠上了,听王阿姨说只要小磊哥哥在家,一定是鸡飞狗跳的局面。难道全天下的父子都是这样吗?许子昂父子好像也是这样?"想起刚才的一幕,肖筱依旧心有余悸。

"可能吧。我没有这种经历,不好说。"父亲,陌生而又熟悉的称呼,可憎而又可亲的称呼。如果世界上真有可以擦掉记忆的橡皮擦,史文宇第一个想要擦掉的就是对于父亲的所有记忆。

"对不起!我……"肖筱恍悟自己失言了,史文宇怏怏的表情令她心头一阵愀然。

"有什么好抱歉的?这个世界上又不是只有我一个人没有父亲,你太小心了!后来呢?他们父子怎么样了?"

"哦!我爸拉郝叔下棋走了才算天下太平了。要不是小磊哥哥,恐怕现在我还来不了,我的请假被妈妈无条件地驳回了,我又不敢私自溜走。后来小磊哥哥说让我带他去图书馆,我妈妈才勉强应允了。我当时对小磊哥哥还一肚子的抱怨……"

"那我就知道了,一定是你心神不宁地不时看表或者是愣愣地出神,被那个小磊哥哥发现了,就找借口把你从你妈妈那儿解救出来了。所以你认为他'看眼睛就猜透你的心思'了。"史文宇装出一副高深莫测的表情。

"你和小磊哥哥说得竟然一模一样!"史文宇毫无偏差的猜测令肖筱惊讶无比。人的感情真的很奇怪,被黑子和郝明磊一下子猜透了心思,肖筱觉得浑身不自在,有种赤裸裸的尴尬。然而被史文宇猜透她却觉得分外的甜蜜,认为那是一种心灵感应,是恋人间才有的心灵感应。

"哥!哥!快来帮帮我!我快累死了!哥……"一连串急促的喊声打断了史文宇和肖筱的交谈。一个衣着朴素、个子高挑的女孩提着很重的包,边嚷嚷边走了进来。

"喊你半天了怎么不出来啊!这些东西简直沉死了,我差点提不上来了!今天太热了,被毒辣辣的太阳烤熟了的感觉!快给我杯水,渴死我了!要加冰!"女孩喋喋不休地抱怨着将包递给赶忙迎上去的史文宇:"多准备一杯,哥,还有小贞姐,她在楼下付车钱,马上就上来。"

"小贞?你拉她一起去了?不是让你一个人去吗?"史文宇将包放进吧台,取过两只杯子加了冰块,又取出一瓶鲜橙汁打开后急忙倒入杯中。

"我哪儿懂妈妈要的那些画具啊!光是名字就够稀奇古怪的,我哪儿能记得住。"听见史文宇责问后,女孩的嘴噘得老高。

"你呀!给,慢慢喝,别呛到了!嗨!小贞!你来了!"

小贞?姚淑贞?听见史文宇热情地问候,肖筱看见姚淑贞正笑嘻嘻地走进来,一股突如其来的寒气随之紧紧地包裹住了肖筱。

"怎么不见黑子?他人呢?"姚淑贞很随意地环视了一下四周后问史文宇。

"他去进点货。真是难为他了,只有我休息时他才可以出去进货。不过他也老太太似的成天抱怨,说他这辈子打光棍的罪魁祸首就是我,要我负责呢!"

"他?他这辈子打光棍?哪次我来时他不是在和女孩子打情骂俏的?"

"小贞姐,你看黑子哥的打扮,像不像求偶期的火烈鸟?就额头上的那撮刘海,我越看越滑稽,他还美滋滋的。他还标榜自己是'二十世纪最后一个专情好男人'呢!"那个女孩边说边比画边哈哈大笑,惹得大家都笑出了眼泪。

"丫头，再怎么说黑子都是哥哥，你成天没大没小地胡说八道，也就黑子好说话不跟你计较，换别人早掴你嘴巴了，以后你可要注意点儿了。今天又给小贞添麻烦了吧？"

"哪有添麻烦，我不知多乐意和她一起逛街了。你都不知道，把父母和小雨都留在那边后，我每次回来都感觉特别孤独，要不是小雅经常约我逛街吃饭，我都不知道怎么打发漫长的周末哦！"姚淑贞接过史文宇递来的饮料，轻轻地用吸管搅拌了一下才缓缓吸了一口。她薄薄的两片嘴唇就算是紧闭着也会含着浅浅的笑意，冷冷的眼镜片后面却有一双温情如水的眸子。在肖筱看来，姚淑贞的一举手一投足都散发出一种优雅和成熟的气质，这种气质不带有任何矫揉造作的成分，完完全全是一种岁月的沉淀。

"小贞姐，别和我哥啰唆什么。他哪儿知道女孩子手挽着手逛街是多么有趣的事情！在他看来不过是浪费体力、浪费时间、浪费金钱的事情罢了。"听见姚淑贞替自己撑腰，刚被哥哥数落了的史文雅不服气地回敬哥哥一句。

"光顾和小雅斗嘴了，都忘了还有客人在，肖筱对不起。肖筱！小贞应该见过吧？和我一个办公室。"突然史文宇想起了被遗忘在边上的肖筱，急忙给小贞做介绍。

"十瓣丁香花？"姚淑贞意味深长地揶揄史文宇，史文宇憨憨地报以一笑，这一笑在姚淑贞感觉还是有春日阳光的味道："肖老师，你好！我叫姚淑贞，上次去文宇的办公室都没有和你正式打个招呼，刚才没认出是你，我这个人眼拙得厉害！不好意思呀！"

"你太客气了！上次也仅仅是打了个照面，不记得是正常的！你就是小雅？文宇每天都会念叨十几遍的可爱的妹妹？"说话间隙肖筱的眼神飘向史文宇："'十瓣丁香花'是什么意思？"史文宇扬了扬眉头："秘密，无可奉告。"肖筱白了他一眼："爱说不说，我还不想知道呢？"

"叫我史文雅！我不习惯初次见面的人就装作很熟悉很亲密的样子叫我小雅。肖——老——师！"史文雅将"肖老师"三个字说得格外字正腔圆，一座冰山不偏不倚突兀在了肖筱面前。

"名字不过是一个称谓罢了！哪来那么多忌讳。小雅，去后面把新买的裙子换上，看看合不合适？不合适咱们还得去换。"姚淑贞笑嘻嘻地拍拍小雅的肩膀。

小雅极不情愿地钻进吧台从包里取出裙子，一边往后面走，一边用肩膀狠狠地撞了一下眉头紧蹙的史文宇。

"哇！简直就是魔鬼的身材嘛！羡慕啊！"换好裙子出来的史文雅原本还低着头摆弄腰身，乍一听姚淑贞的称赞立刻扬起如同粉色芙蓉花般的脸。

"嗯！是很漂亮，颜色和你的肤色很般配！好像今年挺流行这种米黄色。"对于刚才小雅不客气的抢白，肖筱似乎并不怎么在意，她也由衷地称赞起来。

"小贞姐，早知道听你的话买那条胭脂色的了！这颜色太土气也老气。我们等会儿去换好不好？"对肖筱的称赞，史文雅摆出一副置若罔闻的态度。

"不会啊！我觉得肖老师说得对！这个颜色非常配你的肤色。可能你的衣服一向偏于暖色，所以对于米黄色这类中性色你会不习惯，总觉得土气老气。如果你真的不是很喜欢我就陪你去换，不过那条胭脂色的穿出来效果可能还达不到这个呢！这只是我个人的意见，决定权完全取决于你的喜好了。"姚淑贞的话听起来很中肯，让人觉得完完全全是就事论事地提出了很客观的意见，丝毫不带偏袒的成分。

"不用送我出来了，赶快进去吧，你妹妹和朋友都在等你呢。"肖筱是何等的冰雪聪明，怎么会感觉不出史文雅的敌意。她的忍让是因为知道婆媳姑嫂的矛盾是亘古以来的难题，史文雅对她百般挑剔不是什么开天辟地的头一遭怪事。但让肖筱不解的是，她和小雅是初次见面，她们之间不会也不该有什么过节，就算是什么姑嫂纠结，现在就表现出来，也未免太早了点吧。小雅的反应也实在是过于尖锐了。

"没事，就送你到车站。她们又不是外人，等一会儿没什么大不了的。"

史文宇始终垂着头，双手插在裤兜里缓慢而又均匀地朝前踱步。

"每个人的心都有不同的区域来储藏友情、亲情、爱情，不同的人有着不同的划分区域的标准，小雅是你唯一的妹妹，是你比生命还珍贵的妹妹，所以亲情占据了你心的绝大部分区域，这点我能理解、也能认同。我不会要求你去指责小雅，但最起码你要给我一个眼神，有你眼神的肯定和支持，我的忍让才值得，也才会有意义。"想着自己不惜对妈妈撒谎跑出来赴约、小雅的咄咄逼人、史文宇的一脸木然，一股酸涩在肖筱的体内慢慢膨胀，腐蚀了五脏六腑后缓缓上升直达喉鼻，最后在眼睛里形成一道水雾。但她还是将这些泛滥在心头的质问硬生生地收回了，她宁可让自己的内心忍受煎熬，也不忍让史文宇受到一丝一毫的伤害。

"小雅……不要……和她计较好吗？"肖筱的默不作声令史文宇愈加恐慌和自责起来。他怎么都没有料到自己生命中最亲近的两个人，初次相见竟会是如此剧烈的一番碰撞。可在当时那种局面下，他只能保持沉默，甚至连看肖筱一眼的勇气都没有。他怕肖筱眼神中的伤痛令他的感情天平倾斜。亲情与爱情孰轻孰重？他无法衡量。

本来他想现在开口解释，可他要怎么去解释？难道要拿小雅的生存环境做借口吗？跟肖筱说因为小雅是一棵长在缺乏关爱、没有安全感的河滩上的沙棘，她的多刺只是为了生存？还是跟肖筱说对于小雅他不仅扮演着兄长的角色，更扮演着父亲的角色，他是小雅的天、是小雅的地、是小雅的一切，为了小雅他不惜委屈了自己所爱的人？这些借口此刻已然变得太苍白、太牵强了，不足以补偿肖筱所受的委屈和伤害。

"唔。我不会和她计较什么，毕竟我比她大。况且从你那里我或多或少了解了一些她的情况，我会尽可能地去谅解和包容，相信我，我会做到最好！"

"我怎么会不相信你呢！你已经做到最好了！也许一句谢谢你不足以表达我的心情，可我又找不到更合适的语言了。我会好好和她沟通，让她明白选择你是因为你是唯一一个能够与我心灵产生共振的人。她会真心地喜欢上你的，因为你们都有一颗善良的心。"

肖筱乘坐的公交车缓缓驶出了车站，史文宇还矗立在原地目送它逐渐消失在熙熙攘攘的车海中。夏日的天空像是被调入了乳白色的染料，蓝色中混杂着团团絮絮的白色和瓦青色。

"爱情是简单的事情，两颗心碰撞发出火花就可以了。只要生命存在，不，即便是生命不存在了，爱情还是会继续……"这是肖筱春天时说过的话，那时的天空是蔚蓝色的，纯净透明的蔚蓝色。

这是一间不足9平方米的房间，在木制单人床和三人沙发的中间摆放着一张五六十年代那种带抽屉的方桌，沙发也是七十年代盛行一时的"自己动手打造家园"的产物。

在同样狭小的窗台上摆放着一排种植在红泥瓦盆里的紫蝴蝶花，这些花的种子都是从史文宇童年生活过的家里带来的，也是唯一留有他童年痕迹的东西。

"妈妈，我看你的头发又该染了。"跨坐在床边给妈妈按摩腿的史文雅扬起脸，发现妈妈头上的白发骤然增多了好些。

"又不出门，有什么好染的啊！你有那时间就多睡一会儿，每次上完夜班你都只打个盹儿，看眼睛里的血丝，人家还会以为你是那种整晚出去疯的女孩呢！"史文宇的母亲温素琴慈爱地抚摩着女儿清秀的面庞。时间如梭！昨天女儿还是那个冻得小脸发紫跑到菜市场捡菜叶、回家后踩着小凳子给一家人做饭的小姑娘，如今她已经是有一年工作经验的白衣天使了，而且出落得如此漂亮。

"不出门就不染头发？那可不行，我可不喜欢邋邋遢遢的妈妈。我的妈妈要是世界上最漂亮、最优雅、最有气质、最……还有什么最？想不起来了，呵呵！"

"鬼精灵，你的伶牙俐齿有时讨人喜欢，有时也很讨人厌……"独自坐在沙发上的史文宇每当看到这种情景，他的内心就如同手中握着的这杯茶一样，暖暖的、醇醇的。

"用不着让某些人喜欢我，我还不喜欢她呢！"说者无意，听者有心，史文雅感觉哥哥明显是针对白天她对肖筱的态度表示不满,她立刻收起脸上的笑容,竖起眉毛厉声厉气地抢白起哥哥:"看来你送她出去后她没少给你'点眼药水'啊!在人前装天使,背后却嚼舌根,这种人最龌龊、最可怕。"

"小雅!在不了解一个人的前提下你这么说有些过分了。"史文宇破天荒地冲妹妹提高音量说话。

"俗话说:'娶了媳妇忘了娘。'还没娶进门你就开始这么凶巴巴地冲我喊,要是娶进门了,我还有立足的地方吗?先排挤了我,再排挤妈妈吗?"虽然是哥哥,可小雅怎肯就此示弱,"噌"地一下站了起来。

"什么娶进门没娶进门的?你们兄妹俩吵什么呢?莫非,小宇你有女朋友了?和小雅见面了?"一向相亲相爱的兄妹俩突然间爆发起战争,温素琴真有点儿丈二金刚摸不着头脑了,她紧张地直起身子追问起兄妹俩。

"嗯。"看见妹妹愠怒的表情,史文宇有些懊悔不该提高嗓门和妹妹说话,于是闷闷地吭了一声。

"什么样的女孩子?做什么工作的?"一听儿子有了女朋友,温素琴一向平静如深潭的眼睛里漾起点点兴奋的光彩。看着儿子早出晚归为这个家奔波劳累,她的心早就被揉碎了,对于儿子她怎能不自责、不内疚呢?因为她的缘故一个家的重担全部压在了当初只有15岁的儿子孱弱的肩膀上;因为她的缘故本来被外省重点大学录取的儿子,选择了学费最低的本地师范学院;因为她的缘故儿子不得不放弃了不能接纳这个家庭的女友,这个家庭无疑成为了儿子婚姻路上的绊脚石。

"是我的同事,一个很善良、很温和的女孩。"妈妈喜悦的表情让史文宇心头一暖,他心知肚明什么是真正让母亲担忧和内疚的事情,虽然母亲从来不肯在他面前表露丝毫。

"还是个很会装腔作势、搬弄是非的女孩!我很怀疑哥哥选择女朋友的眼光,那种假天使就能把你迷得神魂颠倒……"

"不要左一个'假天使',右一个'假天使'的。我说了你不了解她,你说话尽量不要那么刻薄,她没有说一句埋怨你的话……"

"那才是她高明的地方，让你对她有愧疚感，有了愧疚感你就会时时处处矮她一截，她就好完全控制你了。"

"小雅，妈妈不喜欢你说话的论调。你哥哥说得对，不了解她的为人你就不能下如此武断的结论。妈妈不是经常给你说'话留三分说'，尽量不要去选择伤害别人的话说。"温素琴的语调和她的眼神一样，是一泓深绿色的潭水，微风乍起也只是泛起粼粼微澜。

"妈妈，你不知道现在的女孩城府有多深、有多现实。那些女孩表面清纯乖巧、一副淑女的模样，找男朋友嘴巴跟抹了蜜一样，什么'爱情价更高'的，可真正谈婚论嫁起来，绝对是工作、家庭、钱财'一个都不能少'。"

"你小脑袋瓜里成天装的什么乱七八糟的东西？哪听来的那些歪理谬论？"史文宇简直不敢相信这些话是出自己妹妹之口，在他眼中妹妹还只是个喜欢撒娇的小女孩。

"歪理？谬论？哥哥，在活生生的例子面前你怎么还这么天真？陈惠不就选了个有钱的老公吗？她不是死乞白赖地又纠缠了你3年吗？怎么？最后爱情还是没有金钱的诱惑力大吧！"

"小雅！"温素琴听见小雅莽莽撞撞地提到"陈惠"的名字时，心里一惊，她紧张地看看史文宇的脸色，她怎么会不了解陈惠的名字是儿子心中永远的疤痕。

"不用那么紧张，妈妈！怎么说呢，小雅，这个世界上没有不犯错的人，况且在爱情里没有谁对谁错。幸福是爱的最终目标，如果给不了对方幸福，那么就该放弃，不是'不得以、无奈'的放弃，而是'满怀感恩、满怀祝福'的放弃。我丝毫没有后悔过，因为我相信在相爱的时候，我们很真心地对待过对方。"这是史文宇第一次在家人面前敞露自己的心扉。

"小宇说得很对，一个男人就要有如此豁达的胸襟。你们要时刻铭记：困在仇恨樊笼里的人是看不见美丽的事物的，看不到美丽的事物也就不会有真正的快乐。'宽容是这个世界最美好的东西'，拥有宽容就会拥有幸福……"听到史文宇对曾经的感情抱着这样一种释怀的态度，温素琴感到万分欣慰。

五年来，儿子为了不让母亲忧心一直禁锢着自己的感情，遮掩着自己的情绪。怎奈"母子连心"，他不经意间的一蹙眉、一叹息都会立即传导给母亲，他的痛苦也许只有一分，而传导到母亲心中就会递增为五倍、十倍，作为母亲，温素琴除了焦虑和心痛之外无能为力。

　　"知子莫若母"。她很清楚生活的历练不仅让儿子变得更加的坚强，也更加的执拗。能否真正谅解一个人完全取决于他的内心，任何人的规劝都是无济于事的。她非常担心儿子永远活在"怨恨"的壳内，那将使他的一生变得晦涩和阴暗。

　　"就算你们说得都有理，可是……比起那个老师我更喜欢小贞姐……我感觉小贞姐是喜欢哥哥的! 难道这么多年哥哥都没有感觉到吗?" 小雅将憋了一天的话终于像倒豆子一样倒了出来。在潜意识里，她早就认定小贞是她的嫂子了，她怎么都不敢想象哥哥居然也会"见异思迁"，会抛弃相识多年的小贞"另结新欢"。她将这些错全部归结到了肖筱身上，不然被她像"偶像"一般顶礼膜拜的哥哥怎么会做出如此"不堪"的事情呢?

　　"呵呵! 傻丫头，原来你闹别扭就是为这个啊! 小不点儿你懂什么啊，人与人之间的缘分有很多种，有种缘分是朋友，有种缘分是亲人，而有种缘分是恋人。我和小贞的缘分就是朋友，最要好的朋友，一辈子的朋友。" 小雅的行为让史文宇实在是哭笑不得。

　　"狡辩! 强词夺理! 我问你那个老师就那么出色吗? 你真的就那么喜欢她?" 哥哥的话毫无辩驳的破绽，小雅不是那么轻易认输的人，她要誓死捍卫自己的观点。

　　"不，她并不出色，可能她混入人群马上就会被淹没。说实在的，她没有小贞出色，无论从哪个方面看，小贞都是无可挑剔的，追求她的人也很多。可是爱情就是这样的无厘头，讲究的是双方心灵的互动和共振，不会因为某一方的条件好或某一方的感情就产生那种情愫，这个世界上唯一无法勉强的就是爱情。"

　　"我是不懂你说的这些大道理。你能保证那个老师对你是一片真心，不让你受伤害吗? 你能保证她一定会孝顺妈妈吗?" 小雅还是将信将疑。

"我可以保证她一定会孝顺妈妈,像我一样地孝顺妈妈。她是个有责任心又很善良的人。她和我不一样,我是将自己的职业看作谋生的手段,而她是当作自己的梦想,她真心关心和对待她的每个学生,和她相比我真是自惭形秽。在她身上我学到了很多东西,也明白了很多道理。"

"嗯!这么听来真是个很难得的女孩,一个真正热爱自己职业的人是不会太差劲的。两个人相处就是要这样相互促进、互相扶持、取长补短,这种感情才会更稳固、更长久。小宇啊!妈妈希望你能够好好珍惜这份缘分,希望你们能够相伴一生一世!"温素琴终于明白,为什么会再次听到史文宇的吉他声;为什么他屋里的灯会在夜半时分还亮着了。原来是一个女孩儿走进了他的情感世界,这个女孩儿是一股清澈的山泉涤荡了他内心的尘埃;是一缕明媚的阳光驱散了他内心的阴霾。看来她的担心是多余的,史文宇的人生一定会因为这个女孩的介入而绚烂多彩的。当年史文宇的父亲是不是也是因为自己而产生了诸多改变呢?当这个想法在心头一闪而过时,温素琴眼睛里的那一泓潭水结冰了,记忆像一把尖利的冰凿在冰面上刻出一个大大的"债"字。"债",永远都无法还清的"债"。

夜色一点一点吞噬了整个城市,小屋里橘黄色的灯光在黑夜里格外的柔和、明亮。

第七章

今天是暑假的第一天,肖筱终于安安心心地睡了个懒觉,醒来后伸伸懒腰,充分享受了一把清晨阳光浴,仿佛一个学期的疲惫一下子就从体内被蒸发掉了一样,好轻松、好舒畅。磨蹭了一阵子后起了床,在家里转悠了几圈,摆弄了一番爸爸收藏的那些稀世奇石,随后打扫卧室,整理书房,浇花锄草。原来休假时光也不是一件轻松的事情。

午后肖筱百无聊赖地趴在窗台上极目远眺,眼前碉堡般的小楼密密麻麻栽满了整片辖区,在刺目的烈日下愈加显得逼仄与拥挤。窗前那棵硕壮的垂柳在烈日的炙烤下一副蔫头耷脑的模样,但它却给了人们实实在在的一片清凉之地。天气预报说今天有雷阵雨，可窗外的此番景象让肖筱不由得质疑起天气预报的准确性。

受不了闷热的肖筱索性吹着电扇蜷缩在沙发里看起了电视。她很想在记忆中搜寻到学生时代那种"终于熬到放假，可以痛痛快快地玩了"的酣畅和兴奋，却发现那种心情已然成为了学生时代的青涩追忆。

本学期结束时，肖筱所带的班总成绩在全年级7个平行班里排名第三，这个成绩对于年轻班主任来说也算是一份很圆满的答卷。然而真正令她欣然和骄傲的不是学生们的成绩，不是校领导的夸赞，而是与学生们一起经历、一起成长的过程，是从课本上的黑白文字到实践教学跨越的过程。"教师是人类的灵魂工程师"这句话不再是写在墙上的大红标语，许子昂的转变让肖筱充分领悟到了其中含义——对于老师来说，塑造一个人格健康的学生比塑造一个成绩优异的学生更有意义、更有价值。老师对学生的关心蕴含着不平凡的力量，会给游离在阴暗角落的学生带去一线曙光、一滴甘霖，甚至还会改变他们的一生。

"当啷"的开门声打断了肖筱的思绪，会是谁在这个时间回来呢？她抬头看看墙上的时钟，还不到四点钟，于是她急忙跳下沙发趿拉着拖鞋跑了出去。

"妈妈？今天回来得怎么这么早？"

"累了。回来休息。给我一杯冰水。"鲁芳踢掉的黑色高跟鞋与实木地板发出了"咚咚"的撞击声。

累了？回来休息？肖筱取杯子帮妈妈倒水时用余光窥视着妈妈阴云密布的脸。对工作尽职尽责的妈妈会说累？会跑回家休息？"轰隆隆"一声沉闷的雷声从天际隐隐传来，真有雷阵雨？

"你今天干什么了？"鲁芳从肖筱手中接过杯子时正眼都没有瞧肖筱一下。

"早上收拾家。下午……打算看碟，小磊哥哥给我带过来好几张正版的VCD，都是好莱坞大片。我们一起看吧？"最近一段时间郝明磊和肖筱见面的机会陡然多了起来，这期间他们的妈妈们关系也变得异常亲密起来，名目繁多的家庭聚会也相继频繁了好多。

"没出去？"

"出去？没有……出去……哪儿？"妈妈的阴阳怪气让肖筱一阵寒战，她挪到沙发前坐下来。在她的童年记忆中，每次父母有争执时，妈妈的阴阳怪气就是风暴来临前的序曲。爸爸不在家，那么风暴的中心会是自己吗？

"去哪儿？你不清楚吗？当然是去约会了。"

"约……会？妈妈……"又是一阵雷声从远处传来，听声音仿佛就能觑见雷阵雨正扛着黑旗、擂着鼓、鸣着锣朝这边步步逼近了。

"这时候了你还装糊涂？整个学校都传得沸沸扬扬，你还想否认？你们交往这么久了居然隐瞒得密不透风，真没看出来我女儿还有这种能耐。欺骗父母是我教你的吗？还是他教你的？而且我还听说你们在期末郊游时，当着车上几十个老师的面来了一段很浪漫、很感人的'真情告白'？你还有没有一点儿女孩子的矜持和廉耻？你可以没有礼义廉耻，你难道不顾及父母的颜面吗？""咚"的一声后是"噼里啪啦"的碎响，原来鲁芳猛力跺在茶几上的水杯碎成了几片，顿时水漫了一茶几。

今天，在市教育局开会时，身为市招生办主任的鲁芳碰到了肖筱的校长。校长一见面就问鲁芳什么时候请喝喜酒？一头雾水的鲁芳到最后才搞明白，原来是女儿和本校的男老师在谈恋爱。女儿在恋爱，妈妈却不知情，谁会相信？校长还一个劲儿地开玩笑说鲁芳是不想请大家才装糊涂的。这让鲁芳又羞愧又恼火，谎称自己身体不舒服提前回了家。

"妈妈……不是的……你听我解释好吗？不是的，我不是有意欺骗你，只是……只是想等时机成熟后再告诉你们。"肖筱赶忙蹲在茶几旁收拾杯子碎片。妈妈的震怒是意料之中亦是意料之外的。毕竟，瞒着家长谈恋爱是不对的，是对家长的不尊重，可也不是什么十恶不赦的事情啊。

"时机成熟？什么时候算时机成熟？是你们发结婚请柬时吗？我不想跟你多说什么，你现在就给那个老师打电话！"

"妈妈，我现在都告诉你还不可以吗？干吗非要给他打电话呢？他说了哪天正式来拜访你们,只是我一直阻拦不让来。"此刻妈妈执意要见史文宇的用意是什么?如果是想考察一下女儿的男朋友,也不用急在这一时半刻?莫非……一个不祥的预感在脑海闪过,肖筱心像被一把利器倏然戳了个洞,喷涌而出的血不是热的,而是砭骨的寒。不,不可能会是这样的,不要胡思乱想!她拼命地摇摇头,试图将这些预感甩出脑袋。

"你阻拦?为什么?好了,我不想听你解释,你的诚信度在我这里已经为零了,这是你撒谎的代价。快点给他打电话叫他过来。"鲁芳看都不看女儿一眼,只是很不耐烦地一挥手。

"妈妈……"明知道妈妈的决定是任何人都无法改变的,但肖筱还是抱着一丝希望央求妈妈,她希望自己眼中闪烁的泪光能够让妈妈心软下来。

"不要让我再说一遍!打!"鲁芳双臂一抱,发出了最后通牒。

肖家的气氛如同窗外狂风横扫过后戛然平静的天空,滞满了铅色的阴云。鲁芳的脸上丝毫没有女儿男朋友第一次登门的喜气,倒更像是一个坐在会议主席台上的领导般严肃。肖建业则是一个完全不知会议内容而被强行拽来充数的人员,一脸的茫然。

"史老师?我听过你年初代表咱们省去全国讲的那堂公开课,整堂课构思新颖,环节设计得很合理,主次鲜明,环环紧扣,你的激情调动起了整堂课的气氛,真不愧是拿了全国二等奖的优质课。"鲁芳对史文宇一连串的称赞无疑变成了一个秤砣压在了肖筱的胸口。糖衣炮弹!每次妈妈夸赞起别人时,肖筱便会很自然地联想起这个词。

"您过奖了,鲁主任!那不过是一堂普通的物理课而已,只是你们给了我去全国试讲的机会。如果机会给其他老师的话,他们也会一样的获奖。"鲁主任?未来岳母应该称"阿姨或伯母"才合乎情理,用其职务做称谓难免感觉出生分和距离!可史文宇下意识地脱口而出了。说完他伸手碰了一下茶几上的水杯,杯中淡绿色的茶水轻微震荡了几下,但他似乎并没有感觉到口渴,于是又缩回了手。茶水渐渐地又恢复了平静。

"不是那么一说，现在年轻的教师像你这样对工作一丝不苟的不多见了，很多都是以'做一天和尚撞一天钟'的态度在敷衍工作，不是想着怎么花时间钻研教学、提高业务水平，而是将精力成天用在那些乌七八糟的事情上。如果这种情形持续下去，学校教育必然会出现青黄不接的现象，真是令人忧心啊！"

当这个小伙子刚一进门和肖筱目光交融的一瞬，那种微妙的意蕴——窘促、羞涩、甜蜜——肖建业就认定是肖筱的男朋友，他的心里腾地升起一种幸福的失落感——女儿长大了，都到谈婚论嫁的年龄了，以后保护她、照顾她的责任就要转移到这个男孩身上了。然而，当听了半天妻子与这个年轻人谈论工作上的事情，肖建业越来越兴致索然。要不是鲁芳敏锐地察觉到他有离开的意图而迅速投来指责的目光，他早离席了，惧于妻子的权威，于是，他只好继续充当无关痛痒的旁听者。

"不会啊！肖筱就是一位对工作认真负责的老师，就很受领导的器重和学生的爱戴。"这种貌似上级与下级谈论工作的表象下到底隐藏着什么玄机，史文宇一时还无法判断出来，他只能按着鲁芳指定的路线走下去。

"对肖筱的工作能力我也一直肯定的态度。不过作为一个女性，生活能力和工作能力是同等的重要，但我们肖筱在生活方面的能力实在是不敢恭维，到现在连一顿普通的饭菜都做不出来，她——不具备贤妻良母的潜质。可能我这么说你们会觉得我很武断，但这是事实。肖筱，不是你理想中的伴侣，你们根本不合适。"虚虚幻幻的莫耶之幕下潜藏的事物，其本质往往都与表面具有极大的反差，人世间冠冕堂皇往往是卑劣和虚伪的外衣。

"婚姻是寻找一个情投意合的生活伴侣，而不是找一个保姆或用人"，史文宇很想用这句话反驳鲁芳，但他习惯性地皱皱眉，将这句一出口就足以掀起巨浪的话用唇角的浅笑替换了——缄默就是无声的抗议。

"生活不是你们想象中的那么美好,它很真实,就是"柴米油盐酱醋茶"这些朴实而平淡的现实。肖筱是个完美主义加理想主义者，她决不会容忍自己的生活有瑕疵，对于她来说生活的瑕疵犹如一潭死水。"说完后鲁芳想，呵，这个男孩还真是城府颇深啊！用沉默来反抗我？笑什么？轻蔑？藐视？还是不屑一顾？鲁芳瞥了他一下，心想，和我较真，你还嫩了点儿！

这时，史文宇说话了："您说的'真实'是指将来我的家庭会成为肖筱的生活负担吧？我理解，毕竟这是事实，我妈妈的饮食起居的确需要人照顾。但我妈妈是个自尊心很强的人，只要自己能够做的事情她决不会麻烦别人，所以希望您不要将她看作'负担'。很抱歉我这样说话，但我知道您一定会理解为人子女的心情，我也是在慎重地考虑之后才对肖筱做出爱的承诺，要一生让她幸福的承诺。"

阴云终于无法承载超出自己承受范围的重量，雨点迫不及待地从被阴云撑裂的缝隙间筛了出来，急遽坠落的过程中你碰我撞，吵吵嚷嚷，窗外顿时一片混沌和嘈杂。

"可能由于我们是生活在两个时代的人，中间有代沟吧？我很不理解你们所谓的爱情，也不知道你们究竟承诺的是什么东西。我说了，生活是很真实的事情，不是'云当屋顶星当灯'的幻想。就算你们的爱情轰轰烈烈、海枯石烂，但它能经得起生活的磨蚀吗？经得起时间的消耗吗？你们也是成年人了，说话行事怎么那么幼稚，那么不切实际？"

鲁芳的耳际又一次轰响起"造反有理，革命无罪"的呐喊声。在那个黑白颠倒岁月中的某个傍晚，一个梳着两条小辫，斜挎着草绿色军用书包的女孩一边歇斯底里地哭喊着，一边撕扯着墙上花花绿绿的大字报。那不是普通的大字报，而是查封了她执迷追逐了五年的爱情的封条，更可悲的是这些封条正是出自她痴恋着的人之手。最后她狂笑着，旋转着将那些纸屑抛洒向空中，沾满她手指殷红血迹的纸屑如同一只只美丽的粉蝶，在最后一缕残照中翩跹飞舞……

"难道妈妈认为谈爱情就是幼稚，就是不切实际的行为？婚姻和爱情是两个完全不相干的概念？"一直保持缄默的肖筱再也不能这样坐以待毙了，从小她就没有忤逆过妈妈，总是把妈妈的话当圣旨一样地诚领，但此刻史文宇嘴角凄凉的微笑刺痛了她的心，为什么我要这般懦弱呢？为什么不能像史文宇一样据理力争呢？冥冥之中一股力量冲破了理智的底线在她体内爆炸了，她要为捍卫自己的爱情和妈妈抗争到底。

"但爱情不是婚姻的全部。我走过的桥比你走过的路还多，什么样的婚姻才是幸福的我比你更清楚！"肖筱突然冒出的话把鲁芳吓了一跳，她扶扶眼镜，深呼吸三秒钟后镇定了下来。

"你怎么认为我嫁给他就不会幸福？幸福就是能与自己相爱的人永远生活在一起。只要两个人真心爱着对方，时时处处关心对方，照顾对方，就算吃糠咽菜也是幸福的。"

"吃糠咽菜？上世纪六十年代连糠、连菜都没有的日子是什么，你知道吗？别说是爱情，就连亲情在那种时候都一文不值！生活是真实的，真实到你无法想象的地步……"

"你所谓的真实我不敢苟同，史妈妈的真实才是真正意义上的真实，她对生活的热爱，对生命的热爱，对子女的爱都真实地反映在一举手、一投足、每一个眼神中，爱和幸福不是做给别人看的，而是让别人能够真切地感受到的，爱就应该像阳光一样让每个人都感到温暖。我会很努力做一个像史妈妈那样的妻子、母亲！"肖筱直截了当地打断了母亲的话，肖筱父母面面相觑，简直无法将眼前这个语气冷峻的女孩儿与平时那个温顺乖巧的女儿联系起来。这时史文宇则向肖筱轻轻地摇摇头，示意肖筱不要过于激动，这样只会让矛盾越来越激化，他们与肖筱父母之间的鸿沟只会越来越深。

"小小，虽然说婚姻是你们两个人的结合，但是从父母的立场出发，要考虑和权衡的很多，况且我们对小史也不是很了解，今天才是头次见面，我们也需要有个去了解他、了解你们发展程度的过程，这个过程是需要一定时间的。希望你们也能适当地理解、体恤一下父母的心情。"这时肖建业也适时地出面来缓解母女剑拔弩张的尴尬局面了。此前之所以他一直不表态，是因为他不了解史文宇，不清楚女儿和史文宇之间的关系到底进展到了何等地步。经过一阵静静观察，他还真有些欣赏这个小伙子，稳健、干练、有主见，而且他从这个男孩的眸子里发现了一种透明的质体，就好像是镶嵌在石头上那通体碧绿的翡翠。

"叔叔的话很有道理。人与人之间只能在接触中互相了解,建立感情。这事怪我考虑不周,应该先取得二位的同意后再开始和肖筱交往。但现在错已铸成,我还是诚心诚意希望你们能够成全我们,毕竟我们走到这一步也是付出了很多感情的……"史文宇面带阳光般的笑容,诚挚地附和着肖建业的话。他意识到刚才自己实在有些不够冷静,态度和语气都过于强硬了些,并且认识到在这种局面中以退为进、以守为攻,才是明智的选择。

雨后天晴的黄昏格外美丽,被雨水涤洗过的天空色泽格外明艳瑰丽。这种景致不由让人遐想联翩,是否因为快到七夕了,织女孑然伫立在银河的一侧与牛郎遥遥泪眼相望,沾满点点粉泪的锦帕不小心滑落,落在西边天空化作了片片粉色、紫色、橘黄色的霞云。

三角形本是世界上最稳定的形状。而史文宇离开后,肖家一向稳定的三角形变为了一条直线,鲁芳和肖筱站在直线两端而且是背向站立,肖建业当然位于正中央的一点。

"他不符合我们家的要求,我坚决反对你们交往。"鲁芳冷冰冰掷出的决定真有一石激起千层浪的威力。

"他到底是什么地方让你这般看不顺眼?"本来打算回自己房间的肖筱走到了客厅门口,听到妈妈的结论后转身怒目相向。

"家庭?背景?人品?他身上有什么可圈可点的东西?不说别的,就凭你今天的态度我也要反对你们交往。真所谓'近朱者赤,近墨者黑',你们才相处了多久,他身上的不良习气已经毫无保留地传染给你了。瞧你那咄咄逼人嚣张的气势,简直像一个模子里倒出来的!"与其说鲁芳愤愤然的缘由是史文宇不遂她的意,还不如说是女儿突然的叛逆让她接受不了。肖筱自小就是在她制定的"应该和不应该"的模子中长大的,从来不曾、也不敢违逆她的意旨。而今天,肖筱将她引以为傲的教育硕果全盘颠覆了。"儿大不由娘"真不愧是前人智慧的结晶,实在是一个真理。但她不会将这些归结为女儿的天性或本质问题，正所谓"人莫知其子之恶，莫知其苗之硕"，她只会将这一切归结为外界影响，也就是史文宇同化的恶果。

"那孩子的家庭的确不怎么合人意，跟他肖筱吃苦是一定的了，但人品我倒觉得没什么。说话处事不卑不亢、不骄不躁，懂得控制自己的情绪，懂得适时以低姿态缓和气氛。你不也说他很优秀吗？"肖建业处在中立位置的度还真不好掌控，一不小心就会使两边失去平衡。

"优秀？工作优秀不是衡量一个人的砝码，这样优秀的人就太多了，你也就配研究那些硬邦邦的石头。你指的那些也算是优点？那是世故、圆滑！"

"因为妈妈是这样的人，所以看别人也是那样的！只有心里有美的人，才可以看到美。心里只有恶，怎么可能看到美呢？"

"嘀！咱们家还出了个哲学家！这些歪理我说不过你。我只问你，你知道他以前的女朋友的事情吗？"

"知道……是他大学的同学，大学毕业后就分手了，后来又成了他的同事。"肖筱心想，为什么人们总喜欢揪住一个人的过去不放？从出生起人们就开始从生命的日历上撕下一张张"过去"，每一刻在下一秒都是过去，到最后手里握着的满把都是"过去"的存根。难道哪个人没有过去？

"就这么简单？他这么告诉你的？他没告诉你他们的出双入对曾经是大学校园里的一道最亮丽、最抢眼的风景线吗？一个是学生会的主席，一个是校花，那可是公认的郎才女貌的绝配呀，怎么可能这么轻描淡写地一带而过呢？"鲁芳嘲讽着女儿。

"不是他告诉我的，我不很在意一个人的过去。当时他们是何种情形，招摇也罢、抢眼也罢，过去的就是过去，就表示已经结束了，有什么深究的意义吗？对于我们两个来说，最重要的是现在、是将来！"

"真没想到我的女儿竟是这么潇洒逸俗的人！过去是一面镜子，可以影射出一个人的内心世界，是黑是白、是美是丑都可以从中找到答案，怎么可以说它没有意义呢！那我再告诉一个你不想知道、不想了解的事实——那个女孩是'大东'建设老板的小女儿。"

"那又怎么样？她就是'大西'建设的女儿也和我没有关系！"对别人的家庭背景，肖筱一向不屑打听。悬崖壁上天然灵芝的价值为什么远远高于温室中人工栽培的呢？原因就在于它经历了风雨的洗礼，经历了寒暑的磨炼。

"当然和你没关系了，但和史文宇就有直接的关系了。一个大学生既要支付自己的学费，又要奉养瘫痪的母亲、抚育年幼的妹妹，这中间的"故事"不言而喻吧？而且大学毕业后短短一年时间就和朋友开了一家酒吧，那巨额的投资是天上掉下来的吗？"鲁芳终于亮出了杀手锏。

"大学时期他一直在黑子，也就是他最好的朋友父亲开的酒吧里做调酒师。他们酒吧的投资是黑子父亲的，黑子的父亲一直将他视为自己的亲儿子。"肖筱说这些话时觉得气血逆流，眼前阵阵发黑。人们诋毁一个人怎可用如此荒诞、如此卑劣的方式呢？难道每个人摆脱贫困都是通过不正当的手段吗？都是别有用心脏脏龌龊的交易吗？

"我怀疑你的智商和情商都为零！那种故事只能骗骗三岁的小孩，居然也能骗过你这么大的人，我真是难以置信！再问你，你们学校有个教历史的姓莫的女老师对吗？"

"对，和我搭班，怎么啦？"怎么又提到莫绍玉？这使肖筱心里有种说不出的厌恶。

"莫老师的爸爸是财政局的局长。"眼看母亲得意扬扬的样子，肖筱心想，过分的故弄玄虚不仅不是深邃的表现，恰恰相反，是肤浅和愚昧的表现。

"我怎么知道？我又不是查户口的！"

"你成天浑浑噩噩的知道什么啊？既然你奉史文宇为偶像，那么你也应该从你的偶像身上学学怎么在这个尔虞我诈的世道上生存，怎样充分合理地利用周围的每个人！唉！跟你说这些实在是对牛弹琴，没准儿你又会编排我是个'心中只有恶'的人了。言归正传，他和那个莫老师一直关系暧昧，这你总该知道吧？"

"是莫绍玉一直在单恋史文宇！这是学校里早就公开的秘密！"肖筱

索性又折回沙发坐了下来，否则她怕自己听到更加荒谬的事情会昏厥过去。

"这男孩子不简单？"肖建业眼前又浮现出史文宇那清澈的眸子，难道他的眼睛欺骗了我的心？鲁芳和肖筱各执一词，到底谁说的是真的呢？鲁芳？道听途说？肖筱？鬼迷心窍？

"简单！生存环境造就人的性格和品质，那种复杂环境中成长起来的孩子会简单？他曾经靠出卖苦力生活过，在社会的最底层生活过。社会最底层那种人性的阴暗与丑陋无形中会在他的体内潜滋暗生，又没有家庭给予正确的引导和纠正，他的复杂就可想而知了。故事还没有完，后面还有比这骇人的！肖筱，他怎么给你解释他和大学里的女朋友分手的原因？"

"不是他解释的，是我听别人说的，是陈惠和他大学里最好的朋友一起去了深圳。"

"我从来没有听过这么荒谬、这么可笑的故事！是因为他和其他女孩有染，就是那个所谓勾走了陈惠的人的女朋友。那个女孩是他高中的同学，他俩从高中时就不清不楚的，就这样他还把这个女孩儿介绍给了他的朋友。没有不透风的墙，被陈惠发现后，四角恋爱就彻底破产了。那个女孩儿现在在外地一家跨国公司做通信器材的销售，他们至今还保持着同居关系。"

"那个女孩儿？莫非是……姚淑贞？"一提到姚淑贞的名字，肖筱的声音失去了先前的尖厉。为什么姚淑贞的名字总像阴云掠过心头？她在怕什么呢？是他们认识的时间吗？不是说时间没有力量吗？那为什么自己这样在意？

"好像姓姚，我记不清楚了。你认识那个女人吗？"

"认识，见过两次。是和史文宇一起长大的朋友，他们之间纯粹是友谊，不是什么不清不楚的同居关系，就如同我和小磊哥……"

"你拿自己同小磊和他们相提并论？你脑袋里装的是糨糊啊！纯粹的友谊？他们俩的孩子现在恐怕都有四岁了吧！"

"孩子？谁的孩子？他们俩是谁？"怎么突然冒出个孩子？肖筱心头一紧，两只手紧紧攥在了一起。

"当然是史文宇和那个姓姚的啊！四角恋爱的终结者就是这个孩子！临近大学毕业时那个女的怀孕了，但不知是什么原因，孩子生下来后他们并没有结婚。你被蒙在鼓里了吧？也对，你当然不会知道，那种见不得阳光的私生女当然会被他们藏得严严实实的。听说史文宇开酒吧的资金一部分来自大学女友的分手费，一部分就是这个女孩儿的赞助。我说了这么些，你还不明白是什么意思吗？"

"不明白是什么意思，因为你说的这些都不是事实。如果是事实，为什么刚才史文宇在的时候你不提出来，不和他对质？难道你不觉得在别人背后议论是很不道德的事情吗？"

"不道德？"血液流淌的轰轰声在鲁芳耳中清晰可辨，她赶忙紧闭双眼，抬手揉搓起太阳穴来。

"是有点不道德！刚才你大可以当着他本人的面把这些疑问说出来，也看看他如何解释，是真是假我们也好做出判断，现在你说这些当然就有搬弄是非的嫌疑了。"肖建业不紧不慢地支持着女儿。他和鲁芳生活了二十多年，怎么会不清楚鲁芳的秉性？喜欢将别人的缺点无限夸大，优点却完全忽略不计。

"我就是故意不说，想看看一个虚伪肮脏的灵魂外面到底披着怎样一张伪善的皮。就算我当时说出来，你们觉得他会乖乖地承认吗？他一定会找出千种理由、万般借口诡辩的！看看他的那张嘴，死人都能说活了！就你们俩才会被他的巧言令色所蒙蔽！肖筱不是个爱情论者吗？现在你应该了解你极力维护的那个人的真面目了吧！他有爱情吗？有，但他的爱情是建立在利益基础上的，只要有利益他就可以有爱情。他的爱情很昂贵，要不是你有一个招生办主任的妈妈，你能负担得起他的爱情？清醒清醒吧！"

"你说话一定要这么尖酸刻薄吗？尤其是这种未经证实的话，你就不能少说或者避开女儿说吗？"肖筱回屋前眼中闪烁的泪花打湿了肖建业的心。女儿是他宁肯淋湿自己也会毫不犹豫地用身躯遮风挡雨的人，是他能够不计得失给肝、给肾、给心脏、给所有的"小棉袄"。刚才妻子的言行着实激怒了他，当着女儿的面他不好发作。

"忠言逆耳！我要再说些好听的话，你的宝贝女儿被人卖了，你还在那里乐呵呵地替人家点钱呢！就你心疼女儿？你那叫溺爱！你对她的爱从来就没有理性可言，那样只会害了她。"

"就你理性？理性的同义词是无情、冷血！"

"无情？冷血？无情和冷血才会少受伤害！现在的她已经陷进去了，只能用短暂心痛去换长久的幸福。你以为我不心疼女儿？她可是我十月怀胎生下来的！"

肖筱将收音机的音量调到了最大，完完全全掩盖了客厅依旧硝烟弥漫的战争。为什么人们都意识不到，战争是一种破坏力极强的灾难，只会让一切夷为废墟。

她坐在床上抱着双膝木木地凝望着窗外的晚霞一点一点褪色，一点一点消弭。美丽的东西虽然很短暂，但美丽的东西总是珍藏在发现它、欣赏它、珍惜它的人的心中，它的保鲜期直到永远！既然选择了史文宇，那么她就要无条件地信任他。彼此的信任是爱情的基石，如果信任失去了，就算没有外界的压力，爱情之塔也会倾塌。

由于下午那场突如其来的雷阵雨，夜晚的风潮乎乎、阴冷冷，毫不留情地穿透史文宇薄薄的衣衫直刺到肌肤。然而他似乎全然感觉不到风的潮冷，站在暴涨的河水中一块突兀的石头上，呆呆地俯视翻卷着黑色波浪的河水。蓝色的衬衫被风鼓得胀胀的，就像吹满了气的蓝气球，只是因为内部积压了太多的沉重而失去了飘飞的能力。

这件衬衫是肖筱用她的奖金给他买的，也许，他感觉不到风的潮冷就是这个原因吧？当时他问肖筱怎么知道他喜欢蓝色，肖筱的回答令他深信这个世界真有心有灵犀的情况。肖筱说，因为蓝色是天空的颜色：纯洁；蓝色是大海的颜色：忧郁。

从肖筱家出来时，雨下得很大，雨水湿透了他的衣衫。跑回家换了衣服，他便陪妈妈和妹妹一起吃了晚饭。很久没有和她们一起吃晚饭了，妈妈温和的笑容，妹妹明朗的笑靥，久违了的温馨让他明白什么才是他真正希冀的幸福。她们不仅是家人，更是他生命的一部分，不可或缺的一部分，失去了她们，他的生命也就失去了存在的意义。

本来他打算还要去一趟"蓝色时光"，但心绪繁乱的他埋首径直朝前走，猛一抬头，眼前出现的就是这条激流滚滚的河流。这条以方位命名的河是他的秘密营地，这里有他喜欢的，没有被幢幢楼宇切割成豆腐块的天幕，以及在黑丝绒般的天幕上嵌着的猎户星座，还有他喜欢的颗颗露珠从草尖滑落的声音。更重要的是，这条河的上游就是他的故乡。就像席慕容所说："故乡的歌是一支清远的笛，总在有月亮的晚上响起。"而他故乡的歌就是河水缱绻的清音，总在雨后奏响。

我有了心仪的女孩儿，是个很温柔、很温暖的女孩儿。虽然我们交往的时间不长，但我确信我俩才是穿越茫茫亘古来赴三世之约的恋人。第一次看见她的那一刻，我的心就停止了多年来的漂泊，我的情感就有了栖身的地方，我遍体的伤痕就得到了医治。

今天我去了她的家，看得出来她母亲对我很不满意。她母亲很客气，居高临下的客气；很诚恳，虚情假意的诚恳。我不知道她对我的不满意是否仅仅局限于我的家庭。如果是那种不满意，我不会畏惧，更不会逃避，我会努力证明给她看，我既能照顾好我的家庭，也能照顾好我爱的人。

我干吗要告诉你这些，你有资格听吗？在你逃避责任放弃生命的一刻就失去了这个资格，和这个家的缘分就彻彻底底地斩断了。你没有和这个家斩断？你无时无刻不在挂念着我们？你扶过姥爷因舍不得买药，心脏病猝发而倒下的身躯吗？你听过妈妈深夜里隐隐的啜泣声吗？你看过小雅连一寸温存回忆都没有的童年吗？你摸过我因过度疲劳不小心摔破的额头吗？我狠心？我绝情？我的狠心、我的绝情，那也是因为我的体内有你的遗传。如果遗传可以更换，就算抽干我全身的血液、吸干全身的骨髓，我也不会眨一下眼睛。很庆幸我的狠心、我的绝情未达到、也绝达不到你的程度。你就安安静静地躺在山上的坟堆里吧，我不求也不需要你的护佑，我有能力得到我想要的东西。如果你对我们，对这个家有一丝一毫的愧疚，那么你就守着那个秘密安眠吧！

不知站了多久，史文宇终于感到脚底一片湿凉，低头一看，鞋底全部浸泡在了水中。他使劲儿跺跺脚，跳到了旁边一块更大的石头上。明天河水就会退回到以前的水位，刚才的石头就会和往日一样岿然矗立在裸露的河床上。秘密？石头？河水？莫名的惊悸与纷乱。

为了驱散这种情绪，他从裤兜里掏出烟盒，抖了好几下才从里面抖出一支烟叼在嘴上，然后佝偻着腰、背着风向打燃了打火机，黄黄的火苗被风搅得四处乱窜。好不容易点燃了香烟，他深深地吸了一口，不知是用力过猛还是买到了假烟，香烟的味道火烧火燎地一下子呛进了气管，他不停地咳嗽起来，喉咙、鼻子、眼睛溢满了酸涩的液体。于是他将手中的香烟狠狠地弹入河水中，"扑哧"一声，火红的烟头一入水便没了踪迹。很奇怪，哪怕我的思绪都是恨和怨，但还是会抑制不住它们的不断滋生与膨胀，还是会把内心的隐秘全都赤裸给你看……爸爸！

第八章

今天是个有风的日子，清晨公交车站内的风景真是"不看不知道，世界真奇妙"，这里可以欣赏到最时尚的塑料袋帽子，最流行的外衣披在头上的行头，还有最酷、最炫的Poss——缩头缩脑乌龟式……

一辆公交车终于在大家望眼欲穿的翘盼中以蜗牛的速度驶进了车站，为了显示它，在英勇地与狂风进行了殊死搏斗后才姗姗到来的，它故意拖着喑哑的声音低吼了一声。四散在各个角落躲风的人以洪水猛兽之势涌到了公交车前，争先恐后地往车上挤去。

神情沮丧的肖筱被人群挤在了最后面，她一边往前挤一边左顾右盼地张望，她又一次低头看手表，发现如果错过了这趟车，今天迟到是肯定的了。史文宇为什么迟迟不出现呢？她最后一次张望史文宇应该出现的方向，但还是没有那个让她心悸的身影。

拥挤的车厢内不时发出"你踩了我的脚""你撞了我的腰"的抱怨声，似乎每个人的情绪都变成了今天的天气——浮躁与狂乱。随着车身自然晃动的肖筱回想起半年前也是在清晨,在这趟公交车上与史文宇的初次邂逅,那被记忆特殊处理为写意画面的镜头一遍一遍地在眼前回放,那般的旖旎、那般的唯美、那般的令人心神激荡。

一进办公室肖筱就感到一股压抑的气氛迎面而来,无论是她埋首收拾办公桌还是整理备课本,她总觉得背后有火辣辣的目光刺来,可当她抬头时那些目光就会遽然游走。组长依旧是一副"对待敌人如冬天般寒冷"的表情,其他老师要么三三两两的喁喁私语,要么摆出"沉默是金"的架势独自办公,唯独不见史文宇和莫绍玉。肖筱几次打算开口询问谁看见史文宇了,可每个人似乎都心知肚明着什么在有意躲避她的目光,这让她倍感郁闷。万般无奈之下,她只好拎着开水壶出了办公室。

室外的空气中弥漫着呛人的土腥味,阳光从被刮斜了的灰蒙蒙的云层中透出一圈黄晕,显得倦怠而慵懒。高大的白杨树和着风声发出"呜呜"的哀鸣,大丽花不得不将自己绽放的花冠躲进肥硕的叶片中,保护自己娇艳的容颜。

肖筱低着头嘴里嚅嗫着"会……不会……会……不会……"她用自己惯用的数步子的方式来预测吉凶,预测史文宇会不会出什么事?不会……会……当步子落在"会"的时候,她的心就会一下子坠入深渊,但她马上又会反驳自己:"刚才走乱了一步不算数。"然后重新开始。当答案是"不会"时,她就会心花怒放起来。

"你走路不带眼睛啊!"肖筱一直只顾数步子,没有发现迎面走来一个人,被这人不偏不倚撞了个趔趄,不用抬头看来者,只听那尖刻的音调就知道撞到的不是别人,是莫绍玉。

"不好意思,我没看见!"肖筱忙不迭地赔起不是来。学校放假前,莫绍玉得知了肖筱和史文宇的关系后,不由分说就把肖筱划到了对立面。原本莫绍玉是一厢情愿,肖筱并没有横刀夺爱,所以肖筱觉得自己没有必要对莫绍玉退让三分,但念在莫绍玉对史文宇的一片痴情上,肖筱还是会心存愧意,毕竟她也是女人,换个位置,这种仇恨也是情有可原。

"哟!是肖大小姐!没关系啦!没关系啦!怎敢让您给我道歉啊!没撞

疼你吧？"莫绍玉立起杏眼，一字一句从齿缝间挤出。

"是我……对不起……我撞到了你。"肖筱不由倒吸了一口冷气。莫绍玉又中了什么邪了？还在为那件事情耿耿于怀？此刻她活脱脱就像一只母豹子，呲着尖利的牙齿，流着恶臭的口水，逼视着无路可逃的猎物。

"您的对不起谁敢当啊！您要是一不高兴把我也交流到穷乡僻壤，那我可真是叫天天不应，叫地地不灵呀！只有成天以泪洗面的分儿了！"

"你说什么呢？真是莫名其妙！"肖筱无心和莫绍玉继续纠缠下去，她绕开堵在面前的莫绍玉朝前走。

"垃圾！"肖筱的身后传来了莫绍玉的辱骂。每个人的忍耐都是有限度的，听见这两个字她停下脚步又折回到莫绍玉面前。她的个头比莫绍玉稍稍高出一点，从体量上肖筱本应略占优势，可今天不知怎么了，肖筱觉得自己好像矮了莫绍玉一截，是气势？还是什么？

"你刚才说什么？"

"垃圾！我骂你垃圾，你耳朵没问题的话应该听得很清楚！"

"你……你凭什么骂我？我……怎么你了？"从来没有和别人争吵过的肖筱真不知道该如何应对这种局面，一时语塞起来。

"你敢怎么着我？你妈再有权利也不能怎么着我！我就骂你，因为你该骂，因为你就是一个玩弄感情的垃圾！垃圾！史文宇真是瞎了眼睛把你这种垃圾当宝贝！"

"我妈？史文宇？你发什么疯呢？一见面就找茬儿？玩弄感情？什么意思？"

"装吧你就！你虚假的单纯也只有史文宇那种傻逼才会信以为真。别用那种无辜的眼神看着我，只会让我更加恶心。全学校谁不知道史文宇没有讨得未来丈母娘的欢心，被发配到了郊县的学校，还美其名曰'交流'。"

莫绍玉一连串的话就像开了闸的洪水，把肖筱的心一下子洗劫空了。她睁圆了眼睛抓住莫绍玉的肩膀使劲儿地摇晃，企图把莫绍玉所说的一切全都摇回进莫绍玉的体内，如果这样做一切都可以回归原位、一切都没有发生过的话。

"放手！你疯了！你妈做了缺德事你干吗发泄在我身上？！你和你妈一样虚伪、下流、卑鄙、恶毒！……"莫绍玉一边竭力从脑海中搜罗最恶毒的词汇咒骂肖筱，一边和肖筱撕扯，最后她拼尽全力终于把肖筱搡到了一边。肖筱无心再理会仍然怒气冲天的莫绍玉，径直朝传达室冲去。她要打电话给史文宇，证实这一切都是莫绍玉虚构编造出来的，根本不是事实。

"嘟——嘟——"一阵等待后电话那头传来了史文宇熟悉的声音："喂！"

"……文……宇……"肖筱哽咽着说不出话来。

"肖筱？！怎么了？声音哑哑的？感冒了？"电话那头传来焦急的询问。

"为什么？为什么不告诉我？为什么瞒着我？呜呜……"肖筱终于忍不住哭出声来。

"不是瞒着你！我也是昨天刚得到的通知，今天天不亮就出发了。本来想告诉你，可又不能直接打电话到你家。知道了，知道了，马上。肖筱，不好意思，我这边现在忙得不可开交。不要哭好吗？乖乖地把眼泪擦掉，别这样，你这样我就没法安心工作了！呵呵！周末我就回来了，到时候你要去车站接我。不要忘了，不来接我，我会生气哦！好了，不说了，他们催我呢！拜拜！你先挂！"

肖筱尽管有千般不舍也只能挂了电话，她知道史文宇不听到这边挂了电话是不会先挂断的。从那边嘈杂的声音判断，他一定非常忙碌，肖筱不能再占用他的时间。从传达室师傅那怪异的表情中，肖筱这才意识到自己刚才一定很失态，她擦了擦眼泪转身走向办公室。

太好了！又嗅到了史文宇身上那独特的气息，又触到了他衣衫下那暖暖的体温。这情形无数次出现在肖筱的梦中，梦醒后却只有泻落在枕边那清冷的月华和枕头上隐隐的泪痕诉说着别后的相思。肖筱紧紧地挽着史文宇的胳膊，仿佛她一松手史文宇就会像气球一样飘出她的梦，飘到一个永远找不到的地方。

"一小时十五分！"史文宇看看表说道。

"什么?"

"一小时十五分,我们见面已经一小时十五分了,可你却一句话都不说。真的好过分,你彻彻底底粉碎了我憧憬的小别重逢的情景!一个温暖的拥抱,一句缠绵的耳语,我这一个星期可都是靠着这个憧憬度日的。听见了吗?我心碎的声音?"史文宇停下了脚步将肖筱拥入了怀中,温柔地抚弄着肖筱瀑布一样的长发,贪婪地嗅着让他魂萦梦绕的幸福香气。

"哇!今天天气不错,晚霞映天,晚风和煦,可我们的公主怎么冻成了冰公主?"史文宇挖空心思的玩笑像乒乓球丢进了沙堆一样,和他并肩坐在草地旁边长椅上的肖筱依旧一脸抑郁。

"文宇……对不起……"肖筱眼中蓄满了泪花,憋了好久才说出一句道歉的话。这一个星期她都在惴惴不安中揣摩着史文宇的想法,虽然每次通电话史文宇的声音总是充满着阳光的味道,但依旧融化不了她心中郁结的寒冰。从班车上第一个跳下来的史文宇看到她时粲然的一笑和温情的眼神,更是让她歉疚万分,原本累积了一星期的相思全部哽在喉咙。

"我不想、也最怕听到的就是从你口中说出'对不起'三个字。刚刚见面时我就从你的脸上和眼睛里看到了无数个'对不起',这不是备受一个星期相思煎熬的我想听到、想看到的。"史文宇的口吻中没有责备,只有无奈和怜惜:"为什么要道歉?就因为我被交流到郊县?在电话里我已经解释了,这是教育局的规定,以后凡是要评高级职称的年轻老师都要到边远学校任教一年,和你没有任何关系!不要相信那些流言蜚语,你是你妈妈的女儿,作为女儿就应该无条件地相信妈妈,知道吗?"

史文宇被"交流"的事件在教育系统一时间成了人们热烈讨论的话题——一向谨小慎微的招办主任居然冒着被大家非议的风险,不惜动用各方权力把女儿的男朋友给"流放"了,足可证明二人之间的矛盾激化到了何种程度!随后每个人都怀着无比兴奋的心情期盼着史文宇的反应。

史文宇不是没有考虑过自己的处境。沉默?大家就会想当然地认为他与肖筱交往纯属攀龙附凤、动机不良,用沉默来讨好鲁芳,以便寻求转机。反抗?目的没达到而后的恼羞成怒。这些他都可以忽略不计,嘴长在别人身上，爱怎么说怎么说去。可真正令他忧心和犯愁的，是如何让无辜被卷入是非中心的肖筱少受伤害，如何将肖筱对鲁芳的积怨降到最低。肖筱嫉恶如仇的性格他比谁都清楚，只要能够减轻一丝一毫肖筱内心的愧疚，哪怕让他把这种谎言重复一千遍一万遍他也乐意。

"可离你评高级职称还有五六年呢！其他被交流的老师都是明年就要评职称的，为什么你是特例？你的特例不就是我妈妈一手制造的吗？现在需要安慰、需要保护的是你，为什么你倒反过来安慰我？你这样做我心里就好过了吗？"史文宇为什么对她不来个突然的冷淡？为什么不埋怨她几句？

"傻丫头，反正迟早要被交流一次，早几年和晚几年有什么区别！现在被交流总比结婚后再交流好吧？'塞翁失马，焉知非福'，我权当给自己放假了。真的，这么多年为酒吧、为我家疲于奔波实在有些累了。呼吸一下清新的空气，暂且放下肩上的重担，重新回忆一下走过的路，我倒觉得是件很好的事情，除了那里没有你，否则就太完美了，我都有些乐不思蜀了呢！"史文宇的这番话不仅仅是安慰肖筱，而是他真实的心声。

从十五岁起，生活就执着皮鞭不停地催赶他往前、往前、再往前，不给他丝毫休憩和喘息的时间。而到了乡下的第一个傍晚，袅袅的炊烟，归林的倦鸟，回圈的牛羊，扛着锄头的老农，怀抱幼童的妇孺，一幅恬淡的田园画卷在他眼前展开，真有几分陶渊明的"久在樊笼里，复得返自然"的惬意。

坐在校园边的双杠上，过去十三年零碎的画面重叠在了深蓝色的天幕上：鼓励他不要放弃学业的高中班主任；不愿伤及他自尊心而给他最优厚待遇，却让他干最轻松工作的黑子父亲；毫无条件传授给他调酒技术的白凯哥……如果没有这些为他的成长默默铺就道路的人，也许今天的史文宇不过是一个在工地或矿场干苦力的人，依旧为生存所累。是这些人用高尚的人格造就了一个品行端正的史文宇，是这些人用厚重的人情点亮了史文宇心中的那盏灯。

"你一个星期才回来一次，家里和酒吧怎么办？"史文宇爽朗的笑声深深地感染了肖筱，她的脸上终于露出了灿烂的笑容。是啊！对于无法改变的现实不妨用另一种方式、另一种态度去对待，也许这一切都是命运对他们的一种考验，只有经得起时间、距离考验的感情才是最真挚的感情，只有克服了离间和阻力的感情才会更加稳固。

"有黑子呢！那家伙表面冷酷，其实内心炙热无比。他和我是肝胆相照的兄弟，比亲兄弟还亲。别老说我了，说说你，说说那些学生，真有些想念他们。"

"我还是教原班。升高二了，学生们的负担更重了。考大学，考名牌大学鞭策着他们不能有丝毫的懈怠。如山的课本、如海的试题就是他们生活的全部，两点一线构筑了他们的生活路线。……其实我又何尝不是这样呢？生活单调又苍白，每天除了工作其余的都是……"肖筱看看史文宇后欲言又止。

"都是？都是什么？都是想念？想念我？"肖筱神色中的一抹羞涩，就如夜色下悄然绽放的百合，淡雅的娇媚，素洁的妖娆，史文宇的心湖不禁涟漪阵阵。

"以前读李清照的词，总觉得太低沉、太凄婉，有几分矫揉造作。而当生活完全变成一种思念时，我才感同身受她的'一番风，一番雨，一番凉'。无论何时何地那种凉飕飕、凄恻恻的思念就会侵袭心房。吃饭时会想你是不是也在吃饭；看书时会想你是不是也在看书；上课时会想你是不是也在讲台上；月亮升起时会想你是不是也在看同一轮明月；灯亮时会想你的房间是不是也亮着同样的灯……好像你一直就在我的身边，总是静静地、温情地注视着我的一举一动，就像现在这样注视着我。"肖筱没有正面回答史文宇的追问，她的思绪是一片晚霞、是一缕清风，在广场熙攘的人群里飘摇。

"终于听到了期盼已久的话。这也是我想告诉你的话，可惜我实在找不出这么贴切、这么优美的词句去表述！这才刚刚开始，真无法想象这一年全都要在思念中度日……"

"是啊！真是一日兮，三秋兮。你憔悴多了，是工作很忙很累？还是饮食起居不习惯？"肖筱无限怜爱地抚摸着史文宇明显消瘦了的脸颊，声音又喑哑起来。

"都好，可能是工作方面太忙了。除了高一、高二3个班的物理课外，我还被抽调到了'普九'验收的这边。在城里我们一直抱怨工作太忙，其实农村学校的老师更忙。教师的短缺让许多人的课时不得不严重超标，课余时间还要挨家挨户去动员辍学的学生，那工作量简直让人没有丝毫喘息时间。"一说起工作，史文宇的眉头又紧蹙在了一起。

"普九"已经实施了多年，国家更是投入了大量资金到"老少边穷"地区。史文宇被交流去的地方是西北典型的贫困地区，虽然那里离省城只有不到3小时的车程，但那里的生活水平和省城却有着天壤之别。

如果说第一天史文宇感受到的是乡村田园的安逸，那么在后来几天的"普九"中，他更多感受到的是安逸下的贫瘠、安逸下的困苦。那里的人们有很多还挣扎在温饱线上，破损的房门、纸糊的窗户、没有荤腥的饭菜，连经历过朝不保夕日子的史文宇都感到心头发凉。尽管国家对那里的学生出台了"两免一补"政策，可还是无法改变人们固有的观念——读书就是多识两个字，还不如早点去城里务工好补贴家用。在走村串乡的动员工作中，史文宇用自己的亲身体验告诉人们什么叫"知识改变命运"，告诉人们一个没有知识、没有文化的人在城市只能做最底层的工作，无法过上优越的生活。"那里的'普九'那么困难吗？都什么年代了，人们的思想怎么还如此愚昧？"肖筱没有到过那里，当然就没有史文宇的那种体会和感受，因此她读不懂史文宇眼中闪烁的悲凉。

"也不能说是愚昧。因为对于他们来说，迫在眉睫的是温饱，是如何在吃饱穿暖的同时还能有结余买农药和化肥，好让庄稼的收成更好。你不知道如果一个家里有外出务工的人，那么这个家庭的生活状况就会有很大的改善。虽然我们许多人都为'普九'付出了心血，让许多辍学的学生重返了课堂，可完成了九年义务教育以后，学生流失的情况更严重。高中教室里往往是每个星期都会看到突然空出来的座位。唉！对此我们也只能付诸一叹！不说了，这么沉重的话题不适合在这种时候说。这里是人们休憩的地方,是让心情放松的地方。哎!小心!"一个约摸两岁多的幼儿追皮球时在离他们不远的地方摔倒了,史文宇忙从双杠上跳下跑过去抱起了那个孩子,笑眯眯地拍拍孩子身上的土。孩子的母亲赶忙跑过来接过孩子,并一再感谢史文宇,临走还让那个孩子用胖嘟嘟的小嘴亲了一下史文宇的脸。

"看你刚才的样子,要是做了父亲真不知怎么疼爱孩子呢!"肖筱调侃着走过来的史文宇,回味着刚才史文宇怀抱那个孩子时流露出的父亲般的慈爱。

"那肯定是要星星给星星,要月亮给月亮,要手不敢给脚喽!那该是多么幸福的事情!"史文宇双手撑着长椅、倾斜着身体一脸神往地仰望着天空说。

"这就是你要的幸福?"

"No!我要的幸福是那两位的那种!那才是真正令人钦羡的幸福!"史文宇重新坐直了身体,伸手搂住肖筱的肩,朝对面长椅上坐着的一对鹤发银须的老夫妇努努嘴。在刚才和肖筱交谈时,他不时地向对面投去好奇的眼神。不知那个老头儿一直在给老太太说着什么有趣的事情,那老太太不时咧着牙齿脱落的嘴咯咯地笑个不停,而老太太越是笑个不停,那老头儿就越发眉飞色舞。谁说夕阳不如朝霞灿烂?谁说秋枫没有春花绚丽?

第九章

当凛冽的北风呼啸着扯下窗前那棵垂柳最后的一片枯叶时,冬天如期而至了。

"这打八折下来也要六百二十八呢?!一件羊毛衫值吗?"鲁芳用胳膊肘杵了杵穿衣镜前正在试一件夕阳红毛衫的王月梅小声嘀咕道。

"阿姨,这不是羊毛,是羊绒。而且这个品牌的厂商每种款式在一个城市都只发一件货,绝对不可能找到相同的样式。这个价位已经算是很低的了，要不是迎'双节'，这个折扣是绝对给不了的。"导购小姐努力眨巴着眼睛（因为粘在眼皮上的假睫毛太重了）笑嘻嘻地解释给鲁芳。鲁芳怎会不明白她的解释背后明明白白在讥笑自己是土老冒，羊绒和羊毛都分不清。

"羊毛、羊绒不都是羊身上的毛吗？凭什么值那么多钱？"鲁芳很不舒服地回敬了一句。

"当然有区别了……"

"好了，就要这件。"王月梅左照右看之后很干脆地打断了导购小姐的絮絮叨叨。

"好的！我这就给您开票，说真的，大姐选的这件衣服就好像是给您专门定制的一样！"

"你还真要买？"鲁芳真怀疑导购小姐嘴唇上抹的唇膏里有蜂蜜的成分。更奇怪的是，她叫王月梅大姐，叫自己却是阿姨？什么眼神啊？王月梅比自己还要大三个月呢！

"合适就买了，而且我挺喜欢这个颜色、这个款式！怎么？"王月梅对鲁芳的质疑很不以为然。

"没怎么，你喜欢就好！"鲁芳无所谓地耸耸肩。转身看起了后面柜台上的毛衫。鲁芳一直对王月梅的生活理念和消费观念持异议，这么两个性格截然相反的人却能将友谊保持将近三十年，不能不说是一个奇迹。鲁芳和王月梅同样是"黑五类"，鲁芳穿着、说话、行事都谨小慎微，生怕一个不小心就会引火烧身；而王月梅却一向随性，就她敢在小辫上扎红头绳，就她敢和"贫下中农"叫板，就她敢公开谈恋爱。也许鲁芳潜意识里对王月梅有一份钦佩，一份歆羡，只是从来不肯承认罢了。

"你怎么也不买一件？穿上这种衣服会显年轻一点。"从专卖店出来后王月梅还在怂恿鲁芳买衣服。她挺不理解鲁芳的这种修女作风，黑、灰、白的正统装永远包裹着同样正统的精神实体，谁若是想让鲁芳改变一下穿戴，可能比去月球植树还不现实、还要离谱。

"穿这么贵的衣服就变年轻了？我可没你出手那么阔绰！六百二十八？

我可以买六七件毛衣了！"

"你呀！钱不就是用来花的吗？现在已经不是节约算美德的年月了，人们只会说你古板、抠门。你存钱给谁？一不小心死了就留给老公讨比你年轻、比你漂亮的老婆了！那样你只能在棺材里跳脚！"

"你哪儿那么多奇怪的想法？对了！前两天给小磊说的那个对象怎么样了？"

"别提了！黄了！"

"黄了？又没去看？"

"去倒是去了。我晓之以理，动之以情，声泪俱下劝了一个晚上，后来终于去了。可回来后只丢给我一句话，我差点当场晕过去！"

"说什么话了？没看上还是没感觉？"

"他说这辈子他再也不吃马铃薯了，因为那女孩的脸长得活脱脱一个超级马铃薯！我就纳闷什么样的脸像马铃薯呢？他啊，除了小小压根儿就没和其他女孩说过话。可惜哦！小小有男朋友了，要不他们是多般配的一对儿金童玉女！"

"什么男朋友？我没点头之前他们什么关系都不是！"

"话虽这么说，可现在的年轻人'爱情价更高'，你说他们连生命都不可贵了，可以豁出去，你还能拗过他们？你说为了把他们分开你下的工夫？当时我乍一听还以为是哪个和你有过节的人故意编排你？谁知真是你把那个男老师发配了。一时间你成了众矢之的，可他们有断的意思吗？没有吧！相反越黏越紧了。正所谓阻力越大，动力也就越大。迟早要点头，何必把关系闹得那么僵呢！而且我们小磊说那个男老师很不错，他们接触了几次，不像那种朝三暮四、耍弄心计的人。"

"他怎么样我心里有数！连小磊都被拉拢为同盟了，真让人佩服。对了，你在渭县有认识的人吗？"

"渭县？我想想啊？怎么突然问起这个地方了？"

"史文宇的老家在渭县，也就是他妈妈的娘家，十五岁那年搬到了这里。我想打听一下他父母在渭县具体做什么工作？是什么原因搬到这里的？我总有种奇怪的预感……史文宇的少年时期怎么会是一个空白？为什么会是一个空白？"

"空白？也许他们家在那里非常的普通？难道还有什么天大的秘密？你呀，总是太敏感，太敏感也不是好事！活得多累啊！找个对象还要查祖宗八代，至于吗？"

"至不至于你别管，只帮我查就可以！"

"好的……"王月梅心想，说鲁芳固执好呢还是说她顽固好？和肖建业生活了几十年真变成肖建业研究的石头了？鲁芳啊！何苦呢？你不惜搭上了自己的清誉，让女儿视你为仇敌，老公视你为空气，非要拆散一桩姻缘，你可知道自古以来棒打鸳鸯只会落个两败俱伤的悲惨结局啊！想到这里王月梅突然可怜起鲁芳来了。

西伯利亚这个和我们相距几千公里的地方，每到冬天源自这里的强冷空气就会穿越上千公里的荒原，翻山越岭，让它的寒冷与我们来个零距离接触：阴霾的天空、刺骨的寒风、满天的雪花、骤降的温度——冬的萧条与冷酷。

今天，是那个在地图上查找半天才可以找到的西伯利亚的寒流入侵这里的第一天。站在史文宇家楼前那盏昏暗路灯下的肖筱，把自己裹得如同一个粽子，一个从冰窖里掘出来的粽子，冻得发紫的脸一半埋在竖起的羽绒服领口里，结了白霜的睫毛忽闪忽闪的，眼睛始终盯着小巷的幽深处。

凄冷的寒风在狭窄的小巷里发出狼嚎猿啸的怪声，使肖筱觉得在巷子的深处隐匿着成群结队的妖魔鬼怪，下一秒钟就会倾巢而出把自己撕成碎片，想到这里她的头皮不时地发紧。

坚持，坚持，一定要坚持到史文宇出现才可以，她跺着已然麻木的双脚，并合着脚步的节拍给自己打气。今晚如果再等不到史文宇的出现，恐怕她就会彻底崩溃。从周三通了电话以后，他就像人间蒸发了一样，完全没有了音信。给他学校打电话说他请假了，"蓝色时光"也挂上了"暂停营业"的牌子,打他的手机永远是响两下后冷冰冰地重复:"对不起,你所拨打的用户忙"。有一次手机终于通了,可那边没有说一句话就挂断了,再拨就是关机。

肖筱又一次用冻得麻木的手指按下手机上的重拨键,"史文宇"三个字在黑色的屏幕上跳跃起来:"对不起!您所……",连"拨"字都没有听到肖筱就不耐烦地挂断了。文宇,到底出了什么事?四天了你竟然音讯全无,像股青烟一样从我的视线中彻彻底底地消失了。难道你不知道联系不到你我会担心吗?难道你不知道联系不到你一百多个小时就跟一百年一样漫长吗?想着想着肖筱的眼睛就潮湿起来了,委屈、沮丧、绝望一股脑儿都蹿了出来。

"呀!下雪了!"从肖筱面前经过的一对手挽着手的情侣为两人能一起看到今冬的第一场雪而欣喜雀跃着。肖筱扬起僵硬的脖子看见素白的雪末子正洋洋洒洒地从暗红色的天幕落下来。原来地上覆盖的薄薄的一层碎盐末子不是寒霜,更不是月光,而是碎雪。雪末子越蓄越多,渐渐的灰黑色的地面完完全全披上了银白色的新装。

"肖筱?!"一声走了调的呼唤声将靠在电线杆上已然变成了冰雕的肖筱从梦境中惊醒。

"文宇!噢……黑子……"当看清来者是黑子时,肖筱好不容易提起的精神又一下子随着哈出的白气泄光了。

"都十二点多了?你怎么在这儿?"黑子一边询问肖筱,一边局促地朝自己身后张望。

"黑子!你看见文宇了吗?你知道他去哪儿了吗?我到处都找不到他,手机也打不通,学校……"身体刚刚靠在电线杆上的肖筱又电击般地弹了起来,拽着黑子的胳膊使劲儿地摇晃着,拽了几下后黑子的袖子竟然被她拽了下来。

"肖筱……文宇回老家办事去了……手机不通?没电了,没电了才不通……这么晚了又下着雪你还是先回家。再说今天文宇也不会回来,我是说他还要好几天才能处理完事情。你回家好吗?"黑子拍拍肖筱慢慢滑下去的肩膀说。

"回老家？真的吗？是为什么事回老家？怎么他从来没有提起过？还有'蓝色时光'怎么停业了？你也回老家了吗？这个时候你怎么来这里了？"肖筱将积累在心中的疑问连珠炮般地抖了出来。

"当然……真的是回老家了！我也有点儿自己的私事。我是来替文宇看家的，家里没人容易招贼嘛。赶紧回家去，你要是冻感冒了，文宇又要担心了！"黑子为了证明对肖筱说的都是实话，刻意提高了语调，还挤出了一丝微笑，但那微笑却如同石膏像上的皱纹一样僵硬，并且他的目光始终没有落在肖筱身上，而是擦过肖筱的脸庞落在肖筱身后的电线杆上："我送你，走！"他扳过肖筱的肩膀，推着她朝她家的方向急步走去。

"快走啊肖筱……"黑子急促地催没走出几步、猝然停下脚步的肖筱："我说了，只要一看见文宇，我立马让他给你打电话，这小子太……""不像话"了三个字黑子只能硬生生地吞进了肚子里，他之前编造的谎言被迎面走来的史文宇、史文雅和姚淑贞三人捅破了。

"文宇……你……"挣脱黑子的肖筱跑到史文宇面前又惊讶、又恼怒、又欣喜，还没来得及问史文宇到底是怎么回事时，她的马尾辫就被人一下子拽住了，随后就听见一阵歇斯底里的叫骂声："贱女人！杀人犯！你还我妈妈！你们全家都该给我妈陪葬！"

"小雅，放开她，听哥的，放开……"这是史文宇近乎哀求的声音。

"小雅镇静点儿，放手，你会吓着肖筱的。听话，放手。"这是姚淑贞的声音。随后拽着肖筱头发的手慢慢松了下来，肖筱趁势扯开了拽着她头发的手，蹲在了地上。

"史文宇！我告诉你，你要再和这个女人纠缠，你就不是妈妈的儿子，就不是我哥哥！"史文雅尖利的叫骂声再次钻进了肖筱紧捂着的耳朵，刺得她的耳膜轰然作响，她的眼前一片漆黑。

"小雅，咱们先回家，你哥的事情由你哥自己处理好吗？咱们回家……"姚淑贞连拉带拽把发了疯一样又跳、又骂、又哭、又喊的史文雅拽走了。

史文宇缓慢地挪到肖筱的面前，用一种濒死者绝望的眼神注视着蜷缩成一团瑟瑟发抖的肖筱。是的，他感觉不到自己是活着还是死了，四天来的不眠不休令他的大脑处于极度疲劳状态，感觉器官完全麻痹了。刚才在看见肖筱时他的世界塌陷了，他突然发觉逃避真的比面对要轻松容易好多，也算不上什么可耻的行为。死了就看不到、听不见、感受不到他人的痛苦了，自己也没有痛苦了，死真的是一种解脱，彻底的解脱。在那一刻他突然体会到了父亲寻死前的心境，苍茫茫，黑漆漆。

半晌，他弯下腰，颤巍巍的手在离肖筱的肩膀一寸远的地方停了下来。然后，他又猛然攥紧了拳头，以至于拳头都发出了"咯吱吱"的声响。停顿了一下后，他"噔"地直起身子，朝垂头耷脑的黑子投去只有他们之间才读得懂的一瞥。看见黑子勉强地点点头，他大跨步地朝自己家走去。对不起了肖筱，我再也不能扶起你了，我们从此就是陌路了，甚至比陌路更陌路了。原谅我连解释的勇气都没有，原谅我连看你最后一眼的勇气都没有，原谅我……

雪越下越大，是写着谁与谁的爱情故事被狂风剪碎了吗？碎纸片一样的雪花在广袤空旷的天际间忘情地、凄然地、悲壮地飞舞……

"肖筱……"黑子很费力才把蹲着的肖筱扶起来。难怪史文宇选择了离开，看到肖筱此刻的模样连黑子都觉得心如刀绞，更何况是深爱着肖筱的史文宇呢？

"文宇呢？"惊魂未定的肖筱发觉身边已经没了史文宇时，她越发地恍惚起来。刚才的一幕是梦吗？还是自己太想念他了产生的幻觉？史文宇那被掏空了的眼神，那被汲走了灵魂的身躯都上哪儿去了？噩梦吗？她伸手摸了摸自己散乱的头发，好像又不是噩梦，她的确被别人拽了头发，到现在头皮还有几分痛感，有痛感不就说明不是梦？黑子为什么是这种表情？好像被什么东西狠狠戳了要害脸疼痛得都变了形！她又一次怯怯地问黑子："文宇呢？刚才他不是还在这里吗？"

"他……回家去了。我送你回家吧！"

"回家？回家！黑子，你告诉我这一切是现实还是梦，我……我分不清了！我现在大脑一片混沌……什么都……"

"肖筱！你别这样，你这样我也害怕了。你清醒点儿，不是梦，真不是梦。你没怎么吧？别吓唬我啊！"肖筱梦呓般的喃喃着实让黑子心惊起来，顶着雪花的披散的头发，迷离的眼神，发紫的嘴唇，活生生像一个精神分裂症患者。他不安地拍拍肖筱被泪水打湿的脸颊，像哄小妹妹一样地哄着肖筱说："我送你回家，你先睡一觉，明天……有什么话咱明天再说好吗？"

"唔！"肖筱顺从地应了一声随着黑子走了几步后，又猝然停了下来。她终于清醒了过来，这不是梦："黑子，发生什么事了？为什么小雅让我还她妈妈？文宇的妈妈出事了吗？和我，我们家有关系吗？为什么要我们陪葬？你说话啊！难道你真想看到我发疯了，才肯告诉我吗？"

"明天，明天我一定全部都告诉你，彻彻底底地告诉你……"

"明天？你觉得我还可以等到明天吗？告诉我，求你了，告诉我！"

"……好吧！不过你要答应我听完以后先回家。答应吗？保证？"

"好的，我答应，我保证，说吧！"

"文宇的妈妈周三晚上心脏病突发过世了……"

"心脏病？突发？他妈妈不是一直都还好吗？"

"是的，阿姨一直都还不错，这次是她受到了意外的打击，心脏承受不了才过世的。而这个打击是……你妈妈的到访。"

"我妈妈？我妈妈去文宇家了？她说了什么会让文宇的妈妈承受不了的话？你别吞吞吐吐的，说啊！"

"你可能不知道，文宇父亲的死因一直是个谜，只有文宇和他过世的姥爷知道，他们一直隐瞒着文宇的妈妈。因为他们知道那个秘密一旦泄露，就会让文宇的妈妈命丧黄泉。但谁都没有料到，时隔十三年后这个秘密还是被抖了出来，还是要了文宇妈妈的性命，而抖出这个秘密的不是别人，正是你妈妈！你妈妈去了文宇的老家，查出了文宇父亲的死因是因为他挪用了信用社的公款，东窗事发后畏罪自杀了。区区两千块钱，文宇的父亲赔上了自己的性命，而这两千块钱是准备给文宇妈妈治病用……"

十三年前，一个叫渭县的小镇上，一件骇人听闻的事情打破了小镇的平静与安宁，一时间骚乱的阴云布满了小镇的上空。人们都神秘而诡异地交头接耳：信用社的会计老史，就是那个老婆得病瘫痪了的老史，死了！说是喝醉了掉冰窟窿里淹死了！

在一个也是寒流入侵的夜晚，呼啸的北风叩着信用社办公室掉了漆的窗户，撞着那扇紧闭的大门。信用社的办公室里青烟缭绕，红红的火苗不时从炉盖上的窟窿里窜出。信用社主任点上第七支烟后，用夹着香烟的手，在桌上重重地叩着一叠用手帕包着的花花绿绿的两千块钱开了腔："钱……我们收下……至于老史的遗嘱……我做主了还给你们，我们也不会上报此事。人都死了还有什么可追究的？"

"嗯嗯嗯……"一个两鬓斑白的老人满怀感激地唯唯诺诺应承着，他那老树皮一样的手扶着旁边孙子的肩头。孙子比老人高出了一个头，他稚气未脱的脸上有份与年龄完全不相符的沉着和冷峻。对于宽宏大量的主任他没有流露出姥爷那种感激，也没有一丝的不满，只是漠然，就如同这件事情和他没有任何干系。

"哪儿那么轻巧，你说不追究就不追究了？挪用公款是刑事罪，是要坐牢的……"坐在主任对面的副主任一听主任的独断专行立刻跳起来反对。副的怎么样？副主任就没有发表意见的权利了？你凭什么只手遮天？

"死人怎么坐牢？再说了法律也要讲人情。咱们和老史是多年的同事了，他的为人怎么样，大家心里都有数，要不是实在走投无路了，平时连公家一张纸都不会多占的他，也不会做出这等违法的事情！"主任"咄咄咄"几下把手中的香烟给咄灭了。

"丁是丁，卯是卯。老实巴交的人犯罪就可以既往不咎？那他杀了人也要大模大样地被释放？"

"你这个人怎么这么矫情？"

"不是我矫情，这是觉悟问题、原则问题！"

"得得得……"主任用手在空中一挥打断副主任，他走到炉前掀开炉盖将老史那封沾满血泪的遗书投了进去，"轰"的一声遗书燃烧时的火苗腾空而起，宛若一只美丽的火凤凰从炉中哗然跃起，升到半空就突然消失了:"你有原则,你有觉悟就行了。如果这件事出了什么纰漏,我会一个人承担,绝对不会殃及你。"

"听你这话好像我是怕承担责任,是个胆小鬼,是个没血没肉的冷血动物?我也同情老史家的情况,他爱人瘫痪在床,两个孩子还都未成年。可同情归同情,原则归原则。我们都是共产党员,当原则与人情发生矛盾时,我们应该毫不犹豫地去维护我们的原则,原则是立党之本……"副主任把桌子拍得山响来显示他的愤怒与不满。

"对对对,你说得都对。你能眼睁睁看着这件事再搭上一条人命吗?老史的爱人有严重的心脏病你知道不?如果知道老史是因为想给她治病而死的,她还能活吗?如果她也出了事,我们能心安理得地再扯什么原则吗?这不,钱,他老丈人也补齐了,在国家没有受损失的情况下,你也睁只眼闭只眼可以吗?"主任把已经燃为灰烬的遗书拨进了炉中,灰白色的余烬在炉中不安地翻腾着。

"小宇啊!你去哪儿?"走出信用社后老人呼唤着突然跑开的男孩儿。

这个男孩儿就是当时十五岁的史文宇。料峭的寒风像细柳枝一样抽打着他泪水纵横的脸颊,他一边擦着眼泪一边朝河边狂奔。蜿蜒曲折的河面如同一条银白色的带子伸向夜的最深处,冰面下淙淙的河水声似冤屈的灵魂在夜里不停地呜咽着。

"啊……我恨你……我恨你!虽然你是因为给妈妈治病才挪用了公款,但这不能为你洗脱罪名啊!可背负着罪犯的名字活着又能怎样?只要我们一家能够在一起,有什么困难不能面对、不能克服的?你连面对的勇气都没有,还算什么男子汉?我为你这么懦弱、这么卑劣地选择逃避感到不齿,感到羞愧……我恨你!"越想越憋气的史文宇跪在冰上用拳头砸向冰面,他越砸越重、越砸越快,不一会儿冰面就染上了殷红殷红的血迹,但却没有一丝裂纹。

哭够了、喊够了、发泄够了的史文宇蹭地跳了起来,他朝父亲被打捞起来的地方投去轻蔑的一瞥:"这个世界谁都离不开谁,可谁离开了谁都照样生活、照样幸福。你就拭目以待吧!没有了你,这个家的天塌不了,我会把妈妈和妹妹照顾得比你在的时候更加的好！"这就是他和父亲的最后一次交谈，也是对父亲的告别。随后他头也不回地转身朝家的方向跑去，家里还有一盏灯需要他去点亮……

"这个世上也许真的没有什么永恒的秘密，文宇的妈妈还是匆忙地离开了这个世界。你们……肖筱，把这一切都当作一场梦吧，明天的太阳照样会升起，你们还要在各自的人生道路上继续走下去……我送你回去吧？"黑子紧追几步赶上没有听完他后续议论就摇摇晃晃地走开的肖筱。肖筱轻轻地摇摇头，拒绝了他送她回家，他只好看着肖筱失魂落魄的背影在小巷的夜色中逐渐消失。

结束了……就这么简单地结束了……文宇，茫茫人海的相遇只是为了今天的分别吗……爱的誓约真如染着秋色的木叶终究逃不脱被季节打落的宿命吗……永远的距离到底有多远……这些问题她再也听不到答案了……一切都结束了……彼此的世界有对方曾经来过的痕迹就够了……

洁白的雪片继续着它生命的最后一支独舞，最凄美、最华丽的最后一支舞。明天第一缕阳光的照射下，歌罢舞阑梦醒，一切都变成了皑皑的荒冢，爱要拿什么去祭奠，爱要拿什么去缅怀？……

"文宇，赶紧！要么回家……要么躲起来！躲哪儿好呢？吧台底下？不行不行……"从外面进来的史文宇一眼看见黑子如同热锅上的蚂蚁一样原地转圈，一看到史文宇他就紧张兮兮地说："我说你磨叽什么呢？赶紧躲起来，不然你死定了……"黑子一面四处张望，一面像塞破麻袋一样把史文宇往吧台底下塞。

"干吗啊黑子！你又抽什么疯呢？见鬼了？"被黑子差点儿揉翻了的史文宇莫名其妙地反抗。

"是见鬼了，而且是一个厉鬼！一进来就嚷嚷着叫你出来！我的妈呀！那么恐怖的样子我还第一次见到……"看来黑子不像是在开玩笑，到现在他还一副心有余悸的样子！

"叫我?谁啊?"史文宇指指自己的鼻子。

"当然是叫你了,就这样'史文宇!史文宇'地扯着脖子叫唤!差点儿把房顶震塌了……我说你还是躲起来吧!我怕她还携带了凶器呢!没准儿今晚就叫你血染风采了。反正你明天就走了,她寻仇也没目标了!"

"越说越玄乎了……寻仇?"对黑子夸张的讲述,史文宇又好笑又好气。

"史文宇!史文宇!出来——"一阵利刃划过玻璃的声音,不用看,史文宇就知道来者是谁,除了莫绍玉,谁还能有如此高的分贝:"你不是说他不来了吗?那这是谁?史文宇的魂?"雪亮的刀尖先对准了黑子。

"莫老师,好久不见了!"史文宇礼貌地冲莫绍玉打招呼。

"是啊!是好久不见了……不过也不是很想见你!"莫绍玉跳到吧台的高椅上明摆着一幅寻衅滋事的架势:"我的酒呢?喂,'一撮毛'!"

"'一撮毛'?你叫谁呢?黄毛丫头你有没有礼貌?你妈没教你对待长辈要有礼貌吗?还老师呢?你有点儿为人师表的样子好不?我看你走了才把酒杯收走了,怎么了?"黑子不甘示弱地反唇相讥。

"你还真说对了,我是没妈,所以没人教我要对你这样的长辈有礼貌。我有没有老师的样子和你没关系吧?再说了,我行得正坐得端,就算没有为人师表的样子也比那些虚伪透顶、道貌岸然的伪君子好得多!"莫绍玉故意将"长辈"两个字说得很重。

"蹬鼻子上脸了你还!你骂谁呢?谁是道貌岸然的伪君子?"要不是因为莫绍玉是个女人,黑子的拳头早捶在她鼻梁上了。

"好了好了!这是干什么啊?大家都认识,何必你死我活地吵啊!莫老师,我重新给你调一杯,你要喝什么?"史文宇当起了和事佬。

"我对鸡尾酒没有什么研究,叫不出名字来!你给我调一杯喝了能良心发现的酒吧!"

"莫老师!别字字句句都带刺儿好吗?有什么你就打开天窗说亮话,你若是来叙旧的,我很感激;你若是来喝酒捧场的,我更加感谢……但我不太习惯也不太喜欢玩这种文字游戏……"史文宇取过调酒器皿和酒瓶,三下五除二就调好了一杯"彩虹"酒推给莫绍玉。

"好吧!和你多说话我也觉得蛮憋屈的。你和肖筱就这么断了吗?就这么轻巧地断了?"莫绍玉端起酒杯迎着灯光仔细端详着彩虹状的酒液。"那是我和肖筱的事情,我们也是深思熟虑后做出的决定……"

"你够狠啊史文宇!我当初怎么就瞎了眼追了你两年。真是谢天谢地,你拒绝了我,不然现在躺在医院里的就是我了!"

"医院?"一听到医院,史文宇的声音有些发颤。

"是啊!现在肖筱躺在医院里呢!你倒没事儿人一样在这儿有说有笑的。我真为肖筱不平!你和她分手以后她每天站在你留下的那盆紫蝴蝶花前发呆,笑也没有了、话也没有了、魂儿也没有了,不吃不喝、不休不眠,最后晕倒在了讲台上。医生诊断后说是神经性厌食症,是精神受了过分的刺激和压力导致的,可住了这么多天院却丝毫没有好转的迹象。今天我去看了她……妈呀!活死人是什么她就是什么!眼睛一眨不眨地盯着天花板,这样下去,真担心她会……"莫绍玉哽咽着说不下去了。

起初听到肖筱和史文宇分手的消息,莫绍玉还真幸灾乐祸了一番,但她的幸灾乐祸仅仅维持了几天就消失了。她也不明白自己为什么会对一天比一天消瘦、一天比一天憔悴的肖筱产生怜悯的情愫。她几次追问肖筱他们分手的理由,希望自己可以为他们重新和好提供一点儿帮助,可肖筱不肯透露任何信息,她也只能无可奈何地看着肖筱心碎。今天去医院看望肖筱后,她再也按捺不住心中的愤怒,直接冲到"蓝色时光"这里来了。

听了莫绍玉的讲述,原本对莫绍玉恨得咬牙切齿的黑子,也趴在吧台上双手交握,低垂着头沉默了。而最应该有所反应的史文宇,却平静地从地上端起一盆子洗净的杯子,从里面逐个取出认真地擦拭了起来,"咯吱——咯吱——"听得让人浑身发毛。

"你倒是说句话啊!难道她是死是活真的和你毫无关系了吗?即便是念在以前相爱一场的分儿上,你也应该说点儿什么啊!"莫绍玉对史文宇的漠然气愤难当。

"说什么?你要我说什么?我罪该万死?我罪不可恕?"史文宇一把甩掉手中的毛巾,双手叉着腰仰起头在原地转了一个三百六十度。

"当然不是！你在这里就是把自己骂成狗屎也没有用！要赔罪、要怎么着你去医院，当着肖筱的面说去！别告诉我你不想去！"

"我不想去又怎样？我去不去有什么区别吗？我去了我们之间会有什么改变吗？"

"你说的是人话吗？她变成这样是谁造成的？你怎么可以把责任推卸得一干二净？难道你真的是想利用她达到升迁的目的？你的爱真的是这么龌龊肮脏吗？不管怎么样，哪怕是一般的同事你也应该去看看她，更何况你们是那种关系，你就更有责任去看看她，安慰安慰她。有没有改变我不知道，但我知道她一直在等你，在等你的一句话！我的话到此为止，该怎么做看你自己的！希望你不要将你在我心目中完美的形象毁于一旦！"莫绍玉咕咚咕咚将彩虹酒一饮而尽，然后重重地把杯子蹾在吧台上，转身拎着包走了，颇有女中豪杰的气势。

"史文宇，再擦下去我的杯子可真变薄了！"黑子从史文宇手中夺过一个高脚杯，颠来倒去察看了半天又开始啰唆了："这高脚杯我费了多大的劲才买到的，你知道吗？喂喂……叫你别擦了！"

"把这些都擦完了，明天你不是就可以轻松一些吗？"自莫绍玉走后一直到酒吧打烊，史文宇都和这些杯子较着劲，都不知到反复擦第几遍了。最近黑子的幽默越来越泛"烂"了，不过面对黑子再烂再冷的幽默，史文宇都会给予一个微笑捧场，因为那是黑子的一片良苦用心。黑子不会说什么肉麻的话安慰自己，也不会用同情的目光看一眼自己。

"那你就别走，天天这样擦，我不是天天都可以轻松吗？知道了，知道了。我才不会挽留你。你走了就没人监督我泡妞了，我乐得自在。走吧走吧……"说着说着，黑子竟然抱住史文宇的肩膀狠劲地拍打起来。文宇啊！别人都嘲笑我是你的影子，为此我从来没有生气过、没有反驳过，影子就影子，我心甘情愿地当你的影子，当一辈子你的影子。你高兴影子也高兴，你难过影子也难过，你痛苦影子也痛苦，你失意影子也失意。现在你要撇下影子独自远行了，影子不能挽留你，也不想挽留你。影子知道你只有离开了这个城市才能活下去,好好的重新活下去。那么就把所有的痛苦、所有的悲伤都留给这个城市吧!愿你带走的是一片美丽的云彩!

"哥们儿!我也舍不得你!我会想念你的!"史文宇眼中一片潮湿地回应黑子的拥抱,他们使劲、使劲、再使劲地拍打对方的脊背。十三年的岁月,十三年的友情,分别在即竟无语相对。今生能够有黑子这个丝毫没有纨绔子弟的霸气和傲气、曾经一床睡、一锅吃、一起挥拳头、一起挂彩、一起搬过砖、一起踏过煤车、一起奋斗出"蓝色时光"的朋友,史文宇认为那是命运对他的一种恩赐、一种犒赏。

"给!"黑子眼圈红红地推给史文宇一杯琥珀色的酒。

"怎么?临行前的一杯酒?送别酒?"史文宇凄然一笑。

"不是!这个酒叫'答案'。喝下去困扰了你一晚上的问题就会有答案了。有了答案就不要再犹豫了,顺着心灵的指引去吧!"黑子拍拍史文宇的肩头颇语重心长地说。

"答案"?不过是一杯很普通的酒,闻闻味道?蛮烈的!透明的液体在不同的角度会折射出不同的光彩。真的会有答案吗?史文宇将信将疑地端起酒杯,又看看黑子,看见黑子自信满满地点点头,他一扬头将整杯酒一下子灌进了喉咙,冰凉的如辣椒水一样刺激的液体,一入体内就立即燃烧起来。燃烧,剧烈地燃烧,一切杂念都在燃烧中化为虚无,在一片金花四射中初遇肖筱时她那清纯可爱的笑脸渐渐地浮现了,清晰了!

坐在肖筱病床边的史文宇紧闭着双眼,双手合十抵住额头,就像一个虔诚的基督教徒在做忏悔。他微曲的身体像一株枯死的白桦树在夜风中瑟瑟地战栗着,晶莹剔透的白桦汁滴落在白色的床单上绽放为一朵一朵的冰凌花。

是黑子把微醉的史文宇送到了医院的楼下,临别时送他一句话:"把你内心最真实的东西留下,不要带着遗憾离开!"

看到躺在病床上因注射了镇静剂而安然熟睡的肖筱,史文宇终于理解莫绍玉的震怒了。短短一个月的时间,肖筱居然会消瘦成这个模样:发青的眼窝深深地凹陷下去了,原本圆润的脸颊凸现出高高的两个颧骨,苍白的嘴唇上有一个已经结了痂的紫疱。病房门的小窗透进走廊上的荧光灯正好照在肖筱的脸上,使得肖筱的脸愈发的苍白与虚弱。史文宇此刻突然意识到,刚才在酒吧里自己咒骂自己的那些话一点儿都不为过,甚至还不解恨。

肖筱,我是来道别的。明天,不,再过五个小时我就要离开了,从这座洒落了我的汗水与泪水;承载了我的欢笑与痛苦;记录了我的辉煌与落魄的城市离开了。我很懦弱!我只能这么懦弱地趁你熟睡的时候来和你"辞别"。因为我已经没有勇气再正视着你的眼睛,对你说出"再见"两个字。

肖筱,在这里我所拥有的稳定、安逸,曾经是我的无限憧憬和希冀,现在却让我厌烦和痛恨。因为与我一起分享这些的人,一个永远地离开了这个世界,一个却要永远地离开我的生活了。我曾自以为拥有的"真实的幸福",一夜间变成了一种虚空、一个幻影。

其实我很羡慕你,你有自己明确的梦想和目标,而我却只为工作而工作,只为生活而生活。现在我也要去重新寻找生活的坐标,寻找自己的梦想,去迎接全新的挑战,品味别样的人生,过一种与现在迥然不同的生活。我很虚伪?是的,我很虚伪!还为自己的"消失"找了这么个冠冕堂皇的借口!

莫绍玉说你在等我的一句话?是什么?是我依然爱你?是我永远不会忘记你?如果是我依然爱你,我可以毫不犹豫地说出口。因为我对你没有恨、没有怨,只有愧、只有怜。我该怨什么?恨什么呢?命运、造化、缘分?我真的不知道!

和你分开后我过得并不安然舒心。丧母之痛只占据了我痛苦的百分之四十,其余的百分之六十都源于失去你的痛。明明知道你不会也不可能再打电话给我,可我还是抱着万分之一的希望期待你打电话给我。每次手机一响,我的心就会一阵惊悸!每次经过你家门口,我都会磨蹭一会儿,无数次把别人误认是你而欣喜若狂。这样的我怎么能忘记了你?离开就可以吗？我带走的行囊很轻，我发现原本属于我的东西很少很少；我带走的行囊很重，满满当当都是对你的记忆。

我这样告诉你，你可以安心了吗？如果安心了就快点好起来，重新回到你喜爱的学生中间，重新站在你钟爱的讲台上。你知道吗？站在讲台上的你最美丽动人，熠熠的眼神，抑扬顿挫的语调，优美的手势，再加上对课文精彩的讲解，真是可以与天使相媲美！所以你一定要快点康复，重新成为我的天使。

你会忘记我吗？这是我今天最想问却最难以启齿的。如果忘记我可以让你生活得更轻松、更快乐一些，那么就忘记我吧！像我这种绝情绝意的人的确没有什么好怀念、好留恋的！可每当想到若干年后你和我在街头偶遇，我对你来说已经成为一个无足轻重的"曾经"时，我的心就空空的、冷飕飕的，好像丢了此生最宝贵的东西一样。好复杂啊！黑子还说喝醉了，人就变得简单起来了。

肖筱……对不起……对不起！一千一万个对不起！珍重，我的爱！

大学时代的肖筱撑着一把嫩黄色的雨伞，走在落满秋叶红枫的校园甬道上。霏霏秋雨落在地上和雨伞上时发出窸窸窣窣的清音煞是动听。混合着雨水和泥土的腥味以及枯叶的树脂味的凉风，拂在肖筱稚气的脸上痒痒的。她一面走一面捡拾地上的落叶，当她拾起一片硕大的枫叶时，愕然发现枫叶上有一行小字：

红笺小字
说尽平生意
鸿雁在天鱼在水
惆怅此情难寄

奇怪的是这行字不是用笔写上去的，也不是用刀刻上去的，而是自然生长在叶面上的。

"漂亮吗？是我从前面那座山的山顶上摘的！"肖筱一抬头居然是史文宇："还要吗？那里漫山遍野都是这种枫树，我们一起去摘吧？"说罢史文宇牵起肖筱的手就向他说的那座山出发了。史文宇的手好大、好有力、也好温暖，肖筱的心头像有无数的粉蝶飞舞。

"文宇……文宇你走慢点！"一路小跑的肖筱气喘吁吁地叫着史文宇，可史文宇好像完全没有听到，甩开了肖筱的手越走越快，不一会儿就从肖筱的视线里消失了。肖筱捂着剧烈起伏的胸口环顾四周，到处都是遮天蔽日的大树，地上满是枯叶和青苔的泥泞，从那些低矮的灌木丛里还不时传出怪鸟的哀鸣。

"文宇！文宇！"肖筱一边跌跌撞撞地走着，一边呼唤着史文宇，没走几步就被一根裸露在地上的树根绊倒了，她顾不得疼痛，挣扎着想爬起来，可几次努力后她发现自己的腿不听大脑的指挥，麻痹了，根本站不起来。她惊慌失措地仰面大哭起来："文宇！文宇！你来救救我，帮帮我啊！"几滴从树叶上滑落的雨水不偏不倚滴在了她的脸上，咸咸的。

肖筱猛然睁开眼睛，原来又是一场噩梦。医生说她身体太虚弱了，所以才会经常做噩梦。她用手背擦拭着额头渗出的虚汗。不对啊！脸上分明有几滴液体，有一滴滚落在唇边的液体是咸咸的味道。她扶着床边挣扎着坐起身子，屏气凝听走廊上有一串渐行渐远的脚步声。她扭头看见桌上放着一个小纸包，伸手拿过纸包打开，是一包花种子。纸包上还写着一行字："种子总有顶破冻土开枝散叶的一天，总会有绽放的一天！"肖筱认出了那是史文宇的笔迹！这么说刚才他真的来过！

肖筱不知哪儿来的力气，"噌"的一下从病床上跳下地，跌跌撞撞跑到病房门口猛然拉开房门，她看见除了走廊尽头那扇弹簧门前后前后地摆荡，没有半个人影。她又折回到窗户边，趴在窗户上朝医院大门口张望，一个熟悉的身影在清晨的淡蓝色的岚雾里慢慢地走远了，走远了。她拼命地捂着嘴，好像一松手就会有排山倒海的悲痛将她整个吞没，但她却没有力量阻止悲痛随泪水在脸上肆虐，疯狂地肆虐……

文宇就这么悄无声息地来、悄无声息地走了，如一息风、一缕光，从这座城市、从肖筱的世界里消失了……

第十章

"三十而立"。透过飞机舷窗看到身下嵯峨叠嶂的云山云峰，以及依着云山云峰的一轮黄灿灿的太阳，史文宇反复回味着这句话。三十岁本是事业、家庭的双奠基，三十岁是青涩到成熟的转型。年届三十的他"立"了什么呢？还只是手中握着的一张随时准备启程的机票，还只是一张由无数个点构成的杂乱图形。

也许飞机航行的过程与他的境遇有几分相似，都是一种无根无蒂、柳絮杨花的飘零。他对这种生活开始厌了、烦了、倦了。真的不想每次到达的都只是羁旅途中临时休憩的驿站，都只是等候下一趟列车的月台。抵达应该是一个终点，一个供心灵长期停泊的终点。他第一次对家的归属感强烈起来，第一次有"回家了"的兴奋与迫切。

"爸爸！"一个六七岁的小女孩儿挣脱了妈妈的手，扑向还在人群中左顾右盼的史文宇。

"嗨！我的宝贝！"史文宇放下肩头的背包，半蹲下身体张开双臂迎接小女孩儿，然后一下子抱起小女孩儿高高地举过头顶。"想爸爸了吗？爸爸可是天天都想你！我回来了！"他狠劲地亲了一下小女孩儿后转向小女孩儿的妈妈道了一声平安。这声"平安"他曾无数次在这个机场对这个女人道过，然而今天他却道得异常的柔情恳切。也许这句"平安"就是他渴慕的家的归属感。

"回来就好。小雨，忘了来的路上妈妈说的话了吗？"小女孩儿的妈妈留着干练的短发，精心化妆的脸也很妩媚动人。她似乎并不惊讶也不在意史文宇一反常态的欣喜，对他的回应出奇的平淡，恐怕连往日热度的百分之三十都没有。她用略带责备的眼神瞪着小女孩儿。

小女孩儿的脸真像六月的天空，刚刚还阳光灿烂突而就转阴了。她噘着小嘴将小脸安静地贴在史文宇的脖颈上,明显是在用自己冷冷的脊背向妈妈示威。

"你妈妈怎么了?你不乖惹她生气了?"史文宇咬咬小女孩儿的耳根。小女孩没有吱声,只是将史文宇的脖子搂得更紧了。她温热的鼻息吹得史文宇脖颈痒痒的,很舒适、很温馨的痒痒的感觉。

"小雨!坐到后座上去!不要缠着叔叔,叔叔累了!"坐在白色"现代"驾驶座上的小女孩儿的妈妈命令一直黏在史文宇身上的小女孩。小女孩起初继续赖在史文宇怀中,企图用一副天真无辜的样子博得妈妈的同情,但看到妈妈紧蹙的眉头和冷厉的目光,于是噙着眼泪十二万分委屈地坐回了后座。

"小雨!看看这是什么?当当——"不好插言的史文宇从包里变戏法一样掏出一个扎着粉红色蝴蝶结的礼品盒,递给坐在后座上抹着眼泪的小女孩儿。

"哇!好漂亮的芭比娃娃!"小女孩打开盒子后兴奋地尖声叫嚷起来,挂着泪珠的水葡萄一样的大眼睛发出熠熠的神采。

"哈!喜欢吗?"史文宇侧过身子慈爱地摸摸小女孩粉嘟嘟的小脸。小女孩儿的长相随她父亲,近似于一件精雕细琢的艺术品。令史文宇欣慰的是她的性格随母亲——温婉贤淑,但却太过敏感和脆弱了。

"嗯!喜欢!它好漂亮!谢谢爸……谢谢叔叔。"小女孩意识到自己说错话了,偷眼瞥了妈妈一下,看这次妈妈没有责备,便放心大胆地摆弄起她的芭比娃娃来。

"她现在都六岁了,是一切习惯的养成阶段,你每次都给她买礼物,会让她养成随便接受别人礼物的坏习惯!"女人说话的语调很平缓,但还是流露出对史文宇行为的强烈不满。说罢她将车钥匙插进去一拧,随着汽车引擎声一响,车缓缓地驶出了停车场。

"这段日子工作还顺利吗?"被女人数落了一番的史文宇没有任何的反驳,他伸手调了调车前的反光镜,反光镜里跃入了女人紧绷着的脸。

"嗯。还可以。你呢?这次出去顺利吗?"女人目不斜视地开着车。

"还算顺利。签了两份合同,还有一份先前敲定的没签成。他们推翻了先前的口头协定,这次开出的条件太苛刻,利润几乎为零,所以我决定放弃了。"飞机上蓄了满满一怀甜美的遐想,此刻被挤进车窗的冷风吹得无影无踪。

"唔。打开市场固然重要,但利润也是必须考虑的条件。不然我们就成义务为他们打工的了。"上下级简短的工作交谈后,女人就抿起自己薄薄的嘴唇专心致志地开起车来。史文宇回头看看完全沉溺在芭比娃娃世界的小女孩儿,欣然一笑,而后抱着双臂窝进了舒适的车座里,索性眯了眼睛假寐起来。

毫无睡意的史文宇窝在座椅里,他的目光恣意地在高速公路旁的麦田上掠过。沉沉暮霭笼罩下的麦田如同一淀透迤到天地相交之处的清湖,在微醺的晚风轻拂中碎了一淀的残阳。远处的一排白桦林没有丝毫懈怠地守卫着眼前的麦田,它们树干上的眼睛已经翘望到了麦翻金浪的丰收场景。

"野旷天低树,江清月近人。"

"什么?你在说什么?"心思凝重地开着车的女人好像听到史文宇嘴里嗫嚅着什么,随口地搭言道。这是今天她第一次主动和史文宇说话。半晌没有听到史文宇的接话她才侧过脸,看到的是史文宇越来越迷离的眼神,她旋而自嘲地冷笑一声,扭过头继续开车。

"野旷天低树,江清月近人"。史文宇眼中的时光倒退到了那年夏天,学校组织的暑期郊游。返回的途中有些疲倦了的肖筱,小鸟依人在史文宇怀中。突然她像悟得了真经一样,雀跃地指着车窗外的景色对史文宇说:"文宇,你看,你看啊!"

"看什么?"顺着肖筱手指的方向,史文宇看到了一幅恬淡宜人的农村夕照图。

"不是!不是那些,你看那棵树,就是麦田中央的那棵白杨树。"再次顺着肖筱手指的方向,史文宇准确无误地找到了那棵树。那是一棵远离村庄,远离群体,独自矗立在麦田里的白杨树,金色余晖的映衬下,它的身姿显示出茕茕的沧桑和深邃。"文宇,你看见它之后有什么感受?"

"它很孤独!"

"孤独?!也很诗意。不,它就是诗人!一个陷入沉思,满腹华彩的诗人!"

"诗人?不理解。"

"知道'野旷天低树,江清月近人'的诗句吗?"

"你也太小觑我了吧!这可是小学课本上的东西!嗯嗯,听好喽!'宿建德江／孟浩然／移舟泊烟渚,日暮客愁新。野旷天低树,江清月近人'!怎么样,肖老师?我这个学生及格吗?现在该我发问了,你怎么会把树和诗人联系起来呢?"史文宇的回答有几分俏皮。

"这棵树不就是这首诗,不就是这位诗人吗?空旷的、笼着薄薄烟渚的野地里,一棵树在天地衔接的地方静默地伫立着,淡淡的忧愁,浅浅的侘傺,写满了每一片随晚风轻曳的叶子。它的每片叶子,每段虬枝,完全是诗的语言的一种存在,它的整体完全就是诗的意境的一种存在。它就是诗,诗就是它。"听了肖筱的释义,史文宇再次举目遥望那棵树,那棵树真的幻化成了黄昏中一位站在地垄头的老人,晚风轻扰了他的衣袂,夕阳深刻了他的思想,田野广阔了他的胸怀,麦田盎扬了他的意志。他在思忖什么?他在怅然什么?他在感喟什么?

从浴室出来的史文宇边擦着头发边走到沙发跟前。小雨,也就是去机场接他的姚淑贞的女儿,已经抱着芭比娃娃恬然入梦了。姚淑贞和他现在在同一家公司任职,而且是他的主管上司。两年前母亲的病逝、和肖筱的被迫分手让他万念俱灰,他决定离开家乡重新开始生活。姚淑贞得知后让他去自己所在的城市,他几次都婉言回绝了,因为他离开家乡的本意就是和过去相关的东西彻底诀别,而姚淑贞也是属于他过去的一部分,所以他回绝了。姚淑贞起先是游说,最后演化为威胁,说不管他去哪里,她都会放弃自己奋斗多年的根基而跟着他去。最终,他向姚淑贞的执拗举了白旗,来到了这里。

他取过毛巾被轻轻地盖在小雨身上，然后长久地注视着她那粉嫩嫩的小脸。小雨很黏他，每次当他要出差到外地时，都会哭成小泪人。而每当晚上姚淑贞要带她回家时，她都要找各种理由留在史文宇这边。从小雨出生到现在，他是唯一一个和小雨最亲近的男性，也许在小雨的意识里，他就是父亲。每当这种时候，他就会想起独自留在家乡的妹妹小雅，小雅也是在小雨这个年龄失去了父亲。小雅对父爱那种强烈的渴望与排斥，经常像一把钝刀一下一下地切割他的心。他惧怕小雨重蹈小雅的覆辙，他希望尽自己最大的努力让小雨有一个可供回忆的童年，温存的、美好的童年。

今天姚淑贞几次冲小雨大声的呵斥，令他不由得犯起了狐疑。虽然姚淑贞一个人带大小雨不容易，可她从来没有诉过委屈，也没有流露过不满。小雨有什么过错，她总是像朋友一样耐心地用道理而非训斥去纠正，无论在物质上还是精神上，她都倾注了所有以弥补小雨没有父亲的缺憾。今天她是怎么了？他朝晚饭后姚淑贞就一直站在那里的阳台走去。

"站在这儿不冷吗？"

"噢，不冷。马上五月了怎么会冷呢！"一直凝望着街对面楼上闪烁不定的霓虹灯出神的姚淑贞，被猛不丁冒出的史文宇吓了一跳，她下意识地搓了搓上臂，挤出了一丝笑意。

"是啊！好像已经可以嗅到夏天的味道了！"说者无心，听者有意。史文宇简单的回答却让姚淑贞咀嚼出了复杂的意味。两年了，史文宇说话的口吻还残留着肖筱的痕迹。时间真能冲刷淡化一切痕迹吗？有些痕迹不是写上去的，而是刻上去的；不是刻在生命表层的，而是刻在生命纹路里的。姚淑贞从铁艺栏杆上取下史文宇刚刚胡乱搭在上面的毛巾，很仔细地将湿漉漉、沉甸甸、冰凉凉的毛巾对折成四折，而后又全部打开，又对折，又打开……

"今天飞机上和我邻座的一个男的，一路上都在看着他的全家福傻笑，还冲我不时地炫耀他老婆有多漂亮、多贤惠，孩子有多可爱多聪明！我看了照片，孩子倒是蛮可爱，可老婆就没那么漂亮了。呵呵！这样说好像不太道德、不太礼貌！他说每次他出差回去时，老婆总会准备好洗澡水，还会烧一桌子好菜等他回家。幸福是什么？不就是这种家的感觉吗？"史文宇弓着背趴在铁栏杆上兀自絮絮叨叨。

幸福是什么？好像在很久很久以前，久得都成了一张发黄的照片，一张把往事镶刻在某天黄昏里的照片。在广场草地边的长椅上，他和肖筱相约要幸福地携手一生，而誓约中的一生却只是黄昏般的短促。

今天对肖筱的回忆怎么会如此频繁呢？是远在家乡的肖筱知晓了他有了背叛他们感情的想法，冥冥中在加以谴责和埋怨吗？还是楼下那条宽阔的街道没有因为夜的降临而安静下来，流萤似的路灯将道路照得彻亮，有如白昼。一行行亮着尾灯的汽车，如同一叶叶扁舟在波光粼粼的街河向自己的目的地行进。目的地？每个人行进的目的地都是家，他错了吗？

"是吗？"姚淑贞心不在焉地摆弄那块毛巾，她平日就寡言少语，今天更是少语寡言了。

"你今天对小雨是不是太过严厉了？本来兴冲冲的孩子被你训哭了几次！"史文宇终于按捺不住，埋怨起了姚淑贞。

"犯了错误当然要受到批评，哪儿能由着她的性子乱来。"

"小雨是那种使性子乱来的孩子吗？她太懂事了，懂事得有时都找不到孩子应有的童真了。我知道我没有资格指手画脚，可孩子终究是孩子，她的言行都只是她情感的真实流露罢了。不要用大人的道德准则去规范她的言行！你对小雨过于苛刻了。"

"过于苛刻？她打碎了你的杯子难道就不应该受罚吗？奖罚分明也是有益她成长的！"

"我不是指杯子的事情。是你和她约定的那件事！"小雨吃晚饭时打碎了史文宇一直很珍惜的杯子。那是他和肖筱一起挑选的，是两个相同的，一个他拿着，一个肖筱拿着。他还记得肖筱当时释解交换杯子的含义：爱人是彼此一辈子（一杯子）的温暖。今天它被打碎了，碎了的不是杯子，而是他们的誓言。

"约定的事儿？是不让她再叫你爸爸？那有什么错吗？本来你们就不是

父女,爸爸长、爸爸短的,会引起别人的误会。那些闲言碎语已经够多的了,这对你,对小雨都没有好处!"

"干吗要在乎别人怎么说呢? 父女一定要有血缘关系吗? 有法律关系的父女也很多, 如果……如果将我和小雨变为法律关系的父女呢……小贞……我很喜欢小雨……小雨马上要上小学了,应该有个健全稳定的家,我们一起努力为她创造一个,怎么样?"

"……为她创造一个什么? 家?"姚淑贞摆弄毛巾的手突然僵直了,毛巾从她手中掉落了下来。

"是的! 你,我,小雨,咱们三人组织一个家庭怎么样? 也许不是最美满、最幸福的,但一定是最和睦的!"史文宇捡起毛巾后站直了身体很坚定地与姚淑贞对视,他要让姚淑贞相信他不是一时的冲动,而是斟酌了很久,权衡了再三才作出的决定。

"开玩笑吗你?"姚淑贞瞪大了眼睛看着史文宇。

"开玩笑? 我是那种轻浮的随意开玩笑的人吗? 况且谁会拿这种事情开玩笑? 难道你不明白我这是在向你求婚吗?"

"……"

"干吗这表情? 触电了一样! 有人在向你求婚,出于礼貌你也要有所表态啊! 答应? 拒绝? 不表态等于答应了? 默许了?"

"……"

"戒指? 哦! 戒指! 我怎么糊涂了? 戒指明天我们带着小雨一起去挑选好吗? 想象一下小雨明天高兴的样子,啊! 今晚可能就会兴奋得睡不着……呵呵! 其实我也好紧张、好混乱,手心都冒汗了! 第一次向女人求婚情有可原是吗? 小贞,不说话好歹也微笑着敷衍我一下吧……"

"……施舍给我和小雨……一个家?"

文宇, 如果在你这次出差之前, 哪怕是早几天前你向我求婚……不, 我要是没有回老家, 或是迟几天回老家……我可能都会坦然地, 不, 是欣喜若狂地接受, 会热泪盈眶地一下子搂住你的脖子, 就算搂得你喘不上气来我也不管, 好让我多几分钟享受"你是真正属于我"的感觉;我会摇醒熟睡的小雨，抱着她又蹦又跳、又唱又笑、又哭又喊，小雨可能都会被我疯狂的行为吓到，以为妈妈发疯了呢？这还不够，我会翻开电话簿，挨个儿给熟悉、不熟悉的人打电话，让他们、让全世界、让全宇宙的人都分享我的喜悦，或许因为太兴奋而大脑一片空白,我只会说我要结婚了！我要结婚了！人们一定会是这种反应：姚淑贞想嫁人都想疯了！

是啊！我是疯了。知道我等这一天等了多久吗？从情窦初开的少女等成了红颜已逝的少妇，是横跨了我整个青春的祈盼与等待啊！你知道吗？明知傅洋是个花花公子，却答应和他交往，其中有很大一部分原因是因为你，因为唯有那样我才可以近距离地看着你。呵呵……我是个表里不一的女人吧……表面上纯情无比，内心却丑陋污秽……这就是人的感情吧……我把感情都给了你，已经没有一分一厘可以付给他的了……

为什么？为什么命运偏偏要这样安排剧情的发展呢？马上要演到大团圆结局了，突然被命运的导演叫了暂停，说是给错了剧本，属于我的剧本根本就没有结局。我是哭还是笑？是哭着笑还是笑着哭？

"施舍？施舍！小贞你在胡言乱语什么？我有什么资本施舍给你幸福，我不过是一个漂泊不定的浪子，我有什么能耐去施舍？"姚淑贞的反问不啻当头一棒，史文宇本来因羞涩微微泛红的脸现在因为激动而红透了。

"我没有胡言乱语，不用你刻意贬低自己来抬高我的身价。我很清楚我在别人眼里是怎样一个轻薄、放荡、无耻的女人……"还有什么比这刻薄恶毒的语言吗？如果有的话，她会全部搜罗出来咒骂自己。文宇，这样你会不会更好受些，更容易改变，不，更容易放弃你的决定呢？

"就算全天下的人都这么看你，又有什么大不了的？只要你自身行得端不就可以了吗！难道在你眼中我是那么狭隘的人吗？"史文宇蛮横地打断了姚淑贞，他双手钳住她的肩头使劲晃动她的身体，真的想把她头脑中那些古怪荒谬的想法都倒出来。为什么她要这样轻贱自己呢？年轻时偶然铸成的错误难道非要成为你心头抹不去的污点吗？难道你的一生都要被这个污点奴役吗？

"你……放开我！……"史文宇鲁莽的行为着实吓着了姚淑贞，她拼命扭动身体，挣脱了史文宇的双手。

"我们认识的时间是十五天吗？是十五年啊……"怒火未消的史文宇突然转过身，一脚踹倒了阳台上的休闲椅。他不是冲姚淑贞发脾气，而是冲自己发脾气。为什么他只能眼睁睁地看着身边的人受伤害？为什么他连保护一个人的能力都没有？

"不要老提我们认识的时间。我真的很痛恨我们认识了这么久……"姚淑贞仰起头硬是憋回了几欲溢出眼眶的泪水。

"为什么痛恨？……是因为我一直以来对你的存在的无视？还是我一直徘徊在别人的身边？如果是这些我无言以对……"眼前的姚淑贞怎么一下子变得这么陌生？十五年的时间须臾化为乌有。是因为她现在不再是"朋友姚淑贞"，而是"恋人姚淑贞"，角色定位的改变会让她的视角和态度也随之改变吗？爱情？友情？亲情？有些感情的定位是没有标准的。

"不是，不是你说的那样。是我们都太熟悉对方了，熟悉到了已然没有了想象的空间，没有想象的空间何来爱情？我是想有个家，但我的家只能容纳下三个人！"

"噢！你说的是这个啊！"史文宇的语气随之缓和了许多，"这点我可以谅解，我不会要求将来一定要有我的孩子，有小雨我就很知足了。"对小贞他除了感激就剩下歉疚了。当他在厄运的旋涡里挣扎时，紧紧拽住他的是小贞，他的落魄、他的颓丧、他的懦弱可以放心大胆地暴露在小贞面前，也唯有暴露在小贞面前。他是木头吗？不是，他怎会察觉不到小贞刻意掩藏的感情呢？黑子在他临行前给他的忠告犹雷震耳，如果能够把握住小贞，也许他的一生就会从此阳光明媚。

"你难道真不明白我的意思吗？我不能容忍的是我的家有你，我，小雨之外还要有肖筱的一席之地。我不想在我老公的眼睛里总是看到别的女人的影子，更不想他抱着我时脑海里全部都是对别的女人的回忆。我是个很世俗、很自私自利的女人。"自私自利？她倒真希望自己是这种女人，那么她就没有这些痛苦和烦忧了。

"我和肖筱已经是过去时了……"提及肖筱，史文宇就会多一份苍凉。

"是吗？这是你内心最真实的想法吗？那就不要让我看到你因为她而痛苦得要死要活的表情。我痛恨我们认识这么久就是这个原因，因为我们都可以从对方细微的表情变化上捕捉到对方内心的变化。"

"是的，你对我的了解的确很透彻，你是窥见了我内心的真实，我是无法忘记她，而且对她的思念也没有丝毫的减淡。同样的，我对你的了解也很透彻，你不会没有缘由地对我突然冷淡、对小雨突然粗暴。现在可否告诉我你今天反常的理由？"

"文宇……你习惯这里的生活吗？"姚淑贞答非所问。

"习惯？我就是一棵杂草，没有什么习不习惯的问题。"史文宇苦涩地一笑。

"杂草？那么能告诉我杂草一季的荣枯是为什么吗？"

"旧的结束，新的开始！"

"不，是短暂的休息休眠，为了来年的欣欣向荣而短暂的休眠。"

"这和我有什么直接的关系？和我们今天谈论的话题有什么直接的关系？"

"有！你对肖筱的感情就像杂草一季的荣枯，不是结束和开始，只是你们的感情遭遇了不可逆转的寒冬而短暂地休息休眠了。只要你重新回去，只要你们面对面地相视一秒，春天就会来到，你们的感情就会重新发芽，甚至绽放出比以前更美丽的花朵来！"

"你明明知道这是不可能的，我不可能回去，我也回不去了！就算回去了，我和她也……"史文宇扶着栏杆的手冒出了青筋。

"为什么？为什么回不去？难道你真的要躲一辈子？难道要用你一生的幸福给你妈妈陪葬吗？"

"没有那么严重，我想重新寻找幸福，想重新开始生活……"

"勉强有幸福可言吗？在心痛得几乎不能呼吸的时候，你能笑着说很幸福吗？"

"……"

"你可以欺骗任何人，但你无法欺骗自己真实的内心，无法欺骗真实的生活。你知道,当你每天都拼命地工作,不给自己一点儿喘息的机会,在旁边只能眼睁睁地看着你的我是何感受吗?九泉之下看着你的妈妈是何感受?文宇!有些东西该放下还是要放下,该忘记还是要忘记……"

"会放下,也会忘记的!你真的……不愿意等我……帮我去忘记吗?"

"不是不愿意,是我没有那个能力……"

"……"

"对不起……你和肖筱的事情我一直想劝劝你,只是……"文宇,只是我不愿意劝,不想劝,我怕你会回心转意,会回到她身边:"肖筱和你母亲的过世没有直接的关系,你不是也说你母亲的心脏病已经到了非动手术的地步了吗?所以,让无辜的她来承担是不是太残忍、太没有道理了呢?你为她编织了一个美丽的梦,让她深陷迷醉,又突然将她唤醒。梦我也做过,所以我比任何人都了解深陷梦境的痛苦和清醒后的凄凉。文宇!豁达一点儿、勇敢一点儿、真实一点儿!"

"也许她现在过得很好呢!也许她早已忘记了过去、忘记了我……"

"我最近出差路过了老家,虽然我答应小雅不会告诉你,但我的良知告诉我,我不能这么自私、这么恶毒……"

"小雅?小雅怎么了?"

"不是小雅,小雅过得很好,是肖筱……回去看看吧!现在最需要你的不是小雨和我,而是肖筱。只有你才能够让她获得重生……光阴荏苒,一晃我们都是年届三十的人了,我们没有太多的时间去犹豫、去浪费了,顺着心指引的方向走下去吧,不要落下什么终生的悔恨和遗憾……"小雅,对不起,我不能信守和你的约定,虽然有些心不甘、情不愿,但我还是决定将实情一五一十地告诉史文宇。其实我也曾经想过隐瞒实情,毕竟我也是个女人,很普通、很平凡的小女人,狭隘得只想独占心爱的人的小女人。

这些天我的内心无时无刻不在爆发激烈的战争——良知与情感的战争。每天我既盼着文宇的电话,又惧怕他的电话。和他通电话我总是提心吊胆,唯恐一不留神说漏了嘴,而挂断电话后我的心又会被无尽的自责揉捏撕扯。明知道肖筱的生命正在走向枯萎，在期待文字的拯救，我怎么能心安理得地霸占着文字的感情呢？不是我有多么崇高、多么伟大，只要是个人，是个心智健全的人，都明白在生与死的面前，个人的恩怨情仇都应该被暂且放下。

人活一世不求富贵通达，但求无愧于心，我没有勇气一辈子都背负着良心的"十字架"，况且我们都没有权利替文字做决定。我比谁都清楚肖筱在他心中的地位和分量，如果有一天肖筱离开了这个世界后，他才得知真相会怎样呢？他不会埋怨任何人，只会将罪责自己一个人去扛。他会活着吗？活着的只能是他的躯壳了。你我都不希望是这种结局吧？

现在我很难受，心里凉风飕飕、凄雨霏霏、落木叠叠；现在我又很轻松，用珍藏多年的白日梦换回了良心的坦荡荡。我无怨无悔，从陈惠到肖筱，我一直默默地看着他的背影，也许是看得太久太久了，我早已不习惯看他的正面了，那么就让我一辈子都看着他的背影吧！因为爱不一定是拥有，更多的时候爱是一种放弃，这是一种美丽的爱。我选择了叫作守望的爱，我会真心诚意地守望他和肖筱创造的幸福。你也要一样。

第十一章

下雪了！五月第一天的清晨，天刚灰蒙蒙亮时，泡湿了的鹅毛一般的雪花就从浓墨涂染的云层跌落了下来，团团絮絮覆在远岫上成了一床洗旧的白棉被，落在地面成了一摊打翻了的巧克力"刨冰"。

如一尊泥塑一样呆坐在窗前的肖筱凝神注视着这场已经持续了四个多小时的暴雪。不知是这场突如其来的降雪还是原本休长假的缘故，肿瘤医院的门前今晨陡然萧索和冷清了下来。偶有几朵伞花一跃一纵出现在肖筱的视线中，那是打着伞给病人送饭的人匆匆的行迹。他们踮着脚尖跳起柴可夫斯基的经典芭蕾舞剧《天鹅湖》，不过是一只只沦陷沼泽地的笨拙的"天鹅"。

医院门前花坛里那刚刚抽出草绿色叶片的柳枝被落雪折弯了；刚刚

簇满枝头的黄迎春、红蔷薇、紫丁香被落雪打落了；刚刚寸长的萋草被落雪压塌了。"簌簌"的雪落声如同一支来自天籁的《阳关》旧曲，在有着死亡之气的病房里回旋。

今天凌晨时分，肖筱被一阵嘈杂的声音吵醒了。她的病友，可爱的"十五床"女孩永远地闭上了眼睛。往女孩儿脸上盖白床单的一刹那，她觑见一朵叫依米的小花绽放在了女孩唇边。那是生长在非洲草原上的一种花儿，它的一生要先花费五年的时间完成根茎的安插，在第六年才开出四瓣的小花，而且每瓣自成一色：红、白、黄、蓝，仅仅开放两天就枯萎了。青春的仓促难道一定会成为生命的瑕疵吗？烟花依旧灿烂，流星依旧光彩！

"死就是去一个美丽的地方吗？老师姐姐！"在一个扬着沙尘暴的晚上，刚刚升入大学的"十五床"在沉浸了整整一天的言情小说后，突然问肖筱。"十五床"对抗病魔忍受病痛的法宝就是港台偶像剧和言情小说，在别人的爱情天空里编织自己五色斑斓的幽梦，为别人的悲欢离合怅惘唏嘘。

"美丽的地方？"肖筱合上了手中的语文课本不解地反问。

"是啊！这本书上说，死就是去一个美丽的地方，一个没有欺骗、没有背叛、没有离别的地方。"她照本宣科地读给肖筱，脸上闪烁出一种前所未有的熠耀神采。

"是吧！我也不知道。不过我想那里一定是有山、有水、有花、有草的仙境……呵呵！"

"有多美？到底有多美？""十五床"支着下巴很是神往地追问。

"清溪绕门庭，青苔当台阶；斑竹掩窗翠，落花入帘飞。朝霞暮霭映窗，晨钟暮鼓绕梁，黄莺婉转惊梦……反正你能想象到的美丽，都会在它里面包存！"现在这种经常性的、谈笑间病魔灰飞烟灭的豪情，竟然变成了她们患难友情的哀悼与祭奠。

在生死两茫茫时这又何尝不是一种自我安慰呢？对生的眷恋、对死的畏惧是每个人都普遍存有的心理。谁都不知道死后自己要去的地方是什么样的？但无论它是何种景象，它都是人们从一出生就不可避免的最终归宿、最终家园。与其将它想象成恐怖荫翳的地狱，倒不如想象成武陵人的桃花源来得更惬然自若些。

正午时分，突然雪霁天晴，仿佛是谁蓦地扎起了撒雪的带子口，并敛起了脏兮兮的那床遮住蓝天的破棉被。被雨雪涤洗干净的天空蓝莹莹的如同一块美玉，镶嵌在里面的太阳则似一面被擦拭得金灿灿的铜镜，正期待着映出哪个美人的桃腮粉面来。自西天边悠悠飘来的一片羽状的纤云，如同簪在美人云鬓上的饰物，梳罢妆的美人随时都会降临凡间踏雪赏花来。

经历了一场雪雨浩劫的大地也热热闹闹地开起了染坊。嵌在雪晶里的柳叶榆钱绿得可人、绿得新奇，花坛里一株株花心里镶着碎雪的郁金香更是流光溢彩，黄亦明、红亦艳、白亦澄……覆盖着皑皑残雪的草地上细草露着尖尖的角，间或点缀上几个残红落花，完完全全是一幅最有灵气、最有创意的大自然妙笔绣锦。不然谁有此天赋能将这不协调演绎出协调之美呢？

专心致志看一本诗集的肖筱偶然一抬头，看见窗台上两盆紫蝴蝶花有些发蔫的叶子微微颤抖着，如果不知道是因为暖气上升的搅扰，还会以为有微风曳过呢！她摇着轮椅到病床的小柜上取了一杯水又折回到窗台边。对于坐在轮椅上的她来说，窗台有些偏高了。她尽量伸长胳膊去给花浇水，嘴里还发出细微的使劲儿的声音。这时传来的开门声和一串由远及近的脚步声并没有搅扰到她，她依然专注地去浇离她较远的那盆花。

"我来吧！"来人接过她手中的杯子说。

"好……"她眼角的笑意在看清来人是谁时，冰冻了三秒后依旧如前般漾开，一块巨石被抛进了平静的湖水中，漾开的水纹不能叫涟漪，而应该叫波浪或波澜！

"呵！这花都打花苞了，看来马上就会开了。咦！肥施多了吧，花叶边有干枯的迹象？花蕾尖也有？"来人一手拿着水杯，一手轻轻揉捏着花叶，一副绝对权威的论调。

"是吗？我从来不给它们施肥，我喜欢让它们自然地成长。自生自灭不好吗？它可是一种最原始、最质朴的生存状态！"肖筱用双手抚平盖在腿上的土黄色毛毯。土黄色是大地的颜色，大地的表面生长着艳丽的花、葱郁的树，生长着美好；大地的下面埋着森森骸骨、腐根烂叶，埋藏着丑陋。小半截的残腿，丑陋的残腿，毛毯右边的凹陷里埋藏的就是丑陋。毛毯的边被她紧紧地攥在手里，她的手就像深海中终年不见阳光的鱼，病态的、透明的白。

"如果有人细心地照料和呵护，它不是会绽放得更美艳吗？"

"坐吧！喝点什么？很抱歉，我这里只有白开水，没什么好招待的。"肖筱没有接来人的话茬，很客套地招呼来人。

"哦！我不渴。这房间很热？"来人的目光落在了肖筱身上的紫色薄羽绒小袄。密不透风的病房如夏日里的闷罐车，他进来不到一分钟就感觉汗液从每个毛孔中渗了出来。

"嗯。在送暖气呢。"肖筱把小袄的拉链往脖下使劲儿一拉："哎！"拉链居然夹到了下巴上的皮，她不由倒吸了一口冷气。原来这不是梦，眼前的人的确是史文宇，是无数次伴着夜的脚步，来到她床边，替她拂去垂落在额际的发丝；是无数次踩着清晨的曙色，来到她的床边，亲吻她因疼痛而紧蹙眉头的史文宇。

她将双手紧攥在一起，攥得都麻木了。她怕双手会叛逆她的意志，会不争气地去握住他的手、去抚摸他的脸。不，她是不敢再去握、再去抚摸，她怕现实会因为她的激动与情不自禁，重新溜回她的梦境里去。她仰起脖子看着雪白的天花板，泪水啊！你千万不要在这个时候泛滥，留些时间让她仔仔细细、清清晰晰地凝视面前这个男人那依然如黑夜繁星般明亮的眼睛、依然坚毅高挺的鼻梁……

"这次要住多久？"史文宇坐在病床边，伸长着双腿很随意地问。

"复查马上就结束，可能下星期吧。"他泰然的神情仿佛就像他从来没有离开过这里，两年的时间短暂得好比下楼去买了趟东西，或是去学校上了一天课。连肖筱都疑惑起来，她们分开的时间到底有多久？

"复查的结果如何？"

"还可以,各项指标都没有异常!你……什么时候回来的?"肖筱不愿让话题过多纠缠在她的病情上。

"昨晚的飞机,抵达时已经凌晨一点半了……"

正说着传来了"咚咚"两声清脆的敲门声,随后病房门被轻轻地推开。进来的是郝明磊,大袋小包拎了两手。看见坐在床边的史文宇他微微皱了一下眉头,恍然一惊后他冲史文宇点点头,示意他认出了史文宇。

"外面冷吗?你穿的是不是有些少?今天下雪了呀!五月还下雪真的不多见,今年的天气有些异常呢?哇!这么些好吃的啊!"肖筱兴奋的尖叫,夸张得就像小雨收到芭比娃娃时一样,与刚才的低沉敷衍形成了鲜明的对照,简直判若两人。

"你不是一直没胃口吗?那就多吃点儿零食好了。哦,你说的那本书我怎么都找不到,我给我外地的朋友打了电话,他说帮你去找,很快就会有回信。史老师?你不是在外地吗?什么时候回来的?"郝明磊一边说一边打开袋子掏出里面的零食,然后一个一个整整齐齐地摆放到肖筱的小柜里。

"昨晚回来的。你今天休息吗?"史文宇说话间一直注意着肖筱,看到肖筱注视郝明磊的温情脉脉,听到肖筱对郝明磊的细声和语,那是两年前属于他的眼神和语气。跳过了两年时间,书籍的内容怎会没有改变呢?

"是啊!五一长假嘛!你呢?也是因为长假回来的吗?打算逗留多久?还是就不再走了?"郝明磊在一种极不自然的气氛中,竭力自在地和史文宇攀谈。

"我请了年休假,假期结束就要回去。那边还有工作等着处理,还要去听课。"听到史文宇说假期结束就回去,肖筱转过脸看起了窗户外面。一只白色的鸽子从窗前一闪而过,刺耳的"嘤嘤——"声久久不肯从肖筱的耳际弥散。

"去上课?你还在教书吗?"

"不是,我在自修金融管理!"

"在读第二专业?真是不简单……"

"我房间的花你没忘给浇水吧？"肖筱打断了郝明磊。

"嗯？浇水？没有忘，你爸……"整理空袋子的郝明磊不大理解肖筱的意思。

"要是忘浇水把我的花枯死了，你要负责赔给我哦！"肖筱几分撒娇地说。

"那个怎么赔？难道要我去借观音的神露吗？最多重新买几盆。"

"观音的神露？你以为你是孙猴子吗？呵呵！有些东西丢了、死了就等于没有了，不存在了，怎么可能买到一模一样的呢？就是要买，也不愿意再买同样的东西了。"

"我还有事，先走了。肖筱你安心地休养！尽量多吃饭，少吃零食，过后我还会再来看你的！"史文宇不再像刚才那般随意，真像一个来看望住院朋友的人一样，叮嘱肖筱几句后起身告辞了。病房里实在是太闷热了，闷热的像施了魔法的紧身衣愈来愈紧地拘着他的身体，他怕再待下去血管心脏都会爆裂。

"肖筱！你这又是何苦呢？……"郝明磊搬了一张凳子坐在肖筱身旁，他眼望着史文宇黯然神伤地离开后肖筱眼眶微微潮红起来，他的内心打翻了五味瓶。

"对不起！刚才我利用了你，我向你道歉。"

"我心甘情愿被你利用可以吗？如果你高兴，你舒心，就算利用我千遍万遍我都心甘情愿。可……你明明忘不掉、放不下，朝思暮想的他来了你却……却拒他于千里之外，这般为难自己，苦自己，又何必呢？"

"我忘不掉、放不下有什么意义？能改变什么？难道要我声泪俱下地痛述自己的悲惨？还是撩起断腿给他瞻仰一下，然后求他可怜我、照顾我？你没听到吗？他是回来探亲顺路，是顺路来看看曾经的同事、曾经的恋人，他怕错过看望一个垂死之人最后一面而懊悔终生……"

"小小！"郝明磊厉声制止了肖筱，他再也听不下去她的刻薄尖厉的话了，这些话无疑带给他刀剐般痛，痛得他都不能呼吸了。

"怎么？很不习惯我的腔调？很厌恶这样的肖筱吧……"刺猬不是为了伤害别人才长那么多刺的，只是由于它们的身体太柔弱，缺乏安全感，怕受到伤害，才用刺来保护自己的。

"对不起……我不该对你大声嚷嚷，不会厌恶你……我懂……能理解……但我的直觉告诉我，他是为了你回来的。"

"直觉？比起直觉我更相信事实。他妹妹告诉我，他马上要和姚淑贞——也就是和他一直在一起的女人结婚了。"

"不会！我不相信！刚才他离开时的表情清清楚楚地写着失落和醋意，他还是对你有感情的！"

"感情？看见我现在这个样子只能是同情吧？'世上最卑劣的行为就是利用别人的同情'，小雅说得对。我已经很卑劣地在利用你的同情了，我不想再卑劣地利用史文宇的同情，我不想让你们都来背负我的痛苦、我的不幸，我不想如此猥琐地苟延生命！虽然它已残破不堪，但我还是要保持它完整的尊严。"肖筱越说越激愤，心的碎片化作一滴滴晶莹的泪珠从她的面颊滑落，落在了土黄色的毛毯上。

郝明磊半蹲在肖筱的面前，将她紧紧地揽抱在自己的怀里。隔着薄薄的衬衣，肖筱的眼泪打湿了他的胸口，颤抖的身体震痛了他的五脏。从史文宇不辞而别到肖筱被查出患上了骨癌，再到第一次手术失败而被迫截肢，郝明磊一路亲历了她的多舛和磨难，见证了她的坚强和达观，没有人比他更清楚她浸泡着泪水的苦涩与无望。

他一直自诩是个能力超凡的人，在他的字典里没有"不可能"三个字存在。小到沟沟渠渠、大到防洪大坝，他轻而易举地用他的笔和尺构建了一个个梦想与事业的巅峰。今天他第一次看到了肖筱的眼泪，他也第一次怅然自己能力的有限与低微。他没有能力替肖筱阻挡突如其来的灾难；没有能力阻挡摧毁她健康的病魔；也没有能力驱散她心灵的荫翳，甚至于连安慰她的能力都没有。不，他唯一能做的，就是要给肖筱找回属于她的幸福和欢乐！一定要！……

"你终于出现了啊！我差点报警去。小贞说你昨晚就到了。上哪儿鬼混去了，到现在才出现？"史文宇一进"蓝色时光"的门，就被黑子劈头盖脸地一通责骂。

"哎哎哎！我说你这是对待两年没见的弟兄的态度吗？"史文宇开玩笑地拍拍黑子的肩膀。两年不见黑子变化挺大，那撮张扬的刘海和怪模怪样的首饰在他身上失踪了，唯一保留的就是那件显示他发达肌肉的紧身背心。

"少来！我都快急疯了。飞机场、你家、小雅的宿舍、还有肿瘤医……反正我把整个城市进行了一遍地毯式搜索。你到底钻哪儿去了？坦白从宽，抗拒从严！"

"喷喷喷！……眼睛瞪得跟牛一样，得疯牛病了？我能去哪儿？作为儿子回来第一个要去的地方就是父母的坟地啊！你用脚趾头都应该想到的！"

"脚趾头？我一接到小贞的电话说你凌晨到，我就狠踩油门奔到了机场，可是连个鬼影都没看见，别说脚趾头大的智慧了，就连指甲盖大的智慧都没有了。当时我的头'轰'地就大了！被绑架了？走丢了？被出租车司机分尸了？"

"警匪电影看多了！还是那么没头没脑的！"史文宇去拍黑子的脑袋，谁知黑子早有防备，一下子就闪开了。"嘿嘿嘿……"他们相视几秒后扑哧地笑了出来，越笑越放肆，越笑越开怀，笑着笑着竟泪眼迷蒙。

"你还是决定亏欠小贞一辈子？小子！"黑子和史文宇面对面坐下，他呷了一口酒龇牙咧嘴的一副苦相。

"是啊！这份情债这辈子我是无法偿还了，也许当我头发花白的时候回忆起来，还是会被良心压着喘不过气来。"史文宇双手交握地捂住鼻子，好像此刻他已经开始窒息了。

"我真看不出你有什么魅力能让这么些女人为你心甘情愿地付出、伤心、流泪。小贞……我简直佩服得五体投地。有时候我们男人都不一定有她那么大度和超脱，能够和她做一辈子的朋友，我觉得很荣幸很自豪！"

"应该是我配不上她吧？呵呵！"

"你以为你能配得上她？就你那几斤几两重？切……肖筱那边……"黑子看史文宇脸色有几分阴郁，不敢贸然提及肖筱，但不提他的心里又像猫抓一样的痒痒。

"去了。她……还不错吧？反正比我预想的情形要好很多。瘦了，她以前就不胖。嗯……有人那样贴心地照料，心灵自然而然不会有太大的损伤了。我早就说过'这个世界谁也离不开谁，可谁离开了谁，照样生活，照样幸福'。所以人不要太高估自己的力量和作用，谁都没有能力撬动别人的地球！"史文宇这些话完全是自嘲的意味。

当姚淑贞告诉他肖筱的境遇时，犹如晴天一声霹雳，电光雷鸣中肖筱同他的世界一起塌陷了。他第二天就跑到公司请了假，又迫不及待地订了最快的一班机票，连夜飞了回来。数千米的航程在用分米、用厘米计量着两年来堆垒在心头的对肖筱的思念。在陌生的异乡，繁重的工作，姚淑贞无微不至的关心，小雨的膝下承欢都无法填满他内心的空白。他不敢独自一人面对夜晚，他甚至都不敢正对故乡的方向，仿佛从故乡吹来的每一缕风都有肖筱的味道，飘来的每一片云都有肖筱的笑靥。这时他的心就会被装得满满的，又会被卸得空空的，装满的是思念，卸空的也是思念。

一出机舱门，故乡深夜裹着春寒的风让他不由地打了一个冷战。回来了，他回来了，可回来的已经不是两年前的时光，一切还能恢复原状吗？他连家都没回箭一般冲到了肿瘤医院，仰望着肿瘤医院一盏盏昏惨惨的灯光时，他犹豫了。这样贸贸然出现在肖筱面前好吗？肖筱能够承受住突如其来的惊扰吗？他要说些什么？解释两年的杳无音讯？诉说两年的别绪离愁？还是忏悔在她人生最低迷、最灰白的时候自己的意绝心狠？于是他打车回了渭县。

清晨，发黄的湿雪在他的脚步踏到渭县的那一刻，霏霏降落了，落在单薄的衣衫上有几分湿漉漉的沉重。荒无人烟的山林如同一位道骨仙风的遁士，在蒙蒙雪雾的烘托下愈发的飘逸和神秘了。

卷着雪片的山风还有着严冬的余威，依旧是刺骨的料峭。两座矮矮的坟冢前史文宇孑然伫立，他最亲爱的父母就躺在里面。他们现在一定很幸福吧？坟头即将绽放的野菊花是他们和悦的笑脸吧？微风拂过是他们开朗的笑声吧？在经历了十三年的离别后他们终于团聚了，终于可以不再分开了。团聚是幸福，分离是痛苦，那么永远不分开是什么呢？

　　对父亲他已早无怨恨可言了，早就在心里原谅了父亲。他向父母娓娓讲述了肖筱的遭遇和自己的决定。在征得了父母的支持和祝福后，他步履轻快地下了山。原谅是童年手中玩耍的红玻璃球，世界的色彩在它的眼中明艳绚丽起来，湿雪也轻盈洁白了起来，山风也和煦轻柔了起来。

　　返回了医院，在肖筱的病房门口他又一次陷入了进退两难。从病房门的小窗里他看见了肖筱坐在轮椅上的背影，白色的线织帽子，紫色的小袄，时间流淌到她身边就凝固了、冻结了。他的身体不由自主地跌进了一滩黑色的泥沼中，下沉，下沉，不停地下沉……

　　"咣啷啷"一声巨响让他悚然一惊，是死神的丧钟发出的声响？渐渐定下神来仔细分辨，才发现原来是对面卫生间的下水声。不，他不能再犹豫不决了，姚淑贞说得对："光阴荏苒，一晃我们都是年届三十的人了。我们没有太多的时间去犹豫、去浪费了。"使劲儿深呼吸几下后，他站在了肖筱的身后。眼前的肖筱就好像是那瓣从她床上诗集里掉落的紫蝴蝶花花瓣，蜡白的脸，没有光泽的眼神，没有秀发的鬓角，没有了生命力的花瓣怎么会有艳丽的色泽和馥郁的香气呢？用手指轻轻一触它就会碎裂。

　　按照预定的方案，他竭力在和她见面后表现得淡定、随意、泰然，而他的内心却是怎样一种情形呢？痛苦的波浪一刻不停地撞击着他的心，浪花不时飞溅在他的眼底。

　　"她过得很不错？很不错……"黑子重复着史文宇的话，越重复越不可思议："不错什么啊？她刚刚截肢后我去看她，除了两只眼一眨一眨的，就和死了没什么两样！"回忆起肖筱如同槁木的情景，黑子愈发糊涂了，史文宇何时变得如此麻木不仁了呢？连没心没肺的他看完肖筱都落下了几滴同情之泪！这个史文宇竟然大言不惭地说肖筱过得很不错！是商场的勾心斗角泯灭了他的良知？还是他还没有从对母亲的过世中释怀？不会是他看见肖筱的样子后后悔了？这个猜测一闪而过后他狠狠地唾骂起自己来，史文宇是那种嫌弃残疾人的人吗？他的母亲就是残疾人，他对残疾人原本就有种特殊的情结！

"此一时彼一时。真爱是阳光，它可以点亮一个人的生命！"是啊！刚才肖筱看到郝明磊时脸上浮现的笑容就和当年一样，是那么灿烂、那么明媚，可照亮她笑容的阳光不是他剪落的，而是郝明磊。

现在的人说话怎么都变深奥了？以前史文宇经常会对黑子颇带"哲理"的语言加以嘲讽，而现在他自己却也开始用这种方式说话，一会儿地球、一会儿阳光、一会儿宇宙的，对史文宇黑子真是越来越觉得陌生了。

"你好！我找一下史老师！"

"史老师？"两年没听到别人这么称呼史文宇了，黑子觉得这个称呼有些别扭："你是……你不就是郝……郝什么来着？"眼前这个文质彬彬的男子好像是肖筱的什么哥哥？两年前和肖筱一起来过"蓝色时光"。

"对，我是郝明磊。你还记得我啊？史老师……他不在吗？"郝明磊没有看到他要找的史文宇，表情有些失望。

"他……在在……文宇！文宇……有人找！"黑子扯着脖子冲吧台后面喊了几声，史文宇从里面出来了："找我？谁啊？"

"是我！史老师！"郝明磊冲史文宇招了一下手。

"郝……明磊？"史文宇一愣，郝明磊突然造访有什么事情？

"你……有空吗？可以和你谈谈吗？"

"可以可以，我当然有空，我看看……"史文宇扫视一下周围，挑中了一张最角落的桌子指给郝明磊："坐那儿好吗？"

"这里……好像没有多大的变化！"坐定后郝明磊的目光上上下下在"蓝色时光"兜了一圈后说。

"嗯，是该重新装修一下了，吊顶、墙壁、桌椅、灯光的确有些破旧，是该换了。"史文宇目光巡视到哪儿就说到哪儿。吊顶掀着蓝色的潮汐忧郁地从他心头漫过，时间流淌的痕迹随处可见，忽略和无视都是一种枉然。

"好像没必要大修大改。咦?我记得以前墙上不是挂着好些画吗?那些画色彩很明快、个性很鲜明,现在?……"郝明磊侧着脸看看兀然空了的墙壁后随口问道。

"你说那些画?那是我母亲生前的习作,她过世后我就全部摘了下来。"

一提及史文宇的母亲,两人都心照不宣地缄默了。黑子端过来两杯饮料,偷眼朝史文宇皱皱眉:他来做什么?史文宇撇了一下嘴角:不知道!黑子又皱了皱眉:要是来找茬的就给我使个眼色,我立马过来。史文宇抿嘴一乐:打架?不会的!他是个有素养的人,知道了!知道了!放心走吧。

这个郝明磊不像打架的架势,面色很温和,语气也很友好。没事,来这里找文宇的茬不等于自寻死路吗?黑子走时余光扫到郝明磊狠狠地吞咽了一口唾液。

"刚才……我这个人不大会讲话,也不喜欢拐弯抹角,我就直奔主题了,你也别见怪……刚才在医院你好像有误会……"郝明磊端起饮料灌了一大口后先打破了僵局。由于职业习惯,郝明磊的语言没有过多的赘饰。

"误会?不太明白你的意思!误会?我们之间能有什么误会呢?"史文宇掏出香烟递给郝明磊,郝明磊却摆摆手拒绝了。他只好自己抖出一支,点燃了深吸一口含在嘴中,浓重的蓝烟在他嘴里不停地翻滚。

"我希望今天我们都抱着坦诚的态度来对待彼此!你当真不明白我的意思吗?那好,我就告诉你好了,你对我和肖筱的关系有误会。我们不是你所想的那种关系,说实在我倒真希望我和她是你所想的那种关系,那样我的担忧和焦虑就会少一点,毕竟把她交给任何人照顾我都会担着一份心。不要用这种敌对的眼神看着我,我和肖筱没有男女之情,纯粹是兄妹,但我们没有血缘,所以只要她允诺将一生交付给我,我们明天就可以结婚。问题是这辈子我都不可能得到她的允诺,因为她的心早在两年前就给了别人,虽然那个人不懂得珍惜,像丢垃圾一样丢弃了她的心……即便如此,她还是藏宝一样把那个人在心里珍藏了整整两年。"

"……"一根坚硬的鱼骨横戳在史文宇的喉咙里,一副文弱书生样的郝明磊在他眼里豁然魁伟了起来。他能说什么?刚才在医院他的确误会了肖筱和郝明磊的关系，因为那幅画面太和谐、太美妙了，他连忌妒的勇气都丢失了。现在知道那是误会又如何？只能让他更愧疚、更懊恨！刚才他还对黑子说肖筱过得不错，不错？失去了一条腿的女孩叫不错？一条腿对于一个花样的女子意味着什么？是健康的毁损、是美丽的不复存在、是梦想的破灭、是事业前程的尽毁，而且还要提心吊胆癌症什么时候会复发、会转移，生命什么时候会枯竭、会终结。这一切的一切叫"不错"？！明明眼睛看到了一朵被汲干了生命的花瓣，他因忌妒，是的，因忌妒而无动于衷她的颓败和孱弱。他此刻恨不能有谁狠狠地揍自己几拳，揍自己个血肉横流、体无完肤。

"为什么不说话？是两年的时间依旧无法洗刷净你心中的怨恨？……"郝明磊平日冷峻的目光一下子灼烧起来，灼烈的程度足以让一片森林顷刻间化为灰烬。说完他端起饮料"咕咚咕咚"一口气喝了个底朝天。加冰的饮料好像是橘叶上浸透了夜凉的露水，五脏六腑都被凉透了，然而他双眼中的火焰依旧灼灼。

"不是的……如果有怨恨我就不会逃跑了，如果有怨恨我就不会回来了。怨恨？是有的，不过是怨恨我自己，怨恨在她最困顿、最绝望的时候，在她挣扎在生死边缘的时候，我却在另一个地方期待，期待另一份感情来填补内心的空白，抚平内心的创伤……"史文宇哽咽了，他低下头紧闭着双眼。

"太好了！……"眼看史文宇痛苦万状，郝明磊竟然不合情理地说"太好了"，但他没有嘲讽和幸灾乐祸的意思。"太好了"是他对自己直觉的肯定，是对自己果敢行为的赞扬。他不是个凭直觉行事的人，应该说他是一个非常理性的人。也许是因为他和史文宇一样同为男人？也许是他和史文宇一样对肖筱都有感情，只是感情的性质不同，而感情的深度却是相同的？也许是当一个人感到自己能力的低微和力不从心时，选择直觉是一种本能？他自始至终相信史文宇是为肖筱回来的。他端起杯子才发现里面已经见底了，只好重新把空杯放在桌上。他无法用语言来描述此刻内心的复杂，他的语言实在是太匮乏、太苍白了："真的太好了！……"

"蓝色时光"——"Blue time"，是清晨夜初醒昼未至的空白档，是西方传说中魔鬼与天使交接班的时间。魔鬼是专司夜晚的神灵，天使是专司白昼的神灵。无论夜晚有多黑暗、有多漫长、有多凄冷，只要蓝色时光降临后，夜必将被昼驱逐遣散，天使就会提着阳光灯笼，一路欢笑着、雀跃着将光明和温暖播撒到世界的每一个角落……

第十二章

雪霁后的夜格外的明净清冷。兴许是雨雪涤荡净了空气中的尘埃和污垢，夜风的翅膀、月光的足履都轻快了些许，它们并着肩、挽着手一会儿徜徉在浩浩天街，一会儿又在幢幢楼宇间信步，当它们路过一扇透着昏暗灯光的小窗时驻了足，屏气凝神地窥探着屋内那个悲怆的背影。

时钟敲了两下，敦促还坐在桌前的史文宇应该休息了。而已有四十多个小时没合眼的史文宇却丝毫没有睡意，他伏在台灯前认真地翻看手中的一本日记。那是郝明磊"偷给"他的肖筱病中的随笔。照郝明磊的话说，他平生第一次"偷"的东西不是什么金银财宝，而是一个人的"内心世界"。当时郝明磊还出人意料地幽默了一把，引用了鲁迅《孔乙己》中的一句话——读书人窃书不算偷。他真诚地希望史文宇能够走进肖筱的"内心世界"，砍伐尽一切遮挡住阳光的荆棘蒿草，让她的内心重新洒满阳光。

2002年4月9日　晴

已是凌晨三点了，今夜无眠。除了高考的那段日子，一般这个时间我早都陷入沉沉的梦乡中了。从不知道这个时段的夜是如此安谧、如此清冷，如果换作平时我怎会辜负这良辰美景呢？一定会有"卧看牵牛织女星"的闲情逸致。而此时我的心绪是满满的"耿耿残灯、萧萧暗雨"。

白天的一幕幕就像剪辑坏了的影片，时而叠交、时而支离，在我眼前无序地播放着。治疗室里年轻的医生滔滔不绝的话语我不怎么记得了,依稀有"骨肉瘤、截肢"几个零零碎碎的词语混杂在妈妈嘤嘤的哭泣声里。真的很讨厌妈妈,生平第一次对她产生如此强烈的厌恶感,即便是当初她蛮横地分开了我和文宇,我也没有对她产生过这么强烈的厌恶感。为什么要哭?天塌了吗?地陷了吗?我立刻就死了吗?

医院的走廊为什么修筑得这么长?为什么这么幽暗这么空荡?是因为它就是每个人迈向死亡的必经之路吗?死亡的通道就是如此修长、幽暗、空荡吗?死亡的尽头是什么样?刚才右腿还撕心裂肺的痛,突然就没有了痛的感觉,它是想告诉我它不痛了,它压根就没有生病?央求我不要抛弃它吗?

……今天的阳光太明亮了,广场上的景物都像是被曝光了的底片一样,煞白一片。用手遮住阳光,天好蓝,满满当当一天空的蓝色思念,几只纸鸢像畅游其间的鱼儿,牵绊它的线握在谁的手里?

坐在广场草地边的长椅上,用手抚摩着旁边空着的位置。文宇,这是你空出的位置,现在我的手还能感觉到你留下的余温。你在哪儿?你到底在哪儿?你听到我的呼唤了吗?你应该听得到吧?不是说相爱的两个人有心灵感应吗?我们是相爱的人没错吧?你曾经说过的啊,我是你今生最爱的人,那么,那么听到我的呼唤,感应到我的无助时,求你立刻出现在我的眼前,使劲摇着我的肩膀告诉我这一切都是梦魇,求你将我摇醒好吗?

我真的好害怕,文宇,听到"骨肉瘤、截肢"这类词时我真的好害怕。我很镇定?你说我当时表现得很镇定?不是的,我很混乱,混乱得都忘了眼泪是什么东西!混乱得都忘了表情是内心的标签!

文宇,我不想死,我害怕死。我才二十四岁,这个年龄生命就要枯萎会不会太早了些?我也知道在死亡的概念里没有大小的顺序,耄耋老者会死,意气风发的青年会死,刚刚落地的婴儿也会死。可……我真的没有勇气坦然地直面死亡。你也知道这两年支撑我走下去的意念就是希望和你再次相遇啊！哪怕是像陌生人一样擦个肩、谋个面，我也就很满足了。如果，如果我就这么死了，如果在没有遇到你之前我就这么死了，怎么办？……求你回来好吗？就算我的生命非要结束，我也希望由你亲手为我合上双眼，然后在我的额际印上你的爱的印章——吻……那么在天国我也是最幸福的……

2002年4月18日　晴

医院的生意真是红火，床位都是爆满的，我被安排在了走廊的尽头。"加二床"，像被关进监狱的囚犯，"加二床"以后就是我的代号了，"加二床打针、加二床吃药……"幽默感？是啊！在这死气氲氲的地方我的幽默感却被唤醒了……

晚饭后爸爸妈妈走了。本来妈妈说要留下来陪我，但我拒绝了。爸爸走到一半时突然回头看了我一眼，那眼神就如同把世上所有悲凉凄惨的事情都揉进了自己的眼神中。这让我蓦然想起了电视剧里常有的一个镜头——飘着鹅毛大雪的清晨，走投无路的父母将襁褓中的婴儿丢弃在别人家门口，走了几步又停下来，最后瞥了孩子一眼，然后哭着跟跟跄跄地跑远了。我冲爸爸投去宛然一笑，他转身的样子在我的视线里模糊起来……

一阵嘈杂的声音将我吵醒，看看表，凌晨两点多了。我揉着眼睛坐了起来，眼前一个血淋淋的东西在地上蠕动，鬼？医院里半夜冒出的厉鬼？我蜷缩在床角紧闭双眼，全身的汗毛都竖直了起来。半晌我鼓足了勇气从右眼的缝隙里向那个还在蠕动的东西瞥了一下，我惊呆了，那不是什么怪物，而是一个浑身上下染满鲜血的人。他的脸上涂满了血和一些无法辨别的污秽物，几乎看不清五官是什么样，他厚厚的嘴唇一翕一动，好像在说什么？我凑过去问他："你……是在说什么吗？"他没有回答，痛苦狰狞的脸渐渐地、渐渐地舒展平静了下来。

一个护士跑过来大声对他喊话，又使劲儿拍拍他的肩膀，翻看了他的眼睛后冲那边的大夫喊道："大夫，大夫，你过来看看。"

挽着袖口的年轻大夫急忙跑了过来,跪在地上做起了紧急救护。一阵手忙脚乱之后,最后大夫摇摇头站了起来。"他……怎么……了?"听到我冒冒失失的询问,年轻的大夫深深地叹了一口气说:"死了。"死了?刚才他明明还在动弹啊?好像还想说什么?死了?怎么可能啊?这才过了几分钟他就死了?可能大夫感觉出了我的骇然,他让那边的几个人过来抬走了地上的这个人……

靠在墙上,背心好冰凉。可脊背一离开墙壁我就会瑟瑟颤抖起来,不得不重新靠在墙上。地上的那摊血迹怎么是黑乎乎的?血应该鲜红鲜红才对啊?几分钟的时间一个生命就这么结束了、枯萎了?生命真的这么脆弱吗?死亡……并不遥远,它无时无刻不尾随在我们的身后,无时无刻不在觊觎着我们的生命。此刻我看到了它的颜色,听到了它的脚步,闻到了它的气息……

2002年4月23日　晴

医院花坛的一隅,昨日繁花还簇在枝头闹着春意,一夜栉风沐雨后,今天就是一地的拥红堆雪……

尔今死去侬收葬,

未卜侬身何日丧。

侬今葬花人笑痴,

他年葬侬知是谁?

天尽头,

何处有香丘!

试看春残花渐落,

便是红颜老死时。

一朝春尽红颜老,

花落人亡两不知!

《红楼梦》里的这段《葬花吟》曾勾落了我无数的眼泪,而今再读却多了一份似曾相识……一朝春尽红颜老,花落人亡两不知……两不知……草木零落,美人迟暮。谁能逃得过季节的无情?

谁能敌得过岁月的蹉跎？谁能拗得过生命的无常？……

文字！你常说"心中有美，眼中就有美"，眼前如此美艳的春景我却只读出了颓废和萧索。是因为我心中的"美"被医院里每天听到的、看到的疾病和死亡抹杀了吗？

这段日子我无时无刻不在迫切地期盼你能回来，甚至有跑到黑子那儿打听你行踪的冲动，因为我深信你知道我的情况后一定，一定会冲破一切障碍回到我身边的。然而昨晚在楼梯间看到的一个场面，让我悚然背凉，也让我彻底打消了这个念头。那是隔壁病房一对即将结婚的年轻恋人，女孩肝癌晚期，她男朋友每天都来医院照顾她、守护她。他们相厮相守的情形有时会让我忌妒得发狂，有时会让我潸然泪下，有时又会让我浮想联翩——如果你在我身边，会不会也是亲手喂我吃饭？会不会也像哄孩子一样拍着我入睡？会不会也把我搂在怀中边抚弄我的长发边给我读诗集？会不会每天也在我的唇上印上早安和晚安的一吻？

昨晚我因失眠去楼梯间透气，看见平日总是笑嘻嘻迎人的男孩呆坐在楼梯上，他被痛苦和哀伤压垮的脊梁让我不由得联想到了你，曾经在学校的篮球场我就看到过你这样的背影。

我不知道你现在身在何处？是否已经从过去的阴霾中走了出来？是否已经卸落了压在肩头的痛苦？你短暂的人生已经经历了、承担了太多的痛苦和悲哀，我又怎么忍心、怎么能够再给你添加新的痛苦、新的悲哀呢？我只希望你能够步履轻松地走在未来的人生大路上，即使我到了天国也会祝福你的……就让我留在原地空守着我们爱的承诺吧！就让我在无尽的思念中沉沦吧……这种空守，这种沉沦也是幸福的……

2002年11月12日　阴

昨天半夜我突然摸到床上湿乎乎的一片，尿床了？不可能啊！打开灯，床单上一片怵目的鲜红眩晕了我的视线。被我尖叫声引来的爸爸拍拍我的肩膀，让我镇定下来，他深呼吸一口后掀开我的被子，我们同时看见我腿上的纱布已经完完全全被鲜血浸透了……

"小小，你坚持住啊……马上……马上就到医院了"。文字，这悲切的呼唤是你发出的吗？我耳畔不时传来的沉重的呼吸声是你的吗？颠颠簸簸的我是被你抱在怀中的吗？当我挣扎着睁开眼睛后才发现是小磊哥。很奇怪，刚才我明明听到的是你的呼唤声？又是幻觉。

值班大夫把一团团药棉填塞进我腿上的伤口里，不一会儿白色的药棉就被鲜血浸红了、浸透了，让人不由地怀疑伤口是不是一眼永远都不会枯竭的泉水。他紧张地抹抹额头的汗珠既像在安慰我，又像在安慰他自己："没事……这很正常……肉芽……新长出来的肉芽出血了……肉芽……很嫩，容易破裂……"主任来了，值班大夫长长地舒了一口气。主任将那些药棉又重新掏了出来，仔细察看后用镊子指着几处地方说："这……这……还有这，都坏死了，你应该剪掉……""坏死了？……"值班大夫又凑过来仔细辨认了一番，他和主任交换了一下眼神。我的心凉了半截，半年前局部放疗后我出了院，当时医生说癌细胞已经全部杀死了。可半年了我腿上的创口一直没有愈合，最近经常出血，一直在换药。如果我没有判断错，他们的眼神只说明一个事实——我的癌细胞复发了，该来的终究躲不过。

2002年11月22日　阴

小磊哥窝在凳子上睡着了，看着他别扭的睡姿我的心头涌起太多的愧疚。一个工作繁忙得几乎不怎么着家的人，为了我却风雨无阻地每天跑医院。"吃饭了吗？睡得好吗？"为了重复这几句简单的问候，甚至深夜也会跑来。被寄养在郝叔家的两年时光缔结的兄妹情谊，不仅安抚了我孤独的童年，更安抚了我人生的最低谷。这份情我要拿什么去偿还？

在我的驱赶下爸爸、妈妈、王姨、郝叔一大堆人才"撤离"了我的病房。他们搜肠刮肚的笑话、他们谈笑风生的表演都像磐石般压在我的胸口上。我怎会不理解他们？可对我来说这种"闹哄哄"比"死气沉沉"更压抑、更沉闷、更恒郁……

　　再有不到四个小时，就要和与我一起生活了二十四年的右腿永别了。此刻我的内心是一片失去了平静的海洋，黑云遮日、阴风怒号、浊浪拍岸。四个小时是二百四十分钟，是一万四千四百秒，很漫长又很短暂的一万四千四百秒。我的右腿在这一万四千四百秒之后就要永远地脱离它的母体——我的身体了。它虽然不很修长，不很白皙，而且还有一块上学路上摔跤留下的丑陋的疤，但它却载着我走过了二十四个春夏秋冬，载着我走过了小学到大学的历程，载着我站在了梦想的三尺讲台上，载着我结识了教师生涯的第一批学生，载着我邂逅了今生最美丽的相遇——我的最爱——文字……

　　就这样轻易地送走它，就这样无奈地与它诀别……我真的舍不得……我也告诫自己，如果要保留身体的完整，就必须失去生命，可谁又能保证牺牲了它就会保住生命的完好呢？文字，这种选择真的很难……世上最难的选择题为什么偏偏出现在我的生命中呢？如果坐在我身边的不是小磊哥而是你，我是不是就不会这么惊慌、这么迷茫了呢？

　　自从决定不让你知道我的病情后，无尽的思念就变成我每日的"止痛药"。害怕的时候、无助的时候、绝望的时候，我经常会想象我们多年后在街头偶然相遇的场面，我一定会躲开你，躲在某个角落窥探着你幸福的笑容。你一定要得到幸福，一定要将我的那份也一并得到。如果我们有缘再遇，我更希望是若干年后的天国……我必须要找到先我离开世界的右腿，让它载着我找到你，那时我还是完整的肖筱，一如你我初相见时的肖筱，你深爱过的肖筱……

　　2002 年 11 月 30 日　　不知道是什么天气

　　终于逃离了重症病房的囚牢，终于卸下了氧气罩的枷锁，终于可以拿着笔记录这场生死对决了。在刚刚动完手术后，整个人像跌进了时空隧道，一会儿是奶奶过世时我立在门槛，新奇地看着大人们的悲痛；一会儿是爸爸带我去看茫茫的戈壁滩，第一次感受生命的荒芜和贫瘠；一会儿又是去上大学临行时的月台，父母渐远的身影定格在记忆中；一会儿又是阳光明媚的清晨，公共汽车上我和文字的美丽邂逅；一会儿又是闹哄哄的教室里学生们一张张求知若渴的面庞……四岁时的我站在讲台上……二十二岁时的我伏在爸爸怀里撒娇……时空错乱，混混沌沌……

失去了右腿是什么感觉？空了，下肢的地方空了，心也空了，梦也空了……浓重的睡意又铺天盖地地袭来，手不听大脑的指挥了，明天再写吧……是啊！睡着总比醒着舒服，睡梦中就不会感觉伤口撕心裂肺的疼痛了，睡梦中就会看见文字灿烂的笑脸了……但愿还能看见明天的阳光……但愿明天的阳光照耀到的不是一冢新坟，不，照耀到的是一冢新坟，那里埋葬着我的右腿、我的灵魂、我的残梦……

这些就是肖筱名为《细砂》的病中随笔。"细砂——风的痕迹"，在经历了诸多的磨难后，虽然她在拼尽全力支撑着、强忍着，不让意志坍塌、生命倒下，但她的心已蜕变为风蚀过的沙海，寻不到一棵树、一株花、一棵草。

> Moon river, wider than a mile
> I'm crossing you in style some day
> …

> 月亮河，宽不过一英里。
> 总有一天我会优雅地遇见你。
> 织梦的人啊，那伤心的人。
> ……
> 还有月亮河和我。

东方微微露出了鱼肚白，河水还在洗着月色揉碎星光。吉他声和着河水声凄婉地吟唱起这首《Moon River》。《Moon River》是当年肖筱在音乐教室弹奏的那首钢琴曲。皎洁的月河，绚丽的彩虹，黑白键上流淌的爱的音符，这一切都是史文宇异乡漂泊的行囊——属于他和肖筱的爱的回忆。而今他再次用吉他演绎时，月河暗淡了，彩虹隐退了，就如同那句话——今日心绪再难谱昨日之音。

弹奏完后，史文宇将吉他放在石头上站了起来，深一脚浅一脚地走向河边。到了河边他并没有停下脚步，而是继续前行。"扑哧扑哧……"他的双脚已经踏进了河水，但他似乎并没有意识到，还是继续往前走，河水漫过了小腿、膝盖、大腿，一直漫到了腰间。

史文宇就像一根柱子呆呆地立在河中央，他不是想寻死，更不是发了疯。他很清醒，从来就没有这般清醒过，他想清醒地体验一下肖筱随笔中的一段文字："我将自己的心封存在了那个永远醒不了的夜里，指尖残存着夜的温度……"夜的温度是否就是此时河水的温度呢？河水的冰冷刺痛了他的腿骨，腿部的皮肉血脉和骨髓像要裂开了一般的痛，这种痛迅速蔓延到身体的每个部位，全身的骨骼似乎都咔嚓嚓作响，神经都痉挛了起来，甚至连呼吸都有了紧迫感。身体的痛尚且如此，心灵的痛就更可想而知了。肖筱就是承受着身体和心灵的双重疼痛走到了今天，他，史文宇，居然说她"过得不错"！

他掬起一捧河水猛拍到自己的脸上，一个激灵险些让他跌坐在河水中。他仰起湿漉漉的脸，分不清横流在面颊上的是泪水还是河水？也分不清呜咽的是河水声还是肖筱的呼唤声："文宇，你快回来吧！文宇，你快回来啊……文宇……"

逐渐黯淡的星光犹如肖筱病中绝望的眼神，责备昨日在医院他的疏忽，他不是最了解肖筱的人吗？他不是曾经断言肖筱是个"透明"的女孩，她的眼睛会毫无保留地泄露心中的秘密吗？昨日哪怕他多和肖筱对视几秒，不，一秒，就一定会从她的眼中捕捉到铺天盖地的悲痛和绝望，为什么要怯懦地逃避她的目光？为什么会被忌妒蒙蔽了双眼呢？

史文宇,难道你觉得对于你的归来,每个人都应该给予褒赏和掌声吗?看,两年了,你对肖筱的爱还是一如既往的真诚和炙烈,你是个多么伟大高尚的人!恰恰相反,你应该得到的是每个人的唾弃和鄙视,你是高高在上的救世主吗?你把爱的雨露洒播给需要你的人?对姚淑贞、对陈惠是这样,对肖筱更是这样。其实不然,你的爱和她们中的任何一个都不能相提并论,姚淑贞爱得比你执着,陈惠爱得比你纯粹,肖筱爱得比你真切无私……

肖筱,小贞说我和你的爱并没有结束,只是遇到了严冬短暂休眠了。严冬不是早已过去了吗?春天都已过半了,那么我们的爱是否也该复苏了呢?我相信我们经历劫难的爱复苏后,会在你心中滋生出世界上最绮丽的花、最萋然的草、最硕壮的树,你心灵的天国会变得比你笔下的天国更美丽、更富饶。

第十三章

"哇!这个玻璃罐里的星星真有一千颗吗?"莫绍玉趴在肖筱的病床前摇摇手中的一个玻璃罐将信将疑地问。不知是因为莫绍玉这身新娘装扮,还是莫绍玉身上散发的喜气,今天肖筱的病房显得格外的亮堂。

"可能吧?我也没数过。"肖筱靠在枕头上,难得地露出灿烂的笑容。还记得陈惠结婚时她对莫绍玉说,幸福的女人最美丽。今天的莫绍玉就很美丽,因为幸福而美丽。

"分我一半吧!这些学生真够气人的,我也是他们的老师,为什么毕业后只记得你一个人,只给你寄东西?真难以想象,王龙那胖得和猪蹄一样的手居然也能折这么纤小的星星?奇迹啊!真是奇迹!"莫绍玉从玻璃罐里倒出一颗小星星捏在指尖,一边反复研究,一边回忆王龙的胖手,不由感慨道。

"你呀!都是新娘了,说话还是这么没遮没拦的。"

"新娘怎么了?新娘就应该娇滴滴的?说话也要像蚊子一样哼哼唧唧?哎哟喂!要是变成那样我先自己起一身鸡皮疙瘩。"

"呵呵！真是服了你了。新娘子，怎么跑这儿来了？"

"想你了呗！怎么？不欢迎？伤心啊……想着你连喜酒都没能喝上，一直都耿耿于怀的。今天特意撇下了老公来给你送喜糖，你不说被我感动得眼泪哗哗的，居然还问我干吗来了。啧啧啧……我自作多情，老孔雀了一回。走了走了，多陪会儿老公，老公还会乐得屁颠屁颠的……"

"哎哟哎哟……我没被感动得眼泪哗哗的，倒是被你刺激得快吐血了。想我了？我怎么感觉你的样子不像是想我了，倒像是来我跟前显摆的吧？"

"呀！我这点儿国家机密让你一下子破译了。是来刺激你的，是给你显摆来了，我幸福不？羡慕不？眼红不？所以你也赶紧结婚吧！趁现在你还有几分姿色。"

"结婚？这婚也是说结就结的吗？没有对象我一个人结啊？"

"揣着明白装糊涂。知足吧！他够优秀的了，话不多但也不木讷，不算很帅但很有型，他父母又把你当自己女儿看待……那么理想的结婚对象你不把握，哪天被别人勾走你就后悔去吧！"莫绍玉活像一个卖力游说的媒婆。

"谁揣着明白装糊涂了？哪个他啊？"

"还非要我点名道姓？郝——明——磊！"

"别胡说八道的，他是我哥哥！"

"哥哥？你们又不是亲兄妹，又没有一点儿血缘关系。哥哥？哪个哥哥会这么细心体贴地照顾妹妹？你都不知道你动手术那天他的样子，蹲在地上一蹲就是大半天！那情形看了都让人鼻子发酸。我看他对你绝不是兄妹的感情！"

"好了好了……又是老调新弹，你嘴巴不累，我耳朵可都生茧了。不说了，和你永远说不清楚。"

"那你倒是往清楚里说给我听啊？你……不是还在等那个人吧？看看看，我还没说是谁呢，你的脸色都变了！别瞪着我，你敢说不是？"

"……"

"如果你还是放不下他，我找他朋友去，掘地三尺我也要把他挖出来带到你面前……"

"他……已经来过了……"

"真的！什么时候？他怎么说？哭了吗？呸呸呸，一个大男人哭什么……他到底怎么说的？是为了你回来的吗？有没有和你破镜重圆的意思？那个女人？他妹妹说他和那个女人结婚了是骗你的吧？还是他甩了那个女人？你倒是说话啊！急死我了。"

"你也要给我说话的机会啊！他……什么都没有说……"肖筱惨淡地一笑后把脸转向了窗户，刺目的阳光映得她眼前一片煞白。昨天史文宇的确什么都没有说，是没来得及说还是根本没有什么可说的呢？应该是没什么可说的吧！都说爱情经不起时间和空间的考验，她对于他来说只是"曾经"了吧！

"没说？我找他去，什么人啊！简直太……太莫名其妙！……太离谱！……太……我都气得不知道该说什么了！"莫绍玉义愤填膺"嚯"地站起来，边挽袖子边向门口走去，一头撞上了推门进来的鲁芳。

"莫老师啊！来看肖筱？这么慌慌张张要走吗？如果没什么要紧事，多坐一会儿吧，我们肖筱每天盼你们来呢！"

"鲁主任好！我不急着走，不急着走……"不知什么缘故，莫绍玉每次一看见鲁芳就会紧张起来。按理说她的生活中进进出出的"官儿"也不少，比鲁芳职位高很多，可一见鲁芳还是心里发怵。于是她赶紧折回到肖筱身边，还俏皮地吐了吐舌头。

"莫老师今天好漂亮！新婚的感觉很好吧！"鲁芳边脱外套边和莫绍玉寒暄起来。

"感觉……还好……还好……鲁主任吃糖！"莫绍玉摸摸自己发烫的面颊，有些不好意思了，赶忙从挎包里掏出一把喜糖捧给鲁芳。可能因为她自小没有母亲，所以不太会和妈妈们打交道。

鲁芳笑眯眯地接过莫绍玉的喜糖剥开一颗放进嘴里，不知怎的，奶香四溢的喜糖在她的嘴中如同嚼蜡，没有一丝甜味。

"小磊没来吗？他不是也放假了吗？"鲁芳坐到肖筱的旁边仔细看看

女儿的脸，怎么？今天女儿的气色不怎么好？眼中居然有潮气？再看看莫绍玉眼中也愠怒未消？这两姑娘吵架了？

"没来！他凭什么天天跑医院？人家也有自己的生活，也难得放个假休息休息！医院是休闲娱乐的地方吗？好人在这儿待几天都会憋出毛病的。"肖筱突然觉得心口憋闷，怨气一下子冲破理智的底线，如同火山喷发般喷射了出来。

"这孩子！……"鲁芳尴尬得都不知道说些什么了。

"我知道你们的意思，我又不是白痴。但你们不要白费心机把我们硬往一块凑，小磊哥也不是垃圾收容站，你们未免太自私、太狭隘了吧？想卸掉包袱也不能这样随随便便丢给别人，图了你们的心安理得，那人家小磊哥的前程呢？你们就不考虑……别拽我！"肖筱甩开莫绍玉的手，在她眼里，此刻的妈妈就是敌人。

"干吗说得如此不堪？不接受大人的好意。"

"好意？你们的好意是建立在别人的痛苦之上的！"

"好了好了，也罢也罢，这个话题我保证以后不会再提。你也不用吹胡子瞪眼睛地冲我喊，我是天底下最自私自利的坏人……"鲁芳叹着气慢吞吞地站起来，从她带来的塑料袋中取出几个苹果走出了病房。

"肖筱……别这样……你妈妈也是迫于无奈才这么考虑的。你的确需要人照顾，你父母也老了，不能照顾你一辈子。郝明磊既然都明确表了态，愿意照顾你一辈子，你又何必……"莫绍玉看着鲁芳突然衰老了许多的背影，心里有些不好受。

"难道我非要这么悲惨吗？就如同《乱世佳人》里的郝思嘉一样，用银盘子端着自己的感情：'这是我的感情，虽然很廉价，一文不值，但请你务必，连同我残缺了的身体一起收容吧。'我是不是也要这样对他说，你们才觉得合情合理？"

"肖筱……"莫绍玉无言以对，唯有一声叹息。

鲁芳步履沉重地走在医院的走廊上，这条悠长的走廊有多少块地砖她都已经记下来了。

自从一年前肖筱被查出患上骨癌住了进来，鲁芳的生活立刻变成了医院和家两点一线。每天清晨她都会迎着第一抹晨曦奔到医院，每天晚上都是披着一身暮色回家。每次来的路上心是惴惴不安的痛，回去时就是沉甸甸的疼了。原本她和肖筱的关系就因为史文宇的缘故变得有些僵化，现在肖筱对她有时凛若冰霜，有时怒火冲天。这能怨谁呢？如果她没有反对肖筱和史文宇恋爱，如果她没去翻查史文宇父亲的死因，如果她没向史文宇的母亲泄露秘密，如果史文宇的母亲没有死……如果……这个世上没有比"如果"一词更悲哀、更无奈的了。

"阿姨！您好！"

边走边摘掉眼镜抹眼泪的鲁芳，听见有人和她打招呼，便停下了脚步，重新戴上眼镜困惑地盯着眼前这个年轻人，高高的个子，俊秀的五官，亲切的笑容，有几分似曾相识："你……？"

"我是史文宇。您不记得了吗？"

"史……文宇？！"一听到史文宇三个字，鲁芳的眼睛顿时瞪得滚圆，不由得朝后退了一小步："你……不是……在外地吗？几时回来的？"

"昨天，昨天凌晨回来的。"

"你怎么在……这儿？"鲁芳不安地环顾四周，还好没有认识的人。

"我妹妹在这家医院上班……"史文宇回来两天才见到住在医院宿舍的小雅。小雅看见两年未露面的哥哥既没有很激动，也没有很惊讶，仿佛她早就推算出了他的归期，她要姚淑贞保守秘密就是基于这个原因。当初他抛下她远走他乡时，明白无误地证明了肖筱在他心目中的比重，秘密泄露的日子也就是他的归期。她冷冷地抛给他一句：如果他非要和肖筱在一起，她不会阻止，她也阻止不了，但要让她原谅并承认肖筱只有一种方式，让她母亲复生。

"哦……这样啊！你妹妹在这儿上班……这样啊！"一听史文宇的妹妹在这儿工作，鲁芳打断了史文宇的话，下意识地将手中的饭盒藏在了身后。原来他是来看他妹妹的，太好了，只要不是来看肖筱的就好。看他和悦的神情、谦和的语调，应该还不知道肖筱的情况吧。"你去看你妹妹吧！我也有事先走了。"

"阿姨！我们谈谈好吗？"史文宇拦住了神色慌张的鲁芳。

"谈谈？好……好的……谈什么？小史，我也有话对你说……既然今天碰到了，有些话还是应该和你谈谈的。对于你母亲的事……我感到万分的抱歉……虽然现在道歉为时已晚，而且于事无补，你母亲还是因为我……但……请你相信这些年我一直想找机会向你道歉，我也一直备受良心的谴责。如果当初知道你母亲对你父亲的死因全然不知……我也不会……我真的不会跑去告诉她……虽然当初我不怎么喜欢你，也强烈反对你和肖筱交往，但也不至于到伤害你母亲的地步……我也不是那么歹毒心狠的人，请你代替你母亲接受我这份迟来的道歉好吗？而且我也因此受到了惩罚，是的，很严厉的惩罚……"如果换作两年前，鲁芳肯定不会这么低三下四地道歉，即便是她犯下了滔天大错，她也会找出诸如"我不知道你母亲对你父亲的死因一无所知""虽然我不应该翻查你们家的秘密，但纸是包不住火的，你母亲迟早会知道真相的……"等等理由为自己开脱。时至今日，在经历了一场梦魇般的变故后，她的专横跋扈被磨光了。

"阿姨，不要这样说。我母亲已经过世两年了，一切的恩怨都该一笔勾销了。"

"话虽如此，但我还是要道歉。如果你允许，我想去她坟前送束花，亲口向她说声对不起。"

"好的，如果这样做能让您心安，您也从此放下这个包袱好吗？我母亲是个很宽容大度的人，我想她肯定不愿意因为自己的死而让任何人心存不安地生活下去。我要和您谈的不是这件事，是肖筱。不要这样惊讶，肖筱的情况我已经知道了，并且我们见过面了，我也可以直言不讳地告诉您，我回来的原因就是肖筱……"

"小史……你母亲的事我已经道歉了。你也接受了，不是吗？"鲁芳舔舔干枯的嘴唇，她不知道史文宇"回来的原因是肖筱"是何用意。如果是为他母亲的死伺机报复，那么她就是拼上性命也会制止的。肖筱的病在她的意识里，完全是因为她犯下的罪孽而得到的惩罚，对于她来说，这种惩罚是最残忍、最沉痛的。是啊！世上有什么比一个母亲眼睁睁地看着自己的儿女遭受疾病的折磨，生命随时都会结束更残忍、更沉痛的呢？如果可以替换，每个母亲都会毫无怨尤地去替换。

"我？是接受了啊！这和我要和你谈的事情没有一点儿关系。您……不会是……"可悲、可叹、可憎、可亲的母爱啊！鲁芳的误会，史文宇能够深切地体会和谅解："是的，我母亲刚刚过世的时候，我是无法原谅您，无法面对肖筱。虽然您并没有直接加害我母亲，但您的行为的的确确导致了她的心脏病猝发。时过境迁，追究这些还有意义吗？就算您再怎么自责，怎么到我母亲坟前谢罪，她都不能复活了。我说了，她是很宽容、很大度的人，她经常对我们说，有些时候不妨换到别人的立场去看待事情，那么你就能充分地理解他，理解了他就可以宽恕他，你的心灵也会获得宽恕后的释然感。阿姨您所做的一切都是因为对女儿的爱，只是您爱得过于偏激和霸道了些，虽然您的爱是真挚的。就让我们把一切恩恩怨怨都交给过去吧，就请您暂且相信我一次好吗？我很爱肖筱，两年来我一直无法忘记她，无法放弃我们的感情，所以我回来了。我们都是深爱肖筱，也是肖筱深爱的人，就让我们一同为肖筱、为肖筱能够重新站立起来、重新面对生活而努力好吗？"

从河边回到家中后，史文宇躺在床上本想睡一觉，可是一闭上眼就会听到肖筱幽咽地叫着他的名字。他跳下床洗了个澡，刮干净了胡须，穿戴整洁后对着镜子中的自己，反复练习怎样用最灿烂的笑容去面对肖筱。

"小史……我……不是不相信你……可……肖筱现在是这种情况……"

"是的，就因为肖筱现在是这种情况，她生病的时候你们一直守候在她身边，应该比我更清楚她现在的处境，她已经完全冰封了自己的心，完全将自己置身于寒冷的黑夜中。这种情况下她更需要我们，需要用我们的爱去温暖她，让她找回快乐生活的勇气。"

"好吧！为了肖筱……"鲁芳哽咽着不能说话了，她还能再怀疑史文字吗？如果她再有什么怀疑，就太辜负这个年轻人的诚意了，况且她比任何人都清楚，如今支撑肖筱活下去的意志除了人求生的本能外，另外就是史文宇了，在肖筱多次昏迷的时候，她都能听见肖筱嘴里呼唤的名字就是史文宇。医生曾经说过，对抗癌症，意志比药物和手术都更加重要，坚强的意志会为病人争取到更多的生存机会和时间。虽然没有得到科学验证，但许多事实都表明了意志在治疗疾病当中的重要性。史文宇眼中闪烁的泪光、恳切的语气变成了一缕明亮的阳光，刹那间照亮了整个走廊。

　　莫绍玉因为下午还要陪她先生参加同学聚会，匆匆忙忙先走了。鲁芳快快地收拾了肖筱没吃几口的剩饭，说晚上再来看她也走了，空荡荡的病房里就剩下了她孑然一身。消毒水的味道和过道卫生间的臭味混合在一起，她的胃开始严重抗议吸入体内的浑浊不堪的空气，还没有消化的食物在胃的抗议声中翻江倒海起来。

　　有时候她也很讨厌现在的自己：浑身插满了尖利的刺。这些刺是双刃的，既刺伤了别人，也刺伤了自己。如果有一天大家都失去了耐心，厌烦、厌恶这样的她，像躲瘟疫一样躲开她，那么她余下的岁月真的就只剩无尽的漆黑和严寒了。这种不安和焦躁像病毒一样侵入脑海并迅速扩散到全身，她不禁浑身寒战起来，下意识地将小袄裹得愈加紧了。

　　"吱——"病房门轻轻被推开的一条缝里，挤进来史文宇比阳光还灿烂的笑脸。

　　"文……你怎么来了？"一抹惊讶和欣喜在她有些潮气的眼底一闪即逝，搁在腿上的一本诗集掉在了地上。

　　"当然是来看你的。什么书？《中外优秀诗集选》？"史文宇抢前一步拾起地上的诗集。

　　"你……不是昨天刚来过吗？"

　　"这医院有规定？昨天来过了今天就不能来？不会是需要预约吧？那从明天开始我就先预约！不过这病房里怎么就住着你一个人？"

"前天还住着一个女孩,不过昨天凌晨时死了……"死,多么阴森恐怖的字眼,但在肖筱嘴里却好像说"走了、出去了、离开了"一样的稀松平常。

"哦……你一个人……没事吗?"肖筱的淡漠和麻木令史文宇不寒而栗,他实在找不出什么合适的语言继续对话。

"我一个人不会待很久,可能明天,也可能'五一'一过就有人住进来。不住医院也许不知道'吃五谷生百病',生病是很平常的事……把书给我。"

"我们一起看吧,我好久都没有看过这类纯文学的书了。"史文宇把书藏在身后嬉皮笑脸地提议。

"那你先看,反正我已看了好多遍了,只是闲着无聊翻翻而已!"肖筱懒得去抢,索性大方地让给史文宇。

"诗集嘛……一个人看总觉得缺点什么……嗯……好像白纸黑字会削弱诗的灵性,不如我读给你?虽然我的朗诵水平连业余初级都达不到……嗯嗯……开始喽!"坐在肖筱对面的史文宇,煞有介事地清清嗓子,翻开诗集,一行熟悉的笔迹跃然出现在首页——"将往事研为墨,蘸饱记忆的笔,在素白的心笺上,记录下一行行银色的忧伤,却写不出一个完整的永恒的'爱'……"

他的目光倏地移到肖筱的脸上,她眼中过去那眼清泉已经干涸了,空余了一口枯井,藤蔓丛生的枯井,任何东西跌入井中都会跌个粉身碎骨。他渴望这时就像肖筱随笔中希冀的那样——懒洋洋地倚靠在他的怀中,像傲慢的公主一样翘起下巴努努嘴,他就会像个忠实的仆人一样将捧在手中的书翻一页。他还会不时地腾出一只手掰一瓣橘子哄着肖筱张开嘴,"太酸了……不够甜……"她嚼几下就皱起眉头娇嗔道……他渴望,渴望把这两年在肖筱病中他未能做的事情一次性补齐。但现在还不到时机,如果他那样做,肖筱一定会像受惊的小鸟,乍起羽毛,瞪圆眼睛,也许还会啄他一下,以后再想要靠近她就会难上加难。他的爱必须像春夜细雨,悄无声息地渗透到她的心田,慢慢地唤醒她心头枯萎了的爱的种子。

他换了个坐姿,翻开肖筱批了评注的一页:

月 亮

[普希金]

孤独、凄怆的月亮,
你为什么从云端里出现,
透过窗户,向我的枕上
投下清辉一片?
……
月亮啊,你为什么要逃走,
沉没在那明朗的蓝天里?
为什么天上要闪出晨曦?
为什么我和恋人要别离?

史文宇舒缓的语调、磁性的声音,在肖筱眼前展开了一幅画卷:夜风习习,树影婆娑,泻满银色月光的小窗,一位诗人手卷帘帷潸然垂泪,逝去的爱情如同月亮,在晨曦出现时黯然殒落……

是不是病房里的暖气还在散发阵阵热气?窗外的一切都在热气的蒸腾下失了真、走了形:蓝天倾斜了、白云虚渺了……窗台上的蝴蝶花花蕾原本害羞地紧紧缩成一团,此刻也松散开来,也许明天它就会完全绽放了吧?

三天了,以前天天看望肖筱的父母和郝明磊同时人间蒸发了。郝明磊的理由:最近突然接到加班通知,抽不出时间。父母的理由更奇怪:感冒了,怕来医院传染给她,现在她的免疫力是最低的时候,容易被传染。让肖筱费解的还有妈妈居然亲密地称呼史文宇为"小史",史文宇则对鲁芳一口一个"阿姨",妈妈还说这几天小史答应替他们照顾她。两年前所发生的一切,妈妈对他们恋情的反对,史文宇母亲的辞世,史文宇的愤然分手和不辞而别,是肖筱幻想出来的?还是他们都罹患了"失忆症"?

和史文宇单独待在一起没什么不好，甚至是肖筱曾殷殷期盼的事情，史文宇总会挖空心思地逗肖筱笑，原本充斥着死亡气息的病房也因此生机勃勃了。但让肖筱最为尴尬的是上卫生间。没办法，人的生活"吃喝拉撒睡"缺一不可。还记得第一次独处时她尿急，给妈妈打电话，妈妈说她在挂点滴来不了，若小史在就让小史帮忙。本来帮她解手是件很简单的事情，郝明磊就做过好几次，把坐便凳子从床底取出支在床边，再把痰盂放置在凳子下面就可以了，可面对史文宇她就很难以启齿。

怒气冲冲挂断了妈妈的电话，肖筱就像热锅上的蚂蚁，一会爬到床上，一会溜到轮椅上，一会又在地上"金鸡独立"。有一次趁史文宇不注意她试着去取床底下的凳子，可惜凳子被放在靠床头的地方，她的手根本够不到。她的坐立不安引起了史文宇的注意，他紧张地询问了几次，她都咬着嘴唇摇摇头说没什么。最后他真以为她有什么不舒服要去找医生，她才满脸通红低垂着眼帘说自己想解手。史文宇曾经照顾过瘫痪的母亲，所以做这些事情都是轻车熟路，他取出凳子支好，摇晃了几下试试够不够稳当，安置妥当就出了病房，一支烟的工夫他才进来收拾。

从那以后，只要发觉她有坐立不安的现象，史文宇就直截了当地问是不是要方便，而且每天晚上临走时都会记得将坐便凳子安置好，以方便她晚上起夜。

"猜猜今天中午吃什么？哈！是你最爱吃的那家'李记'的鸡汤馄饨。他们的店搬了，你猜搬哪儿了？猜不着吧，咱们学校旁边的那条小巷子里。问了好几个人都说不知道，害我在那一带转悠了好几遍。还算我记性好，回忆起来胖老板说过他们家就在那条小巷子里。果不其然，如今他们把店开在了自己的家门口！"史文宇一边兴高采烈地讲述自己买午饭的"奇遇记"，一边倒了一盆热水，打湿了毛巾拉过肖筱的手细心地擦拭了一遍，然后搓了搓毛巾自己洗了把脸。他洗完后畅快淋漓地舒了口气："浑身都是汗，黏不唧唧的，洗完就舒服多了。今天好热，马路都好像快被太阳烤化了，软乎乎的。你打算吃几个？"

"随便……"

"随便？那这一饭盒你都吃了好了。十个？八个？嗯……今天我心情极好，减一个，给你七个，剩下的我全包了。"于是史文宇在碗里盛了七个馄饨端给肖筱："肖筱同志，'粒粒皆辛苦'啊，每一粒粮食都凝聚着农民伯伯的汗水，看在农民伯伯辛苦劳作的份儿上，你也不能一端起碗就和上刑场一个表情，我又没在你碗里撒砒霜……给，勺子。细嚼慢咽是好习惯，可你'细嚼慢咽'得太过了点，这样对胃也没有好处。快点吃，凉了就不好吃了。"

肖筱心事重重地扒拉了两个馄饨就停了筷子。那英有首歌叫《相见不如怀念》。是啊！她更习惯用怀念和幻想的画笔，来勾勒史文宇的一举一动、一颦一笑。现在，史文宇跳出了她的回忆和幻想，"活生生"地出现在她的生活中，对她说话，喂她吃饭，给她读诗集……一时间她好像掉进了现实和幻想的夹缝，混乱和不安起来。

"不吃了？"

"嗯，不想吃了，不舒服。"

"你才吃了几个？两个啊？不行，必须吃完。"史文宇凑过去一瞅肖筱的碗："胃疼？肚子疼？头疼？我看看手指头，痂都看不见了，不应该再疼了吧？难道那个手上的指头又被划破了？不会是我不在时上厕所磕到哪儿了？腿？膝盖？我看看……"说着真要撩肖筱左腿的裤腿看。

"没有……我……"肖筱搡开他的手欲言又止。

"没有就乖乖吃完。别和我讲条件，也别这样可怜兮兮地看我。狼再愚蠢、再笨，狐狸的当也只会上一次，所以你还是乖乖吃完。"史文宇坐回凳子抱着饭盒不再理睬肖筱。

肖筱发脾气用筷子在碗里使劲儿搅和了几下，一个馄饨顺势跳了出来。

一日三餐对于他们不是"民以食为天"，而是"民以食为战"，是斗智、斗勇、斗耐力的战争。史文宇每天晚上都会努力回忆他们谈恋爱时一起吃饭的情形，只要是肖筱夸赞过好吃的东西，无论跑多远的路、费多大的周折，第二天他都会想办法买给肖筱。可如今胃口欠佳的肖筱不怎么领他的情，一端起碗就开始找理由，胃疼、肚子疼、头疼，连手指头被书页划破的小伤口都会成为她不吃饭的理由。无论肖筱是"撒娇抵赖",还是"誓死"抵抗,都不能撼动史文宇"你必须吃完"的决心,很多时候肖筱都是"咬牙切齿"地嚼着史文宇一勺一勺喂进她嘴里的食物。这还不算,每隔一两个小时,他就会削个梨、削个苹果、剥根香蕉逼她吃下去,只要肖筱不反抗,乖乖吃掉,史文宇就会亲昵地拍拍她的脑袋、掐掐她的脸蛋儿,甚至有一次还在她脸上"偷袭"了一记吻,然后给她读篇诗歌、讲段趣闻、唱首歌以示嘉奖。

而今天,肖筱摆明了不合作。史文宇颇为无奈地站了起来,把手中的饭盒放到桌上,走到肖筱旁边拾起掉在地上的馄饨丢在桌上,跨坐到肖筱旁边,从她手里接过碗,捞起一个馄饨喂到她嘴边。肖筱咬着嘴唇将头扭到一边,一副视死如归的凛然。

"乖了,再吃两个,就两个。你以前能吃一大海碗呢?我还纳闷什么女孩子这么好的胃口?别误会,这完全是赞扬。那些一吃饭就忸怩作态的女孩儿最让人受不了,我以前就喜欢看你吃饭的样子。来,再吃一个,胃口好、吃饭香才是好孩子,病菌就会害怕了,不敢再来了。"这完全是以前哄生病了不想吃饭的小雨的套路啊!说完史文宇自己都"扑哧"乐了,肖筱的脸色愈发的铁青了。

"以前?别老和我说以前,我什么都记不得了。人要往前看,不要老回头。这么简单的道理你不懂?我不是你妹妹,更不是你女儿。好孩子?我像孩子吗?我现在的心智像小孩儿?你是一个照顾不懂事的小孩儿的保姆?你打算改行做保姆吗?放着那么有前途的工作不做?"

"当然不会!我现在才知道保姆这行真不好做,给我一百万我也不会做。但……我心甘情愿给你当保姆,而且是义务的哦!感动吧,那就赶紧把这些吃完。"

"感动?是啊是啊,像我这么不知感恩、不识好歹的人不多见吧!我是不是应该满怀感恩地吃你跑那么远的路买来的馄饨?是不是应该饱含热泪看你为我端屎端尿?我没有一百万来购买你昂贵的慈悲心,为了锯掉这条腿我已经债台高筑了!……"

"够了！今天你发什么疯呢？"肖筱的一席话不啻为一把尖刀戳在了史文宇的心头上，这是他回来后第一次冲肖筱大声说话。

"是啊，我也不知道我发什么疯！"

"对不起！不该说发疯之类的话。"

"该道歉的是我，这么优秀、这么出众的你整天伺候一个没有腿，又时常发疯的女人，很没有天理吧！你完全不用这么委屈自己，我们之间已经结束了，两年前就结束了，结束了就没什么感情的纠葛和责任了。你过幸福的生活不会受什么良心和道德的谴责，也不会有人戳你的脊梁骨，所以求你了，回去吧，回到你原来生活的轨迹吧。"

"回去？我说了我会回去，因为那儿还有工作要做，还有学业要完成。不用你提醒，我也会回去，但这和我待在这儿，让你吃饭不冲突吧？"

"为什么你要待在这儿？为什么你要千哄万哄地让我吃饭？怜悯吗？我说了，收起你的怜悯心，我不需要！"

"你很需要别人的怜悯。为什么？因为你从头到脚都写着'可怜可怜我吧，我需要别人的照顾、别人的关心、别人的爱护'。真正坚强、强大的人当然不需要别人的怜悯，不需要别人的帮助。你太软弱了，就像一只掉出了窝被雨打湿了的小鸟，你的一举一动、一言一行都带着被淋湿后的瑟瑟发抖。所以我才想照顾你，想捂暖你的身体和你的心。你还不明白我为什么要这样做吗？不明白我所做的一切是为什么吗？"

"不明白！也不想明白！我只明白你应该回去找个理想的对象结你的婚，过你的生活。别告诉我，你不想结婚。"

"当然不是，三十好几的大男人说不想结婚不是大脑有问题，就是生理有问题。我什么问题都没有，所以我想结婚……"

"那就结你的婚去，天天像幽魂一样在我面前晃悠什么？姚淑贞那么爱你，又在你身边守护了你那么多年，多情真意切！你对她不会没有半点感情吧？毕竟你们人生一半的时间都是在一起。你难道不相信时间是个奇妙的东西，是个魔法师，既会淡化感情，又会加深感情；既会摧毁感情，又会滋生感情。"

"但它却没有让感情起化学反应的魔法。有些感情可能经历一生的时间也不会起化学反应，开始的定位决定了发展的轨迹，也注定了最后的结局，就好比平行线只能相望不能相交一样，它们的轨迹注定了结局。我和小贞就属于这种。我很想结婚，也会结婚，但会为爱而结婚……"

"那我衷心地祝福你早日找到想结婚的那种'爱'。我累了，想睡一会儿。"肖筱打了个哈欠放平枕头，背对着史文宇躺了下去。

肖筱的反常不是无理取闹，她还不至于失去理性到如此不堪的地步。磨难和不幸只会让人愈来愈坚强，愈来愈理性，就像本来软软的泥，经过火的煅烧才会变成坚硬的、精美的陶瓷一样。

起因是当史文宇去买午饭时，肖筱接到了一个电话，是姚淑贞打给她的。姚淑贞告诉肖筱，昨晚她和史文宇通了电话，听声音她感觉史文宇很疲惫，不是身体上的疲惫，是心灵的疲惫。他疲惫是因为不知道怎样接近肖筱，不知道怎样打开肖筱心灵的锁。他很矛盾，过于鲁莽、过于直接怕肖筱不能接受，毕竟他们分开了两年；过于迟缓、过于小心又怕时间来不及，他还要回去上班。肖筱问姚淑贞，是不是因为非常爱史文宇，不想看到史文宇这么累，才打电话告诉她这些的，姚淑贞没有正面回答，只说史文宇的生命里只能刻下一个人的名字，那就是肖筱。

她的身体"生病"了，行动"迟钝"了，她的心没有"生病"，感觉没有"迟钝"。难道史文宇这样每天细心照顾她，为她端屎端尿，迁就她的任性和无理，仅仅是出于曾经恋人的道义上的关心？仅仅出自史文宇的善良本性？不，他想传递给她的信息是他依然如故地深爱着她，甚至比以前更爱她。

她在质疑史文宇爱的真实吗？不是，她就像相信月亮绕着地球转、地球绕着太阳转一样地相信他。她可以从他的眼神、语言、动作，甚至于从他的呼吸中感受到他的爱的炙热和执着。是她的生命不再需要爱的关怀，是她的身体不再渴望爱的抚慰了吗？不是的，不然她就不会每天清晨都仔细分辨走廊里的每一个脚步声，当那个备受一夜相思煎熬盼来的脚步声由远而近时，她就不会心如鹿撞了；不然她就不会不停地泛呕还要拼命咽下他喂到嘴里的食物；不然她就不会表面上怒嗔史文宇"偷袭"的那记吻，其实内心却如沐春风般阵阵激荡，还兼有一丝淡淡的遗憾——遗憾那记吻只印在了面颊上，而没有印在她的唇上。

那她回避史文宇又是为什么？莫绍玉说得对，她现在需要别人的"照顾"。照顾？一个残破了的身体必然会变成别人的负担，这不是不承认就可以回避或忽视的问题。不仅是不能重新站上讲台正常地工作，就连最基本的生活她都没办法自理，站起来都要借助一条假肢和两根拐杖的辅助。这不是负担是什么？而且她的生命还有"明天"吗？她的体内埋藏着一个定时炸弹，谁敢说不准它什么时候会爆炸，什么时候她的"明天"就会被炸得粉身碎骨？一个没有"明天"的人有资格去谈论爱情，享受爱情吗？如果不能给所爱的人一生的许诺，不能在生活和事业上给予相互的支持和帮助，倒不如让他去寻找新的感情，新的幸福。

只要一想象他们将来如果在一起后的情形：忙碌了一天的史文宇，下班后拎着大袋小包匆匆忙忙地赶回家，连口气都不能喘，系上围裙钻进厨房开始做饭，吃完饭又要洗锅洗衣服，活像个上紧了发条的机器一样一刻都不得闲。她会抱着幸福的心态去欣赏这种画面吗？她会想当然地认为这是美妙和谐的画面吗？不，她只会更加的痛，比锯掉了一条腿还要痛一万倍！为什么要让他一起不幸、一起痛苦、一起沉沦呢？不幸、痛苦、沉沦，一个人承受就够了！

史文宇走到病床边，探着身体看看肖筱已经紧合上双眼，长长叹了口气拉开被子盖在她的身上。他知道她是在有意回避而假装睡着，这几天只要他的举动和言语稍带一点儿爱的成分，肖筱立刻就会套上硬邦邦的绝缘外套。他有些懊恼，刚才只差一点儿他就可以表白心意了，看来必须要改变策略才行。

"肖筱……肖筱，醒醒，该起来了，小懒虫……"

睡得迷迷糊糊的肖筱被史文宇摇醒，她揉了一下眼睛，浓浓的睡意又将她的眼皮黏合上了。

"小懒虫，月亮都要照到屁股上了。起来了……起来了……"闭着眼睛的她任由史文宇轻轻拍打她的面颊："看过安徒生的《睡美人》吗？怎么？你想做睡美人吗？那我就是当仁不让的王子喽！睡美人最后是怎么醒过来的？我好像记不太清楚了。"

史文宇的这招蛮管用，肖筱"噌"地坐了起来。

"我发现你越来越吝啬，恋人间最基本的亲昵都不允许，'耳鬓厮磨'才会'日久生情'。而且还越来越不浪漫，越来越没有情调了，不说了还不行吗？你好像不怎么看武侠小说，什么时候修炼的绝世剑法，叫什么来着？剑气，对，是叫剑气，眼神为剑，一扫，敌人全部毙命。看，又生气了，嘴巴都可以拴毛驴了。来，洗个脸清醒清醒，然后我们出去。"

"出去？"肖筱把脸扭到一边，不让史文宇帮她擦洗。看看窗外，日头已经偏西，应该是五点多了吧？"去哪儿？外面？这时候去外面干什么？……"

"我又不会把你拐带到什么穷乡僻壤卖了，至于提高嗓门吗？楼底下转悠一会，天天闷在病房都快发霉了。你没闻到吗？一股子霉味……"

"卖了？那你也卖不到好价钱！缺了一条腿谁愿意买？还不够买回去伺候的！谁脑袋进水了？楼下我也不去，发霉了就发霉了，怕发霉你一个人去转悠好了。"

"这不是拐着弯骂我吗？"

"骂你？骂你什么了？"

"骂我脑袋里进水呗，我可是开出了天价买你，我后半生的大好时光、所有的工资积蓄、两室一厅的房子加上'蓝色时光'的股份，哇，那不就是脑袋进水了吗？"史文宇眨巴眨巴眼睛，像是真的在细数自己的财产似的掐着指头给肖筱算起了账。

"冷笑话讲一次还会给你个面子笑笑，讲多了就只会让人反胃。拜托不要拿贫嘴当幽默，好不？"

"遵命，肖筱同志，以后和你说话我一定'以事实为依据，以法律为准绳'，一定会抱着严谨求实的态度。这样您满意了吧？闲话少叙，满意了我们就出发，走喽！"说着史文宇一下子从床上抱起肖筱，以他们的体型来看，史文宇抱肖筱就和老鹰捉小鸡一样，任肖筱如何挣扎、如何反抗都无济于事。

"你停下来，我不去！听见了吗？医生说我免疫力低，不能感冒。出去我感冒了你负责啊？"被史文宇强行放在轮椅上推着出了病房的肖筱，拍着轮椅的扶手叫嚷道。

"我负责。我们都穿短袖了，你还棉衣加毛线帽一副爱斯基摩人的打扮，感冒？不可能。"

"史文宇……"

"到！大小姐有何吩咐？"

"推我回去，听见了吗？史文宇！"

"听见了，聋子都能听见你的喊叫声。可……回去可以，自己走回去，要不然就安安静静地坐好。"

"戳别人的伤疤，卑鄙、下流、无耻！"

"继续继续……这些话早几年就有人骂过了，有没有新鲜点的词汇？"

"……"

"不骂了？你知道我小时候每到这个时节最喜欢做的事情是什么吗？"

"……"

"最喜欢和妈妈一起晒棉衣棉被。哇！躺在被太阳晒得松松软软的棉被上，那感觉真是无法形容。闭上眼睛深呼吸，太阳的味道是不是比所有的花香都更宜人？是不是比所有的酒香都更能让人迷醉？"

肖筱下意识地按照史文宇说的步骤闭上眼睛，深呼吸了一口，一种久违了的充满暖意的氧分子立刻被血红细胞输送到身体的每个地方，所经之处的细胞都像婴儿得到了母亲温暖双手的爱抚，睁开好奇的眼睛重新打量这个世界，花开了，树绿了，草茂盛了，春天早已来到了……

"为什么带我来这里？让来往的人像看动物园的猴子一样开心地看我？坐在轮椅上不安分地待在屋里，出来瞎溜达什么？"自从做完截肢手术后，肖筱就没有在公众场合出现过，就连往返医院都是郝明磊找车直接从医院楼下送到她家楼下。街道上攒动的人头、巨型路牌广告上袒胸露臂的美女、写字楼玻璃墙反射的太阳光等等，晃花了肖筱的双眼；行人聒噪的哄笑声、汽车尖厉的喇叭声、商铺音响传出的歇斯底里的歌声，搅浑了她的听觉，她就像生活在原始丛林中的土著人被强行带到了"文明社会"一样，她的穿戴、言行、思想，与周围的一切都显得格格不入。路人好奇、嘲讽的目光都像马蜂，她越是拼命驱赶，马蜂就越聚越多、越加贪婪地蜇刺她裸露的手脸，蜇刺她的神经。

"拜托你不要每句话都带刺。你说话的腔调和你本人搭配起来很可笑、很滑稽，就像一个可爱的白色陶瓷天使手里却握着一把雪亮雪亮的刀。动物园的猴子？大家开心地看你是因为你坐在轮椅上溜达？不是的，坐轮椅的人多了，没有一条法律，也没有任何一条道德规范说坐轮椅的人必须待在家里，这不足以构成大家开心的原因。如果你觉得大家是在开心地看你，绝对是开心地看你的穿戴。人家女孩子都'裙袂飞扬'了，可你还套着个大棉袄，'季节大反串'？不知道的人还以为你刚从北极回来的。为什么带你来这儿？你不记得这里对我们有何意义吗？"

这儿是两年前他们经常约会的广场，这儿的天空、草地、长椅上都印刻着他们美好的回忆。天还是那时般的蓝，草地还是那时般的绿，长椅边上两人却没有那时般的相依相偎，情还会是那时般的浓吗？

"不记得了，我说了以前的事情我都不记得了。人不能老沉溺在回忆中，回忆是一种浪费，浪费时间，浪费生命。昨天不是拿来回忆的，而是拿来遗忘的，昨天就应该贴上邮票寄回给过去，人是不是应该把精力花在抒写今天的内容上呢？"

"经典！不是讽刺，你的说法和我那天看到的一段话异曲同工，所以我才称赞你的话很经典。"

"什么话？"

"说在荷兰首都阿姆斯特丹有一座十五世纪的教堂废墟上写着一段话：事情是这样，就不会那样。隐藏在痛苦泥潭里不能自拔，只会和快乐无缘。告别痛苦的手得由你自己来挥动，享受今天盛开的玫瑰的捷径只有一条——坚决与过去分手。我很想问你一句话：你为什么当时会同意截肢?"

"因为……"这还是第一次有人直截了当地问她截肢的理由,更多时候大家都会回避"截肢、瘫痪、残疾"这类敏感的词语,大家都怕一不小心会触碰到她心灵最隐秘的创口。她愕然地看着史文宇,她猜忖不到史文宇提这个尖锐的问题的用意,一时不知该如何应答。

"我替你回答。应该没有什么特殊的理由,只是想活下去,对吗?你当时做这个决定是出于人求生的本能的冲动,用'冲动'一词也许不怎么恰当。你一定经历了很长时间的心理斗争,受尽了煎熬,所以我才说用'冲动'一词不怎么恰当。为什么会用'冲动'一词呢?因为你虽然对截肢以后要面临的问题和困难,权衡了许久,也做了最坏的打算,但这些都战胜不了你求生的本能,所以你'冲动'地决定牺牲一条腿来换取生命。我并不是嘲讽你的选择,更不是怀疑你选择的正确性。因为在那种情况下每个人都会做出那种选择。我很敬佩你,你真的很果敢、很坚强。"

"继续……把我强行拽到这里不会是来重温旧梦,更不会是来为我歌功颂德的。况且我也没有什么让人好歌、好颂的……"

"天使娃娃,暂且把你的刀收一收好吗?这样我才敢继续。我不喜欢用反语,我发自内心地佩服你,如果有一天我也遇到了你这种情况,或许不会像你这样果敢毅然地选择放弃一条腿而活下去。对我来说可能面对死亡比面对失去一条腿更容易些,死了什么都不用去想、去面对。为什么?因为我的母亲,我的母亲瘫痪在床整整十三年,失去了行走能力意味着什么我比任何人都清楚?是从此被囚禁在家的牢笼里,是外面的世界被切割成窗口那么大,是连一些最基本的生活都不能自理……"史文宇说到这里停顿了,他低下头掏出香烟,香烟还没有开封,他用指甲挑了几次都没有挑破。肖筱默然无语地从他手里拿过烟盒,撕开封口抖出一支递到他的唇边。他始终没有抬头,点燃香烟深吸了几口才缓缓地抬起头,他眼眶微微地泛着潮气。

"肖筱,你知道吗?每天白天看着你,晚上想着你,都需要有良好的心理承受力,因为面对你时,我的内心就要承受切肤剜骨的痛,这不是责备你、埋怨你的意思,全身心地呵护你、怜惜你我们还嫌来不及、嫌不够……"

"真不好意思,让你每天承受这么巨大的痛苦来照顾我,我还不识相地冲你发脾气……"

"让我把话说完再发表意见好吗?不要曲解别人的意思,我不是在标榜我有多高尚、多伟大,也不是在和你计算我为你付出了多少。在你生病的期间,我什么都没有为你做过,甚至浑然不知你曾几度徘徊在生死边缘,所以就算是为你付出我的一生一世、为你付出我的生命,我也会无怨无悔。刚才说要花天价买你是玩笑,却又不是玩笑,是发自内心地想把我的所有都给你。我知道你马上会说我不想欠你什么,不要同情我、怜悯我!同情?怜悯?我对你的感情里有这两种成分吗?"

"不知道……我的感觉和分辨能力现在都很迟钝,所以我不知道你对我的感情里有什么成分……"

"哼哼……"史文宇冷笑一声,他将烟头掐灭,逼视着肖筱的眼睛说:"这三天你一直给我很陌生的感觉,所以我才把你带到这里,想在有我们共同回忆的地方找回过去的你……"

"是不是很失望?因为过去的我已经找不回来了……"

"恰恰相反,我找到了,是从你的眼神里找到的。还记得吗?我曾经说你是个透明的女孩,从你的眼睛里就可以完全透析到你的内心世界。现在你的眼神就和掉出窝被雨淋湿的小鸟一样,迷茫、无助、惊恐、不安……不要往其他地方看,从今天起,从此刻起,你的眼帘只能容纳我一个人的世界……"

"哈哈哈……"肖筱一阵放浪不羁的狂笑后戛然收起了笑容,"你在做诗吗?凭什么我的眼帘所看的世界只能容纳你一个人?"

"凭什么?凭你爱的是我,我爱的是你,凭我们彼此相爱!凭只有我,只有用我们的爱才能医治你眼中的伤,才能找回和你分手了的'过去'。你说你和过去坚决地分手了,你挥手送走的是过去的快乐和光明,握住的是痛苦和黑暗。你把自己龟缩在一个坚硬的壳内,拒绝了阳光,你才会觉得砭骨的冷，才需要厚厚的棉衣将你包裹；拒绝了爱，你才会觉得孤单害怕，才需要随时握着尖刀恐吓想靠近你的人！其实你是在躲避，你不愿意见陌生人，不愿意出来晒太阳，还有……不愿意接受我的感情，不愿意承认你的感情，这些都是因为你在躲避，躲避如何活下去……"已经到了史文宇不能再犹豫、再心软的时候了，伪装心灵的躯壳就如同破败的残垣断壁，要想重建就必须毫不吝啬地彻底拆除，一片砖、一块瓦都不能残留。

"是的，你的每一句话我都无可反驳，你的确透视到了我内心最隐秘也是最薄弱的地方。我是在躲避，因为我不知道怎样活下去……"史文宇的每一句话都像重锤砸在了肖筱用于伪装自己的心灵冰壳上，波浪在冰面下暗潮涌动起来："你说得没错，手术前我反复预想过没有了右腿之后的种种，但事实要比预想的更恐怖、更惨烈、更残忍，手术后我恢复了意识，突然感觉不到右腿的存在，我一下子就坠到了崖底，整个人都懵了。"须臾间潮水顶破了冰面，黑色的巨浪翻滚着、咆哮着，彻底冲垮了肖筱的意志底线。

"对不起……对不起……刚才我的话太重了……对不起……"史文宇单膝跪在肖筱面前，伸手擦拭她脸上恣意横流的泪水，她体内到底积蓄了多少委屈和伤痛，不然泪水怎么会如此汹涌澎湃？

"不……该道歉的是我……这几天我对你的态度……实在太恶劣了……我……我不是那么蛮横不讲理的人……我是害怕……"肖筱泣不成声地牢牢攥住史文宇替她拭泪的手，就像溺水者竭力攥住伸向她的救命稻草，她要活下去……

"我知道……知道的……这个世界上没有比你更温柔善良的女孩儿了……我知道这一切都不是出于你的本意……我知道……什么都知道……"史文宇将浑身颤抖的肖筱从轮椅上抱下来，放在长椅上，自己则骑坐在长椅上，把肖筱整个人都紧紧圈在了怀中。他的心就像一团被肖筱的泪水泡透了的海绵，沉甸甸地坠在体内。

"我真的……真的害怕……害怕这几天又是梦、是幻觉……我刚刚习惯用想念来填满你留下的空白,你这样突然冒出来,我害怕……怕又习惯依赖着你、黏着你……如果……如果你走了,这些习惯会让我彻底崩溃……我……我可能无法再用想念支撑我的生命……我很混乱……我……"

"我知道了……是我不好……一切都是我的错,错在当初抛下你自己逃跑了,错在没有在你最需要我的时候,留在你身边照顾你、保护你。不会了,以后绝对不会再抛下你逃跑了,不要害怕了,好吗?不要再哭了,你把我的心都哭碎了!"两年前史文宇去医院和肖筱道别,如果肖筱是醒着的,也像现在这样痛哭流涕,他还会走吗?他直到此刻才全然体会到当初肖筱对他的爱是多么至深、至浓、至真,因为当时只要肖筱有一滴眼泪滴在他掌中,他的心就会被泡软了,绝对无法甩开她的手逃走。

"我现在很混乱,眼前一片漆黑,路在哪儿?"肖筱渐渐止住了唏嘘,因为她不再寒冷,不再恐慌了。史文宇摩挲在她耳鬓的双唇散发出缕缕温热气息,这蕴含着无限爱意和生命活力的气息,将生的勇气和希望源源不断地注入到了她的体内。

"眼前一片漆黑?我更喜欢在漆黑的夜晚走路,为什么?因为白天你看到的路很多,前面是路,后面是路,左面是路,右面也是路,错综复杂,需要你分辨哪条才是正确的。而夜晚,路就在你的脚下延展,你只需要接受心灵的指引走下去就会到达终点。而且你不是孤孤单单一个人,你还有我们,我们都会像这样牢牢地握着你的手,陪你走下去。"

"'走下去''活着',是生命的基本和真谛,对于一个健全的人来说活着都很难,更何况失去了健康的残疾人。讲台不能再上了,学生不能再教了,梦想、事业都变成了泡影。这还不算,就连基本的生活能力都丧失了,我'残废'了,变成家人的负担了,时时处处都需要别人的照顾了……"

"不许说自己是负担,你不是负担,你是你爸爸、妈妈还有我的希望和依靠。这不是安慰的托词,是真的,你的存在对每个爱你的人来说,都是一种幸福和慰藉。"

"我?也是你的依靠?"肖筱伸手抚摩史文宇温暖的脸颊,有些扎手的胡子茬,还有一颗青春痘,一切都"真实"地回归到了她的生活中,不会再溜回到她的梦中了。

"当然是我的依靠。人除了需要物质上的依靠,还需要精神上的依靠。你就是我精神上的依靠,是精神的加油站,是心灵的避风港,是伤口的创可贴……这些话怎么这么熟悉,这么腻味?都怪你那儿的书,让我变得肉麻兮兮。哪天我给你买本海伦·凯勒的《假如给我三天光明》,海伦·凯勒真的是一位了不起的女性,没有视力、没有听觉,她的书中却充满着七彩的阳光和鸟语花香,应该说她不是通过眼睛、耳朵来看来听这个世界,而是用心灵感知这个世界。人们不是常说'上帝为你关上了一扇门的同时,会替你打开一扇窗'。你的'教学'之门是被关闭了,可还有窗啊?"

"窗?"

"是的,你喜欢教学,不一定非要手执教鞭站在讲台上,你还可以转行研究教育心理学啊。你是学中文的,况且你才二十五岁,可以继续深造考研,或者拿起笔记录生活的点点滴滴,抒写对生活的感悟。"

"真的可以吗?我的病……"

"有什么不可以?看见那边放风筝的老人了吗?就个子很矮、很瘦的那个。他得了胃癌,整个胃都被切除了,医生用根管子直接将他的食道和肠子连接在了一起,他常说他活个一百岁没问题。不相信?那是我们一个院子的邻居。他最大的嗜好就是扎风筝、放风筝,他扎的风筝是这儿所有风筝里最结实、飞得最高的。你已经闯过了多少死亡关卡?况且复查结果也很理想,这说明你的病完全好了,现在你只需要增加营养,锻炼身体,让身体恢复到以前的状态就可以了。恢复好了,就要学着做家务,做饭啊,洗衣服啊,成为一个合格的家庭主妇。难道你只想做一个成功的事业女性吗?我更希望你是成功的事业女性兼合格的家庭主妇,我的期望不算很高吧?"

"你……真的希望……我是你终生的伴侣吗?"

"当然了,这是我人生的第一梦想。我说了我想结婚,想为爱而结婚。你是我最爱的也是唯一爱的人,你当然是我的结婚对象。你不会到现在还质疑我对你的爱吧?"

"不是，可……如果……我是说如果我不能陪你走到生命的最后，也许都不能陪你走到明天，那……你怎么办？"

"我？……会继续走下去，会将你没有走完的人生继续走完，很幸福、很完美地走完。不过……我不喜欢你老做这种假设。人的生命很脆弱，谁都不能说自己一定有明天，就连下一秒都不能断言自己一定会站在这里。也许会被天上突然掉下个东西砸死，也许突然地震会掉进裂缝里摔死。说这些有点儿耸人听闻，但这也是事实。所以我们应该把握和珍惜的是现在，是此刻，是当下！"

"是啊！住院期间看着一个个鲜活的生命在自己眼前枯萎，昨天还有说有笑，一夕间就化为一捧灰、一缕烟，生命的无常与脆弱让人骇然嗟叹。那时我就常想，能够像现在这样十指相扣，嗅着彼此的气息，听着爱在彼此心头潺潺流淌的声音，那么两人在一起的每一秒都会是永恒。谢谢你，谢谢此生在茫茫人海中和你相遇、相识、相知、相爱、相守，谢谢你给了我永恒的爱。"

"如果要感谢也应该是相互的感谢。我也谢谢你坚强地支撑到了现在，谢谢你还能让我这样抱着你，谢谢你慷慨地接受我的爱……肖筱，你看……"顺着史文宇手指的方向，肖筱觑见一缕阳光撕裂银灰色的云层透出灿灿金光，在云层晦暗的映衬下阳光愈加灿烂，而阳光的灿烂也映衬得云层愈加晦暗。

偶尔抬头看看蓝天吧，云隙间透出的阳光会告诉你：轻轻地闭上双眼，揭开遮翳心房的乌云，就会有一缕灿烂的阳光去照亮你的生命。

不知何时广场上聚集了这么多的人，这儿一堆，那儿一群。还有好几处都抬出了重低音音响，几声刺耳的试音后，这儿响起了高亢的藏歌，跳"锅庄"的圆圈越围越大，青色的地砖拟作茵茵的草原，普通衣袖也当作长袖尽情地挥舞开来；那儿掀起了"拉美风暴"，姿势不很到位，但架势摆得颇足，偶尔脚下的舞步还会小小地错乱一下。有什么关系？咱属自娱自乐，又不是参加什么"国标"大赛，即便是参加大赛不是还有个"重在参与"嘛！还有几个"新新人类"凑在一起斗起了"街舞"，"小黄毛"

的"Hip-hop"太简单、太粗劣,"棒球帽"嗤之以鼻,炫一段"Breaking",花哨的舞步博了个满堂彩,"小黄毛"搔搔后脑勺:小样儿得意什么,这次我技不如人,甘拜下风,你别得意,下次再斗。

每个人的笑容背后都是喜悦和开心吗?"锅庄"舞姿最优美的男子的眉头却凝着一个疙瘩,也许他刚刚被老板训斥过;老走错舞步撞到旁边人不断赔不是的胖女人紧绷着脸,也许今天孩子不认真听课,刚刚老师打电话告了状;"棒球帽"在一片喝彩声里长吁短叹,也许今天的考试哪门科目亮了红灯……人生不如意十之八九,生病、失业、辍学……每走一步都会有一个坎儿、一个坑儿、一个弯儿等待着你,跨越过去就是坦途吗?不,也许还会有一座高耸的山等待你去攀越,你会灰心丧气吗?你会就此打退堂鼓吗?历经千辛万苦攀登到山顶就一定会看到美丽的风景吗?或许山顶雾障迷途,狂风肆虐,后悔吗?不,你额头的汗水和困乏的身体会让你的心灵得到这样的顿悟:攀越的苦乐和沿途的耳闻比山顶的风景更宜人。

第十四章

"走错了?没有啊……十四床……"肖筱的父亲肖建业朝病房里探了一下脑袋又退了出去,指指病房门上的号码低声念了一遍,又推门朝病房内仔细瞅瞅:"肖筱?小小?"

"不进去站门口嘟囔什么呢?'小小,肖筱'?你还没老糊涂到连自己女儿都认不出来的地步吧?你倒是往里进啊……不进躲到边上去,别像堵墙一样挡在人面前……小小?"跟在肖建业后面的鲁芳气哼哼地把堵在门口的丈夫搡到了一边,一只脚刚跨进了门就被定格在了肖建业的旁边。

"怎么了?……出……什么事……了?"走在最后的郝明磊被肖筱父母的反应惊得一阵心慌,声音都走了调。他慌忙拨开肖筱的父母:"小小……嗯?怎么……十四床?没错……"看见病房内的情形他和肖建业都是同一个反应,走错房间了?

"爸爸！妈妈！小磊哥！你们……才隔了几天，就不认识我了？"杵在病房门口的三人那怪异模样闹得肖筱比他们更加莫名其妙。他们怎么了？是突遇了外星人还是误闯了侏罗纪公园？

"肖筱……你这是？衣服……还有……头发？"郝明磊边比画边看看肖筱父母，肖筱父母立马小鸡啄米似的点头附和，表示他们有同样的感受。

"衣服？头发？"淡蓝色的低领套头薄毛衣，腿面绣着一只白蝴蝶的牛仔裤，左脚蹬着一只奶白色的休闲鞋，很普通、很休闲的装扮，没什么异样啊！肖筱又摸摸自己的头，哦！可能是今天戴了假发，她原本一头乌黑亮泽的长发因为化疗被剃光后，就闹上了情绪，长得出奇的慢，好不容易长出来了吧，却和戈壁滩上的蒿草一样枯枯黄黄、稀稀拉拉，没办法，这次复查时又剃了个光头。"都要入夏了，我还穿个大棉袄，会生一身痱子的。头发……呵呵……换了个新造型，是不是比戴着帽子漂亮？"

"漂亮！的确很……漂亮！"郝明磊竖起拇指不算，还刻意加重了"很"的语调。他的夸赞不是什么敷衍，更不是什么讨女孩子欢心，完完全全是他的真心话。今天的肖筱是他们相识半生以来最昳丽、最楚楚动人的肖筱。不是以前的棉袄棉帽遮掩了她的美丽，也不是病容毁损了她的美丽，而是此前的她，是一个忘记了上生命之釉的瓷娃娃，她的美丽变得黯然无光。如今，史文宇用挚爱撷来太阳的光芒，为她上了生命之釉，因此她的眼眸、皮肤乃至每个细胞都流溢出七色的光彩，变成了一个稀世美丽的天使瓷娃娃。

"真的吗？真的漂亮吗？"

"当然了！我的女儿本来就漂亮，不要说刻意打扮，就是破衣烂衫也照样光彩照人……"肖建业又开始毫不避嫌地夸赞女儿，不过这次鲁芳不再像以前那样反唇相讥，而是用一种母性的柔情去欣赏女儿的美丽。

"就你们三个？"肖筱心有不甘地望望虚掩的病房门。

"嗯……就我们三个……怎么了？"鲁芳爱怜地抚摸着女儿的假发，唉！要不是这场病，谁会忍心剪落那如同瀑布般的一头青丝？癌细胞会不会随那些头发一同被剪掉呢？应该会的，不该她这种年龄经历的，她都经历了，不该她这种年龄承受的，她都承受了，一定会否极泰来的，从此病魔会远离她，磨难也会绕过她！

"没什么。我还以为……王姨、郝叔他们也会来。"肖筱低垂眼帘，手指漫无目的地在腿面那只白蝶上勾画轮廓。

"我爸妈说好晚上去你家，咱们搞个家庭聚会，庆祝你出院，你忘了？"郝明磊故意提醒肖筱，还朝肖建业和鲁芳拼命挤眉弄眼。鲁芳不愧是久经官场的人，功力深厚，捋捋额前的碎发，抿嘴一笑而过。肖建业可就不同了，他研究的那些石头、土块都没心没肺、没血没肉的，你就是对着它们气得跳脚，它们依旧"沉默是金"。因此，就他欠考虑地"嘿嘿"笑了两声，笑就笑呗，可能是忽然发现肖筱的脸上已经挂不住了，他丹田一紧，把几欲喷发的笑又憋了回去，这下可好，脸也红了，腮帮子也鼓了，眼睛也突了。他滑稽的表情又逗乐了郝明磊和鲁芳，顿时病房里笑声四起。肖筱被三人闹得又气又急又莫名其妙："你们还笑得出来？把我一个人丢在这儿不管不问的几天，你们……"

"怎么叫不管不问啊？况且也不是就你一个人啊，不是派了个'专业陪护'吗？怎么？他不合格？不会啊！以我研究、分析、比对……"郝明磊两只手拇指食指对交搭成一个类似镜头的方框，眯起一只眼睛对着肖筱从头到脚扫描了一番："他可比我们尽职尽责多了。看！几天工夫就把你喂养得白白胖胖、粉粉嫩嫩的！"

"'喂养'？'白白胖胖'？我是……你……什么时候连你也学得这么贫嘴滑舌的了？真是讨厌，你们几个是一丘之貉，都只会惹人烦！"

"哦……明白了，阿姨、叔叔我们走吧，她现在有了'专业陪护'，不需要我们了，我们在这儿只会惹她烦。还是让不惹她烦、她一见就心花怒放的人来好了……呵呵！"

"……郝明磊！……"

"哟……有专业陪护撑腰就是不一样，不一样就是不一样哦……"郝明磊细声细气地模仿时下最流行的一句广告词："连嗓门都变大了嗳……好了好了，再开玩笑小丫头就该气哭了，阿姨，我和叔叔去办出院手续，你留在这儿收拾收拾肖筱的东西。"

清晨的阳光是一天当中最清新明丽的,肖筱曾经诗意地形容它们是阳光精灵、纯洁、灵秀、富有活力,一如当时的心境,纯净美好。时隔三年,穿越了生死的界限再见阳光,亦有了种特殊的情结——"痴狂"的眷恋。只要看见阳光,她都会情不自禁地奢想将它们全部敛入自己的体内。因为她更加懂得了拒绝了阳光,植物会枯萎;拒绝了爱,生命就会枯萎。阳光让她顿悟了爱——父母的爱、亲友的爱、爱人的爱,这些爱又让她拥有了阳光。

不知是否因为光线太强烈,蹲在小柜前收拾物品的鲁芳的背影陡增了许多衰老,脊背略微驼了,鬓角的发际也染霜了。肖筱怎能不明白,这一切不仅是无情岁月的痕迹,更多的是因为她的病,鲁芳遭受了沉重的打击。为了全身心地照顾她,妈妈提前退了休,一个一生都以事业为重的女人,却为了照顾女儿义无反顾地放弃了事业,放弃了十几年拼搏才换来的职位,一下子由一个职场精英蜕变为全职主妇加保姆!每天妈妈都会亲自做好三餐送到医院,风雨无阻。在她手术后又寸步不离地守候在病榻前,喂汤喂水、接屎端尿、擦洗身体。每次当她清醒过来时,总能看到病床旁的妈妈托着腮一个劲儿地打盹。不仅如此,妈妈还会随时随刻留意她情绪的变化,适时地鼓励她、安慰她、迁就她。母爱是什么?就是能够在危难时刻不顾个人安危挺身保护子女,就是能用最大的包容心去恕宥子女的一切过失。妈妈用她无怨无悔的付出诠释了母爱的内涵。

一想到这些,肖筱就感到一股酸涩涌上喉咙:"妈妈……那天……就是莫绍玉来的那天……对不起,我不该说那些话。你一定很伤心吧?对不起……"

鲁芳听了肖筱的一席话后,肩头微微一颤,缓缓地站了起来,但没有立即转过身,只是扬着头怔怔地望着刷白的墙壁,然后慢慢地说道:"母女之间还用说对不起吗……不用的……再说你又做错了什么呢?该说对不起的是我,我没有照顾好你才……"

"怎么会是你没有照顾好我呢?在我生病期间,你和爸爸为我付出了那么多,有什么对不起我呢?倒是我让你们操劳担心了许多,是我欠了你们……"

鲁芳垂下头慢慢转过身走到肖筱面前,沙哑地对肖筱说:"傻孩子,别说欠不欠的傻话,你……你能够走到今天,这么顽强、这么坚韧、这么乐观,妈妈和爸爸就没有什么好奢求的了。人生最大的悲剧就是白发人送黑发人,度过孤苦无依的晚年。谢谢你没有让这种悲剧发生在我们身上。要知道,全天下母亲的心都是一样的,儿女都是她们身上掉下的肉,你们疼,我们就会痛;你们苦,我们就会悲;你们喜,我们才会乐,而这乐中还会潜藏着一缕担忧。所以,以后不要和妈妈说这种傻话好吗?"

"唔……妈妈……呵呵……"肖筱双眼噙满了泪花,很努力、很努力地干笑了两声:"这两天怎么了?……我收到的'谢谢'如此之多,我想说的'谢谢'也多了起来,那就索性一次性都感谢了……妈妈……谢谢你和爸爸给了我生命,谢谢你们在我最危难的时候寸步不离地守护着我,谢谢你们在我生命即将消失的时候拼命呼唤我的名字,将我从死亡的边缘唤回。是你们的爱给了我和病魔抗争的力量,我是世界上最幸福的女儿,因为我有你们这样的父母……"

"母女之间不需要对不起,更不需要感谢的。我这个妈妈一点儿都不称职,是个无情蛮横又独裁的妈妈。在你的成长中,我付出的比起一般的妈妈来,太少太少了……当你还是婴儿的时候,我以工作忙为借口,把还没有断奶的你扔给了你奶奶,你奶奶过世后我又像扔包袱一样,把你东家寄、西家养了好几年,不仅这样,还把不喜欢弹琴的你用戒尺拴在了钢琴前,用一大摞一大摞的书霸占了你玩耍的时间……"

"妈妈……"肖筱将鲁芳枯瘦的手牢牢握在手中,时光仿佛又回到了儿时,妈妈来奶奶家看她后要离开时,她就这样牢牢地握着妈妈的手,一直走到班车站。班车来了,她不但不撒手,反而愈抓愈牢,仿佛一撒手妈妈就会永远从她的世界消失一般。每次妈妈都会拼命甩脱她的小手,仓皇跳上车,从来没有回头看过她一次。在她幼年的记忆中,妈妈总是泪水迷蒙的背影,妈妈总是哭喊声中班车的笛鸣。今天,她终于看到了妈妈回眸的一瞥，和她无数次想象中的一样，是蓄满了哀痛和伤悲的一瞥："我能理解你的做法，都说儿女是父母生命的延续、希望的延续，更多时候他们想在儿女身上弥补自己的人生缺憾，希望自己的儿女比他们更出色、更优秀，只是儿女们并不一定完全理解父母，有时候还会很极端地反抗、违逆父母……"

"小小！有时候妈妈不得不钦佩你，你是个能站在别人的立场看待问题的人，这一点我真是自愧不如。也许是我们两代人的成长经历不同吧！我们这个年龄的人都经历了太多太多的风雨，经历了你们几乎无法想象的磨难和挫折。十四岁我就离开了父母独自在外求学，经过自身不懈的努力，我以优异成绩大学毕业，原本以为我会轻而易举地获得一份令人羡慕的工作，然而一场'文化大革命'将我的美梦彻底粉碎了，我一向引以为傲的父母一夜之间被打倒了，从云层到地狱，这就是我当时生活的真实写照。你知道过去我为什么那么鄙视你的爱情至上论吗？"

"为什么？难道……妈妈有过一段不堪回首……"肖筱此刻已不再是作为女儿，而是同样作为女人，同样有过刻骨铭心爱恋的女人，她感受到了母亲眼中那极力压抑、却又不断泛滥的痛。

"其实那时候我离父母很远，而且我一直铭记父亲低调做人的处世原则，所以除了一个人之外，没有其他人知道我真实的家庭情况，我完完全全可以躲开那场浩劫。然而那个人为了他的前程不惜告发我，只为一个留校的名额……他是我高中的同学，相恋了五年的男友……不可思议是吗？当时我也不敢相信，所以从那以后我不再相信爱情，也不再相信任何人。从此我把自己当作了世界的中心，命运的主宰者，以为那样就会避免伤害，没有背叛了。史文宇不是我理想中的女婿，也是因为……他的情况和伤害了我的人有许多的雷同，他们都没有父亲……"鲁芳微笑着回应肖筱的震惊，她的微笑既包含着往事残余的苦涩沉重，也有时间转逝、一切随风的恬淡超然。

"我以为只要我坚决反对，你就会像以前一样，顺从地和史文宇分开。你对爱情的执着让我又一次感到了至亲的背叛……扭曲的自尊心？偏执的个人经验?反正就是发誓不惜一切代价都要拆散你们。但我怎么都没料到后果会那么严重……史文宇母亲会赔上性命,史文宇毅然辞职离开了这里,一个风雨飘零的家庭彻底毁在了我手里……现在忏悔有什么用?忏悔不能让过世的人复活,不能弥合活着的人心头的伤痕……小小,只能说你比我幸运,遇到了很真挚的爱情。人与人也许有相同的经历,但不一定会有相同的处世态度,我不得不承认史文宇是个胸襟宽广、行事果敢、为人率真……的男人!"鲁芳恨不得将所有赞美的词汇都加给史文宇,因为他当之无愧。

那天在走廊上偶遇史文宇,他们不仅解开了心结、消除了怨恨,史文宇还详细地向鲁芳询问了肖筱的病情,以前的治疗过程,这次复查的结果,以及以后可能出现的最坏的情况。当鲁芳讲述到肖筱癌症复发的前后经历时,一直都面色凝重的史文宇再也支撑不住了,颓然地靠着墙壁蹲了下来,把头深深地埋在双臂之间。他是谁?是经历了无数大风大浪的铁人,就算内心变成了荒漠戈壁,在外人面前依然保持着阳光灿烂,现在居然在大庭广众之下将自己的脆弱和伤悲暴露无遗,足可见他心灵的痛已经超出了自身的承受力,足可见他对肖筱的爱的真挚深沉。鲁芳的眼睛湿润了……

过了许久,他的心情才得以平复。他告诉鲁芳他的"拯救"计划,很诚挚地希望得到鲁芳的许可和配合,于是才出现了肖筱父母和郝明磊同时"人间蒸发"的一幕。其实鲁芳他们起初很担心:其一,史文宇是男的,肖筱是女的,在生活细节上难免会遭遇诸多的不便;其二,史文宇会比他们更细致周到地照顾肖筱吗?虽然他问了鲁芳许多照顾肖筱要注意的事项;其三,无论他们彼此爱得有多深,毕竟是分了手的恋人,重新在一起不说会不会一如从前般甜蜜美满,就是会不会习惯都要打个问号。

第一天,他们是在焦躁不安中数着秒针一格一格地跳动,鲁芳几次都有跑去医院看看的冲动,一直熬到夜色阑珊时,鲁芳再也按捺不住了,换好鞋子正准备出门时,史文宇报平安的电话响起了。

史文宇在电话里说,白天忘了打电话,吃了晚饭在吸烟区,无意间听到别人和家里通电话,才恍悟自己的疏忽大意,赶忙拨了电话给他们,很抱歉让他们担了一天的心。并详尽地叙说了这一天肖筱的情况，譬如饭量、睡眠状况、情绪反应等等。他们真没有想到史文宇居然是个心思如此缜密的男孩儿，悬着的一颗心终于落了地。以后的几天，史文宇白天、晚上都会打电话给他们。他们没有理由不配合史文宇实施他的"拯救"计划，就算结果不如人意，大家也不会留下遗憾，毕竟他们都尽了最大的努力。

今天一进病房，他们都惊呆了。坐在轮椅上的肖筱宛如一朵盛开在春光里的百合，她的眼眸宛若百合花瓣上滚动的露霜，不时折射出阳光一样晶莹熠耀的光彩。她唇边的酒窝似乎也斟满了散发百合花香的酒，迷醉了人的心神。短短几天，一个病人的转变竟然如此巨大，简直堪称奇迹，而能够缔造这种奇迹的唯有爱情。

"手续办完了。叔叔在楼下等着呢，你们收拾完了吗？收拾完了我们走吧。"郝明磊提着肖筱的包先出了病房。

就要和一年里几进几出的病房说再见了。不，不是说再见，而是说永别。肖筱再次环视了一遍病房。

还记得第一次走入被人们称之为"死亡狱所"的癌症病房，不知是否是每个人都普通存在的"谈癌色变"的心理，她觉得这里的每件物品都散发着不祥的氤氲之气，屋顶墙壁出奇的刷白，水磨石的地板出奇的阴冷，就连白色床单中央印着的那个十字都红得触目惊心。"进来容易出去难"这句完全不合适的句子却跳到了她的脑海中，是啊！能否自己"走着出去"还是个未知数呢！

今天她虽然是"坐着出去"的，但总算是"出去"了，算不算一种胜利呢？在和癌症残酷抗争了一年多的战役中，她付出了惨痛的代价：失去了一条腿。但不管怎样，她都胜利了，她得到了许多生命的启迪，不再惧怕死亡，更不再惧怕生活。走出病房之后，她就是全新的肖筱了。谁说癌症病房是人生通往死亡的最后一站，不是的！它是通往重生的起始站，通往一个更灿烂、更美好的明天的起始站……

终于到家了。车子驶进家属院，肖筱惋惜地看着家属院正中央的花坛。一棵棵千叶桃早已繁花落尽，空余了一树枯萎的花蒂，地上满是千叶桃花的残骸。好可惜，错过了观赏粉色花雨的时节。以前一到这个时节，晚饭后她都会跑下楼独自抱膝坐在树下，煦暖的晚风夹带着淡淡的丁香花香气徐徐撩过，千叶桃花瓣簌簌地从树上飘落，坠落在萋草茵茵的地上，金色的斜阳，漫天的花瓣雨，春意阑珊中夹带着几缕凄怆和哀伤……

"文宇？！"车子停在单元门口，替肖筱开车门的竟然是史文宇："你……怎么在这儿？早上去哪儿了？为什么没来医院？连电话都不打！"

"哟！我家老婆这么快就开始查岗了？会不会以后发展到限制我自由的地步啊？"肖筱全新的模样令扶着车门的史文宇心头一阵惊喜，但他没有表露出来，相反揶揄起她来。

"很有可能噢！史文宇，看来你最好再认真考虑一下，这种看似柔弱的女孩也许是'河东狮吼'呦！娶她可需要一定的胆识和气魄……"站在旁边的郝明磊无限同情地拍拍史文宇的肩头，极其"语重心长"地告诫道。

"老婆？什么老婆啊……讨厌……你们……太欺负人了……不和你们说了。爸爸，爸爸抱我下来！"肖筱狠狠白了他们一眼，探出头喊起父亲来。

"我？你是在叫我……抱你下来？"拎着两个暖水瓶的肖建业用鼻子点点面前的两个大男人，又指指自己的鼻子，以为自己听错了。

"当然是叫你抱我下来了，你是我爸，你不抱我谁抱我？"肖筱被父亲的讶异闹了个莫名其妙，自己没说错什么吧？

"对，我是你爸！可你爸老了，把你抱到六楼可能就得进医院。放着这么两个强壮的男人，干吗不放过我一个老头啊！"他装作忿忿然的模样扭身逃进了楼门。

"别看我，嘿嘿……他比我年轻……我也挑个轻点的，轮椅我拿走，楼上见，拜拜！"郝明磊扛起轮椅也开溜了。

"看！还是我好吧，连眉头都不会蹙一下，坚决主动担此重任。干吗凶巴巴地瞪着我，不讲义气的是他们，都开溜了。你老这么凶我，我会得严重的'妻管严'的！没办法，命苦之人出了力还不一定讨好……嘿嘿嘿……走喽!"史文宇笑着抱起肖筱就进了楼门:"还生气呢?早上办了点儿事,没顾上打电话。知道了,知道了,以后一切行动都事先请示你,没时间打报告也会打个假条……"

"史文宇……你的嘴怎么越来越贫了呢?"

"这个嘛……究其原因……开心!这说明我很开心!没发现吗?我今天笑得嘴巴都咧到耳根了……不喜欢?好的,只要是你不喜欢的我一定改正,可以了不?笑一个嘛!难得大家都有好心情……"

"不笑!笑不出来……你们心情好,我心情不好!"

"心情不好?谁惹你了?"

"就是你!你……没发现什么吗?没发现我今天和往常不同吗?"

"不同?我看看,没发现。不同?不是在医院,而是在外面看见了你?"

"不是这个,再没有别的不同吗?"肖筱刻意捋捋假发给了史文宇点儿暗示。

"没……有……什么不同,直截了当地说说看,你又不是不知道我反应迟钝!"史文宇仍然不解风情地摇摇头。

"没有就没有,没什么不同!"肖筱一生气故意挺直了身体,使得史文宇抱起来相当吃力。

"大小姐!拜托合作点儿,好歹搂着点儿我脖子呀,你像木头人儿一样让人怎么抱呀?你现在也是超重状态……"

"不知道,不合作!"

"呵呵!你……今天……好漂亮!"史文宇突然贴着肖筱的耳朵很温情地称赞。

"嗯?原来你……明知道,还……故意让我出丑啊……"想想刚才自己的行为,还真有点搔首弄姿的嫌疑,肖筱窘得脸"唰"一下红了。

"什么叫出丑啊,知道吗?刚才的你有多妩媚,妩媚比漂亮更让人心动,听,我现在就心跳加速了……"

"你……气人的功夫还不是一般的!看我不打你!……"肖筱边说边用拳头锤打史文宇的肩膀。

"我没说错，心跳是加速了，抱着这么重的你上楼心跳不加速才怪……别打了……很疼的……"史文宇嬉笑着往旁边一躲，险些把肖筱摔出去，他慌忙将身体前倾，尽量把她往自己怀中揽。肖筱也慌了，本能地搂住史文宇的脖子，两相努力下肖筱的嘴唇不偏不倚地碰到了史文宇的脸颊。

时间在这一刻一下子凝固了，昏暗的楼道刹那间亮起了一盏刺目的镁光灯，镁光灯光束的中央一朵奇硕美艳的蝴蝶花霍然怒放，那是两年前种植在史文宇和肖筱心中的蝴蝶花，在经历了漫漫寒冬后终于盼来了它的绽放。

史文宇很缓慢、很缓慢地将自己的唇凑了上去，盖住了肖筱红红的双唇，他能感觉到对方的唇冰凉地战栗着。他试探着用滚烫的舌尖拨开肖筱的嘴唇滑了进去，期待肖筱的回应。肖筱缓缓地闭上眼睛，任由一股炙热的暖流将她慢慢地融化，融化……

"文宇，你会永远这样爱我吗？"

"会的，会比现在更爱你，一生一世更爱更爱你，直到生命消失的那天。"

"我也会一生一世爱你，就算生命消失了，在天国我还是会爱你……"

"我爱你……"

"我爱你……"

"不许睁开眼睛……"

"还没到吗？要我看什么？搞得神秘兮兮的？"坐在轮椅上的肖筱顺从地闭着眼睛由史文宇推进了卧室。

"好了，现在可以睁开眼睛了！"

哇！卧室整个被重新布置了一遍。屋顶的灯换了，黄玻璃制的一弯月牙上坐着一个中国娃娃，是那个传说中数星星的娃娃吗？月白色的落地窗帘用旁边的一根绳子就可自如地拉开。窗台上摆放着她的紫蝴蝶花，娇娇弱弱地开了满满一盆。旁边还有两盆开得正艳的红山茶，疑似谁偷来西天边最瑰丽的一抹夕霞。白色的单人床上放着一对可爱的粉色布偶熊宝宝，它们曲着膝背靠背正坐在那里聊最浪漫的事呢！书柜里的书已经按类摆放好了，最底层是肖筱经常翻看的小说。

"这是什么？"肖筱指指书桌上用淡蓝色的一块布盖住的东西。

"猜猜看？"

"猜？猜不出来……"

史文宇倒退到书桌前，模仿魔术师的样子，张开左手示意里面什么都没有，又同样张开右手，也没有东西。接着他朝空中虚抓一把抛向布盖着的东西，他那副煞有介事的模样逗得肖筱笑得前仰后合。最后他"嗖"的一下揭开布，电脑？居然是一台电脑！

"喜欢吗？我可是大清早跑到电脑市场，转悠了好久才买来的，又是安装又是调试，忙得什么似的，你还埋怨我没有打电话给你！"

"呵呵！还在叫冤呢？对不起啦！误会你了，我诚恳地再次向你道歉，可以了吗？这电脑……是给我的？"

"当然是给你的，摆在你书桌上的不是你的，还能是谁的？是你爸爸妈妈送你的出院礼物。"

"爸爸……"肖筱回头看看站在门口一脸微笑的爸爸，激动得不知如何表达自己的心情。爸爸眼眶一红赶忙转身走开了。

"他们……哪儿还有钱买电脑啊……我看病还借了外债呢？"肖筱内疚地喃喃道。

"爸爸妈妈的心意，就不要问了，诚心诚意地收下就是了。"史文宇安慰地揽住肖筱的肩膀，让她靠在自己身上。

"哎哟……不好意思！进来得不是时候。"闯了进来的郝明磊一看屋内的情形，尴尬得不知是该退回去还是该留下来，傻傻地杵在那儿。

"没什么……进来聊会吧！"史文宇倒是很自然地放下了搂住肖筱的手。

"我……要不你们先继续……"崩溃，这乱七八糟说的什么啊？他们不过是很普通地偎靠在一起，继续？继续什么啊！亏他说出这样的话。而郝明磊仍恨不得找个地缝钻进去。他将一张纸塞进史文宇手中："我也有给小小的出院礼物。给……"然后一溜烟溜出了卧室。

"什么?发票?是安装宽带的发票……还是他心细,我都忘了,电脑不上网就没有多大的用处了。"

"宽带?"肖筱从史文宇手里接过发票。

"对,现在是网络时代,一根小小的电缆,足不出户就可以和世界互通。用它可以上网浏览新闻、看小说、看电影、收发 E-mail、还可以聊天……合理利用网络对你将来的学习工作都会有极大的帮助,我会慢慢教你上网'冲浪'。这是后话,现在轮到看我送的礼物了,转身……"

说完他把肖筱的轮椅转了一百八十度,墙上一幅画呈现在肖筱面前,肖筱顿时惊呆了。

"你应该记得这幅画吧?是我妈妈生前最喜欢的,现在我转送给你……"

"这……太珍贵了吧?我……能收下吗?真的能收下吗?"这幅画对史文宇有着怎样重要的意义,唯有肖筱最清楚。史文宇的母亲高中毕业在县文化馆找到了一份工作,也许是文化馆浓浓文化氛围的熏陶,她迷恋上了绘画,业余时间还跑去专门学习了些基本的绘画技巧。结婚后繁重的家务迫使她放弃了手中的画笔,渐渐地她也就淡忘了绘画。一直到史文宇大学毕业前夕,他带母亲去看他们学校美术系学生的毕业画展,她胸中那沉寂已久的绘画激情又一次被唤醒。史文宇用第一个月的工资给母亲买了全套的绘画工具,母亲第一次端坐在画布前的情形,深深刻在了史文宇的记忆中。她握着画笔的手微微颤抖着,不知要在何处落笔。一双儿女坚定的目光打消了她的踌躇,画笔与画布摩擦的沙沙声更给她注入了无穷的力量,让她重新找回了灵感,找回了梦想,找回了自信,于是这幅名叫《希望》的油画诞生了:一只饱经沧桑的手托着一颗稚嫩的幼苗。希望在哪里?就在你、我、他的手里,只要锲而不舍地付诸努力,成功就在不远的明天……

"有什么不能?你是我最爱的人,由你保管她的遗作再合适不过了,她在天有灵也会非常高兴的……肖筱,我还有个不情之请,你可以帮我吗?"

"不情之请?我们之间还需要这种客套吗?只要是我能力所及,不,应该说就算超出我能力范围,我也会拼尽全力去做。"肖筱困惑不已地看着史文字。

"傻丫头。"史文宇蹲在肖筱面前，无限怜爱地摸摸她的头："难道我会舍得让你做超出你能力范围的事情吗？如果可以替换，我宁愿替你去吃苦受罪。嗯……怎么说呢？我母亲有一个直到过世都未能了却的心愿，我希望你可以替她完成。别惊慌！对你来说不算很困难！可以答应我吗？"

"我？替你母亲完成心愿？好吧！我答应你，说吧！"

"你知道吧，我母亲因为动脊椎手术伤到了神经，一直瘫痪在床，她完成这幅画时对我说：'小宇啊！我今生最大的心愿就是能够重新站起来，哪怕站起来的希望只有百分之一、千分之一，我也不会放弃！'尽管她付出了很多努力都未能达成这个心愿，但我知道她是幸福的，因为希望是她心中的一抹绿意，带给她充沛的活力和昂扬的斗志……怎么？这副表情，你……不愿意？"

"不是，不是不愿意……只是……我不确定能不能做到。"

肖筱不由自主地垂下了头，不敢再正视史文宇的目光。她知道自己面对史文宇恳切的目光，会失去拒绝的勇气，哪怕是万丈悬崖都会不顾一切地跳下去。如果答应了那就意味着她必须佩戴假肢。假肢！一个让她毛骨悚然的名词。第一次看到假肢，她脑海中立刻浮现出恐怖片里分解尸体的情形，血淋淋的断腿、不停抽搐的断手、怒睁双眼的头……一想到从今以后，它就要"肌肤相亲"地成为自己的一部分，支撑自己站立行走，一股强烈的恐惧感立刻紧紧地揪住了她的心脏，浑身痉挛，呼吸也紧促起来，额头手心不断地冒出冷汗。

"你不舒服吗？肖筱……肖筱？"肖筱突然面色发白、嘴唇微颤的模样委实吓坏了史文宇。他慌忙捏捏她的手心，湿唧唧的，冰凉得像石头："是不是突然脱掉了棉袄着凉了？去床上躺一会儿好吗？"

一味沉浸在恐怖场景中的肖筱摇摇头，继而又点点头。史文宇站起来走到床边使劲儿一掀床罩，两只背靠背的小熊叽里咕噜滚到了地上，他拾起一只，原地转了两个三百六十度，才恍然所悟似的把小熊扔到了书桌上，乒乒乓乓砸倒了桌上的花瓶。然后他转身走回肖筱身边，又摸摸肖筱的额头，捏捏手心，还是像石头一样冰凉，他弯腰抱起肖筱走到床前，轻轻地把她放到床上，盖好被子："还冷吗？"

肖筱摇摇头。

"哪儿不舒服？头疼吗？恶心吗？"

肖筱又摇摇头。

"要不睡一会儿？折腾了一早上可能有点儿累了……"

肖筱点点头，乖巧地合上了双眼。史文宇侧身坐在了床边，眨都不敢眨一下眼睛，盯着肖筱苍白的脸，唯恐她再出现什么异常状况。一支烟的工夫，肖筱好像睡着了，面色逐渐红润起来，气息也均匀了。但史文宇还是有些不放心，再次摸摸她的额头看看有没有发烧。额头一点儿都不烫，可能不是感冒，不是感冒又怎会全身发冷呢？他长长嘘了口气，似乎想把心中的烦闷和疑虑都吐出去。最后他伸手捋去散落在肖筱脸上的头发，掖掖被角，才站起来，蹑手蹑脚地走到卧室门口，并且开门时尽量避免发出声响。在关门前，他又默默地注视了一会儿熟睡的肖筱，缓缓地关上了门。

"小史！喝水吗？只顾着忙活午饭都忘了招呼你了，要喝水自己倒吧！就当是在自己家一样，别客气！"厨房里，系着围裙摘青菜的鲁芳笑眯眯地招呼史文宇。

"呵呵！不会跟您客气的，渴了我自己会倒！"史文宇拿起一棵青菜帮忙择了起来。

"呀！你别择了，满是泥，看脏了手！咦？怎么就你一个人出来了？小小呢？看书呢？"

"没有，她睡着了！"史文宇回答得有些有气无力。

"睡着了？可能累了吧？一早上她兴奋得什么似的，又说又笑，把一年积攒的话都说完了。你……要不去看会儿电视？要不去我们的卧室睡一会儿，饭好了我再叫你？"看着史文宇疲惫的样子，鲁芳有些心疼地说道。这些天真是劳累到这孩子了，以前他们三个人分担的事情这几天全由他一人承担了下来，怎会不疲劳呢？服侍过病人的人都对其中的累深有体会，那可是身心俱累啊!

"不用了!我们一起聊着天做饭不是更好吗?很久没有这种家的感觉了……"鲁芳一下子不自然起来,史文宇马上意识到自己说错了话,于是转移话题:"肖筱好像不太舒服。"

"不舒服?怎么了?发烧了?还是……"一听肖筱不舒服,鲁芳的神经立刻绷得紧紧的。

"没有发烧!她的不舒服……怎么说呢?有些蹊跷,来得很突然……"史文宇把自己的疑惑坦然告知鲁芳。

"突然?蹊跷?怎么说?"鲁芳边问边从垃圾筐里拾出史文宇扔进去的青菜嫩叶,又从洗菜盆里拾出他扔进去的黄叶。这孩子,一走神正好弄反了择菜的选择。

"本来有说有笑,突然间就全身发冷,脸色煞白了……难道是我说错了什么?不会啊……可……"

"你们说什么了?我,我不是不放心,只是想帮你分析一下。"

"我给她看了那幅画,说让她帮我完成我母亲的心愿,重新站起来。就这些。"史文宇努力回忆了一遍他们的谈话,没有发觉有什么不妥。

"你让她站起来?你不会……提到假肢了吧?"拎着一袋草莓的郝明磊不知何时站到了厨房门口,听到史文宇的话紧张地追问。

"假肢?没有啊……还没有谈得那么深入,只说到站起来。可假肢……有什么问题吗?为什么你们的反应都这样强烈?"冷不丁冒出的郝明磊也吓了史文宇一跳,他扭过头问郝明磊。

"提假肢当然会有问题,小小有严重的假肢恐惧症。还记得第一次给她看假肢,她发了疯一样又叫又喊,还咬了我一口。医生说这是一种心理障碍,有很多截肢的患者都无法轻易接受假肢,但像小小这么剧烈反应的也不多见……"

"对对!我们还专门找了个心理医生,可她拒绝回答医生提出的问题。当时她还发脾气说我们把她当精神病看待了,绝食了好几天。后来医生建议我们等她的病情完全稳定下来,再进行心理治疗。我还打算过几天带她去做心理辅导呢！听你这么说……"鲁芳忧心忡忡地补充完整了郝明磊的话。

仅仅维持了一早上的喜悦，顷刻间烟消云散了，每个人的心头又一次笼罩上了一团不祥的阴霾……

坐在床上翻看了几页《Windows 98》的肖筱伸了伸背，咦？刚才还在翻书柜的史文宇呢？

"文宇？"

"哦……"史文宇回答的声音怎么像从地洞里传来的？

"你在哪儿？"

"这儿……床……哎哟……床底下呢！"

"你跑床底下干吗去了？"肖筱爬到床边探着头看着半个身体都钻进床底下的史文宇。

"找东西。哈哈！在这儿呢！找到了！"从床底下爬出来的史文宇真像挖到宝一样的喜笑颜开。

"什么东西？你找到什么了，高兴成这样？我的娃娃？闹了半天，你爬床底下就是为了找这个？"接过史文宇手中的洋娃娃，肖筱哭也不是笑也不是。她好像从来没说过找洋娃娃的话，他干吗为找这个钻到床底下呢？奇怪！

"你妈的记忆力真是不错，她说在床底下，果然就在那儿。早知道就不问你爸直接问你妈了，害得我差点儿把你家的柜子都翻一遍……"史文宇抖抖裤子上的灰，不停埋怨肖筱爸爸的瞎指挥。

"你……你翻我家柜子了？天呐！就为找这个破娃娃，你居然……"肖筱捂着嘴巴大呼小叫起来。

"我……喂！我可是得到主人允许的，你爸说让我把这儿当自己家。你至于大惊小怪吗？好像我是劫匪一样！"

"当自己家也不能……你和我爸妈关系不一般啊？居然可以明目张胆地翻我家柜子，还得到他们的允许……啧啧……你费这么大劲找这个玩意儿干吗?"

"耶! 我们关系就是这么铁,俗话说得好'一个女婿半个儿',不服气? 找它……我有用。还给我,把你的'童年'找出来还不领情! 不给你玩了,留着我自己玩!"史文宇抢过洋娃娃,背对着肖筱一屁股坐在了床上。

"呵呵! 还生气了? 你玩? 羞不羞啊,一个大男人玩娃娃? 喂……喂……小气鬼……"肖筱笑成一团拍拍史文宇的后脊梁。

"别碰我,烦着呢!"史文宇模仿小女孩忸怩的样子,晃动了几下身子:"干坏事了! 崩溃,怎么安不上?"

"什么呀? 让我看看……你怎么把它的腿给卸了? 讨厌,破坏分子一个……"看到史文宇递给她掉了腿的娃娃,肖筱的嘴巴噘得老高,两下就安好了娃娃的腿。

"不害怕吗?"史文宇脸色一沉问肖筱。

"害怕? 害怕什么?"

"娃娃的腿!"史文宇从肖筱手中拿过娃娃,再次掰下一条腿凑到她的眼皮下:"仔仔细细地看着这条腿,害怕吗? 把眼睛睁大了看,和你的假肢像不像?"

"拿开! ……我让你把它拿开! 听见了吗? 拿开! ……拿开! ……"肖筱一把打落了那条几乎贴在鼻尖前的娃娃腿,像躲瘟疫一样蹿到了床头,蜷缩成一团,目光凄迷地咬着手指甲。

"害怕什么? 我不说它像假肢时,你不是一点儿都不害怕吗? 你看看,再看看,它就是刚才你安好的洋娃娃的腿,它是假的,没血没肉没感觉,是假的……你小时候一定经常把它的手脚都卸下来玩儿……想想,是吧? 那时候你不是也不害怕吗?"

任由史文宇如何劝说,肖筱誓死不再看那条腿。

"那好,你给我个害怕的理由。如果我觉得你的理由充分,以后我也不会再对你提什么假肢、假腿……说啊? 为什么不说? 我说了,如果我觉得合理,我能接受,以后绝对不再勉强你! 我发誓……"只能狠下心强迫她去面对、接受假肢,否则她就真的失去行走的机会了。史文宇曾记得他妹妹说过，她们学校为了解决女生不敢解剖尸体的难题，每晚十二点会让一个女生拿着笤帚去打扫解剖室。起初女生们都拉帮结友几人一起去解剖室，多去几次就会发现其实没什么好害怕的，恐惧感也就完全没有了。所以，克服恐惧最好的方法就是反复的面对，习惯了就好了。

"……"

"你要是不肯说，小心以后我把这些胳膊腿都卸下来放在你被窝里……不相信？不是吓唬你，我说真的呢！没准今天晚上你的枕头底下就塞着一只胳膊……"

"别说了，别说了！"肖筱捂住耳朵歇斯底里地喊叫起来："史文宇！我们有仇吗？你不是说不舍得让我吃苦受罪吗？不是宁愿替我去承担痛苦吗？你这样做又是为什么？……是在对我进行精神折磨吗？要看我彻底发疯吗？"

"精神折磨？没那么严重，看个洋娃娃的胳膊腿就发疯？那满大街都是疯子！谁小时候没有玩过洋娃娃的胳膊腿？我不说它像假肢，你不是也不害怕吗？它和假肢有什么不同，就是比假肢小了点儿，你看你看，它会咬你还是会吃你？就是塑料制成了一条腿、塑料不是还可以制成杯子、碗、垃圾箱吗？你看见碗、杯子、垃圾箱也害怕吗？"史文宇跪坐在肖筱对面，故意把洋娃娃的腿往她眼前凑。

"那不一样……"

"有什么不一样？"

"因为它像腿！我一看见它就想起恐怖片里的场景。"

"仅仅是像腿……它是腿吗？流血吗？有骨头吗？还是有肉？恐怖片里那些镜头都是合成的，电脑合成的，切的胳膊、剁的腿都是塑料的。如果是真的谁去拍恐怖片，拍完不是要死好多人吗？三四岁小孩都知道的道理，你还矫情个没完没了……没话可说了？"

"反正……反正我就是觉得恶心，那个东西要贴着我的身体……白花花、光溜溜的……恶心死了！"

"你要这样想,它就是一个假的东西,因为要替代腿的作用才做成腿的模样,如果做成树干的模样用起来不方便,也不美观!一个很漂亮的女孩,裤腿往上一卷,露出半截木头状的假肢,想想都难看啊!笑了?笑了就说明赞同我的观点嘛!"看肖筱态度有所松动,史文宇立即乘胜追击:"我们一起畅想一下,安好假肢,你就可以拄着拐杖出去散步,上下楼梯,轮椅不能去的地方你都可以去!轮椅很不方便吧?说实在你坐在轮椅上,想亲密拥抱下都很吃力,我要弯下腰或者蹲下来,万一老了,腰腿都硬了,弯也弯不下来,蹲也蹲不下来,那还怎么拥抱?笑什么吗?事实如此!"

"我……"肖筱对洋娃娃、对假肢还是心有余悸。

"我什么我?给,把洋娃娃的腿给安好。要不你的'童年'就变得残缺不全了……拿着呀!"史文宇强行把洋娃娃和腿塞在了肖筱手里。

捏着洋娃娃的腿,肖筱一阵头皮发紧,浑身毛毛的。她无奈地瞟了一眼史文宇,见他没有半点儿商量的余地,于是硬着头皮攥紧洋娃娃的腿一下子安了进去。再摸摸洋娃娃的胳膊腿,好像也没什么,她又把胳膊卸了下来,又安了回去。如此反复几次,那种毛骨悚然的感觉没有了。终于,她笑眯眯地拿起洋娃娃的一只胳膊对史文宇打招呼:"How are you?"

时机成熟了!史文宇跳下床,从床底下拽出了肖筱的假肢,肖筱的脸色唰地一下又变了。史文宇不予理睬,硬是把假肢抬到床上横放在她面前:"摸摸看……"

肖筱一面往后缩,一面紧咬住下嘴唇,头摇得像拨浪鼓。

"不就比洋娃娃的腿大了些吗?摸摸看?别害怕……来,我握着你的手……"史文宇蹿上床,硬拽着肖筱的手去摸假肢:"没什么吧?和洋娃娃的腿一样,是不是?嗯?是不是?"

起先肖筱紧闭双眼,攥牢拳头拼命往回缩。当手背一次又一次触碰到假肢时,她的心被恐惧一下一下地揪起撕扯,全身的肌肉都绷得紧紧的。她想哭、想喊、想逃跑,另一只手本能地去抓史文宇死活不肯松开她手腕的手，没几下，他的手背和手腕就被抓出了几道血口子。

"求你了……明天……明天我一定……一定戴假肢，今天就放了我吧？求你了……"在绝境中，选择对方的软肋也许就能绝处逢生。因此，肖筱拖着哭腔央求史文宇，她知道面对她的眼泪，史文宇只会妥协。

"明天？明天之后你又会说下一个明天……"史文宇突然一松手，肖筱一个猝不及防重重地摔靠在了床头上。他吹了吹手背上的血口子，有一处抓得很深，皮都翘了起来："选择逃避？肖筱我告诉你，如果今天你逃避掉了，那么这辈子你就完了，会诸事无成，你的人生只能是失败。为什么？因为一次逃避会衍生更多次的逃避，比起面对来，逃避多简单、多省事。今天你和我要耍赖，我会心软，会为你的逃避大开绿灯。说句让你寒心的话，我也有自己的工作、自己的事业，不可能二十四小时像现在这样守在你身边，有些困难只能由你自己去面对、去克服。总之一句话，人生是你自己的，要怎么走下去也由你选择，是继续逃避还是面对，你自己掂量……"

"你……生气了？"肖筱低着头，不知所措地搓着被史文宇掐痛的手腕。

"没有……你觉得我是在说气话吗？我也有错，一心想帮你消除恐惧心理，尽早地让你站起来，可……有点儿太心急，方式、方法有些欠考虑，过于激进和鲁莽了。手腕……很疼吗？都红了……"史文宇拉过肖筱红肿的手腕，内疚地用拇指轻轻替她揉搓着。

"对不起！别这样说……你的手……被我抓破了……疼吗？你说得对，逃避了今天就会有逃避明天的想法，逃避了明天就会有逃避一生的想法，这一恶性循环下去真的只能剩下一个失败人生。以前经常教育学生'明日复明日，明日何其多'，可遇到自己身上，居然也会犯这样的错误……"

肖筱再次瞟了一眼假肢，它真有那么可怕吗？伸手去摸，冰凉凉很光滑，也没什么可怕的啊？就是用树脂铸成的腿的模样，只不过用它来替代截掉的右腿，为什么对它会有那么强烈的恐惧和排斥心理呢？是的，自己活像水边看倒影的那只孔雀，越看越觉得自己的美丽倾国倾城。自己不也是越看越觉得命运薄待了自己、生活亏欠了自己，越来越过分地以自我为中心，过分地"同情、溺爱、纵容"起了自己，却还在自诩自己很勇敢、很坚强，藐视病魔、傲视死亡、无视困难，其实呢？只是在掩饰自己。做"刺猬"也罢，做"拿着刀的天使娃娃"也罢，都是在掩饰自己的脆弱、自己的胆怯；都是在逃避、在躲避困难。以为自己很聪明，欺骗了全天下，真的吗？真欺骗了全天下？没有，欺骗的仅仅是自己，其他人都明白。他们只是为了维护自己可怜可悲的自尊心才没有戳穿，才会迁就、放纵自己的任性、蛮横和自私自利。

走出来吧！走出自己给自己围造的虚伪的"勇敢坚强"城堡，真正真实、坦诚地去面对生活、面对困难吧！想到这里，肖筱像抚爱自己身体一样抚摩着假肢，现在的它真好像比以前顺眼了，也变得可亲可爱了。

看见肖筱主动去摸假肢，而且没有再流露出惊恐的表情，史文宇像泄光了气的皮球，仰面瘫躺在床上。真是一场比一场艰辛、一场比一场扣人心弦的战役，这样的战役在今后的生活中或许会屡见不鲜吧？史文宇不由得想起了高尔基在《海燕》里的那段话："让暴风雨来得更猛烈些吧！"他也想迎着风浪张开双臂，豪情万丈地高呼：没什么大不了的，来吧！该来的都来吧！我们不会退缩，我们有真爱！真爱是世界上最强大的武器，会击溃所有的敌人，会打赢每一场战役。加油肖筱！加油史文宇！

第十五章

对于一个截肢患者来说，康复训练不比治疗过程轻松简单。首先要进行体力恢复，因为一条假肢步行能耗比正常腿要增加百分之十到二十；其次还有肌力增强训练，假肢的悬吊控制、行走的能力及步态均匀都与残肢肌力密切相关，就必须做一些残肢体操和抗阻力训练，最后才是穿戴假肢后的步行训练。

步行训练的艰辛是正常人无法体会到的。由于人的大脑的整个中枢神经系统运动记忆里储存的仍是健全腿行走方式的信号，对残肢怎样带动假肢行走没有形成经验，因此在行走初期，会出现重心无法掌握而经常摔倒的情况。

看着肖筱一次次跌倒，虽然史文宇和肖筱父母嘴里都在鼓励：不要怕，站起来，勇敢些，坚强些……但他们的内心却比肖筱摔得更痛、更惨。每次肖筱都拒绝他们的搀扶，说要靠自己的力量爬起来，跌倒了只有靠自己爬起来，才会避免下一次因为犯同样的错误而跌倒。面对肖筱一次又一次重新站起来后，抹着额头的汗水，露出灿烂的一笑，他们的心都像被尖刀不停地划割着，却还要用同样灿烂的微笑回应她，那种感受是无法用语言描述的。

"怎么了？你妈说你有点儿不舒服？哪儿不舒服？要不要去医院？"史文宇因为陪同黑子去联系装修"蓝色时光"的事情，直到下午才来看肖筱。一进门鲁芳就说肖筱今天不舒服，没有进行步行训练。

"没什么，就是有点儿……头痛，可能感冒了，对！感冒了。"肖筱背对着史文宇躺在床上，唯恐史文宇不相信似的，重复自己是感冒了。

"感冒了？额头不烫啊？"史文宇摸摸肖筱的额头，又摸摸自己的额头，温度一点儿都不高："先起来，吃了午饭，然后吃药。"

"没胃口，不想吃，睡一会儿就好了……"肖筱紧紧拽着被角。

"没胃口就少吃几口，吃了药再睡，等睡醒了感冒也好了！乖，起来了！"

史文宇百般哄骗，肖筱还是背对着他紧紧地拽住被角不肯起来。这样僵持了一会儿，只能史文宇退一步，由着肖筱在床上躺了一下午。到了晚饭时，她还是没有起来的意思，史文宇有些急了。

"你打算这样躺到什么时候，不吃不喝。是在发脾气吗？谁又惹到你大小姐了？"

"没有，没有发脾气，我真的感冒了，有点儿累……"肖筱明显的底气不足。

"起来！……"史文宇唰地掀开肖筱的被子，拽着她坐了起来。坐起来后，她一直垂着头，就算偶尔抬头，也会躲开史文宇的目光。"下地，穿鞋子。"

"啊！啊！疼啊！"史文宇本想拽过她的左脚帮她穿鞋子，一不小心碰到了她的残肢,她失控地推开史文宇,尖声叫嚷起来。

"怎么了?哪儿疼?腿?腿……腿怎么疼了?"被推倒的史文宇一骨碌翻起来,去撩肖筱的裤腿打算看个究竟。难道……不会的……可为什么会碰一下就嚷疼呢?看她眼中蓄满了泪花,应该是真的很疼!

"别……别动……你不要看了……"肖筱死拽着裤管不让史文宇看。

"为什么不要我看?把手拿开!"

"不为什么?就是……你别这样……很难看!断肢的地方很丑陋、很恐怖!我不想让你看到……"

听肖筱这么一说,史文宇的手僵住了,他抬起头死死盯着肖筱。肖筱抹去眼角的泪水,扭过脸不肯正视他的目光,因为他的目光里写满了为什么,肖筱不知道该怎么回答。其实自从她重新接受了史文宇的那一刻起,这个问题就一直困扰着她,尤其是在夜深人静的时候,借着昏暗的灯光,她才敢正视断肢的地方。丑陋,真的很丑陋!连自己都觉得丑陋不堪,又怎么给别人看,又怎么给心爱的人看?

"怎么了?你们吵什么呢?"做晚饭的鲁芳听到肖筱房间传出的吵闹声赶忙跑了过来:"小小刚才你喊疼?哪儿疼?到底哪儿疼?"

"腿!她说她腿疼……"史文宇一只手依然扶着肖筱的左腿,一只手却无力地垂下来。

"腿……腿……哪条腿?"一听说肖筱腿疼,鲁芳眼前就开始发黑,结结巴巴地指指肖筱的断肢:"这条?怎么……个疼法?让我……看看?"

"妈妈,没什么事,真没什么事儿……别这么紧张。不过是假肢把我的腿磨破了,可能运动量过大,磨了几个泡……"肖筱嘴上在宽慰妈妈,眼睛却瞟着史文宇。史文宇将脸扭向一边,她根本看不清他的表情,但她还是能感觉到他的气愤和无奈。

"你这孩子,腿磨破了怎么早不吭声?伤口要进行处理,消炎、上药你不知道吗?小史!家里好像没有红药水和药棉,麻烦你出去买一趟!"看两个人的情形,到底发生了什么鲁芳已经猜到十之八九了。

她支走了史文宇后,坐在肖筱旁边:"很疼吗?"

"不是!就是刚才他碰了一下很疼!吓着你了吧?对不起!"让妈妈也跟着虚惊一场,肖筱更是内疚万分。

"肖筱啊!"鲁芳意味深长地呼唤了一声女儿的名字:"你和小史都是成年人了,你们之间的感情过去是妈妈不好,我不能再像以前一样直接干预,但……有些话还是要开诚布公地说出来。你们……有没有长远的计划?譬如今后会不会一起生活,就是有没有结婚的打算?"

"……"肖筱摇摇头。结婚?一起生活?多么遥不可及的事情!她没有做过这个美梦吗?有!而且不止一次,每天、每时、每刻都在做相同的美梦,可现实总是很残忍地将她唤醒。现在文宇是爱她的,他们之间的爱情也是不容置疑的,所以他们都希望能够结合在一起,组织一个真正属于他们自己的家庭。但爱情的期限真是一生一世吗?当它到期的一天,他们的婚姻将用什么来埋单?同情?责任?

"没有吗?他没有结婚的打算?还是……那你们为什么天天腻在一起?"

"不是!他曾有过表示,希望我成为他的人生伴侣。可……妈妈!就像你以前常说的,生活是很真实的,来不得半点儿虚假和敷衍。我不能确信我们的感情能不能支撑起婚姻,也不能确定他的感情里有多少是过去的成分,更不能确定我们的感情能走多远……"

"你对他的感情是真的吗?"

"嗯?当然是真的!妈妈怎么这么问?"

"那就不要怀疑他的感情是不是真的!爱他就应该相信他,不是吗?'过去的成分'?他的感情里有这种东西又怎么样?你的里面就完全没有'过去的成分'吗?将来的事情谁都不敢保证,世界在不断变化,人也在不断变化,感情当然也会不断地变化。像你这样患得患失,谁还敢恋爱、敢结婚?其实婚姻也很简单,不管最初婚姻的基础是什么,结婚的动机是什么,到了白发苍苍、满脸皱纹的时候,你就会明白另一半就是命中注定的、唯一的、不可取代的。不要顾虑那么多,顺其自然吧,水到渠自成!等会儿他买回了药,让他帮你上药……"

"不要……不想让他看……"

"就为这个闹别扭了?"

"没闹别扭,又不是小孩子,好端端的闹啥别扭……别老用老师看学生的眼光盯着我……对!被你猜对了!你是老姜……不过是他在闹别扭,就为这么点儿小事他生我气呢……"

"小事?你觉得是小事吗?这摆明了是对他的不信任,对他感情的否认!为什么你可以给爸爸、妈妈还有小磊看?不就是对我们的信任吗?不就是因为我们是你的亲人吗?现在还有将来和你最亲的人是他,不是我们了。彼此坦诚一点儿、透明一点儿,两个人才能和睦地相处……小史回来了!"门铃响了,鲁芳站起来去开门,走到门口又转过身来提醒肖筱:"向他道歉,听见了吗?"

肖筱耷拉着腿不时朝门口看看。过了好一会儿,史文宇才进来。他蹙着眉头把手中的小塑料袋放到肖筱的旁边:"药,还有药棉都在里面。我先出去,你自己处理。"说完还真转身朝门口走。

"小气鬼!"肖筱白了他一眼,气呼呼地扯过塑料袋看里面的东西。

"说谁呢?谁小气鬼?"史文宇停了下来,又折回到床边。

"就说你呢!你是……小……气鬼!"肖筱挑衅地对视史文宇:"干吗?眼睛瞪得那么大我就怕你了吗?"

"我怕!我怕你行了吧?我哪儿敢冲你瞪眼睛啊!嗨……怎么说着说着就掉眼泪啊?真哭了?我怕你了,真的怕你!别哭了,你爸妈进来还以为我欺负你了呢!别哭了,我错了……我知道我错了……拜托,把眼泪擦干净!"眼泪是女人最厉害的武器。一哭二闹三上吊,再强悍的敌人都会乖乖束手就擒。

"你没欺负我吗?……呜呜呜……动辄就冲我大呼小叫,要么就摆出一张臭脸不理不睬的……呜呜呜……"这就叫得了便宜还卖乖。看着史文宇手足无措又是道歉又是替她擦眼泪的样子,肖筱心里早乐得敲锣打鼓唱山歌了。没办法,戏已开场,只能硬着头皮继续演下去,还要演得逼真,不露一丝破绽,没眼泪也要硬挤出来,挤不出来就用纸巾捂着脸,只要哭得响亮,哭得惊天动地、撕心裂肺、肝肠寸断就OK了,反正捂着脸他又看不见有没有真掉眼泪……呵呵！没想到自己还有演戏的天赋！

"冤枉啊！六月下雪了……我什么时候冲你大呼小叫了？什么时候不理不睬了？嘘……小点儿声，你妈妈还在家呢！对对对……我是小气鬼！嘘……"史文宇不停地竖起食指示意肖筱小点儿声，还紧张兮兮地朝门口看，生怕鲁芳突然闯进来。"唯女子与小人难养也"，以后就算气得火冒三丈，也只能忍着，宁可被"忍"字头上的那把刀杀了，也不能冲女人发脾气了，不然这架势谁招架得住啊！

"真的知道是你错了？"

"嗯嗯嗯……是我错了……"

"那好！下不为例，勉强原谅你一次，仅此一次哦！"耶！莫绍玉教给自己的这招真管用。以前还强烈鄙视这种无理强占三分的女人，现在自己也同流合污了，悲哀啊！肖筱！不过……只注重结果，不注重过程和方式……小人？小人就小人！为达目的不择手段……呵呵！

"哎哟，我的妈哟！你……"肖筱终于破涕而笑，史文宇真是几多欢喜几多愁啊！

"我怎么了？给你一个将功补过的机会，帮我擦药……傻愣着干吗！让你给我擦药呢！"肖筱去撩裤腿的手微微发颤，迟早他是要看到自己的断腿的，早一天还少受一天内心的折磨：他看到后会有什么样的反应？会不会害怕？会不会反感？干脆就闭上眼睛吧。

"哦……"这才过了多久？肖筱居然主动让他帮着擦药，刚才可是连看都不让他看一眼啊！这丫头干吗闭着眼睛？一副英勇就义的表情。他拿过塑料袋取出药瓶和药棉，然后帮肖筱把裤管卷得更高些以便擦药。没什么可怕的呀？断肢不都是这个样子吗？哎呀，怎么磨出了一溜儿水疱呢？和假肢接触的地方都磨红了。他打开药瓶，在药棉上蘸了一点儿药轻轻去擦拭那些水疱。

"嗞……"刚一碰到水疱，肖筱不禁倒吸了一口冷气。

"疼？那我轻点儿。"再次蘸了药水的药棉仿佛变成了千斤之重，史文宇的手颤抖得根本无法靠近那些小水疱。

"嗯?"看史文宇愣在那儿,肖筱很是纳闷,"文宇?喂!怎么额头上都是汗呢?知道为什么医生不给自己的亲人动手术了吗?"

"为什么?"

"问你自己啊!看你手抖得像做贼一样,医生若以这种状态去动手术,病人能活着走下手术台吗?……呵呵!还是我自己来吧!"肖筱嬉笑着接过史文宇手中的药棉轻轻擦拭伤口,她每擦拭一下,史文宇就皱一下眉,还轻轻地帮她在伤口上吹气。

"这要几天才能痊愈?"等肖筱擦完了药,史文宇边收拾药瓶边问道。

"两三天吧?怕我偷懒?"

"什么话!你要是个偷懒的人就不会出现这种状况。什么都要有个度,适可而止。你一走起来就没完没了,看吧!自己受罪不说,还耽误好几天时间……这叫得不偿失,明白吗?平时看你挺柔弱、挺随和一个人,一犯起拗劲儿来十头牛都拽不回来,你妈给你下的结论一点儿都没错——'刘胡兰'式的人物!"

"呵!看来你没少在我妈面前告状啊?难怪她什么都向着你说话!"

"不是向着我,是坚定地向着正义的一方!多深明大义的母亲啊!不开玩笑了……肖筱……"史文宇重新坐到肖筱身边搂住她的肩膀,沉思了一下后很郑重地说:"刚才我真的生气了,我感觉自己并不是你生命中最重要的人,因为相爱的人之间没有需要回避、掩饰的东西。"

"对不起……我只是不想把丑陋的一面给你看……我怕你看到后会害怕、会嫌弃。"

"丑陋?你觉得它很丑陋吗?我倒觉得它很美丽!为什么?因为它延续了一段生命,支撑起了一个生命。它很顽强、很坚忍,在我看来顽强、坚忍就是一种美丽。美丽不是狭隘的单单只存在于表面的东西,没有内在、没有内涵的美丽会很快枯黄凋谢。看这些蝴蝶花,它很普通,但你不觉得它很美丽、很独特吗?"

"是啊!它是很普通,没有颀长的花茎,没有硕美的花冠,没有艳丽的色彩,没有浓郁的香气……甚至有些寒酸猥琐,但它的美丽就在于静静地绽放，寒风凄雨中的静静绽放……"肖筱接过史文宇的话说道。现在她已经完全明了当初史文宇送她花种子的寓意了，它不仅代表着思念，更代表着一种无所畏惧、决不妥协、永不屈服的精神。蝴蝶花只有一季的繁盛，有荣就有枯，有绽放就有凋谢，这是无可抗拒的自然法则，但只要种子在，生命就会得以延续，栉风沐雨后，美丽依旧……

她扭过脸心情复杂地看着史文宇。命运是公平的，它不会薄待每一个珍惜生命、热爱生命、真诚生活的人。命运没有薄待自己，在危难的时候不就恩赐给她一缕最灿烂、最温暖的阳光吗？

"干吗这么看着我？我脸上……有东西？"

"我爱你！真的好爱你……"肖筱转过身体突然紧紧搂住史文宇的脖子，任由泪水在脸上泛滥。

"傻丫头！怎么了？又哭鼻子了？这么坚强的女孩子怎么能老哭鼻子呢？我也爱你……"史文宇捧起肖筱的脸，轻柔地吮吸去她脸上的泪水。如果可能，他真想将她整个吸入自己的体内，像蚌包藏珍珠一样将她包藏进自己体内，那样病魔就无法找到她，永远都无法找到她……

连续几天的阴雨让初夏笼上了秋寒的况味。由于要进行全面整修，"蓝色时光"里的设备已经被搬走了，空荡荡的大厅陡然如同一座岩洞，不断有寒风从四面八方打着旋涡刮来。

史文宇拎着两听啤酒走到席地而坐的黑子旁边。

"哦？谢了！'青岛'？我从来不喝'青岛'的，有没有……"当了一天搬运工的黑子显然没干过如此繁重的体力活，不仅整个人都瘫靠在落地玻璃窗上，就连平素号称"气宇轩昂"的眉毛都成了"倒八字"，和同样成了"倒八字"的眼睛倒也算是一对难兄难弟。可他的挑剔好像永远没有困倦疲乏的时候，好斗的公鸡鸡冠一样精神饱满地竖起。

"爱喝不喝，哪儿那么多穷讲究……现在搬得乱七八糟的，能找到这两听就不错了！"说着史文宇便去夺黑子手中的啤酒。

"哎哟哎哟……我的腰噢……"为了保护手中的啤酒，黑子扑通一下翻倒在了地上。没办法，实在是累得腿脚无力了："史文宇！哎哟……你抢什么啊？我说不喝了吗？我的腰噢……"

"呵呵……"

"你还笑得出来？扶我一下啊……轻点儿轻点儿……我的胳膊……轻点儿啊你，不知道它是'劳动最光荣'的牺牲品啊？哎哟妈哟……"四仰八叉的黑子被史文宇拽起后嘴巴一刻都不得闲地絮叨着。

"你平时跑健身房都干吗去了？这么点儿活就把你累个半死？"史文宇挑了一块比较干净的地板倚着玻璃窗坐了下来。

"健身和体力活儿是两码事，去健身房嘛……嘿嘿……不告诉你！"

"不告诉我我也知道，你那点儿花花肠子……"

"什么啊？"

"什么啊！呵呵……cheers……"史文宇举了举手中的啤酒。

"呵呵……cheers……"黑子同样举了一下手中的啤酒。

"不好意思！这次回来都没怎么帮上忙……"史文宇呷了一口后将啤酒放在支起的左膝盖上，很抱歉地对黑子说。

"什么屁话？找装修公司、看图纸样板、谈价钱不都是你去的吗？再说了，装修一个破酒吧难道比装修一个人的心灵更重要？是哥们儿就别说这些恶心的话。"

"呵！还生气了，我也不过随口说说，你以为我真觉得抱歉呢？"

"好你个……哎哟哎哟……我的肩膀要断了……"原本想抬手偷袭史文宇一下的黑子突然捂着肩膀，龇牙咧嘴地直嚷嚷。

凌晨时分雨又开始下了。

"蓝色时光"的音响还吟唱着玛丽亚·凯莉的《Without You》，斜斜的雨脚和着音乐的节拍在玻璃窗上画出一道一道的叹息符。

"……I can't live, if living is without you

（我活不下去，如果生命中失去了你）

I can't live, I can't give anymore

（我活不下去，我再也无法付出）……"

"黑子……我打算和肖筱结婚了！"

"结婚？！不不……不是你们结婚有什么不妥，只是……会不会太仓促了些……"史文宇突然宣布婚约不啻于绵绵雨夜的一道闪电，黑子不知自己是该极力支持还是强烈反对？支持、反对都有理由和立场，又都没有理由和立场。

"怎么说呢……你看过VCD影片吗？"黑子很专注地晃动手中的啤酒思忖了一下，抬起头同样专注地看了看史文宇继续说。

"VCD？当然看过，看VCD是我工作之余的一种消遣。"

"看VCD的中途我们离开一下，为了不错过精彩内容通常会按'暂停'……回来就按'播放'继续收看，你一定注意过，重新播放后画面总是不连续，画面经常是许多像素块，需要一段时间才能流畅起来。一个道理，你们是相恋了三年，可中途你们按了暂停，现在你们又重新按下了播放键，你们的感情会马上就变得很流畅吗？所以我说短短十几天的时间你就决定结婚，会不会仓促了点儿。"

"你的担忧也许是很多人所担忧的，但对我和肖筱来说，绝对不存在重新播放后顺不顺畅的问题，两年、十年、二十年都不会。不可思议？是啊！有时候我也觉得不可思议，我对肖筱的感情超乎了自己的想象，失去了理性的判断和控制，现在除了能够一生一世守护她、照顾她之外，我不愿、也不想再顾忌任何事情，甚至包括小雅……"

"小雅还是不能谅解肖筱？她虽然有些刁蛮、任性，但很善良，不是那种冷酷无情的女孩儿！要不我去和她谈谈？别看我们平时一见面就斗嘴，其实在她心里还是拿我当哥哥的，我的话也许能起一些作用。"

"没有用的……"史文宇轻叹了一声："你也知道对我和小雅来说，妈妈不仅仅是单纯给了我们生命、抚育我们成长的人，更是我们精神上的支柱和依靠，无论遇到怎样大的挫折，只要回家靠在妈妈身边一秒钟，所有的苦恼、伤痛都会烟消云散。妈妈的过世，小雅本身就对我有一些埋怨，怨我引狼入室害死了妈妈。与其说现在小雅恨肖筱，还不如说是恨我，我曾经是她最亲、最爱的哥哥，是天一样的哥哥，却因为一个女人背叛了她、背叛了妈妈、背叛了我们的家，她的恨是压在我心头的一座冰山，真的好重、好痛、好冷……"

"现实版的罗密欧与朱丽叶? 不好不好, 那是个悲剧! 唉! 为什么人就不能活得简单点儿、随性点儿? 爱、恨、情、仇、剪不断、理还乱……"黑子搔搔头发, 如果这样就可以厘清思路, 他情愿剃光了头, 难怪和尚都是秃头呢! 青丝, 情丝也!

"我是不是很自私? 为了自己的爱情, 不惜伤害唯一的亲妹妹……"

"当然不是, 怎么会是自私呢? 试着多给她些时间, 不是说时间能够愈合一切创伤吗? 假以时日, 她会理解你们的。虽然等待是消极了点儿, 但有时候消极也是一种积极的表现。"黑子实在找不出合适的话来安抚这个最亲密的朋友了。语言在很多时候是这般的苍白无力, 他唯一能做的就是默默地站在他的身边, 和他一起被痛苦湮没。

"时间? 我也懂得这个道理。但……我怕肖筱等不到那天。"

"怎么? 她的病……"

"不是的……我回来后一直在考虑如何重新找回我们的感情, 牵着她的手开始新的生活, 却忽略了一点……就像她妈妈今天说的, 肖筱是个体内装着定时炸弹的人, 谁都不知道那个时间是什么日子, 也许就是明天……那天在广场, 我对肖筱说, 如果真有那么一天, 我会很认真地继续活下去。今天当她告诉我她腿疼时, 那种最坏的假想很真切地掀开了帷幕, 我眼前一片混沌, 只有一个感觉——I can't live, if living is without you……"

他一直信奉"谁离开了谁照样生活, 照样幸福"的法则。是的, 如果肖筱离开了他, 他会照样生活, 年复一年、日复一日地蹉跎岁月, 但能照样幸福吗? 失去了肖筱, 他的夜空不会再有繁星闪烁; 失去了肖筱, 他独自继续的人生将何其漫漫, 何其黑暗, 何其荒芜的漫漫。

"不会的……文宇, 一定不会有那一天的……"黑子挪到史文宇旁边, 狠狠地搂住史文宇的肩头, 晃晃史文宇的身体, 他要把这种假想从史文宇的体内晃出去, 然后抛到遥不见底的夜空: "肖筱是我认识的最坚强勇敢的女孩子，她不是已经挺过来了吗？这么沉痛的打击都没有摧垮她，我们应该相信她，她还会创造更多的奇迹，别忘了还有你啊……忘了吗？上高中时我们爬到山顶一起高呼的话？"

"我相信我的拳头会砸碎这个世界？"黑子的一句话，史文宇仿佛又回到了那个天不怕地不怕的青涩年代。记得农历登高节的那晚，他和黑子一起爬到山顶上，面对着脚下灯火辉煌的城市，他们挥拳呐喊："我相信我的拳头会砸碎这个世界！"虽然有些桀骜、轻狂，但却不失一个男子汉该有的凛然霸气。于是，他坚定地冲黑子挥了挥拳头。"对！我相信我的拳头会砸碎这个世界！要不咱比画比画，看看谁的拳头硬？谁输了就背另一个人回家。"黑子噌地一下跳了起来，真像拳击手热身一样，左挥一拳，右击一拳，全然忘却了自身的疲倦和劳顿。

"蓝色时光"播放的歌曲转换成了《When You Believe》，平静的海面不时掀起深蓝的暗潮，一波逐着一波，一浪高过一浪：

There can be miracles when you believe

只要你相信 奇迹就会实现

Though hope is frail

尽管希望如此渺茫

It's hard to kill

却难以抹杀

Who knows what miracles you can achieve

谁能知晓 你可以实现什么奇迹

When you believe somehow you will

只要你相信 你或许就会

站在门口的肖筱朝黑漆漆的"蓝色时光"里面探了探头。史文宇说进去开个灯马上出来，可一个"马上"就好像蒸发了一样，等了半天连个影子都没出来。

"文宇？文宇？……"越等越不安的肖筱鼓起勇气，一边压低声音呼唤史文宇的名字，一边小心翼翼地挂着拐杖走了进去。怎么回事？借助窗外射入的幽幽霓虹灯光，她陡然发现"蓝色时光"一片空荡荡，桌椅板凳、吧台什么都没有了。白色的水晶面地板和波浪形的天花板都泛起凛凛寒光，如同覆上了一层薄薄的秋霜。"蓝色时光"出什么事了吗？文宇呢？黑子呢？肖筱的心被恐惧和不安牢牢地揪在了一起。

突然，"蓝色时光"的天花板上豁然闪烁起点点繁星般的灯光，旋即地板中央也亮起了一个由无数红色小灯组成的"心"形图案，它们彼此天上人间，你熠我耀、交相辉映。站在当中的肖筱顿时产生了一种穿越时空、置身于茫茫苍宇、浩浩银汉的恍惚。

"肖筱！"是史文宇充满柔情的声音？还是幻觉？梦境？肖筱循声望去，黑暗处，隐约看见史文宇站在以前吧台的地方。她的心头腾然升起了"众里寻他千百度，蓦然回首，那人却在灯火阑珊处"的欣然与感喟。是啊！二十五年的寻寻觅觅、两年的期期盼盼，蓦然回首，原来他一直站在原地同样痴痴地等待着她、默默地守望着她。史文宇慢慢走近的身影在她眼中逐渐地、逐渐地模糊起来。

"你……去哪儿了？知道我等了你多久吗？"肖筱询问的声音微微喑哑。

"我哪儿都没去，一直站在你的身后，只是我没有勇气走到你的身边。对不起……让你等了这么久……对不起！不该让你独自一人留下，不该让你独自一人经历黑暗，不该让你独自一人伤心难过……肖筱！一句对不起能抚慰你心头的伤痛吗？一句对不起能补偿你遭受的重创吗？一句对不起能偿还你执着的等待吗？"

"文宇……为什么要说对不起呢？现在你不是重新走到我身边了吗？这不是比什么都重要吗？"肖筱的手指轻轻搭在史文宇的嘴上，文宇！你给予我的实在太多太多了——爱情、希望、勇气，我生命的盒子早已被装得满满的了……

一曲缱绻舒缓的钢琴曲《初雪》在星辰璀璨的"蓝色时光"里迂回旋转，仿佛进入了一个空灵的雪夜，洁白的雪花飘落的簌簌声，挂满冰串的虬枝折断的咔嚓声，素白的冰面下山涧流淌的淙淙声，大自然用最纤弱却最质朴、最灵异的声音谱出了这阕爱的清音。是的！爱不一定都是山崩海啸的激荡、疾风骤雨的癫狂，更多的时候它是"落雪有声""花开有音"，这个"声"、这个"音"不是用耳朵去聆听的，而是要用你的心、你的灵魂、你的整个存在去聆听。

"肖筱！还记得我曾答应和你一起看那年的'狮子座'流星雨吗？今天我要兑现曾经许下的诺言，看看我们的头顶上……"

肖筱随着史文宇手指的方向，再一次看到了天花板上的灯光，它们都是深蓝色夜空中眨着眼睛的繁星：" 好璀璨的星空啊！这就是'狮子座'流星雨吗？"

"呵呵！当然不是，'狮子座'流星雨要比这壮观得多……其实我们每个人都是这亿万颗星星中的一颗流星，很渺小、很微弱、很普通，也许根本就分不清哪颗是你、哪颗是我、哪颗是他！但无论宇宙多大，无论时光如何流逝，无论地点如何转换，我都会辨认出哪颗是你，因为你是我的'波拉里斯'，永恒不变的'波拉里斯'……能答应我永远留在我的星空中吗？"

肖筱垂下眼帘缄默了许久，然后缓缓地抬起双目端视史文宇，他焦急期盼的双眸又何尝不是一颗最明亮、最特别的"波拉里斯"呢？

"你不是说我是你的'波拉里斯'吗？'波拉里斯'又怎么会改变自己的位置呢？命中注定我是属于你的星空，那么我就会静静地驻留在那里，直到永远……"

"肖筱？愿意嫁给我吗？或许我不能给你最优越、最富足的生活，但我有自信可以给你一生的幸福，也请你同样给我一生的幸福，可以吗？"看到肖筱噙着热泪点点头，不知是紧张还是激动，史文宇握着的她的手有些冰凉。他的表情异乎寻常的严肃、庄重，小心翼翼地将一枚戒指戴在她的无名指上后，将她的手紧紧地攥在自己的手中。对于他来说，这不是什么仪式或过场，而是两颗心灵的盟誓，三世约定的缔结。

停顿了片刻，他抬眼面带微笑地看着肖筱。肖筱从他同样泪水汪汪的眼中看到了三年前惊心动魄的相遇，一同工作后爱意的萌发到相互的表白，又到初雪之夜的分手，最后是历经生死后的再度携手，他的微笑包含了太多的情绪——三分欢欣、两分辛酸、一分喟然。

"怎么又哭了？老这样哭会变成爱哭鬼的！"史文宇捧起肖筱的脸，替她拭去脸上的泪水。

"没哭！是太幸福了，幸福得有些不知所措了……被幸福包裹的我，怎么会哭呢？"尽管她的嘴角和史文宇一样泛着笑意，可泪水还是像断了线的珠子不停地从面颊滚落。

"呵呵……傻丫头，幸福里是不需要眼泪的，幸福就应该笑！开心的笑，开怀的笑……"

"那你眼睛里湿漉漉的是什么？不是眼泪？还说我？"肖筱伸手抚摩史文宇的面庞，也像下了小雨般的潮湿一片。

"眼泪？不是，当然不是！是因为我的眼睛太有神采了！你没发现吗？我长着一对水葡萄一样迷人的大眼睛哟！"史文宇狡黠地眨眨眼睛，笑过之后，他的表情又突然严肃起来："肖筱，以后等待我们的不会是一帆风顺，人生原本就没有一帆风顺，因为有太多的未知在等待着我们。所以答应我，无论将来遇到什么——幸福、痛苦、挫折，都不要流眼泪，用你阳光一样灿烂的微笑去感染、震撼整个世界。好吗？"

"喂！有没有搞错，这个女人，简直……你怎么拽我的袖子擦眼泪啊？噢……我要疯了……噢！受不了了……"是黑子被踩疼尾巴一样的叫嚷。

黑子的叫嚷声，不啻于在轻柔的钢琴曲中忽然插入了一段重金属摇滚乐，"咚"地一声震开了含情脉脉地凝视对方的史文宇和肖筱。从迷幻状态中被震醒的肖筱惊愕地看看史文宇，史文宇一脸的无可奈何，她又环顾一下四周，声音好像是从以前吧台后面的小屋传来的。

"你嚷什么，嚷什么啊？多感人、多唯美的求婚场面，不应该安安静静地被感动着，嚷什么？知道你这一嚷有多煞风景？再说了，这儿黑咕隆咚得和老鼠洞一样，能找到纸巾才见鬼了？""争渡、争渡，惊起一滩鸥鹭"，是谁？当然是莫绍玉了！

"煞风景？要不是你的行为让我忍耐到了极致，我能嚷吗？找不到纸巾用自己的袖子擦！怎么随随便便搋别人的……"

"拜托！我穿的是无袖套裙。这个男人真小气，不就用了一下你的破袖子嘛！你……不会是……有洁癖吧？吼吼，一个大老爷们有洁癖！吼吼……"

"谁……谁？谁有洁癖了？你你……你说清楚点儿……"

"没有？那你结巴什么？我的学生一结巴，用膝盖猜都知道他在撒谎！"

"我是你学生吗？还膝盖猜？你膝盖有思维能力？我对你大脑的思维能力都持怀疑……"

"你再说一遍！"

"好话不说二遍……"

"拜托你们别吵了！从见面一直吵到了现在，你们嘴巴不累，我耳朵都累了。"郝明磊？这分明是郝明磊的声音。听到这个熟悉的声音，肖筱既兴奋又激动。

"谁吵了？……谁稀罕和他（她）吵啊！……拜托，干吗学我……"百年难得一遇的默契合作，居然两人一致对付被他们聒噪了一下午，忍无可忍才发话的郝明磊。

从以前吧台后面的小屋出来的黑子，手里捧着一束火艳艳的玫瑰花，紧紧跟在他身后走出来的莫绍玉在后面推了他一下："让开，别碍手碍脚地堵我前面！"

"天哪天哪！这……这女人，你属螃蟹呀？放着那么大的地方不走，揉我干吗？无语！"黑子一副崩溃状，比他更崩溃的是最后一个出来的郝明磊。他简直难以将这两人和肖筱、史文宇联系在一起，反差产生美？最近发生的一切颠覆了他对这个世界的认知。

物欲横流的今天，人们被名和利不停地怂恿着、驱赶着，每天浑浑噩噩于灯红酒绿的虚华，忙忙碌碌于纸醉金迷的追逐，亲情、友情、爱情沦落为"鸡肋"，成为人们生命的赘负和枷锁。人们忘却了付出，只知道索取，"一夜情""天亮就分手"等横行，爱情变成了一场场游戏——玩得起继续、玩不起出局，人们踩踏着真情的废墟和责任的残骸恣意地、麻木地在这种游戏中虚耗着生命，挥霍着青春，却冠之以"个性""另类"

的美名。他们真的活得很潇洒、很快活、很滋润吗？不，他们很空虚、很寂寞、很颓废，不然怎么会去借口、嗑药、吸毒？就是因为他们的生命太"轻"了，轻得连鸿毛都不如，只能用龌龊、肮脏和猥琐去填补。

而此刻，郝明磊、黑子、莫绍玉这三个素不相识的人聚到一起，搜肠刮肚地想点子，花了一下午的时间装饰这里，只源于一个原因——感动。感动于史文宇和肖筱的爱情，感动于史文宇和黑子、肖筱和郝明磊以及莫绍玉的友情，感动于这个世界还残存着一份纯真，感动于这个世界还徜息着一缕温暖……

本来他们打算悄悄地离开，但他们还是忍不住留了下来，他们都想"偷窥"一下这对恋人来之不易的幸福，让这份幸福也照亮一下自己的心扉。

"我乐意！我高兴！管得着嘛你？"莫绍玉从黑子手中抢过花，狠狠白了他一眼，一扭一扭地走到肖筱他们身边："嘻嘻！吓到了吧？都是那个黑不溜秋的家伙不识相乱嚷嚷。今天我太感动了，比看《蓝色生死恋》还感动，哭得稀里哗啦的……噢！对了，还有花！是黑子的朋友好像叫姚淑贞的送来的，这束花也代表了我们大家共同的、美好的、真挚的祝福，希望你们婚后的生活能够和和美美、甜甜蜜蜜、幸幸福福，就像这束花一样！"

"喂！祝福的话都被你一个人说完了，让我们说什么？这个女人，啰啰唆唆简直像一个老太太嘛！"

"黑泥鳅，你唧唧歪歪什么？中国的语言文化博大精深，你没什么说的，只能说明你水平低！谁是老太太？你见过这么如花似玉的老太太吗？"一旁等着说答谢词的史文宇和肖筱面面相觑，然后无限同情和敬佩地看了看郝明磊，能和这两人待这么长时间没有发疯，耐力和承受力实在是超凡。

"肖筱……"郝明磊又是摇头又是耸肩，就差没痛哭流涕地告诉他惨遭的迫害了。终于他挤开了堵在面前的两只"斗鸡"。

"小磊哥！谢谢你能来！"在郝明磊面前，肖筱永远是那个戴着粉色蝴蝶结一蹦一跳的快乐女孩儿。

"不要这么客气吧！你的订婚仪式，缺了我这个哥哥不就不完整、不热闹了吗!既然来了,就得送上几句祝福。祝你和史文宇今后能相亲相爱、相互扶持、相互帮助,直到青丝变白发的那天!"

"谢谢你的祝福!放心吧!我会好好照顾肖筱的。"史文宇幸福地看看同样也是满眼幸福的肖筱,然后和郝明磊真诚地握了握手。

捧着莫绍玉送来的花束,肖筱深深地吸了一口气。哇!真是香气袭人!三十三朵红玫瑰紧紧地簇拥着中间的两枝香水百合,造型真是很漂亮、很别致,寓意也很深邃,真是无与伦比。史文宇也凑过来闻闻,他不单单从花中闻到了一缕祝福,还闻到了一缕豁达、一缕诚挚和一缕幽幽的轻叹。小贞,现在说"对不起"已经没有丝毫意义了。谢谢你!我会幸福的,用我的幸福去报答今生你给我的所有情谊,偿还我对你的所有亏欠,你也要找到属于自己的幸福,唯有你也幸福,我的幸福才会完整、完美……

"呵!好热闹!在拍电影还是在拍 MV 呢……"一声不阴不阳的怪调如同一把带着血腥味的利剑,刺破了"蓝色时光"的喜气与祥和。

"小雅……"端着斟满香槟酒杯的史文宇惊呆了,杯中的香槟缓缓地倾倒了一地。

慢慢走来的史文雅一身缟素,头上簪着一枝白花,手里还捧着一束白菊,俨然一副奔丧的装束。她挑剔地仰头看看屋顶的灯光,又撒气似的踢了一脚地上的红灯泡,突然加快步子蹿到史文宇面前。

"这么热闹的订婚仪式怎么不邀请我?是把我排出了史家户籍,还是把你自己排除了?"

"小雅,误会了,不是文宇的错,是我忘通知你了!文宇让我给你打电话来着,我一忙就给忘后脑勺了……"黑子忙插进史文宇兄妹之间陪着笑脸解释。

"撒谎也要打个草稿,别编得没边没际的。你是他的秘书?管家?为什么让你打电话给我?他没有手机?他不知道我的电话?还是在他心里根本就没有我这个妹妹?"

"小雅……"

"我记得很早以前我就和你说过,你不会那么健忘吧?那我再重申一遍。你！肖老师，没有资格叫我小雅，小雅两个字从你嘴里出来我觉得恶心！"史文雅像完全失去了理智的斗牛，瞪着通红的双眼，只要有红色的东西闪过，她就会发疯一样地冲过去，用尖利的牛角直戳对方的要害。

"小雅，别这样，我们有话出去说……"史文宇语气有些惨然地央求妹妹。

"出去说？为什么？'家丑不可外扬'？我没做什么亏心事，当然没有遮遮掩掩的必要！莫非……你做了不可让外人知道的事？"

"小雅……"史文宇的心口被妹妹执着的钝刀一点一点剜割，血泪朦胧了他的眼睛："我们何时变成了仇敌？变成了你死我活的仇敌？一定要这样吗？我们是兄妹啊……"

"呵！谢谢你还记得我们是兄妹，我以为你早就忘了，早就忘了我们一起同甘共苦的日子；早就忘了把你当山一样依靠的妹妹；早就忘了可怜的、冤死的妈妈；早就忘了是这个女人害死了妈妈……"史文雅边说边逼近肖筱，突然抡起手中的白菊以猝不及防之势砸向肖筱："你这个坏女人！我们家和你有什么仇？害死了我妈妈不算，还要拆散我们兄妹！……"

肖筱没有防备史文雅会突然做出这么极端的行为，她本能地用双手去护头，谁料双拐噼里啪啦倒在了地上，失去了双拐的支撑，她整个人也就失去了重心，重重跌倒在地上。

原本拦在史文雅面前的史文宇，听到"咚"的一声响，回头一看肖筱摔倒后，他再也控制不住怒火的喷发，鬓角青筋暴跳，一把推开了史文雅。

差点儿被哥哥愤然推倒的史文雅愈加气急败坏了，她怎肯就此轻易善罢甘休，几下甩开在后面拼命死拽住她的黑子扑向肖筱。

刚才去外面买烟，顺便送莫绍玉去车站的郝明磊，折返时在"蓝色时光"楼下就听到楼上的吵嚷声，他三步并作两步跑了上去，碰巧看到肖筱跌倒的一刹那。他一个箭步冲到肖筱跟前，去扶挣扎着想自己站起来的肖筱，又瞥到像一只穷凶极恶的老鹰一样扑来的史文雅，情急之下他扑倒了肖筱，用整个身体去保护她。

随着"啪"的一声脆响后，气氛骤然凝固了。

"你打我！……你……你居然……打我？！为了害死妈妈的人……居然……"史文雅捂着火辣辣的面颊又羞、又恼、又惊，大股大股的泪水顷刻间顺着手指滑落下来。

"小……雅！我……不是故意的……"史文宇整个人都蒙了，他不知道自己都做了些什么？他捆了妹妹一巴掌？怎么可能？不可能的！他茫然地看看肖筱，她怎么也掩面啜泣？再看看自己那只痉挛的手？他恨不得那一巴掌是掴在自己脸上。他这是怎么了？是在做什么？这一巴掌不是打痛了她的脸，而是打碎了她的心，也打碎了自己的心。史文宇满怀愧疚地伸出颤抖的手去摸她的脸："对不起……我看看……疼吗？"

"滚开！你的假心假意，我不稀罕！疼吗？不疼！心彻底死了还会疼吗？"史文雅一把拍落史文宇的手，歇斯底里地叫骂着。

"小雅！文宇是不对，再怎么气愤都……打人是不对的……可你今天未免过分了点儿……"被刚才一幕震蒙了的黑子还恍恍惚惚一如梦中。

"对不起，闹成今天的局面都是我的错。你骂得对，我是坏女人，我害死了你妈妈，害得你们兄妹反目，说一千、一万个对不起都不足以救赎我犯下的罪责……"擦掉泪水的肖筱觉得自己不能再保持沉默了，就算被小雅再痛打几下，那又怎样？不过是身体上痛一下而已。看着心爱的人为了自己受委屈、受折磨，陷入两难的窘境，那种心灵被撕裂的痛要远胜于身体上的痛："我……不是受到惩罚了吗？所以错都是我一个人的，将来还要接受怎样更巨大、更残酷的惩罚，我会一个人承担。请你不要记恨你哥哥，原谅他好吗？他很爱你的……"

"肖筱……"史文宇凄怆地呼唤肖筱的名字。

"惩罚？"史文宇和肖筱彼此的情深意浓并没有感动史文雅，在她的眼前、耳中现在除了仇恨之外，什么都没有："这样的惩罚未免太轻了！你病了，你瘫了，但你没死，你还活着，还可以走路，还可以吃饭，还可以卑劣地利用别人的同情享受人间的美好。你不是还在这里有说有笑，喝着香槟，捧着玫瑰，甜甜蜜蜜订什么婚吗？可我妈妈死了，被埋在了黑漆漆、冰冷冷的坟墓里……以为掉几滴鳄鱼之泪，就可以弥补你的罪孽吗？不可能，我明明白白地告诉你，绝对不可能！你听，我妈妈在天上哭呢！你看，窗外飘落的都是我妈妈冤屈的泪水。等着吧！你们不会得到幸福的，你们永远都活在我的诅咒中！"

"史文雅！别太过分了你！这是人话吗？有什么天大的仇恨让你跑到别人订婚的地方鬼喊鬼叫的。你心死了？我说该心死的是文宇，是你哥哥。你扪心自问一下，你哥哥怎么待你的？"

"黑子……别说了……是我的不对……"

"你还维护她？她都这样咒你了，你还维护她？你当她是妹妹，她当你是哥哥了吗？你别拦着我，否则我和你翻脸！"黑子愤慨地打断史文宇，转身用手指着史文雅的鼻尖："史文雅你给我听清楚，你妈妈不是肖筱害死的，也不是你哥哥害死的，是心脏病，是心脏病夺去了她的生命。你要诅咒是吗？那就去诅咒心脏病吧！你不是学医的吗？有本事就把心脏病从这个世界上彻底消灭掉！你没有这个本事是吧？因为这一切都是命运的安排，虽然我们都不相信命运，但很多时候你抗拒不了。为什么文宇要千辛万苦养活你们这个家？就因为命中注定他是这个家的一员！"黑子一通慷慨激昂后戛然停了下来，他走到史文宇身边，搂住这个令他敬佩不已的朋友的肩，沉默了许久后继续说到：

"小雅，你父亲自杀后你们依靠的姥爷也撒手人寰了，那时文宇读高三，才十八岁，你知道他有多少次萌生过退学的想法吗？对！他是有责任照顾你，但他也可以选择逃避，选择一走了之，不管你是要饭、饿死还是冻死！但他义无反顾地撑起了这个家。为什么？人都是自私的，如果没有你们的拖累，他也许是重点大学的什么研究生、博士生，如果没有你们的拖累，也许他早已娶妻生子，有美满幸福的家庭了。但他从来没有嫌弃过你们、抛弃你们的想法，他为你们奔波着、劳碌着、辛苦着，可以每天只吃馒头加咸菜，可以每天只睡四五个小时，可以每天在学校几个打工点来回奔命，他因你们的快乐而快乐，因你们的幸福而幸福。他身兼儿子、哥哥、父亲的角色已经做到了无愧于心，能够堂堂正正立于天地之间。他也是人，也有七情六欲，也有选择爱情，选择和心爱的人结婚，享受天伦之乐的权利。你不承认他是哥哥,只能说是你的损失,对他,不会有丝毫的损害。你也长大了,不是那个由着自己性子胡闹的小女孩儿了,要怎么选择,自己看着办!"

随着黑子的叙述,史文雅眼中的怒火渐渐暗淡了、熄灭了。她抬起泪眼看着完全被痛苦吞噬了的哥哥,流逝的岁月怎能没有痕迹呢?共同经历的苦难岁月早已将兄妹的情谊深深地烙在了他们的心灵上,永不磨灭!

史文雅没有再说什么,转身怅然地离开了……

肖筱走到窗前,缓缓地拉开落地窗帘,又推开紧闭着的两扇窗户,夜,赤裸裸地呈现在了她的眼前。眼前正在修建的大楼被绿色的苫布罩了起来,黑夜中,它就像一个裹着墨绿色丝绒的盒子,人们就像充满好奇的孩子,满怀期待,绿布掀起后,将会看到怎样一座崭新的、装着美满幸福的家园?

"轰——"巨大的轰鸣声将肖筱从暗自思忖中惊醒,她仰起头,看见一架闪着灯光的飞机从头顶飞过,她知道史文宇就是乘这架飞机离开了。

文宇!很抱歉没有跟你走,也没有同意你辞职马上回来。

那天,当我做出这个决定时,你只是缄默地凝望着窗外不停闪烁的霓虹,我能从你的侧影里感受到你的困惑、失望和沮丧,因为你的心事越是繁杂沉重,你的微笑越是明丽泛滥。

做出这个决定其实对我来说,也是异常艰难的。我们有一个共同的心愿,那就是今生今世不再分离,哪怕是一分一秒的分离。因为我们经历了太多、太长、太久的分离,害怕了分离、厌恶了分离。因为不想再次分离,有时候我甚至会忌妒你随身的物品——手机、钥匙、钱包……它们多幸福,可以被你揣在兜里、挂在身上,是你不可或缺的一部分……我也想成为你的一部分,不可或缺的一部分。

那天我娓娓讲述了这些天我的感受,不知道你是否完全理解。会完全理解对吗?还记得我们的誓约吗?"知我者懂我,懂我者爱我"。你是爱我的,你也是知我的、懂我的。

第一次拄着拐杖走出家门，我兀然发现自己已不再属于窗外的世界了。高高的大楼、匆匆的行人，甚至连一草一木都让我陌生、恐惧、茫然。离开了你、离开了父母，我就如同离了巢的雏燕，没有翅翼，也没有属于自己的天空，那种莫名的挫败感紧紧地钳住了我的喉咙，眼前的世界须臾暗淡无光了。

我知道这样说很多人会骂我不知足，骂我无病乱呻吟。是啊！我是不知足，也许这个世上没有真正知足的人吧！我是太悠闲了，悠闲得空虚起来、悠闲得狂躁起来了。但我真的很怕这种感觉，早晨一睁眼好像就是在等天黑睡觉，没有饥饿感却一日三餐都不落，眼看着短暂的生命被如此挥霍，眼看着我的人生被如此荒废吗？

生命不在于长度，而在于深度。浑浑噩噩活个百年又如何？不过是虚耗光阴、浪费粮食，白白在这世上走一遭。没有梦想、没有追求、没有事业，人就仅仅是两条腿支撑着的一个空壳。生命不绽放就是凋萎，人生不绚丽就是荒芜。在这点上我很羡慕你，你的人生是如此的充实和精彩，所以我不会同意你放弃自己的梦想和学业，更何况是为了我而放弃，我不能那么自私，不能……

文宇，还记得在广场上你对我说："上帝关上了一道门的同时，会为你打开一扇窗。"如果命中注定我的世界只能是窗口那么大，注定我的生命是短促的，我也想让短促的生命在那狭小的空间绚丽地绽放，而不是荒芜地凋萎。

讲台曾经是我的梦想和事业，虽说我必须离开了，但离开不等于放弃。不放弃就不会有遗憾，它会给我重新找回梦想、找回追求、找回定位的力量和信心。

等你再次归来的时候，你会看到一个自信、充实的肖筱。

等你回来！我爱你！

坐在飞机窗户边的史文宇此刻透过玻璃窗俯瞰灯火通明的故乡。

肖筱！在这亿万盏灯火中，我还是能辨别出哪盏是从你窗口透出的，是那盏最柔和、最温馨、最闪亮的吧？我没有奉承你。忘了？你是我永恒的"波拉里斯"哟！呵呵……

不要有愧疚好吗？我说了，你的决定我会无条件地支持和赞同。很盲目吧？没办法！爱情就是有这种魔力：让最理性的人变得盲目。

其实你能这样想我很欣慰，真的很欣慰！虽说爱一个人是没有理由的，若非要让我给出个理由，那就是我欣赏你对梦想、事业的孜孜追求，喜欢你工作时目光中的熠熠神采和灿灿笑容。现在我重新看到了它们在你身上闪现，你"活"了，彻底"复活"了！作为深爱着你的我会衷心地祝福你，祝福你早日找到自己想要的东西。

记住，你不是孤军奋战，累了的时候、倦了的时候回头看看，我就站在你的身后，永远地支持你。

希望再次见到你时，你是一朵绽放在阳光下的蝴蝶花！

等我回来！我爱你！

大结局

2005年5月12日。

这是位于渭县西南面一座叫溯山的山峰，它并不嵯峨岿巍，也没有生长着什么异草仙葩，但在周边地区它亦小有名气。正应了刘禹锡在《陋室铭》中的那句话："山不在高，有仙则名"，溯山之"名"就名在正山北面峭壁上的那幅壁画上。

按说那幅壁画无论从绘画的欣赏价值还是文物价值，与莫高窟的壁画相比简直就是"小巫见大巫"。壁画画的是藏传佛教中的尊胜佛母，她是一尊能增长寿命及福慧、免除一切凶灾的救苦度难的女性菩萨。而且民间传说她有预兆来年吉凶的神力。如果来年风调雨顺，壁画就会色泽艳丽；如果来年或旱或涝，壁画就会黯然失色。且不论传说是真是假，溯山上的弹丸小庙却是终年香客络绎、信徒纷沓。

比起正山的热热闹闹，后山就显得寥落了些许，却也清幽安逸了些许。

昨夜的一场暴雨，后山山路上陡添了许多雨水冲刷出的沟沟壑壑，又经一晌午阳光的炙晒，那些沟沟壑壑变得坚硬无比。走在山路上的黑子都磕磕绊绊，困难异常，更何况挂着双拐的肖筱。虽然有黑子的竭力搀扶，还是两次险些摔倒。

"要不，咱们再休息一下？"看着气喘吁吁、汗流浃背的肖筱，黑子心有不忍。几次他都有背肖筱上山的冲动，最终还是硬憋了回去，肖筱的执拗他早在前几次来这里时就领教过了。

当他们的目的地近在咫尺时，一个静静伫立的身影让他们望而止步了。

"咱们等一会儿吧？我看看……"黑子左右察看了一番后，指指一棵高大的白桦向肖筱建议道："我看那儿不错，有树荫还有块大石头。就去那儿喝口水歇一下。"

"不用了，我们过去吧！"肖筱用纸巾擦擦额头的汗水摇摇头。

"还是歇一下的好！说实话，我是累得一步都不想走了。"

"黑子！"肖筱坚定地看着黑子："你是文宇最知心的朋友，那你就会知道最令他瞧不起的就是逃避，我不想做任何让他瞧不起或不喜欢的事。逃避只能是一时，不会是一世，该面对的终有一天都得去面对。"

"不是逃避，是没必要正面冲突，眼看着要正面撞上了，应该是踩刹车，而不是踩油门……喂喂，肖筱等等我啊，慢点儿，小心摔倒了……"他一贯的长篇大论刚刚开了头，肖筱就自己挂着拐杖歪歪扭扭地朝前走了。他紧跑两步才追上，重重叹了口气，无可奈何地搀扶着肖筱朝目的地缓缓走去。

史文宇，你这个不负责任的家伙！黑子看着慢慢接近的一冢坟茔，心中暗暗咒骂起来。整天自诩自己是个顶天立地的男人，男人最不该做的是什么？就是不负责任。一起辛辛苦苦打拼起来的"蓝色时光"，说撂挑子不管就不管了，知道我一个人撑得多辛苦吗？连谈个女朋友的时间都没有。唉！难道要我做一辈子和尚吗？我做和尚你是不是特爽？看，笑得连坟头的草都跳起舞了。说你该不该挨骂？该骂吧！这还差不多，也不枉我们翻山越岭、跋山涉水来看你！你小子倒会享福哈，选了这么个幽静的地方，青山绿水、和风丽日……

羡慕你？少恶心我了！我黑子从来不羡慕不顾别人感受、只图自己享乐的人。亏你安安心心在这儿睡了一年多，知道你抛下的肖筱怎么过的吗？知道？知道个屁啊你！对不起，又骂粗话了，我是太气愤了。不说别的，就说每次来看你，知道她要吃多少苦吗？每次她的假肢都会磨破腿，又是抹药又是冷敷，折腾好久才能痊愈……

什么才是真正的哀痛？看看失去你之后的肖筱就明白了。不是呼天抢地、不是恸哭哀号，是心中储满了比太平洋还汹涌的潮汐，眼中却是干涸了的河床……

说服她别来？这么艰巨而光荣的任务留给你自己来完成吧！你们还真是天造地设的一对儿啊！连那倔劲都一模一样。我呢！唯一能做的就是陪她一起来，路上尽量照顾好她。

不好意思？知道不好意思就别做这不负责任的事情。好了好了，再说下去你又该嫌我啰唆了。我可告诉你，等会儿她们要是吵起来或打起来，你自个看着办。别这么可怜兮兮地看着我，明知道我怕这个，败给你了。不过可不可以给我个明白话，我到底该偏向谁？一个是你的最爱，一个是你的至亲！

不知道，看着办？尽量不伤害每一方？你是躺着说话不腰疼。交友不慎，交友不慎呀……总是给我最棘手的难题。别愁眉苦脸的，放心吧！我会尽量化干戈为玉帛的。怎么化？简单啊！让她们有气都冲我撒，是杀、是剐、是烤、是烹由她们，大不了为了兄弟情谊就此献出我宝贵的生命，还可以留下来和你作伴。够哥们儿吧？哈哈……讨厌，眼睛总是涩涩的，是你这儿山风太大？还是阳光太强……

2004年春节前夕，离史文宇和肖筱婚礼不到一个星期。某城市骤降暴雪，在通往机场的高速公路上发生了多辆汽车追尾的特大交通事故。其中一辆白色"现代"车身的前半部分完全被"挤进"了前面的大货车底下，造成车上人员一死、一重伤、一轻伤。当场死亡的是匆匆忙忙赶回去结婚的史文宇，重伤的是姚淑贞，她非得坚持自己开车去机场送史文宇。

车祸中她的大脑受到了严重的震荡，成了植物人，半年后又突发肾衰竭，永远地闭上了眼睛。这场惨重的车祸中唯一的幸存者就是史文宇怀中的小雨，被史文宇压在自己身体下的小雨……

"黑子哥！"那个伫立在史文宇坟前的身影是史文雅，她看到慢慢走来的黑子和肖筱微微一怔后，一面朝边上让了让，一面撇过脸擦擦脸上的泪水。

"嗯！小雅也来了？"黑子极勉强地冲小雅笑笑。史文宇死后他和小雅见过三次，小雅的突然生分多少令他心凉。虽然在史文宇求婚那天痛骂小雅是有些过分了，毕竟十几年的时间堆垒起了他和小雅深厚的兄妹情谊。但他认为他骂小雅的那些话句句在理。他就是这样的人，在"情"与"理"相撞时，他会毫不犹豫地站在"理"这边。

"小雅！你好！"肖筱则比黑子泰然镇定得多，她微笑着问候小雅。

"嗯……你……也来了……"小雅低下头专心地撕扯起手中被泪水浸湿的纸巾。一缕两缕三缕……白色的纸巾条被撕扯下来后，随风飘落在史文宇的坟茔上，如同绽放的朵朵惨淡的小白花："黑子哥……"

"嗯……什么？"

"能不能……请你回避一下，我……我有话对她说。"小雅将最后一缕纸巾条用双手搓成一团，紧紧攥在了手心里。

"嗯？我？回避？没什么啦！大家都这么熟了，没必要避讳什么吧？"黑子朝肖筱旁边靠拢了一下。

"哼！……"小雅发出一声既不像笑也不像轻蔑嘲讽的声音："我知道……知道我在你们眼中是什么形象。放心了，在我父母的坟前我是不会撒野的。所以你的担心是多余的。"

小雅这么一说，黑子倒颇感难堪，也颇为难起来。他双手插在裤兜里，低下头用脚尖踢飞了脚下的一块石头。

"怎么？在黑子哥心目中，我就这么没诚信吗？那我向过世的父母及哥哥发誓……"

"不用，我认识你的时候你还穿开裆裤呢！黑子哥是完全信得过你的。

不过小雅，我只说一句，不要让死去的哥哥伤心！好了，肖筱，我去前面等你……"黑子拍拍肖筱的肩膀，又朝史文宇的坟茔静静地注视了几秒，转身走了。

"你过得好吗？"

"你过得如何？"这种简单的问候可能是所有人打破沉默的最佳话题吧！肖筱和史文雅几乎同时说出了这句话。但她们没有不约而同后会心的一笑，气氛反而变得更沉闷、更凝重了。

"还不错，日子嘛……就像树上的树叶，不数也会一片一片落下来，到最后也不知道能不能数得清。你呢？"

"一般吧！就像你说的，不过是数着过日子而已！"

"噢！对了！小雨经常会念叨'小雅姑姑怎么不来看我'。有时间就常来看看她，小雨是个可怜但又可爱、又坚强、又乐观的孩子。她妈妈死后，你们就是她在这个世界上唯一亲近的人，你们的关爱会有助于她的健康成长，所以有时间还是应当经常来陪陪她、看看她。"

"不是说她爸爸来接她了吗？怎么？还和你一起生活？"

"小雨不愿意，哭闹了好几天。也能理解，突然冒出个男人说是自己的爸爸，还要带走自己，就算是成年人也未必能一下子就适应、接受，更何况是个不到九岁的小孩子。"

"他也有脸来要，从小雨出生到现在他尽过父亲的责任吗？这种不负责任的男人根本就没有做父亲的资格……"

"话虽如此，但血浓于水啊！再怎么说他都是小雨的亲生父亲。本来我想小雨跟着他比跟着我们合适，但小雨的态度出乎意料的坚决，说就是送她去福利院也不会跟爸爸走。出于尊重小雨的意愿，她爸爸把她全权托付给了黑子和我。"

"那么就是说将由你一直照顾小雨到成人吗？"

"我也希望可以一直抚育到她成年，能够完全独立的时候。再说也不是我一个人啊？我父母、黑子，不是还有你吗？有这么些人一起照顾她、抚养她的。"

一个共同关注的话题结束后,她们之间又出现了尴尬的沉默。

"我……要结婚了!今天来这儿就是告诉父母和哥哥这个消息的。"小雅说着又泪眼婆娑地看看眼前的三座坟墓。

"呀!真是个天大的好消息,衷心地向你表示祝贺,恭喜你!"

一阵微醺的山风吹来,草尖上晶莹莹、颤巍巍的露珠闪烁着阳光的色彩,吱溜一声滚落到了草根。

"谢谢!他是我们医院的眼科大夫,比我大五岁,人挺厚道、挺务实的,医术在我们医院也是数一数二的。人嘛……虽然没有我哥帅气,不过长得也蛮精神……"

"一个医院的啊?那彼此就很了解了。太好了!真是太好了!"史文雅居然主动向自己介绍未婚夫的情况,肖筱略感有些意外:"再次向你表示祝贺!我想你父母、还有文宇可以很放心了,他们一定也会非常高兴,非常欣慰你能有这么好的归宿。"

"是吗?他们真会高兴和欣慰吗?像我这种人真的配有幸福吗?"小雅边说边蹲下身子抚摩史文宇的墓碑。

"怎么这么说?你当然有资格拥有幸福。而且你的幸福不只属于你自己,它也属于你的父母和哥哥,因为它寄托了你父母和哥哥无限的期许……"

"是吗?我哥哥真的会希望看到我幸福吗?"

"那是当然了!你怎么会有这样的疑问呢?我们大家都知道,他是这个世界上最爱你的人,你的笑容是他最大的动力,你的幸福是他最大的心愿啊!你不应该有这样的怀疑,明白吗?"肖筱很肯定地回答。

"我明白!可……我曾那么恶毒地诅咒过你们,一直到他过世我都没有说一句对不起,都没有求得他的原谅……"小雅把头抵着墓碑嘤嘤地啼嘘起来。

"小雅!我记得我妈妈说过,一家人是不需要对不起和谢谢的,因为你们流着相同的血液,你们是同根同蒂的兄妹,是一家人,这是无论在任何情况下都不会改变的事实。他们走得都很匆忙,这已经是一种遗憾了,你如果不能坚强地面对他们的离去,不能释然地去寻找幸福,对他们来说更是一种遗憾。不要留给他们过多的遗憾好吗?"肖筱搀扶起小雅,怜爱地拭去她脸上的泪痕。

"嗯!我会的……这个周末你有空吗?"

"这个周末?有啊!怎么了?"

"婚礼定在了这个周末,我希望……我希望你可以带着小雨一起来参加,以我娘家人的身份来参加……"

"我参加你的婚礼?以娘家人的身份?真的吗?……这是真的吗?"肖筱不敢相信自己的耳朵,这就是说小雅承认她是嫂子,承认她是史家的儿媳妇了。这简直比她考上研究生、文章发表、小说出版更令她喜悦一千倍、一万倍了!……她双手紧紧捂住微微发颤的嘴,眼中闪烁着盈盈泪光……文宇!你听到了吗?听到小雅亲口邀请我以娘家人的身份参加婚礼了吗?我太高兴、太激动了,听见了吗?听见我心中不断上涌的喜悦和激动了吗?

"嫂子……对不起……"小雅走到肖筱面前,一下子抱住肖筱,任由自己的眼泪打湿肖筱的肩头。肖筱噙着热泪像哄小雨一样,轻轻抚摩着小雅的秀发。

世界上最美好的莫过于前嫌的冰释,活着真好,活着就可以看见这么美好的事情……

小雅走后,肖筱靠着史文宇的墓碑坐了下来。

今天的天气真的好晴朗,没有一缕云彩的天空碧蓝得如一泓嵌在山谷上方的幽潭。也许太过幽静,一片落花也能令它泛起一潭涟漪,一只飞鸿掠过也会惊散潭中悠然的鱼儿。

这儿真的好静谧、好安逸,若不是偶然有草间的夏虫路过的声音,你一定会忘了时间原来是匆匆忙忙流逝着的!

肖筱用手帕仔细擦拭黑色大理石墓碑上刻着的史文宇的名字。怎么会搞得这么脏?我好久没来了?没人帮你擦?哟!明显是在埋怨我喽?你也要体谅体谅我,听课、考试、杂志社预约的稿子,还要照顾小雨,我都忙得焦头烂额,恨不得再变一个肖筱出来呢!而且来这儿还要麻烦黑子,虽然他是你哥们儿,可毕竟经常麻烦他也不好,对吧!

你问小雨?她昨晚知道今天我要来看你吵吵着也要来,可今天她还要上学啊!没办法!小丫头闷闷不乐了一晚上,直到我说下次一定挑她放假的时候来,才看见她的笑脸。哦!对了!这是小雨给你画的画。

肖筱从口袋里掏出一张纸,打开后朝史文宇的坟头晃了晃。我的爸爸!她说这是她画的你。我看是她好久没有见你了,印象可能模糊了,你有这么帅吗?哈哈……可能在小雨心目中你是天底下最帅气、最慈爱的爸爸吧?

你还不知道呢?前些日子她的爸爸走后,小丫头还闹了一场轰轰烈烈的改名风波呢!改什么名字?史小雨,她要改成史小雨。天天给黑子打电话闹,害得黑子都得了手机恐惧症,手机一响他就全身发冷、面色发白。但我们都笑不出来,因为它蕴藏了太多的心酸与无奈!我们都无法把它看作是一个孩子荒诞、幼稚、怪异的突发奇想。孩子的想法和她的心灵、感情一样,都是我们觊觎的这隅天空,澄明而纯净。她感受到了多少温暖,接收到了多少关爱,她就会用语言、用行动反馈出来,那是一种没有任何修饰与伪装的、真性情的反馈,那才是真正意义上的"天然去雕饰,清水出芙蓉"。

最后?最后我说小雨啊!名字只是一个代号,无论你叫傅小雨、姚小雨还是史小雨,你都是史文宇的女儿。为什么?那场灾难中你的幸存就是一个无须证明的事实——在史文宇心中,你就是他的女儿!因为只有真正的父亲才会用自己的身体、自己的生命去保护子女。我很能言善辩了是吧?呵呵……

痛痛快快的嬉笑后是内心骤然的空洞、凝重、酸楚与悲凉。

她重新靠回了墓碑。墓碑是这般坚硬和冰冷,它怎可取代史文宇温暖而坚实的脊背呢?她微闭起双眼对着阳光扬起了头,阳光真的好炙烈,盈在眼角的泪水没几下就被晒干了。她嘴角微微一牵,还是这么吝啬,不允许我掉一滴眼泪。是啊!我曾经答应过你,无论遇到何种状况——幸福、苦难、挫折都不会再流泪……我是在坚守自己的誓言,而你呢……誓言等于谎言吗？如若不是，它怎么会在昨宵的月色中黯然陨落？永远的确没有距离！

　　文宇，最近经常有人这样问我：肖筱你幸福吗？我无法回答他们。幸福是什么？什么才是幸福？我想，就算最聪慧的哲人也不可能给世人一个标准的幸福指数吧？超过了这个值就是幸福，达不到就是不幸福？也许每个人的心里都有一张幸福试纸，最大限度的自我满足就是你的幸福指数。但这个值也不可能是恒定的，不同的时段、不同的境遇、不同的经历，幸福指数都会有增有减吧？

　　很清晰地记得你出车祸的第一个清晨，我很早就醒了，也可以说我根本就没有入睡。乘大家熟睡的时候，我偷偷从家里溜了出来。其实我也不知道自己想去哪里？应该去哪里？你曾经对我说，在漆黑的夜晚，路就在你的脚下延展，顺着心灵的方向走下去，目的地就在前方。就那样漫无目的地如同梦游一般地走着走着，就来到了你经常去的那条河边。

　　站在凄紧的寒风中，我听到了素白冰面下河水淙淙演奏出的曲子——《初雪》，那首曾经给我无限温暖和遐想的曲子，现在变成了爱的挽歌、生命的丧曲。美好的东西为什么只能成为遥寄往昔的游丝？昨日的温暖为什么抵挡不了今夜的寒冷？

　　渐渐地夜色隐退了，远处逶迤的灯河熄灭了，淡蓝色的晨雾弥漫在了天地之间。一缕熹微的晨光照在了高耸的大楼顶层，慢慢地、一尺一寸地照亮了整座大楼……熟悉的清扫车音乐声由远及近、由近及远，最后被无数车辆的喇叭声、小商贩的叫卖声吞没了，城市苏醒了。是啊！一草一木、一楼一宇、一息晨风、一缕晨光，我身边的一切都在一夜的沉睡后慢慢苏醒了，它们没有发生任何改变。那么是什么改变了呢？是什么让我如此的混沌、迷茫、无助呢？哦！是身边的你离开了，是心里的位置空出来了，是照亮我生命的那缕阳光消隐了，是我的幸福永远的不复存在了……那种顿悟后的痛彻心扉至今仍存在我的内心深处，不时噬咬着我的神经。

　　文宇！现在的你幸福吗？回到了故乡、回到了父母身边、回到了记忆中最幸福的儿时，你幸福吗?

为什么沉默了呢? 是不是和我一样无法回答呢? 因为我们此时拥有的幸福都不完整了，没有了我的你、没有了你的我都一样。有人说离开就是为了下一次重逢，对于我来说，你不是死了、不是消失了，仅仅是离开了，暂时离开了。离开总会有相聚的一天，对吗? 相聚后我们是不是就会、也应该会得到完整的幸福了吧? 会的，一定会的!……

他们都说我的小说是一部青春童话。很可惜你没有看完童话的结局就匆匆忙忙地离开了。是的，如你所料，童话的结局永远是王子与公主从此过上了幸福、快乐的生活。我的小说也是完美的大团圆结局——学生们都考上了梦寐以求的大学，开始了崭新的生活；老师们依旧重复着神圣的工作，所有的人都在用自己的方式寻求着幸福……

我们的故事也会是大团圆结局吗? 从此我们也过着幸福快乐的生活，就像你在即将回来的前夕给我描述的那幅画卷：我们婚后的家安在了你交流过的那所中学，为了延续、成全我的梦想，你重新站到了三尺讲台上。在一个晚风煦暖的傍晚，满院子的紫蝴蝶花，爬满墙面的豆荚，在金色的夕照中摇曳着、歌着、舞着……夹着书本的你远远看见了守候在家门口的我，灿烂的笑容顷刻间驱散了你脸上的倦容。时间的钟摆被调慢了，随着你逐渐靠近我的脚步，你目光中揉进的那缕阳光一点儿、一点儿、一点儿照亮了我的世界……

那就是天国，我们幸福的天国……